Kevin Kreuels

Das Vermächtnis des Unsichtbaren Berges

Band III

Wiedergeburt

© / Copyright: 2022 Kevin Kreuels

Umschlaggestaltung, Illustration: Jaqueline Kropmanns – Design
Verlag: Selbstverleger (Kevin Kreuels, Am Steenblenk 9, 41363 Jüchen)

YouTube-Channel: McCross129
youtube.com/channel/UC-TEwqsIqkypisIprlAkd7w

Instagram: McCross129
https://www.instagram.com/mccross129

E-Mail: McKreuli@web.de

ISBN Hardcover - Band III: Wiedergeburt: 978-3-9824727-4-4
ISBN e-Book - Band III: Wiedergeburt: 978-3-9824727-5-1

ISBN Hardcover - Band II: Licht und Schatten: 978-3-9824727-2-0
ISBN e-Book - Band II: Licht und Schatten: 978-3-9824727-3-7

ISBN Hardcover - Band I: Die Reife: 978-3-9824727-0-6
ISBN e-Book - Band I: Die Reife: 978-3-9824727-1-3

Das Werk, einschließlich seiner Teile, ist urheberrechtlich geschützt. Jede Verwertung ist ohne Zustimmung des Autors unzulässig. Dies gilt insbesondere für die elektronische oder sonstige Vervielfältigung, Übersetzung, Verbreitung und öffentliche Zugänglichmachung.

Bibliografische Information der Deutschen Nationalbibliothek:
Die Deutsche Nationalbibliothek verzeichnet diese Publikation in der Deutschen Nationalbibliografie; detaillierte bibliografische Daten sind im Internet über http://dnb.d-nb.de abrufbar.

Der Norden des Kontinents

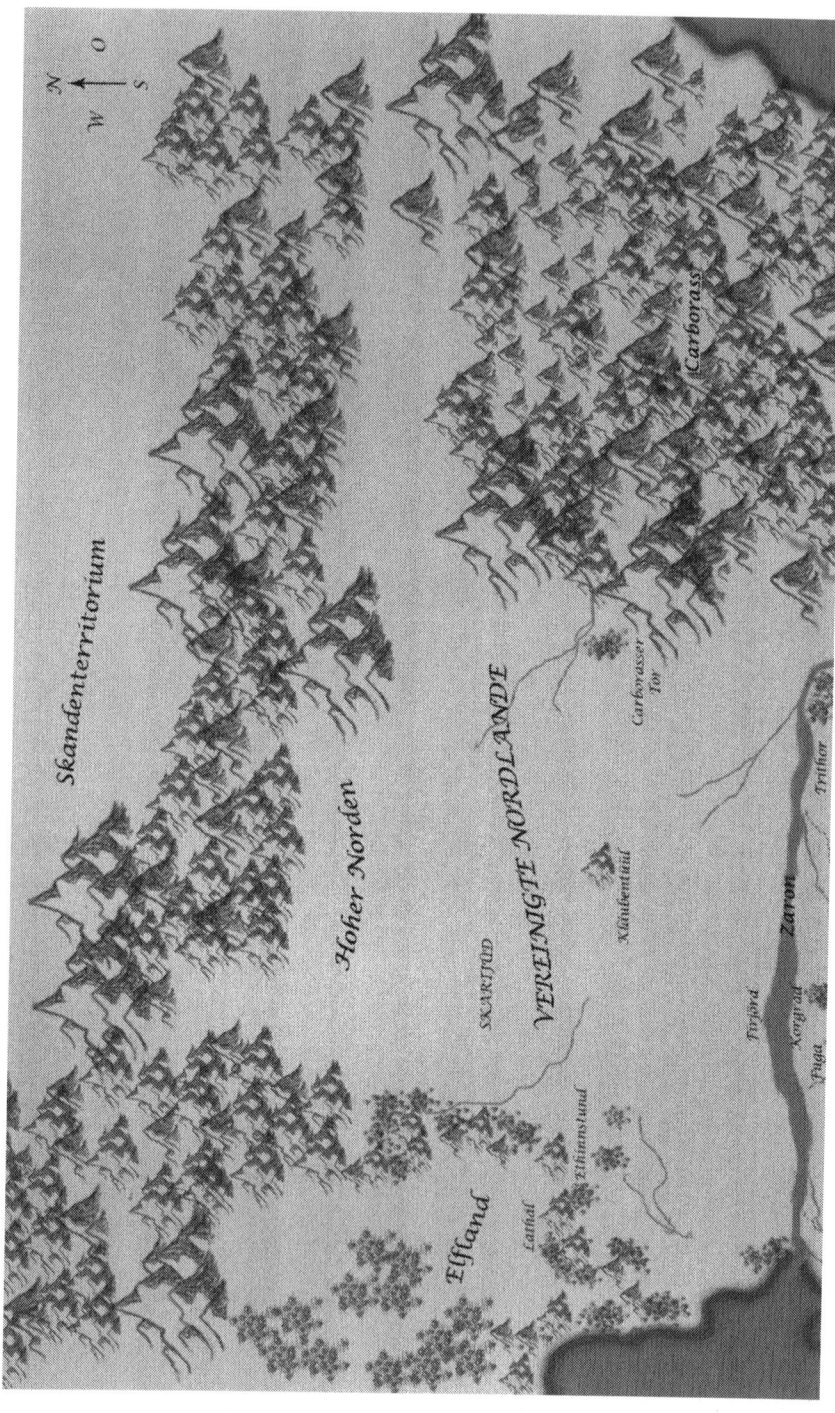

Der Süden des Kontinents

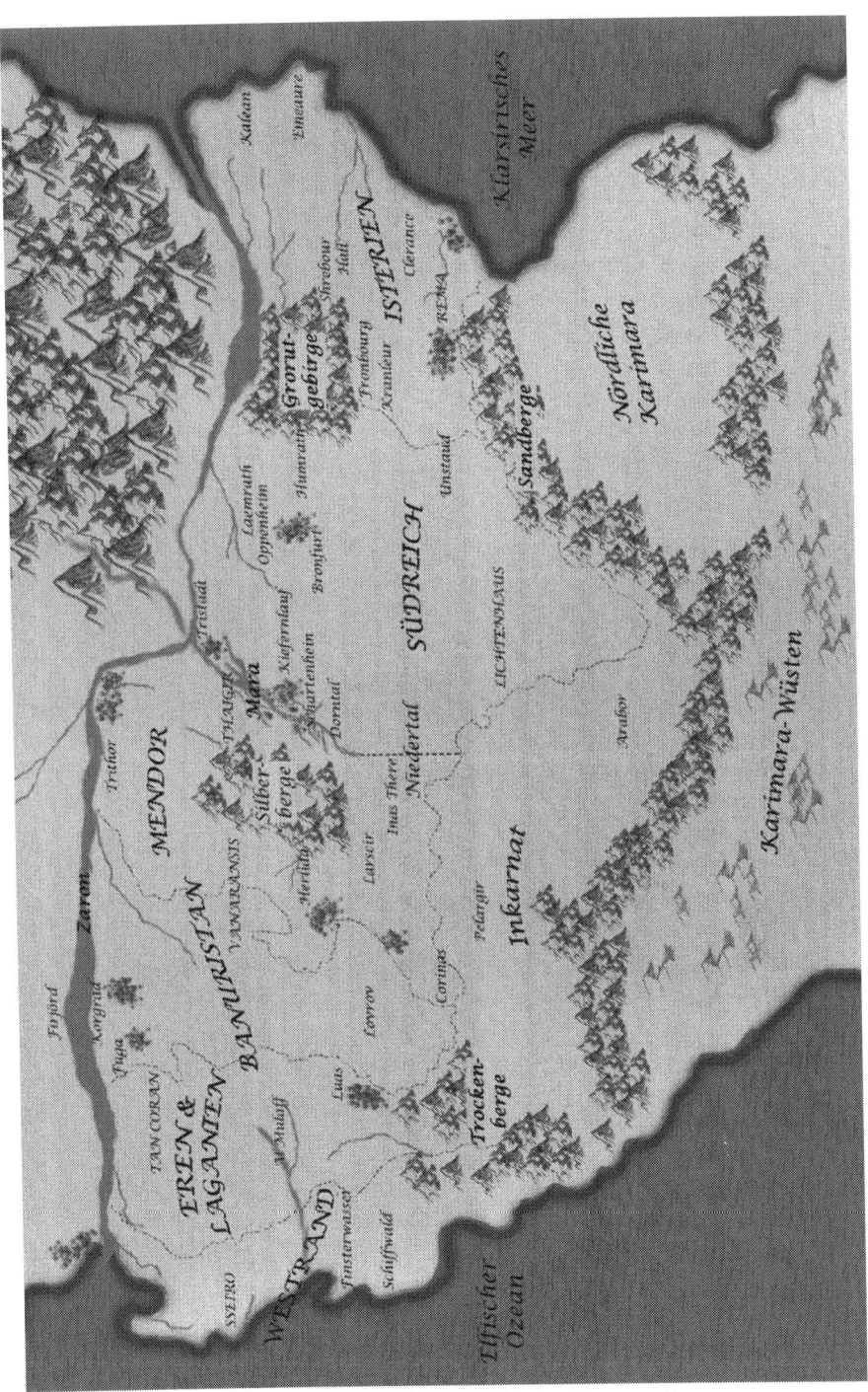

Der gesamte Kontinent

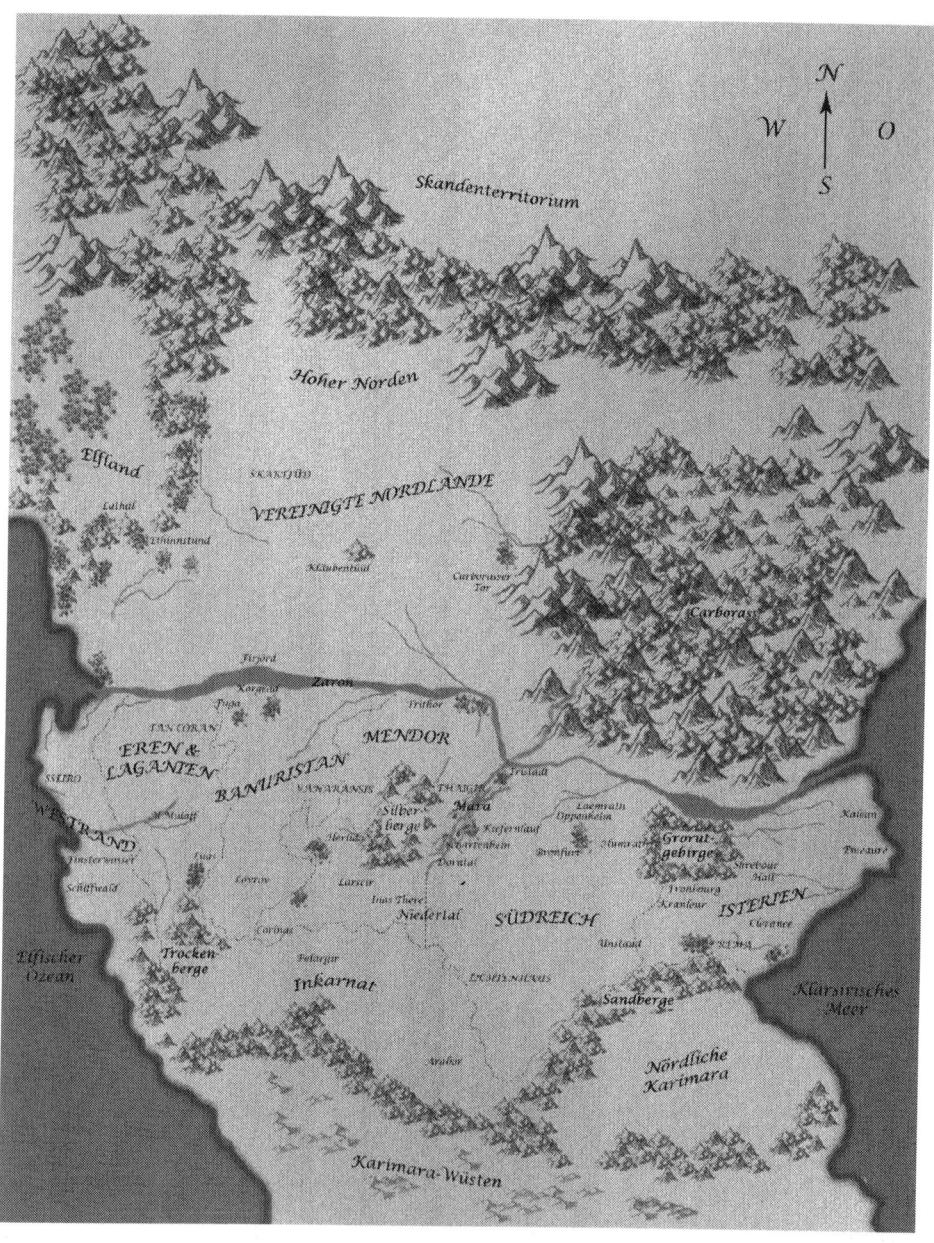

Kapitelübersicht

Die Prophezeiung vom Kind der Planeten	9
Verschwörung und Mord	11
Gesucht und gefunden	29
Generalstäbe und Anführer	83
Wiedervereint	93
Planänderung	119
Verbindungen	163
Rückkehr	185
Die Königin Isteriens	223
Rebellischer Winter	245
Mit dem Frühling kommt der Krieg	271
Die Ruhe vor dem Sturm	305
Die Schlacht von Rema	325
Auf ein Letztes	351
Eine neue Zukunft	429

Die Prophezeiung vom Kind der Planeten

Es wird kommen das Kind, da das Licht der Zwillingsmonde scheint.
Es wird kommen das Kind, das die Natur vereint.
Die Magie wird wiederkehren, da sie verschwand,
als nicht bereit war die Welt, was sie hat erkannt.

Zählt tausend Jahre seit dem Niedergang,
seit den Ruf der Magie ein Niemand mehr erwidern kann.
Erst dann wird sich bieten die neue Richtung,
wie nach finsterem Wald die erhellende Lichtung.

Drum schaut zum Himmel, in schwärzester Nacht,
da unser Mond den Himmel mit seinem Bruder bewacht.
Die Zwillingsmonde, sie werden die Boten sein,
dass Magie und Welt stehen wieder im Verein.

Doch seid gewarnt, da das Kind das Licht der Welt erblickt,
denn unklar ist, ob es wird in Verderben oder Glück verstrickt.
Unklar ist das Geschick von jenem Kind auf dessen Wegen,
unklar ist, ob dies Kind wird bringen Chaos oder Segen.

Doch das auserwählte Kind wird geboren, so wie verkündet,
auf dass die Magie in der Welt wird neu begründet.
Das Schicksal dieser Welt bis dahin aber ungewiss bleibt,
es nur in den Händen des Kindes der Planeten fortan verbleibt.

XXVI

Verschwörung und Mord

„Lasst mich euch herzlich willkommen heißen, meine Schwestern und Brüder, zu unserer ersten gemeinsamen Zusammenkunft, an der wir *alle* teilnehmen, die sich mit der Suche nach dem in naher Zukunft geborenen *Kind der Planeten* befasst haben. Viele von uns sind bereits Jahre mit den entsprechenden Ermittlungen beschäftigt, mit Analysen der Prophezeiung, mit Kontaktaufnahmen der betroffenen Familien und werdenden Müttern. Manche haben diese Ermittlungen auch bereits abgeschlossen und brennen darauf, die Ergebnisse uns allen kundzutun. Und heute, da es das erste Mal ist, dass wir alle zusammensitzen, ist es an der Zeit, auf Grundlage dieser Ermittlungen und harter Arbeit unserer Schwestern und Brüder die endgültigen Schritte zu unternehmen, um in der Nacht der Zwillingsmonde, der Nacht auf den sechsten Tag im Monat Juni diesen Jahres, bereit zu sein und das *Kind der Planeten* zu empfangen. Auf das ein Drittes Zeitalter anbrechen möge.

Einigen mag es recht spät erscheinen, dass wir uns erst jetzt treffen, Anfang Februar, da doch der Juni und damit das wichtigste Datum unseres Zweiten Zeitalters nur noch wenige Monate bevorsteht. Aber seid beruhigt. Alle Informationen sind sorgfältig gesammelt, Kommunikationen sind erfolgt, alles zusammengetragen und bereit dafür, mitgeteilt und final ausgearbeitet zu werden. Wir haben noch genug Zeit. An dieser Stelle möchte ich daher einen besonderen Dank an die beiden Telepathen unserer Gruppe aussprechen: Schwester Kailla und Bruder Adal. Dank ihnen beiden war es uns allen die ganze Zeit über möglich, uns zu verständigen. Ich mag gar nicht daran denken, wenn wir uns über berittene Boten oder Brieftauben statt über die Telepathie hätten austauschen müssen. Daher nochmals vielen Dank euch beiden."

Mehmet, der Vorsteher des Druidenkreises von Westrand, zudem der älteste und angesehenste unter allen Druiden des Kontinents, eröffnete nach seiner einführenden Rede den Applaus, welcher sofort von allen anderen Druiden dieser Zusammenkunft erwidert wurde, inklusive Zwischenrufen der Art ‚Gute Arbeit' und ‚Vielen Dank'. Die beiden betroffenen Telepathen, Schwester Kailla und Bruder Adal, nickten bescheiden zum Dank, beschwichtigten mit sanften Handbewegungen die Ovationen.

Die große Gruppe Druiden befand sich in einem alten Tempel des einstigen Magiers Noah von Schiffwald, den die Druiden des Westrand-Kreises seit fast acht Jahrhunderten als Kultstätte und Versammlungsort nutzten. Dieser Tempel stand am Rande von Westrand, abgelegen von Ansiedlungen, so nahe an der Westküste des Kontinents, dass man durch seine alten Mauern das Rauschen des Elfischen Ozeans hören konnte. Dort saßen heute insgesamt zweiundzwanzig Druiden verschiedener Spezies und beiderlei Geschlecht an einem großen runden Tisch zusammen, Vertreter aus allen Kreisen des Kontinents und Vertreter aller Elemente – Aeromanten, Hydromanten, Pyromanten, Geomanten, Nekromanten, Telepathen, Telekineten und Astromanten.

Wie unter den Druiden üblich waren sie sich alle bestens bekannt, obwohl sich manche heute zum ersten Mal nach Jahrzehnten erst wiedersahen.

Der Älteste Mehmet, der während seiner Rede gestanden hatte, setzte sich hin, während er den bis unters Brustbein reichenden grauen Bart mit der Hand festhielt. „Wenn noch Wünsche hinsichtlich Verpflegung oder Ähnlichem bestehen", fügte er lächelnd hinzu, „scheut euch nicht zu fragen. Wofür hat man schon Lehrlinge?"

Ein ermuntertes kurzes Lachen erfüllte die versammelten Druiden, von denen der jüngste dreiundsechzig Jahre alt war. Doch wie bei den langlebigen Druiden vollkommen normal, sah man mehr als der Hälfte der Anwesenden das hohe Alter nicht an. Zu spüren war es bei keinem einzigen. Der Älteste Mehmet als Beispiel genommen, sah aus wie siebzig, war in körperlicher Verfassung wie mit fünfzig, hatte dabei jedoch ein stolzes Alter von einhundertzweiundfünfzig Jahren.

Tja, es ist und bleibt eine unumstößliche Tatsache: Die Lebenseinstellung der Druiden, ihr ruhiges, gesundes, friedliebendes Leben in Kombination mit ihrer tiefen Verbundenheit zur Natur und den Elementen macht sie in einem dem normalen Menschen nicht erfassbaren Ausmaß gesund, leistungsfähig und, wie allgemein bekannt, geradezu unnatürlich langlebig.

„Nun", fuhr Mehmet fort, „wir wissen natürlich alle, weshalb wir hier sind. Lasst mich nur kurz das Bisherige zusammenfassen, da wir uns jetzt zum ersten Mal alle an einem Tisch beieinander eingefunden haben."

„Die Bedeutung von ‚kurz zusammenfassen', mein alter Freund", sagte Bruder Kenrett scherzhaft, ein Aeromant aus Eren und Laganien, „gibt es in deinem Wortschatz doch gar nicht."

Wieder lachten die Druiden.

„Naja", schmunzelte Mehmet mit einem Schulterzucken, „Unrecht hast du da nicht, zugegeben. Aber ich werde mich bemühen. Also dann."

Der Alte holte noch einmal Luft, ehe er begann.

„Das *Kind der Planeten* ist das Tor zur Magie, die die letzten Magier einst aus unserer Welt verbannten. Sie sahen unsere Vorfahren als nicht bereit für die Verwendung der Magie an und verschlüsselten sie daher in der uns wohlbekannten Prophezeiung. Ob unsere Welt heute bereit für die Magie ist, bleibt abzuwarten. Doch nur das *Kind der Planeten* ist imstande, diese wiederzuentdecken und zu beurteilen, wie es sie einsetzt. Die Prophezeiung sagt, dass die Konstellation der Planeten unseres Sonnensystems den entscheidenden Faktor bestimmt, wie sich die verschlüsselte Magie im Körper des neugeborenen Kindes einfindet. Eben jene Planetenkonstellation wird signalisiert durch die Zwillingsmonde. Diese vielgepriesene Nacht steht nun knapp vier Vollmonde bevor. Nach jahrelangen Ermittlungen von verschiedenen Astromanten konnte die Nacht der Zwillingsmonde auf die sechste Nacht des Junis diesen Jahres vorhergesagt werden. Schon lange sind wir zweiundzwanzig Druiden, wie wir hier sitzen, damit beschäftigt, uns auf jene Nacht vorzubereiten, um dann, wenn die Zwillingsmonde erscheinen, das *Kind der Planeten* zu empfangen."

Einige der Druiden nickten.

„Zu diesem Zweck fanden diverse Ermittlungen statt – insbesondere natürlich durch die Astromantie und Telepathie. Ich überspringe die Details, da wir sonst womöglich die Nacht des sechsten Junis verpassen, und gehe stattdessen gleich zu dem Wichtigen über: Dank der Arbeit unserer Schwestern und Brüder konnten insgesamt siebzehn schwangere Frauen auf dem gesamten Kontinent ausgemacht werden, die um das besagte Datum herum entbinden werden, plus minus ein, zwei Wochen. Ich werde es euch mitteilen. Lasst mich nur mal nachschauen, damit ich keinen Schmarrn erzähle."

Er kramte in diversen Pergamenten, die vor ihm auf dem Tisch lagen, las daraus vor. „Also ... Insgesamt haben wir vier Frauen in Mendor. Deren Beobachtung und Betreuung haben sich Schwester Zarella, Schwester Liera und Bruder Abdul angenommen. Dann zwei weitere in Südreich, Bruder Gerd und Bruder Johannes sind hier zuständig. Drei in Banuristan, hier sind Bruder Slenreuth, Schwester Sulenka und Bruder Ivan bei der Arbeit. Zwei schwangere Frauen haben wir in den Vereinigten Nordlanden. Dabei mit der Beobachtung betreut sind Schwester Ledeura und Bruder Adal." Mehmet schaute auf. „Ich hoffe, dabei handelt es sich nicht um deine Ehefrau, Adal? Wie ich gehört habe, erwartet ihr beide Nachwuchs?"

„Ja", antwortete Bruder Adal stolz, der Telepath aus den Vereinigten Nordlanden. „Es hat lange gedauert, aber letztendlich war auch uns dieses Glück zuteilgeworden. Aber nein, werte Mitschwestern und Mitbrüder, meine Frau ist nicht die mögliche Mutter des *Kindes der Planeten*. Wir erwarten unser Kind Mitte des Monats Juli."

„Knapp verpasst", rief freundlich Bruder Johannes.

Adal schnalzte grinsend, hob die Schultern.

„Auch wenn es nicht das *Kind der Planeten* sein wird, das ihr empfangt, möchte ich selbstverständlich, und natürlich im Namen aller hier Anwesenden, dir und deiner Frau alles Gute wünschen, Adal."

„Ich danke euch."

Die Druiden schlossen sich den Bekundungen des Ältesten an.

„Machen wir weiter", sagte Mehmet und setzte die Aufzählung fort. „Eine schwangere Frau in Eren und Laganien wird von Bruder Kenrett beobachtet. Drei Frauen hier in Westrand, Bruder Alistair, Bruder Jonathan und Schwester Olivia sind am Werk. Und zu guter Letzt, zwei schwangere Frauen aus Isterien, unter der Beobachtung von Schwester Anna und Bruder Vindur. Für diejenigen unter uns, die es noch nicht wissen: Unter den betroffenen Frauen aus Isterien befindet sich sogar Königin Elena Amara Bellegard d'Autrie in eigener Person. Die Gemahlin des Königs Friedbert IV. Bellegard d'Autrie."

Ein paar der Druiden, die diese Information noch nicht hatten, schauten verwundert, staunten.

„Also die künftige Prinzessin oder der künftige Prinz?", fragte die Aeromantin Schwester Zarella mit großen Augen. „Ist das sicher, Vindur?"

„Absolut sicher", bestätigte der Telekinet Bruder Vindur. „Der König hält herausragende Hofmediziner, die das voraussichtliche Datum der Entbindung beinahe auf den Tag bestimmen können. Die Königin ist für Anfang Juni ausgezählt. Und es deckt sich mit meinen Berechnungen, bei denen mich Bruder William tatkräftig unterstützt hat."

Der Astromant Bruder William nickte, welcher selbst nicht mit der Betreuung einer werdenden Mutter beauftragt war.

„Die Stellung eines königlichen Hofmarschalls", sagte der Geomant Bruder Jonathan, „wäre auf gar keinen Fall etwas für mich. Aber ich muss zugeben, Vindur, deine Position macht sich wiedermal bezahlt. Auf diese Weise wären wir an einer hervorragenden Quelle zu dem Kind, um seinen Werdegang zu beobachten."

„Gewiss", bestätigte Bruder Vindur mit einem freundlichen Lächeln. „Durch meine Position am Hofe König Friedberts wird es mir hervorragend möglich sein, die Ereignisse rund um das Königskind zu beobachten."

„Das *Kind der Planeten* könnte ein Königskind sein?", fragte Bruder Ivan in den Raum. „Das halte ich für nicht allzu praktisch. Es dürfte schwierig werden, Zugang zu diesem Kind zu bekommen. Immerhin ist es ein Anwärter auf den Thron."

„Das wiederum ist eher unwahrscheinlich", beruhigte Bruder Vindur. „Es gibt bereits einen erstgeborenen Prinzen. Der ist der Thronfolger."

„Das *Kind der Planeten* ein Königskind, tss." Der Älteste Mehmet schüttelte den Kopf.

„Ganz ruhig, meine Lieben", intervenierte Schwester Anna. „Es gibt noch sechzehn andere infrage kommende schwangere Frauen. Wir sollten den Tatsachen nicht vorgreifen, sondern uns darauf konzentrieren, dass wir das *Kind der Planten* ausfindig machen. Alles Weitere wird sich dann ergeben."

„Schwester Anna spricht die Wahrheit", pflichtete Bruder Gerd bei. „Wir wissen, was wir zu tun haben. Konzentrieren wir uns voll darauf, das Kind zunächst ausfindig zu machen."

„Ich möchte jedoch an dieser Stelle anmerken", sagte Schwester Anna, „dass wir großes Glück haben. Das *Kind der Planeten* wird mit nahezu absoluter Sicherheit in einem der sieben Königreiche der Menschen geboren. Abgesehen von unseren astromantischen Vorhersagen sprechen hierfür noch weitere Aspekte. Die Elfen hatten just zum vergangenen Jahreswechsel ihre Generationsgeburten, sie haben die *Empfängnis* hinter sich. Das *Kind der Planeten* wird folglich definitiv kein Elfenkind sein. Die Skanden im Norden sind zu unserem Glück nicht allzu zahlreich und werden nach astromantischer Vorausschau keine Nachkommen in der besagten Zeit empfangen. Ebenso wie die Karamanen im Süden. Hinsichtlich der Zwerge in Carborass, den Silberbergen, den Trockenbergen und den Sandbergen haben wir unsere Kontaktpersonen informiert und werden entsprechende Rückmeldungen erhalten. Wie ihr alle wisst sind die Zwerge etwas ... nun ... mühevoll zur Kooperation zu bewegen. Allgemein schwierig könnte es natürlich mit Heimatlosen oder Freilebenden werden – seien es grassierende Banden, staatenlose Dörfer oder Gruppen von nicht-menschlichen Spezies. Da müssen wir abwarten und weiterhin die astromantischen Zeichen beobachten. Aber ich denke, dass wir mit den siebzehn ausgewählten Menschenfrauen schon sehr gut beraten sind und sich das auserwählte Kind darunter befinden wird."

„Dies alles herauszufinden war sicherlich nicht einfach", bemerkte Mehmet. „Insbesondere hierzu ein großer Dank an alle beteiligten Schwestern und Brüder, von denen nicht alle zu den hier Anwesenden gehören. Aber diese Nachrichten haben uns die Arbeit natürlich ungemein erleichtert. Wir konnten uns somit ausschließlich auf die Länder der Menschenkönige konzentrieren. Und hatten, wie bereits gesagt, Erfolg."

„Die Beobachtungen", erklärte Schwester Liera, „sind in jedem der siebzehn Fälle erfolgt. In zwölf Fällen konnten wir sogar schon Kontakt mit den Familien und Müttern aufnehmen. Diese stammen im Übrigen aus allen gesellschaftlichen Schichten. Doch das macht für uns natürlich keinen Unterschied. Hier sehe auch zukünftig keine Herausforderungen."

„Gewiss nicht", bestätigte der Älteste. „Gesellschaftliche Konventionen sind irrelevant. Das Wohle der Welt und aller darin lebenden Geschöpfe ist es was Bedeutung hat. Und das *Kind der Planeten* ist hierzu der entscheidende Faktor. Zum Guten oder zum Bösen. Unsere Pflicht muss es sein, dafür zu sorgen, dass es zum Guten ist. Verzeiht, aber ich finde, dies kann man nicht zu oft erwähnen."

Einstimmig nickten die Versammelten.

Mehmet nahm einen Schluck Wasser aus dem hölzernen Trinkgefäß vor ihm auf dem Tisch. Dann holte er erneut tief Luft. „Der überwiegende Teil der kommenden Wochen und Monate wird in der Beobachtung liegen. Die Marschrichtung ist jedem von uns bekannt. Daher sollten wir uns im Folgenden der Zusammenkunft darauf konzentrieren, wie unser Vorgehen sein wird, wenn wir das Kind ermittelt haben, unabhängig davon, wo es geboren wird: Tests, Sicherheitsvorkehrungen, Einbindung der hohen Herrschaften – auch wenn dies aus unserer Sicht entbehrlich ist, aber ihr wisst ja – Gespräche, langfristige Zeitplanung und so weiter ... Aber zunächst schlage ich eine Pause für Erfrischungen und dergleichen vor. Ich muss mir mein Pfeifchen gönnen."

Die Druiden lachten. Die Vorliebe des Ältesten Mehmets für pflanzliches Pfeifenkraut, das im sonderbaren Fall für Druiden eher gesundheitsförderlich als schädlich ist, war allgemein bekannt.

Es war die erste und sollte auch vorerst die einzige unmittelbare Zusammenkunft der betroffenen zweiundzwanzig Druiden bleiben, bis das *Kind der Planeten* schließlich das Licht der Welt erblicken würde. Bis dahin kümmerten sich die jeweils mit der Beobachtung und Betreuung der ausgewählten schwangeren Frauen zugeteilten Druiden um ihre Aufgaben. Die Kommunikation erfolgte, wie in den Jahren und insbesondere den Wochen und Monaten zuvor, durch Telepathie. Die beiden Telepathen in der Gruppe, Schwester Kailla und Bruder Adal, waren imstande, bei ihren Mitschwestern und Mitbrüdern Visionen zu erzeugen – unter deren bewussten Einverständnis natürlich – und diese so aufeinander abzustimmen, dass die Visionen in Form von Träumen im Unterbewusstsein der Druiden genau solche Zusammenkünfte erzeugen konnten, wie sie real im Tempel des Magiers Noah von Schiffwald in Westrand stattgefunden hatte. So hielten sie in regelmäßigen Telepathiesitzungen den Kontakt, gaben ihre Erfahrungen, Berichte und Ideen zum Besten.

Die Wochen vergingen, und die Spannung unter den Druiden wurde spürbar größer. Sie alle wurden immer aufgeregter.

Nach der Geburt wollten sie das Kind beobachten, die Eltern betreuen, ihnen bewusst machen, das sie das wohl bedeutendste Kind dieses Zeitalters auf die Welt gebracht hatten. Sie wollten helfen, unterstützen, dem Kind unter die Arme greifen, es auf seinem selbstgewählten Wege begleiten und unterstützen, dem Wege, durch den gemäß der Prophezeiung das Kind eines Tages die seit über einem Jahrtausend ausgestorbene Magie wiederentdecken würde. Die Macht über die Elemente, und noch weit darüber hinaus. Eine Macht, die unter keinen Umständen in die falschen Hände geraten durfte. Sie wollten auf diese Weise verhindern, dass das so bedeutende Kind von Personen mit unlauteren Motiven benutzt würde. Oder das Kind gar selbst, aufgrund welcher Umstände auch immer, den Pfad des Bösen einschlagen würde.

Sie waren Druiden. Sie waren der Natur, der Welt und allen in dieser Welt lebenden Spezies, Rassen, Geschöpfen und Lebensformen sowie ihrer sicheren Zukunft und ihrem Fortbestand verpflichtet. Für sie war diese Aufgabe ihr Daseinszweck. Einen persönlichen Nutzen hieraus zu ziehen, hatten sie selbstverständlich nicht vor.

Dies traf allerdings nur auf einundzwanzig Druiden in der Gemeinschaft zu ...

Die Wochen vergingen.
Bald schon neigte sich der Mai dem Ende zu. Und damit begann die endgültige Auslese der ermittelten schwangeren Frauen.

Es begann am vierundzwanzigsten Mai. Die erste Geburt. Ein fröhliches Ereignis für die Eltern und Verwandten. Ein trockenes für die Druiden. Denn somit war dieses geborene Kind als das auserwählte Kind ausgeschlossen.

Ebenso verhielt es sich in den kommenden Tagen. Insgesamt acht Frauen – eine bekam sogar Zwillinge – schieden aufgrund des zu frühen Geburtstermins als Mutter des *Kindes der Planeten* aus.

Endlich war es soweit. Es kam die Nacht auf den sechsten Tag des Junis. Die Zwillingsmonde schienen am Himmel.

Nicht nur für die Druiden war diese Nacht etwas Besonderes. Viele Priester und Glaubensvereinigungen sahen in den Zwillingsmonden einen Wendepunkt der Zeiten, nutzten diese Nacht für Gebete, Predigten und Versammlungen. Doch auch genug Sekten oder dunklen Künsten anhängende Gruppierungen feierten in dieser Nacht ihre Feste, huldigten Dämonen und anderen Mächten der Finsternis. Für die einfachen Menschen und Spezies nicht menschlicher Art hatten die Zwillingsmonde unterschiedliche Bedeutungen. Die einen fürchteten sich, verschanzten sich in ihren Häusern und verschlossen die Fensterläden. Die anderen betrachteten dieses Spektakel mit fasziniertem Blick und nutzten es für Anlässe zu Festen und Feierlichkeiten. Wiederum andere interessierte das Phänomen überhaupt nicht. Sämtliche Druiden des Kontinents indes, auch diejenigen, die nicht zu dem engeren Kreis gehörten, der die Suche nach dem *Kind der Planeten* unternahm, fanden keinen Schlaf in jener Nacht, waren unheimlich gespannt und aufgeregt auf die Neuigkeiten. Auch sie saßen oft in gemütlichen Runden am Lagerfeuer beisammen und erfreuten sich ihres Glücks, diese prophetische und seit über eintausenddreihundert Jahren angepriesene Nacht miterleben zu dürfen.

Doch nicht nur geruht, gefürchtet oder gefeiert – auf welche Weise und mit welchen Motiven auch immer – wurde in dieser Nacht. Es wurden auch bereits von langer Hand geschmiedete Ränke ausgeführt. Teuflische, heimtückische und grausame Pläne, geboren aus Habgier, Kaltherzigkeit und dem grenzenlosen Verlangen nach Macht.

Es waren Pläne und Ränke, deren Ursprung teilweise schon Jahre in der Vergangenheit lag, die sorgfältig geplant waren. Und die noch in dieser Nacht einundzwanzig – und mehr – friedliebenden und gutherzigen Druiden das Leben kosten sollten. Geplant von dem einem Verräter unter ihnen. Dem einen, dem es nicht um das Wohl der Welt ging, nicht um Frieden und Einklang der in dieser Welt lebenden Individuen, nicht um das Gleichgewicht und den gesunden Fortbestand der Natur. Dem einen Verräter ging es um sein persönliches, ausschließlich sein persönliches Wohl und seine Macht. Dem einen Verräter, der aufgrund seiner Stellung als Hofmarschall von Isterien über schier unerschöpfliche Ressourcen verfügte. Auf diese Ressourcen zuzugreifen und sie für seine Zwecke zu gebrauchen, war für ihn ein Leichtes. Ebenso wie dabei sämtliche Unterlagen und Beweise für seine Unterschlagungen oder sonstige Verfehlungen verschwinden zu lassen, darunter auch Zeugen. Es war dieser eine Verräter, der in allen verschiedenen Ländern der Menschenkönige, diverse gedungene Mörder anheuerte, sie zu einem ganz bestimmten Zeitpunkt auf ganz bestimmte Personen ansetzte. Und so, dass alle diese Mörder zum gleichen Zeitpunkt an jedem ausgewählten Ort zuschlugen. Währenddessen wartete er ruhig und beobachtete. Wartend auf die Geburt des *Kindes der Planeten*. Denn er wusste, wer es gebären würde. Entgegen dem, was er seinen Druidenschwestern und -brüdern vorgelogen hatte, hatte er die Eltern des *Kindes der Planeten*, die Königsfamilie Bellegard d'Autrie von Isterien, niemals darüber informiert, wer ihr ungeborenes Kind war. Niemand wusste, wer das ungeborene Königskind wirklich sein würde, käme es zur Welt. Niemand. Außer eben jenem Verräter. Er wusste es sicher. Er brauchte die anderen Druiden nicht mehr. Keine Zeugen. Keine Mitwisser. Niemanden, der ihm im Wege steht oder seine Pläne zu durchkreuzen vermochte.

Der Verräter hieß Vindur Texor.

Bruder Adal fuhr sich barsch durch die dunkelblonden Haare, kratzte sich den mehrtägigen Bart, verkrallte die Finger am Revers seiner einfachen grau-braunen Druidengewänder. Er war nervös, angespannt, zitterte nahezu. Und das lag nicht an dieser Nacht. Dieser einen Nacht, in der sich die Planeten aufeinander ausrichteten, in der diese Welt einen zweiten Mond erblickte, welcher sich zusammen mit seinem Bruder gleichsam beschienen zu den sagenumwobenen Zwillingsmonden entwickeln würde. Dieser Nacht, in der das *Kind der Planeten* geboren würde.

Nein, Bruder Adal kannte seinen Körper und seinen Verstand zu gut um zu wissen, dass es nicht daran lag. Er war Telepath. Doch trotzdem vermochte er es nicht festzustellen, welchen Ursprung diese Gefühle hatten. Diese bedrückenden Gefühle, die ihn schon seit Langem plagten. Seit der im Februar stattgefundenen großen Zusammenkunft der Druiden im Tempel des Magiers Noah von Schiffwald in Westrand. Und die seitdem immer stärker wurden.

Doch eines wusste er: Irgendetwas stimmte hier nicht. Und irgendetwas würde passieren. Etwas, dass niemand vorhergesehen hatte. Niemand. Keine seiner Schwestern und keiner seiner Brüder.

Bruder Adal hielt es nicht aus. Er verließ die Hütte, in der er mit seiner hochschwangeren Frau lebte. Einer edelgeborenen Menschenfrau aus Mendor, die er einst bei einer Reise in das Land kennengelernt hatte, welches damals noch von Eoromir, dem Vater des heutigen Königs Frodimir regiert wurde. Aus ihrer Liebe zu ihm, einem Druiden, entsagte jene Frau ihrer Familie und ihrem feinen, in Sänfte getragenen Leben und gab es für eines im Walde, in der freien Natur der Vereinigten Nordlande auf. Sie nahm Adals Lebensweise an. Und erwartete jetzt sein Kind, freute sich wie er auf die in wenigen Wochen bevorstehende Geburt.

Der Telepath trat hinaus, hatte knapp fünfzig Schritte einen dichten Buchenwald und sich wunderbar zu Spaziergängen eignende Edellaubwälder vor sich. Es war ein sehr bescheidenes, aber durchweg friedliches und stilles Fleckchen, voller Naturverbundenheit, Ruhe und Harmonie. Dieser Druidenkreis befand sich ganz am westlichen Rande der Vereinigten Nordlande, nur wenige Meilen vom Land der Elfen entfernt. In dieser Nacht aber umgaben die Buchen die Lichtung, auf der sich die kleine Druidensiedlung befand, wie ein einengender dunkler Ring.

Adal schaute in den Himmel. Keiner der beiden Monde war zu sehen, es war zu bewölkt, wie schon seit Tagen. Trüb, wie sein Gemütszustand. Die schwangeren Frauen, die er hier in den Nordlanden des Kaisers Herewald beobachtet hatte, schieden beide aus. Eine hatte vor zwei Tagen entbunden, bei der anderen war die Zeit zu gebären noch nicht gekommen. Daher war seine Aufgabe vorerst vollbracht.

Der Druide schloss die Augen, konzentrierte sich. Er tauchte in sein Unterbewusstsein ab, durchforstete die Welt, die verschiedenen Bewusstseins der

Geschöpfe auf diesem Kontinent. Vom König bis zum Bauern, von Frau zu Mann, vom Krieger bis zum Krüppel, vom Wolf bis zum Schaf, vom Hund zur Katze, vom Vogel zum Regenwurm. Er durchfloss die Welt wie durch einen See klaren, durchsichtigen Wassers, suchte ein ganz bestimmtes Bewusstsein. Das Bewusstsein seiner guten Freundin Schwester Kailla, die im Süden Mendors lebte. Er musste einfach mit jemanden reden, darüber sprechen, was ihn so sehr bedrückte.

Es dauerte nicht lange, ehe der erfahrene Telepath seine Schwester fand.

Kailla?, fragte er telepathisch, über eine Entfernung von eintausenddreihundertundzwanzig Meilen. *Kailla? Hörst du mich?*

Adal?, antwortete Kailla. *Bist du das? Was ist los?*

Ich muss mit dir reden. Verzeih, wenn ich dich überfalle, aber es ... Ich sage es ganz einfach gerade heraus: Mir ist sehr unwohl. Ich habe so ein ganz mieses Gefühl für heute. Irgendetwas stimmt nicht ...

Du auch? Kailla seufzte telepathisch. *Und ich dachte, ich bin verrückt geworden.*

Du hast es auch?

Ja, schon lange. Anfangs dachte ich, das ist die ganz normale Anspannung vor dieser Nacht, vor den Zwillingsmonden. Aber seit längerem befürchte ich, dass es irgendetwas anderes damit auf sich hat.

Bei mir ist es genauso. Hast du eine Vermutung, was es sein könnte?

Schön wär's ... Ich bin ratlos, Adal ... Diese bedrückenden Gefühle, ohne eine konkrete Vermutung. Eine Krankheit von Telepathen, was?

Krankheit würde ich das nicht nennen. Wir haben Vorahnungen. Und diese führen zu Visionen. Was meinst du, warum wir als Kinder mit unseren prophetischen Träumen immer richtig lagen?

Hmm ... Du hast natürlich recht. Aber was soll denn los sein? Vielleicht etwas mit dem Kind der Planeten, vielleicht haben wir einen Fehler gemacht? Etwas übersehen? Vielleicht ...

Sie verstummte schlagartig.

Kailla? Was ist? Bist du noch da?

Keine Antwort.

Kailla?

Warte, Adal ... Hier ist irgendwer ... Ich habe Schreie gehört. Warte kurz. Ich melde mich gleich wieder.

Kailla?

Das telepathische Signal brach ab. Und dann spürte Adal von Kaillas Aura ausgehend auf einmal einen heftigen Impuls, eine seltsame Druckwelle im Kopf, die kurzzeitig sehr heftig schmerzte.

Kailla?!, fragte er besorgt, versuchte, den Kontakt wiederherzustellen. *Was ist gerade passiert? Kailla? So antworte doch! Kailla?!*

Adal. Die nach ein paar beängstigend stillen Momenten ganz plötzlich zurückgekehrte telepathische Stimme von Kailla war nun ganz anders als zuvor. Enorm ruhig. Unnatürlich ruhig.

Zu ruhig.

Kailla? Was ist passiert? Was ist mit dir?

Ich bin gestorben ...
Was?!
Ja ... Ich ... bin soeben gestorben ...
Aber ... Wie ...
Tja ... In Kaillas Stimme schlich sich der bedauerliche Ton eines tragisch fröhlichen Lächelns ein. *Du bist ein Telepath, genau wie ich. Du weißt, dass unser Gehirn, genauer unser Unterbewusstsein, auch noch ein paar Minuten nach dem Tode des Körpers weiterarbeitet. Deswegen sprechen wir noch zueinander. Und genau deshalb habe ich auch nicht mehr viel Zeit. Und du auch nicht.*
Was meinst du damit? Adal hatte Schwierigkeiten, seine Gedanken zu konzentrieren, die gerade vor Entsetzen, Unverständnis, Zorn, Fassungslosigkeit und – paradoxerweise auch – erdrückender Leere nur so sprühten.
Ich wurde ermordet, Adal. Von maskierten Männern, mit Stiletten erstochen. Sie sind in meine Hütte eingedrungen. Ich würde mich nicht wundern, wenn sie auch die anderen Druiden hier ermordet haben. Aber darum geht es jetzt nicht. Ich habe, während ich im Sterben lag, auf dem Boden meines Heimes, in meinem eigenen Blut, das mir aus dem Bauche strömte, die Gedanken eines dieser Männer lesen können.
Kailla ...
Still, Adal. Ich habe nicht viel Zeit. Bitte sage nichts und höre mir zu. Ich weiß, worum es geht. Ich weiß, wer dafür verantwortlich ist. Ich weiß, was hier los ist. Es ist Bruder Vindur. Er hat uns verraten. Er will das Kind der Planeten für sich. Darum lässt er uns alle umbringen, die wir davon wissen. Er ist der Auftraggeber dieser ganzen Männer.
Wie ... Vindur? Vindur Texor von Isterien? Adal war noch erschütterter. *Uns verraten? Gedungene Mörder? Nein, das macht doch keinen Sinn. Welcher Druide würde ...*
Adal, bitte, höre nur zu, ich weiß nicht, wie lange ich noch habe.
Bruder Adal schluckte schwer, konzentrierte sich auf die telepathische Stimme seiner Freundin.
Adal, du weißt: Ein Mensch kann jeden belügen, außer sich selbst. Die Gedanken im Kopf dieses Häschers waren absolut eindeutig. Da gibt es nichts zu zweifeln oder in Frage zu stellen. Warum auch immer, Vindur ist dafür verantwortlich. Er hat Häscher zu jedem der einundzwanzig Druiden ausgesandt, die an der Suche nach dem Kind der Planeten beteiligt waren, um sie ermorden zu lassen. Diese Häscher, die bei mir waren, sind nicht die einzigen. Meine Zeit reicht nicht, um das alles zu hinterfragen oder zu erörtern. Sie reicht nur noch, um dich zu warnen: Du musst verschwinden, Adal. Sofort. Sie werden auch bei dir auftauchen. Vielleicht sind sie schon da. Verschwinde, mein Freund. Rette dich.
Adal fand die Sprache nicht.
Es war mir eine Ehre, Adal.
K-Kailla!
Lebe wohl, mein Freund. Rette dich. Rette dich, rette deine Frau und euer ... Das telepathische Signal brach abrupt ab.
Kailla?, versuchte Adal, seine Freundin zu erreichen, doch Kaillas Aura war völlig verschwunden. Wie ausgelöscht. *Kailla?! Kaillaaa?!*
„Argh, verdammt!", schimpfte er in die Nacht, als er aus der telepathischen Trance wiedererwachte.

Er hatte keine Zeit, über die Geschehnisse der vergangenen Minuten nachzudenken. Und das viel ihm schwer, denn das war schließlich eine ganze Menge. Eine schreckliche Menge. Doch er musste von hier verschwinden.

Der Druide stürmte in die Hütte zurück. „Carina!", rief er. „Carina!"

„Adal?", fragte seine Frau beunruhigt, die die Panik in der Stimme ihres Mannes augenblicks erkannt hatte. „Was ist …"

„Frag nicht", fiel er ihr ins Wort, während er bereits notdürftig einen Ledertornister bepackte, der eigentlich der Aufbewahrung von Kräutern diente. „Wir müssen hier verschwinden. Auf der Stelle!"

„Wie denn das?", fragte Carina und stand mit Mühe auf, hielt sich den dicken Bauch.

„Etwas stimmt nicht. Wir müssen sofort fliehen."

„Fliehen? Vor wem? Und warum?"

„Das erkläre ich dir auf dem Weg. Jetzt aber vertrau mir einfach, bitte."

Die Schwangere schluckte schwer, war sichtlich beunruhigt. Sie kannte ihren Mann so nicht.

Obgleich es eine schwere emotionale Last war, schlug Adal keinen ‚Alarm' im herkömmlichen Sinne – ein ‚Alarm' war etwas, was Druiden nicht kannten. Er warnte die anderen Druiden des Kreises nicht. Ihm war bewusst, dass er niemanden in der Kürze der Zeit davon überzeugen konnte, was ihnen für eine Gefahr drohte. Außerdem fürchtete er, dass, selbst wenn er die anderen überzeugen und zur Flucht bewegen könnte, es zu lange dauern würde.

Aber schon gleich nachdem er und Carina zwischen den Buchen in der Dunkelheit verschwunden waren, haderte er mit seinem Gewissen, dass er seine Schwestern und Brüder zurückließ. Er musste sie warnen, konnte sich nicht einfach so davonmachen. Immerhin hatte er seine Frau vorerst in Sicherheit gebracht.

„Carina, Liebste, verzeih, aber du musst hier auf mich warten. Ich muss die anderen warnen."

„In … Ordnung." Seine nervöse Frau verstand immer noch nicht, was eigentlich los war. „Sei vorsichtig."

Adal nickte, drehte sich schweren Herzens um und lief zurück auf die Lichtung.

Als er sie erreichte, erwies sich sein erster Gedanke, dass eine Warnung der anderen zu lange dauern würde, als vollauf zutreffend. Kaum dass er die erste Hütte erreichte, hörte er einen ersterbenden Schrei. Gleich darauf einen weiteren. Bis letztlich das laute Knistern von Flammen und die Helligkeit von Feuer die Nacht erfüllten. Die ersten Hütten mit ihren Strohdächern fingen unheimlich schnell Feuer. Aufgeschreckte Druiden stürmten aus ihren Heimen, riefen aufgeregt. Noch ehe sie etwas unternehmen, gar wirklich reagieren konnten, tauchten zwischen den Hütten hervor Bewaffnete auf.

Adal sah, wie einer ihrer jungen Lehrlinge einfach von einem der Angreifer mit einem Schwert niedergehauen wurde. Der Junge war gerade erst seit fünf

Wochen bei ihnen, war gerade erst neunzehn Jahre alt. Auch andere seiner Schwestern und Brüder wurden gnadenlos niedergestreckt, obgleich keiner von ihnen bewaffnet war.

Ein Mensch oder ein anderes gewöhnliches Individuum würde sich nun fragen, warum sich die Druiden nicht wehrten. Immerhin waren unter anderem Pyromanten darunter, die sich mit Feuer den Meuchlern entgegenstellen konnten. Doch dies widersprach dem Wesen der pazifistischen Druiden. Selbst bei der Bedrohung des eigenen Lebens würden Druiden niemals ihre Fähigkeiten und ihre Verbundenheit zur Natur einsetzen, um anderen Lebensformen Schaden zuzufügen.

Und so starben sie. Vollkommen wehrlos. Dahingeschlachtet von erbarmungslosen Mördern.

Adal durchbrach die Schockstarre wegen des Anblicks dieser grausamen Gewalt, des Blutes sowie der Schreie in seinen Ohren. Er musste fliehen, musste hier sofort verschwinden.

Er drehte sich um und lief wieder in den Buchenwald, hoffte, dass ihn niemand gesehen hatte.

„Was ist los, Adal? Das Dorf brennt!"

„Ja", antwortete er seiner angsterfüllten Frau, die den flackernden Schein des sich ausbreitenden Feuers auf der Lichtung zwischen den Baumstämmen sah. „Irgendwelche Männer greifen uns an, brennen alles nieder und ermorden die anderen." So ruhig, wie er es sagte, war er beileibe nicht. „Wir müssen auf der Stelle hier fort, Carina! Komm, ich stütze dich."

Mit dem dicken Bauch fiel Carina das Laufen sehr schwer. Ihre aufgrund der Gewichtszunahme ohnehin schon angeschwollenen Füße schmerzten sehr, die Beine kamen nur problematisch mit. Sie atmete hektisch, hielt sich den Bauch, spürte, wie das Herzrasen und die Aufregung ihr selbst und dem Kind unter ihrem Herzen nicht guttaten. Erschwerend hinzu kamen noch die Dunkelheit und der unebene Boden. Sie mussten auf jeden ihrer Schritte achten.

„Adal ...", stotterte die Schwangere. „Du bist zu schnell ... Ich kann nicht so schnell ..."

„Ich verstehe, aber wir müssen, Liebste."

Die Abstände zwischen den Buchen wurden größer, das dichte Blätterdach wurde lichter. Der Weg des fliehenden Paares erhellte sich deutlich.

Die Zwillingsmonde.

Aufkommende Winde hatten die Wolken vertrieben, sodass es den heute zwei scheinenden Vollmonden nun möglich war, sich zu zeigen und Adal und Carina den Weg zu erleuchten, die zuvor kaum etwas hatten sehen können.

Carina versuchte, Schritt zu halten. Doch ihr Unwohlsein im Bauch wurde immer schlimmer. Mörder hin oder her, sie konnte nicht so schnell, wie es ihr Mann verlangte.

„Adal, bitte ... Ich kann ... Das Kind ..."

„Nun gut, aber wir müssen verschwinden, ehe uns diese Mörder ..."

Etwas unterbrach ihn heftig. Ein Ruck, ein Stoß, Verlust von Gleichgewicht.

Adal fiel zu Boden, fand sich auf dem Boden wieder, seine Finger fuhren durch Erde und Mulm. Auch Carina war sehr unsanft gestürzt, unter einem Rucken auf die Seite. Sie ächzte, fasste sich unter den Bauch, verzog schmerzhaft das Gesicht.

Der Druide wandte sich um, schaute auf die dunkle Silhouette eines der Mörder, der die beiden geschubst hatte. Nach einem Zischen von Metall, das aus Scheiden gezogen wurde, blitzten zwei Stilette in den Händen des Mannes vom hellen Licht der beiden Monde auf.

„Habe ich doch richtig gesehen, dass welche von euch in den Wald abgehauen sind. Also nichts für Ungut, aber wenn ihr fliehen wollt, müsst ihr schon schneller rennen."

Carina stöhnte auf, fasste sich an den Bauch.

„Och, wie süß", zischte der Mörder. „Schwanger auch noch. Dann wären uns ja bald drei von euch entkommen. Naja, stellen wir sicher, dass niemand von euch entkommt."

Adal war ein Telepath. Es wäre ein leichtes für ihn gewesen, das Hirn des näher herantretenden Mörders zu durchwühlen, dass dieser in einen dauerhaften Zustand der herumirrenden Idiotie geraten würde. Er hätte auch seinen Willen durchkreuzen können, ihn gegen seine eigenen Leute in den Kampf ziehen lassen können. Aber Adal war ein Druide. Er setzte seine Fähigkeiten nicht zum Schaden anderer Lebensformen ein.

Doch irgendetwas musste er tun. Er sandte einen kurzen Impuls aus, legte eine Müdigkeit in das Gehirn des Mörders, die diesem absoluten Schlafenzug suggerierte. So war es dann auch. Der Mörder, ließ die Stilette aus den schlaff gewordenen, kraftlosen Fingern gleiten und knallte mit voller Wucht der Länge nach zu Boden. Worauf er seelenruhig vor sich hin schlummerte.

Adal stand auf, hechtete zu seiner Frau. „Carina! Ist alles in Ordnung?"

„Ich ... weiß nicht ..." Sie wusste es wirklich nicht. Bei dem Sturz war etwas in ihr geschehen. Sie traute sich nicht, die Hände von ihrem Unterbauch zu nehmen, als habe sie das Gefühl, sie müsse das Kind in ihrem Bauche stützen.

Doch als er ihr aufhalf und sie unter größten Anstrengungen auf den Beinen stand, spürte sie, was in ihr geschehen war.

„Adal ...", stammelte sie, während sie nach Formulierungen suchte, um ihrem Mann zu beschreiben, was sie fühlte.

„Komm, Carina, ich flehe dich an! Nur noch ein Stück, bis wir uns irgendwo verstecken können. Du musst weiter."

Er legte ihren Arm auf seine Schultern, zog sie mit sich, doch bekam gefühlt weniger zustande als Schneckentempo.

In der weiten Ferne heulten Wölfe, zahlreiche Wölfe, ganze Rudel, zweifellos waren auch Werwölfe darunter. Es war diese magische Nacht der Zwillingsmonde, die sie so aufschreckte, das stand fest.

„Adal ...", murmelte Carina, während sie noch langsamer wurde. „Adal ..."

„Was ist?"

„Irgendetwas ... stimmt nicht ..." Sie hielt sich mit schmerzverzerrtem

Gesicht den Bauch. In ihrer Stimme lag Angst. „Das Kind ..."

Er schaute hinab, dorthin, wo ihre Hände den Bauch umfasst hielten. Das Nachtkleid in ihrem Schritt begann sich rasch rot zu färben. Und schnell war Blut bis auf den laubbedeckten Boden getropft.

Adal hielt an. Ihm blieb kurz die Luft weg. Dann fluchte er abscheulich, wie es sich für keinen Druiden gehörte.

Ehe er Worte fassen konnte, fiel seine Frau stöhnend zusammen.

„Carina!"

Es war zu viel für die hochschwangere Frau. Die Aufregung, der Stress, die Bewegungen, und zuletzt der Sturz. Sie hatte eine Frühgeburt.

„Das Kind, Adal ... Es kommt ... Du ... musst es holen ..."

„Aber wie ..."

„Bitte, Adal ... Das Kind kommt ..."

Er half ihr, sich an einen Buchenstamm zu lehnen, half ihr, die dabei vor Schmerz zischte, eine Position für die Geburt einzunehmen. Er wusste zwar, was er zu tun hatte, aber er hatte weder saubere Decken und Tücher noch ein steriles Messer oder saubere Hände. Außerdem war die Nacht recht kalt – und das Anfang Juni.

Adal musste entbinden. Ihm blieb keine Wahl. Seine Frau lag in den erzwungenen Wehen. Das Kind war unterwegs. Doch aufgrund der Umstände würde die Geburt offenkundig unter großen Komplikationen erfolgen.

Die Zwillingsmonde gaben ihm Licht, ein erhellendes Licht, aber ein in seiner Lage bitteres Licht.

Adal entband. Er tat es unter Schmerzen. Er litt mit seiner Frau, deren Gesicht sich grausig vor Qualen verzog und mit Schweiß bedeckte. Sie stöhnte. Sie schrie.

„Bitte meine Liebste, sei leise ... Man hört dich ..." Adal konnte sich nicht ansatzweise vorstellen, wie unsinnig diese Bitte an seine Frau war, die gerade unter entsetzlichen Schmerzen ihr Kind in einer ungeplanten und sehr komplizierten Frühgeburt zur Welt brachte.

Carina verlor sehr viel Blut, hatte schlimme Schmerzen, weit über normale Geburtsschmerzen hinausgehende. Denn diese Geburt war nicht normal.

Nach endlosen Minuten der Qualen und Schreie hatte sie jedoch ihr Kind zur Welt gebracht, einen Jungen. Anfangs überkam Adal, zusätzlich zu seiner ohnehin schon abscheulichen Situation, ein unbeschreibliches, entsetzliches Gefühl. Denn das Neugeborene in seinen Armen lag da wie tot, fast reglos.

Fast.

Mit Erleichterung stellte Adal fest, dass, obwohl der Säugling nicht schrie, er dennoch atmete. Adal kitzelte ihn am Fuß, und das kleine Beinchen zuckte, ein leiser, wie genervter Seufzer entsprang den neugeborenen Lippen.

Das Kind lebte.

„Es ist ein Junge, Carina ... Wir haben einen Jungen ..." Er wischte mit einem anderen der zuvor eingepackten Decken das Kind notdürftig ab, befreite vor allem den Kopf und das süße Gesichtchen vom Plazentablut.

„Ich …", stammelte die fürchterlich erschöpfte Carina, „möchte ihn sehen …"

„Aber ja doch." Adal lehnte sich zu ihr, zeigte ihr ihren Sohn. Trotz ihres Zustandes konnte die Frau ihr Kind aus ihren entkräfteten Augen und im zweifachen Mondlicht genau betrachten. Es hatte dünne hellbraune Haare. Rote Lippen formten einen süßen Kussmund. Die Haut war glatt, weich und sehr zart, hatte einen sehr gesunden Teint. Der Junge, obgleich er die müden Lider nur kurz öffnete, ließ große blau-grüne Augen sehen.

Es war ein wunderschönes Kind.

„Sieh doch, Carina. Das ist unser Sohn. Das ist dein Sohn, Carina …"

Über Carinas völlig erschöpftes und von Schmerz malträtiertes Gesicht huschte ein Lächeln.

Plötzlich Rufe. Rufe von weitem, die durch den Wald schallten. Zweifellos hatten die Verfolger die Schreie Carinas gehört.

„Oh nein." Adal schaute in die Richtung, aus der die verfolgenden Rufe kamen. „Carina, wir müssen weiter. Die sind immer noch hinter uns her. Du musst aufstehen. Ich helfe dir. Moment …"

Er wickelte das Kind in ein dünnes Leinentuch, legte es auf den kalten Boden, um sich um seine Frau zu kümmern. Sie hatte sehr viel Blut verloren.

Zu viel.

Als er sie berührte, fühlte er Kälte und Schwäche.

„Carina, hörst du? Wir müssen weiter. Du musst aufstehen."

„Ich kann nicht aufstehen … schon gar nicht weiterlaufen …" Carina war weiß wie gelöschter Kalk.

„Dann werde ich dich tragen. Ich werde euch beide tragen."

Sie schrie fürchterlich auf, als er sie anhob, hing an ihm wie ein Amboss. Von irgendeiner Form von Körperspannung war keine Spur. Schwäche und Schmerz nahmen der Frau jede Kraft.

„Bitte, Carina! Du musst durchhalten!"

„Ich kann nicht … Ahhh …" Ein abscheulicher Schrei. Spätestens diesen mussten die Verfolger gehört haben – wenn nicht schon die zahlreichen davor.

Adal ließ sie los, entsetzt von sich selbst, der er sie zwanghaft zum Weiterlaufen bewegen wollte, die sich vor Schmerzen nicht einmal bewegen konnte.

„Carina …"

„Adal …", sagte sie schwer, während ihr weitere Schweißperlen über die bleiche Stirn liefen, Tränen über die erschöpften Wangen. „Du musst … gehen …"

„Ich gehe nicht ohne dich!"

„Adal … Du hast keine Zeit … Ich kann nicht laufen … Wenn sie kommen, dann kriegen sie uns …"

„Dann kriegen sie uns halt! Ich lasse dich nicht zurück!"

„Nein, mein Geliebter … Du musst fliehen. Mit unserem Sohn …"

„Ich kann nicht ohne dich weiterleben, Carina! Ich kann nicht! Ich brauche dich!"

„Unser Sohn braucht dich jetzt ..."

Adal knurrte, wollte das alles nicht wahrhaben.

„Du musst fliehen, Adal, bitte ... Du musst ... Für unseren Sohn ..."

Der Telepath schniefte.

„Adal, bitte, rette dich ... rette unseren Sohn ... Bitte ..." Carina weinte. In ihrer flehenden Bitte lagen Schmerz und Trauer. Adal selbst wusste gar nicht mehr, wohin mit sich.

Der in Leinen eingewickelte Junge neben ihnen war weiterhin ganz ruhig, schlief süß wie ein Stein vor sich hin.

„Ist schon gut", sagte sie mit einem bitteren Lächeln. „Es ist schon gut, mein Geliebter ... Geh jetzt ... Geh ... Rette unser Kind ... Rette unseren Sohn ..."

Er schüttelte langsam den Kopf, sah sie aus tränenden Augen an. Mit den Lippen sagte er: „Ich kann nicht." Aber seine abgeschnürte Kehle brachte keinen Laut der Stimme hervor.

„Bitte, Adal ... sie kommen ... Bitte rette unseren Sohn ... Ich flehe dich an ... Rette euch beide ... Bitte ..."

Er hörte die Stimmen der Verfolger, sah den Lichtschein ihrer Fackeln unstet zwischen den Buchenstämmen hindurch scheinen. Es war wie Kailla gesagt hatte: Es waren gedungene Häscher, die genau wussten, was sie taten, die ein bestimmtes Ziel verfolgten. Und die nicht aufgeben würden, bis sie dieses Ziel erreicht hatten.

Die Erschütterungen seines Laufens weckten den Säugling in seinen Armen. Selbst das so ungewöhnlich stille Kind begann aufgrund dieser hektischen Schritte seines Vaters zu schreien, hörte nicht auf die beschwichtigenden Worte des Druiden. Das Kind mit Telepathie zu beruhigen, traute er sich nicht, da dies ohne besondere Vorsicht und Konzentration dauerhaft schädliche Auswirkungen auf den Verstand des Neugeborenen haben konnte. Aktuell konnte Adal natürlich nicht die für das Kind ungefährliche Konzentration finden.

Die Verfolger kamen näher – gedungene Häscher, gegebenenfalls Krieger. Sie waren wesentlich schneller als der Druide, der zudem noch einen schreienden Säugling in den Armen hielt. Ihm wurde die ausweglose Situation bewusst: Er konnte nicht entkommen.

Adal unterdrückte die nächste Welle von Tränen. Denn nun musste er innerhalb weniger Minuten die zweite fürchterliche Entscheidung treffen. Nachdem er seine Frau hatte zurücklassen müssen, würde er nun auch seinen neugeborenen Sohn zurücklassen müssen.

Ihm blieb keine Wahl. Er musste das Kind verlassen, um es vor den Häschern zu retten, um zumindest eine minimale Chance zu wahren, dass es überleben würde. Er wusste, dass in dieser Gegend, nahe des Elflandes, manchmal Elfen patrouillierten oder auf ihren Handelsreisen waren. Schließlich war die Alte Weststraße nicht weit. Adal wiegte sich in der Hoffnung, dass hier vielleicht Elfen vorbeikommen würden, zumindest in der Nähe, und die Schreie seines

Sohnes hörten.

Er musste sich diese Hoffnung machen. Eine andere hatte er nicht.

Nach wenigen weiteren von Verzweiflung gepeinigten Schritten kam er auf eine Lichtung. Auf dieser Lichtung war nicht viel. Nur eine alte verfallene Hütte, die wohl irgendwann einmal der Sitz eines Waldhüters gewesen sein mochte, vielleicht auch von Jägern genutzt wurde. Doch das war bestimmt schon mehrere Jahrzehnte her, so wie diese Hütte aussah – das Strohdach in sich eingefallen, die Wände teilweise zusammengestürzt, das Holz morsch, verschimmelt, bröcklig, moosbewachsen.

Unweit der Hütte befand sich im Zentrum der Lichtung noch ein alter Brunnen.

Der Junge hörte auf zu schreien, schaute seinen Vater aus seinen großen blaugrünen Augen an, als sei er völlig bei Bewusstsein. Vollkommen untypisch für ein Neugeborenes.

„Es tut mir so leid ...", sagte Adal mit größter Mühe, ohne imstande zu sein, sich die Tränen zu verkneifen. „Bitte, vergib mir ..."

Er legte das Kind, das in dem vom Blut seiner Frau besudelten Leinentuch eingewickelt war, vorsichtig und sorgsam an den Brunnen. Der Junge schrie nach wie vor nicht. Und es schien, als gebe er fragende Laute von sich.

„Bitte vergib mir ... Sie dürfen uns nicht beide kriegen, mein Sohn ... Hörst du?"

Der Telepath war froh, dass das Bewusstsein seines Sohnes noch zu unausgeprägt war, um klare Gedanken wiedergeben zu können. Er war sich sicher, dass er nicht zu ertragen vermochte, diese Gedanken in jenem Augenblick zu spüren.

„Wenn ich dich nicht hierlasse, hast du eine keine Chance zu überleben ... Vielleicht finden dich Elfen. Aber wenn ich dich mitnehme, hast du gar keine Chance ... Es tut mir so leid ..."

Er strich ganz sanft über das kleine Köpfchen, das so weich, zart und zerbrechlich war.

„Leb wohl, mein Sohn ...", schluchzte er, von einem schrecklichen Trauergefühl erfasst, einer abscheulichen Verzweiflung, der die schlimmste Foltermethode nicht im Ansatz gewachsen war. „Leb wohl ..."

Es gelang ihm nur, seinen herzzerreißenden Blick von dem Kind zu lösen, dann aufzustehen und wie wahnsinnig loszustürzen, indem er sich selbst für einen Herzschlag in eine telepathische Trance versetzte, während jener sein Gehirn kurzzeitig wie leergefegt war und sein Körper ohne Widerstand aufzustehen vermochte.

Und dann rannte er. Rannte einfach nur drauflos. Rannte wie von Dämonen gejagt. Rannte wieder in den dichten Wald hinein, unter die dichten Blätterdächer. Rannte in die pure Dunkelheit.

Rannte. Rannte. Rannte.

Er musste die Verfolger so weit wie möglich von seinem Kind weglocken. Zu diesem Zweck sandte er telepathische Signale an die Auren der Häscher, sandte ihnen die Schreie seines neugeborenen Sohnes, sodass sie den Druiden jagten, statt den realen Schreien seines Kindes folgten – sollte es denn dann schreien.

Es funktionierte. Die falsche Fährte, die Adal in die Gehirne seiner Verfolger setzte, ließ sie in seine Richtung laufen, weg von seinem Sohn. Er erkannte es an den sich nähernden Fackeln zwischen den Baumstämmen und den schallenden Rufen.

Die falsche Fährte erfüllte ihren Zweck. Doch natürlich verkürzte sie Adals Flucht.

Nur noch wenige Minuten rannte der Telepath durch den Wald, die Augen feucht von Verzweiflungstränen, als er urplötzlich einen schrecklichen Schmerz in beiden Beinen verspürte, gleich unterhalb der Knie. Er schrie auf, doch dieser Aufschrei wurde vom Erdboden gedämpft, auf den sein Gesicht gefallen war. Der Sturz auf den Boden, das Dröhnen im Kopf und der Schwindel nahmen Adal für kurze Zeit den Schmerz in den Beinen. Doch dieser brachte sich jäh zurück in sein Bewusstsein, da er einfach zu fürchterlich war.

Adal schrie, brüllte.

Er konnte nicht sehen, was mit ihm gemacht worden war, konnte nicht sehen, was für seine Schmerzen verantwortlich war. Er konnte nicht sehen, dass der sehr tiefe Hieb eines gewaltigen Langschwertes, eines zwergischen Saarass, ihm beide Unterschenkel abgetrennt hatte.

Vor ihm erschien eine riesenhafte Silhouette. „Halt's Maul!", knurrte die Silhouette in albtraumhafter Stimme.

Ein heftiger Ruck und ekelhafter Druck in der Brust.

Jetzt verstand Adal sogleich, was passierte. Die riesige Silhouette hatte ihm die Klinge eines Schwertes in die Brust gestochen, mit einem Knauf in Form eines Totenschädels. Er sah den Stahl, der in ihm stak und in dem sich die Feuer der Fackeln der Verfolger blinkend widerspiegelten. Die Häscher hatten inzwischen aufgeschlossen.

Schmerzen hatte Adal noch immer. Doch schreien konnte er nicht mehr. Seine Lungen, die sich rasch mit Blut füllten und zwischen denen die Schwertklinge steckte, ließen nur noch qualvolles Röcheln heraus. Adal lag in einer sich rasch ausbreitenden Blutlache, röchelte sich wortwörtlich das Leben aus dem Leib. Der Tod kam langsam und qualvoll über ihn. Er vermochte nur noch dank der Telepathie, die Gedanken seiner Verfolger zu hören.

Die Häscher fragten sich, wo das Kind war, dass sie hatten schreien gehört, kamen jedoch rasch zu dem Schluss, dass es ausreichend war, den Druiden kaltgemacht zu haben. Das Kind würde, sollte der Druide es hier irgendwo versteckt haben, in dieser Wildnis ohnehin nicht überleben können.

Den letzten Gedanken, den Bruder Adal, der Telepath, Wittwer einer zu Tode gehetzten Frau und Vater eines neugeborenen Sohnes, empfing, war ein Name. Der Name dieses riesenhaften Häschers, der eindeutig der Anführer gewesen war. Der Name dieses riesenhaften Häschers, der ihm die Beine abgeschlagen und ihn schlussendlich ermordet hatte.

Eisenheim.

XXVII

Gesucht und gefunden

Abbas kannte nichts anderes als die Stadt Laemrath. Er wurde hier geboren, verbrachte hier sein Leben und würde auch hier sterben. Wie sein Vater und sein Großvater. Und wie wahrscheinlich auch sein Sohn und seine Tochter. Das war normal, er war da nicht der einzige.

Der Tavernenwirt Abbas hatte seine Gaststätte von seinem Vater geerbt, wie auch dieser von dessen Vater. Abbas selbst würde eines Tages ebenso mit seinem Sohn verfahren, führte ihn bereits jetzt ins Geschäft ein, welches dieser irgendwann in Gänze übernehmen solle. Seine Tochter indes half in der Küche und bei der Buchführung aus – bis sie sich irgendwann in einen anständigen und vielleicht sogar vermögenden Mann verlieben und ihn heiraten, ins Familiengeschäft mit einsteigen oder einen ganz anderen Weg für sich einschlagen würde. Das Gasthaus ‚Zum sterbenden Schwan' war ein gepflegtes Lokal, das vielen Reisenden und fahrenden Händlern eine Bleibe bot, doch auch für die Einheimischen ein beliebter Ort war, sich die Feierabendbiere zu genehmigen oder sich einfach nur einen anzusaufen. Die Taverne war stets gut besucht und warf entsprechend gute Gewinne ab.

Doch Abbas war der erste in seiner bescheidenen Familie, der sich mit dem Einkommen durch seinen Beruf nicht zufriedengab; er wollte mehr als den zwar regelmäßigen, aber nicht wohlhabend machenden Lohn seiner Herberge. Und eher zufällig fand er eines Tages einen Weg, um zusätzliches Geld zu verdienen, wobei nicht einmal viel Aufwand vonnöten war. Eine Söldnertruppe hatte sich vor einigen Jahren bei ihm einquartiert, es sich bei leckerem Essen und kühlem Bier in seinem Hause gut gehen lassen. Just ein paar Tage später kam eine Gruppe von anderen fahrenden Kriegern in sein Geschäft. Doch jene zweite Gruppe interessierte sich nicht für Essen, Met, Bier oder eine Bleibe, sondern nur für die Söldner, die wenige Tage zuvor durch Laemrath geritten waren. Aus Angst vor den Waffen der zwielichtigen Gestalten, sagte Abbas, was er wusste. Seine Informationen indessen schienen den Männern zu gefallen. So sehr, dass sie ihn mit einem vollen Säckel dafür entlohnten. Klar, Abbas schnappte viele Informationen von Reisenden, redseligen Kaufleuten oder betrunkenen Gästen auf, aber niemand hatte ihn bisher dafür bezahlt, dass er diese Informationen weitergab.

So entstand seine Idee. Als Wirt hatte er, das war ihm natürlich bewusst, die besten Möglichkeiten, an sensible Informationen zu gelangen. Er hatte Kundschaft nicht nur bestehend aus einfachen Bürgern, Bauern und Arbeitern, sondern auch aus fahrenden Kaufleuten, Reisenden, Soldaten oder Kriegern, sowie aus Edelleuten – jeweils unterschiedlich betrunken und gesprächig. Und wem fällt schon der Wirt auf, die wohl normalste und gewöhnlichste Person in einer Schenke? Die Informationen, die Abbas aufschnappte, würde er an diejenigen weitergeben, die sich dafür interessierten – die sich vielleicht auch erst dann dafür interessierten, wenn er sie vorsichtig und diskret darauf aufmerksam gemacht hätte. Und von solchen Leuten gab es in einer mittelgroßen Stadt wie Laemrath, im nördlichen Teil des Königreiches Südreich, stets reichlich. Abbas baute sich somit ein solides zweites Standbein auf, erhielt in verschiedenen Abständen verschieden große Belohnungen für unterschiedliche Informationen; Informationen, die das Interesse von Vögten, Ratsfrauen und Ratsherren, Unbekannten, eifersüchtigen Ehefrauen und Ehemännern oder einfach nur irgendwelchen Leuten weckte, welche ihn für das eine oder andere überbrachte Wort bezahlten oder etwas mehr Trinkgeld als üblich gaben.

So kam es am heutigen siebzehnten Tag des Septembers dazu, dass der Tavernenwirt und Zuträger Abbas von zwei Soldaten im Dienste seines Königs Sigmund angesprochen wurde, die sich zusammen mit einer Gruppe zwielichtiger Söldner in seiner Herberge für die Nacht niederlassen wollten. Sie suchten eine Person, die er gerade erst am gestrigen Tage gesehen hatte. Jene Person war einem erfahrenen Spitzel wie ihm natürlich gleich aufgefallen. Sie war zweifellos eine Reisende, nicht einmal annähernd aus der Gegend, schmuddelig, verstaubt von dem langen Weg, nur auf der Durchreise. Eine Person, die er nie wiedersehen würde. Etwas verwundert war er davon dennoch. Denn die Person war eine junge und außergewöhnlich schöne Frau. Sie trug eine braune Lederjacke, über ihrer linken Schulter lag ein Zopf heller blonder Haare. In Erinnerung waren Abbas vor allem noch zwei weitere Auffälligkeiten geblieben. Erstens das Schwert, welches sie auf dem Rücken trug. Kriegerfrauen sieht man zwar nicht ganz so oft wie ihre männlichen Kollegen, aber durchaus nicht selten, allerdings mit dem Schwert auf dem Rücken? Nein, das ist an Seltenheit nicht zu überbieten. Und zweitens die tiefblauen Augen der jungen Frau, das dominierende Merkmal in ihrem schmalen, lieben und sehr müden Gesicht. Entgegen Abbas' Annahme übernachtete das Mädchen nicht, sie fragte nur nach dem Weg zu der in einer Entfernung von gut zwei Tagesritten in südlicher Richtung gelegenen Großstadt Oppenheim. Sie trank und aß etwas und machte sich sogleich wieder auf den Weg.

Da Abbas schon lange im Zuträgergeschäft war, hatte er heutzutage keine Gewissensbisse mehr, wenn er eine Person verriet. So auch dieses Mal nicht, als er den Soldaten berichtete, nach welchem Weg die junge Frau mit dem Schwert auf dem Rücken gefragt hatte. Er machte sich auch keine Gedanken mehr, warum diese zahlreichen bewaffneten Männer ein so junges Mädel verfolgten. Früher hatte er noch zu analysieren versucht, worum es ging, ob die Kleine vielleicht eine entlaufene Baronesse wäre, oder was auch immer. Heute war ihm alles einerlei. Nach dem Tod seiner Frau vor zwei Jahren, wurde er kalt, hatte seine eigenen Sorgen, interessierte sich nicht für die Probleme anderer. Sie gingen ihn nichts an. Er musste selber über die Runden kommen, für sich und seine beiden Kinder sorgen. Damit hatte er genug zu tun.

Also berichtete er den Soldaten alles, was er über dieses seltsame Mädchen wusste, das ihn am Vortag nach dem schnellsten Weg nach Oppenheim gefragt hatte. Doch dann, sobald er fertig war, geschah etwas, womit er gar nicht gerechnet hatte: Die Soldaten gaben den Söldnern – worunter auch Frauen waren –, welche es sich gerade an den Tischen bequem gemacht hatten, den Befehl zum sofortigen Aufbruch; keine Rast, kein Essen, kein Bier, sondern gleich wieder weiter. Die Truppe musste es augenscheinlich sehr eilig haben, diese junge Frau einzuholen.

Halt, Abbas, hatte er sich selbst ermahnend gedacht. Das geht dich nichts an, grüble nicht weiter darüber nach.

Etwas enttäuschend war jedoch, dass ihm die Einnahmen entgingen, die er generiert hätte, wären die Soldaten die Nacht über bei ihm geblieben – sie hätten bestimmt drei, vier, vielleicht fünf Zimmer gemietet. Das dachte er zumindest. Doch einer der Soldaten, nachdem er den irritierten und schmollenden Söldnern den Befehl zum Aufbruch gegeben hatte, legte ihm einen Sack voll Münzen mit dem Adler-Prägesiegel des Königreiches Südreich auf den Tresen, dessen Inhalt nicht nur die Miete für fünf Zimmer samt Verpflegung, sondern auch noch einen guten Betrag obendrauf darstellte – für Verschwiegenheit über das besagte Weibsbild, so der Soldatenführer. Abbas war so perplex, dass er beinahe nicht mitbekam, wie die Soldaten aus seinem Hause verschwanden.

Ja, dieser Lohn war wahrlich rekordverdächtig. Obwohl es ihn nichts anging und nicht kümmerte, meldete sich doch zeitweilig ein leiser Gedanke in Abbas' Kopf, wie es käme, dass er wegen der Information über so ein seltsames, zwar sehr hübsches, aber schmuddeliges Mädel eine derart große Belohnung erhielte. Er verdrängte die Gedanken rasch, verstaute den Sack sicher und widmete sich wieder der Kundschaft seines Gasthauses.

Kurz vor Mitternacht, als er die Geschäftsführung bis zum Morgen seinem ihn vertretenden Sohn übergab, stiefelte Abbas gemütlich über die Straße, schwebte geradezu darüber, dass er den Eindruck hatte, nur die volle Börse hielt ihn noch am Boden. Sein Ziel war die Windhalm-Grode-Gasse, benannt nach Windhalm Grode, einem der Gründerväter Laemraths, an den sich jedoch heute niemand mehr erinnerte und kaum noch jemand wusste, wofür dieser Name stand. Windhalm Grode hätte wahrscheinlich niemals erahnt, dass die Straße, die nach ihm benannt wurde, heutzutage fast nur bei Dunkelheit entlanggegangen wurde, dass sich bei Tageslicht kaum jemand dort blicken ließ, es nur nach Anbruch der Dämmerung darin von Leben wimmelte. Es war der Hurenstrich der Stadt.

Abbas freute sich schon auf die Wärme des Körpers einer Frau, und zwar einer wirklich schönen und jungen Frau. Bei diesem vollen Säckel konnte er sich das problemlos leisten. Außerdem war es an der Zeit, sich endlich mal etwas zu gönnen. Er war natürlich nicht der einzige Mann, der die Gasse entlangging. Die Dirnen, die auf Kundenfang den potentiellen Freiern zuriefen, schleppten zumeist betrunkene Lustmolche ab. Abbas erkannte darunter allerdings sogar hin und wieder auch verheiratete Edelherren, die ihn tags darauf dafür bezahlen würden, niemandem, schon gar nicht ihren Ehefrauen, von ihrem Ausflug in die Windhalm-Grode-Gasse zu erzählen.

Obwohl sich Abbas vornahm, sich bei der Auswahl der Hure viel Zeit zu nehmen, entschied er sich recht schnell. Die Wahl fiel auf eine grünäugige, schlanke und wohlgeformte, strohblonde junge Frau, wohl Anfang ihres zwanzigsten Lenzes.

„Und wie heißt du, Kleines?"
„Ilsa." Sie machte einen Knicks. „Und Ihr, mein Herr?"
„Ach, Kleines, ich bin kein Herr. Ich bin ein einfacher Wirt. Allerdings" – Abbas konnte seinen Stolz der vollen Börse wegen nicht verhehlen – „ist erst kürzlich etwas passiert, was meinem Leben einen positiven Schub versetzt hat. Ein wirklicher Erfolg, kann man sagen."
„So?" Sie lächelte einladend. „Und das wollt Ihr feiern, nicht wahr?"
„So ist es."
„Wenn das so ist" – sie ließ die Hüften etwas kreisen, beugte sich leicht vor –, „würde ich Euch gern beim Feiern Gesellschaft leisten."
Natürlich willst du das, dachte der Wirt. Du willst an mir verdienen. Mein Erfolg ist dir doch einerlei. Aber naja, du musst ja auch von etwas leben.
„Das" – er grinste vorfreudig, warf einen ganz genauen Blick auf den tiefen Ausschnitt der blonden, wirklich bezaubernd hübschen Hure – „wäre mir ein Vergnügen."
„Dann lasst uns Euren Erfolg feiern. Sollen wir hier ein Zimmer nehmen? Oder wo hättet Ihr es gern?"
„Weißt du, ehrlich gesagt, würde ich lieber zu mir nach Hause gehen. Es ist nicht weit."
Die Hure schien kurz zu überlegen, lächelte dann, hielt ihm ihren Arm hin. „Ich folge Euch, mein Herr."
„Ich bin kein ... Ach, wobei ... Ja, nenne mich ‚Herr'."
„Sehr wohl" – ihre grünen Augen schauten verführerisch –, „mein Herr."
Er nahm sie beim Arm, führte sie zu seinem Gasthaus, während er zugleich ein wenig mit seiner erfolgreichen Taverne prahlte. Das Mädchen hörte zu, kicherte über seine Witzchen, baute reichlich Körperkontakt auf.
Als sie die Taverne durch den Hintereingang betraten und in die Keller gingen, in denen Abbas neben den Vorratskammern auch seine Schlafgemächer hatte, kam die Hure gleich zur Sache. Sie wogte leicht mit der Taille, fuhr sich selbst mit den Händen über die Taille und zu guter Letzt über die Brüste, drückte sie zusammen und lehnte sich ein Stück vor, bot ihm einen herrlichen Anblick.
„Die Bezahlung regeln wir bitte zuerst, mein Herr. Und dann gehört das alles Euch."
Abbas schluckte, brauchte kurze Zeit, sich zu konzentrieren und zu verstehen, was das Mädchen meinte. Bevor er nach seinem Säckel langte, griff er sich rasch noch in die Hose, da das sich ihm bietende Bild und die Aussicht auf Berührungen dieses Körpers ihm das Blut in den Schritt schießen ließen und er spürte, wie eng der Stoff zwischen seinen Beinen plötzlich wurde. Nachdem er gerichtet hatte, was er da unten richten musste, holte die Anzahl an Münzen

heraus, die die Dienste der jungen Dame kosteten, was er auf dem Wege bereits erfragt hatte. Ihm zitterten dabei die Hände, vor Erregung und Aufregung.

„Und?", fragte sie langsam, während sie sich mit der Hand langsam zwischen die Beine fuhr, als wolle sie sich selbst verwöhnen. „Ich habe Lust zu feiern ... Ihr auch?"

„Ja ... ja ... sehr sogar ..."

Sie lächelte leidenschaftlich, zog ihn förmlich mit ihren grünen Blicken aus.

Abbas schluckte abermals. „H-Hier." Stotternd reichte der Wirt ihr das Geld.

Die Hure nahm es zügig entgegen, zählte es noch zügiger nach, ließ es in einer unsichtbaren Tasche ihres Kleides verschwinden.

„Nun, da das Geschäftliche jetzt geregelt ist ..." – wieder berührte sie mit den Händen ihre Brüste, begann dann auch endlich, sich das Kleid aufzuschnüren – „können wir ja zum angenehmen Teil übergehen, nicht wahr?"

„Ojaaa", ächzte Abbas, während er der jungen Frau zusah, wie sie sich das aufgeschnürte Kleid über die Schultern gleiten ließ.

Die Augen des Wirts begannen zu brennen. Er blinzelte nicht, wollte nicht einen Augenblick verpassen, diese Frau zu betrachten.

Ihre Oberweite streichelnd und leicht die Hüften kreisen lassend, begann sie ihren Büstenhalter zu lösen und schlussendlich ihre beiden hübschen, wohlgeformten Brüste frei zu lassen. Abbas schluckte wiederholt, spürte, wie die Beule in seiner Hose immer dicker wurde.

Ihm lüstern zulächelnd drehte die Hure sich um, zeigte ihm ihr ebenfalls sehr, sehr schönes Hinterteil. Die Haut war straff, die Pobacken fest und voll – der traumhafte Hintern eines jungen Mädels. Dann bückte sie sich mit dem Oberkörper weit vor, die Beine blieben dabei gerade, während sie gleichzeitig ganz langsam den Schlüpfer herunterzog.

Abbas sprang der Mund auf. Das Verlangen überkam ihn wie Feuer trockenes Stroh. Es verzehrte ihn, befahl ihm, sich sofort über dieses Prachtexemplar von Frau herzumachen. Doch er hielt sich zurück, wollte die sich bietenden Momente voll auskosten. Er hatte immerhin dafür bezahlt.

Schließlich drehte sich das Mädchen wieder zu ihm, ging langsam auf ihn zu. Sie legte ihm die Hände an die Brust und wanderte mit ihnen sogleich immer tiefer, zu den gehärteten Regionen.

„Wo ist Euer Schlafzimmer, mein Herr?"

„Ähhh ..." Abbas musste tatsächlich darüber nachdenken, wo sein Schlafzimmer war, denn die Hände der Hure hatten die Beule in seiner Hose erreicht. „G-G-Gleich da vorne ... Die T-Tür da ..."

„Na dann los, mein Herr." Sie ergriff seine Hand, ging zu der Tür, von der er gesprochen hatte, und zog ihn bei der Hand mit. Und Abbas ließ sich mitziehen, verließ sich auf sie, dass sie den Weg fände. Denn er hatte nur Augen für ihren schmalen Rücken, für die blonden Haare, die zwischen die Schulterblätter fielen, für ihren Hintern.

Die Hure führte ihn ins Schlafzimmer, lenkte ihn zum Bett, legte sich gelassen hinein. Sie präsentierte sich ihm mit sinnlichen Bewegungen ihrer liebreizenden

Rundungen und ließ ihm Zeit, sich ebenfalls auszuziehen, ehe sie auch ihn zu sich ins Bett und an ihren Körper führte.

Und dann führte sie ihn für einige Zeit in eine ganz, ganz andere Welt. Eine Welt der Glückseligkeit und der ewigen Freude. Eine Welt, aus der Abbas nie wieder erwachen wollen würde.

„Das nenne ich eine Feier …", seufzte Abbas, noch nassgeschwitzt vom Liebesspiel.

„Allerdings, mein Herr." Das Mädchen, kaum verschwitzt, schmiegte sich an ihn, ließ seinen Puls herunterfahren, sich beruhigen.

„Das müsste man sich wirklich viel öfter gönnen."

„Warum nicht? Ich bin auch noch ein paar Tage hier, falls Ihr nochmal mit mir feiern möchtest, mein Herr."

„Das wird bestimmt passieren, haha, denn deine Dienste sind wirklich jede Mark wert, meine Schöne."

„Ich danke Euch, mein Herr."

„Und da ich heute so ausgesprochen gut verdient habe, dürfte ich dich bestimmt nochmal aufsuchen."

„Ihr habt gute Geschäfte gemacht in Eurer Taverne hier?"

„Nicht mit der Taverne", grinste Abbas verschlagen. „Sondern mit meiner … Nebentätigkeit."

„Was für eine Nebentätigkeit, mein Herr?"

Wie so viele Männer, wurde der Wirt nach dem Liebesspiel ungewöhnlich redselig. Doch ihm war das gar nicht wirklich bewusst gewesen. Er redete letztlich mit einer Hure, es war ihr Beruf, so zu tun, als höre sie ihm zu. Und er musste einfach jemanden von seinem Erfolg erzählen, diesen vielleicht auch ein wenig ausschmücken.

„Der Tavernenwirt" – er sprach mit geheimnisvollem Unterton –, „musst du wissen, ist natürlich nur Tarnung."

„Natürlich." Die Hure grinste verschlagen. „Wie clever."

„Nicht wahr?"

„Und wofür ist er eine Tarnung?"

Klar, dachte er, tu so, als ob du mir zuhörst. Dich kümmert mein Geschwätz doch eh nicht. Ich weiß doch, was das soll. Du willst mich erzählen lassen, bis ich gleich wieder Lust auf dich bekomme und noch für eine zweite Nummer bezahle. So ist es doch. Aber auch gut. Wer weiß, vielleicht mache ich das sogar, hehe.

„Ich habe einen gefährlichen zweiten Beruf, weißt du?"

„Ach, tatsächlich?"

„Ja. Aber das darfst du niemandem sagen, hörst du? Das ist streng geheim."

„Ich werde schweigen wie ein Grab, mein Herr."

„Nun, ich bin ein Zuträger. Ein Beschaffer von Informationen für sehr wichtige Leute. Von vertraulichen, sehr gefährlichen Informationen, die niemals Unbefugte hören dürfen."

„Oh, wie aufregend." Sie streichelte ihm die Brust; er genoss es. „Bitte erzählt mir mehr, lieber Herr."

Auch wenn sie es wahrscheinlich nur schauspielerte, machte sie es wirklich gut. Und er ging voll darauf ein.

„Nun, ich hatte vor zwei Tagen einen seltsamen Gast in meinem Hause, für den sich just heute Abend eine Gruppe von Soldaten interessierte. Bewaffnet, zweifellos gefährlich. Aber ich bin gut in meinem Beruf. Ich ließ mich natürlich nicht aus der Ruhe bringen."

„Das ist beeindruckend. Ich hätte da, glaube ich, Angst bekommen."

„Ist auch nichts für jedermann", prahlte Abbas stolz.

„Und wie ging es weiter?"

„Ich habe den Männern genau das gesagt, was sie hören wollten, das heißt, alles, was jener Gast hier tat, woher er kam und – vor allem – wohin er wollte. Das konnte ich ihm nämlich entlocken, ich Fuchs."

„Ich gratuliere." Sie streifte mit ihrem Bein über das Seine, und Abbas spürte, wie die Lust auf mehr allmählich in seine befriedigte Männlichkeit zurückkehrte.

Doch zuerst wollte er die Geschichte zu Ende erzählen. Er war schließlich gut in seinem Beruf, und die Hure sollte ruhig wissen, wie gut.

„Danke. Nun, der Anführer der Soldaten bezahlte mich ausgesprochen gut für meine Aufmerksamkeit und Information und zog mit seinen Männern sofort wieder weiter. Du musst wissen, sie scheinen jenen sonderbaren Gast hartnäckig zu verfolgen. Etwas merkwürdig, aber in meinem Beruf stellt man keine Fragen. Das kann gefährlich sein."

„Kann ich verstehen. Was war das denn für ein Gast?"

„Weißt du, Kleines, diese Information ist sehr gefährlich."

„Och, bitte, lieber Herr, sagt es mir …" Die Frau fuhr mit der Hand über seinen Schritt. „Ihr könnt gewiss sein, diese Information ist bei mir in sicheren Händen …"

Da sich in jenem Moment Abbas' bestes Stück in ihren sicheren Händen befand, konnte er nicht anders, als es ihr zu erzählen. Außerdem wollte er prahlen. Und was machten diese Informationen schon bei einer Hure aus?

„Ah … Also schön … Du hast wahrlich gute Argumente, Kleines. Jener Gast war deshalb sonderbar, weil er ein einsames Mädchen war. Ungefähr so alt wie du. Sie war ganz dreckig von ihrer langen Reise, blieb aber nicht lange bei mir, sondern brach schon vor Dämmerung wieder auf, in Richtung Süden, nach Oppenheim. Sie sagte, sie suche dort jemanden. Ich habe sie jedenfalls nicht mehr gesehen."

„Ein Mädchen, sagt Ihr?"

Abbas schien es, als habe sich in die Stimme der Hure eine Spur von Ernsthaftigkeit und Sorge geschlichen.

„Ja", antwortete er leicht verunsichert. „Sie trug eine dunkle Lederjacke, hatte auffällige Haare, sehr hell, fast wie bei dir. Schlankes Mädel, aber breite Schultern. Und sie hatte große, blaue Augen. Blauer als ich es jemals gesehen hatte. Aber müde Augen. Sie war wohl lange unterwegs. Doch das

Ungewöhnlichste war ihr Schwert, sie trug es auf dem Rücken. Kaum zu glau... Oh ... Was ist? Ist alles in Ordnung?"

Die Hure hatte auffallend gezuckt. „Ähm ...", sagte sie unsicher. „Ja ... ja. Alles ... in Ordnung ..."

„Hmm, eigentlich wirklich seltsam", sagte Abbas nachdenklich, viel mehr zu sich selbst als zu seiner Dienstleisterin. „Zwei Soldaten und eine Gruppe Söldner verfolgen eine so junge Frau. Ein verschwundenes junges Ding, wahrscheinlich vor einer Zwangsehe angehauen, und jetzt muss man sie einfangen. Oder vielleicht ist sie vor dem Gesetz geflohen, hat etwas angestellt ..."

„Blonde Haare und blaue Augen, sagtet Ihr?", unterbrach die Hure seine ausgesprochenen Gedanken mit aufgeregter Stimme.

„Ähm ... was?"

„Das Mädchen?" Sie löste sich von ihm, setzte sich im Bett auf, bedeckte ihre Brüste mit der Decke. „Sie hatte blonde Haare und blaue Augen, ja? War sie hübsch?"

Abbas wusste nicht genau, wie ihm geschah. Aber der Irritation in Kombination mit der Erregung seines Gemütszustandes zu Schulden antwortete er. „Ähm, ja. Sie war sehr hübsch. Nur müde und schmutzig."

„Mit dem Schwert auf dem Rücken? Seid Ihr sicher?"

„Äh ... Jaaa ..."

„Und sie reiste nach Oppenheim?"

„Oppenheim ... ja."

„Und wen suchte sie dort?"

„D-Das weiß ich nicht ..."

„Bitte, Herr, denkt nach." Die junge Frau lehnte sich vor, berührte ihn mit den Händen, schaute ihm tief in die Augen. Abbas schluckte. Das war nicht der Blick einer auf einen Verdienst bedachten Hure. Ihr Blick ging tief, bis in seine Seele. In ihren Augen stand Sorge. Große Sorge.

„Das ... sagte sie nicht, aber sie sah besorgt aus. Irgendwie als würde ... sie jemanden suchen, der ihr wichtig ist ..."

Es schien, als wolle das Mädchen aufgeregt etwas sagen. Doch sie verkniff es sich und schloss die Augen.

Schließlich schüttelte sie den Kopf, dass die blonden Haare wogten, öffnete die Augen wieder, räusperte sich, senkte augenblicklich ihre Aufregung und lächelte stattdessen entzückend und sehr schön. „Ich danke Euch vielmals für die Geschichte, mein Herr, sie war ungemein spannend. Aber" – sie sprang aus dem Bett, während sie weitersprach – „es tut mir schrecklich leid, ich muss Euch jetzt verlassen. Ich habe aufgrund Eurer tollen Erzählung ganz vergessen, dass ich noch eine Verabredung habe."

„Äh, wie jetzt? Ich dachte, wir ... haben noch ein bisschen Spaß?"

„Das müssen wir leider verschieben, mein Herr." Sie warf sich ihr Kleid über, ohne es ganz zuzuschnüren, und sprang in die Pantoffeln. Schlüpfer und Büstenhalter zog sie nicht an, hob sie nur vom Boden auf. „Es tut mir wirklich leid, aber es geht um Leben und Tod."

„Bitte was?"

„Ich muss los." Sie lehnte sich aufs Bett, zu ihm herüber und küsste ihn auf die Wange. „Bis dann, Süßer." Dann lief sie aus dem Schlafzimmer und war im Nu aus dem Keller nach oben und aus Abbas' erfolgreichen Taverne verschwunden.

„Ähh, ja ... Bis dann ..."

Nach ein paar verwirrten Sekunden ließ er sich zurück ins Bett fallen. So seltsam es auch war, dachte er nicht lange über den blitzartigen Abgang der Hure nach. Er fühlte sich großartig. Er hatte einen riesigen Batzen Geld verdient und gerade noch herausragenden Sex mit einer atemberaubend schönen, jungen Frau gehabt.

Was sollte man noch sagen?

Abbas fühlte sich wie der König der Welt.

Sie waren erst heute Morgen in Laemrath eingetroffen. Während Tanmir und Larus Verpflegung, Wasser und Vorräte in der Stadt auffüllten, bauten die Wanderhuren wie gewohnt ihre Zelte auf – das große ehemalige Lazarettzelt, in dem sie übernachteten, sowie die kleinen Liebeszelte, in denen sie dem Hauptbestandteil ihres Gewerbes nachgingen. Doch um diesem Hauptbestandteil nachgehen zu können, mussten Kunden her. Und die galt es in der Stadt zu suchen. Zunächst übernahmen das Gudrun und Elisabetha. Später dann Ilsa und Karoline. Agneta verbrachte heute einen ruhigen Tag am Lager.

Jetzt, bereits in der Nacht, nachdem die durch die Dächer Laemraths gezackte Fläche des Abendhimmels langsam von Orange über Purpur zu wolkenverhangenem Schwarz gewechselt hatte, war das Ende des ersten Tages in Laemrath streng genommen schon überschritten.

„Ihr könnt ruhig auch schlafen gehen, Mädels", schlug Larus Agneta und Karoline vor, die als einzige von den Wanderhuren noch wach waren.

„Ich gehe nicht schlafen", beharrte Agneta, brach einen Zweig und warf beide Hälften ins Lagerfeuer, „bevor meine Ilsa wieder da ist."

„Sie wird gleich kommen", erklärte Karoline. „Ich sagte doch: Kurz vor Mitternacht, kurz bevor wir gehen wollten, kam noch ein Kunde."

„Ja, ja, sie alle wollen sie, ich weiß." Agneta zog eine Schnute.

„Wird da jemand eifersüchtig?"

„Halt die Klappe, Larus." Sie schaute den Jungen böse an, dem wie kommandiert das Grinsen verging.

Der natürlich ebenfalls noch wache Tanmir verkniff sich ein Kichern. „Agneta", schmunzelte er. „Ich mag dich."

„Ich dich auch, Tanmir." Sie lächelte charmant. „Aber warum sagst du das jetzt?"

„'Halt die Klappe, Larus' ist mein Lieblingssatz. Und du hast ihn gebraucht."

Karoline und Agneta brachen in fröhliches Gelächter aus.

Larus verzog beleidigt das Gesicht. „Sehr witzig", murrte er. „Wirklich sehr witzig. Das war jetzt echt unnötig, Bruder. Wenn nicht mein großes Mundwerk und meine Fähigkeit, viel zu reden wäre, dann wärst du ..." Er unterbrach sich, verengte die Lider.

„Sprich weiter", kicherte Agneta. „Was wäre mit Tanmir, wenn du nicht dein großes Mundwerk hättest?"

„Tanmir hätte bestimmt einige Probleme weniger", nahm Karoline lachend an.

„Seid mal still!", zischte Larus. „Ich mein's ernst."

„Was ist denn?"

„Da ... Da ruft doch jemand ..."

Karoline und Agneta verstummten, lauschten. Auch Tanmir lauschte. Zunächst hörten sie nur den Wind zwischen den Sträuchern, die Planen der Zelte, welche leicht schwangen, die zirpenden Grillen, das Knistern des Lagerfeuers, um das sie saßen.

Doch dann hörten sie es alle.

„Was zum ..."

„Das ist Ilsa!", rief Agneta angsterfüllt.

Alle vier sprangen auf, Tanmir und Larus zogen sogleich ihre Schwerter. Sie rannten in Richtung der durch Fackeln und Feuertrögen erleuchteten Stadttore Laemraths, woher die Schreie kamen, erspähten mit Mühe durch die Dunkelheit eine auf sie zurennende kleine helle Gestalt, die wild winkte. Im Lauf und Wind wehte ihre Kleidung.

„Tanmir! Karo!", schrie sie von weitem, während sie rannte, als ob sie der Teufel höchstselbst verfolgte. Doch die beiden jungen Krieger erspähten keinen Gegner, niemanden, der Ilsa nachlief oder sie jagte. Nichts.

Sie erreichten die junge Frau natürlich weit vor Agneta und Karoline.

„Ilsa", rief Tanmir, während er sich der Umgebung besah. „Was ist los?"

„Wem müssen wir die Fresse polieren?", knurrte Larus.

„Niemandem ...", keuchte das Mädchen, das mit Mühe versuchte, den Atem wiederzufinden.

„Ilsa, Liebste, was ist?", rief Agneta besorgt, als sie sie erreichte und sie beim Arm nahm.

„Nichts ... Alles ... gut ..."

„Und wieso schreist du dann so?"

„Gleich ... Gleich ..." Ilsa rang noch immer nach Luft.

„Ähm ...", stotterte Larus auf einmal und versuchte mit Mühe, nicht auf Ilsas Oberweite zu starren. „Ilsa ... dein ... Kleid ..."

„Hä?" Die junge Frau schaute an sich herunter, bemerkte, dass ihr lediglich übergeworfenes Kleid während des Laufens von der linken Schulter gerutscht war und somit ihre Brust entblößte. „Ach, Larus", schnaubte sie, winkte ab und schob das Kleid zurück über die Schulter. „Da ist nichts, was du noch nicht gesehen hast."

Dennoch schaute Larus brav zur Seite, bis sich Ilsa mit Agnetas Hilfe wieder bedeckt hatte. Auch Tanmir hatte seinen Blick manierlich rasch von der hübschen Brust des Mädchens gelöst.

„Was bei allen Dämonen ist passiert, Ilsa?", fragte Agneta ungeduldig.

„Nun, lass sie doch erst einmal zu Atem kommen", intervenierte Karoline streng.

„Sie hat recht", sagte Tanmir, der als einziger wohl die absolute Fassung wiedergefunden hatte. „Wir sollten uns alle wieder beruhigen. Gehen wir zurück zum Zelt. Da reden wir."

„Nein …" Ilsa, die sich die Schweißperlen von der Stirn wischte, schüttelte verneinend den Kopf. „Dafür hast du keine Zeit, Tanmir."

„Wovon sprichst du?"

„Mia …"

Auf der Stelle veränderte sich Tanmirs Miene. Er schaute Ilsa mit einem Ausdruck an, den Larus noch nie bei ihm gesehen hatte. Seine geöffneten Augen schauten das strohblonde Mädchen an, durchbohrten sie förmlich mit ihren Blicken, erfüllt von Hoffnung, aber auch Angst.

„Du hast etwas über Mia erfahren?"

Ilsa, weiterhin keuchend, nickte.

Und erzählte.

„Mia ist hier gewesen", sagte Tanmir leise. „Hier in Laemrath. Erst gestern. Und jetzt ist sie auf dem Weg nach Oppenheim." Er hob plötzlich die Stimme, dass Ilsa, Agneta und Karoline heftig zusammenzuckten. „Wo wir gerade erst herkommen! Verfluchte Scheiße!"

Tanmir trat wütend mit dem Stiefel in den Boden, wühlte Staub und Dreck auf.

„Ich muss sofort los! Ich muss Mia vor diesen Arschlöchern erreichen!"

„Tanmir, warte!", rief Larus und packte seinen Freund am Arm, welcher gerade schon zu seinem Pferd spurten wollte. „Bitte bleib ruhig. Wir müssen jetzt überlegen, was genau wir tun werden."

„Überlegen?! Ich hab keine Zeit, zu überlegen!" Er wollte sich aus Larus' Griff befreien, doch der Bursche war schneller, half mit seiner anderen Hand nach, hielt ihn mit beiden fest.

„Tanmir, bitte! Ja, wir wissen jetzt, wo Mia ist. Und genau deshalb dürfen wir – das heißt *du* – nicht überreagieren, sondern ruhig die nächsten Schritte planen."

„Hast du Ilsa nicht zugehört, oder was?! Sie sind hinter Mia her! Und sie haben einen halben Tag Vorsprung!"

„Das habe ich gehört, aber genau deshalb müssen wir überlegen, wie wir vorgehen. Wir wissen nicht, wer hinter Mia her ist, wie viele es sind, wie gut sie bewaffnet sind. Wir können nicht wie die Berserker auf sie losgehen. Um Mia sicher da rauszuholen, brauchen wir einen Plan."

„Ich geb' dir 'nen Plan: Ich schlachte diese ganze Drecksbande ab und verteil ihre Gedärme auf der Straße, bevor sie Mia erreichen! Jetzt lass mich los!" Er versuchte, sich abermals loszureißen, doch Larus hielt ihn weiter gepackt.

„Tanmir, bitte, beruhige dich!"

Tanmir fixierte kurz Larus' Hände, dann starrte er ihm mit einem fürchterlich wütenden Blick in die Augen. „Larus", sagte er leise, aber in einem Ton, dass seinem Freund und den drei Frauen ein grausiger Schauer den Rücken

hinunterlief. „Nimm die Hände von meinen Arm. Sonst schneid ich sie dir ab."
Larus schluckte, bemühte sich, aber schaffte es nicht. Er hielt nicht stand. Er kannte Tanmir, wusste, dass er für seine Geliebte über Leichen geht. Und Larus wollte lieber nicht herausfinden, ob Tanmir, wenn er wegen Mia Rot sähe, noch unterscheiden könnte, wer Freund und wer Feind war.

Er ließ den Arm los.

Einen Herzschlag lang schaute Tanmir ihn böse an. Dann drehte er sich um und rannte auf das Lager, auf Arna zu.

„D-Das war ...", stotterte Agneta, „heftig ..."

Auch die beiden anderen Frauen waren bleich vor Angst.

Sie alle hörten das wilde Wiehern Arnas. Nur einen Wimpernschlag später schoss die Schneestute mit dem vor Wut schäumenden Tanmir im Sattel an ihnen vorbei.

„Tanmiiir!" Larus lief ihnen drei Schritte hinterher, ehe er merkte, dass es natürlich nichts bringen würde. „Ach, so ein Mist ..."

Das Pferd war in seiner unfassbaren Geschwindigkeit rasch in der Nacht verschwunden.

„Scheiße ..." Larus schlug die Hände hinter dem Kopf zusammen. „Was mache ich denn jetzt?"

„Reit ihm nach!", rief Ilsa. „Halt ihn auf, bevor er sich und Mia mehr schadet als hilft!"

„Ihn aufhalten? Pah! Du hast ihn doch gesehen! Der häutet mich!"

„Ilsa hat recht, Larus", sagte Karoline bestimmt. „Tanmir ist dein Freund. Er wird auf dich hören. Sobald er sich beruhigt hat."

„Ihr kennt ihn nicht so gut. Er beruhigt sich erst, wenn Mia in Sicherheit ist. Und wenn alle, die hinter ihr her sind, und ich zitiere, ‚geschlachtet und ihre Gedärme auf der Straße verteilt sind'."

„Das glaube ich nicht." Die rothaarige Hure schüttelte den Kopf. „Der schnelle Ritt und der Wind werden sein Gemüt abkühlen."

„Na los, Larus", beharrte Agneta. „Worauf wartest du? Darauf, dass Tanmir ins Verderben reitet?"

„Was ist denn hier los?", rief Elisabetha, die zusammen mit Gudrun vom Zelt aus angelaufen kam. Beide waren in Decken eingehüllt. „Was ist mit Tanmir?"

„Ilsa hat herausgefunden", erklärte Agneta rasch, „dass Mia vor zwei Tagen hier in Laemrath war."

„Mia war hier?", fragte Gudrun und blinzelte. „Seid ihr euch sicher?"

„Ja, verdammt! Ilsa hat es eben aus einem Kunden rausgekitzelt."

„Hah! Aber das ist doch super!", quietschte Elisabetha glücklich. „Haha, na endlich!"

Karoline dämpfte ihre Freude. „Das ist die gute Nachricht. Die schlechte ist, dass Mias Verfolger das auch wissen. Und sie haben ungefähr einen halben Tag Vorsprung."

Elisabetha und Gudrun legten sogleich besorgte Mienen auf ihre aufgeregten, verschlafenen Gesichter.

„Larus, was stehst du noch hier?!", fauchte Ilsa. „Nun reite ihm endlich nach!"

Larus wackelte unsicher mit dem Körper, haderte mit sich und der Situation, die er noch nicht verarbeitet hatte.

„Larus!!!"

„Ja, ja, schon unterwegs!" Er drehte sich um, machte einen Schritt zu seinem Pferd hin, dann aber wieder kehrt. „Und ihr?"

„Wir kommen schon klar! Jetzt verschwinde schon!"

„Sicher?"

„Nun verschwinde endlich, du elender Nichtsnutz!", schrie Agneta.

„Ja, ja, bin schon weg!"

Er rannte zu Amadeus, sprang in den Sattel und ritt los, ließ, wie auch Tanmir zuvor, alle seine aus den Satteltaschen ausgepackten Sachen zurück – abgesehen von einer Fackel, die er bei der rundherum herrschenden Finsternis der Nacht brauchen würde. Er ritt Tanmir hinterher, nun ja, er ritt jedenfalls in die gleiche Richtung, denn er hatte das gleiche Ziel: Oppenheim. Zum Glück musste man sagen, denn es war klar, dass Larus auf Amadeus Tanmir auf Arna nie, niemals würde einholen und sie sich wohl erst bei der Stadt wiederträfen. Bei der Stadt, wo sich ihre lange Suche nach Mia anscheinend dem Ende zuneigen würde. Hoffentlich einem positiven Ende.

Die fünf Wanderhuren schauten ihm nach, der rasch in der Dunkelheit verschwand, natürlich durch den geringeren Kontrast viel rascher, als die weiße Arna zuvor, obgleich sie viel schneller war.

Sie schauten ihm nach. Schweigend. Lange schweigend.

„Was für eine Nacht ...", ächzte Agneta.

„Mhm ...", stimmte Karoline zu.

Wieder kurzzeitiges Schweigen. Der Wind war schon seit einigen Minuten stärker geworden. Keine der Frauen merkte es.

„Sag mal, Karoline", murmelte Ilsa eingeschüchtert, „bist du dir sicher, dass ... Ich meine, so wie Tanmir aussah, so wütend wie er war ... Bist du sicher, dass er sich wieder beruhigt? Dass ihn der Ritt beruhigt?"

Die rothaarige Hure seufzte. „Nein", gab sie zu.

Alle schauten Karoline an.

„Ich bin nicht sicher. Überhaupt nicht."

Oppenheim. Im Lande Südreich.

Mia war schon zweimal hier gewesen. Das erste Mal vor vielen Jahren. Mit Frithjof und den anderen. Die Söldner und sie hatten ein großes Nest von Ghulen ausgeräuchert, die sich hinter dem nahen Friedhof der Stadt eingenistet hatten. Als Mia sich daran erinnerte, fiel ihr auf, dass dies das einzige Mal war, bei dem sie gegen Ghule gekämpft hatte. Tanmir indes hatte bereits in fünf Aufträgen mit diesen abscheulichen Bestien zu tun gehabt, die sich insbesondere dort vermehrten, wo es zu Schlachten, Gefechten oder wo es – allgemein gesprochen – zu vielen Toten gekommen war. Andererseits musste man auch sagen, dass sich Frithjof und seine Truppe auf Aufträge spezialisierten, in denen man es mit menschlichen oder menschenähnlichen Gegnern zu tun hatte. Tanmir hingegen nahm alles, was er kriegen konnte. Tja, dachte Mia glücklich schmunzelnd, er war jung und brauchte das Geld.

Das zweite Mal, dass Mia hier war, war erst ein paar Wochen her, im Juli. Auf ihrer Suche nach Tanmir. Nachdem sie die Wanderhuren verlassen hatte und nach Osten reiste, verbrachte sie eine Nacht in der zweitgrößten Stadt Südreichs.

Schon seit sie mit Frithjof und ihren Freunden vor Jahren hier war, hatte sich Oppenheim nur insoweit verändert, dass die Stadt noch größer geworden war. Mia wusste warum. Oppenheim war die zentralste Stadt im Norden von Südreich. Durch eine quer durchs Land verlaufende Straße verband Oppenheim die weiter südlich gelegene Hauptstadt Lichtenhaus und die bedeutende Hafenstadt Tristadt nördlich am Zaron, wo diesen die aus Carborass mündende Mara kreuzte. Daher war die Stadt ein Ort, wo alle möglichen Reisenden und Kaufleute durchkamen, entweder nach Norden zur Hafenstadt Tristadt oder nach Süden zur Hauptstadt Lichtenhaus zogen.

Wie allerdings auch vor ein paar Wochen hatte Mia heute nicht vor, sich in den Kern der Stadt hinter die steinerne Palisade zu begeben. Sie wollte in der Vorstadt bleiben. Sie rechnete sich hier bessere Chancen aus, Tanmir und die Wanderhuren zu finden. Die Zelte ihrer Freundinnen hatte sie an diesem Rand der Stadt nicht ausmachen können.

Sie atmete tief durch, tätschelte Dunkelheit den Hals.

„Da sind wir", sagte Mia. „Oppenheim. Mit ein bisschen Glück wird Tanmir bald hier sein. Und mit ganz viel Glück ist er sogar schon hier. Na komm."

Sie stieß dem Hengst die Fersen in die Flanken und ritt im Schritt auf die Vorstadt zu. Gleich zu Beginn lag dort eine Wachstation, ein kleines Gebäude mit einem überdachten Ausguck, an dem die den goldenen Adler zierende, schwarz-weiße Flagge Südreichs im lauen Wind kaum flatternd herabhing.

Mia ritt ruhig daran vorbei. Es geschah nichts, doch sie war sich der inspizierenden Blicke der beiden im Ausguck wachenden Soldaten durchaus bewusst.

Über die Straßen der Vorstadt reitend, ließen die Hufen des Pferdes den Staub des trockenen Bodens leicht aufstieben. Die Stadt machte keinen ungewöhnlichen Eindruck. Leute spazierten über die Straßen – Männer, die Kisten schleppten; Frauen mit Hauben, die Wäsche oder mit Stoffen gefüllte Körbe trugen oder die in Gespräche vertieft waren; kleine Jungen, die mit Korrespondenzen in den Händen herumliefen; dünne Bürokraten, die hektisch Dokumente durchsahen; Dienstkräfte, die Einkäufe für ihre Herrinnen und Herren aus dem Stadtkern tätigten; einfache Spaziergänger. Eine typische Stadt Südreichs.

Mia trug keine Kapuze, die blonden Haare geflochten über die linke Schulter gelegt. Sie spürte ihren zwergischen Saarass dort, wo er hingehörte – auf ihrem Rücken. Sie hatte den Kopf hoch erhoben, schaute stolz und furchtlos. Manche der Leute betrachteten sie, doch keiner behielt seinen Blick auf ihr oder musterte sie eindringlich. Warum also hatte sie das Gefühl, irgendetwas stimmte hier nicht? Die junge Frau hatte einen sechsten Sinn, was so etwas anging. Dafür brauchte sie weder Telepathie noch prophetische Visionen.

Ihr Ziel war die erste Taverne, an der sie vorbeikam, um dort nach Tanmir zu fragen. Lange dauerte es auch nicht, bis sie sie erreichte. Ein großes hölzernes Schild prangte auf der Vorderfront des dreistöckigen Gebäudes, welches der Bildhauer mit zwei anstoßenden und bierschäumenden Humpen verziert hatte. Vor dem Gebäude befand sich wie so üblich eine Reihe von in den Boden gerammten Pferdepfosten mit einem langen Trog davor.

Mia ritt heran, stieg von Dunkelheit ab, führte den Hengst an den Zügeln zu einem freien Pfosten und band ihn daran an. Das Tier senkte sogleich den Kopf zu dem Trog, trank lange. Sie streichelte ihn am Hals, während sie sich umblickte. Es war alles ruhig. Weiterhin schien sie niemand genauer zu beachten. Das Problem war nur, hier war auch fast niemand. Die Straße, die eingangs noch von zahlreichen Bürgern entlanggegangen wurde, war jetzt nahezu wie leergefegt.

Mias bedrückendes Gefühl wurde stärker. Sie war wachsam, tat jedoch so, als ginge sie völlig im Sortieren des Inhalts ihrer Satteltaschen unter. Sie wollte noch ein wenig abwarten, wie sich das gegenwärtige Szenario noch entwickeln würde, ehe sie das Gasthaus beträte. Denn an ihrem Plan, hier auf die Suche nach Tanmir zu gehen, änderte sich nichts.

Doch sollte sie nicht dazukommen, das Gasthaus zu betreten.

Drei Stadtwachen traten ruhigen Schrittes auf sie zu. Es waren keine einfachen Wachmänner, sondern Soldaten in den Diensten des Grafen von Oppenheim, was anhand der schwarz-weißen Uniformen und der Adler-Wappen klar zu erkennen war. Sie hatte die Männer zuvor natürlich registriert, jedoch nicht damit gerechnet, dass sie zu ihr wollten, hatte vermutet, sie drehten einfach nur ihre übliche Runde. Doch ihr Ziel war eindeutig sie. Mia tat, als sehe sie sie gar nicht, schloss die Satteltaschen und gab vor, sich auf den Weg ins Gasthaus zu machen.

„Fräulein?", rief einer und hieß sie mit der Hand stehenbleiben.

Mia blieb auch stehen, verlangsamte den Schritt jedoch so, dass sie noch möglichst viel Zeit für das Prüfen ihrer Umgebung gewinnen konnte, ohne dass die drei Soldaten das sofort bemerkten.

„Fräulein."

„Verzeiht, meint Ihr mich, Herr?"

„Gewiss, Fräulein." Die Männer blieben nahe vor ihr stehen.

Mia tat irritiert von dem Aufruf der Soldaten und ließ ihr Gehen so geschickt ausklingen, dass sie erst dann ganz stehen blieb, als sie einen Sicherheitsabstand von zwei Schritten zu den Wachen wahrte. „Wie kann ich helfen?", fragte sie freundlich.

„Ihr möget bitte mit uns kommen."

„Ähm …" Sie stellte sich unschuldig und dumm. „Ich verstehe nicht, werter Herr … Wieso denn? Habe ich etwa etwas verbrochen?"

„Nein, Fräulein. Nur hat es eine kleine Unstimmigkeit gegeben, als Ihr die Stadt betreten hattet. Gemäß Stadtsatzung Artikel vier, Absatz zwei haben alle Reisenden sich zuvörderst bei der Wache anzumelden, ehe sie die Stadt betreten.

Wir bitten Euch, dies nachzuholen."

Sie hatte sich die ganze Zeit unauffällig die Umgebung angeschaut. Bürger kamen nur noch vereinzelt vorbei. Stattdessen waren auf der anderen Straßenseite zwei bewaffnete und in Kriegerlederwämsern gekleidete Männer aufgetaucht, wohl Söldner, die sich konzentriert unterhielten. Links von ihr, an die Wand des Nachbarhauses geschmiegt, waren plötzlich ein Mann und eine Frau sehr innig und wild damit beschäftigt, sich gegenseitig die Zungen in die Hälse zu schieben und sich an diversen intimen Körperstellen zu berühren.

Mia schauspielerte Erleichterung. „Ach ... Also bin ich nicht verhaftet?"

„Selbstverständlich nicht." Der Mann lachte auf. „Nur eine Formalität."

„Puh, ich hatte schon Angst." Mia lächelte, klimperte mit den Wimpern, obwohl sie dem Mann natürlich keine Silbe glaubte. Sie wusste schon, was im Gange war. Vor Zorn biss sie die Zähne zusammen. Ihren sechsten Sinn, der sie zuvor schon gewarnt hatte, brauchte sie in diesem Moment gar nicht. Es reichte der flüchtige Blick auf die zwei bewaffneten Männer, die sich so unauffällig verhielten, dass es schon auffällig war, auf das herummachende Pärchen, insbesondere die an die Wand gelehnte Frau, die während der heißen Küsse mit ihrem Partner jedoch immer wieder leicht die Augen öffnete und zu ihr zu blicken schien. Und zu guter Letzt natürlich diese bescheuerte Begründung des Wachmannes.

Tja, man hatte sie erkannt. Mia wunderte sich nicht. Sie hatte sich ja seit knapp einer Woche – seit ihrem Aufbruch aus Sanscur ar Groruth und ihrer Ankunft in Südreich – nicht bemüht, sich auf ihrem Wege zu verbergen. Sie wollte sich nicht verstecken, wollte auffallen, dass hoffentlich auch Tanmir von ihr hören möge.

Leider waren es nun wohl ihre Verfolger oder sonst welche Gauner, die zuerst von ihr gehört hatten, sie erkannten und nun versuchen wollten, sie zu fangen.

Nun ja, dachte sie. Ich wusste, was ich tue, kannte das Risiko. Jetzt muss ich zusehen, wie ich hier rauskomme.

„Also, folgt uns bitte zum Wachhaus, Fräulein."

Mia überlegte. Sie wusste, dass sie kurz vor einer Falle stand, die zuzuschnappen drohte, doch sie konnte jetzt ja auch nicht wie eine Tollwütige um sich schlagen. Sie musste die passende Gelegenheit abwarten.

„Einverstanden. Darf ich mein Pferd mitnehmen? Ich lasse ihn ungern ganz aus den Augen. Ich habe schon einmal ein Pferd verloren, wisst ihr?"

Die Wachen schauten sich scheel an. Mia, wusste warum. Die zweifellos geschmierten Männer hatten keine Antwort auf diese Äußerung parat. Und eine bessere Wirkung konnte Mias Frage nicht entfalten. Auch wenn es nur ein flüchtiger Augenblick war, den sich die Männer fragend anschauten, reichte es Mia, ihr Schwert zu ziehen, mit einem Satz zu ihrem Reittier zu hechten und die am Pfosten festgebundenen Zügel Dunkelheits mit einem Hieb durchzutrennen, während sie sich fast zeitgleich mit einem Sprung in den Sattel beförderte.

Dann lief es wie erwartet. Die zwei im Gespräch befindlichen Söldner auf der anderen Straßenseite brachen ihr Gespräch umgehend ab, zogen die Waffen und spurteten auf Mia zu. Das Pärchen, das bei der Leidenschaft mit der es sich behandelte eigentlich schon lange die Gasse entlang hätte verschwinden und sich noch intimerer leidenschaftlicher Tätigkeiten hätte hingeben müssen, hielt in dem wilden Küssen inne, zog Stilette und tat es den zwei Söldnern gleich. Auch die verwirrten Wachmänner zogen die Schwerter.

„Fräulein! Zwingt uns nicht zu Waffengewalt!"

Mia beachtete die dämliche Aufforderung nicht. Sie wendete den wiehernden Dunkelheit und lenkte ihn an den Wachsoldaten vorbei, zwang sie zum Zurückweichen. Die losgaloppierenden Hufe wirbelten Straßenstaub auf.

Sie trieb den Hengst die Hauptstraße entlang, gerade noch vorbei an den beiden Söldnern, die schon mit den Schwertern nach den Beinen des Pferdes schlugen.

Mia duckte sich zu der Mähne des Tieres herunter, ritt die Straße entlang, im Vollbegriff sofort wieder aus der Stadt zu verschwinden. Als sich urplötzlich auf ihrem Weg direkt zwischen den gegenüberliegenden Häuserfronten und den danebenliegenden Gassen ein unter dem Straßenmorast verborgenes dickes Seil aufspannte, direkt auf Kopfhöhe Dunkelheits. Es war unmöglich, in so kurzer Zeit entsprechend zu reagieren, unmöglich für Dunkelheit, das Seil zu überspringen. Instinktiv riss Mia an den Zügeln, doch verhindern, dass der Hengst genau in das gespannte Seil lief, konnte sie nicht. Das Pferd schrie auf und stürzte. Mia flog aus dem Sattel wie abgeschossen und kam unkontrolliert auf dem morastigen Boden der Straße auf. Doch sie überwand das Schockmoment, packte augenblicks wieder ihr zuvor aus der Hand geglittenes Schwert und sprang auf, brachte sich in Positur. Auch Dunkelheit, der wie durch ein Wunder unverletzt geblieben zu sein schien, erhob sich zurück auf die Beine.

Aber zu ihm zu hechten und weiter zu versuchen, auf ihm zu entkommen, stand rasch außer Frage. Aus einer der Gassen, von wo aus das Seil gespannt worden war, tauchten eine Kriegerin und ein Krieger auf und griffen das sich sträubende und wiehernde Pferd an den durchtrennten Zügeln und zogen es von Mia fort. Im Gleichklang traten aus beiden Gassen vier weitere bewaffnete Feinde – drei Männer und eine Frau – hervor. Von hinten näherten sich auch schon die bereits bekannten drei Wachsoldaten und die vier Gauner, welche sich optisch nicht von den neuen hier unterschieden und die wohl alle zu derselben Gruppe gehörten.

Somit umgaben und umzingelten Mia nun elf bewaffnete Krieger, vertraten ihr jeden Fluchtweg und jede Deckungsmöglichkeit. Nicht gezählt, die beiden, die den schnaubenden Dunkelheit hielten. Nicht gezählt zwei Bogenschützinnen, die auf dem Balkon des Wohnhauses zu Mias Rechten Position bezogen hatten und die gespannten Pfeile auf sie richteten. Die junge Frau brachte sich in Verteidigungshaltung, bewegte sich mit raschen Schritten auf der Stelle, um ihre ganze Umgebung in kurzen Intervallen wahrnehmen zu können. Doch die Situation war aussichtslos. Sie war völlig ohne Deckung, von allen Seiten umzingelt. Mia bemerkte, dass dies, seit sie Tanmir kennengelernt hatte, wieder das erste Mal war, dass sie ganz alleine kämpfen musste. Und jetzt, da er nicht bei ihr war, nicht ihren Rücken deckte, nicht an ihrer Seite war, fühlte sie sich wie nackt in Anbetracht dieser Meute an Feinden.

Die Gauner fixierten sie, kesselten sie völlig ein, standen in Positur, kamen aber nicht näher.

„Lass gut sein, Mädel", hörte Mia eine Frauenstimme. Eine ihr bekannte Frauenstimme. „Wir haben dich. Sieh es ein."

Aus einer Gasse trat gefolgt von zwei Soldaten Südreichs gemächlichen Schrittes eine schlanke Kriegerin hervor, gesellte sich zwischen die Bewaffneten. Mia erkannte sie augenblicklich. Es war die Kriegerin, die man Helga, die Vampirin nannte. Diejenige, deren Leute sie im Tannenwald im Flussgebiet der Mara, an dem Morgen des sechsten Junis, an ihrem Geburtstag, angegriffen und den Kampf eröffnet hatten, in dessen Ausgang Mia Tanmir verlor. Die Frau hatte sich nicht verändert, stellte immer noch übertrieben lasziv den Ausschnitt mit der Totenschädeltätowierung darüber zur Schau, dass ihr die Brüste bald aus dem engen Wams rutschten. Den runden Schutzschild trug sie auf dem Rücken und den Einhänder hatte sie in der knallroten Scheide an der Hüfte. Nur die Farbe ihrer langen, an der Seite geschorenen Haare war anders. Seinerzeit hatte sie roséfarbenes Haar gehabt, nun war es von der Farbe dichten Nebels, beinahe weiß.

„Schön, dich endlich wiederzusehen, Süße." Helga grinste böse. „Komm schon, Kleines, lass gut sein. Du warst clever, hast uns früh bemerkt und bist uns fast entwischt. Aber wir waren einen Tick cleverer. Das mit dem aufgespannten Seil über der Straße war gut, hä? Meine Leutchen haben ein gutes Gefühl für den richtigen Zeitpunkt, was?"

Mia antwortete nicht, blieb still stehen, konzentrierte ihre Sinne, dass sich nicht jemand von hinten an sie heranschlich.

„Hat echt lange gedauert, dich zu finden. Hast dich gut versteckt, Süße. Bis vor einigen Tagen, als wir von einem hübschen blonden Mädel mit dem Schwert auf dem Rücken hörten, das aus Richtung des Grorutgebirges kam und nach Westen unterwegs war. Genau in meine Richtung."

Mia warf einen Blick nach links und rechts, doch keiner der Söldner rührte sich.

Helga, die Vampirin grinste sie widerlich triumphierend an. „Ich weiß auch, warum du das gemacht hast. Oja ... Du wolltest, dass dich dein Lustknabe findet, dass er deine Spur aufnimmt. Tja, nur zu blöd für dich, dass *wir* dich gefunden haben und nicht dein Schätzchen. Also von daher, mach es dir nicht schwerer als es sein muss. Leg die Waffe nieder und ergib dich."

Mia lächelte gespenstisch. „Komm mich holen!"

„Oho, das würde ich liebend gern ..." Die Frau für sich mit der Zunge über die Lippen, dass Mia bald das Kotzen kam. „Aber ich halte das für keine gute Idee, besonders im Hinblick auf deine Gesundheit, Kleines. Zwing mich nicht dazu, meinen Leutchen zu befehlen, dir wehzutun. Es wäre echt schade um dein hübsches Gesicht."

Mia antwortete nicht, verharrte in Fechthaltung.

„Es ist deine Wahl, Mädel. Du kannst kämpfen. Doch du bist ja nicht dumm.

Du weißt, dass du keine Chance hast. Und diesmal wird dein Lustknabe nicht auftauchen, um dich zu retten. Daher lass die Waffe fallen und ergib dich. Sieh ein, dass du verloren hast."

Mia befand sich in der wohl beschissensten Lage, die man sich vorstellen konnte. Ihre einzige Chance war, dass man sie lebendig ergreifen wollte und man sie daher nur beschränkt angreifen konnte. Vielleicht könnte sie auf diesem Wege drei oder vier der Gegner erwischen, in eine der Gassen entkommen und darüber zu fliehen versuchen.

Doch ihr war klar, dass ihre Erfolgsaussichten verschwindend gering waren.

„Nun lass das Schwert fallen, Kleine."

„Du wirst es mir schon aus den Händen reißen müssen!"

Die weißhaarige Kriegerin seufzte. „Na schön ... Dann eben auf die harte Tour. Schnappt sie euch!"

Sie unterschätzten Mia nicht, waren vorsichtig, griffen mit Bedacht an. Doch die junge Frau war trotzdem besser. Sie wehrte den Schlag des ersten Angreifers ab, parierte auch gleich dessen zweiten Hieb. Sie glitt rasch hinter ihn, packte ihn am Kopf, hielt ihm die Zwergenklinge an den Hals und schnitt ihm die Kehle durch.

Sofort musste sie den Schlag des nächsten Feindes parieren. Der Ring der sie umgebenden Schergen zog sich zusammen, während sie sich dann der Attacke von zwei Angreifern gleichzeitig ausgesetzt sah. Sie tauchte unter den Schlägen weg, indem sie rasch zwischen den beiden Männern hindurch glitt. Sie parierte zwei weitere Hiebe, dass der aufeinander klirrende Stahl Funken sprühte. Doch als dann eine der weiblichen Gegnerinnen einen Satz auf sie zumachte, störte das ihre Körperbeherrschung. Der dann folgende Hieb eines der beiden männlichen Angreifer, ein ungemein heftiger Schlag, schleuderte ihr das Schwert aus den Händen. Gleichzeitig donnerte ihr die Faust des anderen Angreifers ins Gesicht und ließ sie zu Boden krachen. Mia stand jedoch unter großer Anstrengung sofort wieder auf und konnte im aller letzten Moment ihre Hüfte zur Seite schmeißen, um dem frontalen Schwertstoß des einen Häschers auszuweichen. Sie griff sich seine Hand, die am Schwertgriff war, donnerte ihm ihren Ellenbogen in die Seite, entriss ihm die Waffe und zog sie ihm quer durch den Bauch, nur um sie sofort ihrem anderen auf sie zu rasenden Gegner durch den Körper zu stoßen.

Mia, noch nicht bei vollem Gleichgewicht, taumelte zu ihrem Schwert, griff es sich und versuchte, wieder in Positur zu kommen. Doch bei dieser zahlenmäßigen Überlegenheit der Feinde war es unmöglich, jeden einzelnen im Auge zu behalten. Aus dem Blick verloren hatte sie aber ausgerechnet einen der größten. Den Hünen, der Duádhra getötet hatte. Er hatte Tanmirs Sprungtritt von damals augenscheinlich überlebt, stand nun wieder wie ein Berg da, die Axt in seiner Hand. Die geschwächte Mia konzentrierte sich auf die Waffe des Mannes, bereit zu Ausweichbewegungen und Finten aus unmöglichen Positionen heraus. Das war nicht nötig. Der Hüne schlug nicht mit der Axt zu, sondern mit der Faust, groß wie eine Bärentatze.

Es war zum Verrücktwerden. Wieder war es der Hüne, der sie am Ende überwältigte. Er verpasste ihr einen so heftigen Schlag gegen die Schläfe, dass Mia schwarz vor Augen wurde und sie wie ein Püppchen in sich zusammenfiel.

„Na endlich hab ich dich gefunden!"

„Halt's Maul! Oder willst du, dass sie dich hören?" Tanmir lag auf einer kleinen Anhöhe, getarnt zwischen hohem Gras, und blickte auf einen Kommandoposten, ein hölzernes Gebäude mit Ausguck, am äußersten Südrand von Oppenheim. Die Flagge von Südreich hing im lauen Wind kaum wogend vor sich hin.

Die Sonne ging gerade unter.

„Den alten Magiern sei Dank", fiel Larus ein Stein der Besorgnis vom Herzen, während er sich neben Tanmir legte. „Du bist hier und hast dich nicht wie irre ins Getümmel gestürzt."

„Ich bin nicht blöd."

„Ich kenn dich doch. Wenn's um Mia geht, siehst du nichts mehr."

Tanmir antwortete nicht.

Vor dem kleinen Gebäude mit dem Ausguck standen zwei Wachsoldaten im Dienste des Oppenheimer Grafen, die sich träge unterhielten. Das war nicht ungewöhnlich. Was hingegen ungewöhnlich war, war die Anzahl an Pferden, die vor dem Wachhaus notdürftig angebunden waren.

„Nun", sagte Larus. „Da stehen dreizehn Pferde vor dem Gebäude. Folglich sind da mindestens dreizehn Gegner. Vermutlich mehr, wenn man davon ausgeht, dass die Pferde Mias Verfolgern gehören und darin auch noch städtische Soldaten sind."

„Diese Auffassungsgabe", spottete Tanmir.

„Was denn? Hast du schon mehr herausgefunden? Wie lange liegst du eigentlich schon hier?"

„Eine Weile."

„Und du weißt noch nichts?"

„Es war den ganzen Tag hell. Soll ich am helllichten Tag den Kommandoposten ausspionieren?"

„Ja, ja, hab schon verstanden. Und was ist die ganze Zeit passiert?"

„Nichts. Es war ruhig. Hin und wieder kam einer von diesen Söldnern, die Mia verfolgen, zum Pinkeln raus. Die drei Wachsoldaten vom Grafen haben untereinander die Positionen getauscht. Das war's."

„Also haben sie Mia noch nicht?"

Tanmir sagte nichts, presste nur nachdenklich die Lippen zusammen.

Larus schüttelte den Kopf. „Glaub ich nicht, dass sie sie haben. Dann wären sie wohl kaum noch hier, sondern würden Mia direkt zu Texor bringen. Bestimmt warten sie hier auf sie."

„Das glaube ich wiederum nicht. Dann würden sie nicht so offensichtlich ihre Pferde hier ruhen lassen. Damit würden sie Mia warnen. Nein, stattdessen würden sie sich vorbereiten, ihr eine Falle stellen. Doch die machen gar nichts."

„Also … denkst du, dass … sie Mia schon haben?"

„Wie gesagt, ich weiß es nicht. Aber ich werde es herausfinden, sobald es dunkel ist."

„Schleichst du dich dann dahin?"

„Nein." Tanmirs Stimmlage konnte nicht sarkastischer sein. „Ich blase ins Schlachthorn und reite brüllend auf das Haus zu."

„Hm, ja, verstanden."

Die beiden Wachen hielten ihr Schwätzchen, lachten von Zeit zu Zeit. Die Sonne hatte inzwischen schon die steinerne Palisade der Stadt erreicht, schien rot hinter den Dächern der höchsten Gebäude hervor.

„Wenn sie Mia haben", meinte Larus, „dann halten sie sie darin fest."

„Was du nicht sagst."

„Die Frage ist, wo genau?"

„Auf der Nordseite des Wachhauses befinden sich unmittelbar über dem Boden dünne, vergitterte Spalte. Ich vermute, dass da die Zellen sind."

„Das heißt, wir müssten uns durch das ganze Wachhaus und in dessen Keller schlagen, um dahin zu kommen. Vorausgesetzt, deine Vermutung stimmt und sie haben Mia."

Tanmir warf einen ungeduldigen Blick auf die Sonne, die sich seiner Meinung nach viel zu viel Zeit ließ, hinter der Silhouette der Dächer Oppenheims zu versinken. „Das Gebäude hat nur diesen einen Eingang", stellte er mit Blick auf die hölzernen Haustüren fest. „Abgesehen von dem Ausguck da oben. Die Hauswand eignet sich zum Klettern, weshalb der Ausguck unser Ein- und Ausgang sein wird."

„Wir müssen erst wissen, ob Mia da ist. Vorher brauchen wir das Ding nicht anzugreifen."

„Wenn es dunkel ist, werde ich mir diese vergitterten Durchlasse hinten mal genauer ansehen."

„Nein", intervenierte Larus. „Das tust du nicht. Ich mache das."

„Kommt nicht in Frage. Ich sehe nach, ob Mia dort gefangen ist."

„Genau umgekehrt. Ich bin kleiner als du, leichtfüßiger."

„Und ich bin bei Elfen aufgewachsen. Nenne mir ein Lebewesen in vergleichbarer Größe, das leichtfüßiger ist als ein Elf."

„Punkt für dich. Aber ich hab auch einen. Überlege doch. Wenn du Mia da drin in einer Zelle sitzen siehst, gefesselt und möglicherweise geschlagen, da sie sich bestimmt nicht kampflos ergeben hat, drehst du mir wieder völlig durch. Ich weiß noch, was vorgestern war."

Tanmir atmete zornig durch die Nase aus. Er wusste es auch noch.

„Bitte, Bruder, vertrau mir. Ich mache das schon. Ich erkenne Mia, ich hab sie ja schon einmal gesehen."

„Da warst du stockbesoffen, dass du nichts mehr von diesem Abend weißt."

„Mag sein, aber wie viele blonde, schlanke und wunderschöne Kriegermädels sollen denn da drüben in der Zelle sitzen, die nicht deine Mia sind, hä?"

Darauf konnte Tanmir nichts entgegnen.

„Na also. Lass mich nur machen. Ich finde heraus, ob dein Mädchen da ist. Vertrau mir."

„Einverstanden", willigte Tanmir nach knappem Überlegen ein, dem die Zustimmung sichtlich schwerfiel.

„Und falls sie da sein sollte", fuhr Larus fort, „schleiche ich mich zu den Pferden, mache sie von den Pfosten los und verpasse einem einen Schlag auf den Hintern. Nicht zu fest, versteht sich, das Tier kann ja nichts dafür. Unter den Pferden macht sich Panik breit und das sorgt für Furore bei den Wachen. Während ich mich hinter dem Trog da verstecke, werden ein paar das Wachhaus verlassen müssen, werden den Pferden nachjagen, um sie einzufangen. Die Aufmerksamkeit wird von Mia da drinnen und von mir hier draußen abgelenkt."

„Und gibt mir die Chance, die Kerle frontal zu überraschen."

„Genau. Aber halte dich zunächst verborgen und setze nur deine Messerchen ein."

„Nein. Ich setze das hier ein." Tanmir schob einen direkt neben sich liegenden Bogen und einen Köcher samt Pfeile vor sich, welche Larus zuvor nicht bemerkt hatte.

„Hä? Wo, bei den alten Magiern, hast du denn jetzt auf einmal Pfeil und Bogen her?"

„Von unterwegs."

„Aha ... Naja, egal, aber stimmt, das ist besser. Doch ... kannst du damit umgehen?"

„Ich wiederhole: Ich bin bei Elfen aufgewachsen."

„Ja, ja, verstehe, umso besser."

„Zuerst schalte ich den Mann im Ausguck aus. Ist zwar ein Wachsoldat im Dienste des Grafen, aber Pech, wenn er Schmiergelder annimmt. Dann kannst du versuchen, das Haus hinaufzuklettern und es über den Ausguck zu infiltrieren, während ich hier unten für Aufsehen sorge und alle von dir ablenke."

„Aber wenn du sie mit Pfeilen beschießt, werden sie ins Wachhaus fliehen."

„Bis dahin musst du da oben sein. Und ich so viele erledigt haben wie möglich. Unser Vorteil ist, dass sie nicht wissen, wie viele wir sind. Das Gras bietet mir genügend Deckung, ich werde von verschiedenen Positionen aus schießen. Vielleicht glauben sie dann, sie hätten mehrere Gegner. Zumindest für ein Weilchen."

„Doch sie werden sofort raffen, was im Gange ist. Dass wir wegen Mia kommen."

„Werden sie."

„Und darum werden sie sie noch strenger bewachen."

„Werden sie. Weshalb sie dich um keinen Preis bemerken dürfen. Sie müssen glauben, dass sich das ganze Feuerwerk hier draußen abspielt."

Larus setzte eine nachdenkliche Miene auf. „Feuerwerk ... Aber ja ... Das ist es! Das Wachhaus ist aus Holz. Schieß 'nen Brandpfeil darauf und fackle die Hütte ab."

„Bist komplett übergeschnappt?!", zischte Tanmir, bemüht seine Stimme und seinen Zorn unter Kontrolle zu halten. „Mia ist da drinnen eingesperrt!"

„Das sollst du ja auch nicht sofort machen. Doch irgendwie müssen wir die Typen da heraus bekommen, die Mia wahrscheinlich in Personenschutz nehmen."

„Vergiss es."

„Überleg doch. Ihre Priorität ist Mia. Sobald es losgeht, werden sie versuchen, sie wegzuschaffen oder bewachen sie noch strenger. Wie soll ich sie dann aus der Zelle bekommen? Aber wenn die Kerle das für mich erledigen, weil die Hütte brennt?"

„Nein, verdammt! Ich zünde kein Haus an, in dem meine Geliebte gefangen ist! Was, wenn sie gefesselt in der Zelle sitzt und du die Fesseln nicht sofort gelöst oder gar nicht erst die Zellentür geöffnet bekommst? Was dann? Nein!"

„Gut, dann nicht. Aber wie komme ich an sie heran, wenn ich drin bin?"

„Pass dich der Situation an. Ich weiß auch nicht, wie es in dem Wachhaus aussieht. Denk daran, dass du einen großen Vorteil hast: Sie wissen nichts von dir. Nutze das aus. Und wenn es zum Kampf kommt … Das Wachhaus ist nicht groß, vermutlich sind die Räume schmal. Nutze das, sorge dafür, dass deine Gegner immer direkt vor dir sind, lass dich um keinen Preis umzingeln."

Larus ächzte. „Hoffen wir, dass möglichst viele von denen nach draußen laufen und den Pferden nachjagen."

„Oder wir tauschen und ich geh hinein."

„Nein, nein. Erstens bin ich nicht so geschickt mit dem Bogen, das beraubt uns also unseres zentralen Vorteils. Und zweitens schaffe ich das schon irgendwie."

„Ich hoffe es."

„Werde ich."

„Du musst Mia nur irgendwie aus der Zelle holen", machte Tanmir seinem Freund klar. „Sobald sie ein Schwert in der Hand hat, hilft sie dir. Dann sieht das Blatt anders aus, glaub mir."

„Nun gut. Und was dann? Wo beziehungsweise wie sollen wir da wieder raus?"

„Das werdet ihr spontan entscheiden müssen. Entweder kämpft ihr euch zum Ausgang zu mir durch oder ihr flieht über den Ausguck. Je nachdem wie die Situation ist. Bevorzugt jedoch den Ausguck, wenn ihr könnt. Ich werde die Kerle hier draußen so lange beschäftigen, wie ich kann."

„Was, wenn sie Verstärkung rufen?"

„Ich werde das zu verhindern wissen. Wenn einer in Richtung Stadt abdampfen will, schieß ich ihn ab."

Larus verzog die vernarbten Lippen. „Hmm … Ist mir etwas unsicher, aber wir haben wohl keine Wahl. Und wenn wir draußen sind?"

„Sobald ich euch sehe, aktiviere ich Arnas Talisman. Wo ist eigentlich Amadeus?"

„Gleich bei ihr. Hab sie hinten bei dem Waldstück gesehen."

„Gut. Wenn ich den Talisman aktiviere und Arna losstürmt, wird Amadeus ihr folgen."

„Meinst du?"

„Das wird er. Sie werden schnell hier sein. Wir springen auf und verschwinden von hier. In Richtung der Wälder, damit die Bäume uns Deckung bieten."

„Sie werden nicht aufhören, uns zu verfolgen."

Tanmir nickte finster. „Werden sie nicht."

„Oh Mann …" Larus seufzte, biss sich auf die Unterlippe. „Wenn ich mich nicht völlig täusche, wird das eine lange Nacht."

„Oder eine kurze."

„Naja … unser ganzer Plan ist für die Katz, wenn Mia nicht dort ist."

„Das wirst du gleich herausfinden. Die Sonne ist untergegangen. Noch ein paar Minuten dann kannst du los. Und wehe, du versaust es."

„Das werde ich nicht. Versprochen."

Die wenigen Minuten bis zur wirklichen Abenddunkelheit zogen sich müßig lange hin. Und natürlich vermochte es Larus nicht, diese Minuten in Schweigen zu verbringen.

„Heh", grinste er. „Unglaublich. Vielleicht sind wir jetzt ganz knapp davor, deine Mia zu befreien. Dann findest tatsächlich dein Mädchen wieder."

Tanmir antwortete nicht.

„Irre, hah. Wir haben sie wirklich gefunden. Nun ja, vielleicht. Das hätte ich nie gedacht. Ehrlich. Nie."

Der junge Söldner schaute ihn mürrisch an.

„Naja." Larus zuckte mit den Schultern. „Allzu wahrscheinlich war das ja nicht. Sie hätte überall sein können, dieser Kontinent ist groß. Und wir hatten ja gar nichts. Nicht den Hauch einer Spur. Wobei, den Hauch vielleicht, aber der brachte uns auch nichts. Meine Güte, war das eine aussichtslose Suche …"

Sein Freund wandte den Blick wieder zum Wachhaus.

„Weißt du was?", faselte Larus weiter. „Ich glaube wirklich, dass sie dort ist. Aber selbst wenn nicht, ist es ja auch gut. Dann wissen wir, dass die Typen sie noch nicht haben. Und wir wissen dank Ilsa, dass sie hier in der Nähe sein muss. Wir werden sie finden. Wenn sie allerdings wirklich da vorne in der Zelle sitzt, haben wir sie schon. Also egal, wie mein Erkundungsgang gleich ausgeht, wir gewinnen sowieso. Und ich denke, dass genau das …"

„Larus", fiel Tanmir ihm ins Wort.

„Ja?"

„Halt die Klappe."

Larus räusperte sich leise. Er verstummte erstaunlich gehorsam.

Es wurde still. Sehr still. Das hohe Gras raschelte im lauen Windzug. Jetzt da die Sonne verschwunden war, war es spürbar kühler geworden. Der Sommer ging zu Ende.

„Bist du bereit?" Tanmirs Frage kam dann so plötzlich, dass Larus geradezu zusammenzuckte.

„Ähem … Äh … Ja. Bin ich."

„Dann los. Mach dich auf den Weg. Wenn etwas schiefgeht oder sie dich bemerken, fliehst du ins Gebüsch. Ich decke dich."

„Alles klar."
„Aber sorge besser dafür, dass nichts schiefgeht und du nicht entdeckt wirst."
„Mhm."
„Und wenn Mia wirklich … Wenn sie wirklich dort ist … Bitte pass gut auf. Auf dich und auf sie. Hol sie da raus. Bitte."
„Werde ich …" Larus schluckte. Er war sehr nervös, war sich darüber im Klaren, dass nun einige Last auf seinen Schultern lag.
Er räusperte sich, straffte sich entschlossen. „Vertrau mir, Tanmir. Wenn sie da ist, hole ich dein Mädchen da raus. Unversehrt. Das verspreche ich dir."
Tanmir sagte nichts, nickte ihm dankbar zu. In seinen Augen lag etwas, dass Larus nicht ganz zuzuordnen vermochte. Eine seltsame unmögliche Mischung aus Anspannung, Hoffnung, Sorge, Wut und Angst.
„Ähm … Tanmir?"
„Was?"
„Also … Egal, was jetzt gleich passiert, dreh nicht durch, ja? Ich meine es ernst. Wenn wir Mia gesund und munter befreien wollen, wenn du sie gesund und munter wiederhaben willst, musst du konzentriert bleiben, klar?"
Tanmir schaute ihn an. Und diesmal war Larus sicher, dass er seine Warnung verstanden hatte. Er nickte ihm zu. Entschlossen.
„In Ordnung", murmelte Larus und begann sich auf den Weg zu machen.
„Larus, warte kurz."
Der Bursche drehte den Kopf zu seinem Freund.
„Das vorgestern … tut mir leid", entschuldigte sich Tanmir. „Ich weiß nicht, was in mich gefahren ist. Bitte verzeih mir, Larus."
„Ach", winkte Larus ab. „Vergiss es. Es ging um dein Mädchen. Da darf man mal durchdrehen. Vergeben und vergessen. Jetzt holen wir sie da raus."
Tanmir lächelte und nickte ihm erneut zu. Larus erwiderte das Nicken. Und verschwand im Farnkraut.
Nun begann für Tanmir eine schreckliche Zeit des nervenzerreißenden Wartens. Es gab nur zwei Möglichkeiten. Entweder Larus kehrte zu ihm zurück und berichtete, dass Mia nicht dort war, oder er bahnte sich seinen Weg zu den Pferden und würde dort den Überfall auf das Wachhaus eröffnen. Dass man Larus dabei erwischen würde, mochte sich Tanmir nicht vorstellen.
Er brachte sich lautlos in Hockstellung, in dem Gras perfekt getarnt, wartete, legte schon vorsorglich einen Pfeil auf die Sehne, beobachtete den Soldaten im Ausguck, der alle paar Augenblicke die Position änderte und in eine andere Himmelsrichtung blickte.
Er wartete.
Und das Warten ermöglichte seinen Gedanken, sich überraschend aus der Stille und der Aufregung heraus zu melden. Mia. Tanmir war möglicherweise kurz davor, seine Mia wiederzufinden. Sein Mädchen. Seine Seelenverwandte. Die er so schrecklich vermisste. Wochen der schrecklichen und qualvollen Hoffnungslosigkeit und Verzweiflung, Wochen der Trennung könnten sich nun wirklich dem Ende zuneigen.

Er könnte sie wiederhaben, seine Mia wiederhaben, wieder mit ihr zusammen sein, an ihrer Seite sein, mit ihr vereint sein.

Er könnte sie wiederhaben.

Tanmir schüttelte sich. Er musste sich konzentrieren, kein Gedanke durfte jetzt seine Konzentration schwächen, keine Wunschvorstellung durfte seinen Blick trüben. Noch nie in seinem Leben war ein bevorstehender Kampf so wichtig.

Alles unter der Voraussetzung, dass Larus nicht mit der Nachricht neben ihm auftauche, dass er Mia nicht gesehen hätte.

Doch Larus tauchte nicht mit solch einer Nachricht auf. Er tauchte gar nicht auf. Zumindest nicht bei ihm. Denn Tanmir erspähte plötzlich eine schmale, dunkle, kaum sichtbare Silhouette, die an die Wand des Wachhauses geschmiegt war und sich langsam zu den dreizehn Pferden hinarbeitete.

Sofort begann Tanmirs Herz noch stärker zu rasen. Denn Larus' Auftauchen in der Nähe der Pferde der Feinde bedeutete, dass er Mia gesehen hatte, dass sie tatsächlich in der Wachstube gefangen gehalten wurde.

Mia war hier. Sie war wirklich hier.

Tanmir konnte es kaum fassen. Seine Suche war zu Ende. Er hatte seine Mia wirklich gefunden.

Doch er war noch nicht am Ziel.

Er beruhigte sich mit einigen Atemzügen, durfte nicht riskieren, dass seine Finger beim Zielen mit dem Bogen zitterten. Kein Pfeil durfte sein Ziel verfehlen, schon gar nicht der für den Soldaten im Ausguck. Hoffentlich konnte er noch gut genug mit dem Bogen umgehen. Es war einige Zeit her, dass er diese Waffenart gebraucht hatte.

Larus' Silhouette war rasch zu den Pferden gelangt. Zwei von ihnen schnaubten etwas lauter, doch die beiden trägen Wachen vor dem Eingang des Gebäudes vernahmen das nicht.

Die Spannung war unerträglich.

Tanmir war in der Hocke, verborgen im hohen Gras, einen Pfeil auf der Sehne. Er war bereit. Bereit, den Bogen zu gebrauchen. Bereit für den alles entscheidenden Kampf.

Bereit, seine Geliebte zu befreien.

Sie schlug die Augen auf. Der Kopf dröhnte wie ein Glockenspiel. Das rechte Ohr und die rechte Wange schmerzten. Der Kiefer knackte, als sie den Mund bewegte. Doch ihren Körper konnte sie gar nicht bewegen.

Mia versuchte, sich umzuschauen, was sich allerdings als ungemein schwierig erwies. Sie saß auf einem Hocker, war mit den nach hinten gedrehten Händen an einem die Deckenpfosten haltenden Stützbalken gefesselt. Etwas Lederartiges – wohl ein Gürtel – hatte man ihr um den Hals geschlungen und sie damit zusätzlich an dem Balken fixiert.

„Ich verstehe echt nicht, warum wir hier untätig herumsitzen sollen, Boss", hörte sie eine murrende Männerstimme.

„Unsere Befehle sind eindeutig", sagte streng die Stimme Helgas, genannt die Vampirin. „Wenn das Mädchen gefunden und gefangen ist – unversehrt –, unverzüglich Eisenheim verständigen, das Mädchen bewachen und warten. Das haben wir getan, und werden wir weitertun."

„Schon klar, aber Hektor und die beiden Soldaten sind jetzt schon seit heute Nachmittag unterwegs. Wieso folgen wir ihnen nicht und treffen Eisenheim auf halbem Wege? Das spart enorm Zeit."

„Ich wiederhole mich nicht!" Helgas Stimme erhob sich bedrohlich. „Wir haben Eisenheims Anweisungen zu befolgen und fertig! Dafür werden wir bezahlt!"

„Korrekt", bemerkte ein anderer Mann. „Eisenheim sagte eindeutig, er will den Transport des Mädchens persönlich überwachen. Und ich habe ihn früher schon einmal erlebt. Glaubt mir, Leute, man sollte diesem Mann ja keinen Anlass geben, auf einen wütend zu sein."

„Aber in einer Hinsicht", meinte eine Frau dagegen, „hat Gerhard recht, Boss. Wir sitzen jetzt hier herum und warten, bis Eisenheim eintrifft. Das kann noch locker zwei Tage dauern."

„Dann dauert es eben zwei Tage", fauchte Helga. „Wir lassen das Mädel keinen Moment aus den Augen, verstanden? Der Lohn, glaubt es mir, meine Lieben, ist das Warten und die Langeweile allemal wert. Eisenheims Auftraggeber ist ein richtig hohes Tier. Ich war mit ihm dort, in diesem alten Schloss in Isterien, schon vergessen? Dieser Typ schwimmt im Geld. Danach lassen wir es uns richtig gut gehen. Aber zuerst erledigen wir unseren Auftrag. Ist das klar?"

„Ja, Boss", antworteten augenblicklich viele Kehlen.

Trotz des trüben Blickes nach dem Erwachen aus der Ohnmacht und den Kopfschmerzen erfasste Mia sofort, dass sie in einer Zelle eingesperrt war. Zu ihrer Linken befanden sich gleich unterhalb der Holzdecke fensterartige vergitterte Durchlässe, die in der gepflasterten Außenwand und in der Decke verschwanden, und hinter denen der dunkelnde Abend lag. Zu ihrer Rechten trennte sie eine Reihe von Gitterstäben von dem Raum, in dem an einem großen rechteckigen Tisch die Häscher saßen, die sie vorhin überwältigt hatten. Aufgrund des engen Riemens um ihren Hals, konnte sie nur bedingt den Kopf drehen und somit nur aus dem Winkel des rechten Auges in den Raum vor ihrer Zelle schauen. Ebenso konnte sie nur den flackernden Lichtschein erkennen, der wohl einem Kamin entsprang, welcher außerhalb ihres Blickfelds lag und den Raum spärlich erhellte. Die Schatten der Personen am Tisch wogten an den Wänden der von Pfeifenqualm schummrigen Wachstube.

Mia versuchte irgendwie, eine Möglichkeit zu finden, die Fesseln um ihre Handgelenke zu lösen. Vollkommen vergeblich. Wer immer die Schnüre angelegt hatte, wusste genau, was er tat. Der Knoten war so solide und fest, dass ihr nahezu die Hände abstarben. In den Fingerspitzen kribbelte es schon.

Die Zelle und zusätzlich noch die Schnüre … Man gab sich also große Mühe, dass sie nicht einmal auf den Gedanken käme, fliehen zu wollen.

„He!", rief eine der Frauen am Tisch. „Die Schlampe ist endlich wach."

Alle am Tisch blickten zu ihr. Zwölf Personen an der Zahl, acht Männer und vier Frauen, inklusive Helga. Mia erinnerte sich. Insgesamt drei Feinde hatte sie erwischt, ehe der große Typ sie ohnmächtig geschlagen hatte. Der saß auch am Tisch, ganz hinten am Kopfende. Seine Schultern waren fast so breit wie der ganze Tisch. Es waren zwölf Söldner, folglich fehlte noch einer. Mia argwöhnte, dass jener Fehlende wohl derjenige war, den Helga mit den zwei Soldaten Südreichs losgeschickt hatte, um diesen Eisenheim herzuholen – jenen riesigen Skanden, mit dessen gewaltigen Saarass ihr Bauch eine sehr unangenehme Begegnung gehabt hatte. Es fehlten auch die Wachsoldaten im Dienste des Grafen von Oppenheim. Mia vermutete, dass diese draußen Wache hielten.

„Wurde auch Zeit, dass wir sie erwischen", sagte die zweite Frau, die ganz außen am Tisch saß und sie aus bösen Glubschaugen fixierte. Ein Köcher voller Pfeile prangte auf ihrem Rücken. „Wegen der jagen wir seit Monaten hier herum."

„Hübsches Ding, jetzt, wo ich sie mal von Näherem sehe", murmelte ihr Sitznachbar, gaffte Mia unter dichten Brauen hervor an. „Zweifellos. Hehe, also jetzt, wo sie da so schön gefesselt ist, würden mir einige Dinge einfallen, die ich mit ihr anstellen würde."

„Gute Idee", sekundierte ihm ein weiterer Söldner, dürr wie eine Bohnenstange. „Wenn wir schon hier warten sollen, können wir es uns ja wenigstens etwas angenehmer machen. Und ihr auch, haha. Vielleicht sollten wir ihr ihren Aufenthalt hier ein bisschen versüßen?"

„Denkt gar nicht mal daran!", brummte Helga, unterband damit das aufkommende Lachen der Gruppe. „Keiner fasst sie an, verstanden?! Ihr könnt 'ne Hure, 'nen Klosterknaben oder euch gegenseitig bumsen, wenn wir hier fertig sind, aber die nicht! Ist das klar?!"

„Ach, Boss, nun sei doch nicht so. Wir wollen sie ja nicht töten, obwohl sie es verdient hätte. Aber gegen ein bisschen Spaß ist doch wohl nichts einzuwenden."

„Ich sagte: Nicht anfassen! Wenn Eisenheim hier auftaucht, werden wir sie ihm unversehrt präsentieren."

„Scheiß auf das, was zwischen ihren Beinen ist", ärgerte sich der vierte Mann, mit einem Bart wie Werg. „Sie hat Joe, Matze und Heinrich getötet. Und vergesst nicht die anderen, die sie vor drei Monaten mit ihrem Scheißfreund umgebracht hat. Diese Fotze gehört nicht vergewaltigt, sondern gehäutet!"

„Am besten beides!"

„Haltet endlich die Fressluken!", rief Helga. „Meint ihr, ihr seid die einzigen, die diesem kleinen Miststück gerne wehtun wollt? Seid ihr nicht. Doch Auftrag ist Auftrag. Wir übergeben sie Eisenheim. Unversehrt. Wie befohlen. Klar?"

Die acht Männer und drei Frauen am Tisch murrten, nickten aber gehorsam.

Helga schaute Mia an, fixierte sie aus ihren bösen Augen. Dann trat sie zu der Zelle, nahm die Arme über den Kopf und lehnte sie an die Gitterstäbe. „Da haben wir dich also endlich, elendes Miststück. Hat auch lange genug gedauert."

Mia antwortete nicht, erwiderte den durchdringenden Blick der dunklen Augen der Frau – so gut es aus den Augenwinkeln ging.

„Du kannst froh sein, dass meine Anweisungen unmissverständlich sind. Mein Auftraggeber will dich unversehrt. Und so bekommt er dich. Aber du sollst wissen, dass es mich sehr in den Fingern juckt, dir wehzutun. Du und dein dreckiger Lustknabe haben nun elf von meinen Leuten auf dem Gewissen. Fast die Hälfte meiner Truppe geht auf euer Konto."

„Tja", sagte Mia dämonisch grinsend. „Wir haben's halt drauf."

Helga blitzte sie an. „Dir wird das Lachen noch vergehen. Ich weiß, wer dich sucht und was er mit dir vorhat. Ich werde mit Vergnügen dabei zusehen. Und das, was er von dir übriglässt, überlasse ich dann meinen Leutchen."

„Welchen Leutchen?" Mia lächelte bezaubernd. „Ach, wahrscheinlich denen, die noch übrig sind. Hast ja ein paar verloren."

Die Kriegerin schlug mit der Unterseite der Fäuste gegen die Gitter. „Du und dein Hurensohn von Geliebter haben elf meiner Leute umgebracht! Elf! Ich würde dir gerne für jeden einzelnen von ihnen einen Knochen brechen und ein Scheibchen deiner hübschen Haut abziehen. Aber ich darf leider nicht … Allerdings …"

Sie begann widerwärtig zu grinsen.

„Weißt du", sagte sie sehr langsam und böse, „was mir hilft, diese Wut zu bändigen? Den Willen, dich vor Schmerzen zum Schreien zu bringen? Ich konnte mich schon etwas abreagieren. Weißt du auch, wobei? Hmm … Wie heißt dein Schätzchen nochmal? Tanmir, oder? Ich muss schon zugeben, ein Kunstwerk von einem Mann, wirklich zum Schwachwerden. Hast einen guten Geschmack, Süße. Dieses Gesicht, hmm. Diese Muskeln, jamm … Keine Frau könnte da ‚Nein' sagen … Doch wusstest du schon, dass selbst sein hübsches Gesicht hässlich werden kann, hm? Und zwar dann, wenn es vor Schmerzen blau anläuft und sich wegen der Schreie abscheulich verzerrt."

Mia spürte, wie sich ihre Kiefermuskeln anspannten, die Zähne aufeinanderpressten, sich ihre Augen vor Zorn verengten. Die Vampirin bemerkte es, lächelte boshaft.

„Ja", sagte Helga gedehnt. „Dein Tanmir war wirklich tapfer. Aber alle Tapferkeit brachte ihm nichts. Alle Stärke brachte ihm nichts. Oh, und ich kann dir versichern, du hast dir echt einen starken, wirklich starken Lustknaben ausgesucht. Wenn er nur halb so gut im Bett ist wie er Schmerzen auszuhalten vermag, dann bist du wohl die glücklichste Frau auf der Welt. Aber, was soll ich sagen, am Ende hat auch er kapituliert. Am Ende waren die Schmerzen einfach stärker als er. Und es waren Schmerzen, uhhh, schlimme Schmerzen. Sonst hätte er wohl nicht so laut geschrien. Und geschrien hat er, sag ich dir. Sehr, sehr laut. Dass die Wände zitterten. Herzzerreißend."

Mia zischte vor Wut. Sie bebte vor Hass. Doch obwohl sie jede Muskelfaser in ihrem Körper anspannte, rührte sich an ihrer gefesselten Lage nichts.

„Sie haben deinem Mann sehr wehgetan, ojaaa … Was hat er geschrien … Aber keine Sorge, Kleines, das wird sich nicht wiederholen. Denn ihn will man nicht. Er ist nur ein unbedeutendes Nichts, nur ein räudiger Straßenköter, der keinen interessiert. Du bist es, was sie wollen. Daher brauchst du dich auch nicht um deinen Tanmir zu sorgen. Denn wiedersehen wirst du ihn ohnehin nie mehr. Hörst du? Du wirst deinen Geliebten nie wiedersehen. Nie wieder. Nie wieder. Nie wieder …"

„Halt's Maul!" Mia hielt es nicht mehr aus. „Halt dein verfluchtes Maul!"

Jeder Söldner am Tisch verstummte und blickte zu ihr. Fast alle waren bei diesem Schrei puren Hasses zusammengezuckt, den selbst der Riemen um Mias Hals nicht unterdrücken konnte.

Auch Helga schwieg kurz, lachte dann jedoch auf. „Ahh … So gefällst du mir schon besser. Nun denn, jetzt heißt es warten, Schlampe. Du wirst noch eine Weile in dieser ungünstigen Position verharren, ehe du abgeholt wirst."

„Ihr solltet mich besser nicht losmachen", warnte Mia knurrend. „Denn dann drücke ich euch die Augen aus."

„Hm. Wir werden sehen."

Noch einen Moment herrschte eiserner Augenkontakt. Doch dann drehte Helga sich um und setzte sich zu ihren Leuten an den Tisch, eröffnete das unterbrochene Gespräch wieder.

Mia fluchte innerlich. So hatte sie sich das alles nicht vorgestellt. Sie hätte gedacht, dass sie Tanmir schneller erreicht haben würde, dass sie ihn gefunden hätte, ehe man sie fände. Sie war sich des Risikos, sich nicht zu verbergen, die ganze Zeit bewusst, doch nahm es billigend in Kauf. Jetzt ärgerte sie sich über ihre Dummheit. Wahrscheinlich war sie einfach der Euphorie ihn wiederzufinden vollends erlegen, als ihr Traum in Sanscur ar Groruth ihr endlich einen Weg zeigte, ihn finden zu können. Ja, sie hätte wohl noch warten und genauer nachforschen sollen, wo exakt sie Tanmir wann würde treffen können. Sie hätte sich noch etwas Zeit lassen, vertrauen sollen, wie es ihr die Grabwächter stets empfohlen hatten. Aber nein, sie musste ja mal wieder ihren sturen Kopf durchsetzen und schon losziehen, und sich dabei so unauffällig wie eine Kavalleriebrigade in Angriffsformation verhalten.

Ganz toll gemacht Mia.

Doch während sie begann vollkommen in Selbstvorwürfen und Selbsthass zu vergehen, hörte sie wie auf Kommando wildes Wiehern von zahlreichen Pferden, das von draußen, durch den vergitterten Spalt ihrer Zelle herandrang.

In der Wachstube war das auch dumpf, aber deutlich zu hören.

„Was zum Fick ist denn da draußen los?"

„Was ist mit den Pferden?"

„Stellt keine dummen Fragen!", schrie Helga und sprang als erste vom Tisch auf. „Seht nach! Los! Nicht alle, ihr verdammten Idioten! Gerhard, Gabor und Jesse bleiben hier. Haltet ein Auge auf unser Mädel. Ich habe das dumpfe Gefühl, dass dieser Ärger da oben nicht umsonst ist. Also ran an die Waffen. Los jetzt!"

Helga zog die Klinge blank, griff ihren an der Wand lehnenden runden Schild und stürmte als erste die Treppe hinauf, die in das darüber liegende Erdgeschoss führte. Ihr folgten zwei der Frauen, die Bogenschützinnen, und ebenfalls mit gezogenen Waffen sechs der Männer. Eine Frau und zwei Männer blieben hier, zogen die Waffen und positionierten sich vor der Zelle.

Von draußen vernahm Mia noch immer heilloses Chaos. Sie hörte zwischen dem wilden Wiehern der Pferde nun zahlreiche Schreie derjenigen, die anscheinend mit Mühe versuchten, die Pferde zu beruhigen und einzufangen. Natürlich fragte sie sich, was da los war. Pferde brechen ja nicht ohne Grund wild aus.

Vielleicht …

Hoffnung breitete sich in ihrem Herzen aus. Vielleicht war dieser Ärger wirklich berechtigt, vielleicht lag Helga richtig und da steckte tatsächlich ein Plan hinter. Ein Plan, Mia zu befreien. Es gab nur eine Person, die solch einen Plan verfolgen könnte. Und nur eine, die ihn auch zu vollziehen vermochte.

Ihr Herz begann zu rasen. Mia ruckte mit dem Hocker, riss an den Fesseln, an dem Halsriemen, hustete, weil sie zu stark den Kopf bewegte. Es war vergeblich, sie hatte keine Chance sich zu befreien. Sie konnte nur hoffen. Sie konnte nur warten.

Und das Warten ermöglichte ihren Gedanken, sich überraschend aus der Aufregung heraus zu melden. Tanmir. Mia war möglicherweise kurz davor, ihren Tanmir wiederzusehen. Ihren Geliebten. Ihren Seelenverwandten. Den sie so schrecklich vermisste. Wochen der schrecklichen und qualvollen Hoffnungslosigkeit und Verzweiflung, Wochen der Trennung könnten sich nun wirklich dem Ende zuneigen.

Sie könnte ihn wiederhaben, ihren Tanmir wiederhaben, wieder mit ihm zusammen sein, an seiner Seite sein, mit ihm vereint sein.

Sie könnte ihn wiederhaben.

Mia blinzelte, beruhigte sich mit einigen Atemzügen. Sie musste sich konzentrieren, kein Gedanke durfte jetzt ihre Konzentration schwächen, keine Wunschvorstellung durfte ihren Blick trüben. Falls es wirklich Tanmir war, der für das Chaos draußen verantwortlich war und sie zu befreien suchte, musste sie für den Kampf bereit sein, sobald sie irgendwie aus den Fesseln und dieser Zelle käme. Und selbst wenn es nicht Tanmir war, musste sie versuchen, eine Gelegenheit zu finden, die Verwirrung zu ihrem Vorteil zu nutzen.

Draußen schienen Helgas Söldner einige der Pferde erwischt und beruhigt zu haben. Mia hörte immer noch hektisches Stimmengewirr, Flüche und Schreie, das Schnauben und Stampfen der Stuten und Hengste. Sie strengte ihr Gehör an, versuchte, sich das Szenario draußen vorzustellen. Mehr konnte sie aktuell nicht tun.

Die Spannung war unerträglich.

Doch die hoffnungsvollen Gedanken ließen sie nicht los.

Tanmir …

Larus hatte ganze Arbeit geleistet. Die Pferde liefen kreuz und quer, wieherten, stampfen, sprangen, sorgten für ein heilloses Durcheinander an diesem ruhigen Abend. Die beiden Wachen vor der Tür wussten überhaupt nicht, wie ihnen geschah. Und als sie dann zu versuchen begannen, die ausbrechenden Tiere einzufangen, war Tanmirs Einsatz gekommen.

Er spannte den Bogen, zielte schon beim bei Spannen. Die Federn berührten Wange und Mundwinkel.

Die Sehne schnellte leise. Der Pfeil schwirrte.

Und traf.

Ohne vernehmbaren Laut im Wiehern der Pferde verschwand die Silhouette des Wachmannes im Ausguck einfach.

Der Soldat bekam gar nicht mit, dass und auf welche Weise er starb. Gleich nachdem er hastig auf die Ausguckseite des unerwartet aufgekommenen Wirrwarrs gerannt war, heruntersblickte und sich über die Pferde wunderte, weit bevor er das Leuchtfeuer entzünden konnte, um Alarm zu schlagen, hatte er schon einen Pfeil im Auge, welcher tief im Hinterhauptbein stecken blieb. Er donnerte auf die Bohlen des Ausgucks, zuckte noch ein paar Mal mit den Gliedmaßen, ehe er vollends ruhig liegen blieb.

Tanmir legte rasch den nächsten Pfeil auf die Sehne, spannte sie und zielte auf einen der Wachmänner, der mit Mühe zwei der Pferde unter Kontrolle zu bringen schien. Doch gerade, als er den Pfeil abfeuern und den Mann ins Jenseits befördern wollte, überlegte er es sich jedoch anders. Ihm war klar, dass, wenn er den nächsten Kerl würde abschießen, alle Feinde sofort von ihm wüssten und sich sogleich im Haus verschanzen würden. Er hielt inne, entschied sich, zunächst abzuwarten. Er musste Larus Zeit verschaffen. Auch wenn es den Eindruck hatte, dass der Bursche diese gar nicht brauchte. Denn der entpuppte sich als wahres Klettergenie, bewegte sich zwar wenig elegant, aber dafür rasch und vor allem unauffällig die Hauswand hinauf zum Ausguck. Er brauchte nicht lange, bis er die Spitze erreicht hatte, sich über das Geländer des Ausgucks rollte und dahinter verschwand.

„Was ist hier los, zum Henker?", rief ein Söldner, der aus dem Haus gelaufen kam.

„Die Pferde!", rief ein anderer. „Verdammt! Fangt die Pferde!"

Insgesamt neun Personen kamen aus dem Wachhaus gelaufen. Und eine der Personen erkannte Tanmir augenblicklich. Diese bizarre Kriegerin, die sich Helga, die Vampirin nennen ließ. Sie und die beiden anderen Frauen – beide mit Pfeil und Bogen bewaffnet – waren die einzigen, die sich nicht daran beteiligten, die Pferde einzufangen, von denen allerdings schon sieben auf Nimmerwiedersehen in der Umgegend verschwunden waren. Ein weiteres riss einen der Söldner, der es am Zügel gegriffen hatte, zu Boden und raste durch das hohe Gras davon, gar nicht weit an der Stelle vorbei, wo sich Tanmir verborgen hielt.

Nur mit Mühe gelang es den beiden Wachsoldaten und den sechs männlichen Söldnern, wenigstens vier der Tiere einzufangen. Das letzte jedoch – ein kastanienbrauner Hengst mit einer weißen Blässe auf der Schnauze war weiterhin an einem Pfosten festgemacht, welches Larus wohl nicht zu erreichen geschafft hatte. Doch das war auch nicht schlimm. Denn das

Ablenkungsmanöver war ein voller Erfolg. Neun Söldner hatten sie so aus der Stube gelockt. Und noch schienen die keinen Verdacht zu schöpfen. Tanmir war mucksmäuschenstill.

„Kacke verdammt!", jauchzte ein Söldner und schrie die beiden Wachen an. „Was, zum Teufel, ist hier passiert?!"

„Das wissen wir nicht", erklärte ein Wachmann, der immense Mühe hatte, eine Fuchsstute festzuhalten. „Auf einmal brachen die Pferde aus …"

„Und warum?! Pferde brechen nicht einfach aus! Was ist hier los?!"

„Wir wissen es nicht …"

„Verdammte Hurensöhne! Ihr solltet hier draußen aufpassen! Habt wohl in der Nase gebohrt oder gepennt! Dreckiges Pack!"

„Es bringt jetzt auch nichts", rief ein anderer Söldner. „Die Pferde sind weg. Wir müssen ihnen nach, sie einfangen."

„Stimmt. Aber wenn wir sie nicht alle wiederbekommen, dann werden unsere beiden Pennsusen hier uns eine Entschädigung zahlen."

„Na dann los!"

„Nein!", kommandierte plötzlich Helga, die Vampirin. Wie schon die ganze Zeit schaute sie sich wachsam und misstrauisch um.

„Aber Boss … Je länger wir warten …"

„Scheiß auf die Pferde!" Sie nahm den Schild vor den Körper, verbarg sich dahinter. „Ins Haus!", befahl sie laut. „Alle! Vorwärts!"

Ihre Leute verstanden nicht, regten sich nicht.

„Seid ihr taub?! Ins Haus, sagte ich!"

Tanmir fluchte in Gedanken. Helga hatte sich nicht lange täuschen lassen. Sie ahnte genau, was los war. Doch er wusste, wie er die Söldner davon abhalten konnte, ins Haus zurückzulaufen.

Eine der beiden Bogenschützinnen war die erste, die den Befehl befolgte, wandte sich um und lief zurück zum Wachhaus. Da spielte Tanmir nicht mit. Er musste verhindern, dass die Meute zurück ins Haus kam, welches Larus infiltriert hatte. Rasch spannte er den Bogen, zielte und schoss.

Die Bogenschützin schrie kurz und sehr laut auf, knallte im Laufen mit den Gesicht voraus zu Boden, blieb unsanft liegen, etwa fünf Schritt von dem Eingang der Stube entfernt.

„Deckung!", schrie Helga und duckte sich, verbarg völlig sich hinter ihrem Schild.

Unter den Söldnern kam noch größere Verwirrung auf. Zwei versuchten, sich ins Haus zurückzuziehen, doch Tanmir ließ sie nicht. Dem einen jagte er einen Pfeil ins Schulterblatt, wodurch der andere rasch die Lust verlor und in die entgegengesetzte Richtung rannte.

„Ausschwärmen!", befahl die Anführerin, die natürlich erkannt hatte, dass man sie und ihre Leute davon abhalten wollte, ins Wachhaus zu fliehen. „Zu den Hütten!"

Der Rest der Söldner sowie die beiden Wachsoldaten schwärmten aus, rannten statt auf das Wachhaus auf die nahen Wohnhäuser zu, brachten sich hinter

Mauern, Holzbuden und Katen in Deckung. Einer der oppenheimer Wachmänner schaffte es jedoch nicht. Denn ein weiterer Pfeil schoss ihm mitten im Lauf durch die Gurgel, ehe er die schützenden Häuser erreichen konnte.

„Verdammte Scheiße!", hörte Tanmir einen Feind schimpfen. „Was ist hier los?!"

„Haltet's Maul!", befahl Helga laut. „Haltet alle euer Maul!"

Tanmir änderte die Position, ungesehen, lautlos, so, dass er sowohl die Hütten, wo sich die Söldner versteckt hatten, als auch das Wachhaus im Blick behielt.

„Was, verdammt nochmal, soll das?!"

„Wer ist da?! Wer bist du, verfickter Hundesohn?!"

„Ich sagte, Maul halten!"

Die Söldner verstummten.

Für einen Moment war es sehr still.

Ehe erneut die Stimme Helgas erscholl.

„Also gut. Netter Auftritt. Ich weiß, dass du das bist, Tanmir. Bist hier, um dein Mädchen zu retten, was? Was für ein edler Ritter du doch bist."

Tanmir betrachtete das Wachhaus, konzentrierte sich darauf, versuchte, sich den von dort möglicherweise erschallenden Geräuschen zu widmen, die signalisierten, dass da etwas passierte. Der stärker gewordene Wind an diesem Abend und das Rauschen der Sträucher um ihn herum sowie die weiteren Rufe Helgas störten sein Gehör. Er hoffte, dass Larus Mia schon erreicht hätte.

„Aber", rief die Vampirin weiter, „ich verstehe deinen Auftritt nicht so ganz, Süßer. Klar, du hast einen Wachmann und dazu wieder zwei von meinen Leutchen erwischt, und das wird dir noch leidtun, das kann ich dir versprechen. Doch wir sind nach wie vor weit in der Überzahl. Und deine Mia ist da unten. In einer verschlossenen Zelle, bewacht von meinen Leuten. Du hast doch wohl nicht geglaubt, ich ließe sie unbewacht da unten zurück, oder?"

Er hatte es nicht geglaubt.

„Warum kürzen wir das nicht ab und du kommst aus den Büschen raus, hm? Wir messen uns mit dem Schwert. Du kannst natürlich auch da bleiben und uns aus dem Verborgenen heraus mit Pfeilen beschießen. Aber wir wissen doch beide, dass du es nicht ewig dort aushältst."

Tanmir zitterte vor Spannung. Es lief zwar alles nach Plan, da jede Sekunde, die er hier kampflos herausholte, Larus bei Mias Befreiung helfen würde. Doch das untätige Herumhocken hier zwischen den Gräsern raubte ihm bald den Verstand.

„Wir haben auch noch einen Vorteil, Hübscher. Im Gegensatz zu dir haben wir Zeit. Denn unsere Verstärkung ist schon auf dem Weg. Verbirg dich also da im Dreck so lange du willst, doch schon bald wirst du unsere Freunde im Rücken haben. Also, was immer du vorhast, du solltest dich sputen."

Tanmir presste die Kiefer aufeinander. Beeil dich, Larus, dachte er.

Beeil dich.

Larus dankte den lauten Pferden. Denn die Falltür, die vom Ausguck ins Innere des Wachhauses führte, knarrte und quietschte, dass ein lautloses Eindringen kaum möglich gewesen wäre, würden die ausbrechenden Tiere es nicht übertönen. Natürlich dankte er auch Tanmir, dessen Pfeil graziös in der Augenhöhle des Wachmannes steckte, welcher eine Miene vollkommener Planlosigkeit aufgesetzt hatte. Larus musste fies kichern. Er mochte solche Bilder einfach.

Nachdem er vorsichtig durch die offene Falltür geblickt und sich vergewissert hatte, dass niemand zugegen war, kletterte er flink und lautlos die Leiter hinab und verschwand geschwind hinter einem Schrank, in die Schatten, von denen es zum Glück in dem schwach erleuchteten Hausinneren viele gab. Er machte sich instinktiv sogleich ein genaues Bild von der Umgebung. Er befand sich bereits im Erdgeschoss, hörte Stimmen, Schreie und allerlei auserlesene Flüche von draußen, hörte die Mühen zahlreicher Söldner, die Pferde unter ihre Kontrolle zu bringen. Allerdings hörte er keine Schmerzens- und Panikschreie von Menschen, die von Pfeilen beschossen und durchbohrt wurden. Er begann sich zu fragen, was das sollte, was Tanmir anstellte, wieso er nicht aus Leibeskräften auf die Meute schoss, was nur in ihn gefahren sei. Doch sofort besann er sich eines Besseren. Viele Söldner hatten das Haus verlassen. Und bei dem ersten Toten durch einen von Tanmirs Pfeilen würden alle anderen wieder ins Haus fliehen.

Larus verstand. Tanmir spielte auf Zeit, verschaffte ihm Zeit.

Und diese Zeit musste er nutzen. Mit einem kaum vernehmbaren Zischen, zog er das Katana aus der Scheide, warf noch einen Blick um sich und begab sich dann leise aber rasch zur Treppe, die in den Keller führte, dorthin, wo er zuvor die in einer Zelle sitzende, an einen Balken gefesselte Mia gesehen hatte. Sicherheitshalber schaute er noch in die anderen Räume des Erdgeschosses, fand dort aber keine Feinde vor, die er möglicherweise später im Rücken haben würde.

Die Treppe begann zu knarren, als er den Fuß auf die erste Stufe setzte. Er bleckte verärgert die Zähne, verhielt den Schritt und den Atem, überlegte. Er ging davon aus, dass dort unten garantiert noch Feinde sein würden, argwöhnte, dass man Mia garantiert nicht unbewacht gelassen hatte. Er nahm eine Hand vom Griff des Katanas und langte nach seinem Dolch, zog ihn hervor. Die Treppe konnte er nicht leise herunter gehen, das stand fest. Da folglich ein leises Anschleichen ohnehin nicht möglich war, änderte Larus die Taktik.

Er sprang die Treppe hinunter, einen Kampf- und Mutschrei auf den Lippen, das Messer wurfbereit in der Hand, hinein in den düsteren Kellerraum mit der Zelle am Ende und einem rechteckigen Tisch in der Mitte. Das Überraschungsmoment war nichtsdestotrotz auf seiner Seite. Und so kurz es auch war, es reichte, dass er rasch zielen und das Messer – fast im Stile seines besten Freundes – abwerfen konnte, genau auf einen von drei Gegnern in Sichtweite zu, genauer gesagt, eine Gegnerin.

Er traf mit mehr Glück als Verstand, aber er traf herausragend, genau in den Hals der Frau, die eklig laut aufwürgte und sich einmal um die eigene Achse drehte, an die Zellentür hinter sich knallte und an deren Gittern

63

herunterrutschte.

Larus blickte blitzschnell hinter sich, vergewisserte sich, dass dort keine Feinde mehr postiert waren, er es lediglich mit den noch zwei verbliebenen Männern vor sich zu tun hatte.

Er griff das Katana mit beiden Händen und sprang kampfbereit vor.

Schlagartig wurde es sehr laut. Aber nicht draußen, von wo Mia laute Schreie und Befehle in Deckung zu gehen hörte, sondern hier drinnen, in dem Raum jenseits ihrer Zelle. Sie drehte die Augen, schaute nach rechts. Sie erkannte wegen des ungünstigen Blickwinkels nicht genau, was vor sich ging, erkannte allerdings eine Person, die mit einem Kriegsschrei wie von Sinnen die Treppe herunter gerannt kam. Die drei Söldner vor der Zelle zuckten zusammen. Die Frau darunter brüllte jäh auf. Sie drehte sich fallend zu der Zellentür hin, verströmte aus dieser Drehung heraus einen Schwall Blut, für den ein in ihrem Halse steckender Dolch verantwortlich war. Sie prallte gegen die Gitter, rutschte daran herab, dass ihr Gesicht die ganze Zeit an den Stäben herabschleifte; der Kopf hing fast aufrecht zwischen zweien, der geöffnete Hals ließ einen See dunklen Blutes auf dem Boden entstehen.

Und der Griff des Messers reichte in Mias Zelle.

In Reichweite von Mias Beinen …

Die junge Frau achtete nicht mehr weiter auf das Chaos vor der Zelle, den Kampf, der durch den sonderbaren Neuling entstanden war. Sie ignorierte das Klingengeklirr, den verstärkten Atem und das Kampfächzen im Raum, sondern drehte ruckartig das Gesäß, dass sie von dem Hocker glitt. Sie stieß ihn mit der Hüfte fort und rutschte den Stützbalken hinab, sodass sie auf den Bohlen saß und ihre gefesselten Hände unmittelbar über dem Boden waren. Sogleich streckte sie das rechte Bein aus, versuchte, das Messer zu erreichen. Sie streckte sich, dass es schmerzte, machte sich so lang wie es anatomisch nur möglich war. Die Fesseln um ihre Hände drückten schmerzhaft gegen Haut und Knochen. Der Riemen um den Hals würgte sie, presste ihr Hauptschlagadern und Luftröhre ab.

Doch sie könnte das Messer erreichen, könnte den Griff mit dem Fuß erwischen, könnte es mit den Stiefeln zu ihren Händen führen.

Sie fühlte sich wie auf der Streckbank, spürte, wie der Sauerstoffmangel ihren Blick trübe werden ließ, wie sich der Blutdruck in ihrem Kopf aufgrund des abschnürenden Riemens quälend erhöhte, wie der Schmerz im Körper ihr den Weg erschwerte. Doch sie gab nicht auf. Es war ihre einzige Chance. Sie musste das Messer erreichen.

Sie musste.

„Verdammte Scheiße!", schimpfte Franko. „Was ist hier los?!"

„Haltet's Maul!", befahl Helga laut. „Haltet alle euer Maul!"

Sie waren an die hölzerne Wand einer Hütte gepresst, Helga und drei ihrer Gefolgsleute. Auch die anderen waren hinter den nahebeistehenden Häusern verborgen.

„Was, verdammt nochmal, soll das?!", rief einer der hinteren.

„Wer ist da?! Wer bist du, verfickter Hundesohn?!", fluchte ein zweiter.

„Ich sagte, Maul halten!", unterband Helga.

Die Söldner verstummten.

Für einen Moment war es sehr still.

Ehe erneut Helga die Stimme hob, den irgendwo in den Büschen verborgenen Schützen anrief.

„Also gut. Netter Auftritt. Ich weiß, dass du das bist, Tanmir. Bist hier, um dein Mädchen zu retten, was? Was für ein edler Ritter du doch bist."

„Er hat Orm und Gerda erwischt", brummte der neben Helga stehende Söldner zornig. „Diese Dreckssau!"

„Ruhe!", brachte Helga ihn zischend zur Ruhe. „Er sitzt in der gleichen Falle wie wir, kommt nicht da raus, denn er weiß, dass wir ihm zahlenmäßig überlegen sind. Das ist unser Vorteil. Mal sehen, was er vorhat.

Aber", rief Helga wieder laut hinter der Hütte hervor, „ich verstehe deinen Auftritt nicht so ganz, Süßer. Klar, du hast einen Wachmann und dazu wieder zwei von meinen Leutchen erwischt, und das wird dir noch leidtun, das kann ich dir versprechen. Doch wir sind nach wie vor weit in der Überzahl. Und deine Mia ist da unten. In einer verschlossenen Zelle, bewacht von meinen Leuten. Du hast doch wohl nicht geglaubt, ich ließe sie unbewacht da unten zurück, oder?

Außerdem", fügte sie im Stillen hinzu, „habe nur ich den Schlüssel, der ihre Zelle öffnet."

Sie hob die Stimme wieder.

„Warum kürzen wir das nicht ab und du kommst aus den Büschen raus, hm? Wir messen uns mit dem Schwert. Du kannst natürlich auch da bleiben und uns aus dem Verborgenen heraus mit Pfeilen beschießen, aber wir wissen doch beide, dass du es nicht ewig dort aushältst."

Sie drehte den Kopf zur anderen Seite, zu ihren Leuten, senkte die Stimme auf ein Minimum. „Er muss irgendwo dort im Farnkraut sein. Macht euch auf den Weg, dreht einen großen Bogen und schleicht euch von hinten an. Sollte er herauskommen, bevor ihr ihn erreicht, greift erst ein, wenn wir von hier angreifen, klar?"

„Verstanden, Boss." Die drei Männer neben ihr nickten, machten sich still und leise sogleich auf den Weg, verschwanden.

Helga drehte den Kopf, rief erneut hinter der Hauswand hervor. „Wir haben auch noch einen Vorteil, Hübscher. Im Gegensatz zu dir haben wir Zeit. Denn unsere Verstärkung ist schon auf dem Weg. Verbirg dich also da im Dreck so lange du willst, doch schon bald wirst du unsere Freunde im Rücken haben. Also, was immer du vorhast, du solltest dich sputen."

Sie blickte sich um, sah einen ihrer Männer, der hinter einer Häuserfront hervorschaute, ihr einen fragenden Blick zuwarf. Helga, hob eine Hand, hieß ihn stillhalten.

„Hörst du, Tanmir? Na komm. Lass uns die Schwerter ziehen und ein wenig

Spaß haben, was, mein Süßer? Ich bringe dich dann in der gleichen Zelle unter wie dein Mädchen. Ist das nichts? Die Geliebten wiedervereint in der Todeszelle. Ach, wie romantisch ..."

Sie fasste angespannt den Schwertgriff fester. Sie wusste, dass der junge Mann sehr gefährlich war, selbst allein. Helga musste ihre Leuten Zeit verschaffen, musste Tanmir ablenken, dass sie ihn würden von hinten angreifen können. Und sie musste seine Ruhe und Konzentration trüben, ihn provozieren. Sie wusste auch wie.

„Ich bin ja immer wieder fasziniert, wie deine kleine Hure mit dem Schwert umgehen kann. Echt nicht übel für 'ne ehemalige Prinzessin. Hast du sie eigentlich lange trösten müssen, als sie dir erzählt hat, wie ihre ganze Familie abgeschlachtet wurde? Hat sie sehr geweint? Oja, ich denke das hat sie ... Aber mach dir keine Sorgen, sie wird ihre Familie bald wiedersehen, obwohl es eine Weile dauern wird, bis sie da ist. Denn sobald Texor von ihr hat, was er will, dann nehme ich sie mir vor. Und zwar in Scheibchen, hihi. Dann bin ich mal gespannt, wer von euch beiden lauter schreit, haha."

Tanmir kochte, spürte, wie sein Körper vor Zorn schrie, wie er einfach losstürmen und dieses Höllenweib endgültig zum Schweigen bringen wollte. Trotzdem beruhigte er sich. Die Spannung war unerträglich, aber alles lief nach Plan. Helga und ihre Leute ließen sich aufhalten, drangen nicht zurück ins Wachhaus. Er hoffte, dass Larus mit denen, die noch darin waren und die Mia bewachten, fertig werden würde.

Es wurde ihm immer mulmiger. Larus kämpfte gerade, und er selbst saß hier nur herum. Ja, er gewann Zeit, wichtige Zeit. Aber einfach hier herumsitzen und warten, kam ihm auch nicht richtig vor. Er musste sich etwas einfallen lassen.

Doch das brauchte er gar nicht. Man zwang ihn dazu, nicht mehr untätig zu sein.

Plötzlich ertönte zwischen dem Rascheln des um ihn herum wogenden Farnkrautes hinter sich ein zu regelmäßiges Rascheln, das nicht dorthin gehörte, das so leise war, dass es jemand, dessen Gehörsinn nicht durch die elfische Ausbildung geschärft war, wohl nicht vernommen hätte.

Tanmir vernahm es. Keine Sekunde zu früh. Er schaute hinter sich und bemerkte einen Kerl mit einem Knüppel, mit dem der schon auf ihn ausholte. Ihm blieb keine Wahl. Er sprang aus der Hocke heraus nach vorn, um dem Hieb zu entgehen – mit einem seitlichen Ausweichmanöver hätte er keine Chance mehr gehabt. Dennoch traf ihn der Knüppel mit Wucht auf den oberen Rücken, unterhalb des Nackens. Es knackte fies. Hätte Tanmir den Mann jedoch nicht oder zu spät bemerkt, wäre der Knüppel wohl an seinem Kopf gelandet.

Den heftigen pochenden und bizarr knirschenden Schmerz ignorierend – was zweifellos nur dank der Aufregung und dem Adrenalin möglich war – robbte er auf dem Rücken zurück, heraus aus dem deckenden Farnkraut

„Da vorne ist er!", hörte Tanmir von den Hütten her Helgas Stimme. „Hin da! Auf ihn!"

Er sprang auf, doch der Kerl mit dem Knüppel erlaubte ihm nicht, eines seiner Wurfmesser zu ziehen. Tanmir parierte den Schlag mit dem Bogen, den er immer noch in der Hand hatte, lenkte ihn zur Seite ab. Er ließ den angebrochenen und nicht mehr zu gebrauchenden Bogen los, machte im Aufstehen eine Hechtrolle zur Seite, um so viel Abstand wie möglich zwischen sich und den Söldner zu bringen, zog unter Schmerzen im Nacken das Schwert und gleichzeitig ein Wurfmesser. Er konnte es jedoch nicht werfen, denn der vor Zorn brüllende Kerl warf erst den Knüppel auf ihn, dann sich selbst, hielt ihn von einem Gegenangriff ab, indem er seinen Arm und Hals packte. Der Kerl war größer als Tanmir, stärker, und nutzte seine Stärke, um den Jungen mit einem Wutschrei begleitend hochzuheben und mit Schwung zu Boden zu werfen.

Allerdings war der Typ zu übermütig. Tanmir hatte zuvor das Schwert gezogen und vermochte, es dem Söldner am Rumpf vorbeizuziehen, noch während er sich im Fluge aus dessen Wurf befand.

Augenblicks sprang Tanmir wieder auf, und ehe er sich in Positur brachte, wirbelte seine Klinge reflexartig und versetzte dem keuchenden Söldner den Gnadenstoß über den Hals. Der Typ, schon auf den Knien, fiel zu Boden. Sein Blut vermischte sich mit Dreck und Staub des Bodens.

Tanmir blickte blitzschnell um sich, zischte abermals vor Schmerz im Rücken, bemerkte, dass vom Farnkraut her, zwei weitere Söldner mit gezogenen Schwertern auf ihn zu rannten. Ebenso verhielt es sich nun mit denen, die von den Häusern heranliefen und sich mit Rufen motivierten.

Es wurde eng, er durfte nicht in die Falle geraten.

„Da vorne ist er!", schrie Helga. „Hin da! Auf ihn!"

Sie sprang hinter der Hauswand hervor, blieb aber dabei sicher hinter ihrem Schild. Die drei übrigen ihrer Leute und auch der letzte Wachmann Oppenheims, spurteten aus ihren Deckungen hervor, auf das Farnkraut zu, wo die anderen aller Voraussicht nach einen harten Kampf mit dem jungen Krieger eröffnet hatten.

Helga ging am langsamsten voraus, ihre beiden Männer liefen an ihr vorbei, wütend, laut rufend und entschlossen. Die Bogenschützin und der ängstliche Wachmann hielten sich etwas zurück. Doch die Vampirin selbst hielt völlig inne, warf einen nachdenklichen Blick zum Wachhaus. Sie hatte irgendein heikles Gefühl. Dieser ganze Auftritt kam ihr zu unkoordiniert vor, als dass nicht doch eine durchdachte Absicht dahintersteckte. Und irgendwie war es zu einfach.

Helga drehte sich, blieb in Deckung hinter ihrem Schild, und ging vorsichtig auf das Wachhaus zu.

Larus sprang vorwärts am Tisch vorbei, schwang das Katana. Der zweite Söldner parierte mit seinem Schwert, schrie wütend einen Fluch und schlug von oben zu. Das Katana war viel leichter als das gewöhnliche Stahlschwert des Söldners, es war schneller. Und auch sein Besitzer war schneller. Larus wehrte den Hieb zur Seite hin ab, sprang zur Wand und stieß sich mit der Schulter von ihr ab. Er hieb von unten her zu, unterstützt durch die Kraft seines Rückpralls. Der Kerl konnte nur mit Mühe parieren, prallte beim Zurückweichen gegen den Tisch. Larus griff mit einem Schwung aus der Hüfte an, ließ sein Katana die ganze Bewegung auskosten. Die rasiermesserscharfe einschneidige Klinge aus dem Orient glitt durch den Bauch des Mannes wie durch Butter. Haut, Fett, Muskeln und Organe boten keinen spürbaren Widerstand. Die hölzerne Seitenwand des Raumes bekam einen neuen Anstrich in verschiedenen Rottönen.

Der Kerl zuckte, machte einen Ausfallschritt, doch sein Bein konnte ihn nicht mehr halten. Er brach zusammen, japste und zuckte am Boden, während sich unter ihm eine dicke rote Lache ausbreitete.

Larus ließ das Katana wirbeln, dass Blutstropfen von der Klinge spritzten, brachte sich in Positur. Er sah sich nun mit dem letzten der drei Söldner konfrontiert, einem wahren Kraftprotz mit mehrtägigem Stoppelbart, der in der Hand eine Axt hielt. Die andere zeigte nur die geballte Faust. Doch bei der Größe seiner Hand ging auch die Faust als Waffe durch.

Larus atmete durch. „Na dann. Lass uns tanzen, mein Großer."

Der Mann spurtete am Tisch vorbei auf ihn zu. Larus sprang auf den Tisch, zwischen Teller, Karaffen und Krüge, hieb mit dem Schwert zu. Doch der Hüne parierte den Schlag mit der Axtschneide, die Wucht der Parade ließ Larus wanken. Nur mit einem unkontrollierten Sprung zurück war es ihm möglich, dem nachfolgenden Axtschwinger des Typen auszuweichen, der ihm um Haaresbreite den Magen umsortiert hätte. Er landete unsanft auf dem Rücken, wobei ihm einer der Krüge auf der Tischplatte unsanft ins Kreuz drückte. Der Mann glitt den Tisch entlang, holte mit der Axt aus und hieb sie genau auf seinen Körper. Der Bursche rollte sich zur Seite, vom Tisch herunter, prallte auf die Sitzbank und auf den Fußboden, fiel abermals schmerzhaft auf einen heruntergefallenen Krug.

Normalerweise waren er und Bierkrüge stets gute Freunde. Jetzt allerdings machte diese Beziehung eine heftige Krise durch.

Aber er war der Axt ausgewichen, die nun im Tisch feststeckte und die der Hüne mit Mühe herauszuziehen versuchte. Larus erkannte das schnell genug, beförderte sich nach oben und sprang zurück zum Tisch.

Doch ehe das Katana pfeifend hinabschwingen konnte, hatte der Kraftprotz, der lange nicht so beschränkt war wie sein Aussehen vermuten ließ, schon den ganzen Plan verstanden und wusste diesen zu vereiteln. Er trat mit voller Wucht gegen den Tisch, der Larus mitten in dessen Angriff entgegenkam, ihn schmerzhaft gegen die Hüfte rammte und aus dem Rhythmus brachte. Der Bursche, der zu allem Übel auch noch im Ausfallschritt aus Versehen auf einen Bierkrug trat und auf diesem ausrutschte, landete wieder auf dem Boden, diesmal jedoch völlig unkontrolliert, sodass er auch das Schwert aus den Händen verlor.

Der Söldner indes sparte sich das wiederholte Abmühen mit seiner Axt. Er setzte rasch über den Tisch und trat das wertvolle Schwert aus dem Orient fort, weit weg aus der Reichweite seines jungen Angreifers.

Dieser wiederum stand etwas ächzend auf, warf einen ganz leicht geschlagenen und melancholischen Blick zu seinem Schwert, hob allerdings furchtlos die Fäuste und brachte sich in Kampfhaltung.

„Na schön", keuchte er. „Du willst es wohl auf die harte Tour. Kannste haben!"

Der körperliche Unterschied zu beiden Kämpfern war enorm. Der Hüne war etwa sieben Fuß groß, wog auf alle Fälle über zwei Zentner. Der nicht allzu große Larus hingegen war etwa fünfeinhalb Fuß hoch und wog nur etwas mehr als einen Zentner. Das Heil des jungen Mannes lag somit in seiner Beweglichkeit und Flinkheit. Er musste seinen Gegner mürbe machen, mit vielen leichten aber entnervenden und erschöpfenden Angriffen, ohne dabei auch nur einmal selbst getroffen zu werden. Doch vor allem musste er sein Katana erreichen. Der Kampf hier dauerte schon viel zu lange. Mit den Fäusten zu triumphieren, könnte ihm zwar unter sehr großen Anstrengungen gelingen, aber es würde lange dauern. Zu lange.

Der Mann ließ ihm jedoch keine Zeit, sich einen Plan zu überlegen. Mit seiner immensen Körpermasse kam er auf Larus zu, schwang die Faust nach ihm, sodass beinahe die Luft sauste. Der Junge war schnell, wich erfolgreich aus und konterte sogleich mit Körpertreffern, die allerdings so wirkungslos blieben, als schlüge er gegen einen Sandsack. Er versuchte es mit Tritten gegen die Beine seines Gegners. Es zeigte Wirkung, wenn auch lediglich in Form von genervtem Schnauben des Muskelprotzes. Zwei ausholende feindliche Armschwinger zwangen Larus zum weiten Rücksprung.

Er verstand, dass er mit seinen mickrigen Angriffen nichts auszurichten vermochte. Er musste näher an den Feind heran, musste an dessen empfindliche Körperstellen kommen, wie Augen oder Hals.

„Alter …", krächzte der Bursche, sich trotz allem Mühe gebend, möglichst vorlaut und unbeeindruckt zu wirken. „Bei deiner aufgepumpten Figur frisst du doch zum Frühstück Stierhoden, oder?"

Sein mächtiger Gegner fand den Spruch nur bedingt witzig, sprang heran, packte den Jungen bei den Armen und schleuderte ihn mit solcher Wucht auf den Tisch, dass Larus ein Stück auf der Tischplatte entlangrutschte, bis hin zu der darin steckenden Axt – wobei er nahezu alle darauf übriggebliebenen Tischutensilien herunterstieß.

Er sprang auf, ohne überhaupt erst zu versuchen, die Axt herauszuziehen – was ja selbst dem Muskelberg vorhin nicht direkt gelungen war. Er blieb auf dem Tisch, um durch den Höhenunterschied den Kopf des Kerls mit einem Tritt erreichen zu können. Der Hüne aber antizipierte den Angriff. Er deckte den Kopf, sodass Larus' Tritt pariert wurde. Noch bevor der Bursche sich wieder in den sicheren Stand bringen und über einen weiteren Angriff nachdenken konnte, hatte sein Gegner bereits den Knöchel seines Standbeins gepackt und daran gezogen. Wieder landete Larus auf dem Tisch und sah sich nun den massigen Unterarmschlägen seines Gegners ausgesetzt. Dem ersten Schlag konnte er gerade noch ausweichen, indem er mit dem Oberkörper zur Seite schlitterte. Der Unterarm des Kraftprotzes kam donnernd neben ihm auf der knackenden

Tischplatte auf, woraufhin Larus förmlich betete, bloß nicht von dieser Naturgewalt getroffen zu werden.

Ihm blieb nur noch, seine Beine wie ein Triangel – nach dem gleichnamigen Instrument – um den Hals seines Gegners zu schlingen, was funktionierte, da sich der Hüne bei der Schlagattacke weit heruntergebeugt hatte. Larus hackte seine eigenen Füße aneinander und drückte die Schenkel zusammen, sodass seine Beine in einer Scherenbewegung den Hals seines Gegners einquetschen. Um zu verhindern, dass ihm der Hüne dabei weiterhin mit Schlägen zusetzte, nutzte er alle Kraft seines Oberkörpers und seiner Arme, um einen der muskelbepackten Arme seines Feindes zu greifen und quer über seinen eigenen Oberkörper zur anderen Seite hin fest zu blockieren.

Es gelang. Larus' einstiger Pankration-Unterricht im Kloster zahlte sich aus. Sein Hebel war gesetzt, und dem riesenhaften Söldner gelangen keine weiteren Attacken, da er aufgrund seiner eigenen schiefen Körperhaltung den Knaben nicht mehr erreichen konnte – weder über Kopfnüsse noch mit dem freien Arm.

Die Köpfe beider Kontrahenten liefen hochrot an – der des Hünen aufgrund der durch die Beinschere erwirkten vaskulären Einschränkung des Blutflusses von Halsschlagader zum Gehirn; der von Larus aufgrund der heftigen Kraftanstrengung, die die Aufrechterhaltung des Hebels zwingend erforderte.

Der Bursche drückte die Beine so heftig aneinander wie es ihm nur möglich war, sodass er vor Anstrengung stöhnte. Er musste es einfach schaffen, seinen Feind zur Bewusstlosigkeit zu zwingen. Oder zumindest für ein paar Wimpernschläge etwas benommen zu machen, dass er sich sein Katana schnappen könnte. Der Hüne versuchte indessen brummend, sich zu befreien, was ihm jedoch nicht gelang. Aber dann spannte er alle Muskeln an und begann knurrend vor Anstrengung Larus aus dem gebeugten Rücken heraus anzuheben.

Larus, ununterbrochen die Beinschere durchführend, hob langsam vom Tisch ab und realisierte sogleich, dass ihn der Kerl vermutlich noch ein Stück weiter anheben würde, um ihn dann mit voller Wucht – unterstützt von der Schwerkraft – zurück auf die Platte zu knallen. Der junge Mann wusste, dass er unter diesen Umständen den Hebel nicht würde aufrechterhalten können, und dann den vernichtenden Schlägen seines Gegners wehrlos ausgeliefert wäre.

Da er die Beinschere folglich sowieso verlieren würde, kam er dem zuvor. Er löste den Hebel unerwartet, fiel herunter auf den Tisch zurück. Sofort zog er die Beine an, legte alle Kraft, die er aufbringen konnte, in seine Schenkel und streckte sie zum Tritt aus, schwang selbst die Hüfte mit, um noch mehr Energie in die Attacke zu setzen. Er erwischte die Brust des Hünen. Der Kerl taumelte zurück, prallte gegen die Gitterstäbe der Zelle, doch fing sich zügig wieder, spuckte unbeeindruckt aus und fixierte den jungen Burschen wütend.

Larus sah das Katana, das zu weit weg von ihm und zu nahe bei seinem Gegner lag. Er seufzte verzweifelt. Anscheinend würde er dieses Ungetüm von einem Söldner wohl einfach nicht klein kriegen. Und wer weiß, wie lange er noch Zeit dazu hatte und wie draußen die Situation um Tanmir und die anderen Söldner war.

Der Kerl fasste sich an den Nacken, ließ die Wirbel knacken, knurrte wütend und machte sich bereit, sich wieder auf den Jungen zu stürzen.

Da schossen plötzlich schlanke, aber wohl sehr kräftige Arme hinter den Gittern aus der Zelle hervor, von denen einer fest den Hals des Kraftprotzes umschlag, ihn an der Zellentür fixierte. Gleichzeitig stieß die Hand des anderen Arms Larus' Dolch von oben in die Brust des Mannes, direkt beim Schlüsselbein.

Der Hüne schrie auf, versuchte, nach hinten zu greifen, den seinen Hals umschlingenden Arm von sich zu lösen. Doch noch ehe er dorthin kam, fasste die kleine Hand, die gerade eben noch das Messer hielt, in sein Gesicht, an sein Auge, und die Finger der Hand drückten es tief in den Schädel ein. Blut und Schleim traten sofort aus der Augenhöhle vor.

Larus schaute die Szene wie erstarrt an, die insgesamt nur knapp ein bis zwei Herzschläge dauerte, ehe der brüllende Hüne den ihn am Halse umschlingenden Arm von sich losriss und sich befreite. Aber diese Zeit genügte, dass ihm die Hand hinter der Zelle, das Auge vollständig eingedrückt hatte. Er fasste sich ans Gesicht, an die blutströmende Augenhöhle, schwankte und warf den Oberkörper hin und her, während er unablässig abscheulich kreischte.

„Worauf wartest du?!", schrie die Gefangene, die blonde junge Frau, hinter der Zelle hervor und holte Larus damit aus seiner kurzzeitigen Starre.

Er verstand – besser spät als nie. Er sprang auf, packte sein Schwert und holte aus. Das Katana sang, zerteilte den Schädel des Hünen wie eine Melone. Die Schreie verstummten auf der Stelle.

„Hey!", schrie Mia. „Bist du eingepennt?! Hol mich hier raus! Beeil dich!"

„Äh ... Oh, ja klar." Die Wellen verschiedener Formen von Adrenalin in Kombination mit Aufregung, Schock, Schmerz und der ganzen Situation hatten Larus' Auffassungsgabe ein wenig gestört. „Sofort! Ah, Mist. Ich brauche einen Schlüssel. Ich denke, der Große hier hat einen."

„Hat er nicht", unterbrach Mia. „Den Schlüssel hat nur ihre Anführerin. Und die ist draußen. Nimm die Sitzbank am Tisch. Schnell!"

„Hä?"

„Die Bank! Nimm sie!"

Larus schaute konsterniert zur Bank, verstand ganz und gar nicht.

„Tu es einfach, bitte!"

Er schluckte und gehorchte, hob die Bank hoch und trat an die Gitterstäbe. „Und ... äh ... was soll ich damit?"

„Die Bank ist dein Hebel für die Tür. Schiebe die Beine der Bank unter die Quergitter der Tür hier unten. Und dann hebe sie aus, indem du die Bank von oben schräg herabdrückst."

„Bitte was? Was für 'n Hebel?"

Mia brummte auf. An wen bin ich denn jetzt geraten, dachte sie und wies mit dem Finger die Türe entlang hinab. „Schau nach unten. Siehst du die Türscharniere? Das sind Scharniere mit halben Stift. Mit dem richtigen Hebel –

dafür die Bank – und angemessenem Kraftaufwand – dafür du –, lässt sich die Tür einfach herausheben. Hebelgesetz."

„Äh …" Larus war in seinem Leben schon oft verwirrt gewesen. Aber noch nie so sehr wie jetzt. „W-Was? Was denn jetzt für 'n Gesetz?"

„Tu einfach, worum ich dich bitte! Wir haben keine Zeit!"

Ach, was sollte es schon. Er tat, was ihm gesagt wurde, hakte die Beine der Bank unten in die Zellentür ein, packte die Sitzfläche, und zog diese von oben etwas schräg nach unten.

Und dann wurde er Zeuge eines physikalischen Phänomens, das ihm in so mancher Situation in seinem Leben enorm hätte weitergeholfen, wenn er nur davon gewusst hätte. Schier problemlos hob sich quietschend die Türe an, die Bank schob sie aus den Scharnieren. Und dafür war nicht einmal allzu viel Kraftaufwand erforderlich. Die Tür fiel knallend zu Boden.

„Perfekt!", rief Mia, sprang geschickt über die Türe und begab sich zielsicher, ohne den vollkommen perplexen Larus zu beachten, in eine Ecke des Raumes und griff von einem Tisch ihre Lederjacke, ihr Stilett und ihren Saarass samt Scheide und Gurt, welche die Häscher dort achtlos hingelegt hatten, statt irgendwo sicher zu verwahren. Zum Glück.

Larus schaute ihr nach, betrachtete sie aufmerksam und beobachtete, wie sie sich die Jacke über die weiße Bluse zog, wie sie das Schwert auf den Rücken warf, sich das Stilett in den Stiefelschaft steckte. Jetzt konnte er sie wirklich eingehend ansehen, ohne den Einfluss einer erheblichen Menge Alkohols wie beim ersten Mal in Bronfurt. Und er verstand augenblicklich, wie Tanmir sich in dieses Mädchen verlieben konnte. Sie war atemberaubend schön. Die Haare so blond, dass sie wie die Mittagssonne leuchteten. Die Figur schlank und trotzdem muskulös, dabei aber wohlgeformt und fraulich – obwohl sie in den Hüften und im Hintern ein wenig zu schmal und in den Schultern etwas zu breit für Larus' Frauengeschmack war. Dabei krönten jedoch die beiden Wölbungen vorn, wegen denen nicht viel fehlte weshalb die Bluse vermeintlich aufreißen würde, den Ausdruck ihrer wunderbaren Weiblichkeit. Doch hauptsächlich fesselte den Blick ihr wunderschönes Gesicht, dessen Schönheit durch den blauen Fleck an der Wange und die allgemeine Erschöpfung keineswegs beeinträchtigt war. Und insbesondere bannten ihn ihre großen blauen Augen, von der Farbe makelloser Saphire, tief und unergründlich wie das Meer. Noch nie hatte Larus solche Augen gesehen.

Tanmir hatte nicht übertrieben, als er von Mia erzählt hat. Larus konnte nichts dafür, er musste bei ihrem Anblick einfach ausatmend schwärmen.

Erst das Zischen ihres Schwertes, das sie geschickt aus der Scheide auf ihrem Rücken zog, riss ihn aus seinem verträumten Delirium.

„Wer auch immer du bist, Unbekannter, und was auch immer dich herführt", sagte Mia und trat auf ihn zu, „ich danke dir vielmals für deine Hilfe. Aber jetzt … Moment mal … Kenne ich dich nicht?"

„Jaha", sagte Larus schmunzelnd, der rasch die Worte wiederfand – wäre auch verwunderlich, wenn *er* nicht die Worte wiederfände. „Wir kennen uns tatsächlich. Du hast mir mal den Arsch gerettet. In Bronfurt, ein paar Tagesritte östlich von hier. Ich war stark ... ähm ... alkoholisiert. Jetzt allerdings lernst du die nüchterne Version von mir kennen. Ich bin Larus." Er verbeugte sich und reichte ihr die Hand. „Und du bist Mia, nicht wahr?"

„Das ist korrekt." Sie drückte ihm die dargebotene Hand.

Larus zuckte. Vielleicht lag es am Adrenalin, aber so schlank diese junge Frau auch war, hatte sie einen Händedruck wie ein Schmied. Kein Wunder, dass sie diesen Hünen so lange am Gitter fixieren konnte.

„Das ist klasse, dass du es bist, Mia", freute er sich und spürte aufgrund dieser Freude ein Kribbeln in der Brust.

„Ach wirklich? Naja, jedenfalls danke für deine Hilfe. Aber da draußen sind noch mehr von denen. Wir müssen hier sofort raus."

„Da gibt es nichts zu widersprechen."

Mia trat zu dem Hünen mit dem halbierten Schädel und der blut- und geleetriefenden Augenhöhle hinab, beugte sich zu ihm herunter. „Ich habe doch gesagt, ich drücke euch die Augen aus", schloss sie böse und zog das Messer aus seiner Brust, wischte es an der Kleidung des Toten ab. „Das war für Duádhra, du dreckiger Abschaum." Sie verpasste der Leiche noch einen wütenden Tritt.

Larus schaute auf die am Boden liegende Zellentür. „Sag mal", wollte er nach wie vor erstaunt wissen, „woher, bei den alten Magiern, wusstest du das mit der Tür? Das war ja der Wahnsinn."

„Das ist das Hebelgesetz. Ich hab mal in einem Buch davon gelesen, ähnliche Situation wie hier. Die Geschichte handelte von einer Gruppe von Typen, die mit Schiffen auf dem Meer fahren und andere Typen, die mit Schiffen auf dem Meer fahren, überfallen und ausrauben. Futuristische Geschichte. Und später wurde das Hebelgesetz im Naturkundeunterricht behandelt. Unwichtig. Hier, dein Messer." Sie reichte ihm seinen Dolch. „Guter Wurf vorhin übrigens. Hast die Alte voll erwischt."

„Allerdings, hehe. Hätte ich auch nicht gedacht, dass mir das so gut gelingt. Und das war nicht einmal ein professionelles Wurfmesser. Tanmir wäre bestimmt beeindruckt."

„Tanmir?", fragte Mia und machte ihre ohnehin schon großen Augen noch weiter auf. „Hast du gerade Tanmir gesagt?"

„Ähm, ja, das ist auch korrekt. Er ist draußen und lenkt die ... He, wohin willst du?"

„Was glaubst du wohl?!", brauste sie, die schon zur Treppe rannte. „Ich muss ihm helfen!"

„Aber er sagte, wir sollten oben über den Ausguck fliehen ... Äh ..." Larus' Satz verpuffte, da es niemanden gab, der ihn beachtete. „Heh", grunzte er genervt. „Die ist ja schlimmer als Tanmir."

Er rannte ihr hinterher.

Tanmir sprang zurück, wich dem Schwinger des Breitschwertes vom ersten Söldner, der vom Farnkraut herkam, nach hinten aus. Ihm folgte rasch der Hieb eines Kurzschwertes des zweiten. Die vier Feinde von den Häusern her kamen näher, zwei davon ganz besonders. Tanmir konnte nicht hierbleiben, er musste Deckung suchen.

Er tauchte unter dem wirbelnden Breitschwert weg, vollführte abermals, jedoch unter großen Schmerzen im Nacken, eine schwerfällige Hechtrolle, weg von den beiden Söldnern, die ihn mit Hieben überschütteten, gleich zu dem am Boden liegenden Wurfmesser. Er vermochte aber nicht, schnell wieder aufzustehen, verfluchte in Gedanken den verletzten Rücken, wodurch sich auch die Bewegungsfreiheit seiner Schulter arg einschränkte. Noch im Liegen schleuderte er das Messer los, und schrie kurz auf vor Schmerz, den die Wurfbewegung auslöste. Immerhin war der Wurf präzise genug gewesen, ehe der Schmerz seinen Arm gelähmt hatte. Das Messer erwischte den mit dem Kurzschwert am Hals, traf zwar nicht wie sonst in den Kehlkopf, doch schnitt an der Halsschlagader vorbei, öffnete sie unter einem Blutstrom und ließ den Kerl, der sich gurgelnd an den Hals fasste, nach nur vier weiteren schwankenden Schritten zu Boden gehen.

Mit Mühe wegen der Schmerzen war Tanmir unterdessen aufgesprungen und rannte – nein, eher torkelte – mit gebeugtem Kreuz auf das Wachhaus zu, verstand, dass der Stoß mit dem Knüppel weitaus schlimmere Folgen zu haben schien als zunächst gedacht.

Noch bevor ihn der erste der Söldner erreichte, welcher von den Häusern her kam, schaffte es Tanmir zu den vorhin mit Mühe eingefangenen Pferden. Er klatsche dem ersten auf den Hintern, das laut wieherte, sich auf die Hinterhufe stellte und dann losgaloppierte, dabei den Söldner fast über den Haufen rannte. Der junge Krieger nutzte auch die verbliebenen Pferde dazu, die attackierenden Söldner abzulenken, sich etwas Luft zu verschaffen, deren spontane Angriffsformation zu durchbrechen.

Es blieb nur dieses eine Pferd, das unverändert an einen Pfosten angebunden war und sich vergebens von diesem zu lösen versuchte – der kastanienbraune Hengst mit der weißen Blässe auf der Nase.

Der angeschlagene Tanmir hatte keine Gelegenheit mehr, ihm dabei zu helfen. Er musste sich selbst helfen. Der Kerl mit dem Breitschwert war heran, dicht gefolgt von seinen beiden Kollegen. Den Hieb des Breitschwertes wehrte der junge Krieger ab, konterte mit einer Finte zum Kopf. Doch die Verletzung machte ihn langsam. Der Söldner fiel nicht auf die Finte herein und setzte zu einem schnelleren geraden Stoß an. Tanmir wich aus, doch da überfiel ihn der nächste Söldner. Dieser war ungemein flink, zwang den Jungen zu einem Ausfallschritt, der diesem nicht leicht fiel. Der Typ schien das bemerkt zu haben und zauberte plötzlich aus dem Ärmel ein Stilett, das Tanmirs Blick entgangen war. Doch selbst dann wäre der junge Söldner noch beweglich genug gewesen, dem Stoß ohne Schaden auszuweichen, wären da nicht die schmerzenden und bewegungshemmenden Nacken und Rücken. Er wollte wegspringen, rührte sich aber kaum vom Fleck, sodass ihm die Klinge des Messers den äußeren Unterarm aufschlitzte. Tanmir zischte und schwankte zurück, sah aus dem Augenwinkel den dritten Mann. Vor diesem tauchte wieder der Häscher mit dem Breitschwert auf, jagte die Klinge in Richtung Tanmirs Halses. Der junge Mann parierte den mächtigen Hieb im letzten Moment.

Jetzt machte sich der Hieb mit dem Knüppel von vorhin erst richtig bemerkbar. Denn durch Tanmirs Hals, Nacken und oberen Rücken schoss nun rasch aber folgenschwer bis zum Steißbein wie ein Messerstich ein noch schlimmerer, lähmender Schmerz, aufgrund dessen ihm vom einem auf den anderen Augenblick sein ganzer Körper den Dienst quittierte. Er stöhnte auf, brach zusammen, kam unsanft auf dem Boden auf, und selbst seine Hände verloren sämtliche Kraft in sich, dass er das Schwert verlor.

Die Söldner erkannten das sofort, sprangen auf ihn zu und schwangen die Waffen.

Der Schmerz pochte ihm unablässig in Nacken und Rücken, sodass er kaum dazu kam, sich der Situation bewusst zu werden und zu realisieren, dass er in den letzten Zügen seines Lebens war.

Helga betrat das Wachhaus, begab sich vorsichtig in Richtung der Kellertreppe.
Als ihr Mia schon die Treppenstufen hinauflaufend entgegenkam.
„Ich wusste es! Aber ohne mich, Miststück! Haa!" Helga sprang auf die Geflohene zu, holte mit dem Schwert aus. Das Mädchen schaffte es gerade noch, am Treppengeländer vorbei in den Raum zu springen, ehe die Klinge der Vampirin sie erreichte. Doch die Kriegerin war schnell, ungemein schnell. Mia, die noch keinen sicheren Stand hatte aufbauen können, gelang es nur mit höchster Mühe, die Hiebe zu parieren. Helga drängte sie rasch an die Wand, ließ ihr keine Möglichkeit der Konzentrationsfindung. Blitzartig nutzte sie ihren Schild und verpasste der jungen Frau damit frontal einen heftigen Stoß. Mia prallte an die Wand, mit dem Hinterkopf gegen das Holz, dass sie ihr Schwert verlor. Sie wirkte kurzzeitig benommen. Das war Helgas Chance.

Doch gerade, als sie auf sie zuspringen, mit dem Knauf ausholen und ihn gegen den Schädel des Mädchens donnern wollte – sie musste sie schließlich lebend haben –, spürte sie plötzlich selbst einen atemberaubenden, dumpfen Schmerz am Hinterkopf. Ihr Blick wurde schummrig, Schild und Schwert senkten sich in ihren fühllos werdenden Armen, die Beine wurden auf einmal sehr schwer. Doch noch ehe sie taumelte oder gar zu Boden ging, spürte sie, wie jemand sie von hinten packte, herumschleuderte und ihr einen Tritt versetzte.

Das Letzte, was Helga, die Vampirin dann noch sah, waren die näherkommenden Treppenstufen. Den Schmerz des heftigen Aufpralls und Sturzes auf und über den Stufen spürte sie wegen der sie einnehmenden Ohnmacht schon nicht mehr.

„Guter Schlag", lobte Mia Larus, während sie sich mit Mühe auflehnte und sich den Kopf hielt. „Gerade rechtzeitig. Die Schlampe hat mich überrascht. Aber warum hast du mit dem Schwertknauf zugeschlagen, statt mit der Klinge?"

„Ähm, keine Ahnung." Larus zuckte mit den Schultern. „Hab noch nie … eine

Frau geschlagen, geschweige denn getötet."

„Das hättest du mal besser. Ach, egal, wir müssen hier raus. Komm!"

Gesagt getan. Mia hob ihren Saarass auf, schüttelte sich noch einmal, um wieder vollends zu Bewusstsein zu gelangen, und spurtete gefolgt von Larus aus der Wachstube.

„Tanmir?!", schrie sie, sobald sie draußen war, ohne sich darum zu scheren, wer es wohl alles hören mochte.

Sie brauchte sich nicht lange umzuschauen, um ihn zu finden, um das Knäuel von drei Söldnern ausfindig zu machen, das ihn umgab, der hilflos am Boden lag.

„Tanmiiir!!!"

Mia schrie wie eine Furie auf und jagte auf die Häscher zu.

„Tanmir?!"

Er zuckte. Diese Stimme. Es war die schönste Stimme, die seine Ohren jemals vernommen hatten. Obwohl sie zugegeben schon schöner geklungen hatte als jetzt gerade. Doch da er die Stimme seiner Geliebten so lange nicht mehr gehört hatte, kam ihm selbst der Klang ihrer schreienden Stimme wie Engelsgesang vor.

„Tanmiiir!!!"

Im ersten Moment dachte Tanmir, er befand sich schon im Jenseits, vermutete, dass sein durch die Hände der ihn überwältigenden Söldner ermordeter Körper ihm Streiche spielte, dass sein sterbender Verstand sich die Stimme seiner Liebsten einbildete – allerdings einer Stimme Mias, die er so entsetzlich wütend und vor Hass bebend noch nie gehört hatte.

Doch dem war nicht so.

Denn die Kerle um ihn herum hatten alle verdutzt den Blick von ihm abgewendet, hatten innegehalten, ehe sie ihn mit allem was sie hatten durchlöchern wollten. Jetzt schauten sie in Richtung des Wachhauses. Tanmir vermochte nicht, sich aufzurichten, um sich zu vergewissern, ob diese Stimme tatsächlich echt war. Sein geschundener Rücken hielt ihn davon ab. Doch er erkannte Mia, wenn er sie hörte. Sie war es.

Die drei Häscher um ihn herum ließen von ihm ab, setzten zum Gegenangriff an.

Tanmir brachte sich stöhnend und unter Schmerzen leicht auf die Seite. Und da erkannte er sie auch mit seinen Augen. Es war tatsächlich seine Mia, seine Geliebte. Larus hatte es geschafft, hatte sie befreit, die allerdings jetzt, wo sie den Söldnern entgegentrat, sogar für Tanmir ungewohnt aussah.

Selbst er hatte sie wohl noch nie so wütend gesehen.

Larus lief der vor angsterfüllender wilder Wut brüllenden Mia hinterher, selbst von Wut erfasst, als er Tanmir am Boden liegen sah, den Schwertern der Söldner ausgeliefert. Er machte sich schon bereit, einzuschreiten und die Typen kaltzumachen, die seinen Freund verletzt hatten, aber er wurde nicht gebraucht. Denn die blonde junge Frau übernahm das selbst. Und das in einer Brutalität, dass es Larus kalt über den Rücken laufen sollte.

Er schaute ihr offenen Mundes zu, wie sie die noch verbliebene Bogenschützin und die drei Söldner, die Tanmir umgaben, nun regelrecht filetieren, zerfetzen, den Boden mit ihrem Blut tränken sollte. Er schaute ihr zu, wie sie genau das tun würde, was Tanmir vor knapp zwei Tagen im Lager der Wanderhuren bereits angekündigt hatte: Diese Typen abzuschlachten und ihre Gedärme auf der Straße zu verteilen.

Sie schrie wie eine Furie, wie eine leibhaftige Teufelin.

Noch im Laufen spießte Mia die Bogenschützin auf, die sich abseits gehalten hatte, von hinten Deckung gab, einen Pfeil auf der Sehne. Die Frau kam nicht einmal dazu, den Bogen zu spannen. Denn da hing sie schon krächzend und schreiend, wie ein Lumpenpüppchen, auf Mias Saarass, welcher im Unterbauch in ihren Körper eingedrungen war, aber erst unmittelbar vor den Nackenwirbeln wieder herauskam. Mit einem dermaßen kraftvollen Hieb, zweifellos gestärkt durch ihre Wut sowie einen schrecklichen Schrei des Hasses, riss Mia die Bogenschützin förmlich von ihrer Klinge in Stücken los, ließ sie in einem See von Blut und Organen und einem halb zerteilten Oberkörper auf der Straße zurück.

Dieser Auftritt fürchterlicher Wut hatte Wirkung hinterlassen. Die drei Männer, die Tanmir bedrängt hatten und jetzt sie angreifen wollten, zögerten für einen Moment.

Mia indes zögerte keine Sekunde, war nahezu keinen Schritt langsamer geworden und wirbelte die blutverspritzende, messerscharfe Zwergenklinge in Angriffspositur herum. Auf eine Deckung achtete sie nicht. Sie griff an, von Blutdurst und Mordgier getrieben.

Larus sah alles offenen Mundes mit an.

Sie war wie eine Dämonin des Todes, von Blut und Mord besessen, von dem abscheulichsten Hass durchströmt.

Der erste, der ihr entgegentrat, schwang ein mächtiges Breitschwert nach ihr. Mia, im vollen Lauf, machte einen Satz und flog förmlich unter dem Hieb weg. Währenddessen, in einer Bewegung, die in diesem Augenblick so durchzuführen für Larus nicht nachvollziehbar war, hieb sie den Saarass hinauf und trennte dem Kerl beide Arme ab. Qualvolle Schmerzensschreie erfüllten die Atmosphäre. Und erst jetzt begann sich Larus zu fragen, was wohl die Stadtbewohner in den Hütten gerade taten, wo sie das alles hörten. Doch bei dem, was sie jetzt hörten, war er sicher: Keinen würde es reizen, herauszufinden, was draußen vor sich ging.

Mia kreischte, schwang den Sarrass und zerschlitzte den Körper des armlosen Mannes. Sie schlug so schnell und schrecklich zu, dass sein kniender, auseinanderfliegender Körper nicht einmal zu Boden fiel. Mit jedem ihrer Hiebe stieß sie höllische Hassschreie aus. Der Söldner war schon lange tot, doch das Mädchen hieb weiter auf ihn ein, dessen inzwischen doch zu Boden gefallener Körper nicht mehr als der eines Menschen zu identifizieren war.

Larus schluckte dicken Speichel hinunter. Er sah trotz der an diesem Abend immer dichter werdenden Dunkelheit, dass ebenso die beiden anderen Häscher schluckten.

Der zweite fand jedoch den Mut, gegen sein Entsetzen anzutreten, gegen die junge Kriegerin anzutreten. Der Narr, dachte Larus.

Der Typ schlug von oben her zu, aus dem Sprung heraus, mit dem er die Distanz zu ihr überwand. Just da hielt Mia mit dem Zerfetzen des blutigen Leichnams inne und machte sich nicht einmal die Mühe, die feindliche Attacke zu parieren. Sie wich sich duckend zur Seite aus, begab sich auf die Knie, während sie ihr Schwert auf das des Mannes schlug, direkt vor der Parierstange, mit einer solchen Wucht, dass es ihm aus den Händen rutschte. Der Kerl kam nicht dazu, es wieder aufzuheben, denn Mia holte ihr Messer aus dem Stiefelschaft und stach es ihm in die Wade. Er jaulte. Das Mädchen zog unter einem wütenden Knurren das Messer hinaus, aber so weit ausholend, dass sie nahezu den ganzen Muskel mit herausriss. Der Mann ging in die Knie, und während er noch stärker jaulend herabsackte, sprang Mia auf und donnerte die Klinge in den Nacken des Mannes. Sofort riss sie sie wieder heraus und jagte sie dem schreienden Typ in die Schulter. Und wieder. Und wieder. Immer wieder, rasend vor Zorn. Sie zerrupfte seinen oberen Rücken in blutige Fleischfetzen. Sie schrie dabei abscheulich, während sie den Kerl, den Boden und sich selbst mit Strömen von Blut besudelte.

Larus vermochte nicht mehr zu zählen, wie oft sie zuschlug. Doch er sah ihren letzten Stoß, mit dem sie die Messerklinge waagerecht in den Hals des Mannes rammte, einen Schritt an ihm vorbei machte und dann aus einer Hüftdrehung heraus das Messer einmal komplett durch seine Kehle riss. Das Blut schoss derart aus ihm heraus, dass Larus nicht einmal erkennen konnte, bis wohin es flog. Der Kopf baumelte am Hals, nur noch von ein paar zertrümmerten Wirbelknochen und einem Hautlappen gehalten.

Da war es dem letzten Söldner eindeutig zu viel des Blutes. Er schickte sich würgend an, davonzulaufen. Doch die zur Dämonin mutierte Mia ließ ihn nicht. Sie schwang den Saarass wie eine Axt und warf ihn dem Fliehenden nach. Die Klinge traf ihn auf Höhe der Oberschenkel. Den einen Oberschenkel schien sie beinahe zertrennt zu haben. Der Söldner klatschte zu Boden, brüllte wie am Spieß. Mia rannte auf den Mann zu, brauste auf, sprang, landete mit den Knien voraus genau auf seinem Rückgrat, wodurch sie ihm hörbar noch ein paar Knochen brach, und jagte ihm dabei das mit beiden Händen gehaltene Stilett in den Rücken, zog es heraus und stieß abermals zu.

Und das tat sie noch unzählige weitere Male, während sie mit jedem Stoße ihren Hass mit einem grausamen Schrei herausließ.

Larus schluckte abermals, wandte den Blick ab, presste die Zähne aufeinander, während er ihre Schreie hörte.

Bis diese in einem allerletzten und sehr tiefen und lauten Schrei nach einer entsetzlich langen Zeit endlich endeten.

Schließlich war es wieder still. Ganz still. So still, wie dieser ruhige Abend noch vor einigen Minuten gewesen war, bevor Larus begonnen hatte, die Pferde der Söldner loszubinden.

Und jetzt wurde dem Burschen klar, dass diese beiden, Mia und Tanmir, in dieser Hinsicht genau gleich waren: Wenn es um ihren Partner ging, sahen sie rot. Und das in einem wohl unvergleichlichen Ausmaß.

Sie sah wieder etwas, vernahm wieder etwas. Wiesen und Sträucher rauschten, der Wind wehte, ein mutiger Nachtvogel schrie aus sicherer Entfernung von einer der Wohnhütten her, der Geruch von Gras trat in ihre Nase.

Mia strich sich die Blutspritzer aus dem Gesicht, wischte die Hände an der Hose ab. Der Blutrausch war abgeklungen, das Rot war gewichen, welches ihren von Hass erfüllten Blick in den gerade vergangenen Herzschlägen vollständig eingenommen hatte. Erst jetzt sah sie wieder klar, fand sich in diesem dunklen Abend wieder, sah die Landstraße, das Farnkraut. Sah die in deren Blute liegenden zerfetzten Leichname.

Und sah den Körper ihres Geliebten, mitten im Gras liegend.

„Tanmir!"

Mia rannte panisch zu ihm, ließ sich gleich neben ihm auf die Knie fallen.

„Tanmir! Liebster!" Sie nahm vorsichtig sein Gesicht in ihre mit etwas Blut beschmierten Hände, strich ihm über den Kopf. „Oh nein, bitte nicht ... Tanmir, sag was! Tanmir!"

Er antwortete nicht. Die Augen hatte er geschlossen.

„Oh, bitte sag was, Tanmir! Sag was!"

Er stöhnte leise, blinzelte leicht. Mia verhielt den Atem.

„... was ..."

Sie stutzte. „Hä?"

Er öffnete langsam und schwer die Augen. „Du sagtest, ‚sag: Was'. Also ... Was."

Mia atmete schwer und heftig aus. „Och, du blöder Arsch! Erschrick mich doch nicht so!"

Tanmir kicherte, zischte dann jedoch vor Schmerz auf.

„Was hast du?"

„Ach ... Hab was am Rücken abbekommen, zwickt ein bisschen ..."

„Und was am Arm! Du blutest!"

„Halb so wild ... Netter Auftritt gerade übrigens ..."

Mia presste die Lippen zusammen, senkte beschämt den Blick. „Ich dachte, sie hätten ... sie hätten dich ..."

„Liebste", sagte er und zog hämisch die Brauen hoch. „Du weißt doch: Ich bin nicht so leicht zu töten."

„Von wegen. Vor ein paar Minuten war es fast soweit."

„Und du hast es verhindert. Also habe ich doch recht."

Sie seufzte. „Wir müssen deine Wunde versorgen ..."

„Nein", unterbrach Tanmir sie und fasste ihre Hände, ihre kleinen, weichen, feingliedrigen Hände. Er schaute sie an, himmelte sie an, verlor sich in ihren Augen, die er so liebte, in dem saphirblauen, unergründlichen Meer. „Vergiss meine Verletzungen. Du bist wichtiger, Mia. Wichtiger ist, dass du hier bist ...

Du bist bei mir … Ich habe dich wieder …"

Mia seufzte abermals, schaute ihn an, spürte, wie das Adrenalin und die Aufregung wichen, wie sie der Erleichterung und den Glücksgefühlen wichen, der Freude, der puren Freude, des endlosen Glückes, das keine Sprache dieser Welt auszuformulieren vermochte.

Er lächelte. „Hallo, meine Liebste."

Sie lächelte. „Hallo, mein Liebster."

Die beiden schauten sich an. Und vergaßen alles um sich herum, vergaßen die Welt um sich herum.

Mia lehnte ihr Gesicht zu seinem herunter, presste ihre Lippen auf die seinen.

Ein Damm brach, überschwemmte die ganze Umgebung. Ein Erdbeben brach los, Spalten im Boden öffneten sich. Es donnerte, es blitzte, es stürmte.

Die Welt verschwamm, hörte auf zu existieren. Nichts existierte mehr. Nur noch die beiden.

Ihre Suche war beendet. Die Schmerzen und Qualen der Trennung verschwanden, ersetzt durch ein unbeschreibliches Gefühl des Glücks und der Freude, das beide nicht zu erfassen vermochten. Es war, als würden ihre Seelen, die so schmerzhaft voneinander gerissen wurden, sich gegenseitig heilen. Sie verschmolzen, vereinigten sich.

Mia und Tanmir fanden einander. Bezwangen die Angst und die Furcht, die sie seit Monaten so schrecklich geplagt hatten. Sie fanden die Realität in ihrer Vereinigung, in einem Mantel der schleierhaften Wirklichkeit, in dem nur noch ihre gegenseitigen Empfindungen übrigblieben, als einziger Sinn nur noch ihre Berührungen, ihre Zweisamkeit.

Sie küssten sich.

Leidenschaftlich. Sehnsüchtig. Begierig. Lange.

„Ähm … Leute …"

Aus der Welt der Glückseligkeit holte die beiden die verlegene Stimme von Larus heraus.

„Ich kann ja verstehen, dass ihr euch vermisst habt und so … aber sollten wir nicht …"

Plötzlich unterbrach die Worte des Burschen eine Glocke. Eine Alarmglocke, von der anderen Seite des Wachhauses. Diese Glocke hatte niemand auf dem Plan gehabt. Genauso wenig wie den dritten Wachsoldaten im Dienste des oppenheimer Grafen, der sich still und heimlich aus dem Kampfgeschehen um Tanmir herum weggestohlen hatte, sich zur Alarmglocke schlich und diese nun betätigte, sich selbst aber nicht anschickte, sich mit diesen drei Kriegern anzulegen.

„Scheiße!", fauchte Tanmir und zischte erneut des Schmerzes wegen. „Wir müssen hier weg, Mia."

„Kannst du aufstehen?"

Er versuchte es, lehnte sich auf die Handballen, doch klappte schnell stöhnend wieder um.

„Also nicht." Mia verzog den Mund. „Larus, hilf mir, ihn aufzuheben und auf mein Pferd zu setzen. Der Hengst da."

„Der ist deiner?", fragte der Bursche mit Blick auf den kastanienbraunen Hengst mit der weißen Blässe auf der Schnauze. „Wie praktisch. Jetzt verstehe ich auch, warum dieses Pferd extra festgemacht wurde."

„Rede nicht, hilf mir!"

Er redete nicht mehr, er half ihr. Tanmir stöhnte und ächzte vor Schmerz. Als er schließlich stand, hatte er den Kopf gesenkt, die Schultern eingezogen, machte einen Buckel, atmete schwer.

„Ich hole das Pferd", sagte Mia. „Ich hoffe, er kriegt uns drei getragen, zumindest für ein Stück."

„Nicht nötig", grinste Tanmir trotz schmerzverzerrtem Gesicht und holte Mias blau-silbernen Talisman unter dem Hemdkragen hervor, rieb daran.

Sie begriff selbstverständlich sofort, machte die Augen überrascht weit auf. „Arna? Arna ist hier? Wie …"

„Erkläre ich dir später, Liebste. Arna kommt gleich von den Wäldern her, mit ihr auch Larus' Pferd. Und dann verschwinden wir von hier. Jetzt schwing du dich auf dein Pferd. Wir müssen hier schleunigst weg."

„So krumm wie du hier stehst, schaffst du es im Traum nicht zu reiten."

„Larus wird mir helfen. Jetzt schwing dich schon aufs Pferd."

„Und wo sollen wir hin? So wie du aussiehst, kommst du keine Meile weit. Wir müssen uns um deine Verletzungen kümmern."

„Ich nehme ihn auf mein Pferd", sagte Larus. „Mein Amadeus ist stark, der trägt uns beide ein Stück. Dann versorgen wir Tanmir erstmal notdürftig. Und für die eigentliche Behandlung weiß ich, wohin wir reiten. Und du weißt es auch, Mia."

„Ach? Wohin? Nun red schon!"

„Zu einer fünfköpfigen Gruppe von sehr hilfsbereiten und tapferen Frauen. Keine zwei Tagesritte von hier."

Mias Augen begannen zu leuchten. „Meinst du etwa …"

„Ich unterbreche nur ungern", bedauerte Tanmir, „aber wir müssen hier weg. Die Verstärkung rückt an. Hilf mir, Larus. Da vorne kommen Arna und Amadeus. Und du aufs Pferd, Liebste, schnell. Los jetzt!"

XXVIII

Generalstäbe und Anführer

„Die Rebellion ist am Ende. Unser Sieg ist sicher."
„Die Rebellion ist bei weitem nicht am Ende, Generalmajor Heimer. Der Feind befindet sich nach wie vor in Shrebour. Und solange er nicht endgültig kapituliert, ist unser Sieg *nicht* sicher."
Nach der mit kraftvoller Stimme getätigten Aussage des Generalfeldmarschalls Wilhelm Steinhand kehrte Ruhe im Plenarsaal ein. Nicht nur die Stimme des Generalfeldmarschalls löste augenblicks Achtung und Respekt aus, auch sein gesamtes adrettes und strenges Auftreten. Wenn er stand, stand er pfeilgerade; wenn er saß, bot seine Körperhaltung kein anderes Bild. Sein Gang war aufrecht und stolz, das Kinn angehoben, aber ohne eine arrogante Wirkung zu entfachen. Die Generalsuniform mit dem goldenen Adler Südreichs auf der linken Brust wirkte stets wie frisch geschneidert, die zahlreichen Orden waren glänzend poliert. Seine grauen Haare waren kurz geschnitten, das gealterte, aber frisch aussehende Gesicht gepflegt, glattrasiert und bestimmt. Generalfeldmarschall Wilhelm Steinhand stellte in jeder Hinsicht das Muster eines hochrangigen Soldaten dar.
Die Versammelten saßen an der großen Tafel im Plenarsaal der prächtigen Stadtburg – einem architektonischen Wunderwerk, passend zur gesamten prachtvollen Stadt – in der großen isterischen Hauptstadt Rema. Es waren die Mitglieder des Generalstabs des südreicher Verwaltungskomitees, welche mit der Führung des Staates Isterien sowie mit der Niederschlagung der Rebellion beauftragt waren. Die Versammlung setzte sich sowohl aus hochrangigen Militärs als auch aus einflussreichen Damen und Herren Politikern und Präfekten – Teile des herrschenden Regentschaftsrates – zusammen. Sie alle wurden durch König Sigmund von Lichtenhaus in ihre Positionen ernannt oder dazu abgestellt. Unter ihnen waren auch ein paar Personen, die früher noch im Dienst König Friedberts gestanden und sich nach dem Staatsstreich Südreich angeschlossen hatten. Zu jenen zählte auch der Truchsess Vindur Texor, der von Seiner Majestät Sigmund ernannte Hauptverantwortliche für die Verwaltung und Führung Isteriens. Doch wie üblich schwieg der in elegantes Schwarz gekleidete frühere Hofmarschall. Es kam einem stets vor, als sei er vollkommen geistesabwesend, als interessiere ihn der herrschende Bürgerkrieg überhaupt nicht, als sei er mit den Gedanken ganz woanders.
Keiner der vielen Herrschaften hier hatte anfangs erwartet, dass die Rebellion ein so langwieriges Problem darstellen würde, was viele Ressourcen des eigenen Landes verbrauchen würde. So viele, dass König Sigmund die Partisanenaktionen der Aufrührer schließlich leid wurde und er einen seiner besten Feldherren entsandte, der diesen zu einem offenen Krieg ausgewachsenen Konflikt beenden

sollte. Und dies war von Erfolg gekrönt. Seit Generalfeldmarschall Wilhelm Steinhand vor etwa zwei Jahren die militärische Kontrolle übernahm, verloren die Rebellen immer stärker an Einfluss. Truchsess Vindur Texor sowie dessen Regenten und Anhänger indes schufen noch härtere Gesetze als die schon bestehenden, wonach die Bevölkerung schwere Strafen zu erwarten hätte, würde sie die Rebellion unterstützen – gar schon bei Verdacht.

In den vergangenen beiden Jahren erzielten die Truppen aus Südreich merkliche Fortschritte bei der Bekämpfung der Rebellen. Die Ausrüstung und Ausbildung zahlreicher professioneller und entlohnter Soldaten machte sich deutlich, im Gegensatz zu Freiheitskämpfern, von denen nicht wenige einfache Bauern waren. Die Rebellion büßte immer größere Einflussgebiete ein, bekam immer weniger Unterstützung aus der hart an die Kandare genommenen Bevölkerung, welche darüber hinaus die ewigen Kämpfe leid war.

Dennoch hielten sich die zähen Kämpfer um General Franck Golbert, den Obersten der Rebellion, wacker, hielten länger stand, als prognostiziert. Leider – aus Sicht von Steinhand und seinen Leuten – auch länger als vor König Sigmund vertretbar.

Dies hatte rein politische Gründe. In Südreich bekam der König stetig stärkeren Gegenwind, sowohl aus der Bevölkerung als auch aus dem Adel, den Räten und der Aristokratie. Der Großteil war es leid, Soldaten, Beamte und Ressourcen für ein fremdes, im Chaos schwebendes Land zu vergeuden, ohne Aussicht auf daraus resultierende Gewinne für das eigene Land.

Offiziell handelte König Sigmund im Interesse Isteriens und war zu diesen bewaffneten Gegenschlägen aufgrund der aufständischen Rebellen tragischerweise gezwungen. Offiziell war Südreichs Handeln in Isterien dem Unterfangen dienlich, Isterien wieder zu alter Stärke und Selbstständigkeit zu verhelfen. Offiziell war es König Sigmunds großes Interesse, das Königreich seines alten Freundes König Friedbert von Rema wieder aufzubauen und in neue Zeiten des Friedens zu führen – wie auch natürlich neue Bündnisse und Beziehungen zu Isteriens einzigen kontinentalen Nachbarn Südreich aufzubauen. Offiziell war die Welt im Glauben, Sigmund und Südreich handelten im noblen, selbstlosen Dienste Isteriens.

Offiziell.

Nur inoffizielle Gerüchte besagten etwas anderes und beschrieben die wahren tyrannischen Zustände in Isterien. Denn wie es über Jahre wirklich in Isterien aussah und was für wahre Gründe hinter diesem ganzen langandauernden Konflikt steckten, erfuhr die Welt nie oder nur bruchstückhaft über inoffizielle Nachrichten.

Dennoch war aufgrund der zwar offiziellen aber anhaltend kontraproduktiven Bemühungen Südreichs zur Friedenserhaltung klar, dass Sigmund es sich nicht mehr lange leisten konnte, militärisch und politisch in Isterien zu investieren. Mit anderen Worten, ihm waren die Hände gebunden. Er würde keine Ressourcen oder Soldaten mehr zusätzlich nach Isterien beordern können.

Diese Ausgangslage war dem Generalfeldmarschall Wilhelm Steinhand von

Anfang an bewusst gewesen. Ihm war auch die Tatsache bewusst gewesen, dass die Zerschlagung der Rebellion keine einfache Aufgabe werden würde. Er sollte recht behalten.

Doch mit Abschluss dieses siebten Jahres nach dem Staatsstreich gegen König Friedbert schien nun tatsächlich das Ende der Rebellion erreicht werden zu können. Der entscheidende Schritt fehlte allerdings noch. Kurz vor dem bevorstehenden Winter.

Und dies war nun das Dilemma Steinhands und seiner Leute.

„Was ist Eure Meinung dazu, Herr Texor?", fragte Josephine Gerber, die Präfektin von Rema, die hauptverantwortliche Verwalterin der Hauptstadt sowie eine ehemalige Ratsfrau König Friedberts, die sich jedoch zur Gefolgschaft König Sigmunds entschieden hatte. „Immerhin sind wir kurz davor, die militärische und politische Kontrolle über Isterien zurückzugewinnen. Vielleicht kann man sogar sagen, zum ersten Mal bedingungslos zu gewinnen. Was sollte Eurer Meinung nach geschehen?"

Der geistesabwesend wirkende Texor bewegte sich keinen Millimeter in seinem Sessel. „Wie soll ich dieses Land verwalten, wenn sich die geschaffenen Gesetze nicht im ganzen Land durchsetzen lassen, Frau Präfektin? Wenn sich keine Strukturen aufbauen lassen? Stabilität und Sicherheit nicht erreicht werden? Was benötigt wird, ist zunächst die militärische Kontrolle, das Ende der Kämpfe. Erst dann können wir uns mit der weiteren Verwaltung Isteriens befassen."

„Immer wieder der gleiche Satz! Könnt Ihr auch mal etwas anderes zur Sache beitragen als immer nur Euch selbst zu zitieren?"

„Ich brauche nichts anderes zur Sache beizutragen, Präfektin Gerber. Meine Aufgabe ist die Verwaltung dieses Landes im Interesse Südreichs und Seiner Majestät Sigmund. Dies gelingt mir in Teilen. Aber es kann erst flächendeckend und tiefgreifend funktionieren, gestärkt durch Gesetze, denen die Untertanen folgen und die vom exekutiven Personal durchgesetzt werden, sobald die Rebellion niedergeschlagen ist."

Die Präfektin von Rema winkte ab und schnaubte.

„Truchsess Texor hat recht", pflichtete Generalfeldmarschall Steinhand dem ehemaligen Hofmarschall König Friedberts IV. unerwartet bei, auch wenn er das nicht gern tat. Niemand hier konnte Texor leiden. Doch war Texor von ihrem König in seine aktuelle Funktion gehoben, was bedingungslose Gefolgschaft erforderte. „Solange dieses Land durch die herrschende Rebellion im Ungleichgewicht ist, können ein dauernder Frieden und eine sichere Stabilität nicht erreicht werden. Isterien lässt sich unter diesen Umständen weder anständig führen noch verwalten. An diesem Fakt führt kein Weg vorbei. Die Rebellion muss niedergeschlagen werden, bevor man sich über die Verwaltungsstrukturen und den Wiederaufbau dieses Landes Gedanken macht."

„Und daher sollten wir die Offensive fortführen, Herr Generalfeldmarschall", meldete sich abermals der Generalmajor Heimer, Heerführer des zum Kampf gegen den Rebellenaufstand nach Isterien beorderten Neunten Infanterieregiments. „Die Zeit spricht nicht für uns. Je länger wir warten, desto stärker kann die Rebellion wieder werden. Doch jetzt stehen wir kurz vor dem Sieg, wir müssen nur zugreifen. Senden wir die Bataillone und Reiterkorps nach Shrebour. Zwingen wir General Golbert und seine Leute zur Kapitulation und zur Anerkennung der Herrschaft König Sigmunds."

„Ich schließe mich der Meinung von Generalmajor Heimer an", gab Oberst Kronberg zu Wort, Oberkommandierender des Reiterkorps der in Isterien stationierten Truppen Südreichs. „Wir haben weitreichende Siege errungen, sind zuletzt bis nach Hall vorgerückt. Auch wenn es nur ein kleiner Sieg war, liegen jetzt nur noch etwa dreißig Meilen zwischen uns und Shrebour, wo sich der letzte Rest der Rebellion verkriecht. Die Rebellen sind geschwächt, ihre Moral ist fast erloschen. Nutzen wir den gegebenen Moment aus."

„Der Generalfeldmarschall hat es eingangs schon gesagt: Der Winter steht bevor", erinnerte Generalleutnant Schreiber, Heerführer des nach Isterien abberufenen Siebten Infanterieregiments. „Wir haben Mitte November, es wird immer kälter, jeden Tag kann Frost kommen und Schnee fallen. Wollt Ihr tatsächlich Eure Reiterei Kälte, Schnee und Frost aussetzen, Herr Oberst Kronberg? Und Ihr Eure Fußtruppen, Herr Generalmajor Heimer? Ich die meinen jedenfalls nicht."

„Wir müssen das Risiko eingehen", bekräftigte der Generalmajor. „Der Winter gibt den Rebellen Zeit, sich neu zu sammeln, sich zu erholen. Und uns aus dem Hinterland zu attackieren. Im Frühling können sie uns wiedererstarkt entgegentreten."

„Zum Ersten sind unsere Truppen gar nicht für Winterkämpfe gerüstet, ganz zu schweigen davon, wie gefährlich diese werden können. Und zum Zweiten, wie sollen die Rebellen sich über den Winter stärken? Wir kontrollieren diverse ihrer Versorgungslinien, haben viele ihrer Quellen abgeschnitten, indem wir die Städte und Dörfer besetzen, die ihnen zugetan sind. Gewiss, sie haben ihre Verbindungen nach Carborass und mögen in den kommenden Monaten wieder etwas stärker werden – vielleicht. Aber dann so unwesentlich, dass wir sie im Frühling zerschmettern. Jeder Schritt, den wir jetzt noch gehen, bedeutet unnötige Risiken für uns."

Es erfolgten keine Wortmeldungen mehr, weder von den Militärs noch von den Politikern und Präfekten. Alle warteten auf die Befehle des Generalfeldmarschalls Wilhelm Steinhand, eines der höchstdekoriertesten und angesehensten Feldherren des Königreiches Südreich.

„Ich habe mir Eure Meinungen angehört", sagte er schließlich. „Und mein Entschluss steht fest. Der Winter liegt vor uns, meine Damen und Herren. Ich werde keine hohen Truppenverluste riskieren, keine Epidemien oder Vorratsengpässe, nur um die Rebellion überhastet niederzuschlagen. Jedes Manöver, das wir jetzt durchführen, birgt mehr Risiken für uns als für die Rebellen. Ich will keine voreiligen Aktionen starten, die uns am Ende mehr schaden als nützen. Außerdem möchte ich die Anwesenden daran erinnern, dass wir keinerlei Verstärkung aus Südreich erwarten können. Unnötige Verluste können wir uns nicht leisten. Risiken daher noch weniger. Ich bitte die

Herrschaften, dies nicht zu vergessen.

Unabhängig von unserem momentanen immensen strategischen Vorteil, den es zu bewahren gilt, werden wir den Winter abwarten. Sobald der Schnee im Frühling geschmolzen ist, werden wir die gegebene Situation analysieren und entsprechend handeln.

Seid Ihr mit dieser Herangehensweise einverstanden, Herr Truchsess?"

„Selbstverständlich." Texor lächelte anerkennend. „Ich pflichte Euren Ausführungen vollkommen bei, Generalfeldmarschall Steinhand. Dieses Land befindet sich nach wie vor in einem Krieg. Verwaltungsleute, wie ich einer bin, werden in diesen Zeiten nicht gebraucht. Was man braucht, sind Leute wie Ihr. Militärs. Soldaten. Also werde ich einen Teufel tun und Euren fachkundigen Ausführen widersprechen. Tut, was Ihr für das Richtige erachtet."

„So soll es denn sein." Wilhelm Steinhand war diese Antwort Texors klar gewesen. Doch er musste den Truchsess formalrechtlich immer um dessen Erlaubnis ersuchen, obgleich dieser sich seit je her aus dem Geschehen um die Rebellion und die laufenden Kämpfe heraushielt. Auch wenn Steinhand nicht verstehen konnte, warum. Als würde Texor seine königsähnliche Stellung als Truchsess gar nicht primär interessieren.

„Wir haben die Rebellen im Norden festgesetzt, ihre Soldaten sind gesammelt bei Shrebour", fasste der Generalfeldmarschall zusammen. „Sie werden genug damit zu tun haben, sich für den Winter zu wappnen. Ich würde sogar sagen, sie werden genug damit zu tun haben, ihn zu überleben. Wir halten unsere Stellungen bis zum Frühling. Dann zwingen wir sie zur Entscheidungsschlacht."

Wilhelm Steinhand schaute in die Runde. Es erklangen keine Widerworte.

„Im Frühling schlagen wir zu und beenden diesen Krieg. Dann, Herr Texor, liegt es an Euch und Euren Verwaltungsfähigkeiten, dieses Land wieder auf Kurs zu bringen. Denn dann ist die Arbeit von mir und meinen Militärs, meinen Soldaten getan."

Der Truchsess von Isterien grinste süffisant. „Ich freue mich schon darauf."

„Wir sind am Ende, Franck. Die Rebellion ist vorbei."

„Wir sind erst am Ende, Gerard, wenn der letzte Rebell gefallen ist, die letzte Person, welcher an der Freiheit Isteriens liegt und welche sich nicht von einem fremden Reich unterjochen lassen will. Und noch stehen wir."

„Noch, Franck. Noch …"

Die Mitglieder der Rebellionsführung hatten sich zur Lagebesprechung im ehemaligen Rathaus der Stadt Shrebour eingefunden, eine von einer hohen Mauer umgebene befestigte Großstadt fünfzig Meilen östlich des Grorutgebirges und dreißig Meilen nördlich der vor Kurzem durch Südreich eingenommenen Kleinstadt Hall. Shrebour war die Bastion des Nordens von Isterien, der noch unter Kontrolle der Rebellion lag. Mit dem kürzlich zurückliegenden Verlust Halls büßten die Rebellen weiter an Einfluss ein. Denn nun stand der Feind im Grunde schon direkt vor ihrer Haustür, vor ihrer letzten Bastion, vor der Stadt Shrebour.

Nun, eingepfercht im Norden des Landes, standen sie mit dem Rücken zur Wand. Der einzige Lichtblick, der sie noch leitete – und den konnte man schwerlich Lichtblick nennen –, war der bevorstehende Winter. Dieser würde sie vor den letzten, vernichtenden Angriffen der Besatzer aus Südreich bewahren. Zumindest temporär bis zum nächsten Jahr im Frühling.

Bis dahin mussten sich Pläne finden.

Die Rebellion in Isterien dauerte nun schon über vier Jahre lang an. Begonnen hatte sie mit vereinzelten Widerstandsbewegungen gegen die neue Staatsführung unter der Fahne des Nachbarlandes Südreich. Später hatte sich hieraus ein langwieriger Krieg entwickelt.

Im Anschluss an die Nacht des Massakers vom Löwenpalast, die Nacht des vierundzwanzigsten Augusts vor über sieben Jahren, waren es überraschend die militärischen Truppen König Sigmunds gewesen, die die schlimmsten Unruhen und Aufstände beendeten, wobei sie sich der Waffengewalt bedienten. Viele Isterier kamen in jener Nacht ums Leben. Gegen die konzentrierten Aktionen König Sigmunds konnte der wütende, mit Mistgabeln, Sicheln und Dreschflegeln bewaffnete Mob nichts ausrichten.

Die Anwesenheit Südreichs in Isterien sorgte schnell für Ruhe im Land. Sehr schnell. Dass man beinahe argwöhnen könnte, es steckten Plan und Intrige dahinter.

Nach der Verkündung König Sigmunds, dass dieser fortan die Regierungsgeschäfte Isteriens ehrenamtlich übernehme, um dem Land wieder Frieden, Ordnung und Wohlstand zu bringen, lag es jedoch an Vindur Texor, dem ehemaligen Hofmarschall König Friedberts IV., welcher zum Truchsess ernannt worden war, dies zu bewerkstelligen.

Anfangs stellte sich Sigmunds Versprechen als gehalten heraus. Durch Südreichs Soldaten wurde die Banditenplage Isteriens merklich gebändigt. Unterstützung zum Wiederaufbau wurde geleistet. Nahrungs- und Medikamentenimporte sowie die Abstellung von ausgebildeten Heilern und Kräuterkundlern dämmten Krankheiten und Hungersnöte weitgehend ein. Es schien sich anfangs wirklich zum Besseren zu wenden.

Anfangs.

Denn König Sigmund hielt insofern nicht Wort, da er sich aus Isterien zurückziehen würde, sobald im Land wieder Ruhe herrsche – wie er es angekündigt hatte. Im Land herrschte nun wieder Ruhe, es kam zu keinen bewaffneten und gewaltsamen Aufständen mehr. Aber Sigmund zog sich nicht zurück. Weiterhin blieben seine Soldaten hier stationiert, weiterhin patrouillierten sie, sorgten streng für Ordnung. Und manche von ihnen – was in offiziellem Schriftverkehr und Bekundungen natürlich unerwähnt blieb – plünderten, raubten, vergewaltigten und brandschatzten. Aktiv oder passiv unterstützt durch manch opportunistische Isterier, die sich zu Südreich bekannten.

Des Weiteren konnte es sich der König von Südreich nicht auf Dauer leisten, uneigennützig zu helfen. Rasch stiegen die Preise für Nahrung und Medikamente horrend an. Rasch wurden neue Steuern und Abgaben verhängt. Rasch erschwerten neue Gesetze und Richtlinien den Alltag der Bauern und einfachen Leute.

Rasch litten die Einwohner Isteriens nicht viel weniger Hunger und hatten aufgrund neuer an Südreich zu entrichtender Steuern nicht mehr Geld, als zu den schlimmsten Zeiten der jungen Vergangenheit.

Es wurde klar, dass es unter der Herrschaft König Sigmunds und seines bestellten Truchsesses Vindur Texor zwar mehr Nahrung und bessere medizinische Versorgung gab, diese jedoch für die Bevölkerung kaum bis gar nicht erschwinglich waren. Schnell wurde den Einwohnern klar, dass nichts, absolut nichts besser wurde.

Im Gegenteil.

Denn im Gegensatz zu König Friedbert zeigten König Sigmund und Truchsess Texor kein Erbarmen mit trotzigen oder sich beschwerenden Einwohnern. Alles, was sich gegen das neue System richtete, wurde bereits an der Wurzel gepackt und ausgerissen. Ausgebildete Soldaten kämpften gegen unbewaffnete Zivilisten. Während König Friedbert stets den Dialog suchte und alles tat, um gewaltsame Konflikte zu verhindern, schlugen die Einheiten Südreichs erbarmungslos alle unlauteren Stimmen nieder. Begründet wurde dieses brutale Vorgehen damit, weil man so einem weiteren Aufstand, wie jener, der zum Untergang von Isteriens Königshaus geführt hatte, vorbeugen wolle. Doch stand dieses brutale Vorgehen außerhalb jeder Rechtmäßigkeit, und entpuppte sich damit als eine vom Staat legalisierte Tyrannei.

Dies war die Geburtsstunde der Rebellion, etwa drei Jahre nach dem Staatsstreich. Die verbliebenen Soldaten Isteriens wandten sich von Südreichs Militär ab, welchem sie sich anfangs noch unterstellt hatten, um gegen Banditen zu kämpfen und für das Wohl ihres Heimatlandes Isterien einzutreten. Viele Bauern und andere Einwohner des einstmals stolzen Königreiches im Osten schlossen sich dem bewaffneten Aufstand an. Oberbefehlshaber der Rebellion wurde eines der führenden Mitglieder der einstigen Streitkräfte Isteriens sowie der frühere Kommandant der Leibgarde des Königs Friedbert, General Franck Golbert, der wie durch ein Wunder die Nacht des Massakers im Löwenpalast überlebt hatte – er kam mit dem Leben davon, allerdings auch mit einer entstellenden Narbe im Gesicht und dem Verlust seines linken Auges.

Im Rahmen von zahlreichen Partisanenaktionen setzten die Rebellen dem Besatzer aus Südreich ordentlich zu. Der geführte Partisanenkrieg entwickelte sich zu einem ausgewachsenen Bürgerkrieg.

Und zu einem fürchterlichen Teufelskreis.

Die Stärke der Rebellion lag in ihrem Rückhalt aus der Bevölkerung. Die Besatzungsmächte wussten das und erließen daher immer strengere Gesetze mit immer härteren Strafen für Handlungen gegen das Regime oder Unterstützung der Rebellen. Niederbrennen von Heimen und Höfen, Auspeitschen, Pranger, Kerker, Galgen. Es wurde so schlimm, dass selbst bei Verdacht der Zuwiderhandlungen schon die Todesstrafe drohte. Spitzel, Zuträger und Denunzianten begannen sich wie Unkraut auszubreiten, um an der herrschenden

Tyrannei zu verdienen. Es war nicht schwer, den unbequemen Nachbarn oder den Konkurrenten loszuwerden. Bereits falsche Anschuldigungen oder schwache erfundene Beweise reichten dazu aus. Faire Gerichtsprozesse wurden nach und nach abgeschafft, die Strafen ohne ein Verfahren vollzogen. Letztendlich wurden nicht selten Unschuldige verurteilt, für ihr Leben zeichnend bestraft oder gar hingerichtet.

Ein ruhiges und angenehmes Leben war damit unmöglich. Und schlimmer als jemals zuvor.

Aufgrund dieser Pein und der Angst vor den Strafen, wandten sich viele Leute von der Rebellenbewegung ab, die damit merklich schwächer wurde.

Und dann legte König Sigmund auch noch den Finger in die Wunde, indem er einen seiner angesehensten und ruhmreichsten Feldherrn nach Isterien entsandte, mit dem Auftrag, die Rebellion endgültig niederzuschlagen, welche nach wie vor für ihre Freiheit und Unabhängigkeit kämpfte.

Denn auch in Südreich lief nicht alles nach Plan, wie es die Rebellionsführung wusste.

König Sigmund wurde von seinen Anhängern und Aristokraten immer stärker unter Druck gesetzt, da er nicht den versprochenen Profit aus der weiteren Besetzung Isteriens schlug. Aufgrund der Partisanenaktionen der Rebellen machte Südreich gehörig größere Verluste als Gewinne. Investitionen in Isterien, wie in Landwirtschaft oder Hüttenwesen, waren zu unsicher. Kaufleute und Handelsgesellschaften, auch Siedler aus Südreich scheuten sich davor, sich zum Wohle Südreichs in Isterien niederzulassen.

Sigmund von Lichtenhaus konnte es sich nicht mehr leisten, dass die Rebellen sein einst gefasstes Vorhaben störten. Daher entsandte er Wilhelm Steinhand. Weitere Truppen des südreicher Militärs konnte und durfte er aufgrund des politischen und gesellschaftlichen Drucks allerdings nicht mehr entbehren. Generalfeldmarschall Steinhand musste das mit den in Isterien stationierten Truppen Südreichs erreichen. Nachschub würde es nicht geben.

Diese Tatsache war etwas, das die Rebellion wieder mit Hoffnung erfüllt hatte. Allerdings nicht lange. Denn die Bevölkerung kehrte ihr immer mehr den Rücken, gepeinigt von den herrschenden Gesetzen und Strafexpeditionen. Ebenso machte sich das taktische Genie des südreicher Generalfeldmarschalls bemerkbar. Nicht nur in der Bevölkerung verlor die Rebellion an Boden, auch militärisch. In den vergangenen ein, zwei Jahren zerrannen nicht nur Einfluss, sondern auch Personenstärke der Anhänger ihrer Sache. Gewiss, sie waren noch nicht besiegt und ihr oberster Anführer, General Franck Golbert, war auch noch lange nicht aufzugeben bereit. Doch die Zeichen standen schlecht, dass ihr Freiheitskampf noch lange andauern würde. Wie ein Schwarm Geier schwebte die düstere Zukunft über ihnen, welcher nur darauf wartete, über das zusammengebrochene wehrlose Opfer herzufallen.

Und dies war nun das Dilemma Golberts und seiner Leute.

„Ich sehe es wie der General", sagte die Frau Hauptmann Sophie Berceau, eine frühere Küchenmagd aus dem Löwenpalast, die die Rebellion zur Kriegerin und einer der militärischen Anführerinnen der Rebellion gemacht hatte. „Solange wir stehen, haben wir noch nicht verloren. Ich jedenfalls werde eher sterben, als mich Südreich zu unterwerfen. Und ich weiß, dass unsere Leute das auch so sehen."

„Unsere eigenen Leute ja vielleicht, Hauptmann", meldete sich skeptisch ein dünner Mann in mehrfarbiger Händlerrobe, ein Standesherr namens Emmanuel Grolare. „Aber der Großteil der Bevölkerung hat sich von uns abgewendet. Es gelingt mir kaum mehr, Kontakt zu meinen Mittelsmännern und Bekannten aufzunehmen. Sie alle fürchten die Strafexpeditionen. Und ohne den Rückhalt aus der Bevölkerung wird die Umsetzung unseres Vorhabens immens schwerer."

„Das ist noch nicht alles", merkte Arutos an, der Zwerg in der Runde, dessen Familie schon seit Generationen als Händler in Isterien lebte. Er versorgte die Rebellion mit Vorräten und Waffen aus Carborass, wohin er zahlreiche, langjährige und gute Kontakte hatte. „Meine Verwandten und Freunde aus Carborass sind auch langsam mit ihrer Gutmütigkeit am Ende. Ihr wisst, meine Damen und Herren, viele der Ressourcen für unsere Sache sind auf Kredit geflossen. Je schlechter es für uns aussieht, desto weniger Rückhalt bekommen wir von meinen Leuten aus Carborass."

„Wir wissen, dass Steinhand keine Verstärkung mehr aus Südreich erhält", erinnerte ein stämmiger kahlköpfiger Soldat in Lederrüstung. „Sigmund ist es leid, seine Ressourcen in unserem Land zu verbrauchen. Wir müssen einfach durchhalten."

„Durchhalten reicht da nicht", merkte ein beleibter Mann in schwarzem Doublet an, Kommissär Johann Glomb. „Und das wisst Ihr genauso gut wie jeder andere hier, Hauptmann Belford."

„Dann müssen wir Steinhand zusetzten!" Der kahlköpfige Hauptmann Paul Belford, schon zu Zeiten König Friedberts ein Soldat im Dienste Isteriens mit orientalischen Wurzeln, schlug mit dem Faustballen auf den Tisch. „Wie wir es immer zu Winter getan haben! Steinhand und seine Regimenter nutzen den Winter als Ruhephase. Wir haben diesen Luxus zwar nicht. Doch wir werden ihnen ihre Winterruhe ordentlich vermiesen."

„Und das Volk? Wie wollt Ihr das Volk zurückgewinnen?"

Hierauf fand Belford keine Antwort.

„Hoffnung." Der General Franck Golbert mit dem fürchterlich entstellten Gesicht hatte den Blick aus dem einen Auge, das ihm noch geblieben war, auf die Tischplatte gerichtet. „Die Leute brauchen ihre Hoffnung zurück. Die Hoffnung auf eine bessere Zukunft. Die Hoffnung, die ihnen die Angst vor Südreich nimmt. Solange sie die nicht zurückbekommen, brauchen wir uns über einen möglichen Sieg keine Gedanken zu machen."

Stille erfüllte den Raum, sodass man nur das prasselnde Feuer der Fackeln und in den drei Kaminen im Raum hörte.

„Freiheit hat einen hohen Preis", fuhr Golbert finster fort. „Und dieser Preis ist Blut. Doch unser Volk hat schon zu viel Blut bezahlt. Zurückbekommen hat es dafür nichts. Solange diese Waage nicht ausgeglichen wird …"

Er sprach nicht zu Ende. Doch jeder verstand.

„Dann kämpfen wir eben bis zum Schluss." Hauptmann Berceau straffte sich stolz. „Ich bin bereit, zu sterben. Und meine Kompanie ist es auch, da könnt ihr sicher sein."

„Wofür Hauptmann?", kritisierte der Kommissär Glomb. „Mit welchem Sinn? Noch mehr Leben zu fordern? Reicht es nicht bald mit diesen vielen Toten und diesem vielen Leid, wenn kaum Aussicht auf Besserung besteht?"

„Was sollen wir denn Eurer Meinung nach tun?"

„Eben", pflichtete Hauptmann Belford seiner Kameradin bei. „Was sollen wir tun, Herr Glomb? Und jetzt sagt nicht, ‚verhandeln'."

Johann Glomb erwiderte nichts mehr. Er zielte nämlich auf eine Formulierung, die im Grunde nichts anderes aussagte als ‚Verhandlungen'.

„Es ist die Bevölkerung", sagte mit leiser Stimme General Franck Golbert. Doch seine Stimme bannte jeden der Anwesenden, hieß sie schweigen. „Die Rebellion steht und fällt mit dem Volk Isteriens. Wenn uns das Volk nicht unterstützt, können wir keinen Sieg erringen. Wir brauchen mit einer militärischen Planung gar nicht zu beginnen, solange wir nicht das zurückgewinnen, worum es bei unserer Bewegung eigentlich geht. Das Volk."

Die Anwesenden schwiegen. Alle wussten um die Wahrheit der Worte des Generals. Ihr ganzes Unterfangen war sinnlos ohne die Einwohner ihres Landes, für die und für das sie kämpften.

„Wir brauchen die Einwohner Isteriens wieder auf unserer Seite", wiederholte der General. „Wir müssen irgendwie einen Weg finden, sie wieder zur Auflehnung zu ermutigen. Sich gegen Sigmund und Texor zu stellen. Trotz der Strafen, die sie erwarten können. Dafür müssen wir ihnen irgendetwas bieten. Es muss irgendetwas her … oder irgendjemand …"

„Und wie sollen wir das anstellen, Franck?", fragte der Heerführer Gerard Larcron und rechte Hand des Generals.

Franck Golbert antwortete nicht. Niemand antwortete. Niemand hatte einen Einfall.

Der Heerführer seufzte tief. „Uns bleibt jetzt nichts anderes, als uns auf den Frühling vorzubereiten. Steinhand wird uns nicht schonen und uns rasch zur Entscheidungsschlacht zwingen."

„Habt Ihr nicht gehört, was der General gesagt hat, Heerführer Larcron?", knurrte Hauptmann Paul Belford. „Wir brauchen die Bevölkerung auf unserer Seite zurück. Wir müssen uns etwas einfallen lassen."

„Aber wir haben nur noch den bevorstehenden Winter, um eine Lösung zu finden", schlussfolgerte die Frau Hauptmann Sophie Berceau. „Eine Lösung, nach der wir schon seit Jahren suchen … puh … Das wird eng."

Im Raum stellte sich wieder Schweigen ein. Langes Schweigen.

„So oder so", schloss der ehemalige Kommandant der königlichen Leibgarde Friedberts IV. von Rema. „Unabhängig von den Ereignissen im Winter, unabhängig von unseren Versuchen, das Volk wieder für uns zu gewinnen … Mit dem Frühling … kommt der Krieg."

XXIX

Wiedervereint

Sie hatten sich wieder.
Und sie hatten viel, sehr viel nachzuholen.
Doch bis hierher hatten Mia und Tanmir noch einen langen Weg ...
Nachdem sie die Nacht bis zum Morgen durchgeritten waren, kümmerten sie sich um Tanmirs Verletzungen – die Wunde am Arm, die Larus lediglich mit einem abgerissenen Fetzen seines Hemdes umwickelt hatte; die Schulter, die sie schonen in eine Schlinge legten. Inzwischen machte Tanmirs gesamter Rücken ihm immer stärker zu schaffen. Er hatte es tatsächlich geschafft, auf Arna zu reiten, jedoch mit großen Mühen und einem stets tief gesenkten Kopf, einem krummen Rückgrat und eingezogenen Schultern. Als sie sich wieder auf den Weg machen wollten, nachdem sie den Pferden die wohlverdiente und erforderliche Pause gegönnt hatten, musste sich Tanmir schließlich selbst eingestehen, dass er beileibe nicht vermochte, aus eigener Kraft weiterzureiten. Sie hievten ihn einen Tag auf Amadeus, den anderen auf Dunkelheit, während Larus oder Mia Arna an den Zügeln mitführten.

Ihr Ziel erreichten sie nach eben diesen zwei – fast drei – schwierigen Tagen. Laemrath. Genauer gesagt, ein kleines Lager bei einem Wäldchen davor, in dem fünf Wanderhuren ihre Liebesdienste anboten.

Die erste, die sie erblickte, war Elisabetha, welche bei ihrem Anblick vor Freude so laut aufschrie, dass alle anderen der Frauen sofort verstanden, was im Gange war – selbst die, die gerade mit der Betreuung eines Kunden zugange waren.

Mia und Larus brachten den stöhnenden Tanmir in dem Schlafzelt der Frauen unter, wobei sie zum Glück keinem der anwesenden Freier auffielen, da diese gerade beschäftigt wurden. Sobald die Betreuung geleistet und die Kunden ihrer Wege gegangen waren, war das Dienstleitungsangebot für Liebesakte für den heutigen Tag beendet.

Karoline und Gudrun kümmerten sich sogleich um Tanmir, der sich augenscheinlich neben einer starken Rückenprellung und einer verrenkten Schulter einen Nerv eingeklemmt hatte. Gudrun massierte ihn und renkte ihm unter widerlichem Knacken das bis dahin in der Schlinge geschonte Schultergelenk wieder ein, wobei der junge Mann vor Schmerz in ein Kissen schrie und scheußlich fluchte. Währenddessen hielten Mia, Larus, Agneta und Karoline seine Arme fest oder setzten sich auf seine Beine, um ihn halbwegs stillzuhalten.

Doch die Prozedur half ungemein, es trat schon unmittelbar nach der Behandlung eine Besserung ein. Während Larus, Gudrun und Ilsa Zutaten für Salben sammelten, je für Tanmirs Rücken und seinen Arm, reinigte und nähte

Karoline seine Schnittverletzung.

Selbstverständlich herrschten viel Aufregung und Freude bei den Frauen, die nicht nur Mia wiedersahen, sondern sich auch freuen konnten, dass endlich die beiden Liebenden wieder vereint waren. Die Wanderhuren waren aber auch etwas besorgt und schauderten, angesichts der leichten Blessuren Larus', den Verletzungen Tanmirs und insbesondere der blutgetränkten Kleidung Mias. Doch sie fragten nicht. Sie konnten sich leicht denken, dass ein harter Kampf zurücklag, und waren einfach nur froh, dass er gut ausgegangen war.

Alle Beteiligten stimmten darin überein, dass es in der aktuellen Lage für Mia und Tanmir wesentlich besser war sich zu verstecken als weiter zu fliehen. Während Larus auf Amadeus vorsichtig die Umgebung nach möglichen Verfolgern durchkämmte, hatte sich das junge Paar in den Wald nahe des Lagers der Wanderhuren zurückgezogen – Arna und Dunkelheit hatten sie über die Zügel an den beistehenden Bäumen festgemacht –, nachdem sie und die Frauen für sie dort eines der Liebeszelte aufgestellt hatten. Sie mussten möglichst verborgen und getarnt bleiben. Außerdem brauchte Tanmir Ruhe.

Aber vor allem wollten die beiden Wiedervereinten natürlich allein und für sich sein.

Nach über drei Monaten der schmerzhaften Trennung waren sie das jetzt …

Sie hatten sich wieder.

Und sie hatten viel, sehr viel nachzuholen.

Nachdem sie nun die Ruhe genossen, nachdem sie nun vollkommen allein, zurückgezogen in dem Zelt waren, hier in dem dichten Gestrüpp von Weißdorn, direkt unter einer mächtigen Linde, wussten sie beide, was sie nun wollten. Wie auch in der schicksalhaften Nacht in dem Gasthaus ‚Zum springenden Frosch' in Pelargir vor über eineinhalb Jahren sahen sie sich an und wussten, was sie wollten. Damals in Pelargir kamen sie zusammen.

Und heute kamen sie nach ihrer schmerzhaften Trennung in gewisser Hinsicht wieder neu zusammen. Sie hielten das Verlangen nicht mehr aus. Es verzehrte sie die Lust, die gegenseitige unersättliche Gier nach dem anderen.

Was stürmisch begann, wurde jedoch rasch gemächlicher. Sie waren vorsichtig, still, zurückhaltend, wollten nichts überstürzen, nichts übereilen. Ihnen war klar, dass sie alle Zeit der Welt hatten, und sie wollten diese mit jeder Faser ihrer Körper auskosten, wollten genau erforschen und ersuchen, was ihnen so lange fehlte. Sie waren gründlich dabei, sorgfältig, ruhig, liebevoll.

Sie vereinigten sich.

Mia seufzte. Stöhnte. Immer lauter. Ihr Stöhnen ergab Tanmirs Lieblingsmelodie. Er fuhr mit den Fingern über ihre Schultern, über ihren Nacken, vergrub sie in Mias blonden Haaren, genoss den Geschmack ihrer Lust, den Geschmack ihrer Lippen.

Die Zeit stand still, die Realität verschwamm. Es gab nur noch sie beide. Nach über vierzehn Wochen der Trennung und Enthaltsamkeit waren sie endlich wieder zusammen. Die Sehnsucht erfüllte sich, befriedigte sich. Die beiden genossen es. Genossen es lange.

Schlussendlich kehrte die Wirklichkeit wieder zurück, langsam, aber stetig. Sie kühlten ab und verloschen gemeinsam.

Die junge Frau strich ihm mit ihren Fingern zärtlich über die Brust und den Bauch. Ihr Bein war zwischen die seinen geschmiegt, ihr Kopf lag an seiner Schulter, mit den Lippen konnte sie seine Wange berühren.

„Du hast mir so gefehlt …", seufzte Mia nach langem, innigem Schweigen. „So sehr …"

„Du hast mir auch gefehlt, Mia …"

Draußen vor dem Zelt war es Nacht. Es war dunkel. Sie hörten die Grillen zirpen. Die Vögel hatten ihre Pfeifkonzerte schon lange für den heutigen Tag eingestellt.

„Ich frage mich", murmelte Mia, „wie wir das ausgehalten haben."

„Weil wir es mussten", sagte Tanmir ernst. „Wir hatten keine Wahl."

„Ja … Diese Zeit war so grausam … Ich habe viel erlebt und in vielen Momenten meines Lebens gedacht, schlimmer kann es nicht werden. Aber nichts von alledem war annähernd so schlimm, wie von dir getrennt zu sein … Ich hab fast jede Nacht geheult. Karoline und die anderen haben es gemerkt, aber nichts gesagt. Sie mussten viel, sehr viel Geduld aufbringen. Es war so schrecklich. Du fehltest mir einfach überall …"

„Mir ging es ganz genauso."

„Ich hoffte, es sei alles nur ein Traum, aus dem du mich irgendwann aufweckst. Aber das war es nicht … Ich war oft kurz davor, einfach loszuziehen, Karoline und die anderen zu verlassen. Aber anfangs war ich zu schwach, und später … ich wusste einfach nicht, wo ich anfangen sollte. Ich konnte nur hoffen. Aber ich durfte nicht verzagen, durfte nicht in Selbstmitleid vergehen, musste wieder zu Kräften kommen und weitermachen. Nur so hätte ich die Möglichkeit, dich irgendwann endlich wiederzusehen, dich wiederzuhaben."

„Und das hast du jetzt, Liebste."

Die junge Frau lächelte. „Ja …"

Sie schwiegen.

„Weißt du noch im Tannenwald nahe der Mara?", fragte Mia schließlich. „Unser letztes Mal."

Der Tannenwald in der Gegend der zahlreichen Mara-Ausläufer, in ihrem kleinen bescheidenen Nachtlager mit den gemütlichen Decken und Pelzen. Ihre letzte Zweisamkeit für sehr lange Zeit, unerträglich lange Zeit.

Bis heute.

„Der Tag war vernieselt, der Boden feucht, weich und es war so entsetzlich schwül, aber es vermochte nicht, uns die Lust zu nehmen."

„Mia, etwas, das mir die Lust auf dich nimmt, wird es niemals geben."

Mit dem unvergleichlichen Blick aus ihren funkelnden saphirblauen Augen und dem folgenden Kuss bewies sie ihm, dass ihr Verlangen nach ihm ebenso niemals erlöschen würde.

„Der Tannenwald …", murmelte sie. „Es kommt mir wie eine Ewigkeit vor. Wie lange ist das nur her …"

„Drei Monate, zwei Wochen und einen Tag."

Mia kicherte leise. „Du bist so süß."

„Ich bin nicht süß", brummte Tanmir gespielt. „Ich bin ein harter Krieger."

Die junge Frau schwang sich hoch, legte sich komplett auf seinen Körper. „Mhm, du bist wirklich ein harter Krieger. Mein harter Krieger ..."

Sie küsste ihn leidenschaftlich. Biss ihm sanft in die Unterlippe, wanderte küssend und mit kreisender Zunge herunter, über das Kinn, den Hals, zu seiner sich von lauten Atemzügen auf und ab bewegenden Brust, und tiefer.

Sie ließ sich Zeit.

Schließlich verschmolzen sie wieder, und wieder wurden sie eins. Lange. Intensiv. Wild. Stürmisch.

Mia, hoch über ihm erhoben, lehnte sich zu Tanmir herunter, fuhr mit ihren Fingern seine Arme entlang. Ihrer beiden Hände griffen ineinander, umschlossen sich.

Sie gingen völlig unter, versanken im Fluss aus der Gier nach dem anderen. Das Feuer der Leidenschaft, das der jeweils andere auslöste, verzehrte sie. Ihre Hände griffen sich immer fester, zitterten. Sie harmonisierten in endloser Verbundenheit und Erregung, machten den anderen glücklich.

Bis beide zum wiederholten Höhepunkt gemeinsam explodierten.

Die ineinander gegriffenen Hände lockerten den Griff, entspannten sich.

Abermals kühlten sie ab, abermals verloschen sie, abermals gemeinsam.

Sie lagen auf der Seite, hintereinander, er umarmte sie. Mia drücke die Finger ihrer Hand zusammen, die Tanmirs Unterarm umfassten, und die der anderen Hand, die die seine berührte, welche weich auf ihrer Brust lag.

„Weißt du noch, Pelargir?", fragte Mia. „Und die Tage nach unserer ersten gemeinsamen Nacht im ‚Springenden Frosch'? Weißt du noch, unser Weg?"

„Wie könnte ich das vergessen?"

Sie seufzte. „Ich hatte keine, überhaupt keine Ahnung, wo ich war. Eigentlich bin ich mein Leben lang bald irre geworden, wenn ich das nicht wusste. Orientierungslosigkeit war mit das Schlimmste. Aber damals, bei dir ... Ich wusste nicht, wo ich war, wo du mich hinführtest. Doch es war mir vollkommen egal. Egal wo, egal wohin. Es zählte nur, dass du da warst. Dass ich bei dir war. Wo ich war, wo ich bin, ob irgendwo im Süden von Mendor, im Inkarnat, in Trithor oder in einem kleinen Zelt im Walde wie hier, das hat keine Bedeutung. Solange du bei mir bist."

Tanmir schmiegte sich noch näher an sie, griff sie sanft noch fester und küsste sie auf den Hals und den Nacken, während sie den Kopf neigte, ihm genüsslich ihre Haut zum Liebkosen darbot. Bis auf die Zeit seiner Ausbildung in Lathál – und in gewisser Hinsicht auch dort – war der junge Mann sein Leben lang allein unterwegs, nie sesshaft oder mit irgendwem zusammen gewesen – zumindest nicht lange. Er wollte es auch nicht. Doch seit Mia in sein Leben trat, konnte er sich nie wieder vorstellen, allein zu sein, ohne sie zu sein. Und er würde es nie wieder sein wollen.

„Es ist soweit", sagte Mia. „Wir sind wieder zusammen. Endlich ist es soweit.

Endlich …" Sie lächelte. „Ich bin so glücklich."

„Ich auch, Mia. Ich auch."

Sie drehte ihr Gesicht zu seinem, legte ihm die Hand auf die Wange, küsste ihn. „Liebe mich …", flüsterte sie.

Er liebte sie.

Küsste sie. Liebkoste sie. Ließ sich Zeit dabei. Wanderte in aller Ruhe ihren traumhaft schönen Körper entlang, ließ keine Stelle aus. Der Klang ihrer Seufzer und ihres Stöhnens brachten ihn wie immer völlig um den Verstand, steigerten seine Erregung noch mehr. Tanmir ließ Mia leiden, zwang sie zu zittern und zu winseln. Er steigerte ihre Begierde ins Unermessliche. Er ging kein Risiko ein, sie zu früh abkühlen zu lassen, indem sich seine Lippen zu schnell dem Zentrum ihrer Lust näherten. Seine erotisch flüsternde, starke Stimme murmelte seiner Geliebten manchmal zu, was er mit ihr vorhabe, ohne es ihr dann aber zu geben. Er gab ihr noch nicht, was sie wollte – noch nicht.

Er ließ sich Zeit, viel Zeit.

Bis er sie endlich erlöste.

Mia, die Beine um scheinen Hals geschlungen, fuhr ihm mit den Fingern durch die Haare, stöhnte von Lust erfüllt, wand sich im Hohlkreuz, je stärker die Erregung und die überwältigenden Gefühle wurden. Tanmir presste seine Hände sanft gegen ihren Bauch, drückte ihren sich vor Verlangen und Erregung windenden Körper nach unten, hielt ihre Hüfte, die sich in spasmischen Stößen auf und ab bewegte. Stillhalten konnte Mia einfach nicht. Er liebte es, seine Geliebte zu verwöhnen, sie glücklich zu machen, wusste, wie er es anstellen musste. Ihr erregendes, immer lauter werdendes Stöhnen, wobei sich ihre schönen Brüste bei jedem der hektischen Atemzüge hoben und senkten, war sein Lohn. Sein Lohn war das endlose Glück seiner Mia.

Nachdem die junge Frau, sobald sie abermals den Gipfel aller Lust erklommen hatte, wieder zu Bewusstsein kam, zog sie ihn zu sich. Sie wollte ihn, einte sich mit ihm. Sie sah zu ihm auf, sah seinen Körper, seine stählernen Muskeln, ein Anblick, der ihr Begehren nach Tanmir immerzu aufs Neue in Dimensionen versetzte, die sie nie zu erfassen vermochte.

Sie liebte ihn.

Tanmir spürte ihre Hände und Finger, mit denen sich Mia in seinen Rücken und sein Gesäß krallte. Er spürte ihre Beine, die seine Hüften umschlangen, wie Fesseln der Lust, welche ihn so rasch nicht mehr loslassen würden. Er spürte, wie sie seinen Bewegungen antwortete, sowohl mit ihrem Körper als auch mit ihrer Stimme.

Er liebte sie.

Mia fühlte Tanmirs Pulsieren in sich. Sie wandte das Gesicht zur Seite, biss stöhnend in das Kopfkissen. Sie reckte die Arme nach hinten über den Kopf, fasste mit der einen Hand die Ecke einer Decke, verkrallte die andere in einem weiteren Kissen. Und mit dieser Bewegung voller Leidenschaft, im gedämpften Licht der kleinen Öllampe im Zelt, brachte sie ihren Körper und ihre Brüste in eine Stellung, die es wert war, in einer Marmorstatue festgehalten zu werden.

Eine Stellung, bei deren Anblick Tanmirs Atem vor noch intensiver aufflammendem Begehren stockte, und bei deren Anblick sein unersättliches Verlangen nach seiner Partnerin noch stärker angefacht wurde. Mia seufzte laut, stöhnte laut. Sie hatte allen Grund dazu.

Sie liebten einander.

Mia gab sich ihm völlig hin, Tanmir gab sich ihr völlig hin. Sie schickten sich in eine andere Welt. Eine Welt, die sie alles vergessen und sie nur noch Glück, Lust, Leidenschaft und Liebe empfinden ließ. Eine Welt, die allein in diesen Momenten existierte, welche sie nur zusammen und nur dank ihres Seelenverwandten erreichen konnten.

Nichts existierte mehr.

Nichts.

Nur noch die beiden und ihre Liebe.

„Elisabetha! Puh, da bist du ja endlich!"

„Ganz ruhig, Karo. Ich lebe noch."

„Das hat aber sehr lange gedauert!"

„Ich musste ein anderes Geschäft aufsuchen. Bei dem, wo ich die Tage immer hingegangen bin, war nicht mehr alles zu kriegen. Der Verkäufer hat mich dann ans andere Ende der Vorstadt geschickt. Nun beruhige dich doch."

„Hast du die Sachen bekommen?"

„Ja, alles."

„Und du bist dir sicher, dass dir niemand gefolgt ist?"

„Ganz sicher. Bleib ruhig, Karo, bitte. Ich habe nur eingekauft, und zwar keine Waffen oder sonst etwas Auffälliges. Außerdem ist es drüben in Laemraths Vorstadt kein Geheimnis, wo unser Lager ist. Die Kunden kommen und gehen. Wobei sie wohl etwas öfter kommen als gehen, hihi."

Karoline holte schon zu einer Erwiderung aus, ließ es aber, schloss die Augen und atmete tief durch.

„Was ist denn los mit dir?", fragte Elisabetha mit einem Lächeln. „Also, dass es ausgerechnet dir mit den Nerven durchgeht, damit habe ich nicht gerechnet. Niemand wird erfahren, dass wir zwei Gäste auf der Flucht verstecken. Du hast doch selber gesagt, dass wir einfach so weitermachen, wie bisher, unser Ding durchziehen, nicht auffallen, die lästigen, schmuddeligen und unscheinbaren Wanderhuren sind. Und genau so läuft es, wir alle sind die Ruhe selbst. Nur du zappelst hier mitunter herum, wie von einer Wespe gestochen."

„Du hast ja recht. Es ist ja auch so. Wir haben nichts zu befürchten. Aber … nun ich gestehe, ich bin doch etwas nervöser als ich dachte. Ich möchte einfach nicht, dass man den beiden auf die Schliche kommt."

„Wird man schon nicht. Ihr Zelt und ihre Pferde sind sicher im Wald, zwischen den Bäumen. Gut versteckt. Larus besieht sich der Umgebung, und wenn er bei uns ist, wirkt er auch nur wie ein weiterer Kunde oder unser Aufpasser."

„Ja, ja, ich weiß ja … Ach, ich will einfach nicht, dass ausgerechnet jetzt noch etwas schiefgeht."

„Wird es schon nicht." Die jüngste der Wanderhuren schaute scheel. „Du wirst doch nicht etwa alt, oder?"

Karoline schüttelte mit einer kurzen und stolzen Kopfbewegung ihre rote Mähne. „Ich werde nicht alt, Fräulein, ich bin nur aufmerksam. Und ich … Ja doch, ich mache mir halt ein bisschen Sorgen."

„Also ich bin viel zu glücklich, als dass ich mir jetzt Sorgen machen könnte", lächelte Elisabetha. „Mia hat ihren Tanmir wieder, Tanmir seine Mia. Och, ich freue mich so."

„Ich mich auch. Aber du hast sie gesehen, wie sie gestern hier ankamen. Tanmirs Verletzungen, Mias lädiertes Gesicht, das Blut an ihren Kleidern … Vor allem das Blut an Mias Kleidung."

Elisabetha schluckte, als sie sich an den Anblick der vollkommen mit Blut besudelten Mia zurückerinnerte, der jede der fünf Frauen in dem Lager bis ins Mark hatte erschaudern lassen. Doch sie verdrängte diese Gedanken rasch, schüttelte den Kopf. „Deswegen habe ich hier ja auch die neuen Klamotten für sie. Die Bluse, die Hose und die Lederjacke. Ist zwar wahrscheinlich nicht das Richtige für eine Kriegerin, aber für den Anfang tut es das hoffentlich. Das blutbeschmierte Zeug kann sie ja nicht mehr tragen. Und das Abwaschen hat ja nur bedingt geklappt."

Die rothaarige Hure seufzte. „Der Kampf muss sehr brutal gewesen sein. Ein Wunder, dass sie so glimpflich davon gekommen sind. Abgesehen von Tanmirs Rücken … Das sah wirklich übel aus."

„Sah es. Wobei …" – Elisabetha zuckte mit den Brauen – „ich eigentlich nicht so auf seinen Rücken geachtet habe … Eher auf seine Muskeln …"

Karoline verzog kritisch das Gesicht. „Och, Elli … Und sein von Narben übersäter Körper? Gegen ihn ist sogar Mia ein Waisenkind. Das hat mich wie ein Schauer überzogen. Und du redest mir hier von seinen Muskeln."

„Was denn? Jede von uns hat ihn gesehen. Auch du."

„Natürlich habe ich das. Aber – mal abgesehen von seinen Narben – in dieser Situation gab es Wichtigeres zu regeln, als Tanmirs Muskeln anzustarren."

Elisabetha verzog süß das Gesicht. „Hm, ich hab wohl ins Schwarze getroffen: Du wirst alt."

Karoline schüttelte klagend den Kopf.

Die schwarzhaarige Wanderhure schaute zum Wald hin, in die Richtung, in der zahlreiche Schritte weiter Mias und Tanmirs Zelt versteckt war. Sie atmete träumerisch durch. „Ach, ich würde so gern auch einen Mann haben, der mich so liebt, wie Tanmir Mia …"

Karoline lächelte. „Das wirst du, Elisabetha", versicherte sie.

„Ach, so ein Quatsch. Mia meinte das auch. Aber ich glaube das nicht."

„Warte einfach mal ab. Du siehst doch, was allein in den letzten Wochen alles passiert ist. Ich will gar nicht wissen, was in einem oder zwei Jahren ist."

„Mach mir keine Hoffnung. Wobei, wenn mich morgen der nächste Typ bumsen kommt, dann vergesse ich diese Hoffnung sowieso wieder."

„Warte ab, Mädchen, warte ab. Und jetzt hilf mir hier. Wir räumen erst einmal etwas auf, bevor wir uns um das Essen kümmern. Es wird bald dunkel."

„Meist du …" – das Mädchen grinste schelmisch – „Mia und Tanmir essen mit?"

Karoline erwiderte das Grinsen auf genau die gleiche schelmische Art. „Das werden sie garantiert nicht."

Tanmir lag auf der Seite, den Ellenbogen auf die Decke am Boden, den Kopf auf die Handfläche gestützt. Mia lag auf dem Rücken, bewegte leicht die Finger, die seinen Bauch berührten. Mit der Hand streichelte er ihren Körper, fuhr behutsam, sehr behutsam und zärtlich über ihre weiche Haut, die Brüste, den Bauch, die Taille.

„Mir haben deine Berührungen gefehlt", seufzte Mia.

„Mir hat es gefehlt, dich zu berühren", sagte Tanmir leise.

Sie küssten sich, blickten sich an, versanken in den Augen des anderen, verloren sich darin.

Unablässig strahlten ihre Körper eine Hitze aus, die das kleine Liebeszelt der Wanderhuren, das sie hier im Wald, unter einer Linde, neben Bäumen und Sträuchern, Büschen und Farnkraut versteckt aufgestellt hatten, wie ein Feuer erwärmten. Nur langsam kühlten sie ab, nur langsam sank der Puls. Doch die Leidenschaft verlosch kein Quent.

Sie genossen auch die Ruhepausen zwischen den Liebesspielen. In denen sie einander nur berührten und streichelten, sich an der Wärme des Körpers des anderen erfreuten. Sie hörten die Geräusche des Waldes, das Knacken der Äste, das Rauschen der Blätter, das Rascheln der Büsche, das Wiegenlied des Windes. Spechte hämmerten, Häher schrien, Spatzen trillerten. Hin und wieder erscholl das Schnauben Arnas und Dunkelheits, die unweit ihres Zeltes an Baumstämmen angebunden waren, an langen Seilen, sodass sie sich auch etwas auf dem üppigen Gras, auf dem sie zwischen den Bäumen weideten, bewegen konnten.

Mia und Tanmir hörten es, doch all die Geräusche hatten keine Bedeutung. Die Welt außerhalb des kleinen Zeltes existierte nicht mehr. Außerhalb dieses kleinen Zeltes gab es nichts mehr von Bedeutung, nichts was zählte. Alles was zählte waren sie. Ihre Verbundenheit.

Ihre Wiedervereinigung.

Sie versanken in ihrem sinnlichen Schweigen. Sie brauchten keine Worte.

Sie schwiegen viel, obwohl sie sich so viel zu erzählen und so viele Fragen an sich hatten, so dringend wissen wollten, was dem anderen während ihrer Trennung widerfahren war. Doch sie schwiegen.

Sie wollten schweigen. Nur ihre gemeinsame Wärme fühlen. Den anderen berühren, für ihn da sein. Den anderen lieben, ihn glücklich machen, von ihm geliebt, von ihm glücklich gemacht werden. Beisammen sein.

Und das waren sie. Beisammen. Wiedervereint.

Nur das zählte.

„Was ist?", fragte Mia plötzlich, als Tanmir mit etwas nachdenklicher, aber glücklicher Miene leicht den Kopf schüttelte.

„Irgendwie", antwortete er, „kommt es mir wie ein Traum vor. Ich habe dich wirklich wieder. Du bist wieder bei mir."

Sie lächelte wunderschön. „Ja, mein Liebster. Wir sind wieder zusammen. Und wir werden uns nie mehr trennen."

„Nie mehr."

Wieder ein Kuss, Berührungen mit den Händen.

Er seufzte, schüttelte wieder den Kopf. „Diese letzten Wochen waren …" Worte entsprangen seiner Stimme, ohne dass er einen Einfluss darauf zu haben schien.

Doch Mia unterbrach ihn, indem sie ihm den Finger auf den Mund legte. „Nein, Tanmir, bitte. Nicht jetzt. Ich kann … Ich möchte jetzt noch nicht über die Vergangenheit reden."

Er nickte, pflichtete ihr wortlos bei.

Die Hand legte sie an seine Wange, ließ sie dort, fühlte unter der Handfläche seine sprießenden Bartstoppeln.

„Die Zeit zu reden wird kommen", sagte sie. „Es gibt viel zu erzählen. Ich befürchte sogar … zu viel. Aber noch nicht jetzt. Ich will jetzt noch nicht über die vergangenen Wochen reden."

Er lächelte warm.

„Jetzt ist nicht die Zeit, zu reden", flüsterte sie verführerisch, legte die Hand an seinen Bauch, fuhr mit den Fingern langsam tiefer, und berührte ihn. In ihren saphirblauen Augen lag dieses einzigartige Etwas, das Tanmir immerzu überwältigte, das nun in seinen Lenden ein Kribbeln auslöste, das sein Verlangen auf Mia wieder aufs Neue entfachte, wie ein Blasebalg einen Schmiedeofen.

„Jetzt ist die Zeit, sich zu lieben."

„Keine Spur von irgendwelchen Verfolgern." Larus sprang von Amadeus, nachdem er von seinem üblichen Kontrollritt zurückgekehrt war. „Wo auch immer die Typen herumschwirren, sie haben keine Ahnung, wo die beiden sind. Sie sind genauso planlos wie Tanmir und ich, als wir Mia suchten."

„Toller Vergleich, Larus", spottete Agneta. Die neben ihr sitzende Gudrun schmunzelte. Beide Frauen bereiteten alles für das Mittagessen vor.

„Ist bei euch alles in Ordnung? Keine frechen Kunden?"

„Alles gut", sagte Gudrun. „Die Kunden kommen, bezahlen, kommen und gehen. In den letzten Tagen kommen meistens immer dieselben, und immer zur selben Zeit."

„Wortspiel beabsichtigt?", grinste Agneta mit hochgerecktem Finger, woraufhin ihre Gefährtin die Lippen schürzend zustimmte.

„Hehe", feixte Larus. „Und wo sind die anderen?"

„Ilsa und Elisabetha sind in der Stadt", gab Gudrun zur Antwort. „Und Karoline ist im hinteren Zelt."

„Ahh …" Larus warf einen Blick zum letzten der Liebeszelte, verzog die Unterlippe und zuckte mit den Schultern. Dann jedoch atmete er erleichtert auf.

„Gut, dass ihr nicht weitergezogen seid. Ihr und eure Hilfe kommen uns echt wie gerufen, insbesondere Tanmir."

„Genau das war der Grund, aus dem wir hiergeblieben sind", erklärte Agneta. „Ich wollte sofort das Lager abbauen und Richtung Oppenheim ziehen, doch Karoline sagte, dass wir genau hier warten sollten. Falls ihr drei Hilfe brauchtet, wüsstet ihr, wo ihr uns findet."

„Als ob sie Hellsehen könnte, hehe. Umso besser. Ihr habt Tanmir gesehen, der hatte 'nen Buckel wie dieser Glöckner aus dem Märchen ... ähm ... wie hieß er noch ... Quasi... Quasi... Quasi-Irgendwas."

Die beiden Wanderhuren schauten sich fragend an.

„Wovon sprichst du?", fragte Agneta.

Larus winkte ab. „Ach, unwichtig. So eine Geschichte, die sie uns mal in dem Kloster erzählt haben, in dem ich aufgewachsen bin. Und was ist mit Mia und Tanmir? Geht's ihnen gut?"

„Och ..." Gudrun setzte eine unschuldige Miene auf. „Da gehe ich stark von aus, dass es ihnen gut geht."

Agneta kicherte.

Larus verengte die Augen. „Sind die noch immer im Wald? Bei den alten Magiern ... Die müssen doch mal etwas essen und trinken."

„Elisabetha hat ihnen vorhin etwas gebracht." Auch Gudrun musste grinsen. „Sie kam sehr schnell wieder zurück, rot wie eine Tomate, unterdrückte ihr Grinsen und verschwand kommentarlos im Zelt."

„Ist das ihr Ernst? Och jeee ..."

„Das Mädel ist siebzehn, Larus. Sie ist neugierig, was so zwei schwer Verliebte machen."

„Was sollen die denn wohl machen?" Der Bursche prustete. „Ich bin nicht viel älter als Elli und ich weiß es auch."

„Es geht nicht nur darum, Larus. Bei jungen Mädchen ist das etwas komplizierter. Das wirst du nicht verstehen."

„Wohl nicht. Aber wird den zwei da hinten in dem Zelt auf dem Waldboden denn nicht irgendwann mal etwas unbequem? Ich denk vor allem an Tanmirs Rücken."

„Das ist Liebe, Larus. Solange sie zusammen sind, für sich, nur sie beide, ist es vollkommen egal, wo genau sie sind. Vielleicht aber verstehst du das eines Tages."

Larus zog den Mund kraus. „Eines Tages von mir aus. Aber verschone mich damit für die nächsten zwanzig Jahre bitte. Ich bin nicht für Monogamie gemacht."

„Natürlich nicht", schnaubte Agneta.

„Ist so. Ich bewundere Tanmir, dass er das durchzieht. Und das hat er. Ich hab ja – als ich noch nichts von Mia wusste, versteht sich – mehr als einmal versucht, ihn mit einer Frau zusammenzubringen. Nichts. Gar nichts. Nicht einmal ein Zucken. Ich ziehe den Hut vor ihm. Aber ich könnte das nicht."

„Natürlich", sagte Gudrun.

„Ich brauche Abwechslung. Das hat auch viel mit Freiheit zu tun."
„Natürlich", sagte Agneta.
„Ich meine Mia ist selbstverständlich … wow … ein Traum von einer Frau … unübertroffen. Da hat Tanmir allemal den Hauptgewinn gezogen. Aber, neee, ich könnte das nicht. Dafür gibt es ja auch einfach viel zu hübsche Auswahl auf der Welt."
„Natürlich", sagte Gudrun, schaute Agneta an.
„Außerdem kann ich mich einfach auf keinen Typ Frau festlegen. Ich wüsste nie, wie meine Potenzielle aussehen sollte. Ich würde immer befürchten, ein anderer Typ Frau sagt mir dann auf einmal doch mehr zu. Das ist zu riskant."
„Natürlich", sagte Agneta, schaute Gudrun an.
Larus bemerkte die Blicke der beiden Frauen, auch ihr verkapptes Grinsen. „Macht ihr euch über mich lustig?"
„Natürlich", sagten die beiden Wanderhuren wie von einer Person gesprochen. Und lachten.
„Ha-ha, sehr witzig", murrte der Bursche. „Was sagt denn ihr beiden liebeserfahrenen Damen dazu, hä? Statt euch über mich lustig zu machen, erklärt mir, wo ich falsch liege oder was ich nicht berücksichtige."
„Deine Oberflächlichkeit zum Ersten", sagte Agneta. „Dass weit mehr dazuzählt als das Aussehen. Als ganz simples Beispiel."
Gudrun nickte gewichtig.
Larus schnaubte. „Ach komm, Agneta! Das aus deinem Munde. Deine bessere Hälfte ist ja immerhin auch eine wahre Schönheit."
Die dunkelhäutige junge Frau grinste stolz. „Ich weiß."
„Höre auf Agneta, Larus", empfahl die Älteste der Wanderhuren ernst. „Das Aussehen allein reicht lange nicht. Es braucht viel mehr dazu."
„Aber auf das Aussehen kommt es primär an. Wenn das nicht funktioniert, dann wird der Rest nichts, ganz egal, ob das in anderen Sphären vielleicht passen würde."
„Mhm." Gudrun lächelte ihm zu. „Werde erst einmal erwachsen, Larus. Im Geiste, meine ich. Dann reden wir weiter."
Er breitete etwas beleidigt die Arme aus. „Schön, wie du meinst." Jetzt verschränkte er die Arme, setzte plötzlich eine nachdenkliche Miene auf.
„Was ist?", wollte Gudrun wissen.
Larus' Blick wandelte sich von nachdenklich in verlegen und verschlagen, die Augen wanderten zu dem Liebeszelt, aus dem nun eindeutig die lauter werdenden liebenden Laute Karolines und auch die ihres sich dem Höhepunkt nähernden Kunden schallten.
„Wo wir gerade bei Frauen sind …", murmelte Larus, den das herandringende Stöhnen und die schönen Seufzer Karolines ziemlich anmachten. „Vielleicht könnten wir …"
„Vergiss es, Larus", schnitt ihm Agneta die langsamen Worte abrupt ab. „Hast du eigentlich gar kein Schamgefühl?"
„Nö. Warum?"

„Agneta hat recht, Larus. Der Zeitpunkt ist denkbar unpassend. Versuche, deine jungenhaften Hormone zu zügeln."

„Ja, ja, schon gut." Er atmete aus, insgeheim ein wenig enttäuscht. „Was gibt es eigentlich zu Mittag?"

„Das siehst du doch", sagte Agneta und hielt eine Karotte hoch, die sie gerade schnitt, warf ein Stück davon dem Esel Tohtward zu, der aus seinem trägen Tagschlaf erwachte und das Gemüsestückchen freudig verschlang. „Gemüse und Salat."

„Und?"

„Was und?"

„Ja, Gemüse und Salat *und*? Mit was dabei?"

„Sehen wir etwa wie Jäger aus? Wenn du Fleisch willst, musst du es dir schon selbst jagen. Wir können auch gut ohne Fleisch."

„Gute Idee anbei übrigens", bemerkte Gudrun. „Wenn wir schon das Essen zubereiten, kannst du, Larus, doch so freundlich sein und jagen oder fischen gehen. Das wäre echt nett von dir." Sie klimperte hübsch mit den Wimpern. „Du bekommst anständiges Essen und außerdem langweilst du dich dann auch nicht so."

Der Bursche verzog genervt den Mund. Zuckte dann jedoch geschlagen mit den Schultern. „Hab ich eine Wahl?"

„Nein", antworteten Agneta und Gudrun gleichzeitig.

„Auuu ... pass doch auf!", jammerte Tanmir.

„Nun stell dich nicht so an."

„Pah! Du hast gut reden. Dir wurde ja nicht der halbe Nacken neusortiert ..."
Mia verdrehte die Augen.

Tanmir lag mit dem Bauch auf dem mit Decken und Pelzen belegten Boden, den nackten Rücken zu Mia gerichtet, die ihm mit Gudruns Salbe seinen Nacken und oberen Rücken einrieb.

„Wie sieht's denn da hinten aus?", wollte er wissen.

„Heiß", murmelte Mia.

„Hä? Heiß?"

„Ach, du meinst den Nacken", kicherte sie scherzhaft. „Der sieht auch gut aus. Noch ein bisschen blau und gelb aber die Beule ist spürbar und auch sichtbar kleiner geworden."

„Na immerhin. Und was meintest du mit ‚heiß'?"

„Zunächst mal deinen heißen Hintern", schmunzelte die junge Frau und schaute mit lüstern verzogenen Lippen auf Tanmirs hübsches Hinterteil. „Auf den habe ich gerade eine herrliche Aussicht. Und zum anderen deinen Rücken. Der ist auch heiß. Wie heißt's doch so schön: ‚Ein hübscher Rücken kann auch entzücken'."

„Ach echt? Meiner sprießt doch vor Narben."

„Schon, aber du weißt doch, Narben machen mich an."

„Ach ja ... Hm, dann hab ich ja Glück."

„Mein Männergeschmack ist halt ein bisschen anders."
„Na vielen Dank auch."
„Upps, hihihi, so war das nicht gemeint."
„Klar."
Mia rieb ihren Liebsten innig und liebevoll ein. Tanmir genoss ihre Berührungen sichtlich.
„Eine neue hast du aber auch, Mia. Die am Bauch."
„Mhm. Die, die Karoline und die anderen mir versorgt haben. Die von unserem Kampf mit dem Skanden. Worüber wir im Übrigen noch reden werden, mein Freund. Ich hab noch nicht vergessen, dass du mich in den Fluss geworfen hast."
Tanmir verhielt taktvoll jedes Wort. Er hielt es für das Beste in diesem Moment.
„Aber heute nicht", stellte Mia klar. „Und auch nicht morgen. Mir ist wie gesagt nicht danach, darüber zu sprechen."
Er begrüßte das.
Die junge Frau lächelte, wischte den Rest der Salbe an einem Tuch ab. „So. Bin fertig."
„Was? Schon? Hmm ..." Tanmir war leicht enttäuscht, dass die Behandlung wieder vorüber war.
„Setz dich auf", sagte sie, „und lass die Salbe kurz einziehen. Das geht schnell."
Er gehorchte, setzte sich nahezu beschwerdefrei auf. „Es ist echt ein Segen, dass Gudrun und die anderen so nahe waren. Nicht nur, dass wir uns dank ihnen überhaupt erst wiedergefunden haben, sondern auch, dass wir hier in Sicherheit sind und uns ausruhen können."
Mia strich zärtlich mit ihrer Hand über seinen Rücken, betrachtete die blaugelb gefärbte Haut unter dem immer noch leicht geschwollenen Nackenbereich. Wie auch die Wunde an seinem Arm war es eine Verletzung, die zum Glück nicht allzu schlimm war, aber die wie auch die andere für sie einen ganz großen Wert hatte.
„Danke übrigens", sagte Mia.
„Wofür?"
„Du hast mich da rausgeholt, hast mich befreit."
„Und du hast mir das Leben gerettet." Tanmir schnaubte. „Da ist der steife Nacken ein ganz akzeptabler Preis für. Also für dich, ne?"
Das Mädchen verzog den Mund zu einem scherzhaft zornigen Lächeln, während der junge Mann sich vorsichtig hinlegte.
„Na komm, mach mal etwas Platz", forderte Mia, während sie sich forsch an ihn schmiegte. „Ich will mich auch hinlegen."
„Na ... geht das auch ein bisschen sanfter? Ich bin verletzt."
„Nun hör schon auf zu jammern."
„Hey, du hast gerade noch gesagt, dass ich dich befreit und gerettet habe. Und genau deshalb habe ich jetzt doch diese schrecklichen Schmerzen ..." Tanmir sprach mit gespielter weinerlicher Stimme. „Und das tut ganz schön weh. Zeig

mal etwas Mitgefühl ... Dein Liebster leidet ... Ganz doll ..."

„Ohhh ... Na, wenn das so ist ... Das kann ich wirklich nicht zulassen." Sie lehnte sich zu seiner Schulter hin, blies leicht über seinen Nacken und küsste liebevoll und langsam den oberen Bereich um die Schwellung, bis dahin, wo sie nicht eingerieben hatte. „Besser?"

„Mhm, 'n bisschen. Aber weißt du ... der Schmerz breitet sich vom Nacken aus, der geht auch in den Hals ... genau hier der Bereich ..."

Mia küsste ihn erneut an der Schulter und ließ langsam ihre weichen Lippen über seinen Hals wandern.

„Ja ... genau da tut's weh ..." Im vollen Genuss der Verwöhnungen seiner Liebsten, seufzte er und atmete lauter.

Mia küsste ihn, liebkoste ihn und genoss es nicht weniger als er.

„Hier tut's auch weh ..." Er wies sich auf die Brust. „Da hab ich 'nen Tritt abbekommen."

Die junge Frau wanderte langsam und stetig küssend vom Hals zu seiner Brust herunter.

„Das war 'n großer Fuß ..."

Sie kicherte leise, ließ ihre Zunge und ihre Küsse über seine Brustmuskeln umherziehen, über seine Brustwarzen, während sich mit jedem seiner genießenden Atemzüge sein Brustkorb immer zügiger hob und senkte.

„Und der Bauch ... der tut auch verdammt weh ..."

Mia wanderte langsam noch tiefer, bis zu seinem Bauchnabel, spürte währenddessen mit ihren Brüsten seine wachsende Lust unterhalb der Decke, welche spärlich seine Hüften bedeckte. Sie seufzte ebenso, küsste jeden seiner acht, sich mit jedem Atemzug anspannenden, stählernen Bauchmuskeln. Sie ließ ihre Zunge darüber wandern, was ihre eigene Lust ebenfalls ins Unendliche steigerte und unersättlich nach ihm machte.

„Und da unten, unter der Decke, gibt's noch 'ne Stelle ... Die tut ganz besonders weh ..."

Mia schmunzelte, ehe sie die lustvolle Heilung ihres Geliebten genüsslich weiterführte. Ihn mit ihrem Mund, ihren Lippen und ihrer Zunge in die Gefilde der Glückseligkeit geleitete.

„Wo sind Tanmir und Mia?", fragte Larus, der vom Angeln zurückkehrte, einen Hecht im Arm.

„Wo sollen sie schon sein?", antwortete Ilsa. „In ihrem Zelt."

Er schaute sie und Agneta an, die vor dem über dem Feuer und mit Wasser gefüllten Kessel saßen und gerade alles für die entsprechende Suppe zum Abendessen vorzubereiten begannen. Sein Blick war entgeistert. *Immer noch?!*"

Die beiden Frauen schauten sich an, grinsten verschlagen, kicherten, während sie das Gemüse schnitten und in den Kessel gaben.

„Meine Fresse", murmelte der Bursche, den Blick in den Wald gerichtet. „Die sind jetzt den dritten Tag da, verdammt. Ich hab sie nicht mehr gesehen, seit wir das Zelt im Wald aufgestellt haben und ihr Tanmir versorgt habt."

„Sie waren heute zwischendurch mal hier und haben was zu essen geholt und ihr Wasser am Bach aufgefüllt", berichtete Agneta. „Erst Mia, dann Tanmir. Ist aber schon ein paar Stunden her."

„Und gesagt haben sie nicht viel", ergänzte Ilsa schelmisch murmelnd. „Nur breit gegrinst. Mia hat sich wieder etwas Liblithan bei uns geborgt, während sie munter und verträumt vor sich hin summte, hihi."

Larus räusperte sich. „Hm, naja, nach so langer Zeit ohne ... Würde wohl jeder so machen." Er spielte seine vorige Verwunderung herunter, durfte vor den beiden Damen selbstverständlich keine Schwäche zeigen. „Ich hab hier was für euch. Wie bestellt. Ist das nicht ein Prachtbursche?"

„Ja, wirklich", sagte Agneta unbeeindruckt, nachdem sie flüchtig auf den Fisch in Larus' Armen geblickt hatte. „Ich frage mich, worauf du die ganze Zeit wartest. Na los, der nimmt sich nicht von selber aus. Hau rein!"

Er legte eine gekränkte Miene auf. „Keine lobenden Worte für den Angler dieses prächtigen Hechts?"

Ilsa lächelte bezaubernd. „Der tolle Hecht", sagte sie leise, warm und verführerisch, „der da in deinen Armen liegt, ist nichts im Vergleich zu dem tollen Hecht, der ihn trägt."

Agneta verkniff sich das Prusten.

Larus nickte mit stolz zusammengepressten Lippen, errötete minimal. „Na also. War das so schwer?"

„Und jetzt, ausnehmen, Larus", wiederholte dunkelhäutige Frau trocken.

„Hat da einer Hunger?"

Mias Frage war rhetorisch. Sie befand in ihrer Lieblingsliegeposition – mit dem Kopf auf Tanmirs Brust, ihr Arm umschlag seinen Bauch, ihr Schenkel lag über seiner Hüfte. Daher war es ihr unmöglich, das laute Knurren seines Magens zu überhören, welcher eindeutig signalisierte, dass es dringend an der Zeit war, den Energiehaushalt des Körpers wieder aufzuladen – insbesondere nach dem wiederholten leidenschaftlichen Energieverbrauch der letzten Stunden.

„Naja, bis auf die paar kleinen Spaziergänge oder das Holen von Mahlzeiten haben wir das Zelt jetzt seit einer Weile nicht mehr verlassen. Von daher ..." Just in diesem Augenblick knurrte sein Magen abermals. „Ja, ich habe Hunger."

„Ich auch." Sie kraulte sich den Bauch. „Wir sollten wirklich etwas essen gehen. Es wird dunkler. Bestimmt macht Ilsa gleich etwas. Wir sollten uns ihnen anschließen."

„Wird's schon wieder dunkel? Oh, Mann. Ich bin vollkommen aus dem Tag-Nacht-Rhythmus heraus."

„Ich auch. Ich seh's nur durch den Spalt im Zelt. Ist wohl früher Abend."

„Das heißt, dass wir ... Wie lange sind wir jetzt hier?"

„Ungefähr zwei Tage."

„Hmm ...", grinste er dezent triumphal und legte sich die Hände in den Nacken.

„Sag mal" – Mia lehnte sich auf, stütze sich auf den Handballen –, „wo wir gerade davon reden. Ich könnte noch bis zum jüngsten Tag mit dir in diesem Zelt bleiben, mein Liebster, aber ich denke, wir … sollten uns allmählich wieder auf den Weg machen."

Er schaute sie ernst an.

„Wir haben gar nicht mitbekommen, wie schnell diese zwei Tage vergangen sind. *Dass* zwei Tage vergangen sind. Und diejenigen, die uns jagen, sind gewiss noch da draußen und suchen uns weiter. Die, die mich wollen … und die dich gefoltert haben."

Tanmir senkte den Blick, schwieg.

„Ich möchte Karoline und die anderen nicht in Gefahr bringen. Auch die zwei Tage, die wir jetzt hier sind, könnten schon zu lange sein. Lass es uns nicht herausfordern. Man wird nicht aufhören, uns zu verfolgen. Ich will keine von ihnen da hineinziehen."

„Wohl wahr." Er erhob ebenfalls den Oberkörper. „Und wohin möchtest du?"

„Wir tun, was wir vorhatten, bevor das alles passiert ist. Wir gehen nach Norden, überqueren den Zaron, ziehen durch die Vereinigten Nordlande ins Land der Elfen."

„Gute Idee."

„Wir reisen insgeheim, ohne Aufsehen, aber schnell. Ich werde mich erst sicher fühlen, wenn wir die Grenze zum Elfland überschritten haben."

„Das kriegen wir hin. Ich werde sie überzeugen."

„Ich weiß. Schließlich hast du *mich* erobert, dann wirst du schon so ein paar Elfen überzeugen können, dass wir eine Weile in ihrem Land leben dürfen."

Er nickte lächelnd.

„Ich hoffe, in Arnas versteckten Taschen hast du noch etwas Geld. Ich möchte Karoline und den anderen so viel geben, wie möglich. Ich verdanke ihnen zu viel, als dass ich einfach gehen könnte, ohne ihnen etwas zu geben."

„*Wir* verdanken ihnen zu viel, Mia", korrigierte Tanmir. „Obwohl ich denke, dass es schwierig sein wird, ihnen etwas zu geben. Sie werden es abschlagen."

„Ich weiß. Aber ich weiß auch, wo sie ihr Gespartes verstecken. Ich werde diesen Betrag einfach um ein gewisses Sümmchen erhöhen."

„Mhm, tu das."

„Sagen wir es ihnen gleich, dass wir aufbrechen wollen", schlug Mia vor.

„Ja. Wir essen alle gemeinsam und bereiten später alles für unsere morgige Abreise vor. Gleich bei Sonnenaufgang, sofort nach Norden, im gestreckten Galopp. Die Pferde sind ausgeruht, wir werden weit kommen. Und schnell."

„So machen wir es. Und auf dem Weg bringst du mir etwas elfisch bei."

Er neigte den Kopf. „I'll taán."

„Das heißt?"

„Werde ich."

Sie lächelte offen, entblößte die schönen weißen Zähne. „Aber jetzt", sagte Mia dann und schlug ihm sacht mit der flachen Hand auf den Oberschenkel, „ziehen wir uns mal wieder an und gehen etwas essen."

„Einverstanden. Aber … wo sind denn unsere Klamotten? Ich hab die schon ein paar Tage nicht mehr gesehen …"

„Die müssen irgendwo unter den Decken sein … Setz dich mal auf …"

„Aaach", grölte Larus. „Die Herrschaften erscheinen auch mal wieder. Und ja, ich sagte bewusst ‚erscheinen' und nicht ‚kommen'."

„Du bist nur neidisch", grinste Elisabetha, die soeben Schälchen und Löffel an die Gesellschaft verteilte.

„Du doch auch", parierte der Bursche schlagfertig.

Das junge Mädchen errötete leicht. „Jaha", gab sie kichernd zu.

Alle lachten auf.

„Tut uns leid", entschuldigte sich Mia, die statt ihrer eigenen Kleidung provisorisch in eine bequeme Hose Ilsas und eine Bluse Agnetas gekleidet war.

„Wofür entschuldigst du dich denn?" Ilsa prustete und schüttelte den Kopf.

Mia zog eine süße nachdenkliche Schnute. „Stimmt", sagte sie dann mit einer fragenden Körpersprache. „Wofür eigentlich?"

Wieder lachte die Gruppe.

Die Fischsuppe im Kessel brodelte, verströmte ein wunderbares Aroma. Mia und Tanmir setzten sich zu der Gruppe, nahmen von Elisabetha ein Schälchen und ein Löffelchen entgegen.

„Verzeiht, ihr beiden", bat die Jüngste der Wanderhuren, „aber wir haben leider nicht mehr Besteck. Ihr werdet euch eine Schale und einen Löffel teilen müssen. Agneta und Ilsa machen das auch. Ich hoffe, das ist kein Problem?"

„Als ob die da ein Problem mit haben", prustete Larus. „So viele Körperflüssigkeiten, wie die die letzten zwei vollumfänglichen Tage ausgetauscht haben, kommt's da ja wohl jetzt nicht mehr drauf an."

„Larus!", mahnte Karoline.

„Hab ich Unrecht?"

„Nein", sagte Tanmir trocken. „Hast du nicht. Danke, Elisabetha."

Agneta, Ilsa und Gudrun verkniffen sich das Kichern.

Ilsa rührte mit der hölzernen Kelle die blubbernde Flüssigkeit im Kessel um, schöpfte vorsichtig den sich bildenden Schaum ab.

„Wie geht es eigentlich deinem Rücken, Tanmir?", fragte schließlich Gudrun. „Deiner Prellung?"

„Welcher Prellung?", lächelte er. „Nach der Befreiung eines eingeklemmten Nervs wurde dieser Prellung zunächst eine hervorragende Erstbehandlung und anschließend eine aus medizinischer Sicht andere aber ebenso wirksame Nachbehandlung zuteil." Er blinzelte Mia zu.

Über die Münder aller Frauen huschte ein Grinsen, über den Mund Larus' ein genervter Verzug.

„Wie ist die Salbe, Tanmir? Ich hoffe, ich habe die Rezeptur richtig hinbekommen, von der du gesprochen hattest …"

„Lehrbuchhaft, Gudrun."

„Also hat sie geholfen? Ihr konntet sie benutzen? Natürlich zwischen gewissen anderen Aktivitäten … ähm, Nachbehandlungen natürlich."

„Wir haben sie benutzt", gelobte Mia.

„*Sie* hat sie benutzt und mich behandelt." Tanmir wies auf seine Geliebte. „Es wird stetig besser. Vielen Dank."

„Du hast uns die Kräuter und die Zubereitung genannt, Tanmir. Wir selbst wären auf so etwas nie gekommen."

„Aber ihr habt die richtigen Kräuter gesammelt und du hast die Salbe zubereitet. Dafür vielen Dank."

Gudrun lächelte und nickte.

„In seiner Bewegungsfreiheit", merkte Mia mit einem schelmischen Neigen des Kopfes an, „ist er ebenfalls nicht eingeschränkt."

Die Frauen kicherten abermals. Larus seufzte abermals genervt.

„Sex ist die beste Medizin!", bekundete Agneta voller Überzeugung. „Diese ganzen ach so tollen Heilkundigen sind völlig überbewertet. Sex wirkt wahre Wunder, ist einfach so. Man sollte uns für die Heilung bezahlen. Wir sind auch Heilerinnen. Stattdessen schaut man uns schief an, hält uns für dreckig und unsauber. Dabei sind wir es, die regelmäßig Männer gesundpflegen, ganz ohne teure Arznei."

„Da ist unumstößlich etwas dran", pflichtete Elisabetha bei.

„Sooo …" Ilsa nahm die Kelle aus dem Kessel. „Ich hole das Sieb. Und dann brauch ich einen starken Mann, der beim Abseihen hilft."

Als die Suppe durchgeseiht war, würzte Ilsa mit etwas Pfeffer nach. Und zu guter Letzt wurde der appetitanregend riechende Inhalt des Kessels in die Schälchen gegeben. Das Mahl begann.

Es wurde gelöffelt, erzählt und gelacht. Die Stimmung war großartig.

„Hab ich mich vielleicht vollgeschlagen." Agneta rieb sich den Bauch.

„Und ich erst", fügte Elisabetha hinzu und unterdrückte ein Aufstoßen.

„Ich möchte anmerken", tönte Larus stolz, „dass ich es war, der diesen prächtigen Hecht an Land gezogen hat. Gern geschehen."

„Wir verneigen uns vor deinen Angelfähigkeiten." Agneta simulierte im Sitzen eine übertriebene höfische Verbeugung.

„Wenn Tanmir mir geholfen hätte, hätten wir vielleicht auch Wildbret gehabt. Eine schöne Gulaschsuppe."

„Tut mir leid, Kumpel", sagte Tanmir, „aber Tanmir hatte anderes zu tun, als Wildbret zu jagen."

„Das hatte er", bestätigte Mia, ernst wie ein Anwalt.

Der Bursche zuckte mit den Schultern. „Naja, kann man verstehen. Nach eurer Trennung und allem, was passiert ist, tja, da gab's sicherlich viel zu besprechen."

Mia und Tanmir schauten sich an.

„Also …", druckste Mia. „Geredet haben wir nur bedingt …"

Die Frauen lachten. Larus verzog den Mund, merkte den Unsinn seiner Aussage dann aber selbst und lächelte herzlich.

„Och", beklagte sich Gudrun, „hört auf, mich zum Lachen zu bringen. Dadurch kommt der Hecht in meinem Bauch zu sehr in Wallung."

„Jetzt reitet sie wieder auf ihrem Alter herum", sagte Agneta spielerisch entnervt. „Passt auf, als nächstes kommt, dass in ihrem Alter die Verdauung länger braucht oder sowas."

„Genauso ist es", bestätigte Gudrun ernst entgegen des Kicherns der Gruppe.

„Ich verstehe dein ganzes Meckern nicht", meinte Elisabetha. „Ich hoffe, wenn ich mal in deinem Alter bin – wenn ich überhaupt so alt werde –, bin ich auch noch so fit."

„Das hoffen wir alle", fügte Ilsa hinzu.

„Ach, komm Elli" – Gudrun winkte ab –, „du hast da ja wohl den noch längsten Weg vor dir. Und du Ilsa nicht viel weniger."

„Also, Mädels", mahnte Karoline. „Genießt die jungen Jahre."

„Ach ja ..." Elisabetha schmunzelte. „Karoline wird ja auch langsam alt, hab ich festgestellt, hihi."

„Darauf gehen wir nicht näher ein!" Die rothaarige Frau hob mit einem verkniffenen Grinsen die Stimme.

Abermals wurde herrlich gelacht.

„Hört mal", eröffnete Mia nun den ernsten Teil des Abends. „Zunächst ... Zunächst möchte ich euch für alles danken, was ihr für Tanmir und mich getan habt."

„Die kann's nicht lassen", murmelte Gudrun scherzhaft.

„Kann ich nicht", lächelte Mia in die Gruppe zurück. „Ihr habt mich nicht nur auf Tanmirs Weg gebracht, nachdem ihr mir das Leben gerettet hattet, ihr habt auch ihn zu mir geführt. Und auch jetzt noch helft ihr uns, gebt uns Unterschlupf, Versteck, und begebt euch selbst damit in Gefahr. Ihr teilt euer Essen mit uns. Das werden wir euch nie vergessen. Niemals."

Tanmir nickte gewichtig.

„Doch genau aus diesem Grund", fuhr Mia fort, „müssen wir uns wieder auf den Weg machen, Tanmir und ich. Je länger wir hierbleiben, desto gefährlicher wird es für uns alle. Tanmir und ich haben die letzten zwei Tage völlig aus dem Blick verloren. Unsere Trennung hat uns sehr zugesetzt, und unsere Wiedervereinigung hat unseren Blick für die drohende Gefahr da draußen getrübt. Doch damit ist jetzt Schluss. Es ist zu gefährlich. Wir müssen weiter, so gern wir auch bei euch bleiben würden."

„Was hindert euch denn? Bei uns wird doch eh nur gebumst, haha."

„Agneta, bitte." Karoline schüttelte vorwurfsvoll den Kopf.

Die dunkelhäutige Wanderhure räusperte sich. „Verzeiht."

„Ihr wisst, was ich meine", sagte Mia.

Agneta und alle anderen wurden augenblicklich ernst.

„Tanmir und ich dürfen keine weitere Zeit darauf verschwenden, in dem Traumgebilde zu leben, in dem wir die letzten zwei Tage waren. Die Zeit, in der wir wirklich zur Ruhe finden, wird kommen. Aber sie ist noch fern. Wir werden nach wie vor verfolgt. Diejenigen, die hinter uns her sind, dürfen uns nicht in eurer Gesellschaft antreffen. Es dürfen auch keinerlei Verbindungen von euch zu uns bestehen. Es ist einfach zu gefährlich. Diese Leute sind zu abscheulichen

Gräueltaten fähig. Und ich … *wir* würden es uns niemals verzeihen, wenn auch nur eine von euch wegen uns leidet. Wir wollen keine von euch in Gefahr bringen."

Die Gruppe schwieg.

„Daher müssen wir aufbrechen. Wir hatten, bevor wir getrennt wurden, den Plan gefasst, fortzugehen. Weit fort, wo wir alles hier hinter uns lassen würden. Wir kehren zu diesem Vorhaben zurück. Gleich morgen früh. Sobald die Sonne aufgeht."

Die Frauen und auch Larus schauten sich leicht verunsichert an. Das kam jetzt doch etwas spontan für sie. Doch bei genauerem Überlegen verstanden sie es.

„Meine liebe Mia, mein lieber Tanmir", ergriff schließlich Karoline das Wort. „Euch beide kennengelernt zu haben, hat unser Leben bereichert. Eure Liebe zueinander, eure Verbindung ist etwas ganz Besonderes, etwas Einzigartiges. Es freut uns, dass wir so etwas mit eigenen Augen sehen und mit unseren Herzen spüren konnten. Wir sind froh, dass es Menschen gibt, die bereit sind, für eine geliebte Person bis ans Ende der Welt zu gehen, und noch weit darüber hinaus. Menschen, die für eine geliebte Person jedes Leid zu ertragen bereit sind. Ihr beide erfüllt uns mit Hoffnung und Wärme, gebt uns den Glauben daran, dass es in dieser Welt doch noch Güte, Rechtschaffenheit, Tapferkeit und Ehre gibt. Ihr beide seid der Beweis, dass es Menschen gibt, durch die diese Welt ein besserer Ort ist. Es ist uns eine Ehre, dass ihr bei uns seid. Es ist uns eine Ehre, dass wir irgendwie unseren kleinen Teil dazu beitragen konnten, auf dass ihr nun wieder zusammenkamt."

Mia lächelte dankbar.

Karoline grinste, schaute in die Runde. „Ich schlage vor, diesen Abend nicht mit dem Revuepassieren der trübsinnigen Vergangenheit zu verbringen, sondern uns an ihm zu erfreuen. Wenn noch ein paar geile Kunden kommen, haben die halt Pech. Wir nehmen uns heute Abend frei, Mädels, und genießen ihn mit unseren Freunden, genießen diese Nacht. Und morgen wird niemand eine große Szene machen. Ich will mich nicht an den langen Abschied erinnern, wenn ich an Mia und Tanmir denke, sondern an diesen Abend."

„Ich auch", piepste Elisabetha.

„So machen wir's", rief Agneta. „Ilsa hat bestimmt noch etwas Krorg übrig."

„Agneta, Liebste, wir wollen diesen Abend genießen, und uns nicht aus dem Leben schießen."

„Ein, zwei Schlückchen gehen doch bestimmt." Die Dunkelhäutige zwinkerte. „Zur Feier des Tages."

„Bin dabei", meldete sich Larus.

„War ja klar." Elisabetha rollte mit den Augen. „Wenn's um Suff geht, ist Larus nicht fern."

Die Gruppe begann herrlich zu lachen.

„Und um Nutten", fügte Ilsa hinzu, woraufhin dann niemand mehr an sich halten konnte. Allen voran Tanmir.

Die Gruppe um Mia, Tanmir, Larus und die fünf Wanderhuren zog Karolines

Vorschlag vollumfänglich durch, zog sich in das große Schlafzelt zurück und saß dort noch lange beisammen. Sie erzählten Geschichten, lachten, freuten sich. Sie genossen diesen wunderbaren Herbstabend.

Am nächsten Tag, schon im Morgengrauen, wurde der gefasste Plan in die Tat umgesetzt. Alle wussten, dass es heute zum Abschied käme. Doch die eine oder andere Träne, das eine oder andere leise Schniefen und Schluchzen bei den Damen ließ sich dennoch nicht vermeiden, als es letztendlich wirklich Zeit zum Abschiednehmen war. Ganz besonders mit den Tränen zu kämpfen hatte die junge Elisabetha. Allerdings – überraschend für alle – war es nur die taffe Agneta, die tatsächlich das Weinen überkam, als sie Tanmir und Mia die Arme um die Hälse schlang.

Sie alle versuchten, sich zu beeilen, nicht zu viel Zeit auf diese Verabschiedung zu verschwenden. Doch so einfach, wie es am gestrigen Abend gesagt wurde, gestaltete sich das dann doch nicht. Denn jedem der Anwesenden war klar: Dieser Abschied grenzte nahe, sehr nahe an ein ‚Leb wohl‘.

Am Ende stand dann die Verabschiedung von Larus an, der an diesem Morgen noch kein Wort gesprochen hatte und sich die ganze Zeit abseits von allen anderen damit beschäftigte, die Pferde vorzubereiten. Er schien zu versuchen, dem Ganzen aus dem Wege zu gehen. Doch das konnte nicht gelingen.

Nach dem Abschied von Karoline, Gudrun, Agneta, Ilsa und Elisabetha traten Mia, die sich auch wiederholend die feuchten Augen wischen musste, und Tanmir zu Arna und Dunkelheit. Langsamen und unsicheren Schrittes kam Larus zwischen den beiden Tieren hervor und auf das junge Paar zu.

„Also", stotterte er. „Ich hab die Sättel überprüft, die Gurte nachgezogen und so … Dunkelheits neue Zügel nochmal nachgeprüft … Hat alles seine Ordnung. Hab auch noch was für unterwegs eingepackt. Feldflaschen sind auch voll. Und in eine hab ich ein bisschen Zitronenwodka getan, wenn ihr … naja … mal aus etwas verschwommener Sicht Liebe machen wollt. Kann echt sehr lustig sein."

„Danke, Larus", sagte Mia lächelnd.

„Gern, gern", druckste er, verdrehte die Finger und ließ die Knöchel knacken. „Tja … Nun, denn … Es ist tatsächlich soweit. Ihr habt euch wirklich gefunden. Hehe, wer hätte das gedacht? Also ich nicht. Ganz ehrlich. Jetzt kann ich's ja sagen, aber ich hätte nie gedacht, dass du sie findest, Tanmir. Es gibt zwar diesen Spruch ‚die Welt ist klein‘, wenn man bekannte Personen unerwartet wiedertrifft, aber … so klein ist die Welt ja doch nicht. Sie ist sogar sehr, sehr groß. Und in dieser großen Welt eine einzelne Person zu finden, obwohl man keine Ahnung, wo diese ist … Puh … Das geht eigentlich nicht …"

„Wenn man unerbittlich ist", sagte Mia, „wenn man nicht aufgibt, wenn man eine kleine Portion Glück und gute Freunde hat, die einem zur Seite stehen, und vielleicht sogar ein paar kleine übernatürliche Phänomene miteinwirken, dann kann selbst ein solches Wunder gelingen."

„Nun" – Larus zuckte mit den Schultern –, „der Erfolg gibt euch recht. Ihr seid wieder zusammen. Und da hat man natürlich einiges … ähm …

nachzuholen und so ... Ist schon klar, ihr wollt allein sein, das versteht sich von selbst. Und das sollt ihr auch. Ich bin nur ein nervender Klotz am Bein."

„Larus, du bist kein nervender Klotz."

„Danke, Mia, für diese netten Worte, aber ich weiß, dass ich einer bin. Das dritte Rad am Karren, ist halt so. Kann man nichts machen. Und das ist auch in Ordnung. Kein Problem. Ihr habt eure Ruhe und ich komme auch irgendwie zurecht. Ich bleib eine Zeit bei Karoline und den anderen, passe auf sie auf. Das wird schon."

„Von dem allen abgesehen", bedeutete Tanmir, „wo wir hinwollen, kannst du uns nicht begleiten. Ich werde mich auch etwas anstrengen müssen, dass Mia und ich überhaupt dort bleiben dürfen. Unser Ziel ist nämlich ..."

„Nein!", unterbrach Larus und hielt sich die Hände an die Ohren. „Ich will gar nicht wissen, wo ihr hingeht! Dann kann ich auf der Folter, sollten mich eure Verfolger fassen, auch nichts verraten! Denn ich bin ehrlich: Ich halte was aus, aber wenn die was mit meinen Eiern machen wollen, tut mir leid, aber da verrate ich alles."

Tanmir und Mia kicherten. „Schon gut."

Larus schniefte, schnalzte mit den vernarbten Lippen. „Also dann ... Wie sagte Karoline gestern: Nicht so viel Zeit auf den Abschied vergeuden, sondern an den lustigen Abend denken. Und der war legendär! Und jetzt, ähem, führt halt kein Weg an diesem Kram hier vorbei. Machen wir es also kurz: Lebt wohl!"

„Das ist kein ‚Leb wohl', Larus", versicherte Tanmir. „Mia und ich brauchen jetzt einfach diese Auszeit. Das heißt aber nicht, dass wir uns nie mehr wiedersehen. Eines Tages kehren wir bestimmt wieder zurück. Und dann werden wir uns schon sehen."

Larus verzog ungläubig das Gesicht. „Schön wär's. Nun, ich hab die letzten Wochen deine aussichtslose Suche mitdurchgemacht, Bruder. Eine Suche fast ohne jedwede Erfolgsaussicht. Wenn nicht wer weiß was für Winke des Schicksals gewesen wären, Zufälle, fünf Liebe verbreitende Glücksritterinnen oder ein paar kleine übernatürliche Phänomene, hätte das niemals geklappt. Ich bezweifle, dass dir so ein Kunststück noch einmal gelingt, solltet ihr beiden eines Tages zurückkehren."

Tanmir wusste insgeheim, dass Larus nicht völlig falsch damit lag. Dennoch versuchte er, seinen Freund aufzuheitern. „Vergiss eines nicht", sagte er verschlagen. „Mia hinterlässt keine Spuren, sie zu finden ist schwer. Du jedoch eckst bei jedem an, dem du begegnest. Wenn man nach dir fragt, ist das wie in einem offenen Buch zu lesen. Ich brauch mich nur in eine volle Taverne zu stellen und laut deinen Namen zu rufen. Mindestens einer wird dich kennen und deinen Namen mit etwas Negativen suggerieren."

Mia kicherte mit geschlossenem Mund.

Larus schmunzelte. „Das ist zwar etwas gemein, aber ... nicht ganz an den Haaren herbeigezogen."

„Na also. Jetzt lass dich drücken, du alter nerviger Plapperkopf."

„Lass dich drücken, Bruder."

Sie umarmten sich, drückten einander fest.

„Danke, Larus", sagte Tanmir leise. „Für alles."

„Hab ich gern getan, mein Freund."

Mia lächelte, bemerkte, dass Larus Tanmir nur mit Mühe losließ. Dann trat er vor Mia, verbeugte sich. „Dass ich dich schon länger kenne als Tanmir ... Auch wenn ich nicht mehr viel von damals weiß ..."

„Ist auch besser so." Mia schürzte die Lippen. „Die Umstände waren nicht allzu schön, glaub mir."

„Aber wie deine bessere Hälfte hast auch du mir den Arsch gerettet, Mia."

„Und sie wurde wie auch ihre bessere Hälfte dafür aus einer Taverne befördert", ergänzte Tanmir die Aussage.

„Zum Glück lief es bei ihr" – Larus hob die Arme – „nicht so rabiat wie bei uns beiden in Paresérre."

„Lassen wir das, Larus." Die junge Frau nahm ihn bei den Händen, blickte ihn an. „Wichtig ist, was du für mich und Tanmir getan hast. Du hattest einen sehr großen Anteil daran, dass Tanmir mich gefunden hat, dass wir nun wieder zusammen sind. Ich verdanke dir, dass ich meinen Geliebten wiederhabe."

Larus öffnete die Lippen. Mias große saphirblaue Augen hatten wie auf jeden auch auf ihn eine elektrisierende Wirkung.

„Du warst an Tanmirs Seite, hast ihn unterstützt, ihm Mut gemacht, ihm geholfen. Ja, du hast ihn auch sehr genervt, aber trotzdem ..."

„Ach, ach!" Larus winkte ab, schniefte und drehte die Augen nach oben, die eindeutig tränten. „Hör mit dem Schmeicheln auf, sonst heul ich noch."

„Da musst du jetzt durch, denn ich war noch nicht fertig. Larus, du warst meinem Tanmir der beste Freund. Du warst für ihn da. Und dafür werde ich dir ewig dankbar sein." Sie umarmte ihn.

Er erwiderte die Umarmung.

„Danke, Larus."

„Ich würde es immer wieder tun."

Als sie sich trennten, schniefte Larus, wischte sich mit dem Handrücken die Nase. „Nun denn ..." Er schlackste auf der Stelle, tat locker. „Ich geh dann mal zu den Mädels ... Und euch beiden ... ähm ... alles Gute, soweit ... Ja ..."

Larus schlackste weiter, drehte sich im Schneckentempo um, während er Zeitlupenschritte zurückmachte.

Tanmir und Mia schauten ihm wortlos zu. Sie schauten zu, wie er die Drehung seines Körpers weiter vollführte, im Tempo eines Greises, der nicht mehr weiß, wo oben und unten, links und rechts ist.

„Also dann ...", ließ sich Larus vernehmen, ehe sein Kopf sich so weit gedreht hatte, dass Mia und Tanmir aus seinem Augenwinkel verschwunden waren. Sein Körper indes hatte noch ein Stück vor sich.

Doch auch das hatte er schließlich hinter sich gebracht und setzte den ersten Schritt in Richtung des Lagers der Wanderhuren, im Tempo eines Riesen, der sich bemühte, möglichst keinen Laut zu machen.

So ging er noch einen Schritt weiter, den Tanmir und Mia beobachteten.

Und noch einen.
Einen vierten.
Bis Tanmir plötzlich sanft Mias Fingerknöchel fühlte, die ihm gegen den Oberschenkel schlugen. Er blickte zu ihr, die ihm direkt ins Gesicht schaute. Und in ihrem Blick lag eine Bitte.
„Nein ...", flüsterte er etwas weinerlich.
„Komm schon. Nur ein Stück. Er ist noch nicht soweit."
„Aber ..."
„Mach schon, Tanmir."
Tanmir seufzte, senkte den Kopf.
Und hob ihn wieder. „Larus?"
„Ja?" Die Antwort war laut, die Bewegung, mit der sich der Bursche umdrehte, hektisch. Im Anschluss versuchte er, es jedoch herunterzuspielen, als sei gar nichts.
„Wenn du magst ...", murmelte Tanmir, „und wenn es dir passt ... kannst du uns ..."
Während Larus' Augen immer größer wurden, schaute Tanmir noch einmal beiläufig zu Mia. Sie wiederum lächelte ihn einfach nur an, schenkte ihm einen herzlichen und stolzen Blick aus ihren saphirblauen Augen. Spätestens da, beim Anblick ihrer Augen, konnte Tanmir nicht mehr anders.
Er schaute seinen Freund wieder an. „Du kannst uns gerne ein Stück begleiten."
Larus öffnete den Mund, atmete kurz heftig ein, schloss den Mund aber sogleich wieder, als hätte er einen Speisehappen Sauerstoff eingenommen und schlucke diesen nun herunter. Er begann zu zittern, was er unter Kontrolle brachte, indem er sich vom einen auf das andere Bein lehnte und die Finger ineinander verhakte.
„W-Wirklich?", fragte er mit einen Blinzeln.
„Ja", bestätigte Tanmir. „Der Weg, den wir vor uns haben, ist lang. Und es wäre uns ... Es wäre mir eine Ehre, wenn du uns ein Stück dieses Weges begleiten würdest."
„Nun, also ...", sagte der knallrot werdende junge Mann, wobei er den Blick senkte und sich nur auf das Verhaken der Finger konzentrierte. Er hatte große Mühe, seine Stimme zurückzuhalten, dass sie nicht vor Freude in höhere Tonlagen emporschoss. „Ich ... nun ..." Er holte nochmals tief Luft und hob mit einer hochnäsigen Bewegung den Kopf. „Ich muss noch in meinen Terminplaner sehen ..."
„Halt endlich die Klappe", murrte Tanmir entnervt.
„Na klar, komme ich mit!", explodierte Larus schließlich. „Ich muss nur schnell Amadeus vorbereiten!"
„Dann beeile dich. Wir haben keine Zeit zu verlieren, wie du weißt."
„Aber ja, aber ja! Och, ich könnt euch küssen!" Er sprang auf die beiden zu. Tanmir hielt ihn jedoch zurück. „Brauchst du nicht. Ehrlich."
Larus verstummte, hielt an und nickte, in der Körperhaltung eines Hundes, der

seine Freude unterdrückt.

Mia konnte dies nicht mitansehen. Sie breitete einladend die Arme aus. „Komm schon her."

Das ließ Larus sich nicht zweimal sagen. Er fiel dem Mädchen um den Hals, drückte sich vor Freude fest an sie, bedankte sich vielmals.

Ehe er sie abrupt losließ und zwei Höflichkeitsschritte Abstand einnahm. Die Umarmung war ihm nämlich sehr angenehm gewesen. „Ähm ... verzeih, werte Mia, ich habe mich gehen lassen ... So gut kennen wir uns ja noch nicht."

„Bei der Alten Magie." Sie grinste. „Ist schon gut, Larus."

„Zukünftig aber trotzdem etwas zurückhaltender umarmen, Larus", mahnte Tanmir streng.

Larus schaute ihn leicht angsterfüllt an.

„Das war ein Witz, du hohle Nuss."

„Naja ..." Larus schwenkte kritisch die erhobene Hand. „Ich weiß, wie du drauf bist, wenn's um Mia geht, Tanmir. Da muss man aufpassen."

XXX

Planänderung

„Sag das nochmal."

Helga, die Vampirin schien auf diese an sie gerichtete Aufforderung hin im Erdboden zu versinken. Noch nie hatte man sie so gesehen. Schultern und Kopf waren tief gesenkt, in zu zitternden Fäusten geballten Händen rieb sie nervös die Finger aneinander, in wiederholenden Falsetten presste sie die Lippen zusammen.

Sie war am Ende. Bis auf Hektor, denjenigen Boten, den sie gemeinsam mit den beiden südreicher Soldaten zu Eisenheim entsandt hatte, um ihm von der Gefangennahme der Prinzessin zu berichten, hatte sie alle ihre Leute verloren. Hektor war der einzige ihrer vor wenigen Monaten noch knapp zwei Dutzend starken Truppe, der noch am Leben war. Auf dem Boden der Landstraße waren auch jetzt noch die schwarzen Spuren alten Blutes zu sehen. Die zahlreichen, teilweise bestialisch zugerichteten Leichname hatte man schon vor zwei Tagen weggeschafft – wobei sich selbst die Leichenbestatter beim Anblick der Toten diverse Male übergeben mussten.

„Sag das nochmal!" Eisenheims Stimme erhob sich, erscholl wie ein Donner zwischen dem Wachhaus und den Hütten. Alle Personen in der Umgebung, ob reichlich Abstand einhaltende vorbeischlendernde Bürger, Soldaten im Dienste des Grafen von Oppenheim oder die Männer Eisenheims zuckten zusammen.

Helga ebenfalls. „Sie … ist entkommen", murmelte sie.

Die stolze Kriegerin, die der albtraumhafte Schrecken in vielen kursierenden Schauergeschichten des Landes war, die darin mit Geistern und Dämonen auf einer Schwelle stand, war nun nichts weiter als ein Häufchen Elend. Sie war nicht mehr wiederzuerkennen, zerzaust, ungepflegt, schwach und mitgenommen, die Schminke im müden und ausgelaugten Gesicht zerlaufen und verschmiert. Die letzten beiden Tage hatte sie in Gefangenschaft zugebracht, in derselben Zelle, in der sie Mia eingesperrt hatte. Nach dem Sturz die Treppe hinab wurde sie von den Wachsoldaten Oppenheims geweckt, welche nach dem geschlagenen Alarm zum Entsatz herangerückt waren. Sie wurde ziemlich unsanft geweckt, schließlich wusste niemand, wer sie war und was sie in dem Wachhaus zu suchen hatte. Man sperrte sie weg, während der korrupte Wachmann, der den Alarm betätigt hatte, von seinen Vorgesetzten ziemlich genau verhört und zu einem Treffen mit dem Grafen verdonnert wurde, das keinen guten Ausgang für ihn nehmen sollte. Bezüglich der Kriegerin warteten die Offiziere auf Anweisungen.

Zwei Tage nach den Ereignissen um das Wachhaus war Eisenheim mit Texors Soldaten angerückt, einer gewaltigen Meute, exzellent gerüstet und hervorragend bewaffnet, ausgeruht, auf mächtigen Kavallerierössern, wogegen die Wachsoldaten Oppenheims wie heruntergekommene Landstreicher aussahen.

Sowohl dies als auch die großzügige Summe Geld, die Eisenheim als Kaution für die Gefangene bezahlte, waren definitiv die ausschlaggebenden Punkte, dass man Helga ohne Fragen zu stellen frei und aus der Zelle ließ.

Dies trug sich erst vor ein paar Minuten zu.

Jetzt stand der Skande vor ihr, ragte über ihr auf wie ein Berg, atmete durch die Nase aus, brummend wie ein vor Wut kochender Stier. Sein Gesicht war verzerrt wie verdammt, sah durch die von dicken Narben gezeichnete Wange noch abscheulicher aus, dass selbst der dichte Vollbart dem keine Schonung verschaffen konnte. „Wie konnte das passieren?"

Helga schniefte, den Blick weiterhin gesenkt. „Sie haben uns überrascht, haben unsere Pferde losgemacht und überfielen uns in dem aufkommenden Chaos. Wir konnten keine geordnete Verteidigung generieren. Sie drangen ins Haus ein und …"

„Wie viele waren das denn?! Vielleicht eine Armee?!"

Sie schluckte. „Ich weiß es nicht …"

Helga war sich ziemlich sicher, dass es lediglich zwei Personen waren – Tanmir zwischen dem Farnkraut und derjenige, der das Mädchen befreit und sie selbst ohnmächtig geschlagen hatte. Doch es war ihr zu peinlich, diesen Verdacht vor Eisenheim zu gestehen. Und außerdem hatte sie zu große Furcht vor ihm.

Auf einmal packte er sie am Hals, würgte sie. Sie fasste mit beiden Händen sein Handgelenk, versuchte instinktiv, die Hand von sich abzustreifen. Vollkommen sinnlos. Der Griff des Skanden glich dem eines Schraubstockes, das Handgelenk war wie ein Eichenast. Er knurrte wütend auf, hob sie hoch, dass ihre Füße vom Boden abhoben.

Er hielt sie mit einer Hand hoch über der Straße, die mit den Beinen zitterte und zuckte wie am Galgen. Ehe Helga das Bewusstsein verlor, ließ er sie jäh los, die schwer zu Boden fiel und sich zusammengekrümmt die Seele aus dem Leib hustete.

„Unser Liebespaar ist wieder vereint", sagte Eisenheim zu seinen Soldaten. „Das verkompliziert die Sache, ändert aber nichts."

Seine Männer nickten. Jeder von ihnen erinnerte sich an die erste Begegnung mit dem kämpfenden jungen Paar – wer seinerzeit dabei war. Alle hatten sie Respekt, doch fast jeder war auch wütend auf die beiden, da einige von ihnen bei diesem Kampf Kameraden verloren hatten.

Eisenheim schaute auf Helga hinab. „Texor weiß nicht, dass wir die Prinzessin gefangen hatten. Somit brauchen wir ihm auch nicht zu erzählen, dass sie wieder entkommen ist. Das behalten wir schön für uns."

Langsam erholte sie sich, kam auf alle viere, wimmerte, atmete schwer, während sie aufs Gras unter sich starrte.

Der schreckliche Skande ging vor ihr in die Hocke, fixierte sie aus seinen bösen Augen. Sie zog sich unter diesem Blick zusammen, wie eine verprügelte Hündin.

„Du gehörst jetzt mir", sagte Eisenheim, mit einer Stimme kälter als Eis. „Ich hab deinen Arsch aus dem Knast geholt. Du wirst mir helfen, das in Ordnung zu bringen. Deine Zeit als selbstständige Söldnerin und Gelegenheitsbanditin ist vorbei, deine Truppe existiert nicht mehr. Ab jetzt bist du mein Eigentum."

Sie wusste, dass er recht hatte.

Er erhob sich wieder. „Du hast großes Glück, Weib. Ich verschone dich, da du mir noch nützlich werden könntest. Du bleibst am Leben. Diesmal. Aber wenn du noch einmal versagst, dann zerquetsche ich dich wie ein Küken."

Die drei trugen lange, dunkle Mäntel mit Kapuzen, die Waffen unauffällig hinter den Satteltaschen verstaut. Sie wollten möglichst unbemerkt bleiben, nicht gleich wie Krieger wirken. Insbesondere Mia wollte nicht durch ihre blonden Haare und Tanmir nicht durch seine Wurfmesser – zumindest die, die nach Mias Befreiung noch übriggeblieben waren – auffallen. Was natürlich nicht zu verbergen war, war das Fell der Schneestute Arna. Doch hier schaffte das Wetter des sich dem Ende zuneigenden Septembers etwas Abhilfe. Es regnete fast täglich, etwa zwei Tage lang hatte es durchgängig wie aus Eimern geschüttet, Blitze huschten über den bewölkten Himmel, Donner grollte, dass nahezu die Erde bebte. Als die Gewitter endlich aufhörten, waren alle drei samt ihrer Pferde von Dreck und Schlamm beschmutzt. Und – so unangenehm es auch sein mochte – der Unrat tarnte ein wenig das eigentliche Schneeweiß von Mias Stute, wirkte das Tier jetzt wie eine zwar sehr muskulöse, aber doch ganz gewöhnliche Schimmelstute. Das Wetter brachte zudem einen weiteren Vorteil mit sich: Es verwischte jedwede Spuren ihres Weges.

Ferner wollten sie so schnell wie möglich weiterkommen, auf direktem und schnellstem Weg in die Vereinigten Nordlande und sich dann nach Westen zur Grenze zum Land der Elfen begeben. Dieser Weg führte sie zunächst zur Hafenstadt Tristadt, von wo aus sie auf das Nordufer des Zaron übersetzen wollten, genau an der Stelle, an der ihn die aus den Carborass-Bergen mündende Mara kreuzte.

Ihr Weg, so beschwerlich er durch das schlechte Wetter auch sein mochte, war angenehm. Larus unterhielt Mia und Tanmir mit seinen Geschichten. Wenn die Geschichten jedoch zu uninteressant wurden oder sie aufgrund der vielen Themenwechsel nervten – wie es Larus zu eigen war –, hörte das Paar einfach weg. Allerdings überraschte Larus sie auch – besonders Tanmir –, da er eine Eigenschaft aus dem Hut zauberte, über die er eigentlich gar nicht verfügte. Diskretion. Er gewährte den beiden ihre Privatsphäre, machte sich förmlich unsichtbar.

Jene Privatsphäre nutzten Mia und Tanmir natürlich nicht nur zum Befriedigen der gegenseitigen körperlichen Zuneigung, sondern auch für jene Gespräche über die jüngste Vergangenheit, die schon lange darauf warteten, geführt zu werden. Sie erzählten von ihrem jeweiligen Weg der schmerzhaften Trennung, von ihrer Hilflosigkeit, von ihren Ängsten, insbesondere der Furcht, für immer und in grausamer Ungewissheit voneinander getrennt zu sein. Tanmir erzählte von dem unfreiwilligen Weg nach Isterien und der Gefangenschaft im Alten Schloss d'Autrie, Mia erzählte von den Wanderhuren und ihren schrecklichen Albträumen. Tanmir erzählte von seiner Flucht und wie er Larus kennenlernte,

Mia erzählte von ihrem Aufbruch und ihrer Suche nach ihm. Tanmir erzählte von seinem nicht immer einfachen Weg mit Larus und wie er schließlich zu den Wanderhuren kam, Mia erzählte von den Grabwächtern im Grorutgebirge, von ihrer Ausbildung in Telepathie sowie von dem, was die alten Mönche sie über das *Kind der Planeten* lehrten. Welches sie war.

Eben hierin fanden die beiden die Parallele – Mia, das *Kind der Planeten*. Deswegen war Texor hinter ihr her, deswegen hatte er diesen Skanden namens Eisenheim auf sie gehetzt, deswegen hatte er Tanmir gefoltert – um Mia, das *Kind der Planeten*, herauszulocken.

Ihre Erzählungen, die sie teilweise die Nächte vergessen ließen, waren bisweilen schwer zu verdauen, war es zu allem Übel ein paar Mal vorgekommen, dass sie sich auf ihren Wegen durch Südreich nur knapp verpasst hatten.

Doch Mia und Tanmir gaben sich nicht lange den vergangenen Geschehnissen hin. Denn nun hatten sie sich wieder. Alles andere war bedeutungslos und gehörte der Vergangenheit an. Die Erleichterung und die unendliche Freude sich wiederzuhaben überwogen die Emotionen und Gedanken, die mit ihren Erzählungen einhergegangen waren. Wichtig war nun, dass sie zügig von hier verschwinden würden. Denn Texor und Eisenheim waren zweifellos noch immer hinter ihnen her.

Seit sie das Lager der Wanderhuren in Laemrath hinter sich gelassen haben, waren neun Tage vergangen. Nun waren sie in Tristadt angekommen – sie wären schneller hier gewesen, hätten nicht jene Gewitter sie aufgehalten und ihren Ritt verlangsamt.

Nun lag die vielleicht größte Hürde auf ihrem Weg zum Elfland bereits jetzt vor ihnen: Der Fluss Zaron.

Hier, wo sie nun waren, gab es eine kontinentale Besonderheit. Tristadt war auch unter dem Namen ‚Drei-Grenzen-Stadt' bekannt. Sie gehörte formell zum Königreich Südreich. Doch ihre Fläche erstreckte sich kartographisch auch noch bis auf die Nordseite jenseits des Zaron. Hier grenzte die Stadt sowohl an die Bergmassive von Carborass, dem größten aller Zwergenreiche, als auch an Kaiser Herewalds Vereinigte Nordlande – die beide jeweils durch die gen Süden fließende Mara getrennt werden. Wegen der Carborass-Berge, die sich als unüberwindbare steinerne Klippen über eine Länge von über siebenhundert Meilen bis zum Klarsirischen Meer unmittelbar am Zaron entlangschlangen, war Tristadts Lage der erste Punkt auf der nördlichen Flussseite, den man betreten konnte – aus östlicher Richtung betrachtet.

Die kontinentale Besonderheit bestand also eben darin, dass Tristadt die einzige Landfläche nördlich des Zaron war, die einem der sechs Königreiche südlich des Flusses zugehörig war.

Genau dem entspross auch die Schwierigkeit. Da Tristadt auf beiden Seiten des Zaron zu Südreich zählte und es folglich zu keiner Grenzüberschreitung kommt, wenn man auf die andere Seite des Flusses übersetzt, müssen Kaufleute oder einfache Passanten hier keine Seezölle oder sonstige mit dem Fluss verbundene Gebühren und Steuern entrichten, welche normalerweise bei solchen

Überquerungen anfallen – zuzüglich zu den normalen Grenzzöllen. Somit versuchte immerzu jeder aus der näheren Umgebung hier an eine Überfahrt zu kommen, wenn diese sich als rentabler erwies. Tristadt war demzufolge stets voller Personenmassen jeder intelligenten Spezies. Die Fährleute und Schiffsgesellschaften verdienten sich daran eine goldene Nase. Sie konnten preislich nahezu verlangen, was sie wollten. Die Passanten aus dieser Gegend, die eine Überfahrt wünschten, blieben dabei dennoch unter den Abgaben, die sie an die Königreiche abdrücken müssten, würden sie den Fluss an anderer Stelle überqueren.

Mia, Tanmir und Larus erreichten die Stadt gegen Abend. Sobald Larus sich dann ein Bild von der Lage gemacht hatte, überbrachte er seinen Freunden eine gute und eine schlechte Nachricht.

„Die gute ist: Der Andrang von verschiedenen Personen, darunter überwiegend Menschen, aber auch überraschend viele Nockanen und Halblinge, und weniger überraschend viele Zwerge und Gnomen, die über den Fluss wollen, ist immens. Noch schlimmer als sowieso schon. Es liegt am bevorstehenden Winter. Die meisten der Leute kehren in ihre Heimat zurück, in die Vereinigten Nordlande, um dort zu überwintern. Das heißt, Tristadt ist perfekt für uns, sich unters Volk zu mischen. Hier sind so viele verschiedene Gestalten, da fallen wir überhaupt nicht auf."

„Was ist die schlechte?", wollte Tanmir wissen.

„Nun, im Grunde dasselbe, wie die gute. Zu viele Personen. Alle wollen rüber. Ich befürchte, dass auch die letzte Fähre heute zu voll werden könnte und wir keinen Platz mehr bekommen. Wir müssen möglicherweise bis morgen warten."

Larus' Vorahnung sollte sich alsbald bestätigen. Sie standen fast zwei Stunden in dem Chaos vor den Pieren, umringt von den Massen, kaum Bewegungsfreiheit, bis sie sich zum ersten Mal ein paar wenige Schritte weiter bewegen konnten. Um sie herum war es unerträglich laut, ihre Pferde schnaubten oft und bewegten unbehaglich die Köpfe. Es war nicht nur für die Pferde unerträglich. Quengelnde und weinende Kinder unterschiedlichen Alters, die sich lautstark über das Warten beschwerten. Schimpfende Handwerker und Kaufleute, die sich nicht weniger beschwerten, wütend die Fäuste in die Lüfte hieben und die Fährmänner am Ende der Piere mit schmutzigen Beleidigungen über deren Mütter anriefen. Kopfschüttelnde, manchmal jammernde Frauen, die sich – meistens – besser unter Kontrolle hatten als die Männer, aber denen diese Situation auch arg zu schaffen machte. Iahende Esel, murrende Ochsen, gackernde Hühner und schnarrende Gänse in Käfigen. Bellende Hunde und kreischende Katzen, denen bei dem dichten Gedränge jemand auf den Schwanz getreten hatte. Möwen indes hörte man paradoxerweise kaum. Ihre Schreie gingen im allgemeinen Chaos unter. Im Chaos der Masse.

Eine sinnbildliche Kakofonie der Masse.

Mia, Tanmir und Larus hatten noch ein zusätzliches Problem: Sie reisten mit Pferden. Einer der Fährleute, den sie nach unerträglich langem Warten endlich sprechen konnten, nahm ihnen damit rasch die Hoffnung, noch einen der verbliebenen Plätze auf der letzten Fähre, die am heutigen Tage ablegen würde, erlangen zu können. Immerhin konnten sie bereits jetzt Fahrkarten für sich mit ihren Pferden als Nutzlast ergattern, nicht günstig, aber so konnten sie sicher sein, dass sie am nächsten Tag würden übergeleitet werden. Und das war immer noch weit schneller, als den Fluss entlang weiter nach Westen zu reiten, dabei zuerst die Mara überqueren zu müssen und sich dann bis zur nächsten Stadt zu begeben, in der eine Überfahrt über den Zaron möglich wäre.

Nach diesem ganzen Durcheinander und dem ernüchternden Abgang war die Laune am Tiefpunkt. Doch ihnen blieb keine Wahl: Sie mussten sich in dieser Nacht in einer der zahlreichen Herbergen der Stadt einquartieren. Und auch hier gab es den gleichen Vor- und Nachteil wie in der Hafengegend: Viele Personen. Sie waren natürlich nicht die Einzigen, die am morgigen Tag eine Fähre auf Tristadts Nordseite vom Zaron bringen sollte und die daher in einem Gasthaus Rast suchten.

Hier hatten sie jedoch mehr Glück. Es war ein Stück Wegs, doch es lohnte sich, da sie überdachte Stallplätze für Arna, Dunkelheit und Amadeus finden und sogar zwei Zimmer beziehen konnten. Und bei letzterem atmete Tanmir tief durch und dankte sämtlichen höheren Mächten, an die er nicht glaubte, dass er und Mia ein Zimmer für sich alleine hatten.

Der Speiseraum des Gasthauses war groß. Trotzdem war er maßlos überfüllt. Das Gedränge unterschied sich im Grunde nur dadurch vom Gedränge an den Pieren, dass in diesem Gedränge hier keine Tiere und weniger Kinder waren. Die verschiedensten Noten von Körpergerüchen schwebten in der stickigen Luft, die einem fast so sehr zu Kopfe zu steigen schien, wie ein Gläschen Schnaps. Es herrschte reges Treiben in der Taverne, da sowohl Schankmädchen als auch Gäste, die Getränke bestellten oder trugen, sich ihren Weg durch die Menge zu bahnen versuchten. Durch die logischerweise resultierenden Rempeleien lag die eine oder andere Schlägerei in der Luft und noch viel mehr Flüche und Beleidigungen. Nicht, dass es ohne Flüche und Bekleidungen nicht schon laut genug wäre.

Die Überfüllung und der Geräuschpegel waren zwar nicht angenehm, aber es war definitiv positiv. Selbst wenn sich hier Zuträger und Spitzel fänden, wäre es schier unmöglich, in diesem Wirrwarr und diesem Wust unterschiedlichster Spezies und diversester Gestalten verschiedene Gesichter oder interessante Worte aufzuschnappen.

Das Stimmengewirr schränkte die drei, die mit Mühe und Wartezeit einen kleinen Tisch ergattern konnten, etwas in ihrer Unterhaltung ein. Aufgrund der Ermangelung an Sitzmöglichkeiten an ihrem Tisch, dessen runde Platte etwa die Länge eines Unterarms im Durchmesser hatte, setzte sich Mia auf Tanmirs Schoß.

Anfangs drehte sich ihr Gespräch um die weitere Planung ihrer Reise, sicher formuliert und in diskreten Tönen selbstverständlich, die Augen nach potentiellen Lauschern offenhaltend, von denen es jedoch keine gab. Dann gingen sie zu Themen aus der Vergangenheit über, die sie mit verschiedenen

Wegpunkten auf ihrer bevorstehenden Reise verbanden – beispielsweise von Tanmirs einstigen Auftrag einen seltenen Zerberus zu erlegen, der nahe dem Dorf Kläubentüül sein Unwesen trieb. Schnell jedoch wich der redselige Larus hierbei vom Inhalt ab und begann aus seinem eigenen Nähkästchen zu plaudern. Sehr interessant fanden seine beiden Zuhörer dabei die Geschichte von seinem unfreiwilligen Aufenthalt im Gefängnis von Wasserrand im Norden Südreichs, als er in betrunkenem Zustand einen Politiker beklaut und beleidigt hatte. Er wurde allerdings aus Mangel an Beweisen schnell wieder entlassen – er hatte das Diebesgut nämlich schon vertrunken, bevor man ihm auf die Schliche kam. Er bekam nur eine Geldstrafe wegen Beleidigung aufgedrückt, die jedoch ein anderer Politiker mit Freuden für den Jungen bezahlte und ihn davor vor der Ersatzhaft wegen Zahlungsunfähigkeit bewahrte.

So ging es munter weiter, bis sich das Gespräch letztlich zu Larus' Erzählung entwickelte, wie er die Wanderhuren kennengelernt hatte. Mia und Tanmir kannten die Geschichte bereits und legten den Fokus daher auf den Teil, wie Larus überhaupt auf die Idee kam, sich in der Armee Südreichs zu verpflichten. Wie für Larus üblich, holte er bei seinem Bericht weit, sehr weit aus, erklärte und fabulierte Ereignisse, die für den Hauptkern der Erzählung eigentlich gar nicht von Bedeutung waren.

Aber so war er nun einmal. Und sorgte so auch für den einen oder anderen Lacher bei seinen Freunden.

Mittendrin horchte Mia ganz plötzlich auf, stieg im Geiste aus Larus' Geschichte aus. Irgendetwas hatte sie an der Substanz getroffen, gestochen wie eine Wespe, in tiefen Erinnerungen gewühlt. Eine Stimme. Eine unverkennbare Stimme, die sie zwischen allen anderen in diesem Raum deutlich heraushörte, als rede sie durch ein Sprechrohr. Mia kannte diese Stimme, kannte sie aus einer lange vergangenen und, wie sie geglaubt hatte, vergessenen Zeit.

Doch diese Stimme hatte sie nicht vergessen.

Die junge Frau konzentrierte sich, blendete Tanmirs und Larus' Stimmen aus, die sich der Erzählung widmeten. Sie versuchte, ihren Fokus zwischen dem lauten, wie Insektensummen unablässigen Geschwätz der Tavernengäste auf einen bestimmten Punkt zu richten, um wieder diese eine Stimme zu hören.

Sie hörte sie schließlich wieder. Und sie war sich jetzt absolut sicher, dass es auch wirklich die Stimme war, an die sie sich erinnerte. Ratternd, extrem kratzig, derart, als hätte die Person eine starke Erkältung und zu viel Pfeifenrauch eingeatmet. Der Mann konnte zwar normal sprechen, aber sein Sprechorgan knatterte bei jeder Silbe nahezu wie ein verrostetes Schloss. Jene Stimme war in ihrer Form einfach unverkennbar.

„Du solltest verhandeln", empfahl der Träger dieser Stimme jemandem. „Auf Dauer wirst du *Petriar und Murns* keine Konkurrenz machen können."

„Das ist mein Familienerbe, verdammt!", ärgerte sich der Gesprächspartner. „Ich kann es nicht zu diesem Spottpreis verkaufen!"

Mia drehte leicht den Kopf, konnte zwei Tische weiter tatsächlich die Stimmeninhaber ausmachen. Zwei Männer, dunkel gekleidet. Einer von ihnen, der frontal in ihrem Blick saß, schwitzte sichtlich; Schweißperlen bildeten sich auf der spärlich mit Haaren bedeckten hohen Stirn. Der andere, mit dem Rücken zu ihr, lehnte die Ellenbogen auf die Tischplatte. Mias Blickfeld wurde immer wieder von sich vorbeidrängelnden Gästen unterbrochen. Doch sie ließ nicht zu, dass davon ihre Konzentration auf dieses Gespräch beeinträchtigt wurde.

„Dann wirst du früher oder später Konkurs laufen", sagte der Kratzige, jener, der ihr den Rücken zukehrte. „Und dann nimmt man es dir von Amts wegen, weil du deine Rechnungen nicht mehr bezahlen kannst und Insolvenz anmelden musst. Ist es das, was du willst?"

Der Gegenübersitzende sagte nichts darauf.

„Na, siehst du? Ich empfehle dir dringend, Verhandlungen aufzunehmen."

„Natürlich empfiehlst du mir das", blaffte der andere und trank einen Schluck aus einem Horn. „Du kassierst ja eine hübsche Summe für die Vermittlung, was, Molnar?"

Mia öffnete die Lippen. Sie erinnerte sich an diesen Namen.

„Natürlich", gab der kratzige Molnar zu. „Natürlich verdiene ich daran. Was glaubst du wohl? Aber ich denke, dass meine Provision für dich letztendlich keine Rolle spielt. Du verlierst. So oder so. Früher oder später. Je länger du wartest, desto höher werden deine Verluste am Ende sein. Nochmal, meine Empfehlung: Verhandle, und rette, was zu retten ist."

Der andere Mann senkte wütenden Blickes und mit zusammengepressten Lippen sein Haupt.

„Ich habe alles gesagt, und nun entschuldige mich", sagte Molnar abschließend und erhob sich vom Tisch. „Ich habe noch einen anderen Termin. Ich gebe dir noch diese Nacht, um über das Angebot nachzudenken. Morgen früh erwarte ich deine Antwort. Und ich rate dir: Überlege gut."

Er schlang sich in den Mantel und begann sich durch das Gedränge zu quetschen.

„Das ist doch Blödsinn!", motzte Larus plötzlich laut und riss Mia aus ihrer Konzentration. „Oder Mia? Was sagst du dazu?"

„Ich weiß, was sie sagen wird", grinste Tanmir und legte seinen Kopf an ihre Schulter.

„Ist mir egal! Ich will es aus ihrem Mund hören! Also, Mia? Was sagst du?"

Mia, die schon lange nicht mehr am Gespräch mit Larus und Tanmir teilnahm und auch keine Ambitionen hegte, darin einzusteigen, verfolgte Molnar konzentriert mit dem Blick, was sich bei dem dichten Gedränge im Raum als schier unmöglich erwies. Doch die Richtung, in die der Mann gegangen war, wies eindeutig auf den Ausgang hin.

Sie hatte es all die Jahre ignoriert, hatte all ihre zweifelnden Bedenken und misstrauischen Überlegungen rund um die damaligen Unruhen in Isterien und das Massaker vom Löwenpalast verdrängt und tief in ihrem Inneren vergraben. Fort waren diese allerdings nicht. Hier und jetzt in dieser Schenke, ausgelöst durch die Stimme jenes Mannes namens Molnar, der seinerzeit Berater ihres Vaters war, kehrten diese verdrängten Gedanken jäh und lautstark zurück. Und sie animierten Mia schlagartig dazu, nun endlich Antworten zu suchen, ehe sie mit Tanmir die Länder der Menschen verlassen würde. Sie animierten sie spontan dazu, jene Antworten einzuholen, ehe diese Chance für immer vertan war.

Antworten, die dieser kratzige Molnar haben könnte.

„Jungs", sagte die junge Kriegerin, ohne auch nur ansatzweise auf Larus einzugehen, und stand von Tanmirs Schoß auf. „Mitkommen."

„Äääh ..." Larus war vollkommen perplex.

Doch Tanmir kannte seine Geliebte zu gut. Er verstand augenblicks, dass etwas im Gange war, und stand ebenfalls auf. „Wohin, Mia?"

„Hinaus. Und zwar rasch."

„Hä? Leute, was ..."

Tanmir unterbrach Larus, indem er ihn beim Arm packte, ihm ein strenges Wort ins Ohr zischte und ihn mit ins Gedränge zog. Dann positionierte er sich vor Mia und bahnte den Weg durch die Gäste zum Ausgang, behalf sich dabei leichter Stöße seiner Schultern und Ellenbogen.

„Ist was passiert?", fragte Larus, der als letztes das Gebäude verließ.

„Noch nicht", antwortete Mia. „Aber gleich. Seht ihr den Kerl dort drüben? Der untersetze dort, mit dem dunklen Mantel? Nun, schau doch nicht ganz so offensichtlich hin, Larus!"

„'tschuldige ..."

„Was ist mit ihm?", erkundigte sich Tanmir.

„Erkläre ich gleich. Aber ich muss unbedingt mit ihm reden. Nein, Larus, keine Fragen jetzt. Helft mir einfach nur, ihn unauffällig einzusacken."

„Klar."

„Gut. Passt auf. Wir machen es so ..."

Molnar verließ die Herberge. Und er war froh darüber. Er hasste solche Aufläufe von Menschen. Wären es wenigstens nur Menschen. Doch hier in Tristadt sammelten sich nahezu alle auf dieser Welt lebenden Rassen. Darunter die lauten und frechen Zwerge, die nach Fisch stinkenden Nockanen oder die leicht zu übersehenden Gnome und Halblinge. Außerdem hielt Molnar es nicht in dieser Gegend aus. Er hatte sein Quartier in einem weitaus edleren Establissement bezogen, näher am Fluss, in den betuchteren Vierteln von Tristadt.

Er ging zügig, wollte möglichst schnell auf sein Zimmer und alles für den morgigen Tag vorbereiten. Und sobald dies dann geschafft sein würde – und das würde es, da war er sicher – war es endlich an der Zeit, Tristadt zu verlassen und nach Mendor überzusetzen, um das erfolgreiche Ergebnis der Verhandlungen zu überbringen und die stattliche Provision zu kassieren. Und für weitere in Zukunft ertragreiche Verbindungen gesorgt zu haben.

„Heeee!", hörte er unerwartet eine lallende Stimme hinter sich. „He, du da!"

Er blieb stehen, drehte sich um, während seine Hand zum Griff des Stiletts fuhr, das unter dem Mantel am Gürtel befestigt war. Von hinten, aus der Richtung, aus der er kam, trat eine schmale, nicht allzu große Gestalt auf ihn zu, ein junger Bursche. Er ging in Schlangenlinien, war ganz öffentlich stark betrunken. Das würde auch das Lallen erklären.

„'schuldigung", sagte der Bursche. „Kannste mir ma helfn?"

Es war tatsächlich ein junger Kerl, konnte wenn überhaupt gerade mal knapp zwanzig Winter alt sein.

Molnar atmete gereizt. „Ich kaufe nichts", sagte er in abweisendem Ton.

„Ne, ne, ich will auch nichs verkaufn", versicherte der Betrunkene. „Ich hab da nur 'n Problem …"

„Und was?" Der Geschäftsmann war vollends entnervt.

„Ich glaub, ich hab mich verlaufn …"

„Komm mir nicht zu nah, du räudiger Straßenköter!"

Der Bursche hob entschuldigend die Hände. „Kein Grund ausfallnd zu werdn. Ich muss nur zur Stiebelgasse. Könntet Ihr mir nich helfn, guter Herr, den Weg zu finden? Ich hab mich verlaufn …"

„Mir ist wohl entgangen, dass das mein Problem ist."

„Bitte, lieber Herr … Seid so gut und zeigt mir den Weg … Ich werd euch eeewig dankbar sein …"

Molnar seufzte. Er wusste, wie anhänglich Betrunkene sein konnten. Der Junge würde ihm wahrscheinlich noch ein Stück hinterherlaufen. Außerdem lag die Stiebelgasse auf seinem Weg. „Von mir aus. Dann komm mit. Es ist nicht weit."

„Oh, Danke, lieber Herr!" Der Bursche faltete die Hände wie zum Gebet, verbeugte sich, wobei er fast das Gleichgewicht verlor. „Ich danke Euch vielmals!"

„Ja, ja, ja, ist gut. Komm jetzt, ich habe nicht die ganze Nacht Zeit."

Der Bursche ging mit ihm, schwankend und in unregelmäßigen Schritten. Dabei achtete Molnar darauf, dass der Knabe ja in seinem Blickfeld war, bloß nicht hinter ihm. Es könnte ja auch ein Straßendieb sein. Seine Hand umgriff die ganze Zeit unter dem Mantel den Griff des Stiletts. Ebenso achtete er darauf, dass er sich möglichst im Licht der Straßenfackeln und Feuertröge bewegte, um so die Umgebung besser im Auge behalten zu können. Er war von Natur aus ein sehr vorsichtiger Mensch.

„Hier wolltest du hin", ätzte Molnar zornig, als sie das Ziel erreicht hatten. Die Stiebelgasse führte direkt zu dem Teil der vielen Hafenbecken, in welchem überwiegend kleine Fischerboote angelegt hatten. „Der Rest ist nicht mein Problem. Also, auf Nimmerwiedersehen."

„Wartet, Herr! Lasst mich Euch dankn!"

„Nicht anfassen!" Molnar wich vor dem näherkommenden jungen Mann einen weiten hektischen Schritt zurück, heraus aus einem Lichtkegel der Straße, balancierte sich aus, sodass seine Finger das verborgene Stilett losließen. Er trat nur für einen Moment in die Dunkelheit, dass ihn niemand der wenigen Passanten um diese Zeit sehen konnte. Er trat nur für einen Moment in die Dunkelheit – ganz wie es der scheinbar betrunkene Bursche beabsichtigt hatte, was Molnar natürlich nicht wissen konnte.

Gerade, als Molnar sich anschickte, zurück ins Licht zu treten, spürte er hinter sich eine Anwesenheit. Instinktiv wandte er den Kopf dorthin, wo er die Anwesenheit vernahm. Ein Schatten kam auf ihn zu. Er sah nur diese dunklen Umrisse, die im Bruchteil einer Sekunde näherkamen. Dann spürte er, wie sich etwas in der Manier einer Würgeschlange um seinen Hals legte und mit enormer Kraft zudrückte. Er bekam noch mit, wie er weiter vom Licht fortgezogen wurde, ins Dunkel. Die Kraft um seinen Hals drückte erbarmungslos zu, sodass ihm rasch Kreislauf und Bewusstsein unterbrochen wurden.

Sehr schnell versank alles um ihn herum in endloser Schwärze.

Molnar schlug die Augen auf. Sie klebten ein wenig von getrockneten Tränen aufgrund der hinter ihm liegenden Ohnmacht. Ihn blendete es, starke Kopfschmerzen plagten ihn, dass er glaubte, ihm war dauerhaft eine Marmorplatte auf den Schädel geschnallt. Er wollte tief stöhnen, doch das verwehrte ihm anscheinend ein Knebel im Munde. Das Stöhnen wurde davon unterdrückt.

„Na endlich", sagte die junge Stimme eines hellhaarigen Burschen, desselben, der ihn zuvor lallend angesprochen hatte; jetzt allerdings sprach er klar und deutlich. „Mia, Tanmir, er wird wach."

Der Kaufmann schaute auf. Der Knabe vor ihm hielt eine Fackel in der Hand – der Grund für das stechende Blenden in den gereizten Augen. Jetzt im Hellen konnte Molnar ihn genauer betrachten als zuvor auf der Straße. Das Licht des Feuers betonte die ungewöhnlich großen Pupillen des Burschen, als wäre er auf Kokainum oder sonst einem Rauschmittel. Molnar erkannte auch eine dünne Narbe, die am rechten Mundwinkel beginnend auf Höhe des Nasenflügels über die Oberlippe verlief und sich über die Unterlippe bis zum Kinn zog.

„Wurde auch Zeit", sagte die Stimme einer jungen Frau – der Tonlage nach zu urteilen, einer extrem schlecht gelaunten jungen Frau.

Molnar schaute sich unruhig um, wurde sich aber rasch über seine Situation im Klaren. Den Knebel im Munde hatte er schon realisiert. Darüber hinaus war er an einen knatternden Stuhl gefesselt, die Arme waren schmerzhaft hinter den Rücken verdreht, die Fußknöchel an die Stuhlbeine gebunden. Er befand sich in einer düsteren muffigen Hütte, in der es stark nach Fisch stank. Da er außerhalb der Hütte Geräusche von Wasser vernahm, war ihm klar, dass er sich wohl in einer Fischerhütte unmittelbar am Fluss befinden musste. Hierfür sprachen auch diverse Utensilien zum Fischfang, die sich in der Hütte befanden – Netze und Kescher, Angeln, Fässer, blecherne Köderbehälter, an Nageln in den Wänden hängende Haken und Messer.

Doch was, bei der Alten Magie, machte er hier?

Er schaute auf die drei Gestalten, die sich noch im Fischerhaus befanden. Molnar glaubte es nicht. Anscheinend hatten ihn drei Straßengauner aufgegabelt, drei Grünschnäbel, die ihn jetzt vermutlich ausfragen wollten, wo er seine Wertsachen versteckte, da sie beim Durchsuchen seines zuvor ohnmächtigen Körpers nichts gefunden hatten – er trägt nie Wertsachen am Mann. Seine Lage war zwar noch immer unangenehm, aber er hatte keine Angst mehr. Diese drei

Möchtegernganoven würden ihre Strafe früh genug bekommen.

Molnar hatte keine Ahnung, wie sehr er sich irrte.

Mia ging langsamen Schrittes auf den am Stuhl Gefesselten zu. Bewusst langsamen Schrittes, da sie sich beruhigen musste, um nicht einfach mit den Fäusten auf den Kerl einzudreschen und ihn wortwörtlich weichzuklopfen. Larus zog ihm einen zusammengeknüllten Stofffetzen aus dem Mund, ging beiseite, sorgte mit der Fackel aber für ausreichend Licht.

„Guten Abend", grüßte sie mit Mühe ruhig, während sie den Mann fixierte.

Nun hau schon raus, dachte Molnar, der nach der Befreiung vom Knebel erst einmal tief durchatmete, während er das Mädchen betrachtete. Sie war für eine Frau recht groß, schlank, aber mit breiten Schultern. Sie hatte lange blonde Haare und ein wirklich außergewöhnlich schönes Gesicht, dessen hervorstechendstes Merkmal große blaue Augen waren, welche durch das Licht der Fackel des Burschen erst recht deutlich zu sehen waren.

Ein hübsches Ding, dachte er. Schade, dass man ihr eine Lehre wird erteilen müssen, sobald ich hier heraus bin. Danach ist sie definitiv nicht mehr so hübsch. Tja, selber schuld, Rotzgöre.

Das Mädchen schaute ihn aus diesen blauen Augen an. Ohne etwas zu sagen.

Schließlich hatte Molnar die Schnauze voll. „Also gut", muckte er genervt und furchtlos. „Ihr habt mich. Ich bin in eurer Gewalt. Ihr habt gewonnen. Wärt ihr denn nun so freundlich und klärt mich über die Umstände auf, warum ich mich in dieser misslichen Situation befinde? Inwiefern diese Aktion notwendig ist?"

Mia biss die Zähne zusammen, beim Klang dieser kratzigen Stimme, die sich noch genauso anhörte, wie vor über sieben Jahren. Auch das Aussehen des ehemaligen Beraters ihres Vaters hatte sich kaum geändert. Seine Haare hatten jedoch im Stirn- und vorderen Kopfbereich erheblich an Zahl eingebüßt.

„Ihr scheint Euch nicht an mich zu erinnern", zischte sie. „Aber das ist egal. Es scheinen sich einige nicht mehr an mich zu erinnern. Und ich habe jetzt keine Lust, Euch raten zu lassen. Fangen wir mit den grundsätzlichen Fragen an. Euren Familiennamen kenne ich nicht, aber Euer Vorname ist Molnar. Vor sieben Jahren und mehr wart Ihr in Isterien. Ist das korrekt?"

Molnar war extrem verwundert. Woher wusste dieses Weibsbild davon? Wer war sie, dass sie es wusste, es überhaupt wissen konnte? Was wollte sie mit dieser Information? Und was, bei allen Dämonen, war hier los?

Doch die Auflehnung siegte gegen das Erstaunen und die Neugier.

„Ich wüsste nicht", sagte er langsam und trotzig, „was das so ein dreckiges Straßengör wie dich angehen soll."

Sobald Molnar den Satz beendet hatte, schloss das Mädchen die Augen und atmete hörbar durch die Nase aus. Dann riss sie die Augen auf, aus denen blaue Blitze zu schießen schienen, holte aus und versetzte ihm mit der Faust einen derben Schlag gegen die Wange, dass er mitsamt dem Stuhl zu Boden umkippte.

Er heulte auf. Alles in und an seinem Kopf dröhnte, verstärkte die Schmerzen, die er ohnehin schon hatte. Vor seinen Augen flimmerte es, der Raum, der dunkel und nur vom unsteten Licht der Fackel erhellt war, erblühte urplötzlich wie ein Kaleidoskop in tausenden unsteten bunten Farben. In den Ohren begann ein nervtötendes Piepen lauter zu werden. Molnar stöhnte anhaltend. Nicht nur der Kopf war ein glühender Herd des Schmerzes, auch der Rest des Körpers hatte aufgrund des Sturzes auf den Boden seinen Anteil zu tragen.

Der Mann brauchte einige Augenblicke, um sich von dieser Attacke halbwegs zu erholen. Für so ein eigentlich zierliches Persönchen hatte das Mädel einen heftigen Schlag, der sogar bei Weitem den mancher Männer überstieg. Als sei sie im Faustkampf von einem Zwerg unterrichtet worden. Molnar, dem die harten Bodenbretter gegen die Schläfe drückten, schmeckte Blut im Mund und betastete mit der Zunge einen locker gewordenen Zahn.

Der zweite Bursche zu seiner Rechten, der ältere, größere, breitere und zweifellos grimmigere, packte ihn unsanft und hob ihn hoch, stellte den Stuhl mitsamt dem Gefesselten wieder auf. „Wenn du sie noch einmal beleidigst", warnte er leise und bedrohlich, „dann schlage *ich* zu. Und davon erholst du dich nicht mehr."

„Verdammt", nuschelte Molnar und spuckte Blut aus. „Was, zum Teufel, wollt ihr von mir?! Hä?!"

„Euer Name ist Molnar, nicht wahr?", wiederholte Mia.

„Ja, verfickte Scheiße! Pah! Was wollt ihr?!"

„Ich will mit Euch reden. Über Dinge, die ein paar Jahre zurückliegen. Über sieben Jahre und etwas früher, wie ich vorhin schon andeutete."

Molnar spuckte erneut aus. „Bitte, schießt los, mein edles Fräulein."

Sie kam ungesäumt zur Sache. „Ihr wart vor über sieben Jahren Berater Friedberts IV., des Königs von Isterien." Es war eine Feststellung, keine Frage. „Während den Unruhen im Land, kurz vor dem Staatsstreich."

Der Gefesselte schaute sie aus verengten Lidern an. „Vielleicht …"

„Ihr wart es. Ich erinnere mich an Euch. Ich habe Euch dort gesehen."

„Schön für dich. Ich erinnere mich aber leider nicht an dich. Mir bleibt nicht jede Kammerzofe oder jedes Dienstmädel im Gedächtnis. Und jetzt komm zur Sache."

„Ich war dort keine Kammerzofe und auch kein Dienstmädchen. Ich war die Prinzessin. Maria Anastasia Bellegard d'Autrie. Und ich bin es noch, denn entgegen allen Nachrichten in der Welt lebe ich."

Molnar weitete ungläubig die Augen, schaute das zweifellos verrückte Weibsstück an, dann die beiden jungen Männer, deren Gesichter wie von Stein waren.

Die meinen das wirklich ernst, dachte er.

Dann lachte er los, hielt aber inne, denn es schmerzte ihn an der Wangeninnenseite im Mund, wo beim Faustschlag zuvor die Zähne das Fleisch aufgerissen hatten. Das Innehalten im Lachen ermöglichte Molnar rasch, das Mädchen genauer anzuschauen.

„Die Prinzessin?", schnaubte er. „Maria Anastasia Bellegard d'Autrie? Aber natürlich! Und ich bin der König der Skanden! Verrückte Vettel, verschone mich – ahhh!"

Es war nichts passiert. Molnar war nur extrem erschrocken. Denn diesmal hatte der junge Mann rechts von ihm einen satzartigen Schritt gemacht und zum Schlage ausgeholt. Allerdings nur ausgeholt, nicht zugeschlagen. Zum Glück.

„Ich warne dich nur noch einmal" – der junge Mann wahrte beängstigende Ruhe. „Achte auf deine Worte. Wir sind nicht zum Vergnügen hier. Und du schon gar nicht. Also schau sie aufmerksam an und gebrauche dein Hirn."

Molnar hatte keine Wahl, nahm sich also vor, die junge Frau genauer zu betrachten und seinen Entführern dann einfach zuzustimmen. Wen interessierte letztendlich, wer diese Göre war?

Doch die genauere Betrachtung war aufschlussreicher als er es vermuten konnte. Er schaute wirklich aufmerksam hin, gebrauchte sein Gehirn. Und erinnerte sich. Unfehlbar.

Sie war älter, reifer, fraulicher geworden, aber die Züge des hübschen Gesichts waren unverändert die gleichen. Eine Ähnlichkeit zu ihrer Mutter bestand zweifellos. Und gleich geblieben, eben dieses unverkennbare Markenzeichen, waren diese Augen, die er schon bemerkt hatte, jetzt aber zuordnen konnte. Groß. Saphirblau.

Molnar glaubte nun tatsächlich, wen er da vor sich hatte. Ihm sprang der Mund auf.

„Wir haben uns einmal gesehen", frischte Mia sein Gedächtnis auf. „Ein paar Wochen vor dem Massaker im Löwenpalast. Ihr wart im Gespräch mit dem König, Hofmarschall Texor und drei anderen Männern. Ich kam dazu und wurde von meinem Vater aus dem Saal gejagt."

Der Geschäftsmann hätte die weiteren Erläuterungen nicht mehr gebraucht, denn Molnar war nicht ohne Grund so gut in seiner Branche wie er war – er hatte einen ungemein hellen Kopf. Fast sofort hatte sein Gehirn alle Erinnerungen wieder hervorgeholt. Die Erinnerungen an jenen Beratungstag mit König Friedbert, an dem er und drei Herren seines Gewerbes aus anderen Teilen des Landes teilnahmen, die vom Hofmarschall Texor mit der Eindämmung der Unruhen im Lande und möglichst zur Beschwichtigung des Volkes sowie natürlich zur Lösung der herrschenden Probleme beauftragt wurden – scheinbar deswegen beauftragt wurden. Die Prinzessin unterbrach die Beratungen, um ihrem Vater einen Rückwärtssalto zu zeigen. Eine so junge Prinzessin, die aus dem Stand einen Rückwärtssalto vollführte, sowas bleibt in Erinnerung. Und Molnars Gehirn stellte augenblicklich entsprechende Verbindungen vom Langzeitgedächtnis zum Gefahrerkennungszentrum her. Ihm wurde klar, dass er in einer durchaus nicht geringen Bedrängnis war, vorausgesetzt sein Verdacht, warum ihn die totgeglaubte Königstochter hier festhielt, sei richtig.

Dieser Verdacht sollte sich alsbald bestätigen.

„Ihr wart königlicher Berater", fuhr sie fort. „Aufgrund des Putsches und dem Mord an der Königsfamilie habt Ihr Eure Arbeit wohl nicht allzu gut ausgeführt. Ich würde gerne darüber mit Euch reden."

Molnar antwortete nicht, schluckte nur.

„Die Beratung damals, wovon handelte sie?"

„Na", stotterte er, „das habt Ihr doch gerade selbst gesagt. Es ging um unseren Umgang mit den Unruhen."

„Um was genau? Die Unruhen hatten verschiedene Ursachen. Und einen abscheulichen Ausgang."

„Ähm ... nun ... Ich weiß nicht, was Ihr da genauer wissen wollt ..."

„Ich möchte wissen, um was es in dem Gespräch damals ging. Inhalte. Einzelheiten. Eure Pläne. Hintergründe. Einfach alles."

Er räusperte sich. „Naja, was soll es da schon für Inhalte gegeben haben? Es ging darum, wie wir die Probleme, die seinerzeit in Isterien herrschten, unter Kontrolle bekommen wollten."

„Hat ja nicht wirklich geklappt", bemerkte grimmig der größere Bursche.

„Warum? Was ist schief gegangen? Ein paar Details."

„Herrje, das ist Jahre her ... Was für Details? Nun ... Wir haben versucht, die Aufstände einzudämmen, die Menschen zu beruhigen. Erfolglos. Das war eine unmögliche Aufgabe. Hungersnot, Krankheiten, Tod ... Sowas lässt sich nicht einfach beschwichtigen."

„Irgendetwas stimmt da aber doch nicht", murmelte das Mädchen. „Was damals passiert ist, kam alles so plötzlich. Es nahm totalen Überhang, innerhalb kurzer Zeit. Ich weiß, dass es im Norden des Landes ausreichend Nahrungsvorräte gab, ich war selbst oft genug dort. Und über die königliche Schatzkammer müssen wir wohl nicht reden. Jeder wusste, dass Isterien nach Mendor das wohlhabendste Land des Kontinents war. Es macht einfach keinen Sinn, dass das so sehr außer Kontrolle geriet. Ganz davon abgesehen, dass alles auf einmal kam – die Hungersnot und die Pest im Osten, die Banditen überall im Land und was weiß ich noch. Ich habe es mich damals schon gefragt, und ich frage es heute Euch, Herr Molnar: Was ist es, das an dieser ganzen Geschichte nicht stimmt?"

„Was weiß ich, was da nicht gestimmt haben soll?" Molnar schüttelte aufgeregt den schmerzenden Kopf. „Es ist gekommen, wie es gekommen ist. Und jetzt ist das Land von Südreich besetzt, nachdem Sigmunds Truppen den Aufstand niedergeschlagen hatten. Da erzähle ich der hochwohlgeborenen Maria Anastasia doch wohl nichts Neues? Von daher, was wollt Ihr? Eure Zeit als Prinzessin ist vorüber. Das Land ist unter Kontrolle des Truchsesses Texor, mit Militärunterstützung aus Südreich und mit Segen von König Sigmund. Eure Linie ist durchbrochen, Eure Herrschaft beendet. Kurz gesagt: Selbst wenn damals Eurer Meinung nach etwas nicht gestimmt haben soll, Hoheit, macht es heute keinen Unterschied. Es ist vorbei. Was wollt Ihr mir also? Was habt Ihr davon?"

„Wenn mich mein Leben eines gelehrt hat, dann, dass ich auf meinen Instinkt hören soll. Er hat mich noch nie getrogen. Noch nie. Meine Vorahnungen haben mich noch nie getrogen. Und beides sagt mir, dass mehr dahintersteckt als nur das, was alle Welt zu wissen meint. Und ich glaube, dass eben Ihr, Molnar, da mehr wisst."

Molnar lachte kurz. „Was wollt Ihr denn wissen, Hoheit? Das alles nur inszeniert war, hm? Und was dann? Es ändert auch nichts!"

„Was soll das heißen? ‚Inszeniert'?"

Er prustete abfällig, neuen Mut hatte ihn erfasst. „Jetzt hör mir zu, kleine Prinzessin. Dein Reich gibt es nicht mehr, deine Autorität gibt es nicht mehr. Du bist ein Niemand. Aber *ich* bin jemand. Jemand sehr Wichtiges. Ich habe mächtige Freunde, denen egal ist, ob in deinen Adern königliches Blut fließt. Die schneiden dich und deine zwei Hofnarren hier in Scheiben, wenn mir etwas zustößt. Daher empfehle ich Euch dringend, Euer Hochwohlgeboren, mich zu befreien und schleunigst diese Gegend zu verlassen."

Mia wurde immer zorniger, ignorierte seine Worte. „Sagt mir, was Ihr wisst."

„Hast du mir nicht zugehört?! Wenn mir etwas passiert, wird euch die Rache meiner Freunde treffen! Ich sage gar nichts mehr!"

„Redet. Ich warne Euch."

„Du kannst mir nicht drohen, Miststück!"

„Sprecht!"

„Leckt mich, Eure Durchlaucht!"

Es reichte. Mia hatte genug. Sie nickte Larus zu, welcher dem motzenden Molnar sogleich mit Gewalt den Stofffetzen wieder in den Mund stopfte. Sie selbst drehte sich zu Tanmir, dessen Kopf vor Wut schon rot anlief, griff an seinen Gürtel, riss eines der Wurfmesser aus der Halterung und stieß es dem Gefesselten tief in den Oberschenkel, unmittelbar über dem Knie, dass die Klinge noch an der Kniescheibe vorbeischabte.

Molnar schrie auf, zappelte. Sein Schrei wurde von dem Knebel gedämmt. Das war auch notwendig. Denn in der nächsten Sekunde drehte Mia die Klinge in seinem Bein, verstärkte seine Schmerzen, sein Zappeln und seine Schreie.

„Hört mir jetzt genau zu", befahl sie zischend in sein Ohr. „Schaut Euch den Krieger zu Eurer Rechten an. Er hat noch vierzehn weitere solcher Messer. Und glaubt mir, Herr Molnar, ich finde an Eurem lausigen Körper noch vierzehn sehr schmerzhafte Stellen für seine Messer, ohne dass Ihr daran krepiert. Es liegt bei Euch, ob ich sie noch alle verwenden muss."

Molnar heulte in den Stoff in seinem Mund, sein Blick war trübe von Tränen. Er konnte ja nicht wissen, dass Mia bezüglich der Anzahl von Tanmirs Wurfmessern nur schwindelte.

„Haben wir uns verstanden?"

Spätestens jetzt hatte er begriffen, dass er es nicht mit irgendwelchen Grünschnäbeln – Prinzessin unter ihnen oder nicht – von der Straße zu tun hatte, sondern mit durchaus gefährlichen Personen, auch wenn weder ihr Aussehen noch ihr Alter darauf hatten schließen lassen können.

Er atmete schwer und heftig durch den Stofffetzen, nickte der jungen Frau zu, welche er aus den zusammengekniffenen und verheulten Augen nur verschwommen sah.

„Gut." Mia lächelte bezaubernd und ließ das Messer los, es aber weiterhin im Bein des Gefangenen stecken. Auf ihr Zeichen nahm dann Larus auch den Knebel wieder aus dem Munde des Mannes.

Molnar schluchzte und fluchte leise. Der Schmerz war unerhört und unaufhörlich stark. Er spürte, wie ihm der Schweiß über die Schläfen und zwischen den Augenbrauen auf die Nase rann.
„Die Frage ist noch offen", erhöhte Mia den Druck.
Molnar zögerte. „Wenn ich es sage, versprecht Ihr, dass Ihr mich laufen lasst?"
Mias Mund verzog sich ungut. „Was ich Euch verspreche ist, dass wenn Ihr es mir *nicht* sagt, ich Euch langsam in Scheiben schneide, wie es ja wohl Eure tollen Freunde gerne tun. Das hier ist eine Fischerhütte. Ich finde unter den ganzen Sachen des Fischers sicherlich auch ein Hackbeil und ein scharfes Filetiermesser. Redet schon!"
„Verflucht", keuchte Molnar, dessen eben erst aufgebauter Mut sich sogleich in Luft aufgelöst hatte. Die Aussicht auf weitere dieser Schmerzen dämpfte jeden rebellischen Willen. „Das war … das war alles nur ein Auftrag … Scheiße …"
„Erzählt es mir. Von Anfang an. Alles. Was für ein Auftrag?"
„Es war alles geplant, verdammt nochmal! Der ganze Putsch! Von langer Hand … ah … Das ist nicht auf meinem Mist gewachsen … Ich war nur einer von vielen, die es mitinszeniert haben."
„Was inszeniert? Nun redet endlich!"

„Ich verstehe Euch also richtig, wohlgeborener Herr Texor?", fragte Molnar mit großen Augen nach. „Ich soll die Vorräte verbrennen? Alles verbrennen? Das letzte Bisschen, was wir noch haben?"
Der königliche Hofmarschall von Isterien, Vindur Texor, nickte wortlos.
„Na, na, habt Ihr es irgendwie eilig? Reicht das Zurückhalten und Unterschlagen der Nahrungsmittel etwa noch nicht?"
„Die Hungersnot ist schon sehr schlimm, gewiss", stimmte Texor emotionslos zu. „Die Ernte ist nicht wirklich vielversprechend. Genauso, wie ich es mir vorstelle. Aber, Ihr habt es richtig erfasst, Molnar, es reicht noch nicht. Wir müssen zu noch drastischeren Mitteln greifen. Es darf nichts mehr geben. Eine totale Katastrophe soll entstehen."
„Zunächst einmal, werter Herr Hofmarschall" – Molnar lehnte sich im Sessel zurück, verschränkte die Finger vor seinem Bauch –, „bitte ich um meine übliche Entschädigung. Meine Verluste sind bereits jetzt immens, und wenn sie noch größer werden sollen …"
„Aber, Molnar, mein treuer Verbündeter", unterbrach Texor freundlich, „was denkt Ihr denn? Ich habe alles hier. Selbstverständlich. Ich halte stets meine Vereinbarungen."
Er reichte Molnar ein kleines gefülltes Stoffsäckchen.
„Das liebe ich ja an Edelsteinen", lächelte der Hofmarschall. „Sie sind so klein und leicht, so gut zu transportieren, und dabei doch so viel wert. Bei den aktuellen Wechselkursen kommt man bei fünfundzwanzig Pfund an mendorischen Zynten auf einen Wert von etwa fünfzig Mark Silber an Brillanten. Bei mendorischen Zynten wohlgemerkt. Von Südreichsmark ganz zu schweigen. Tendenz steigend. Somit eignen sich diese Steinchen nicht nur herausragend als

Bezahlung für hohe Summen, sondern zugleich als vielversprechende, marktunabhängige Wertanlage."

Molnar zuckte mit den Schultern, ließ das Säckchen in einer Umhängetasche von dunklem Leder verschwinden. „Tja dann, lassen wir noch mehr Bürger verhungern, die Zahl der Toten noch weiter ansteigen. Ein Glück glaube ich nicht an diesen magischen Kram vom Jenseits oder von Himmel und Hölle. Noch einen Wunsch, Herr Texor?"

„Nichts. Ihr sollt einfach absolut keine Nahrungsmittel mehr an die Händler herausgeben. Gebt bekannt, dass alle Vorräte ausgeschöpft sind und die königlichen Boten nichts mehr nachsenden. Der Eindruck, dass dem König sein Volk egal sei, soll noch weiter verstärkt werden."

„Das Übliche, klar, klar. Aber so langsam wird es ziemlich heiß. Die Leute werden zorniger, sie greifen schon zu Waffen, fangen an, andere umzubringen. Die Straßen sind unsicher. Es wird immer gefährlicher."

„Der Zorn von Isteriens Bewohnern richtet sich nicht gegen Euch, Molnar, sondern gegen den König und seine Vertreter – seine Wahlmänner, Ratsleute und wie sie alle heißen. Die bekommen den Zorn des Volkes zu spüren. Ihr seid ein genauso armer, vom Königshaus im Stich gelassener Bürger wie sie. Aber ich verstehe natürlich, worauf Ihr hinauswollt. Ihr werdet feststellen, dass diese Zahlung heute bereits höher ist als es die vorige war. Und es wird auch bei Weitem nicht die letzte sein."

„Das hoffe ich doch. Dieser ganze Mist soll sich ja auch lohnen. Aber was ist mit dem König? Was, wenn er Wind von allem bekommt? Er hat – nicht zu vergessen – noch die Garde hinter sich."

„Der König trauert nach wie vor seinem Sohn hinterher. Er ist kopflos, sich über die Situation im Lande gar nicht bewusst. Zugegeben, der Informationsfluss zum Palast ist … ich sage mal: Schleppend."

Molnar nickte langsam. „Ich verstehe."

„Sorgt Ihr dafür, Molnar, das weiterhin alles nach Plan und die Hungersnot aus dem Ruder läuft. Dann ist Eure wohlhabende Zukunft gesichert."

„Das hoffe ich. Ich habe Vorkehrungen getroffen, um mich nach Mendor abzusetzen. Ich würde es sehr bedauern, wenn sie vertan wären."

„Das werden sie nicht, Molnar. Das werden sie nicht." Vindur Texor schaute aus dem Fenster, ein dämonisches Lächeln lag auf seinem Lippen. „Es sind Ereignisse in Gang getreten, die nicht mehr aufzuhalten sind. Der Schneeball rollt unaufhaltsam, wird zur Lawine. Bald sind alle Figuren auf dem Schachbrett in Stellung gebracht. Und dann, zur rechten Zeit, wird Schachmatt gesetzt."

„Texor …" Mia knurrte wie eine Löwin, deren Jungen entführt wurden. „Also war das alles Texors Plan? Er hat das alles eingeleitet?"

„Was glaubt Ihr denn, wieso er jetzt Truchsess von Sigmunds Gnaden ist? Texor wollte nicht mehr nur Hofmarschall sein. Er wollte König sein. Oder zumindest wie einer herrschen."

„Und deshalb dieser Plan und die Hungersnot?" Mia konnte es kaum glauben, was ihr hier gerade erzählt wurde. „Die Hungersnot war inszeniert?"

„Nur am Anfang", antwortete Molnar mit seiner kratzigen Stimme schwerfällig, dem es nicht gelang, sich an das in seinem Bein steckende Messer zu gewöhnen. „Und nur im Süden des Landes. Ein kleiner Ernteausfall und Engpass, einige Nahrungsknappheiten und Mängel, mehr nicht. Nichts, was man nicht hätte unter Kontrolle bekommen können. Aber wollte man nun einmal nicht. Von daher, ja, sie war inszeniert. Ihr Ausmaß wurde von uns gelenkt, das heißt von mir und anderen Leuten in ähnlichen Positionen wie ich. Überall im Land. Die Nahrungsvorräte wurden kontinuierlich knapper, die Kornspeicher immer leerer. Bis sie nahezu erschöpften. Außer natürlich für diejenigen, die involviert waren. Naja, und den Löwenpalast. Der König sollte schließlich in schlechtem Licht dastehen. Erinnert Euch, Prinzessin, habt Ihr damals Hunger leiden müssen? Hm?"

„Wie bekommt man so etwas in so großem Stile hin? Essen verschwindet doch nicht einfach."

„Ach, Weib, was glaubt Ihr? Meint Ihr, sowas kann von jedermann nachgehalten werden? Es gibt nur wenige Leute, die darüber die absolute Kontrolle haben, die die kompletten Produktions- und Vertriebswege kennen und kontrollieren. Solche wie mich. Auf den vielen Stationen vom geernteten Weizenkorn bis zum Brotverkauf beim Bäcker kann viel geschehen. Und dann hatte Texor ja auch noch seine gedungenen Häscher, die im Land immer als Banditen gesehen wurden. Die überfielen hier und da ein Dorf, brannten Kornspeicher ab, zertrampelten Felder, zerstörten Ernten. Die Beute durften sie behalten. Boten wurden ausgeschaltet, Nachrichten gefälscht, Lieferungen unterschlagen oder gar zerstört. Keine Zeugen natürlich. Texor hatte die Position und die Ressourcen, um das zu bewerkstelligen."

Es war deprimierend. Alle Arbeit für die Katz. Aufgrund der Dürre erfolgte der totale Ernteausfall. Waren es im letzten Jahr Banditen gewesen, die Kohl und Rüben niedergetrampelt hatten, wuchs in diesem Jahr schon fast nichts mehr, was Banditen hätten niedertrampeln können. Trotzdem standen die Bauern wieder auf den Feldern, versuchten zu retten, was zu retten war, versuchten den Grundstein für die Zukunft zu legen, für hoffentlich ertragreichere Erntejahre.

Denn auf Hilfe von Oben, vom Schultheißen, vom Rat oder vom König, hofften sie schon lange nicht mehr.

Inzwischen jedoch war die Stimmung vollkommen am Abgrund. Aus Trauer und Verzweiflung war Hass geworden.

Hrubreck war mit den Kräften am Ende. Vor einigen Monaten war er noch ein Berg von einem Mann gewesen – gut sechseinhalb Fuß hoch und zwei Zentner schwer, wohlgemerkt zwei Zentner Muskeln, wenig Fett. Jetzt, nachdem die Hungersnot im Süden Isteriens einen neuen schrecklichen Höhepunkt erreicht hatte, hatte sich auch sein Gewicht garantiert um die Hälfte vermindert. Er kam einem sogar kleiner vor.

Er war hier auf dem Feld, versuchte, wie einige andere seiner

Dorfmitbewohner, das Feld zu bestellen. Doch in seinen geschwächten und energielosen Muskeln lag kaum Kraft. Die Ochsen, von denen sie früher die Pflüge hatten ziehen lassen, wurden schon vor Monaten geschlachtet und verspeist, wie auch fast jedes andere Nutzvieh. Hundegebell oder das Miauen von Katzen waren auch schon seit mehreren Wochen restlos verstummt.

Doch nicht nur aufgrund der ausbleibenden Nahrung fehlte Hrubreck die Kraft. Es war nun schon eine Woche her, dass er seinen kleinen Sohn an den Hunger verloren hatte. Das abgemagerte Kind lag an jenem grauenhaften Morgen in seinem Bett und wachte trotz unzähligen Versuchen des Weckens nicht mehr auf. Der Bauer hatte so fürchterlich geschrien, dass er noch heute ein Kratzen in der Stimme spürte.

Obwohl er eigentlich weder körperlich noch geistig dazu imstande war, machte er, wie auch die Nachbarn – welche bereits ähnliche Verluste erlitten hatten – weiter. Ihre Hoffnung lag auf jener kommenden Ernte.

Als er und die anderen Bauern an diesem Tag die Feldarbeit beendet hatten, herrschte auf dem Marktplatz ihres Heimatdorfes reges Treiben. Ein Auflauf von sämtlichen Dorfbewohnern lauschte den Worten eines Ausrufers, der auf einem als Podest dienenden Karren stand. Hrubreck kannte diesen Mann nicht. Es war möglicherweise ein Zugereister.

„Was haben sie mit uns gemacht?", rief der Mann in der Haltung eines Predigers. „Was haben sie aus uns gemacht? Kranke, kraftlose und abgemagerte Gestalten. Wir sind alle nur noch ein Schatten unserer selbst, führen ein unwürdiges Leben. Ich frage euch erneut: Was haben sie mit uns gemacht? Aber vor allem: Was haben sie uns genommen? *Wen* haben sie uns genommen?!"

„Unseren Großvater!", schrie jemand aus der Menge.

„Meinen Bruder!"

„Mein Weib!"

„Unsere Tochter …"

Meinen Sohn, dachte Hrubreck und spürte, wie neben Trauer auch Wut in ihm aufstieg.

„Eben das!", bestätigte der Ausrufer. „Sie haben uns unsere Lieben genommen! Nicht genug, dass sie – die sich unsere Anführer nennen – uns im Stich ließen, dass sie uns wie Insekten ignorierten, nein! Sie nahmen auch noch die Tode unserer Verwandten und Freunde, unserer Liebsten hin! Nein, verdammt! Das können wir, dürfen wir uns nicht weiter gefallen lassen! Ich sage: Es reicht! Es reicht! Zu viel haben sie uns zugemutet, zu viel haben sie uns aufgebürdet, zu viel haben sie sich erlaubt! Zu viel haben sie uns genommen! Viel zu viel!"

„Richtig!" Die Menge stimmte zu.

„Sie dort, in Rema! Im Löwenpalast! Sie sonnen sich im Luxus, während wir vor Hunger und Krankheit krepieren! Sie leiden nicht, was sage ich, sie haben nicht einmal Engpässe! Sie sitzen weiter in ihren schicken Sesseln mit ihren dicken Wohlstandsbäuchen und trinken ihren Wein, während wir nicht einmal sauberes Wasser haben!"

„Dreckspack!", erschallte es aus der wütenden Menge.

„Scheißkerle!"

„Sie halten sich für Diener dieses Landes", fuhr der Ausrufer fort, nachdem er abgewartet hatte, dass sich die Wut weiter in der Menge verbreitete. „Für Diener Isteriens. Aber was, frage ich euch, ist Isterien? *Wir* sind Isterien! *Wir*! Das Volk! Indem sie uns verraten, verraten sie Isterien! Sie verraten uns, ihre eigenen Bürger!"

„Verräter!"

„Elende Hunde!"

„Wie viele Worte können wiedergeben", sagte der Prediger, „was diese Gestalten dort in ihren geräumigen Häusern und Palästen wirklich sind? Unzählige Wörter! ‚Mörder' ist nur eines davon. Ja, Mörder! Mörder sind sie! Mörder ihres eigenen Volkes! Mörder unserer Lieben!"

„Mörder!"

„Mörder!"

„Wir dürfen dieses grausame Rad sich nicht weiterdrehen lassen! Wir müssen es stoppen! Wir müssen unser Schicksal selbst in die Hand nehmen! Aber nicht nur unser Schicksal, nein! Auch die Gerechtigkeit müssen wir in unsere Hände nehmen! Die Gerechtigkeit, die unsere Anführer unseren Lieben nicht zuteilwerden ließen! Zahlen wir es ihnen mit gleicher Münze heim! Sorgen wir für Gerechtigkeit! Wenn wir es nicht tun, tut es niemand für uns! Ja! Sorgen wir für Gerechtigkeit!"

Gerechtigkeit, dachte Hrubreck, dessen Zorn immer weiter anwuchs. Denen in Rema würde ich zeigen, was Gerechtigkeit ist.

„Wo waren sie, als die Banditen die Felder zertrampelten? Als sie unsere Hütten abbrannten? Als sie unsere Weiber schändeten und uns beraubten? Wo waren ihre Soldaten, die uns beschützen sollten? Sie waren nicht da, weil man sie nicht mehr besoldet hatte, ihnen keine Verpflegung mehr gegeben hatte! So ging die Armee vor die Hunde und die Banditen erstarkten! Die Soldaten waren nicht mehr da, um uns Wehrlose, unsere Ältesten, unsere Frauen und Kinder zu beschützen! Denn wie auch? Man brauchte ja sämtliche Rationen für sich selbst! Damit man sich die Bäuche fett fressen konnten! Und man brauchte sämtliches Geld, um sich teuren Luxus aus Mendor leisten zu können! Auf unser aller Kosten! Unser Leid als Preis für ihren Luxus!"

„Schweine!"

„Elendiges Adelspack!"

„Sie überließen uns unserem Schicksal!" Der Ausrufer schlug mit der Faust in die Höhe. „Ich sage: Dann sollen sie auch die Konsequenzen zu spüren bekommen!"

„Ja!"

„Jaaa!"

„Wollen wir uns das weiter bieten lassen, ihr Leute?! Soll das so weitergehen?! Wollt ihr weiter hungern? Wollt ihr noch mehr geliebte Personen begraben müssen?!"

„Nein!"

„Niemals!"

„Nein!"

Oh, nein, dachte Hrubreck, nickte gewichtig und mit vor Zorn berstenden Gesichtszügen.

„Genau, ihr Leute! Es muss Schluss damit sein! Also holen wir uns, was uns zusteht! Was sie dort in ihren Häusern und Palästen horten und vor uns verstecken, die wir es mit dem Schweiße unserer Körper und dem Blute unserer Lieben erarbeitet haben! Wir haben ein Anrecht darauf! Und genauso haben unsere Verstorbenen ein Recht auf Genugtuung! Auf das sie nach diesen schrecklichen Taten der feinen Herrschaften endlich Frieden finden können!"

„Ja!

„Jaaa!"

„Lasst sie büßen!"

Hrubreck war immer ein Gegner von Gewalt, war häufig derjenige, der bei einem Streit zwischen den Parteien vermittelte und schlichtete. Doch das war vorbei. Er spürte, wie der Blutdurst in ihm Anwuchs, wie ein fürchterlicher Zorn in ihm erwachte, wie aus der mit Verzweiflung kombinierten Wut der letzten Monate – sogar Jahre – jetzt abscheulicher Hass wurde.

„Lassen wir uns das nicht mehr gefallen!" Der Ausrufer hob die Faust gen Himmel. „Lassen wir uns nicht mehr wie Schaben behandeln! Lassen wir uns nicht mehr zu deren Wohlbefinden ausnutzen! Lassen wir uns nicht noch mehr Geliebte nehmen! Lasst es uns beenden! Das Leiden beenden!"

„Jaaa!", schrien die Leute. Auch Hrubreck schrie.

„Ziehen wir gegen den König und seine Leute! Die Volksverräter! Zeigen wir ihnen, dass sie zu weit gegangen sind! Denn wenn wir es nicht tun, werden sie uns weiter ausbeuten! Bis nicht mal mehr der Wille zu überleben in uns ist! Wir müssen es tun!"

„Jaaa!", erscholl es vielfach aus der Menge. Hrubreck schrie lauthals mit.

„Ziehen wir gegen Rema! Ziehen wir gegen den Löwenpalast, meine Volksgenossen!"

„Jaaa!"

„Auf nach Rema!"

Die Bauern marschierten zu ihren Hütten, holten alles hervor, was irgendwie als Waffe zu gebrauchen sein konnte – Bretter, Mistgabeln, Dreschflegel, Sensen, Äxte, Hämmer, Sägen, Sicheln und so weiter. Auch Hrubreck begab sich zu seinem Anwesen, schob sich einen Knüppel hinter den Gürtel und schnappte sich aus dem Schober eine Mistgabel.

„Und die Krankheiten?", fragte Mia nach der zweiten schrecklichen Katastrophe damals in Isterien. „Die Pest im Osten des Landes?"

„Das Gleiche ... ah ..." Molnar schüttelte vor Schmerz den Kopf. „Irgendwelche von Texors Schergen mischten krankes Nutzvieh unter gesundes. Man sabotierte Aquädukte, ließ Kanalisationen aufgrund irgendwelcher

Manipulationen überfluten, die Ratten kamen zu Hauf auf die Straßen. Die Seuchen verbreiteten sich wie ein Lauffeuer. Und die Medizin zurückzuhalten oder verschwinden zu lassen, war für Texors Leute auch kein Problem. Genauso wie bei den Nahrungsmitteln. Er wusste ja von jedem Medikamententransport. Eben mal ein paar Häscher mit Schwertern und Fackeln hingeschickt, Problem gelöst."

„Ich fasse es nicht", sagte Mia leise. Sie konnte es einfach nicht glauben. „Und die Banditen, die alles unsicher machten? Die man für die zahlreichen Überfalle verantwortlich machte? Texors Leute?"

„Nur zum Teil. Die nachhaltige Arbeit leisteten andere: Gekaufte Anstachler der Bauern, dass diese zu den Waffen griffen. Viele der Gruppierungen haben sich nur aus Bauern zusammengesetzt, nicht aus Kriegern. Seine Männer brauchte Texor nur am Anfang, bis die Bauern genug Mut hatten, königliche Soldaten anzugreifen. Tja, das heißt, je nachdem wo es noch Soldaten gab. Aufgrund ausbleibenden Solds und Nahrung desertierten die meisten. Die meisten zogen nach Südreich, manche schlossen sich Banditen an. Übrig blieb nur die königliche Leibgarde. Was glaubt Ihr, wieso Sigmunds Truppen so leicht nach Isterien hereinspazieren konnten, gleich nach dem Putsch?"

Mia brauchte keine Antwort zu geben.

Molnar atmete gegen den Schmerz an. Sein Knie pochte. „So ging es lange Zeit: Dörfer wurden von Banditen überfallen, Medizin und Nahrung ließ man verschwinden, und man erzeugte Panik und ein Gefühl von Schutzlosigkeit unter den Menschen, damit sie all ihren Zorn gegen das ignorante Königshaus richten."

„Und das alles habt Ihr mitgemacht?", fragte die junge Frau weiter. „Die Hungersnot, die Krankheiten, die Morde? Warum? Tausende Unschuldige sind wegen alledem gestorben! Ehemänner, Ehefrauen, Mütter, Väter, Brüder, Schwestern, Kinder! Warum habt Ihr Euch darauf eingelassen, Molnar? Warum?"

„Jeder ist sich selbst der Nächste, Prinzessin. Wenn Ihr die Wahl hättet zwischen einem vergoldeten Zuber mit Rosenwasser und angewärmten Handtüchern oder einem verdreckten Bach in der Wildnis, was würdet Ihr wählen?"

„Pah! Als ob es Euch vorher schlecht ging!"

„Es geht immer besser."

Sie schnaubte. „Eure Wahl ist mir klar. Aber ich glaube einfach nicht, dass jeder, den Texor hierfür brauchte, dieselbe Einstellung hatte. Es muss doch noch ehrliche Personen gegeben haben, die diese abscheulichen Pläne nicht unterstützten."

„Gab es." Molnar nickte, dann japste er schmerzerfüllt auf. „Aber da trat dann Texors zweites unschlagbares Argument zu Tage: Entweder Fügung und großzügige Entlohnung, die für ein wahrlich königliches Leben sorgt, oder Tod. Er hatte genug Mörder unter sich."

„Er hat alle getötet, die ihm nicht dienten? Und damit auch die, die ihn hätten verraten können?"

Molnar biss die Zähne zusammen. Er hielt es nicht für notwendig, das zu bestätigen.

„Argh ... Dieser elende ..." Mia raufte sich die Haare. Ihr war speiübel. Der Zorn unterdrückte das Unwohlsein.

„Ich habe es dir gesagt, Holger!", ereiferte sich Stanley Hürtnof. „Ich habe es dir gesagt! Wir hätten das Angebot annehmen sollen!"

„Und uns an dieser Abscheulichkeit beteiligen?" Holger Hürtnof schüttelte den Kopf. „Zusehen, wie die Leute Hunger leiden? Am Hunger sterben? Nein, niemals! Das hätte unser Vater nicht gewollt."

„Aber unser Vater hätte bestimmt auch nicht gewollt, dass wir hier sterben! Das unser Bruder Walberg der einzige Erbe seiner Handelsgesellschaft sein würde. Ach, Mist, wir hätten zu ihm nach Ethinnstund fliehen sollen!"

„Wir sterben in Ehren, Stanley." Holger blickte auf das große Portrait ihres Vaters, ein prächtiges Gemälde an der Wand des Büros. „Ich weiß, dass mein Ende bevorsteht, aber ich kann erhobenen Hauptes in den Spiegel schauen. Und im Jenseits werde ich auch unserem Vater in die Augen schauen können, da ich mir treu geblieben und mich nicht an diesem hinterlistigen Spiel beteiligt habe. Wenn ich es getan hätte und irgendwann als vom Blutgeld reicher, alter Sack gestorben wäre, weiß ich nicht, ob ich das mit dieser Last auf den Schultern auch gekonnt hätte."

„Aber ich hatte eigentlich nicht vor, unserem Vater jetzt schon gegenüber zu treten. Und bei dir verstehe ich das erst recht nicht. Du hast eine Frau, ihr wolltet Kinder haben. Was soll Karoline dazu sagen?"

„Karoline hätte nichts anderes von mir erwartet. Sie hätte niemals zugelassen, dass ich aufhöre, die Leute mit Nahrung zu versorgen, um meine eigene Haut zu retten. Mir reicht der Gedanke, dass sie in Sicherheit ist. Ich habe sie schon vor Tagen fortgeschickt, auf eine fingierte Dienstreise. Karoline wird sicher sein, überleben, und mit ihren kaufmännischen Fähigkeiten wird sie schon etwas finden, früher oder später. Aber *ich* gehe nicht, lasse mich nicht hetzen wie ein Tier. Bis zuletzt habe ich Nahrung an die Bevölkerung verteilt. Und wenn ich deswegen sterben soll, na, dann soll es eben so sein."

„Ich bin gespannt, ob du gleich auch noch so denkst. Wie's aussieht haben die Typen die Tür aufgebrochen."

Stanley Hürtnof hatte recht. Sie hörten die zahlreichen Schritte schwerer Stiefel, die die Treppe zu ihrem Gemeinschaftsbüro hinaufliefen. Nach nur wenigen Herzschlägen, wimmelte es in dem Raum, der im obersten Geschoss des Familienanwesens der Hürtnofs lag, von bewaffneten Männern, die allesamt dunkle Tücher um die Köpfe geschlungen hatten, wodurch die Gesichter bis hin zu den Augen verdeckt wurden. Einer der Männer, ganz in schwarz gekleidet, anscheinend der Anführer, kam direkt auf sie zu, die vor der Wand standen, an der das Porträt ihres Vaters und Gründers ihrer Unternehmensgruppe hing.

„Die Herren Hürtnof?" Die Stimme des Attentäters klang dumpf unter dem

Tuch. „Holger und Stanley?"
Die beiden Kaufleute bejahten das nicht. Er war auch nicht erforderlich.
Der Anführer zog ein Stilett. „Ihre geschäftlichen Aktivitäten sind diversen bedeutenden Leuten ein Dorn im Auge. Ich wurde beauftragt, diesen Zustand zu korrigieren. Es ist Zeit, dass ihr eure Posten räumt, edle Herren Hürtnof."
Die Eindringlinge sorgten dafür, dass zwei von drei der Gebrüder Hürtnof, zwei der einflussreichsten und wohlhabendsten Handelsmänner Isteriens mit Kontakten bis in die Vereinigten Nordlande ihre Posten räumten. Sie sorgten schnell dafür, sogar fast schmerzlos.
Fast.

Mia wurde immer fassungsloser.
„Wie, zum Teufel, hat Texor das alles bezahlen können? Das müssen ja Unsummen gewesen sein. Ihr, Molnar, andere wie Ihr, die Söldner, die Mörder, die Schmiergelder und was sonst noch alles. Das muss doch jemandem aufgefallen sein?"
„Ich erinnere Eure Majestät an die Bemühungen Eures Vaters, des Königs Friedbert, den *Zusammenschluss von Vanaransis* zu bewerkstelligen. Er scheute keine Mühen und Kosten, um zuletzt auch König Sigmund von Lichtenhaus zur Unterschrift zu bewegen. Isterien war immer ein sehr wohlhabendes Königreich. Da sollte sich doch bestimmt etwas machen lassen können, das eine oder andere Geschenk vielleicht ... Das Problem war nur, dass diese großzügigen Geschenke, die Sigmund zum Umdenken bewegen sollten, nie bei ihm ankamen. Zumindest nicht in der Höhe, welche bei Hofe bekannt und dokumentiert war."
„Texor hat das Geld unterschlagen?"
„Natürlich. Die prall gefüllten Schatz- und Steuerkammern Isteriens wurden um Gaben für Sigmund erleichtert, von denen er selbst nur einen Bruchteil zu Gesicht bekam. Wenn überhaupt. Das Delta dieser Summen haben ..."
„Du und deinesgleichen erhalten", beendete Tanmir den Satz. „Und den Rest hat Texor für seine Zwecke verwahrt."
Molnar nickte, verzog abermals den Mund. Der Schmerz schien allerdings tatsächlich nachzulassen. Denn sein Bein starb allmählich ab. Oder er begann das Bewusstsein zu verlieren.
„Das verstehe ich nicht", sagte Mia kopfschüttelnd. „Wie hat er das gemacht? Wieso hat sich König Sigmund das gefallen lassen?"
„Was glaubt Ihr, Hoheit? Sigmund und Texor steckten unter einer Decke. Von Beginn an."
„Bitte was?!"
„Wenn ich es doch sage! Au ... Argh ... Was genau da zwischen denen abging, weiß ich nicht, nur das Texor Sigmund in der Hand hatte. Und das mussten verdammt gewichtige Argumente auf Texors Seite gewesen sein. Denn Sigmund war ein König, aber für Texor hatte er die Autorität eines Dackels."

„Eure Truppen müssen für die Nacht auf den vierundzwanzigsten August bereitstehen. Es beginnt in dieser Nacht. In Rema und am Löwenpalast."

König Sigmund zog die dichten Brauen hoch, verschränkte die Arme über dem dicken Bauch. „So genau könnt Ihr das sagen, Herr Texor? So genau könnt Ihr den finalen Schlag des Bauernaufstandes planen?"

„Ich habe alle Fäden in der Hand. Ein einschneidendes Ereignis in unserem Zweiten Zeitalter steht an. Der vierundzwanzigste August wird der letzte Tag der Regentschaft König Friedberts, dem Vierten seines Namens, sein. Das ist die einzig relevante Information für Euch."

Der König von Südreich fixierte den Hofmarschall Isteriens kurzzeitig, zuckte aber schließlich mit den Schultern, als ihm klar wurde, dass er keine ausführlichere Antwort erhalten würde. „Mir soll's egal sein, wie Ihr das regelt. Hauptsache es beginnt endlich. Denn es wird auch Zeit, Texor. Immer mehr Leute stellen Fragen, wieso mein Militär so mobil macht. Mir gehen allmählich die Erklärungen aus."

„Die wichtigste Erklärung werde ich Euch liefern." Vindur Texor legte die Finger der rechten Hand auf seine Brust. „Mein offizieller Hilferuf aus dem im Chaos und Blut versinkenden Isterien wird Euch, Majestät, der Ihr zum Entsatz heranrückt, als Helden in die Geschichte eingehen lassen."

„Die Geschichte schreiben wir später. Mich interessieren die Erträge für mein Königreich aus dieser ganzen Affäre. Schließlich muss ich es begründen, wenn meine Truppen länger in Isterien bleiben, auch wenn der ganze Staatsstreich vorüber ist."

„Hm, Ihr seid aber wenig Politiker, Majestät, wenn Ihr nicht die Heldentat der Rettung Isteriens in solch schöne Worte verpacken könnt, dass jeder von der Realität abgelenkt wird."

„Das mag ja anfangs funktionieren. Aber irgendwann werden Fragen gestellt, was Südreich von einer Besetzung Isteriens hat. Ein Reich, mit dem wir keine Feindschaft haben und von dem keine Gefahr für mein Land ausgeht."

„Die Details – das sagte ich Euch bereits beim letzten Mal – werden wir erst besprechen und organisieren können, sobald die Situation eingetreten ist. Was Euch jedoch gewiss ist, sind gute Handelsbeziehungen, die Kontrollen sämtlicher Grenzen Isteriens und damit ein unbeschränkter Zugang zum östlichen Verlauf des Zaron und zum Klarsirischen Meer. Bereits diese drei Gründe sollten ausreichend sein, Eure Aristokraten von den Vorteilen einer solchen dauerhaften Präsenz in Isterien zu überzeugen."

„Mit Euch als Truchsess?"

„Damit es authentisch bleibt." Texor lächelte.

Der König Südreichs verzog das bärtige Gesicht. „Aber klar. Wie informiert Ihr mich und meine Leute über den Beginn der Operation?"

„Auf dem üblichen Wege. Von Rema zur Grenze sind es ungefähr einhundertdreißig Meilen. Ein königlicher Bote mit einem schnellen Pferd wird Eure Leute zeitnah informieren."

„Und wenn jener Bote zufällig Opfer Eurer hausgemachten Aufständischen wird?"

„Seid versichert, er wird Euch erreichen. Ich sorge dafür, dass er nicht vom Weg abkommt. Und er wird frühzeitig erscheinen. Am Morgen des vierundzwanzigsten Augusts möchte ich, dass Eure heldenhaften Truppen den Aufruhr niedergeschlagen haben."

„Schön. Meine Truppen räumen hinter Euch auf, ich ernenne Euch zum Truchsess und leite eine Zusammenarbeit mit Euch ein, unter dem Deckmantel Isterien zu alter Stärke zu verhelfen. Auf das mein Land von den Vorzügen der Landfläche Isteriens profitiert und sich eine Heldenstellung in der Geschichte sichert."

„Ihr erinnert Euch an unseren Plan. Wie erbauend."

Der Herr Südreichs verzog das Gesicht, dass die Nasenflügel dicke Falten warfen. Er mochte Texor einfach nicht.

„Nun gut", sagte der Monarch herausfordernd. „Gesetzt den Fall, wir haben das also alles hinter uns gebracht, meine Truppen haben den Aufstand beendet, Ihr seid Truchsess von Isterien, Südreich tritt nur noch als Beschützer Isteriens auf: Woher weiß ich, dass Ihr, Herr Texor, nicht irgendwann Lust bekommt, Eure eigenen Pläne zu verfolgen? Dass Ihr die Vereinbarungen mit mir vergesst? Als Truchsess seid Ihr eines Königs gleich. Ihr braucht mich nicht mehr zwingend. Wo sind meine Garantien?"

„Mein Wort sollte Euch Garantie genug sein, Majestät."

Sigmund schaute den lächelnden Hofmarschall bedrohlich an. „Das hoffe ich. Denn solltet Ihr wortbrüchig werden oder Euch als unzuverlässig erweisen, werde ich mich gezwungen sehen, die Position des Truchsesses zu überdenken."

Schlagartig veränderten sich die edlen Züge Texors. Sie wurden böse. Sehr böse. „Gebt auf Eure Worte Acht, König. Vergesst nie, wen Ihr vor Euch habt. Wer Euch zum König gemacht hat. Und wer jederzeit alles auffliegen lassen kann. Ich will gar nicht daran denken, wie es die ersten Geschlechter Südreichs finden würden, wenn sie erführen, was wirklich mit Eurem Vater und Euren älteren Brüdern geschehen ist, damit Ihr König werden würdet."

Dem König von Südreich verging der drohende Gesichtsausdruck. Über sein Gemüt legte sich ein Druck, der ihn auf paradoxe Weise sowohl platzen als auch zusammenschrumpfen zu lassen schien. Sigmund konnte nicht wissen, dass sich dieses widerliche Gefühl sowohl aus seiner Angst vor Texor zusammensetzte, als auch aufgrund eines telekinetischen Griffs des mächtigen Druiden vor ihm, mit dem dieser insgeheim seiner Drohung noch eine nachhaltige Wirkung verlieh.

„Versucht nicht, mir in die Quere zu kommen", mahnte Texor mit ruhiger, aber boshaft fester Stimme. „Ihr erinnert Euch doch bestimmt noch, was beim letzten Mal geschah, als Ihr mir Eure Schergen auf den Hals gehetzt habt. Als Ihr glaubtet, Euch von einem lästigen Zeugen befreien zu wollen."

Der König heftete den Blick auf den Tisch, senkte den Kopf so tief, dass ihm beinahe die goldene Krone mit den in die Zacken eingearbeiteten Edelsteinen herunterrutschte.

„Ich rate Euch gut, Majestät, das nie wieder zu versuchen. Beim nächsten Mal, das es hoffentlich nicht geben wird – ich hoffe es für Euch –, werde ich nicht so schnell vergeben. Um Euretwillen solltet Ihr besser gar nicht erst daran denken, sondern lediglich unseren Plan befolgen."

Der Monarch des größten Landes südlich des Zaron sagte nichts. Er nickte nur, fügte sich, wie ein getretener Hund.

„Ach, und Siggi?"

Mit unterschwellig grimmiger, aber geschlagener Miene blickte der König auf.

„Du solltest deine Rede vorbereiten. Die Welt wird vom heldenhaften König, der ein Massaker unterbunden und weitere Morde verhindert hat, erfahren wollen, wie es weitergeht. Auch das Volk Isteriens, ach, der ganze Kontinent wird wissen wollen, wie es mit Isterien weitergeht. Ein kleiner Tipp für den Politiker in dir: Viel reden, wenig sagen. Hauptsache, es kommt gut an. Prosa, alter Freund. Prosa."

„König Sigmund von Lichtenhaus", schaltete sich zum ersten Mal Larus in das Gespräch ein, der wie auch Mia und Tanmir kaum glauben konnte, was er gerade hörte, „war an diesem ganzen Komplott beteiligt?"

„Ja, war er." Der schwitzende Molnar bleckte vor Qual im Knie die Zähne. Er war bleich wie Kalk. Erschöpftes Nuscheln schlich sich in seine Aussprache. „Schon lange bevor die Unruhen im Land überhaupt begonnen haben. Was meint Ihr, warum er der einzige war, der sich nicht dem *Zusammenschluss von Vanaransis* fügen wollte? Nicht nur, weil es einfach nicht in seinem Interesse war – er lag ja schon lange im Zwist mit Mendors König Frodimir wegen dem Niedertal –, sondern auch, weil Texor es so wollte. Damit dies als eine persönliche Niederlage König Friedbert in ein schlechtes Licht rücken würde. Und damit er unauffällig massenweise Reichtümer aus Isteriens Staatskasse entwenden konnte."

„Wie lange dieser Texor das wohl geplant haben muss?"

„Viel zu lange, Larus", sagte Tanmir, murrte und verpasste dem Gefangenen eine sachte Ohrfeige.

„Hey!", schimpfte Molnar. „Was sollte das?!"

„Will nur sichergehen, dass Ihr hier nicht bewusstlos werdet. Also, Molnar, ich habe noch einige Messer griffbereit, wie Ihr seht. Sprecht. Was geschah weiter?"

„Ich rede doch, oder?! Argh, verdammt … Ich glaube mein Bein fällt ab … Könntet ihr nicht endlich dieses Messer herausziehen?"

„Kommt darauf an, was Ihr uns noch erzählt."

„Mistkerle …", jauchzte der Gefesselte und atmete verkrampft tief durch. „Sigmunds Rolle in Texors Plan war damit noch lange nicht vorbei, sie begann erst."

„Was meint Ihr damit?", wollte Mia wissen.

„Texors Plan bestand aus zwei Teilen: Erstens, das, was ich gerade gesagt habe. Hungersnot, Krankheiten, Leid, Qual und Tod unter dem Volk. Ein wütendes Volk. Die Einleitung zu Aufständen der Bauern. Damit die Einleitung zum gewünschten Staatsstreich. In Verbindung mit einer geschwächten Armee aufgrund von nicht besoldeten desertierten Soldaten. Um diesen Staatsstreich jedoch erfolgreich zu gestalten, brauchte Texor mehr. Denn immerhin hatte Friedbert noch seine Leibgarde. Texor brauchte Soldaten, Waffen, Ressourcen zum Kampf. Das war der zweite Teil, Sigmunds Aufgabe. Südreichs König zog insgeheim eine kleine Armee zusammen, die bereitstand, in Isterien einzufallen, sobald es zu den endgültigen Unruhen kam. Schon Tage oder Wochen vorher wurden sogar verkleidete Agenten von Sigmunds Geheimdiensten unter die wütenden Mobs gemischt. Bei den Massen an Menschen, den Unruhen und dem Hass fiel der ein oder andere Haufen von professionellen und erstklassig gerüsteten Agenten, die als Bauern getarnt waren, gar nicht auf. Die reguläre Armee Sigmunds fiel nur wenig später in Isterien ein, besetzte es und hatte leichtes Spiel, die Bauern zu ... ich sage mal, besänftigen."

„Noch mehr unschuldiges Blut", fauchte Mia.

„Ja", bestätigte Molnar. „Aber der Höhepunkt des Aufstandes, so schnell er begann, so schnell beendete der gute Sigmund ihn. Pünktlich zum Massaker im Löwenpalast am vierundzwanzigsten August vor sieben Jahren tauchte er auf, als habe er darauf gewartet, und nahm das niedergebrannte Königshaus ein, befreite es vom Bauernmob. Die Agenten seines Geheimdienstes waren da natürlich schon lange weg. Schließlich erhob sich der Held aus Südreich und verkündete feierlich, die Ordnung und Sicherheit Isteriens wiederherstellen zu wollen, zusammen mit dem wie durch ein Wunder überlebenden Hofmarschall Texor, den er zum Truchsess machte. Zur Würdigung, da sich Texor an Sigmund um Hilfe für Isterien wendete."

„Zumindest wollte man das alle Welt glauben lassen", vermutete Tanmir. „Jeder sollte glauben, dass Sigmund Isterien helfen wollte. Dabei hatte er es selbst auf dieses Land abgesehen."

„So ist es. In der Welt wird Sigmund als der Retter in der Not dargestellt, der Texor beim Wiederaufbau des Landes unter die Arme greift, nachdem er geholfen hatte, die wütende Meute zu beruhigen und Teile seines Militärs zum Schutze Isteriens abstellte – hört sich gewiss netter an als das böse Wort ‚Besatzung'. Tja, das hat er auch alles. Aber erst nachdem er zuvor die Bauern dahingehend unterstützte, die königliche Garde im Palast zu überrennen."

„Durch Soldaten seines Militärs und Agenten seiner Geheimdienste", schloss Tanmir.

„Genau. Einfache Bauern mit Knüppeln und Mistgabeln hätten es nie mit Friedberts Garde aufnehmen können. Texor wusste das. Also mussten professionelle Soldaten und Spezialisten unters Volk gemischt werden, um das Blatt umzukehren und die gesamte Königsfamilie zu ermorden. Naja, abgesehen von der Prinzessin, wie ich seit eben weiß. Aber seid versichert, Hoheit, die Trauerfeier für Eure Familie wurde groß und populär aufgezogen, mit allen Ehren."

„Halt's Maul!", schrie Mia, die Molnars Äußerung als Provokation verstanden hatte, was dieser aber gar nicht so meinte. Zudem überwältigten sie in diesem Moment einfach die Trauer und die Wut.

Tanmir umfasste sie rasch, hielt sie davon ab, Molnar niederzuschlagen.

„Beruhige dich, Liebste. Das ist es nicht wert."
Sie beruhigte sich. Mit Mühe.
„Das kann doch nicht wahr sein!", fluchte sie zur Decke, knurrte und raufte sich zitternd vor Zorn das Haar.
Eine kurze Zeit, die einem allerdings wie die Ewigkeit vorkommen konnte, herrschte Schweigen.
„Also", sagte dann Larus, „war der Drahtzieher hinter alledem Texor? Er allein? *Ein* Mann hat einen ganzen Staat ins Chaos gestürzt? Hat schlussendlich allein die Kontrolle über ein ganzes Land übernommen? Nein, das glaube ich nicht."
„Glaub, was du willst, Kleiner", meinte Molnar, der sein Bein inzwischen wirklich kaum noch spürte, allerdings auch kaum noch Schmerz. Sein Schädel indessen pochte. Das Sprechen bereitete ihm Mühe. „Texor hatte die Allmacht. Er war mächtiger als der König. Friedbert hat den Tod des Prinzen Frederick nie verarbeitet, dann noch der gescheiterte *Zusammenschluss von Vanaransis*, in den er so viel Zeit und Arbeit – und Geld, wie er zumindest glaubte – investiert hatte. Ihm entglitten seine Aufgaben immer mehr. Und je mehr er aufgrund seiner Trauer vernachlässigte, umso mehr Macht bekam Texor. Für den wiederum war der Tod des Prinzen ein Geschenk, das ihm alles noch um ein Vielfaches erleichterte. Er hatte königliche Vollmachten für alles, empfing höchstpersönliche, an den König gerichtete Nachrichten, versandte königliche Nachrichten, unterschrieb und siegelte königliche Dekrete, gab Befehle, Anweisungen und so weiter. Er hatte die Kontrolle über sämtliche Vorgänge des Königshauses. Und da der König stets abwesend war, fanden auch die Ratssitzungen in Rema nur noch bedingt statt, und wenn, dann wurden Entscheidungen vertagt oder Texor führte Interimslösungen ohne große Zustimmung durch, berief sich auf Sonderprivilegien. Er war die mächtigste Person des gesamten Landes, ohne dabei groß aufzufallen. Und er nutzte diese Stellung. Der König war abgemeldet. Der wusste gar nichts von den Umständen in seinem Land, ganz zu schweigen von den Intrigen, die im Gange waren, von den unterschlagenen Geldvorräten seiner Schatzkammer, die Texor absolut allein kontrollierte. Da gab es keine Zeugen oder Rechnungsprüfer und Steuerfahnder. Es gab nur Texor. Und in so einer Position kann ein Mann alles. Texor hat es bewiesen."

„Ich kann nur mein Bedauern über die tragischen Umstände in Isterien und insbesondere am Löwenpalast, dem Königshaus der Familie Bellegard d'Autrie, aussprechen, dem prächtigen Löwenpalast", gab König Sigmund von Lichtenhaus der versammelten Menge kund, die sich eingefunden hatte, um die Worte des Herrn von Südreich zu hören, nachdem er die bestialischen Aufstände am Löwenpalast und in der Hauptstadt Rema beendet hatte. Er stand auf einer hohen Bühne, vor einem Podest. Hinter ihm befanden sich einige seiner engsten Berater und einige hohe Damen und Herren des in Trümmer liegenden Königreiches Isterien, die die Unruhen überlebt hatten, darunter unter anderem der Hofmarschall Vindur Texor.

Sigmund sprach im Trauerton, mit betrübter Miene. „Der vorgestrige Tag, der vierundzwanzigste August, wird auf ewig als Tag der Trauer in Erinnerung bleiben. Es ist unmöglich, hier einen Schuldigen auszumachen. Wen will man verurteilen? Den hungernden Bauern, der seinen Sohn verlor und aus seiner Hilflosigkeit und Verzweiflung heraus zur Waffe griff, in einem Moment, da rationales Denken aus nachvollziehbaren Gründen für ihn nicht mehr möglich war? Den König Friedbert, der entgegen dem Glauben vieler Leute sich Tag und Nacht für eine Besserung einsetzte, die ihm aufgrund höherer Mächte und unvorstellbarem Unglück einfach nicht gelingen wollte? Die Königsfamilie und Adelsgeschlechter, die ebenfalls die Nahrungsengpässe zu erdulden hatten und eben nicht, wie viele glaubten, sich am Luxus labten? Wer ist schuld an alledem? Ich maße mir nicht an, darüber zu entscheiden. Schon gar nicht, darüber zu richten. Ich maße mir lediglich an, zu sagen, dass es aufhören muss. Viele Leben wurden gelassen, viele Qualen erduldet. Es scheint, dass eine Nacht ohne Morgen angebrochen ist."

Die Menge schwieg, lauschend.

„Doch ich, Sigmund von Lichtenhaus, König des Landes Südreich, werde alles dafür tun, dass wieder die Sonne über Isterien scheint. König Friedbert war mein Freund und ein großer König. Es ist abscheulich, was geschehen ist. Besonders tragisch ist auch der Tod seiner Frau und seiner Tochter, der Königin Elena und der jungen Prinzessin Maria. Ihre Tode sollten jedem der Aufrührer eine Lehre sein, eine Lehre, die beweist, dass Gewalt und Tod nichts zu verbessern vermögen. Gewalt und Tod können nur verschlimmern. Denn was haben wir nun? Wir haben nur noch mehr Tote. Aber Lösungen haben wir keine. Gewalt erzeugt nur weitere Gewalt. Auf Tod folgt nur mehr Tod. Irgendwann muss dieses Band durchschnitten werden."

Die Menge schwieg, erwartungsvoll.

„Dies ist jetzt der Fall. Ich garantiere Euch: Isterien wird sich wieder erheben. Wir alle, ja dieser ganze Kontinent braucht ein gesundes, starkes Isterien. Isterien ist das Tor zum Klarsirischen Meer und seit je her ein wertvoller Partner der sechs anderen Königreiche. Niemand kann es sich leisten, Isterien seinem blutigen Schicksal zu überlassen. Und ich für meinen Teil *will* das auch nicht. Ich werde für meinen Nachbarn kämpfen, für die Freundschaft, die mich mit Friedbert und seiner Frau Elena verband, die Freundschaft, die mich mit ganz Isterien verbindet. Für die Bevölkerung dieses Landes, die schon zu viel gelitten hat. Wie viele sind während dieser ganzen Unruhen ums Leben gekommen? Man wagt es nicht, dies zu zählen. Ihr alle, seid versichert, habt mein tiefstes Mitgefühl und ich garantiere euch meine Unterstützung, diese schreckliche Phase zu überstehen."

Die Menge schwieg, zuversichtlich.

„Heute ist die Zeit zu trauern und die Toten zu beweinen. Jeder verdient ein anständiges Begräbnis und ewige Ruhe. Dafür werden wir alle gemeinsam sorgen."

Die Menge schwieg, zustimmend.

„Doch ab dem morgigen Tag müssen wir uns darauf konzentrieren, die Auswirkungen der Unruhen zu beseitigen, die Nöte, die dieses Land plagen, endgültig zu besiegen. Dieses Reich muss wieder aufgebaut werden. Isteriens Bevölkerung verdient Frieden und Wohlstand. Zu diesem Zweck werde ich, Sigmund von Lichtenhaus, Isterien und seinem Volk meine Unterstützung zusichern. Ich werde zusammen mit den hier bei mir stehenden Männern und Frauen dieses Landes den Weg zur Lösung finden und ihn entschlossen voranschreiten. Und ich, König Sigmund, Herr von Südreich, versichere dem Königreich Isterien und allen seinen Einwohnern, dass ich erst Ruhe geben werde, wenn dieses Land wieder in dem ihm gebührenden Frieden und Wohlstand leben kann. Ich verspreche meine bedingungslose Unterstützung zur Erreichung einer sicheren und stabilen Gesellschaft, eines sicheren und stabilen Isteriens. Wir werden gemeinsam in eine friedvolle und glorreiche Zukunft steuern."

Die Menge schwieg, applaudierend.

„Könntet ihr ...", keuchte Molnar angestrengt, dessen schweißnasses Gesicht wirklich jegliche Farbe verloren hatte, „mich nun endlich von diesem Messer befreien?"

Larus schaute Tanmir an, Tanmir Mia, Mia jedoch mit leerem Blick zu Boden.

Schließlich regte sich Tanmir, ging zu dem zusammenzuckenden Molnar, griff sein Messer und zog es aus dem Bein des Gefesselten.

Dieser, bis jetzt blass wie der Tod, lief augenblicklich rot an, schrie auf und stöhnte verkrampft, presste die Luft durch die aufeinandergedrückten Lippen. Das abgestorbene Bein erwachte, und mit ihm der heftige Schmerz. Das qualvolle Stechen im Knie, das im schnellen Rhythmus des aufgeregten Herzschlages pochte, war schier unerträglich.

Tanmir beugte sich zu ihm herab, hielt das blutbeschmierte Messer im Blickfeld Molnars. „War das alles?", wollte er drohend wissen. „Oder hast du vielleicht noch etwas vergessen oder ausgelassen?"

„Habe ich nicht ... ahhh ... Das war alles, verdammt! Alles! Von Anfang an! Genau das wolltet ihr doch hören ..."

Der Blick des jungen Mannes war wütend verzerrt. „Ein abgekartetes Spiel, von Anfang an, ja? Texor hat alles von Anfang so an geplant?"

„Ja, bei der Alten Magie nochmal ... Argh ... Texors Plan, Texors Geld, Texors Schergen und Mörder, Texor, Texor, Texor ... ahhh ... Und jetzt hat Texor sein Ziel erreicht. Er sitzt auf dem Thron und regiert das Land mit von Sigmund gekauften Soldaten, südreichischen Wichtigtuern und isterischen Opportunisten. Und eiserner Hand. Die Rebellion, die sich vor ein paar Jahren herausgebildet hatte, bestehend aus den Friedbert treuen Soldaten und Gardisten sowie manchen Einwohnern ist so gut wie zerschlagen. Der isterische Bürgerkrieg ist fast vorbei. Texor ist zwar kein König von Geblüt, aber der Gebieter eines ganzen Staates. Ob die Prinzessin nun lebt oder nicht, spielt keine

Rolle. Er hat, was er wollte …"

„Das ist nicht, was er wollte", murmelte Mia, für die nun alles einen Sinn ergab.

„Hä?"

„Er wollte nicht der Herrscher Isteriens sein, er wollte keinen Thron, kein Reich. Er wollte kein König sein. Er wollte … mich."

Molnar verstand nicht. „Euch? Wovon redet Ihr?"

„Du würdest es nicht verstehen", sagte Tanmir.

„Ich kapiere es aber auch nicht wirklich", sagte Larus und zuckte mit den Schultern. „Tut mir leid, aber wo ist denn da der Sinn? Dass Texor Mia wollte, das wissen wir ja. Aber dafür hätte er doch nicht diesen ganzen Zirkus betreiben müssen. Er war doch Hofmarschall, konnte also ganz leicht an Mia herankommen. Er war ja praktisch schon da."

„Ist klar, Larus", schnob Tanmir. „Entführe du mal eine Prinzessin, die Tag und Nacht von schwer bewaffneten Gardisten bewacht wird, die stets von Hofdamen, Kammerzofen oder anderen Zeugen umgeben ist, auf die alle Augen des ganzen Hofes gerichtet sind. Nein. Texor wusste, dass er nicht auf diese Weise Mia in seine Gewalt bringen konnte. Er musste es im großen Stile tun. Durch diesen Staatsstreich. Die ganze Königsfamilie musste in den Augen der Welt ausgelöscht werden, Mia sollte als tot gelten. Dann würde nie jemand mehr nach der Prinzessin fragen, über die Texor dann ganz allein, nach Belieben verfügen könnte. Er hätte Zeit und Ruhe genug, welche er zweifellos brauchte, um sich diese Kind-der-Planeten-Fähigkeiten von ihr zu nehmen, wie er Lust hat."

„Hmm … Hört sich, finde ich, immer noch umständlich an, aber macht doch Sinn."

„Er hat sie umgebracht", flüsterte Mia schließlich. Sie sprach nur in den Raum hinein, zu niemandem persönlich. „Er hat sie alle auf dem Gewissen. General Golbert. Meister Hurgo … Mama und Papa … Er war das. Sein Plan. Ich wusste immer, dass es keine Flüche oder irgendwelche abergläubischen Spinnereien waren, kein simples Unglück, keine unglücklichen Fügungen des Schicksals. Er war es. Texor. Er allein. Um mich zu kriegen … Diese Nacht, das Massaker …"

„Aber du bist ihm entkommen", erinnerte Tanmir. „Du hast in jener schrecklichen Nacht fliehen können, hast seine Pläne durchkreuzt. Du hast überlebt. Und nur das zählt."

„Es war die ganze Zeit er", murmelte sie wieder, ohne ihren Partner anzusehen. „Er wollte mich. Nur mich. Und er hat sie alle ermordet … Alle ermordet … Er hat uns verfolgt, Tanmir, uns voneinander getrennt. Er hat dich gefoltert … Es war alles geplant, von Anfang an geplant … Bloß wegen mir. Weil er mich wollte …"

Sie atmete schwer. Es war einfach zu viel, als dass Mia es jetzt alles aufzunehmen vermochte. Diese schrecklichen Informationen drangen nur langsam, sehr langsam und sehr schmerzhaft in ihr Bewusstsein ein.

Sie drangen wie ein heißes Eisen in ihre Brust ein, mit widerlichen Druck, mit schrecklichen Qualen, durchwanderten ihre Eingeweide wie ein stachliger Parasit. Sie spürte Schmerz, Pochen in den Schläfen, Unwohlsein. Und es wurde immer stärker.

„Ich …", sagte sie mit Mühe und schluckte eine Welle dicken Speichels hinunter. „Ich muss hier raus …"

Sie drehte sich rasch um und lief zum Ausgang der Hütte.

„Mia!", rief Tanmir besorgt.

Mia reagierte nicht. Sie riss die Türe auf und stürmte hinaus auf den Pier, während sie sich die Hand vor den würgenden Mund hielt.

„Mia! Argh, verdammt … Larus, bewache ihn!"

„Werde ich, keine Sorge."

Tanmir spurtete Mia nach, heraus aus der Hütte. Er fand sie nur wenige Schritte weiter auf den Bohlen eines Piers kniend vor. Sie hing mit dem Oberkörper über dem Hafenbecken und erbrach sich heftig.

„Mia!"

Er lief zu ihr, hielt sie fest, die von Krämpfen geschüttelt beinahe ins Wasser zu fallen drohte, legte ihre Haare nach hinten.

„Ich bin bei dir, Liebste …"

Er legte seinen Arm um sie, stützte und beruhigte sie, die in einer schrecklichen Mischung von Weinen und Erbrechen gebeugt über dem schmutzdurchzogenen, von einem Ölfilm überzogenen, ekligen Wasser des Hafens hing.

Mia saß schweigend am Pier, schaute auf das Wasser. Außerhalb der Hafeneinfahrt rauschte der Zaron. Die Spiegelung des Mondes wiegte sich in den Wellen.

Noch immer versuchte sie, zu verarbeiten, was sie soeben erfahren hatte, was ihre schlimmsten Annahmen und Befürchtungen noch überstiegen hatte.

Man hatte ihr ihre Familie genommen. Man hatte ihr ihr ganzes Leben genommen.

Es war niemals eine Aneinanderreihung von unglücklichen Umständen, die letztendlich zum Aufstand der Bauern und zum Staatsstreich führten. Es war Absicht. Pure Absicht. Von langer Hand geplant. Perfide und diabolisch geplant.

Vor ihrem geistigen Auge sah Mia eine Pyramide, eine Pyramide von gestapelten Leichen aus der Bevölkerung Isteriens, die bei diesem ganzen Komplott ihr Leben ließen. Je höher die Pyramide reichte, desto bekannter wurden die Gesichter der Toten, die Mia sah. Von Händlergesichtern, an die sie sich von ihren Reisen durchs Land erinnerte, von Gesichtern der Leute am Hof, von nahen Verwandten. Von sehr vertrauten Bekannten und Freunden. General Golbert, dem Anführer der Garde. Leo, einem der Stalljungen. Karla, ihre erste Kammerzofe. Meister Hurgo.

Und an der Spitze der Pyramide …

Mama …

Papa …

Unwohlsein begann abermals in ihrem Magen zu rumoren. Doch es wurde von entsetzlichem Hass im Zaum gehalten. Von dem Bild, dass noch über der Pyramide von Toten schwebte. Ein Bild von Texor. Von diesem schwarz gekleideten, akkuraten und hochnäsigen Schnösel, wie sie ihn in Erinnerung hatte. Von diesem eiskalten Stück Abschaum, der ihr nicht nur damals alles genommen hatte, sondern ihr noch heute zusetzte und ihr beinahe Tanmir weggenommen hätte.

Sie ballte die Fäuste, während immerzu eine Träne ihre Wange herabrann.

„He, bin wieder da", sagte Tanmir, der kurz fortgegangen war, um die Feldflasche zu holen, und setzte sich neben sie. „Hier, Liebste, trink etwas."

„Danke", seufzte sie, nahm die Flasche aus seinen Händen und trank einen leichten Schluck.

Eine Zeit lang war es still.

„Die Frage", sagte Tanmir vorsichtig, „ist zwar jetzt echt bescheuert, aber ... Wie fühlst du dich?"

Die junge Frau brauchte ein wenig, um zu antworten.

„Beschissen. Elend. Unwohl. Wütend. Traurig. Verzweifelt. Und noch vieles mehr. Keine Ahnung."

Er wusste nicht, was er sagen sollte.

Zwischen an Lagerhütten aufgestellten Fässern und Kisten, über denen Fischernetze hingen, stoben und quiekten Ratten. Flink huschten sie über die Stege. Hin und wieder hörte man das Fauchen von Katzen, die einen erbitterten Revierkampf ausfochten. In einem entfernten Hof bellte ein Hund. Im Wasser schlugen hörbar kleine Wellen.

„Ich kann das alles nicht glauben, Tanmir ..." Mia schüttelte den Kopf. „Ich meine ... Ich dachte immer, dass mir das Schicksal übel mitgespielt hat. Dass es irgendeine höhere Macht gibt, deren Plan ... deren schrecklicher Plan es einfach gewesen ist, mir das alles anzutun. Ich dachte, im Zyklus dieses Lebens ist es einfach vorgesehen, dass ich eine fahrende Kriegerin sein solle und keine Prinzessin, geschweige denn Königin ... Als Arno, mein erstes eigenes Pferd gestorben war, sagte meine Mutter, dass sich selbst aus dem Allerschlimmsten irgendwo etwas Positives entfalte. Man könne es natürlich im Moment des Schmerzes nicht erkennen, aber irgendwann, später, würde es sich zeigen. Das war ihre Einstellung: Alles Schlechte hat irgendwo auch etwas Gutes.

Nur dank dieser Einstellung und natürlich dank Frithjof und den anderen habe ich es seinerzeit, nach dem Massaker, überhaupt geschafft, mein Leben wieder zu ordnen, es in den Griff zu bekommen, mich nicht unterkriegen zu lassen. Ich schaffte es, weiterzumachen, weiterzuleben. Aber jetzt ... nach dem, was uns Molnar erzählt hat ... Das wirft ein völlig neues Licht auf alles ..." Ihre Stimme hob sich. „Mein ganzes Leben ist verpfuscht. Verpfuscht! Von einem machtgierigen Hundesohn auf egoistische, bestialische Weise zerstört!"

„Aber dich haben sie nicht zerstört, Mia. Du lebst. Das ist, was zählt."

„Aber ich bin eine andere als die, die ich hätte sein sollen. Es hätte alles anders sein müssen. Es war nicht das Schicksal, es war kein Plan irgendeines

Allschöpfers, der Alten Magie oder von wem auch immer ... Es war Texor. Es war der gemeine, hinterhältige, böse, abscheuliche, widerliche Plan Texors, der mir alles, aber auch alles genommen hat ..."

Tanmir schwieg.

„Er hat so viele getötet", murmelte sie. „So viele. Weil er mich wollte."

„Nun fange nicht an, dir dafür die Schuld zu geben, Mia."

„Aber ich bin die Parallele, Tanmir. Texor wollte mich. Deshalb sein bestialischer Plan. Und dafür ging er über Leichen. Über so viele Leichen ... So viele hat er mir genommen. Und beinahe hätte er mir auch dich genommen. Alles nur wegen ... mir ..."

„Mia, hör mir zu. Dich trifft überhaupt keine Schuld daran. Du hast nie darum gebeten, die zu sein, die du bist. Du hast nie darum gebeten, das *Kind der Planeten* zu sein. Und du hast dir nicht ausgesucht, dass du deshalb gejagt und verfolgt wurdest, dass man dir so viel Leid zugefügt hat. Das ist allein auf dem Mist dieses Drecksacks gewachsen. Lass dich nicht von seiner Bosheit herunterziehen. Lass den Schmerz nicht zu, den er dir aufzwingt. Ich weiß, das sagt sich leicht, aber ... bitte versuche es."

Mia antwortete nicht, atmete nur hörbar durch die Nase aus und schüttelte den Kopf.

„Lass uns zurück in die Herberge gehen", sagte sie plötzlich und stand abrupt auf. „Ich muss was trinken. Was Starkes."

Sie begaben sich direkt aufs Zimmer, blieben nur so lange im Aufenthaltsbereich des Gasthauses wie es brauchte, um eine Flasche Schnaps zu kaufen. Mia wollte sie haben. Es war Horc, ein zwergischer Schnaps aus Carborass, Bärs einstiges Lieblingsgetränk. Und auch ein Getränk, was der Zwerg stets zu sich nahm, wenn er nicht bei guter Stimmung war.

Im Zimmer selbst schwieg sich das Paar an. Mia trank allein. Tanmir wollte nicht trinken, und spürte, dass er es nicht tun sollte. Ihm war auch nicht wohl dabei, dass Mia sich hier betrank.

„Mia." Er wollte die Schnapsflasche beiseiteschieben. „Du solltest nicht ..."

„Lass mich", unterbrach sie zischend, packte die Flasche, ehe er sie erreichte, und schenkte sich nach.

Tanmir verstummte, verschränkte die Arme und schwieg wieder. Doch lange würde er nicht mehr dabei zusehen, wie sich seine Geliebte hier in aller Stille und mit unterschwelligem Hass betrank.

„Ich bringe ihn um", zischte das Mädchen auf einmal, den Blick irgendwo in eine Ecke des Raumes gerichtet, das Schnapsglas in den Fingern drehend, dass die hellbräunliche Flüssigkeit darin wogte. „Ich bringe Texor um. Das schwöre ich." Sie trank aus, schenkte nach. Sehr zu Tanmirs Missfallen. Doch er sagte noch nichts.

„Ich werde diese Missgeburt abstechen. Für alles, was er getan hat. Ich lasse ihn ausbluten, wie ein am Hacken hängender aufgeschlitzter Schweinekadaver. Druide oder nicht, Telekinet hin oder her. Er ist nicht unverwundbar. Und was nicht unverwundbar ist, kann bluten. Was blutet, kann man töten." Sie trank aus, schenkte nach. „Er wird bezahlen. Für Alles. Für die vielen Toten. Für Meister Hurgo und all die anderen am Hofe. Für Mama und für Papa. Er wird bezahlen. Bei der Alten Magie, er wird bezahlen!" Sie trank abermals.

„Mia." Tanmir hatte sich entschlossen, sie zu unterbrechen. Er nahm die Flasche weg. „Lass dieses Zeug aus dem Leib. Du hattest genug."

„Das entscheidest nicht du, Tanmir. Gib mir die Flasche."

„Nein. Wenn du dieses Zeug in dich hineinkippst, wird auch nichts besser."

„Mag ja sein. Aber wenn ich Texor abschlachte wird es das!"

„Mia, bitte beruhige dich."

„Was für ‚bitte beruhige dich'?!", explodierte sie. „Ich kann mich nicht beruhigen, Tanmir! Dieser Mann hat mir alles genommen! Alles! Mein Zuhause, meine Eltern, mein Leben! Einfach alles! Mit purer Absicht! Alles wegen dieser bescheuerten Prophezeiung und diesem Kram vom *Kind der Planeten*! Da kann ich mich nicht einfach ‚beruhigen'! Mein Leben wäre heute ein ganz anderes! Vieles wäre nicht passiert! Viele Dinge, die mir noch heute schmerzhaft in Erinnerung liegen, schreckliche Dinge, die ich niemals aus meinen Gedanken verbannen kann, wären nie passiert! Manche Personen würden gewiss noch leben, wäre all dies nicht passiert! Mein Leben wäre ein ganz anderes geworden!"

„Wäre es ohne Zweifel."

„Diese ganze Scheiße wäre nie passiert! Nur wegen dieses Abschaums! Ich wäre immer noch ich!"

„Du *bist* immer noch du, Mia. Du bist die, die du bist."

„Aber ich hätte jemand anders sein sollen, hätte andere Taten vollbringen sollen. Ich hätte … Ich hätte Maria Anastasia Bellegard d'Autrie sein sollen …"

„Dein Leben ist dein Leben, mit allem Negativen und Positivem. Und du hattest dich schon damit abgefunden, lange bevor wir uns kennenlernten. Wieso ist dir das jetzt so wichtig?"

„Weil ich jetzt weiß, dass das alles pure Absicht war!", schrie sie und sprang vom Stuhl auf. „Verstehst du das nicht?! Dann bist du entweder ein Ignorant oder einfach nur blöd, Tanmir! Und jetzt gib mir die Flasche!"

„Nein", antwortete er entschieden. „Ich gebe sie dir nicht."

Mias Augen schienen saphirblaue Blitze auf ihn zu feuern. In einem anderen und nüchternen Moment würde sie sich zutiefst schämen, Tanmir so anzuschauen. Doch in jenem Moment richtete sich ihr Zorn sogar schon gegen ihn.

Tanmir schluckte kaum merklich, ließ sich aber in keiner Weise aus der Ruhe bringen, schon gar nicht aus der Reserve locken.

„Die Flasche, Tanmir", drohte sie böse. „Sonst hol ich sie mir."

Weder antwortete er noch bewegte er sich. Nicht einmal seine Lider zuckten. Er blieb ruhig auf seinem Stuhl sitzen. Und er hielt Mias saphirblauem Blick stand.

Die verstreichenden Sekunden waren lang. Endlos lang.

Aber letztlich versuchte Mia gar nicht erst, ihre Drohung wahrzumachen. Die

Wut hatte sie die Grenzen des Möglichen vergessen lassen. Ihr wurde klar, dass sie die Flasche nicht mehr bekommen würde. Also machte sie auf andere Weise ihrem Zorn Luft, indem sie zurück auf ihren Stuhl sank, während sie wütend mit den Faustballen auf den kleinen Tisch schlug, an dem sie saßen.

„Dieser elende … Argh! Ich finde keine Worte für diesen Abschaum! Er hat mein ganzes Leben zerstört und verpfuscht! Ahh!"

„Mein Leben wurde auch verpfuscht, Mia." Tanmirs Stimme war ganz besonnen. Er ließ ihren – zweifelsohne schon alkoholisierten – Ärger nicht an sich heran, bewahrte unbeirrt Ruhe. „Und zwar schon seit meiner Geburt. Ich bin auch wütend darüber, wie man mit mir gespielt hat. Ich bin in einer fremden Welt aufgewachsen, bin in einer Welt und unter Umständen aufgewachsen wie es nicht für einen Menschen vorgesehen ist. Ich habe meine Eltern nie kennengelernt, weiß weder, wer sie sind noch wo sie sind oder ob sie überhaupt noch leben. Auch nicht, warum sie mich verlassen haben. Und ich werde es wohl nie erfahren. Genauso wenig, wie ich je erfahren werde, wer ich eigentlich selber bin. Das soll kein Wettbewerb sein, Mia, mit dir kann man ohnehin nicht konkurrieren, was das angeht. Aber was ich damit sagen will ist, dass auch mein Leben verpfuscht ist, und dass du nicht allein bist. Auch mir wäre vieles nicht passiert, hätte man mich damals nicht an diesem Brunnen ausgesetzt. Aber eben so kann das Leben nun einmal sein. Das Leben verläuft nicht nach einem bestimmten Schema. Das Leben ist nicht von irgendwem geplant und vorgeschrieben. Das Leben ist kein Pergament, das genau festlegt, was wann wie passiert. Es kommen stets Ereignisse, die wir nicht beeinflussen können, die aber einen großen Einfluss auf uns und unseren Weg haben. Diese Ereignisse bestimmen unser Leben, aber sie machen uns zu denen, die wir wirklich sind."

„Soll das jetzt eine Entschuldigung für das sein, was passiert ist? Mir ist scheißegal, wie mein Leben spielt! Denn mit meinem Leben gespielt hat Texor! Er ist es schuld, nicht mein Leben! Er! Nur wegen ihm sind all diese schrecklichen Sachen passiert! Argh! Mir wird noch schlechter, wenn ich daran denke, was mir alles nicht passiert wäre!"

Tanmir schwieg einen Augenblick. „Ich", sagte er dann kalt.

„Was ist mit dir?"

„Ich wäre dir nie passiert." Er sprach leise, aber sehr deutlich und direkt. Und nicht falsch zu verstehen. „Mich hättest du nie kennengelernt."

Schweigen. Eiskaltes Schweigen.

Der junge Mann zuckte mit den Schultern. „Du hast recht, Mia. Dein Leben wäre ganz anders. Du wärst jetzt keine Schwertkämpferin, keine Söldnerin, du wärst Thronanwärterin. Die Bewerber um deine Hand würden bis zum Horizont Schlange stehen, würden sich mit allem was sie hätten vor dir brüsten. Sie würden sich sowohl auf dein Brautlager freuen als auch auf den Thron Isteriens. Ja, diese Schlange wäre wahrscheinlich endlos. Aber ich wäre nicht darunter. Ich nicht. Ich wäre nie in dein Leben getreten. Damals im Inkarnat hätten wir uns nie getroffen, weil du nicht da gewesen wärst, wie du dich mit Verfolgern aus Larscir schlägst. Denn in dem Leben, was du hättest führen sollen, hätte dich niemand ins Inkarnat getrieben, wo ich dich plötzlich auf jener Lichtung in Bedrängnis dieser Gauner gesehen hätte. In dem Leben, was du hättest führen sollen, komme ich nicht vor."

Mia antwortete immer noch nicht. Sie spürte, wie ihr das Gefühlschaos in ihrem Inneren nun völlig zu entgleiten begann, unkoordiniert zersprang wie zerstörtes Glas. Sie spürte, wie sich zwischen Trauer und Verzweiflung, Wut und Hass, dem Wunsch nach Rache und Vergeltung nun auch noch ein plagendes schlechtes Gewissen einschlich.

„Du hast eben und früher schon gesagt", fuhr Tanmir in eisiger Stimme fort, während er sie fest im Blick hatte, „alles Schlechte habe auch irgendwo etwas Positives. Bis gerade dachte ich, dass ich dieses Positive sei, was dir passiert ist. Oder zumindest irgendwo zu diesem Positiven zähle. Aber anscheinend wäre es dir lieber gewesen, eine Thronfolgerin zu bleiben, statt mich an deiner Seite zu haben."

Mia begann zu zittern, in ihren Augen sammelten sich Tränen. Beides vermochte sie nicht zu unterdrücken. Das Zittern und die Tränen wurden durch all den Wirrwarr von Gefühlen und Emotionen in ihr ausgelöst – verstärkt noch vom Alkohol. Dieses ganze schreckliche Durcheinander schnürte ihr die Stimmbänder ab.

„Sage mir, Mia, muss ich deine Worte und deine Reaktion tatsächlich so verstehen, dass, wenn du die Wahl haben würdest zwischen dem Leben, das man dir genommen hat, und dem, was du nun hast, mit mir an deiner Seite ... du ohne zu zögern das erste wählen würdest?"

Sie wollte antworten. Sie schaffte es nicht. Das Unwohlsein plagte sie um noch ein Vielfaches stärker. Es war, als ob sich Ratten ihre Därme hinauffraßen, direkt auf ihr Herz zu. Tanmirs Argumentation hatte Mia an der sensibelsten Substanz getroffen.

„Was ist also?" Er ließ nicht locker. „Sag mir, was ist mit uns beiden? Was ist mit mir? Zähle ich gar nichts?"

Sie schniefte, zog die Nase hoch, die zu laufen begann. Und schaffte es schließlich doch mit zitternder Stimme etwas zu erwidern. „Was ... Was hat das denn damit zu tun?"

„Eine Menge, wie ich finde. Und jetzt antworte auf meine Frage."

Mia schaute weg. Sie konnte ihm nicht mehr in die Augen sehen. Sie hielt seinen – zurecht, das wusste sie – vorwurfsvollen und vor allem tief verletzten Blick nicht aus.

„Mia?"

„Ich" – sie schluckte, um den die Stimme abwürgenden Kloß loszuwerden – „bin dir keine Antwort schuldig."

„Ach? Das sehe ich aber anders. Du würdest mich, was sag ich, du würdest uns beide einfach aus deinem Leben tilgen, wenn du dafür dein altes wiederbekämst? Ist dir klar, wie ich mich dabei fühle, wenn du so etwas sagst?"

Es wurde ihr klar. Und es zerfraß sie, als würde sie von Wölfen im Blutrausch bei lebendigem Leibe zerfetzt werden. Sie knirschte mit den Zähnen. Ihr Herz bebte so stark, dass es schrecklich schmerzte. „Hör auf, Tanmir", stammelte sie.

„Nein, Mia, ich höre nicht auf. Erkläre dich. Und sieh mich gefälligst an."

„Hör auf!" Sie sah ihn nicht an, zog abermals die Nase hoch und wischte sich mit einer hektischen Bewegung die Tränen von den Wangen, welche gerade nach einem Blinzeln aus ihren Augen liefen.

„Nein, Mia. Diesmal nicht. Diesmal holt dich deine Sturheit nicht raus. Ich will, dass du dich erklärst. Sieh mich an, verdammt. Sieh mich an und sage mir, ob du mich wirklich für dein altes Leben fallen lassen würdest?"

Ihre Lippen zitterten. Sie schluchzte. In einer ekelhaften Mischung aus Wut und Trauer. Eine Antwort zu geben, ließen Alkohol, ihre chaotischen Emotionen, der wiedergekehrte Klos in ihrem Hals und das fürchterliche Unwohlsein nicht zu.

Tanmir wartete eine Weile.

„So, so", sagte er dann und vermochte nun seine Verletzung nicht mehr in Gänze aus seiner Stimme fernzuhalten. „Ich verstehe. Du kannst mir nicht einmal in die Augen sehen. Das heißt schon was. Tja, keine Antwort, ist auch eine Antwort."

Mia konnte nicht mehr. Sie brauste auf wie eine Furie, sprang vom Stuhl auf, dass dieser nach hinten umkippte. „Du hast doch keine Ahnung, Tanmir!", brüllte sie, hilflos, denn sie wusste weiterhin nichts zu antworten. „Du hast keine Ahnung, wie sich das anfühlt! Keine!"

Sie musste hier raus, musste allein sein. Sie stürmte an Tanmir vorbei zur Tür hin, doch er sprang blitzartig vom Stuhl auf, hielt sie am Arm fest.

„Nein, Mia, warte bitte …"

„Lass mich los, Tanmir!"

„Mia …"

„Lass mich sofort los!!"

Die beiden schauten sich in die Augen, wie es sie noch nie haben tun müssen. Und wie sie es beide – das sollte ihnen später klar werden – auch nie wieder tun wollten.

Er ließ sie los.

Noch einen Moment hielten sie diesen widerlichen Augenkontakt, ehe Mia sich zur Tür umdrehte.

„Mia, bitte …"

„Lass mich!", schrie sie. „Lass mich einfach in Ruhe, Tanmir!"

Sie verließ im Sturm das Zimmer, ließ die Tür so heftig zuknallen, dass der Staub von der Decke rieselte.

Er fand sie am Pier.

Die junge Frau saß am Rand, die Beine baumelten über dem dreckigen Wasser des Kanals. Die Schultern waren ihr tief herabgesunken, der Kopf war schwach geneigt.

Er ging auf sie zu, blieb drei Schritte hinter ihr stehen.

„Mia."

Sie antwortete nicht, schaute sich nicht um.

Tanmir atmete tief durch. „Es tut mir leid", sagte er. „Es war niederträchtig und gemein, was ich gesagt habe."

Er hörte sie schniefen. Doch sie drehte sich weiterhin nicht um, antwortete nicht.

„Ich weiß nicht", sprach er langsam weiter, „und ich kann nicht wissen, wie dir zumute ist. Mir steht nicht zu, darüber zu urteilen, über deine Reaktion ob dem was du von Molnar gehört hast zu urteilen. Es war gemein, dir so die Klinge an den Hals zu setzen. Und das in deiner Situation. Bitte vergib mir, Mia. Es tut mir leid."

Das Wasser des Hafenbeckens plätscherte, schlug gegen die hölzernen Stützen des Piers, gegen die im Wasser verschwindenden gemauerten Bruchsteine des Hafenweges, an denen in verschiedenen Höhen je nach Wasserspiegel Spuren von Algen zu sehen waren und die Steine dunkler verfärbt waren je weiter sie nach unten reichten.

„Nein", murmelte Mia schließlich. „Nein, Tanmir. Du brauchst dich für gar nichts zu entschuldigen. Ich bin es, die sich zu entschuldigen hat. Ich habe dich verletzt. Aber bitte glaube mir, das wollte ich nicht."

Der Wind kam vom Fluss her, sodass selbst die Laute der Tavernen und Gasthäuser hinter ihnen kaum an sie herandrangen.

„Ich wollte dich nicht verletzen, Tanmir. Und *mir* tut es leid, was ich gesagt habe. Doch es war ..." – wieder erzitterte ihre Stimme – „einfach alles zu viel für mich in dieser Situation."

Tanmir kam langsamen Schrittes näher, setzte sich neben sie. Doch er legte wegen seiner Verletztheit von vorhin zunächst keinen Arm um sie, obwohl es ihn mit jeder Faser seines Körpers danach verlangte.

„Die Antwort lautet: nein", sagte Mia endlich. Allerdings mit einer ganz anderen, auch viel sicheren Stimme als zuvor. „Nein, Tanmir, ich würde dich nicht für mein altes Leben fallen lassen. Niemals würde ich das tun. Um nichts in dieser Welt würde ich dich gegen irgendetwas eintauschen. Das musst du mir glauben. Ich liebe dich über alles."

Jetzt legte er den Arm um sie. Und sie, die unendlich froh über diese Geste war, schmiegte sie an ihn, legte ihren Kopf an seine Schulter, dorthin, wo sie sich immer am wohlsten fühlte.

„Ich weiß nicht, was in mich gefahren ist", erklärte sie sich. „All dies, was Molnar erzählt hat ... Es hat mir jeden logischen Gedankengang verwehrt, mich in ein absolutes Gefühlschaos gestürzt. Es hat mir in einer Art und Weise aufgezeigt, was das alles bedeutete, dass ich mein Verhalten gar nicht mitkam. Als du dann ... Als du mir vor Augen hieltest, dass wir beide nie zusammengekommen wären, wäre mein Leben so verlaufen, wie es einst gedacht war, hast du mich kalt erwischt, mich voll getroffen."

„Das tut mir leid."

„Muss es nicht. Es war gut, dass du das getan hast. So hast du mich wieder auf den Boden geholt. Es war hart, aber es hat geklappt. Hier draußen konnte ich meinen Kopf abkühlen, konnte endlich meine Gedanken sammeln und sortieren, und zwar ohne den Einfluss von Horc.

Es stimmt, ich habe mich schon lange damit abgefunden, wie mein Leben verlaufen ist. Auch wenn mir so vieles Schreckliches passiert ist, hat es mich doch zu der Frau gemacht, die ich jetzt bin. Und ich mag dieses Leben. Ich könnte mir eines bei Hofe nicht vorstellen. Das war auch damals schon so, wenn ich es heute rückblickend betrachte. Und ein Leben ohne dich, könnte ich mir absolut nicht vorstellen."

Mit seiner freien Hand nahm Tanmir ihre, strich sanft mit dem Daumen über ihren weichen Handrücken.

„Das Paradoxe ist, dass ich Texor in dieser Hinsicht sogar dankbar sein muss. Wenn er nicht für all dies verantwortlich wäre, hätte ich dich nie kennengelernt, Liebster.

Aber …", sagte Mia mit eindringlichem Unterton weiter, „trotzdem hat das, was ich nun weiß, etwas verändert. Nichts an dem, was ich für dich empfinde, und auch keine Reue über das, was mir passiert ist, denn es führte mich ja zu dir und dem was ich wirklich will und bin, aber … Ich … Ich kann das nicht so einfach auf mir beruhen lassen, Tanmir. Ich bitte dich, das zu verstehen. Ich werde mit diesem Wissen nicht ruhig weiterleben können. So gern ich es würde, aber ich kann mich nicht mit dir ins Elfland zurückziehen, als wäre nichts gewesen, während ich weiß, was dieser Mann meinem Land, den Bewohnern meines Landes, den Leuten am Hofe, so vielen anderen, meiner Familie und mir angetan hat. Ich kann das nicht so stehen lassen, Tanmir. Verstehst du?"

Er gab keine Antwort. Er ließ seine Schulter für sich sprechen.

„Ich kann nicht mit dir ins Elfland gehen, Tanmir. Noch nicht. Ich muss zuerst in meine Heimat zurückkehren. Ich muss in Ordnung bringen, was Texor angerichtet hat. Das bin ich meinem Land und meiner Familie schuldig. Wenn ich jetzt gehe, mit diesem Wissen davonlaufe, werde ich niemals wieder in den Spiegel schauen können. Ich werde mich auf ewig verfluchen, untätig geblieben zu sein. Ich werde nie zur Ruhe kommen.

Ich werde nach Isterien gehen, Tanmir. Mich interessiert all dies prophetische Gerede über das *Kind der Planeten* nicht, all das was die Grabwächter diesbezüglich sagten und Texors Pläne mit mir. Aber ich werde Texor konfrontieren. Er wird für alles bezahlen. Für das bezahlen, was er Unzähligen angetan hat, meiner Familie und mir. Er wird auch dafür bezahlen, was er dir angetan hat."

Tanmir atmete aus, nickte langsam. „Ich kann nicht nachempfinden, was du gerade durchmachst. Ich kann nicht verstehen, wie Molnars Erzählung in dir brodelt. Ich werde es nie können. Aber ich werde dich bei allem was du vorhast, was du planst und möchtest unterstützen, da kannst du dir sicher sein. Ich folge dir überall hin, Mia. Und wenn es in die Hölle ist. Ich werde dich nie allein lassen. Nie."

Er legte seine Hände an ihre Wangen, schaute ihr tief in die Augen. Die Augen von der Farbe der Saphire, die er so sehr liebte. „Ich werde immer an deiner

Seite sein, meine Liebste, was auch geschieht. Immer."

Sie lächelte, spürte, wie vor Rührung ihre Augen feucht wurden. „Das weiß ich, Tanmir."

Sie küssten sich innig.

Schließlich begab sich Mia wieder in seine Arme, legte ihren Kopf wieder an seine warme, starke Schulter.

Sie schnaubte bitter. „Ich hätte diesen Molnar niemals ausfragen sollen, hätte ihn einfach nach Hause gehen lassen sollen. Dann wären wir morgen auf die andere Seite des Zaron übergesetzt und in die Vereinigten Nordlande unterwegs. Ich hätte ihn einfach gehen lassen sollen …"

„Hör auf, Mia. Es war richtig, was du getan hast. Wenn du es nicht getan hättest, dann hättest du eben genau das mit dir herumgeschleppt. Und die Ungewissheit hätte dich vielleicht ewig geplagt. Du wolltest ihn konfrontieren, und hast es getan. Es ist nun, wie es ist. Kein Hätte, Wenn oder Aber. Wir müssen jetzt das Beste aus der Situation machen, Mia. Und das werden wir. Gemeinsam."

Sie schmiegte sich noch enger an ihn.

„Ich denke", sagte er, „das ist, was deine Mutter meinte. Dass auch das Allerschlimmste irgendwo etwas Positives hat, so gering es auch erscheinen mag. Denn es macht einen stärker, widerstandsfähiger, gewappneter für die Zukunft. Es macht einen entschlossener, das eigene Schicksal fester in die Hand zu nehmen."

„Du hast recht. Aus diesem Grunde … Ich kann das nicht so auf sich bewenden lassen, Tanmir. Ich muss diesen Teil meines Lebens, den ich tief begraben hatte, wieder hervorholen. Ich muss mich dem stellen, muss mich meiner Vergangenheit stellen, muss mich Texor stellen. Vielleicht muss ich mich auch der Prophezeiung des *Kindes der Planeten* stellen. Doch ich werde es tun. Andernfalls werde ich niemals Ruhe finden. Das weiß ich."

Er nickte.

„Ich könnte nicht ruhigen Gewissens mit dir ins Elfland gehen und dort glücklich sein, wenn hier noch munter derjenige lebt, der meine Familie ermordet hat, der für alles verantwortlich ist. Und der zudem noch derjenige ist, der dich hat foltern lassen. Es tut mir leid, dass ich dich jetzt mit alldem überfalle … mit meiner spontanen Planänderung … Es tut mir leid, mein Liebster, aber ich bitte dich … versteh … Ich kann das nicht so auf sich beruhen lassen. Das bin ich meiner Familie und mir selbst schuldig."

„Ich verstehe." Tanmir küsste sie auf die Stirn, beruhte mit der Wange ihren Kopf. „Und ich werde dich auf diesem Weg begleiten. Ich werde an deiner Seite sein. Immer. Das verspreche ich dir."

XXXI

Verbindungen

Larus hatte es vor Langeweile nicht mehr ausgehalten. Mia und Tanmir sah er erst am nächsten Morgen wieder. Um der Langeweile also Herr zu werden und nicht mehr mit Molnar in der nach Fisch und Salz stinkenden Hafenhütte zu versauern, entschied er eigenmächtig, wie mit dem einstigen Verschwörer an Isterien und Friedbert von Rema zu verfahren sei. Töten wollte er ihn nicht. Sicherstellen, dass Molnar nicht so schnell irgendwem von diesem Abend erzählt, musste er aber auch. Während er über den Pier schlenderte und überlegte, was zu tun war, sah er zahlreiche Kisten, die anscheinend zeitnah ausgeschifft werden würden. Anhand von Brandzeichen im Holz konnte er schließen, dass sie in die Vereinigten Nordlande übergesetzt würden. Kurz und knapp schlug er den ununterbrochen hinter dem Knebel im Mund hervormotzenden Molnar ohnmächtig, versorgte ihm notdürftig das verletzte Knie und verstaute ihn in einer der Kisten – natürlich weiterhin gefesselt und geknebelt. Rücksichtsvoll stach er mit dem Messer noch ein paar größere Luftschlitze ins Holz und ließ in der Kiste einen Wasserschlauch zurück – er stellte später jedoch bestürzt fest, dass es sein Wodkaschlauch war.

Als Larus das junge Paar am nächsten Tag endlich wiedersah, erklärte er rasch, wie er sich Molnars entledigt hatte, um die Nacht angenehmer verbringen zu können, als in der Fischerhütte.

Und dann war es an den sehr ernsten Mia und Tanmir, ihn über die gefasste Planänderung aufzuklären.

Larus stellte, sehr zu Tanmirs Überraschung, keine Fragen, als sie ihn an diesem Morgen darüber informierten, dass sie die Fähre über den Zaron auf Tristadts Nordseite nicht nehmen würden, dass sie nicht in die Vereinigten Nordlande und weiter nach Nordwesten reisen wollten, wie es der ursprüngliche Plan war. Sondern, dass sie vorhatten, nach Isterien zu gehen. Dorthin, wo alles begann.

Larus nahm es ziemlich gelassen auf – bedachte man die Umstände.

„Isterien", murmelte er nachdenklich. „Das Land, in dem seit Jahren ein blutiger Bürgerkrieg herrscht. Dorthin, wo du gefoltert wurdest, Tanmir. In das Land, aus dem wir beide zusammen mit großen Mühen ausgereist sind. Jetzt müssen wir wieder dorthin zurück. Genau zu denen, die hinter euch her sind, die nicht zögern jeden zu töten, der sich ihnen dabei in den Weg stellt. Hin zu kaltblütigen Mördern, die ganze Volksgruppen auslöschen, um ihre Ziele zu erreichen. Hmm ... ziemlich waghalsig ... Gefällt mir!"

„Das betrifft dich nicht, Larus", sagte Mia. „Du musst uns nicht begleiten, dich nicht dieser Gefahr aussetzen."

„Ach, papperlapapp! Gefahr ist mein zweiter Vorname ... Naja, eigentlich

Kalerban, aber ist auch egal. Ich begleite euch natürlich! Was ist das für eine Frage!"

„Wir meinen es ernst, Larus", bekräftigte Tanmir. „Du weißt, dass sich hier Dinge ergeben haben, die Mia und ich klären müssen. Und wir wissen nicht, wie das ausgeht."

„Das weiß man vorher doch nie!" Der Bursche prustete. „Was soll das? Wenn ihr mich loswerden wollt, braucht ihr das nur zu sagen. Aber verschont mich mit so dämlichen Ausreden von Gefahr und so 'nem Quatsch. Ich komme mit euch. Punkt."

Tanmir lächelte. Er hatte auch nicht anderes erwartet.

„Nur eines würde ich noch gern wissen", bat Larus mit schief gelegtem Kopf. „Was genau habt ihr zwei dort vor? Was versprecht ihr euch von dieser Reise? Ich meine, klar, Texor in den Arsch zu treten. Logisch. Wenn's einer verdient hat, dann der. Aber ... wie genau stellt ihr euch das alles vor?"

Mia seufzte. „Ehrlich gesagt, habe ich noch überhaupt keine Ahnung, was ich tun werde. Darüber werde ich mir auf dem Weg Gedanken machen. Ich weiß nur, dass ich mich dem Ganzen stellen muss. Aber momentan, nach alledem, ist mein Kopf einfach noch nicht imstande, einen klaren Plan zu fassen."

„Kann ich verstehen." Larus kratze sich am Hinterkopf. „Also, was Isterien angeht ... Das Land ist vollkommen abgeriegelt. Es ist schier unmöglich, ungesehen die Grenzen zu überschreiten ... Wenn ihr also dahin wollt ... Nun, jaaa ..."

„Was weißt du?", fragte Tanmir. Er erkannte Larus' Gesichtsausdruck augenblicks, welcher verriet, dass er etwas wusste, aber nicht vermochte, es in Worte zu packen.

„Naja", druckste der Bursche. „Ich ... kenne mich da ein bisschen aus. Wie du ja weißt, Tanmir, ist Isterien eine Festung. Jede Straße, jede Brücke, jeder Pfad werden sowohl von Seiten Südreichs als auch Isteriens selbst streng bewacht. Du erinnerst dich? Um damals aus Isterien herauszukommen, die Grenze zu passieren, brauchten wir Hilfe der Bolguras ..."

„Ich erinnere mich. Ich wäre beinahe ersäuft worden."

„Bitte was?" Mia starrte die beiden an. „Was ist passiert?"

Tanmir spielte es rasch herunter. „Erzähl ich dir noch."

„Du hast ihr das noch nicht gesagt?" Larus riss die Augen mit den großen Pupillen auseinander.

„Wir haben nur das Wichtigste zusammengefasst. Die ausführlichen Versionen kommen mit der Zeit."

„Ihr habt immer noch nicht alles besprochen? Verdammt, was habt ihr beiden denn die ganzen Abende und Nächte getrieben? Ähm ... Ach, vergesst die Frage ... ich hab's ja gehört ..."

„Komm zur Sache."

„Also. Wie gesagt, Isterien ist abgeriegelt. Nichts kommt rein oder raus, ohne dass die hohen Herrschaften in Isterien oder Südreich davon erfahren. Es sei denn ..."

„Nun, rede schon!"

„... man kennt da wen."

„Oh nein, Larus, nicht schon wieder die Bolguras." Tanmir schüttelte den Kopf. „Das eine Mal hat mir gereicht."

Der Bursche hob abwehrend die Handflächen. „Ich dachte überhaupt nicht an die Zwerge. Ich dachte an eine andere Bekanntschaft, die ich dort habe."

Das Paar schaute ihn ungeduldig an.

„Ihr wisst doch, dass Karoline und die anderen ihr Schlafzelt von mir bekommen haben, das alte Lazarettzelt."

„Ja."

„Ihr wisst, dass ich mich ja mal als Soldat im Heer von Südreich verpflichtet habe. Ich frag mich heute noch, was mich da geritten hat ... Na gut, ich war betrunken ..."

„Larus!"

„Ja, ja, schon gut. Jedenfalls gab's da so einen ... ähm ... ich nenne es mal, Unterhändler. Er, das heißt wohl eher *sie*, war im Lager wohl so eine Art Quartiermeister. Oder sagt man Quartiermeisterin? Wie ist das denn dann mit Hauptmann? Hauptfrau ..."

„Larus!!"

„Ähm, klar, verzeiht. Also jene Quartiermeisterin konnte den Soldaten unter der Hand ein paar Kleinigkeiten besorgen. Alkohol, Tabak, Stiche nackter Frauen, Kokainum und so weiter. Durch sie konnte ich überhaupt von dort entkommen. Wenn sie noch im Geschäft ist, kann sie uns helfen."

„In Ordnung", sagte Tanmir schnell. „Ich nehme das jetzt alles erst einmal so hin. Aber wieso erfahre ich erst jetzt von dieser deiner Bekannten? Konntest du nicht auf die kommen, als wir aus Isterien heraus wollten, statt die Bolguras ins Boot zu holen, die mich beinahe zu Fischfutter verarbeitet hätten?"

Erneut weitete Mia die Augen, verkniff sich aber vorerst ihre Fragen.

„Weil wir da in Isterien waren, nicht in Südreich" erklärte Larus. „Auf diesem Wege konnten uns nur die Bolguras helfen. Jetzt aber ist es anders herum."

Tanmir murrte. Er war auch jetzt noch sauer auf Larus wegen der Begegnung mit den Zwergen der Bolgura-Familie.

Mia hingegen sah definitiv eine erste Möglichkeit durch Larus' Plan. „Wie können wir sie finden? Deine Bekannte?"

„Zunächst sollten wir nach Unstaud, es liegt weiter südlich in Südreich – hehe, südlich in Südreich, hehe. Sie liegt ebenfalls grenznah. Eine Handelsstadt, in der alles Mögliche an Leutchen zusammenkommt. Dort haben mich auch die Werber eingezogen. Ist ein beliebter Ort dafür, weil da viel junges Volk herumläuft. Wir werden da also auch gut getarnt sein. Wobei ihr beide schon fast zu alt sein könntet."

„Also den ganzen Weg wieder zurück", brummte Tanmir. „Allmählich nervt mich das. Immer dieses hin und zurück. Das wäre ein guter Titel für ein Buch: *Hin und zurück – Die Geschichte irgendeines Reisenden*. Sei's drum. Wie weit ist es nach Unstaud?"

„Weit ... Mindestens dreihundert Meilen. Eher noch mehr. Ich weiß, wir werden verfolgt. Am besten ist es daher, wenn wir von Humrath aus südlich reiten. Auf den Landstraßen ist immer viel Verkehr; fahrende Händler und Reisende, wo man hinsieht. Darunter können wir uns verbergen."

„Wir sind also gut zwei Wochen unterwegs", kalkulierte Tanmir. „Zeit genug, uns zu überlegen wie wir vorgehen, wenn wir in Isterien sind. Vorausgesetzt, dein Plan trägt Früchte."

„Wird es. Ich habe Sophia – so heißt sie nämlich – seinerzeit viel geholfen. Lag vermutlich daran, dass ich ziemlich vernarrt in sie war ... Sie wird uns helfen."

„Wie kommt es eigentlich, dass dich das Militär Südreichs nicht verfolgt?", fragte Mia interessiert. „Auf Fahnenflucht steht der Strang."

„Genau da kam ja jene Bekanntschaft Sophia ins Spiel. Sie hat meinen Namen in den Musterungslisten gefälscht. Die Soldaten haben bestimmt lange nach dem Flüchtigen gesucht, konnten ihn aber nie finden."

„Und wenn dich in Unstaud jemand wiedererkennt?"

„Das ist ewig her! Totaler Quatsch! Und wie gesagt, da läuft so viel Jungvolk herum, dass es unmöglich ist, genau einen herauszupicken."

Tanmir zuckte mit den Schultern. „Es ist dein Hals."

„Keine Panik."

„Und woher wissen wir, dass uns deine Sophia hilft? Oder dass sie uns nicht verpfeift?"

„Wir sind alte Kumpels. Ich hab ihr ein-, zweimal aus der Bredouille geholfen, ihr geholfen, Waren zu schmuggeln, beim Spielen andere auszunehmen, und solche Sachen. Was ich einfach gut kann."

„Ich kenne deinen alten Kumpels, Larus", knurrte Tanmir. „Die haben in der Regel vor, dich umzubringen."

„Aber sie tun's nie."

„Irgendwann wird jemand der erste und einzige sein. Und ich möchte dann nicht davon hineingezogen werden."

„Aber nicht in diesem Falle", garantierte der Bursche. „Sie ist Pazifistin. Was meinst du, warum sie nur an der Waffenausgabe steht, Waffen aber selber nie gebraucht?"

„Von mir aus."

„Es ist eine Spur", schloss Mia. „Und bis wir auch nur in die Nähe der Grenze kommen, sind wir noch Tage, wenn nicht Wochen unterwegs. Bis dahin werden wir schon alles Erforderliche geklärt haben. Vor allem das, was wir tun werden, wenn wir in Isterien sind."

„Nur müssen wir Augen und Ohren nach Eisenheim und seinen Leuten offenhalten", mahnte Tanmir. „Immerhin reiten wir ihnen jetzt genau entgegen."

Ein Vierteljahrhundert später hätten alle drei über ihr Verhalten nur mit dem Kopf geschüttelt. Einfach in die Höhle des Löwen zu spazieren, dem Feind direkt entgegen, ohne Plan, ohne Vorbereitung, einfach direkt auf die Gefahr zuzugehen.

Doch in ihrer jugendhaften Unbekümmertheit, wie sie der Jugend und auch jungen Erwachsenen eigen ist, brachen sie einfach auf. Ihnen reichte es, dass sie zunächst nur wussten, wie sie möglicherweise nach Isterien gelangen konnten. Alles Weitere würde sich schon aus der dann bestehenden Situation ergeben.

Die Reise durch Südreich verlief allerdings unerwartet gut und reibungslos. Was sie jedoch nicht zur Unvorsichtigkeit verleitete – insbesondere Tanmir.

„Tanmir, Bruder, nun setz dich doch. Hier ist weit und breit keine Menschenseele. Oder sonst 'ne Seele einer intelligenten Spezies. Komm zu uns und entspann dich."

„Einer von uns muss Wache halten. Texors und Eisenheims Leute können näher sein als wir glauben. Ich will nicht wieder von diesen Bastarden überrascht werden."

Larus machte ein unfreundlich prustendes Furzgeräusch mit den Lippen. „Meine Güte, du siehst schwärzer als die Nacht. Wenn die uns suchen, dann bestimmt nicht in diesem Teil von Südreich. Und schon gar nicht so nahe an Isterien. Jeden Tag machst du eine düstere, nervöse Miene, dass die Blätter an den Bäumen freiwillig herunterfallen, nur um deine Visage nicht ansehen zu müssen. Ich sage es euch schon, seit wir aus Tristadt aufgebrochen sind, und wiederhole es für dich gerne erneut: Texors Handlanger suchen uns nie und nimmer in diesen Gegenden. Hier können wir unbemerkt an ihnen vorbeischlüpfen. Je näher wir der Gefahr sind, desto sicherer sind wir. Das ist das Letzte, womit die rechnen. Und die hier patrouillierenden südreicher Soldaten sehen jeden Tag zig Gestalten und Gesichter, da machen wir drei auch keinen Unterschied aus."

„Wenn du dich damit beruhigen kannst, Larus, von mir aus. Ich kann es nicht." Tanmir atmete durch. „Ich sehe mich ein wenig um."

Mia nickte ihm zu, woraufhin er rasch in der Dunkelheit verschwand, vorbei an Arna, Dunkelheit und Amadeus, die Tanmirs Anspannung augenscheinlich nicht teilten. Der Abend war kühl, weshalb Dampf zu sehen war, der den Pferden aus den Nüstern schoss. Ein Feuer hatten sie sicherheitshalber aber nicht entfacht, obwohl Larus zuvor schon lange versucht hatte, Tanmir davon zu überzeugen, dass hier keine Gefahr drohte.

„Er ist immer so pessimistisch", murmelte Larus, sobald Tanmir außer Hörweite war. „Sieht immer alles negativ."

„Das kommt von seiner Erziehung", meinte Mia. „Elfen sind so rational, wie es sich ein Mensch nicht vorstellen kann. Positiv zu denken ist etwas, das sie weder können noch tun. Sie betrachten lediglich die Situation und wägen die Fakten ab. Ebenso verhält sich Tanmir. Er verlässt sich nicht auf die ersten Eindrücke oder Hoffnungen, sondern hinterfragt und analysiert. Er sieht eher die eventuelle Gefahr und das Negative, um darauf vorbereitet zu sein. Wobei das auch in seiner Natur liegt."

„Das wohl. Doch manchmal ist es echt deprimierend. Alles ist ruhig, ein schöner Oktoberabend, kaum eine Wolke ist am Himmel, sonst könnten wir ohne ein kleines Feuerchen nicht mal die Hand vor Augen sehen. Es ist zwar kalt ohne Feuer, aber auszuhalten. Alles wunderbar, und der malt hier wieder alle möglichen Dämonen an die Wand. Er könnte sich auch mal zurücklehnen und sich sagen, dass es schon gut geht."

„Er war auch mal waghalsiger, risikofreudiger. Waren wir beide, als wir zusammen durch die Länder reisten. Unsere Erfolge bei unseren Aufträgen waren uns zu Kopfe gestiegen. Wir fühlten uns wie die Könige der Welt, wie unbesiegbar. Und wurden entsprechend unvorsichtiger. Und dann ... wurden wir getrennt."

„Heh, das hat er auch mal so gesagt. Aber trotzdem ist es gut gegangen. Entgegen allen Wahrscheinlichkeiten. Kein Elf hätte das vorhergesehen, aber es ist passiert. Ich habe Tanmir immer gesagt: ‚Wir finden dein Mädchen'. Ich habe positiv gedacht und daran geglaubt. Und was ist?"

„Du hast recht behalten, ja. Aber was war währenddessen? Sah es währenddessen danach aus, dass ihr mich finden würdet? Sprach damals etwas dafür?"

„Naja ... zugegeben ... kaum etwas. Aber was hilft es denn? Er hat sich vollkommen kaputt gemacht, die ganze Zeit. Seine Lage war schon beschissen, wieso macht er sich dazu auch noch selber fertig. Man muss gegen so etwas vorgehen. Man muss positiv denken. Genau wie, dass wir drei es schaffen, nach Isterien zu kommen. Wir schöpfen Kraft aus unseren positiven Gedanken. Deswegen: Stets positiv denken."

„Das ist nicht immer so einfach, Larus. Erst recht nicht für Tanmir ..." Mia seufzte schwer. „Sie – Texor und seine Schergen – haben ihm schreckliche Dinge angetan, dort in Isterien. Und das über Wochen. Er hat mir keine Einzelheiten erzählt, und wenn ich ehrlich bin, bin ich darüber auch froh, aber ... ich habe seine Schmerzen gesehen. Damals als ich bei Karoline und den anderen war. Ich habe ihn in meinen Träumen, meinen Visionen gesehen, als er litt ... Diese Wochen in Gefangenschaft ... Sie haben ihn verändert."

Larus schluckte, senkte den Blick und schwieg.

„Also sieh ihm seinen Pessimismus nach, Larus. Erstens hat er es nie anders gelernt. Zweitens ist das seine Natur. Und drittens ... hat man ihm über Wochen tagtäglich ..."

Mia verstummte. Die Muskeln auf ihren Wangen zuckten. Darin spiegelte sich ein Hauch der Wut wider, die sie darüber verspürte, was man ihrem Geliebten angetan hatte. Aber auch das Entsetzen und die Erschütterung über das, was man ihm angetan hatte.

„Diese Folter hat Spuren hinterlassen", sagte sie mit finsterer Stimme. „Das merke ich seit ich ihn wiederhabe. Und er weiß es auch."

Larus schwieg weiter, blickte mit geneigtem Kopf in ihr Gesicht.

Mia selbst blickte ins Dunkel. Dorthin, wo Tanmir eben verschwunden war. „Nun ist Tanmir frei und wieder bei mir, aber ... das spüre ich ... er hat sich verändert. Die Folter hat ihn verändert."

„Willkommen in Unstaud."

Larus' Willkommensgruß wurde sogleich von einem über die staubige und vielbefahrene Straße torkelnden halbwüchsigen Jungen begleitet, der sich heftig auf dem Weg vor ihnen erbrach. Zwei andere Burschen, die nicht weniger angetrunken schienen, halfen ihm auf und geleiteten ihn von der Straße.

Mia und Tanmir schauten sich an.

„Ich sagte ja" – Larus breitete die Arme aus –, „in Unstaud läuft viel junges Volk herum. Und es kostet vor allem die niedrigen Preise für den Fusel aus, und natürlich die Tatsache, dass es hier keinerlei Altersbeschränkungen dafür gibt."

„Damit sie sich alle betrunken zum Militärdienst melden", murmelte Tanmir. „Origineller Einfall."

„Hat bei mir ja auch geklappt."

„Wie alt warst du eigentlich, als du dich verpflichtet hast?", wollte Mia wissen.

„Ähm … ich glaub so … sechzehn."

„Und du warst besoffen." Es war keine Frage Tanmirs, sondern eine Feststellung.

„Ich war sechzehn. Ich war mehr besoffen als nüchtern. Kommt, wir bringen die Pferde weg."

Gesagt getan. Sie banden ihre Pferde an der ersten Reihe von bewachten Pferdepfosten fest, die sie fanden, und begaben sich ins Getümmel. Es war sehr laut. Kutscher schrien, Hunde bellten und jaulten, Hühner und Gänse schnatterten, Pferde wieherten, Esel iahten, Jugendliche grölten und riefen. Letztere waren es auch, die Straßen oder Gassen überwiegend einnahmen und für sich beanspruchten. Der Geruch der Stadt war ebenfalls alles andere als angenehm, voll der verschiedensten von Tieren hervorgerufenen Duftnoten, Schweiß, Unrat und insbesondere Alkohol diversester Variationen.

„Das Fort, wohin man die frischen Rekruten bringt, liegt ungefähr fünf Meilen westlich von Unstaud. Aber keine Sorge, da müssen wir nicht hin. Wir kommen auch gar nicht rein. Das Ding ist abgeschottet wie ein Knast. Man will schließlich nicht, dass die Frischlinge abhauen. Meine Bekannte treffen wir hier in Unstaud. Wenn Sophia noch die gleichen Tricks wie damals verwendet, weiß ich auch, wo wir sie antreffen werden."

Larus führte sie fort vom Kern der Stadt, zu einem der kleineren Viertel, gespickt von vielen Warenhäusern und Lagerhallen, in denen kräftig gearbeitet wurde, Kisten mit Waren befüllt, auf Karren geladen oder umhergeschleppt.

In einer Seitengasse bemerkten sie drei Jugendliche, die auf einer Bank saßen, sehr innig aneinandergeschmiegt. Ein Mädchen saß zwischen zwei Jungen, seufzte in den Pausen zwischen den Küssen, die sie mit dem Jungen zu ihrer Linken austauschte, während der Rechte sie am Halse küsste. Das Mädchen, selbst mit den Händen an den Schritten der Jungs, genoss sichtlich die Berührungen der beiden Burschen, welche eingehend ihre Schenkel und Brüste streichelten. Auf einmal löste sie die Lippen von dem links sitzenden Jungen und widmete sich dann dem Küssen desjenigen zu ihrer Rechten.

Larus summte verträumt. „Ja … Hier in Unstaud werden viele

Liebesbeziehungen vollzogen. Sie halten nur nie allzu lange."

Nach kurzer Zeit hatten sie wohl ihr Ziel erreicht. Larus blieb an der Hinterfront eines Lagerhauses stehen, wo geschäftig drei Männer von bärenhaften Erscheinungen Kisten schleppten und auf einen Wagen trugen, an welchem zwei Maulesel angespannt waren. Über dem Vorderrad hatte der Wagen das Wappen Südreichs mit dem Adler eingebrannt. Es war ein Militärfahrzeug.

An der Wand des Lagerhauses ging eine attraktive Frau Mitte bis Ende dreißig von südlicher, vielleicht karamanischer Abstammung und üppig krausen schwarzen Haaren auf und ab, während sie einen Stapel Pergamente in den Händen hielt und eingehend in diesem las, mit den Papieren raschelte, wenn sie deren Positionen tauschte. Sie bewegte lautlos die Lippen, zählte und kalkulierte. Schließlich hob sie den Kopf, erblickte die drei. Doch ihr Hauptaugenmerk richtete sich sogleich auf Larus.

„Larus?!", rief sie mit geweiteten Augen.

Er winkte. „Sophia! Grüß dich!"

Die dunkelhäutige Frau musterte ihn noch einen Moment. Dann faltete sie die Papiere einmal in der Mitte und stopfte sie in ihre Umhängetasche. Sie ließ Larus dabei nicht aus den Augen. Und ihr Blick konnte nichts Gutes vermuten lassen.

Tanmir verdrehte klagend die Augen. Ihm war klar, dass Larus' Bekannte nicht erfreut war, ihn zu sehen. Ihm wurde klar, er hatte natürlich recht gehabt, was die ‚alten Kumpels' seines Freundes anging. Diese Dame schien da auch keine Ausnahme zu sein.

Sie ging raschen Schrittes auf ihn zu. Und noch ehe der Bursche eine weitere Begrüßung aussprechen konnte, war sie heran und klatschte ihm die flache Hand ins Gesicht. Der heftige Knall schmerzte Mia und Tanmir in den Ohren, die drei Lagerarbeiter hielten kurz in ihrer Arbeit inne und betrachteten die Szene.

Larus stöhnte. „Verdammt, Sophia … ahhh … Wofür war das denn? Ah …"

„Ach, ich weiß nicht", knurrte die Frau zynisch. „Vielleicht für den Karren, den du gestohlen hast? Das Lazarettzelt? Den Kavalleriehengst?"

„Ich brauchte ein Pferd, das wusstest du doch. Und das mit dem Karren war ein Versehen. Ich wusste ja nicht, dass das Pferd daran angebunden war. Die Zeit den Karren abzuspannen hatte ich nicht, das weißt du auch."

Die Frau zischte wütend und holte aus, um ihm noch einen Schlag zu verpassen. Larus zuckte zusammen, hob deckend die Hände. Doch sie schlug nicht zu, hielt inne, atmete aus und senkte schlussendlich den Arm. „Ich hatte ein Maultier für dich vorbereitet! Das Maultier war für dich! Nicht der Hengst!"

„Sophia, ganz ehrlich, was sollte ich mit einem Maultier? Ich musste schnell da weg. Wenn man mich verfolgt hätte, wäre ich auf einem Maultier nicht …"

„Halts Maul, Larus!" Sie stampfte mit dem Fuß auf dem Boden auf. „Es war alles vorbereitet, verdammt! Niemand hätte dich gesucht! Niemand hätte das Maultier vermisst! Aber den Hengst und den Karren, die hat man vermisst! Weißt du, was ich deinetwegen für Schwierigkeiten hatte?! Argh!"

„Nun beruhige dich doch, meine Hübsche." Larus gestikulierte beschwichtigend mit den Händen. „Ich kenne dich doch. Du bist viel zu intelligent, als dass man dich wirklich überführt hätte. Ich wette, du hast das alles glattbiegen können."

„Natürlich habe ich das!", fauchte Sophia. „Aber es hat mich viel Zeit, Mühen und Geld gekostet, verflucht! Und alles wegen dir!"

„Es lief nicht ganz nach Plan, zugegeben. Dafür entschuldige ich mich. Aber das ist jetzt Jahre her. Können wir uns nicht unserer guten Bekanntschaft erinnern, statt dieses unschönen Abganges?"

Sie fixierte ihn aus ihren wütenden braunen Augen, atmete hörbar durch die Nase aus, entspannte dann aber die zornigen Gesichtszüge. „Ach, verdammt nochmal ... Ich verstehe nicht, was es ist, aber irgendwie kann ich dir nicht lange böse sein, Kurzer."

Larus machte große Augen und lächelte.

Tanmir schüttelte kaum merklich den Kopf.

„Den Hengst habe ich übrigens noch immer", erklärte der Knabe. „Und er trägt auch noch immer den stolzen Namen Amadeus, so wie du ihn getauft hast. Leistet mir treue Dienste."

„Natürlich tut er das. Das ist ein hochklassiges Rassepferd. Deswegen hat man mir auch so auf der Pelle gehangen, als er weg war. Aber ... lassen wir dieses Thema ruhen. Allerdings sind wir mit dieser Aktion quitt, Bursche."

„Ah, quitt", druckste Larus, „gutes Stichwort. Sag mal, was machen denn die Geschäfte?"

„Was willst du, Larus?" Die Frau verstand sofort.

„Nun, ich und meine beiden Freunde hier haben etwas zu erledigen, wobei wir deine Hilfe gebrauchen könnten."

Sophia schaute Tanmir und Mia flüchtig an. Wobei sie Tanmir etwas eingehender betrachtete, der ihr unverkennbar sehr gut zu gefallen schien.

Mia entgingen die interessierten, nahezu schmachtenden Blicke Sophias nicht, mit denen diese Tanmir taxierte. Und sie gefielen ihr gar nicht. Die junge Frau schmiegte sich nahe an ihren Geliebten, fasste ihn um die Taille und stellte in Begleitung giftiger und überlegener Blicke auf diese Weise klar, dass Tanmir ihr gehörte – und zwar nur ihr.

Die Quartiermeisterin begriff diese Klarstellung und wich zügig dem Blick der bedrohlich warnenden saphirblauen Augen aus. Sie wurde sogleich wieder professionell und wandte sich Larus zu. „Haben sich wohl zwei zum Militärdienst gemeldet und es sich jetzt anders überlegt. Wie so viele. Ts. Naja, was soll's. Aber es ist faszinierend, wie viele Mädels in letzter Zeit ins Heer eintreten."

„Nein", erklärte Larus. „Wir haben uns nicht verpflichtet und müssen auch nicht fliehen. Wir müssen nur ..."

„Dann weiß ich auch nicht, wie ich euch sollte helfen können", unterbrach sie.

„Warte, Sophia. Hör mir zu. Du hast doch sicherlich noch Bekannte aus Isterien, nicht wahr?"

Sie zuckte mit den Schultern. „Kann schon sein."

„Darunter auch diejenigen, die sich an der Grenze gut auskennen?"

„Sag endlich, was du willst, Larus. Ich habe nicht den ganzen Tag Zeit."

„Wir müssen nach Isterien", sagte plötzlich Mia. „Unbemerkt. Ungesehen. Und schnell."

Sophia weitete die Augen, schaute Mia an. Dann lachte sie kurz auf. „Nach Isterien wollt ihr? Haha. Du bist wohl nicht ganz auf dem neuesten Stand, Mädel. Isterien ist vollkommen abgeriegelt. Nichts kommt dort ohne offizielle Genehmigung herein, was nicht herein soll. Und was herein soll wird ausnehmend überprüft."

„Deswegen habe ich an dich gedacht, Sophia." Larus faltete die Hände vor der Brust. „Mit deiner Hilfe und deinen Kontakten ist es doch gewiss möglich, die Grenze zu überqueren, ohne das gewisse Obrigkeiten davon erfahren. Deine alten Schmuggelfreunde können doch bestimmt ..."

„Pass gefälligst auf, was du sagst, Larus", fiel sie ihm wütend ins Wort. „Lass uns das klarstellen. Du hast mir bei einigen Sachen damals geholfen und bist tief in mein Vertriebsnetz eingestiegen. Danke dafür. Doch war das übrigens auch einer der Gründe, weshalb ich dir die Flucht aus dem Fort ermöglicht habe – du wusstest allmählich zu viel. Also gib auf deine Worte Acht."

„Für wen hältst du mich, Sophia? Für einen Spion?"

„Nein. Aber für jemanden, der, um sich aus der Bredouille zu reden, nicht zögert, das eine oder andere Wort zu viel zu verlieren."

„Also liegt es ja in deinem Interesse, dass ich möglichst schnell wieder aus deinem Leben verschwinde, ah? Und das tue ich auch. Wenn du uns nach Isterien schaffst."

Sie verzog den Mund. „Ich könnte das jetzt beinahe als Drohung auffassen. Aber ich stimme dir in diesem Punkt zu. Ich habe nichts dagegen, wenn du verschwindest, denn du bringst einfach Unglück. Jahrelang läuft alles reibungslos in meinem Geschäft. Und da tauchst du auf und bringst alles ins Wanken."

„Ach komm, ich hab dir auch bei vielen Sachen geholfen. Wie war das zum Beispiel mit dem mendorischen Wein? Wenn ich nicht zufällig Durst gehabt und die Fässer angeschlagen hätte, hättest du nie davon Wind bekommen, oder erst sehr viel später. Und was war mit der Geschichte mit dieser Berittführerin? Die Dicke, die Arme wie ein Eichenast hatte? Wen fand sie denn zum Anbeißen, dass er dir eine perfekte neue Einnahmequelle bescherte, na?"

Mia und Tanmir schauten sich mit geweiteten Augen wortlos an.

„Zugegeben", gestand die Quartiermeisterin. „Aber das Ende unserer Geschäftsbeziehung – habe ich das gerade wirklich gesagt ... – gestaltete sich als äußerst verlustreich für mich."

„Dafür entschuldige ich mich zutiefst. Es war so nicht geplant. Aber warum mit alten Kamellen beschäftigen? Sehen wir nach vorn. Und vorne ist Isterien."

Die Schmugglerin hob die Schultern. „Aber ich weiß nicht, wie ich euch helfen soll. Ich schmuggle Waren, Waffen, Objekte, Rauschmittel und Alkohol. Keine Menschen."

„Bitte, Sophia. Ich würde nicht hierher zurückkommen, wenn es nicht wirklich wichtig wäre. Wir müssen dringend nach Isterien. Wir und unsere drei Pferde."

„Ach, eure Pferde auch noch?!", parodierte sie.

„Ja", antwortete Larus, als nähme er den Spott ihrer Stimme nicht wahr. „Wir müssen wirklich unbedingt über die Grenze. Und nur du kannst uns helfen."

Sophia schaute jeden der drei eingehend aber nüchtern an.

Dann schloss sie letztlich die Augen und seufzte. „Ich werde sehen, was ich tun kann", sagte sie und hob die Lider. „Aber versprechen kann ich nichts. Trefft mich in zwei Tagen in der Taverne am Güterweg, wenn der Glockenturm zum Abend schlägt. Da werde ich euch mehr sagen können. Entweder Gutes oder Schlechtes, das muss sich noch zeigen. Aber was auch immer ich euch sagen werde, danach verschwindet ihr von hier, Larus. Ist das klar?"

„Sonnenklar. Aber zwei Tage? Was machen wir denn die ganze Zeit? Wir wollen jetzt nicht unbedingt jedem im Gedächtnis bleiben, du verstehst?"

„Ist das mein Problem? Wenn ihr nicht auffallen wollt, verhaltet euch so, wie es alle in eurem Alter in dieser Stadt tun. Arbeitet am Tag für irgendwelche Lagerhäuser und sauft in der Nacht. Dann gehen die zwei Tage schon schnell herum."

Die zwei Tage des Wartens waren sehr unangenehm. Es war das sprichwörtliche Sitzen auf den heißen Kohlen. Das Trostpflaster waren jedoch die ungemein günstigen Preise in der Stadt für Verpflegung und Unterkunft. An Arbeit kam man auch leicht, da die vielen Handelsgesellschaften immerzu helfende Hände in Lagern oder zum Verladen brauchten.

Das Konzept Unstauds war durchdacht und bewährte sich seit vielen Jahren. Aus allen Winkeln des Landes zog es die unternehmungslustige Jugend hierher nach Unstaud, um sich ganz legal und gut bezahlbar den Freuden Lebens hinzugeben – Völlerei, Sex, Rauschmittel oder Glücksspiel.

Der Plan dahinter war so simpel wie offenkundig: Unstaud und seine Bewohner waren staatlich gefördert, um die günstigen Preise anbieten zu können, welche über spezielle gesetzliche Sonderregelungen nur für Personen bis einundzwanzig Jahren galten, in Ausnahmefällen sogar bis vierundzwanzig – insofern das Alter der Betroffenen natürlich festzustellen oder anzunehmen war. Man lockte so in ihrem Leben orientierungslose Jugendliche und junge Erwachsene beiderlei Geschlechts an, die die Abenteuerlust dem Arbeitsalltag vorzogen, in den sie hineingeboren wurden, versprach ihnen Arbeit und ein angenehmes Leben, und, falls sie es wünschten, eine großartige Karriere im militärischen Dienste ihres Königreiches – wodurch es sogar Niedergeborenen möglich sein sollte, Offizierslaufbahnen zu absolvieren und zu Ruhm und Ehre zu gelangen. Tatsächlich gab es nicht wenige, die genau aus diesem Grunde nach Unstaud kamen.

Die Jugendlichen und jungen Erwachsenen allerdings, die hierher kamen und sich nicht für eine Laufbahn beim Militär interessierten, nahmen natürlich alle an, dass sie nicht auf diesen offensichtlichen Trick der Werbung hereinfielen. Doch die Werber waren geübte Profis und Überredungskünstler. Sie schafften es mit klugen Gesprächen, schmackhaften Argumenten, Redewendungen und Finten, die Jungspunde in den königlichen Dienst zu stellen. Wenn dann auch noch Alkohol dazukam, hatten sie in der Regel ganz leichtes Spiel.

Das war Unstaud, allgemein bekannt als das Nachwuchszentrum des südreicher Militärs.

Als Tanmir am ersten Abend ihres Aufenthaltes hier von ihren Pferden zurückkehrte, nach denen er gesehen und die er versorgt hatte, wurde er Zeuge eines interessanten Gespräches dreier Wachsoldaten, die auf ihrem Patrouillengang wohl eine kleine Pause einlegten und sich an einer Bank am Straßenrand breitmachten. Tanmir war gerade am Brunnen, um sich die Hände zu waschen, als er die Worte der Männer hörte.

„Habt ihr schon gehört? Sie haben drüben in Isterien wohl wieder ein Rebellennest zerschlagen, in Hall."

„In Hall? Uh, dann zieht sich die Schlinge ja ganz schön zu für die Rebellen. Wenn Hall gefallen ist, fehlt nicht mehr viel bis nach Shrebour, dem Herz der Rebellion."

„Ganz richtig."

„Es heißt, in Hall haben sie sogar General Golbert gefasst."

„Niemals. Der alte Hund würde eher sterben, als sich gefangen nehmen zu lassen."

„Das denke ich auch. Das mit General Golbert kann nur ein Gerücht sein. Wenn Golbert gefangen oder gar getötet worden wäre, dann gäbe es die Rebellion nicht mehr."

„Selbst Golbert gelingt es kaum noch, die Reihen zu füllen. Der Wille der Rebellen verpufft. Niederlage um Niederlage, Verluste um Verluste, Aussichten auf Erfolg bestehen schier gar nicht mehr. Ich denke, es wird nicht mehr lange dauern, ehe die Rebellion vollständig zerschlagen ist."

„Zum Glück. Dann ist endlich Ruhe. Und wir müssen nicht mehr befürchten, dorthin versetzt zu werden. Ich habe keine Lust, wieder nach Isterien zu müssen. Ich bin Bürger Südreichs, in der Armee Südreichs, mich gehen die Probleme Isteriens nichts an."

„Hört, hört. Nur weil unser König sich unbedingt in die Politik des in Trümmern liegenden Isteriens einbringen wollte, steht unsereins hier seit Jahren wie auf Abruf bereit. Ich frage mich heute noch, was Sigmund davon hat, Isterien zu unterstützen? Da gibt's nicht einmal einen König, nur diesen Truchsess."

„Politik. Alles Politik."

„Ja. Und wir einfachen Soldaten müssen deren Politik ausbaden."

„Und was lernen wir daraus, Jungs? Hört niemals auf die Versprechungen der hohen Damen und Herren. Wisst ihr noch, als uns der Rittmeister anfangs die Befehle zum Einmarsch nach Isterien erteilte? Es hieß, nach ein paar Wochen wird in Isterien wieder Ruhe sein und wir können alle nach Hause. Und was wurde draus? Es bildete sich irgendwann sogar eine Rebellion, die bis heute nicht zerschlagen wurde, die sogar große Teile im Norden des Landes unter ihre

Kontrolle brachte. Und wir sitzen immer noch hier in Unstaud und hoffen darauf, nicht nach Isterien versetzt zu werden."

„Während wir hier die ganzen Grünschnäbel im Auge behalten müssen, die uns hoffentlich mal ablösen werden."

„Abwarten, Männer. Wie gesagt, es ist nur noch eine Frage der Zeit, bis die Rebellion fällt. Ich denke der Generalstab plant schon, wie wir schnellstmöglich nach Shrebour vordringen können. Unser Generalfeldmarschall Steinhand regelt das schon. Es wird sich dem Ende zuneigen. Ihr werdet sehen."

„Wenn die Rebellen keinen neuen Kriegswillen mehr entwickeln, keine neue Moral."

„Und wie soll das gehen, hä? Soll die verschollene Prinzessin wiederauferstehen, die nach diesen ganz bescheuerten Gerüchten überlebt haben könnte, oder was?"

„Ist klar, haha!"

„Ich weiß, wo wir anfangen werden." Tanmir setzte sich zu Mia und Larus an den Tisch.

„Was meinst du?"

„In Isterien. Ich habe gerade eine interessante Unterhaltung mitangehört."

„Erzähl."

Tanmir erzählte, was er gehört hatte.

„General Golbert?", fragte Mia mit großen Augen. „Bist du sicher, Tanmir?"

„Absolut. Sie sprachen eindeutig von General Golbert, Mia. Demselben, der der Anführer der Garde deines Vaters war. Derselbe, der damals bei dir war, kurz bevor du durch den Geheimgang aus dem Löwenpalast entkommen bist. Er hat das Massaker anscheinend überlebt, ist jetzt der oberste Anführer der Rebellion. Und er hält sich, wie vermutet wird, wohl in Shrebour auf. Ich denke, dass das unsere erste Adresse ist, bei der wir es versuchen sollten."

„Es ist ein Anfang", stimmte Larus zu.

Tanmir seufzte. „Doch alles hängt zunächst davon ab, ob wir es überhaupt nach Isterien schaffen, ob deine Sophia uns wirklich helfen kann. Ich hoffe, sie verpfeift uns nicht."

„Wird sie nicht", versicherte der Bursche. „Sie ist absolut vertrauenswürdig, absolut ehrenhaft. Und außerdem würde sie sich ja selber gefährden, wenn sie uns verriete."

„Wie gesagt: Ich hoffe es."

„Nun hör schon auf mit der grimmigen Miene, Tanmir. Ich kenne Sophia. Die macht das schon."

„Ja, ja, du und deine alten Kumpel, Larus. Wie es aussieht, war die Geschichte mit dem Lazarettzelt etwas anders, als du sie uns erzählt hast."

„Geringfügig", räumte Larus ertappt ein. „Aber Sophia hilft uns, ich hab's gesagt."

„Nachdem sie dir erst mit der Hand die Wange rot gefärbt hat. Ich wusste es. Du und alte Bekannte, das konnte einfach nicht gutgehen."

„Es hat geklappt", schaltete sich Mia ein. „Die Kontaktaufnahme wenigstens. Sophia hat uns zumindest die Möglichkeit eröffnet, uns zu helfen. Alles Weitere sehen wir übermorgen Abend."

Das Warten war nervtötend und schrecklich lang. Doch der ersehnte Abend kam.

Larus, Mia und Tanmir trafen Sophia in der Taverne am Güterweg, einem düsteren Etablissement, deren Kundenstamm überwiegend aus den festangestellten Lagerarbeitern der Stadt bestand, die hier eindeutig Ruhe vor der nervenden und grölenden Jugend suchten. Jugendliche waren hier nämlich kaum. Die drei waren schon eine gute Stunde vor dem Abendglockenschlag in der Taverne, als die Unterhändlerin pünktlich wie ein Bote erschien und am Tisch platznahm.

Die dunkelhäutige Sophia kam ohne Begrüßung zur Sache. „Heute um Mitternacht trefft ihr an meinem Lagerhaus einen meiner Mitarbeiter. Ihr begleitet ihn aus der Stadt hinaus, bis zu einem Scheideweg nahe einem kleinen Bach. Da wartet ihr. Bis ein Händlerkarren kommt. Der Kutscher lädt euch ein und wird euch durch die gut bewachten Gebiete bringen. Eure Pferde werden am Wagen mitgeführt. Ich habe sie mir gestern angesehen, sie gehen gut als Militärpferde durch. Eins davon ist ja auch eins." Sie warf einen zornigen Blick auf Larus. „Sorgt ihr nur dafür, dass ihr euch still verhaltet. Wie gesagt, Menschen werden selten geschmuggelt, jedenfalls nach Isterien hinein. Der Kutscher wird euch auf dem Weg irgendwann auf offenem Gelände herauslassen. Von dort müsst ihr alleine weiterziehen. Mehr konnte ich nicht rausholen."

„Das ist mehr als genug", huldigte Larus.

„Bringt so viele Meilen wie möglich zwischen euch und die Grenze ehe euch die Sonne zulächelt. Ihr scheint in Form zu sein. Ich denke, dass ihr dann weit genug gekommen seid, dass euch keine Patrouille mehr für Schmuggler oder Grenzgänger hält."

„Wo wirst du sein?", fragte Larus.

„Ich besorge mir ein Alibi. Wie ich euch schon vor zwei Tagen gesagt habe, schmuggle ich in der Regel Waren, keine Menschen. Wenn dabei etwas misslingt, will ich nichts damit zu tun haben."

„Wir haben verstanden", sagte Tanmir.

„Dem Kutscher, zeigt ihm das hier." Sie schob etwas mit der Hand zu Larus herüber, nahm die Hand weg und offenbarte eine durchbrochene Münze. „Er hat das Gegenstück."

„Ist er vertrauenswürdig?", fragte Mia.

„So vertrauenswürdig, wie man in diesem Geschäft sein kann."

Tja, das konnte viel bedeuten.

Doch Mia, Tanmir und Larus wussten, dass sie keine Wahl hatten.

Egal, wo man ist oder wohin man will, was man will oder von wem: Korruption ist ein immer währender Bestandteil dieser Welt. Selbst die absolut abgesicherte Grenze zwischen Isterien und Südreich lässt sich mit den richtigen Kontakten und einer angemessenen Menge Geld überwinden. Denn Gier wiegt stärker als jedes Pflichtgefühl. Beinahe jeder Gesetzeshüter sieht bei einem Verbrechen gerne mal zur Seite, wenn er dafür ein volles Säckel erhält. Beinahe jeder Staatsdiener stellt gerne mal das eine oder andere Dokument aus oder lässt eines verschwinden, wenn ihm dafür eine rentable Entschädigung geboten wird. Beinahe jeder mit der Quelle zu sensiblen Informationen lässt diese gegen eine Zahlung gerne mal fremden Ohren zukommen. Ebenso lässt manch ein zur Grenzsicherung eingeteilter Soldat gerne mal das eine oder andere Persönchen an seiner Patrouille vorbei, manchmal auch einen kleinen Konvoi.

Wenn nur der Preis stimmt.

Eben Letzteres sollte nun Mia, Tanmir und Larus helfen, eine Grenze zu überschreiten, was ihnen nicht auf legalem Wege oder nicht ohne ihren Verfolgern aufzufallen hätte gelingen können.

Mitternacht.

Der Mitarbeiter Sophias begrüßte sie wortlos, nur mit einem Nicken und bedeutete ihnen, hinten auf einem vierrädrigen Wagen Platz zu nehmen, den sie aber zunächst noch mit Kisten beladen mussten. Zwar etwas indigniert aber natürlich gehorsam taten sie das Verlangte, immerhin wollten sie etwas von dem Mann.

Der Wagen brachte sie aus der Stadt hinaus. Öllampen fungierten als Lichtquellen für den Transport, der über die ausgefahrene Landstraße fuhr. Der Mond und die Sterne spendeten nur bedingtes Licht, da es ziemlich bewölkt war. Zum Glück war es trocken.

Die ganze Fahrt verlief schweigend. Selbst Larus verhielt sich still. Die ersten Worte entsprangen letztendlich dem Mund des Mitarbeiters Sophias. Wie die dunkelhäutige Quartiermeisterin der Armee Südreichs und nebenberufliche Unterhändlerin angekündigt hatte, ließ der Mann sie schließlich ab, bei einem kleinen sprudelnden Bach. Die drei und ihre Pferde blieben dort, während der Mann wortlos die Zugpferde des Wagens antrieb und davonzog. Die Lichter seines Transportfahrzeugs verschwanden allmählich in der Nacht.

Noch ehe Mia und die beiden jungen Männer sich sorgen konnten, dass sie entweder verpfiffen oder einfach betrogen wurden, näherten sich die nächsten Öllampen eines Wagens, genauer zweier Wagen, die aus der Richtung heranfuhren, in die der andere Wagen zuvor verschwunden war. Diese beiden waren größer, jeweils von zwei stattlichen Zugpferden mit dicken Hufen gezogen. Die drei erkannten auf dem ersten Wagen Kisten und Fässer, der zweite schien ähnliche Fracht geladen zu haben, doch er war mit Planen überspannt.

Tanmir und Mia blickten sich an. Wie üblich verstanden sie sich blind. Sie wussten schon, wo sie sich für den Schmuggel würden verstecken müssen.

Der Kutscher des ersten Wagens, ein grimmiger Kerl mit herunterhängenden

Mundwinkeln und unregelmäßig wachsendem Stoppelbart schaute zu ihnen, betrachtete ihre Pferde.

„Könnt ihr 'ne Mark wechseln?", fragte er trocken.

Mia holte die halbe Münze hervor, trat an eine der Öllampen und hielt sie ins Licht.

Der Kerl verengte die Augen, blickte auf die Münze.

„Kleiner haben wir's leider nicht", antwortete Mia mit einem strahlenden, aber rotzfrechen Lächeln.

Der Mann lachte auf, griff in die Tasche seines dicken Ledermantels, holte ebenfalls eine halbe Münze hervor, hielt diese und die, die Mia ihm überreicht hatte, aneinander. Sie passten exakt.

„Das reicht", sagte er und ließ beide Münzenstücke in seiner Jacke verschwinden. „Bindet eure Pferde an meinem Wagen fest. Ihr selbst verbringt eure Reise nach Isterien auf dem hinteren Wagen, zwischen der Ladung, unter der Plane. Verhaltet euch, als wärt ihr Fracht. Mit anderen Worten: Keine Bewegung und schon gar keinen Mucks. Und ja keine Panik, wenn irgendwer die Ladung inspizieren will."

Der Kutscher des zweiten Wagens erwies sich als recht männlich wirkende Kutscherin. Trotz des unterschiedlichen Geschlechts sah sie dem ersten Kutscher von ihrer Erscheinung her ungemein ähnlich. Nur statt der heruntergezogenen Mundwinkel hatte sie heruntergezogene Augenwinkel und kaute auf einer Pfeife. Sie sprang vom Bock, löste die Plane und schlug sie um. Auch hier war alles voller Kisten und Fässer, mit einer deutlichen Lücke in der Mitte der Ladefläche.

„Zwischen die Fracht." Die Frau sprach undeutlich, sie hatte die Pfeife zwischen den Zähnen. „Und still sein."

Weder Mia noch Tanmir und auch nicht Larus gaben einen Kommentar ab. Die Situation war eindeutig. Sie kletterten zwischen die Fässer und Kisten, klemmten sich in die Lücke. Sie passten geradeso alle dazwischen. Und versanken in muffiger Düsternis unter der Plane, die die Kutscherin über die Waren warf und am Wagenrand festschnallte.

„Ist ja nicht gerade sehr originell", murmelte Tanmir. Das Knarren des Wagens und das Klappern der Ladung waren laut genug, sodass er diese paar leisen Worte verlieren konnte.

„Sophia weiß, was sie tut", versprach Larus. „Es wird schon klappen."

„Hoffen wir es."

Ihre Lage war alles andere als komfortabel. Bereits nach den ersten Minuten bekamen sie alle drei Schmerzen im Genick, im Rücken und in den Gelenken, aufgrund der einengenden, beklemmenden Situation und der schiefen, ungesunden Körperhaltung. Wenn der Wagen dann noch über die unstete Erde hüpfte, zwickte es sie ein ums andere Mal empfindlich. Aber was tut man nicht alles?

„Wir hätten besser mal gefragt", murrte Tanmir und versuchte vergebens, einen Arm auszustrecken, „wie lange das hier dauert."

„Ich schätze", befürchtete Larus, „bis morgen früh irgendwann."

„Denke ich auch", stimmte Mia zu, verzog den Mund, als sie die Position der Schulter änderte, in welche sie die Ecke einer Kiste stach. „Bei Tageslicht werden sie kaum über die Grenze spazieren. Also haben sie das vorher erledigt und uns vorher abgesetzt."

„Hoffen wir es", wiederholte Tanmir.

Sie blieben lange in ihrer ungünstigen Position. Nach Reden war hier selbst Larus nicht zumute. Sie sehnten sich nach Bewegung, konnten es kaum erwarten, endlich wieder den Rücken gerade zu machen, Arme und Beine auszustrecken. Doch sie mussten weiterhin dadurch. Nun ja, Sophia hatte es ihnen gesagt: Menschen schmuggelt sie normalerweise nicht. Daher wurden sie eben wie Waren geschmuggelt.

Lange Zeit waren sie nur mit der stickigen Luft unter der Plane, der ungünstigen Körperhaltung, den daraus resultierenden Schmerzen sowie dem allmählich nervtötenden monotonen Knarren des fahrenden Wagens konfrontiert. Ab und zu hörten sie das vertraute aber verwunderte Schnauben ihrer Pferde, die allem Anschein nach ebenfalls nicht über diese Art zu reisen begeistert waren.

Doch irgendwann – es war draußen nach wie vor dunkel – hielt der Wagen an. Mit brummender Ansage an die Zugpferde und einem unsanften Rucken an den Zügeln brachte die Kutscherin den Wagen zum Stehen.

Zuerst erfreuten sich die drei an der Veränderung, erhofften, dass der Transport endlich vorüber sei. Jedenfalls Mia und Larus. Tanmir indes befürchtete direkt das Schlimmste. Und natürlich sollte sich seine Vorahnung als die eintretende herausstellen.

Ungewöhnlich lange war es ziemlich still. Doch rasch vernahm Tanmir – sein unter Elfen trainiertes Gehör war einfach das sensibelste hier – Schritte, das Klirren von Kettenhemden, das Prasseln des Feuers zweier Fackeln. Vielleicht vier, fünf Personen. Und nur wenig später, als erst Mia und dann auch Larus die Schritte vernahmen, kamen die Stimmen hinzu.

„Wohin die Reise?", fragte eine Männerstimme.

„Wo immer der Wind uns hinträgt", antwortete der Kutscher des ersten Wagens überraschend melodisch. Anscheinend eine Parole.

Vorübergehend herrschten Schweigen und Ruhe, in der die Spannung zu knistern begann.

Plötzlich sprach wieder die unbekannte Stimme. „Zwei voll beladene Wagen, vier Zugpferde und die beiden Kutscher. Das haben wir erwartet. Was wir nicht erwartet haben, waren drei zusätzliche Pferde."

„Die sind spontan noch dazu gekommen." Die Stimme des Kutschers zuckte nicht einmal. Er war solche Situationen offensichtlich gewohnt. „Anweisung von oben. Drei zusätzliche Pferde. Eine Stute, zwei Hengste."

Abermals Schweigen. Die drei Geschmuggelten unter der Plane stellten sich die Szenerie so vor, dass der vermeintliche Anführer der Patrouille wohl den kleinen Konvoi und insbesondere die drei unangekündigten Pferde kritisch musterte. Sie konnten nicht sehen, wie richtig sie damit lagen.

„Ich mag solche spontanen Einfälle nicht", brummte der Anführer. „Die drei Pferde standen nicht auf dem Plan."

„Sollen wir wieder umdrehen?" Der Kutscher parierte wie ein Profi. „Können wir machen. Aber dann werden gewisse Leute auf ihre Lieferung warten. Ich würde das nicht ausbaden wollen."

Schon wieder Stille, welche dazu passte, dass der Anführer das Gesicht verzog und überlegte.

„Entspann dich", lenkte er schließlich ein. „Wir finden sicher eine Lösung. Wie gesagt, angekündigt waren nur die beiden bepackten Wagen, ihr beide und die vier Zugpferde. Von den drei Reitpferden war nicht die Rede. Diese zusätzliche Fracht lässt sich nicht mehr so einfach übersehen ... Aber wenn es nur zwei Pferde wären, könnten meine Kollegen und ich vielleicht vergessen, dass sie auch dabei waren."

Mia und Tanmir zogen die Nasenflügel kraus, Larus bleckte die Zähne. Das hörte sich nicht gut an.

„Unmöglich", verneinte der Kutscher, der natürlich augenblicklich verstand. „Mein Auftrag lautet, sowohl die Ladung als auch diese drei Pferde zu ihrem Bestimmungsort zu bringen."

„Es kümmert mich einen Scheiß, was du zu deinem Bestimmungsort bringen sollst!" Die Stimme des Grenzsoldaten wurde lauter, er selbst deutlich mutiger. „Mir wurde nichts von drei Pferden gesagt. Und ich wurde nicht dafür bezahlt, drei Pferde zu übersehen. Also erwarte ich, dass wir uns einigen. Ein Pferd bleibt hier bei uns. Sieh es als eine Art Zoll für diese spontane Zugabe."

Nun war es der Kutscher, der schwieg. Unter normalen Umständen wäre er auf das Angebot des Anführers eingegangen. Er hätte es als Kollateralschaden abgetan, eine Einbuße, die in diesem Geschäft mal vorkommen kann. Aber die Umstände waren nicht normal. Denn schließlich waren es nicht nur die Pferde, die zu der spontanen Ladung zählten, sondern auch noch deren Besitzer, die unter der Plane des hinteren Wagens versteckt waren.

„Was ist nun?" Der Anführer wurde ungeduldig.

„Empfehlen würde ich euch das nicht. Es sollen drei Pferde geliefert werden. Wenn eins fehlt, dann ..."

„Also entweder", fiel ihm der Soldat ins Wort, „lieferst du nur zwei Pferde ab oder wir vergessen die Vereinbarung, nehmen euch fest, beschlagnahmen eure Waren und liefern alles beim nächsten Wachtmeister ab. Deine Entscheidung."

Es erschallten keine Widerworte. Dass der Kutscher desinteressiert mit den Schultern zuckte, obwohl er innerlich sehr nervös war, konnten die drei blinden Passagiere nicht sehen. Aber sie hörten die triumphierende Stimme des Anführers.

„Na also."

Näherkommende Schritte, klirrende Kettenhemden, das lauter werdende

Knistern zweier Fackeln. Der kleine Trupp hielt direkt vor dem zweiten Wagen. Arna begann zu schnauben. Und Mia unter der Plane vor Zorn zu kochen.

Wagt es ja nicht, dachte sie.

„Die Weiße hier ist schick, nicht wahr?"

„Allerdings." Das Knirschen der Zügel. Arna schnaubte unwillig, stampfte mit den Hufen. „Ein wirklich schöner Schimmel. Ziemlich kräftig."

„Wenn wir sie sauber machen, bekommen wir eine stattliche Prämie auf dem Schwarzmarkt für sie."

„Das denke ich auch. In Ordnung. Löst die Zügel und nehmt sie mit."

Noch während jetzt die Impulse in Tanmir und Mia damit begannen, die beiden zum sofortigen Eingreifen zu bewegen, erwiesen sich Arnas Impulse als minimal schneller. Hätte das Tier die menschliche Sprache verstanden, wäre sie, eine stolze Schneestute, sicherlich wütend empört darüber gewesen, dass man sie als einen einfachen Schimmel bezeichnet hätte. Da sie rein impulsiv reagierte, gebrauchte sie ihre starken Hinterhufe und schlug genau in dem Moment aus, als einer der Fremden unbedacht hinter ihr vorbei und auf ihre andere Seite gehen wollte. Sie schlug mit einem meisterhaften Gefühl für den richtigen Zeitpunkt aus.

Ein kurzes bizarres Geräusch erfüllte die hektische Umgebung, nach jenem der Typ so viele Schritte weit davonflog, dass er in der völligen Dunkelheit der Nacht verschwand. Bei dieser Wucht des Hufausschlags war es höchst unwahrscheinlich, dass dort im Dunkeln ein noch lebender Körper lag – zumindest täte er das nicht mehr lange.

„Verdammt!", schrie einer der Grenzsoldaten, nachdem gute zwei Sekunden schockstarres Schweigen vergangen waren. „Dieses Drecksvieh!"

Ohne die Notwendigkeit das wütende Gesicht des Mannes sehen zu müssen, implizierte sein Rufen, dass er von faltenzorniger Fratze geziert gleich mit seiner Waffe auf das Pferd einschlagen würde.

Doch nicht mit Mia.

„Nein!" Die junge Frau stieß die Plane zur Seite, erhob sich und zog das Schwert. Ihre Gelenke jubelten förmlich über diese befreiende Bewegung. Sie sprang vom Wagen jagte auf den ersten Soldaten im Dienste Südreichs zu, der zuvor noch Arnas Zügel vom vorderen Wagen hatte losmachen wollen, und jagte ihm kurz und schnell die Spitze des Saarass durch den ungeschützten Hals.

Mia sorgte für reichlich Verwirrung unter den Anwesenden. Noch bevor die drei übrigen Soldaten und auch die beiden Kutscher überhaupt begriffen, was los war, hatte die flinke Kriegerin schon einen der Fackelträger gefällt.

Tanmir sprang zum Entsatz heran. Ein Wurfmesser surrte. Der zweite Kerl mit einer Fackel fiel. Es surrte nur aus dem Grunde kein zweites Wurfmesser, weil der letzte verbliebene Grenzsoldat hinter Dunkelheit stand.

„Verfickt …", stammelte dieser letzte, bei dem es sich um den Anführer handelte, nach dessen Stimme zu urteilen. „Wer, zum Henker, seid ihr?!"

Die Frage war vollkommen sinnlos und schoss wahrscheinlich nur aus ihm heraus, da seine Aufregung und sein Erstaunen nicht wussten, wie sie sich sonst entladen sollten. Er zog das Schwert und brachte sich in Positur. Er stand sicher, hatte das Körpergewicht gut verteilt, die Klinge deckte seinen Körper, bereit zu Finten und Paraden. Der Soldat war ein geübter Fechter. Doch gegen die Schülerin des einstigen besten Schwertkämpfers Isteriens sowie einer Handvoll im Kampfe hocherfahrener und starker Söldner hatte er nicht einmal den Hauch einer Chance.

Im Licht der Öllampen der Wagen und der auf dem Boden weiterbrennenden Fackeln parierte er ihren ersten Hieb zwar geschickt mit einer Oktav und brachte sich mit einem Rücksprung in Angriffsposition, doch Mia war viel zu schnell für ihn. Sie überfiel ihn in seinem geplanten Gegenangriff, täuschte ihn mit einer Finte zum Kopf, ließ den Saarass an seiner Schulter vorbeizischen. Dieses minimale Schockmoment reichte ihr dreimal, um in einer Halbdrehung herumzuwirbeln und ihm den Oberschenkel aufzuschlitzen. Der Kerl knickte stöhnend zur Seite ein. Mia drehte sich in entgegengesetzter Richtung, ließ das Schwert sausend schwingen und es durch den Nackenschutz des Soldaten schießen, welcher dem zwergischen Stahl in Kombination mit der Kraft dieses präzisen Schlages keinen nennenswerten Widerstand bot.

„Diese Schimmelstute", berichtigte Mia den Leichnam, „ist eine Schneestute, du Ignorant!"

Die Zugpferde der Wagen schnaubten und stampften. Arna, Dunkelheit und Amadeus ihrerseits rührten sich nicht. Tja, die drei Pferde waren Kämpfe gewohnt und ließen sich dadurch nicht aus der Ruhe bringen.

Tanmir gab inzwischen dem zweiten Kerl den Rest, der eine Fackel getragen hatte, denn der zuckte noch. Danach ging er noch sicher, dass der Typ, den Arna fortgestoßen hatte, auch nicht mehr unter den Lebenden weilte. Larus war indessen nur auf der Ladefläche aufgestanden und hatte sich das Szenario angeschaut. Ihm war bewusst, dass der Aufwand sein Katana zu ziehen hier obsolet war.

„Was …", entrüstete sich der erste Kutscher mit seinen herabhängenden Mundwinkeln, der mit hinter den Kopf geschlagenen Händen herangestürmt war. „Was habt ihr getan?!"

Der Kutscherin mit ihren herabhängenden Augenwinkeln, die auch näherkam, war offenbar ihre Pfeife vor Schreck irgendwann zuvor aus dem Mund gefallen.

„Spontane Planänderung", sagte Mia trocken. „Kollateralschäden."

„Planänderung?", keuchte der Kutscher. „Kollateralschäden? Weib, bist du noch ganz bei Trost? Ist euch klar, was ihr angerichtet habt?! Wir halten uns nicht nur unerlaubt im Grenzgebiet auf, sondern haben jetzt auch noch fünf königliche Soldaten auf dem Gewissen! Dafür kommen wir an den Galgen! Wenn wir Glück haben!"

„Nur, wenn man uns erwischt", bedeutete Tanmir. „Wir versteckten die Leichen auf den Wagen und nehmen selbst neben euch auf den Böcken Platz. Wenn wir außer Gefahr und aus der Kontrollzone heraus sind, fahrt ihr mit eurer Fracht weiter. Wir drei kümmern uns um die toten Soldaten und verschwinden. Wir werden uns nie wiedersehen. Ihr vergesst, dass wir hier waren und was passiert ist, und niemand wird je davon erfahren."

Die Kutscherin und der Kutscher japsten und hechelten noch ein paar Sätze und Beleidigungen heraus, doch in Ermangelung einer Wahl halfen sie schließlich, die Toten auf dem hinteren Wagen zu verstecken. Im Anschluss fuhr der Konvoi in etwas angezogenem Tempo weiter, mit nervöseren Kutschern und drei entspannten jungen Begleitern. Und mit fünf blinden und mausetoten neuen Passagieren.

Die beiden Kutscher machten die sprichwörtlichen drei Kreuze, als sie bei Morgendämmerung endlich die spontane Fracht abwerfen und ohne drei zusätzliche Reitpferde, drei ungeplante Passagiere und fünf Leichen weiterfahren konnten. Mia, Tanmir und Larus ihrerseits vergruben die Soldaten in einem sumpfigen Gebiet, welche es in diesem südlich gelegenen Teil Isteriens nur allzu oft gab. Hier, zwischen Schlamm und Moos, zwischen aufdringlichen Moskitos und stinkenden Mooren, hätte es vermutlich sogar ein Nekromant nicht allzu leicht, die Leichen zu finden.

Als das erledigt war, schmissen sie sich selbst auf die Pferde und machten, dass sie Land gewannen.

Und erst jetzt, als sich die Spannung des restlichen Schmuggelweges legte, als der Zeitdruck während des Vergrabens der Leichen verschwand, begriffen sie, dass sie ihr Ziel erreicht hatten.

Sie waren in Isterien.

XXXII

Rückkehr

„Wir sind da, Mia." Friedbert von Rema, der König von Isterien, wies mit der Hand.

Sie waren auf einer Anhöhe, einem gemauerten und von einer steinernen Balustrade umgebenen Aussichtspunkt. Der Wind hier oben rauschte tosend über den alten Stein. Einst wurde dieser Aussichtspunkt vom Militär genutzt, doch aufgrund der sinkenden strategischen Bedeutung durch versiegende Konflikte mit der Zeit aufgegeben. Heute war er nur noch eine Attraktion für Reisende. Von hier aus bot sich ein herrlicher Ausblick auf die umliegenden Gegenden – das Grorutgebirge mit seinen schneebedeckten Bergen und gleich daneben das Königreich Südreich auf westlicher Seite, der Zaron und die dahinterliegenden Carborass-Massive in nördlicher Richtung sowie in östlicher Richtung die weiten, im Horizont versinkenden Ländereien Isteriens, endlose Plateaus von Feldern, Waldstücken und Wiesen, hin und wieder von Städten und Dörfern gespickt, die wie gesprenkelte, kleine Flecke auf dieser riesigen Karte wirkten.

„Ich hoffe, ich habe nicht zu viel versprochen", sagte der König. „Dies ist die Anhöhe des Grafen la Shrebour, der geographisch höchste Punkt in ganz Isterien. Wir haben Glück, das Wetter ist uns gewogen. Nichts trübt die Aussicht. Wir können über den Zaron bis nach Carborass, nach Südreich und zu dem Grorutgebirge blicken. Die Vorzüge dieses Aussichtspunktes. Er erlaubt eine vollkommene Umsicht auf unsere Ländereien und sogar ein Stück darüber hinaus. Komm her zu mir."

Er streckte die Hand aus. Das zehnjährige Mädchen nahm seine Hand, folgte ihm zu der Balustrade. Der frische Wind dieses warmen Sommertages blies ihr angenehm ins Gesicht, ließ die langen blonden Haare wogen.

„Schau dich um, Mia. Das ist unser Königreich."

Sie legte die Arme auf die Balustrade, betrachtete mit ihren großen saphirblauen Augen das Land. Über ihr süßes Gesichtchen huschte ein fasziniertes Lächeln. Sie hatte schon diverse Karten, Stiche und Zeichnungen Isteriens gesehen. Doch all dies war nichts im Vergleich zu dieser Realität, die sich nun vor ihr erstreckte und die in ihren Kinderaugen schier unendlich wirkte.

Der König wies nach Norden. „Diese riesigen Bergmassive dort – unübersehbar – sind die Carborass-Berge, die Heimat des größten aller vier Zwergenvölker, geführt von ihrem Bergkönig Broder Eisenschädel. In Carborass fördern Zwerge und Gnomen die verschiedensten Erze, Silber und Gold oder Edelsteine aus der Erde, bauen die unerschöpflichen Vorräte in den Tiefen der Berge, gar in den Tiefen dieser Welt ab. Sie leben in den Bergen, feiern und versammeln sich in ihren riesigen Hallen aus Stein. Dort in den Bergen produzieren sie ihre Waren, Waffen, Werkzeuge, Maschinen, die sie in die ganze Welt exportieren. Und worauf sie aufgrund der Qualität ihrer Arbeit und Materialien ein unumstößliches Marktmonopol besitzen. Aber was erzähle ich dir hier? So ein belesenes Fräulein wie du weiß selbstverständlich, was es mit Carborass und seinen Zwergen auf sich hat."

Mia grinste nur, sagte nichts. Sie war zu beeindruckt von der Aussicht.

„Gleich vor Carborass siehst du den Fluss Zaron, die Lebenslinie unseres Kontinents, die sich quer durch unsere Welt zieht, im Westen in den Elfischen Ozean mündet und im Osten ins Klarsirische Meer. Du kannst von hier aus noch bis zu den Ufern des Klarsirischen Meeres nach Osten reisen, Carborass erstreckt sich gleich am Zaron ganz Isterien entlang, bis das Klarsirische Meer selbst schließlich diese mächtigen Berge begrenzt. Wie du weißt, stellt der Zaron die Grenze zwischen uns in Isterien und den Zwergen in Carborass dar. Wenn du nach Nordwesten schaust, siehst du die breiteste Stelle des Zaron auf dem ganzen Kontinent, gleich zwischen diesem Berg auf der Nordseite, der wie ein geschwungenes Messer aussieht, und dem Grorutgebirge. Das Grorutgebirge ist einer der ältesten Orte dieser Welt. Dort lebten einst die Magier, Individuen, die es vermochten, die Magie zu beherrschen – die Magie, die diese Welt und alles darin erschaffen hat. Wie du weißt, sind die Magier sowie die Magie seit über einem Jahrtausend aus dieser Welt verschwunden. Seither ist das Grorutgebirge ein unzugänglicher, gefährlicher Ort, in dem kein dauerhaftes Leben möglich ist. Unübersehbar natürlich der Unsichtbare Berg. Niemand, selbst die hellsten und gelehrtesten Köpfe an unserem Hofe oder sonst woher wissen, wie hoch dieser Berg wirklich reicht. Sie sind sich nur einig, dass dort die Alte Magie noch sehr stark ist. Aufgrund der heftigen Unwetter ist es unmöglich, den Berg zu erklimmen und herauszufinden, wo seine Spitze liegt. Denn sie ist für uns hier unten unsichtbar, als würde sie im Himmel selbst versinken."

Mia blickte zum fernen Grorutgebirge, blickte zum Unsichtbaren Berg, der hoch oben in Nebel und Wolken versank. Es packte sie ein Ehrgeiz, wonach sie eines Tages die erste sein wolle, die die Schneewehen durchschreiten und die Spitze dieses Berges erreichen würde.

„Und was ist das für eine Stadt dort unten?", fragte das Mädchen, nachdem sie den Blick vom Grorutgebirge gelöst hatte und ihn nach Süden auf die nahe von einer steinernen Palisade umgebene Stadt richtete. „Die mit der großen Mauer."

„Das ist die Stadt Shrebour, ebenfalls nach dem Grafen benannt. Dort reisen wir als nächstes hin."

„Was ist das für eine Mauer um die Stadt herum?"

„Ein Schutzwall."

„Schutzwall? Schutz wovor?"

„Nun, vor vielen Jahren, noch lange bevor dein Urgroßvater geboren wurde, bestanden oft kriegerische Auseinandersetzungen zwischen Isterien und Südreich, das damals noch Äquatoria hieß. Shrebour war seinerzeit ein wichtiger strategischer Außenposten, aufgrund seiner guten Verbindung zu der Grenze zu Südreich. Seine Flanke deckte das Grorutgebirge, sodass man von Südreich aus nur von Westen massiv angreifen konnte. Shrebour hat vor vielen, vielen Jahren zahlreiche Schlachten gesehen ... Der Schutzwall musste regelmäßig wiederaufgebaut oder repariert werden ..."

Mia schaute zu ihrem Vater hoch. Sein Gesicht war plötzlich bitter verzogen, je weiter er gesprochen hatte.

„Ich wünsche mir", hoffte König Friedbert, „dass es nie wieder zu solchen bewaffneten Konflikten kommt. Vorrangig in Isterien, aber auch in den anderen Ländern unseres Kontinents. Differenzen zwischen den verschiedenen Ländern wird es immer geben. Aber es muss auch immer möglich sein, diese ohne Waffengewalt zu lösen; stattdessen aufeinander zuzugehen, Verhandlungen zu führen und sich zu einigen, um das Blutvergießen zu vermeiden. Es muss möglich sein, in Frieden und Eintracht miteinander zu leben, ohne sich zu bekämpfen. Dafür stehe ich, dafür steht unser Geschlecht, Mia."

Das kleine Mädchen schluckte.

„Wir Menschen", erklärte ihr Vater, „sind die mit Abstand zahlreichste Spezies dieser Welt. Man kann sogar sagen, in gewisser Hinsicht beherrschen wir die Welt. Doch wie du weißt, mein Schatz, heißt ‚herrschen' auch Verantwortung tragen. Je größer deine Herrschaft, umso größer deine Verantwortung. Daher obliegt uns Menschen eine Verantwortung für diese Welt. Uns obliegt dafür zu sorgen, dass ein Leben in Frieden und Eintracht möglich und sicher ist. Und zwar zwischen allen Königreichen und allen in diesen Königreichen lebenden Spezies. Eben dies ist der Grund, warum ich in letzter Zeit so viel verreisen muss. Ich arbeite an einer Übereinkunft aller Könige unseres Kontinents, wonach eben dieses Leben in Frieden und Eintracht von uns allen geachtet und unterstützt wird. Wir sind die Könige, die Herrscher, uns obliegt die Verantwortung, also sind wir es, die dafür Sorge tragen müssen, dass sich in dieser Welt eine geregelte und dauerhafte Sicherheit und Stabilität, ohne Kämpfe, Blutvergießen und Kriege erhält. Denn für Frieden, Gerechtigkeit und Sicherheit lohnt jeder Aufwand. Auch wenn ... der Preis bisweilen hoch sein kann ... Auch wenn man dafür diejenigen, die man liebt, vernachlässigen muss. Das Los der Verantwortung ... Das Los eines Königs."

Wieder schaute er sehr bitter drein.

Mia wusste, was er meinte. Ihre Mutter hatte es ihr oft mit fast den gleichen Worten erklärt, wenn das Mädchen fragte, wieso Papa schon wieder abreisen müsse, warum sie ihn so selten sah. Solche Ausflüge wie dieser, auf dem sie gerade waren, kamen selten vor. Daher genoss Mia ihn jetzt nur umso mehr.

Friedbert ging vor ihr auf ein Knie, schaute ihr in die unvergleichlichen Augen. „Ich möchte eine Zukunft des Friedens und der Eintracht erreichen, Mia. Kriege und Konflikte sollen endgültig der Vergangenheit angehören. Ich möchte die Bevölkerung schützen, niemals mehr soll man seine im Krieg gefallenen Freunde und Verwandten betrauern müssen. Ich möchte auch euch schützen, Mia. Dich, deinen Bruder und deine Mutter. Ich möchte dieses Land und auch diesen ganzen Kontinent schützen, wenn nötig. Daher verhandle ich mit den anderen Königen. Für diese Zukunft. Eine Zukunft des Friedens und der Sicherheit.

Deswegen mache ich das alles, Mia. Es tut mir leid, dass ich dabei so wenig Zeit für euch habe. So wenig für dich."

„Ist schon in Ordnung, Papa. Du bist der König. Du hast viel zu tun. Das verstehe ich."

Friedbert lächelte, strich seiner Tochter über die blonden Haare. „Ich weiß, dass du das tust", sagte er stolz. „Du bist ein sehr schlaues Mädchen. Du kommst ganz nach deiner Mutter. Sowohl was deinen brillanten, lebhaften Verstand angeht, als auch deine Schönheit."

„Och, Papa!" Mit breitem Lächeln schlang sie sich an ihn, warf ihre Arme um seinen Hals und drückte sich an ihn. „Ich hab dich lieb, Papa."

„Ich dich auch, Mia. Ich dich auch."

Mia seufzte tief.

Sie war zu Hause. In ihrem Heimatland. In dem Land, in dem sie geboren wurde. In dem die Wurzeln ihrer Herkunft lagen.

Tanmirs Satz und Idee eines Buchtitels vom *Hin und zurück* war sprichwörtlich. Nach ihrem Grenzübertritt war ihr Ziel nun die Stadt Shrebour, die wieder nordöstlich lag. Folglich mussten sie abermals in die entgegengesetzte Richtung aufbrechen. Doch sie ritten mutig und entschlossen, auf sicheren Wegen.

Es war das erste Mal nach über sieben Jahren, das Mia in ihr Heimatland zurückkehrte, in das Land, dessen Königin sie eines Tages hätte werden sollen. Und in das Land, in der man ihr alles genommen hatte.

Sie war zurück. Nach über sieben Jahren der Vergessenheit.

Es erfüllte sie ein mulmiges Gefühl, als sie Dunkelheit über die isterische Erde führte und seine Hufe auf isterischen Boden trommelten. Unwohlsein in der Magengegend machte sich breit, ein Erfordernis öfter schlucken zu müssen und ein Gefühl der Enge, bedingt von den Schatten der Vergangenheit.

Doch Mia konzentrierte sich, fokussierte sich, wie sie es in den Meditationssitzungen bei den Grabwächtern getan hatte. Sie brauchte sich und ihre Kraft im Hier und Jetzt, ungetrübt irgendwelcher Empfindungen aus der Vergangenheit.

Jetzt mussten sie die Rebellen finden, oder das, was von ihnen übrig war.

Shrebour.

Der Weg führte fast schnurgerade nach Norden. Doch auf diesem Weg lag noch ein gutes Stück Isterien vor ihnen. Und zwar ein Isterien, das Mia nicht wiedererkannte.

Unzählige Male kamen sie an niedergebrannten Dörfern vorbei, an Ruinen, die bereits vor vielen Jahren – zweifellos zu Zeiten der Unruhen – dem verzehrenden, aus Wut geborenen Feuer zum Opfer gefallen waren. Sie kamen auch an solchen Dörfern vorbei, die nur teilweise abgebrannt waren. Doch hier waren die Ursache frischere Brände. Sie erfuhren, dass hierfür kaum noch Banditen verantwortlich waren – die Banditenplage konnte schon seit Langem größtenteils eingedämmt werden –, sondern überwiegend Soldaten Südreichs, Strafexpeditionen, die in erbarmungsloser Härte den Ungehorsam gegenüber den neuen Gesetzen und der neuen Führung sowie für Unterstützung der Rebellion ahndeten. Viele Hütten waren bereits mehrmals wiedererrichtet worden, allerdings nicht immer von gelernter Zimmermannshand, wie es zu Mias Zeiten jedes Haus in Isterien gewesen war. Denn damals stand das Wohl der rassenreichen und vielkulturellen Bevölkerung an erster Stelle. Mehr als in jedem anderen Land des Kontinents.

Isterien war nun ein vom Bürgerkrieg gebeuteltes Land. Einem Bürgerkrieg, der mit den Jahren immer mehr an Bedeutung verlor. Die drei hörten diverse Gespräche der Einwohner, woraus sich für sie ein Bild der Gefühlslage der Leute ergab: Sie waren entmutigt. Auf der einen Seite wollten sie ihr Land und ihre Eigenständigkeit zurück. Sie wollten nicht im Schatten Südreichs leben und für Südreich schuften, während für sie selbst nur Almosen übrigblieben. Sie wollten keinem König Steuern zahlen, der überhaupt nicht der ihre war. Sie wollten sich selbst zurück. Doch dem standen die harten Gesetze entgegen, die durch den Regentschaftsrat Isteriens unter der Führung von Truchsess Vindur Texor, dem einstigen Hofmarschall ihres Königs Friedbert, verabschiedet wurden. Jene Gesetze wurden, wie durch die vielen abgebrannten Häuser zu erkennen war, unbarmherzig durchgesetzt. Dafür zeugten auch Pranger auf Marktplätzen und Galgen vor Dörfern oder am Straßenrand. An Letzteren hingen teilweise nur noch Knochen, die Köpfe mit schwarzen Hauben bedeckt.

Oft erschauderte Mia und es ergriff sie immerzu das Bedürfnis, einzugreifen und zu helfen. Doch dazu war noch nicht der richtige Zeitpunkt. Sie würde helfen, aber diese Hilfe musste durchdacht und überlegt sein, vor allem aber nachhaltig. Die junge Frau hoffte, dass sie dies durch ihre Unterstützung der Rebellen erreichen könnte. Doch das schlechte Gewissen plagte sie anhaltend stärker, je mehr sie vom neuen Isterien sah. Einem Isterien, das ihren Vater vor Schock sprachlos gemacht hätte.

Auch dies war etwas, was Mia und die beiden jungen Männer stets heraushören konnten: Die Sehnsucht der Bevölkerung nach ihrem alten König. Oft hörten sie, dass unter Friedbert alles anders wäre, dass man ihn damals zu früh verurteilt und ihm besser vertraut hätte. Dass er einen Ausweg gefunden haben würde, wenn man ihn nur gelassen hätte. Ohnehin sei das, was damals geschehen war, viel zu grausam und schrecklich ausgefallen, und habe am Ende ja doch nichts verbessert. Manche fragten sich gar, wie all das passieren konnte.

Mia spürte Zorn, wenn sie dies hörte. Ihr lag dann auf der Zunge: „Warum habt ihr meinen Vater dann ermordet?!" Doch sie bewältigte diesen Zorn rasch. Ihr wurde klar, dass die Isterier nicht Täter, sondern Opfer waren.

Sie bewältigte ihren Zorn rasch.

Denn sie wusste, wer in Wahrheit an allem die Schuld trug.

Isterien. Ein Land im Schatten seiner selbst. Wortwörtlich. Denn irgendwie wurde es selbst bei Tage überhaupt nicht hell. Gewiss, es war Ende Oktober und die Tage waren kürzer geworden, aber dennoch überkam einen ein Gefühl der erdrückenden Finsternis, der einengenden Dunkelheit.

Die einst so gastfreundlichen Isterier musterten die drei Fremden mit abneigenden Blicken, als fürchteten sie Gewalt oder Raub. Sie verhielten sich zwar umgänglich, wenn man sie ansprach, waren aber anscheinend nicht begeistert über das Erscheinen der Gäste. Denn dies bedeutete für sie, trotz ein paar entgeltlichen Einnahmen, Verpflegung und Wasser an Fremde abgeben zu müssen. Es wurde spürbar, dass Lebensmittel hier mehr wert waren als jede Südreichsmark – die vor Jahren eingeführte Währung in Isterien. Es wurde spürbar, dass, obwohl die Hungersnot seit sieben Jahren besiegt sein sollte, ihre Nachwirkungen die Leute noch heute heimsuchten. Selbst den Halblingen, deren Rasse man nachsagte, stets gute Laune zu haben, stand Niedergeschlagenheit und Hoffnungslosigkeit in den trüben Gesichtern, sodass sich ihre Ausdrücke nicht von denen der Menschen unterschieden. Zwerge sah man indessen wesentlich weniger als vor vielen Jahren noch. Die meisten hatten Isterien verlassen und waren nach Mendor oder nach Carborass gezogen.

Es war Ende Oktober und merklich kälter geworden – besonders abends und nachts. Der Winter stand in Bälde bevor. Während Mia, Tanmir und Larus warme Jacken und Pelze bei sich hatten, wärmten sich viele Dörfler an Feuerstellen, um die sie sich drängelten. Viele der alten Hütten mit ihren reparaturbedürftigen Dächern boten kaum wärmende Quellen. Isterische Winter, die früher nicht weniger schön als die Sommer waren, boten heute eine nicht ungefährliche Herausforderung für das Volk.

Der Weg durch Mias – und auch Larus' – Heimat verging überwiegend in Schweigen. Alle drei brachten kaum Worte heraus. Ihnen allen dreien war mulmig zumute. Insonderheit natürlich Mia.

Wenn sie nicht gewusst hätte, dass es Isterien war, über dessen Landstraßen sie ritten, dessen Dörfer sie sahen, dessen Bewohner sie trafen, würde die junge Frau es nicht glauben. Sie erkannte es nicht wieder. Das einst stolze und gesunde Land war heute von Armut heimgesucht. Von Kraftlosigkeit. Von Leidenschaftslosigkeit. Von Perspektivlosigkeit. Von Hoffnungslosigkeit.

Doch all diese Plagen begannen sich bereits jetzt an kleinen Stellen zu wandeln. Mia, Tanmir und Larus konnten das natürlich nicht merken. Aber ihr Erscheinen, beziehungsweise das Erscheinen Mias, eines blonden, hübschen Mädchens, einer Kriegerin, die ihr Schwert so charakteristisch auf dem Rücken trug, weckte alte, uralte Erinnerungen in manchen der Leute. Erinnerungen, die einen kleinen Funken Hoffnung in ihren Herzen weckten, so klein dieser Funken auch war. Ein Funken, der darauf wartete, gespeist zu werden.

Nur durch ihre Anwesenheit, aber ohne ihr Wissen, gelang es Mia bereits jetzt, etwas in Isterien zu verändern.

Sie erreichten Shrebour am dreißigsten Tag des Oktobers.

Mia war schon einmal hier gewesen. Vor etwas mehr elf Jahren, als ihr Vater anlässlich ihres zehnten Geburtstages mit ihr eine kleine Rundreise durch das Königreich unternahm. Doch sie erkannte die Stadt kaum wieder. Sie hatte sie leuchtend und prachtvoll in Erinnerung, in einer beeindruckenden Mischung aus Kraft und Stärke, welche durch ihren Schutzwall, die massive Kasemattenmauer, ausgestrahlt wurde, sowie durch Frieden und Kultur, welche durch die verschiedenen Spezies dieses Kontinents geprägt wurden, die hier lebten, arbeiteten und Handel trieben. Von dieser Ausstrahlung hatte die Stadt kaum noch etwas. Die Mauer war nun finster, wirkte anstatt beschützend eher abschottend. Und auch von fröhlichen Reisenden, für die Shrebour einst ein Höhepunkt ihres Weges war, fehlte hier jede Spur. Auf den Landstraßen zur Stadt hin hatte man eher den Eindruck, dass diejenigen, die ihnen entgegenkamen, froh seien, Shrebour endlich hinter sich lassen zu können. Der einstige herrliche, große Stallkomplex an der Mauer, der für jedes Pferd eine Luxusherberge darstellte, auch Wagen und Karren einen überdachten Unterschlupf bot, glich nun einem Rumpelschuppen, wessen Dach sogar an einer Seite eingestürzt war.

Auch vor elf Jahren liefen bewaffnete Wachposten mit Bögen und Armbrüsten auf den Mauern umher. Doch damals waren sie guter Laune, stark und entschlossen dazu, im Ernstfall ihre Stadt zu verteidigen. Diese Wachen heute wirkten wie schläfrig, nur in der Hoffnung schwebend, in keine Kampfsituation zu geraten. Ob sie in diesem Falle dann nicht flöhen statt zu kämpfen, ließ sich zumindest argwöhnen.

Die Schützen zielten nicht auf Mia, Tanmir und Larus, die ihre Pferde in die Obhut der Stallknechte gaben, hielten sie jedoch wachsam im Auge.

Als die drei sich dem offenen Tor der Stadt näherten, hörten sie eine Stimme.

„Ihr da!" Ein Mann trat auf sie zu, er kam direkt aus der Wachstube hervor, deren Eingang unmittelbar hinter dem Tor in der Mauer integriert lag. Ihm folgten zwei Landsknechte. Der Mann, mit einem Schwert an der Hüfte bewaffnet, trug eine Offiziersrüstung – sie unterschied sich von denen der gemeinen Soldaten durch die zusätzlichen Lederriemen an den Schulterstücken und Bronzeverzierungen. Mia erkannte diese Rüstungen der Soldaten augenblicklich, denn sie hatten sich im Vergleich zu ihrer Zeit als Prinzessin nicht verändert. Die Standardausrüstung eines isterischen Fußsoldaten bestand in leichter Plattenrüstung. In den militärischen Kampfausbildungen setzte man seit je her in Isterien überwiegend auf Schnelligkeit und Beweglichkeit. Auf der linken Brust war das Wappen des Geschlechts der Bellegard d'Autries eingestanzt – ein stolzer, brüllender Löwenkopf. So auch beim Offizier, der sie angehalten hatte. Seine Rüstung war allerdings alt, trug diverse Spuren des Kampfes, von Beulen, Dellen, Kratzern und Reparaturen. Kein Zweifel, diese Rüstung hat schon viele Gefechte miterlebt.

„Wer seid ihr?", blaffte der Offizier. „Was führt euch nach Shrebour?"

„Wir wollen uns der Rebellion anschließen", kam Mia ungesäumt zur Sache.

Der Offizier weitere die Augen, die beiden Landsknechte hinter ihm schauten sich irritiert an.

„So, so", sagte er ohne sonderliches Interesse. „Das ist wirklich etwas Neues. Normalerweise verlieren wir nur noch Leute, als dass wir welche bekommen. Und der Tag, an dem sich uns zuletzt Rekruten anschlossen, liegt schon fast drei Monate zurück." Er beäugte sie kritisch, insbesondere ihre Waffen. „Euch zu bewaffnen, scheint nicht notwendig zu sein, wie ich sehe. Könnt ihr denn auch damit umgehen?"

„Seid da versichert."

„Wir werden sehen. Allerdings werdet ihr euch trotzdem einigen Tests unterziehen müssen. Dann zeigt sich, inwiefern ihr für den Kampf geeignet seid. Vorausgesetzt, man nimmt euch in unsere Reihen auf. Man wird außerdem prüfen, ob ihr nicht irgendwelche Spitzel seid. Von woher kommt ihr?"

„Gebürtig aus Rema", antwortete Mia.

Der Soldat kniff die Augen zusammen. Doch er stellte keine weiteren Fragen, sondern zuckte nur mit den Schultern. „Also gut. Wenn es euch wirklich ernst ist, dann folgt mir. Ich denke, ich muss nicht erwähnen, dass wir euch mit Waffengewalt zur Rechenschaft ziehen, solltet ihr euch hier in der Stadt ungebührlich verhalten."

Der Offizier ging durchs Tor, bedeutete Mia, Tanmir und Larus ihm zu folgen. Die beiden Landsknechte folgten der Gruppe, stets wachsamen Blickes auf die drei Fremden.

Das Bild, das die Stadt vor der Mauer eröffnet hatte, war trübsinnig. Hinter der Mauer war es nicht anders. Jene Mauer, die damals Schutz und Sicherheit verkörperte, war nun nur noch einschließend und einengend. Die multikulturellen Straßen, die einst von verschiedenen fröhlichen Spezies wimmelte, wurden jetzt nur noch von einigen entmutigten Menschen entlanggegangen, manchmal auch von Gnomen, Zwergen oder Halblingen, in ähnlicher Gemütslage.

Nein, das war nicht das Shrebour, das Mia damals mit ihrem Vater besucht hatte.

Sie erinnerte sich an den architektonischen Aufbau der Stadt. Eine grade, breite Hauptstraße führte einmal vollständig von Nord nach Süd durch die Stadt – oder in die Gegenrichtung, je nach Standort –, links und rechts von zahlreichen Reihenhäusern flankiert, die immerzu durch eine Gasse getrennt wurden, welche in die Randbezirke der Stadt führten. Früher waren die Häuser gepflegt, farbenfroh gestrichen und einladend; heute das genaue Gegenteil. Im Zentrum der Stadt, das einen gewaltigen Markt- und Versammlungsplatz ausmachte, traf die Hauptstraße mit ihrer Schwesterstraße zusammen, welche sich jeweils von West nach Ost durchschnitten – oder andersherum. Auf diese Weise zogen sich diese beiden Straßen wie ein Kreuz gerade durch die von der rundlichen Kasemattenmauer umgebene Stadt.

Eine Gruppe Soldaten saß vor einem Haus beisammen. Ein paar der Männer saßen auf Bänken, die meisten auf dem Kopfsteinpflaster, und reichten zwei Schnapsflaschen zwischen sich umher. Unter ihnen trugen manche die Arme in Schlingen, neben anderen mit verbundenen Beinen lagen Krücken, Kopfverbände prangten.

„Oje …", murmelte Larus. „Also wenn das die Rebellion ist, dann haben wir schlechte Karten."

Dem war leider nicht viel zu entgegnen.

Bei einer anderen Gruppe Soldaten, die ein ähnliches Bild wie die vorige abgab, waren einige Sanitäterinnen damit beschäftigt, sich um die auf den Straßen sitzenden Krieger zu kümmern, ihnen Essen und Wasser zu bringen, die Verbände zu erneuern. Unter den Soldaten waren allerdings nicht nur Männer, auch allerhand Frauen waren in Kettenhemden gekleidet und unverkennbarer Bestandteil des bewaffneten Widerstands. Es war anzunehmen, dass jene Rebellen aus dem kürzlich zerschlagenen, etwa dreißig Meilen südlich gelegenen Hall hierhergekommen waren. Sie mussten sich anscheinend tagsüber hier auf den Straßen aufhalten, da in den Häusern der Platz wohl knapp war. Hoffentlich fand sich des Nachts wenigstens eine Bleibe für sie. Der November stand vor der Tür, unablässig wurde es mit jedem Tag spürbar kälter.

Auch die folgenden Soldaten und Bürger, die sie auf dem Weg sahen, machten keinen besseren Eindruck – geschwächt, entmutigt, orientierungslos. Die leisen Gesprächsfetzen, die Mia, Tanmir und Larus vernahmen, bestätigten den optischen Eindruck.

In den Augen der Krieger hier war der Kampfgeist nahezu erloschen.

Der Offizier führte die drei bis zum Markplatz. Vor einem der größeren Gebäude, welches ihn umgab, blieb der Mann stehen.

„Das ist das ehemalige Rathaus", erklärte er. „Seit dem Umsturz vor sieben Jahren wird es jedoch nicht mehr für Ratssitzungen genutzt. Es gibt ja keinen Rat mehr. Seit knapp vier Jahren ist Shrebour der Hauptsitz unserer Bewegung. Und seitdem dient dieses Gebäude der Generalität. Hier werben wir auch Rekruten an, die sich unserer Sache anschließen wollen. Folgt mir."

Der Offizier nickte zwei Wachsoldaten am Eingang zu, dass diese die drei passieren ließen. Die Landsknechte folgten ihnen weiterhin aufmerksam.

Das Innere des Gebäudes ließ die Pracht, die es einstmals ausgestrahlt hatte, noch in kleinen Überbleibseln erkennen. Die Wände waren von Holz verkleidet, mit in Hüfthöhe hineingeschnitzten Blumenranken verziert, jedoch gespickt von Rissen, Druckstellen und Kratzern. Dies wiederholte sich auch auf dem früher feinen Boden von Hartholzbrettern, welcher an manchen Stellen gerissen, stark zerkratzt, manchmal verfärbt, von Flüssigkeiten aufgequollen, vollkommen vernachlässigt und ungepflegt war. Wie der Rest der Inneneinrichtung. Die Gardinen und Wandbehänge waren staubig, die wenigen Gemälde an den Wänden, die wichtige Persönlichkeiten von Shrebour aus längst vergangenen Zeiten illustrierten, hingen schief, lagen gar an die Wand gelehnt auf dem Boden oder waren zerschrammt. Die Decken lagen hoch, Malereien und Fresken prangten daran und erinnerten an die früheren, besseren Zeiten. Staub und Dreck tummelten sich in den Ecken.

Sie folgten dem Offizier einen Gang entlang, der direkt in einen großen Saal führte, aus dem schon vorher Stimmen zu ihnen herangedrungen waren. Drei Kaminfeuer sorgten für eine mulmige Wärme und neben Fackeln und alten Kronleuchtern für dumpfes aber ausreichend Licht. Dieser Saal stellte einst wohl die Empfangshalle des Gebäudes dar, schien jetzt jedoch zu einer Art Beratungszimmer umfunktioniert worden zu sein, da hier gerade eine

Versammlung im Gange war. Ein Haufen Männer und ein paar Frauen standen um einen großen rechteckigen Tisch herum, auf dem Landkarten ausgebreitet waren. Etwas mehr Licht zu den Kronleuchtern spendeten Kandelaber an den Wänden und Kerzen auf dem Tisch. Es herrschte eine angespannte Stimmung, gesprochen wurde nicht hektisch oder impulsiv, sondern besorgt und ratlos.

„Wartet hier", wies der Offizier Mia und die beiden Jungen an und trat anschließend zu einem der Männer an dem Tisch, murmelte ihm etwas zu und wies auf die drei Krieger. Die Versammlung wurde nicht unterbrochen, nur ein paar flüchtige kenntnisnehmende Blicke ernteten die Neuankömmlinge von den Anwesenden.

Der von dem Offizier angesprochene Mann – ein hochgewachsener ernster Zeitgenosse in Kettenrüstung und verziertem dunkelblauem Waffenrock – schaute zu ihnen herüber, musterte sie kurz, gab eine Antwort.

Unterdessen horchte Mia aufmerksam der Besprechung, betrachtete die Personen um den Tisch. Ihr Herz schlug immer schneller, ihr Atem ging immer schneller, schon seit sie den Saal betreten hatten. Denn sie erkannte einige Personen wieder.

Da war ein rothaariger Soldat mit spärlich sprießendem Bart, einer bleichen Narbe an der Schläfe und einem Kurzschwert an der Hüfte. Diesen Rotschopf erkannte Mia augenblicks als René wieder, einen Stallburschen im königlichen Palast. Er war nur etwa ein Jahr älter als sie und hatte ihr damals, wie so viele andere Burschen am Hofe, stets mit schmachtendem Blick nachgeschaut. Er hatte sich allem Anschein nach die Narbe an der Schläfe während seines Kampfes für die Rebellen zugezogen, denn die hatte er damals noch nicht.

Da war ein Halblingpaar, das Mia unverkennbar als die Eheleute von der Oberau erkannte. Ein damals einflussreiches Kaufmannsgeschlecht, das sich auf Import und Export spezialisierte. Mia hatte sie und deren Angestellte diverse Male getroffen, wenn ihre Mutter Auslandsgeschäfte tätigte.

Da war eine schlanke Frau in Lederrüstung, mit dunklem Haar und spitzer Stupsnase. Das war zweifellos Sophie, eine ehemalige Dienstmagd, die Mia diverse Male in der Palastküche gesehen hatte. Auch sie musste es im Laufe der Rebellion weit gebracht haben.

Da waren noch andere, an deren Gesichter sie sich erinnerte. Doch einen der Männer erkannte Mia ganz besonders, obwohl sich sein Gesicht sehr verändert hatte. Sie schluckte.

Er war es. Ganz eindeutig. Obgleich Mia ihn lange Zeit für tot gehalten hatte. Es war General Franck Golbert, ein führendes Mitglied der damaligen Streitkräfte Isteriens sowie einstmaliger Kommandant der königlichen Leibgarde. Es war der Mann, an dessen Schenkel sie sich einst geklammert hatte, als man ihren Schneehengst Arno von seinem gebrochenen Bein erlösen musste. Es war der Mann, der hin und wieder den Geschichts- und Militärkundeunterricht beehrte. Es war der Mann, der sich ab und zu seinem guten Freund Jean-Jaques Hurgo angeschlossen hatte, um mit der jungen Prinzessin den Schwertkampf zu trainieren. Und es war der Mann, der während des Massakers im Löwenpalast kurz vor Mias Flucht durch den Geheimtunnel bis zuletzt die Königsfamilie verteidigt hatte und durch seinen Kampf auch maßgeblich an ihrem Entkommen beteiligt war. Er hatte diese Nacht tatsächlich überlebt, doch allem Anschein nach einen schrecklichen Schaden davongetragen. Mia erinnerte sich an diese grausame Nacht, erinnerte sich an sein blutverströmendes Gesicht. Jetzt erkannte sie, was mit seinem Gesicht, das einst edelkantig, markant und stolz gewesen war, gemacht wurde. Eine dicke hässliche Narbe verlief vom zerschnittenen und verzerrten linken Mundwinkel über die Wange, durchzog das Auge und verschwand über der Stirn in den grauen Haaren. Der dichte Bart des Generals vermochte nicht einmal den Ursprung der Narbe im Mundwinkel wenigstens halbwegs zu überdecken. Das linke Auge war blind und durch die Vernarbung in bläulichen Schatten seltsam verzerrt.

Mia schluckte erneut.

„Folgt mir ins Büro", riss der Offizier sie aus ihren Gedanken. „Nach der Sitzung wird sich der Heerführer Gerard Larcron mit euch befassen. Solange werdet ihr warten müssen."

Er wies mit der Hand zu einer Tür, die aus dem Saal hinausführte, doch Mia gedachte nicht auf den Heerführer zu warten. Sie trat ungeniert an den Tisch, direkt zwischen die beiden Halblinge und eine kräftige Frau in einem von Blutflecken getränkten Sanitätskittel, löste dabei ein besorgtes Zucken bei Tanmir und ein Aufklappen des Mundes bei Larus aus. Mit kraftvoller Stimme ergriff sie das Wort.

„Geehrte Damen und Herren."

Die Anwesenden verstummten, schauten sie verwundert an.

Der Offizier räusperte sich, ging rasch zu Mia, gefolgt von den beiden nervös gewordenen Landsknechten. „Mein Fräulein", flüsterte er streng. „Ihr könnt nicht einfach …"

„Was ich euch jetzt sagen werde" – Mia beachtete den Offizier nicht –, „wird vielen wie ein makabrer Scherz vorkommen. Zunächst aber: Ich bin hier, um mich der Rebellion anzuschließen."

„Ist schon gut, Harro", sagte der Heerführer Gerard Larcron, jener Mann im dunkelblauen Waffenrock, mit dem sich der Offizier zuvor unterhalten hatte. Er hielt diesen zurück, welcher Mia schon vom Tisch wegzerren wollte. „Wir danken Euch für Euren Einsatz, junge Dame. Wir können jede Hilfe gebrauchen. Aber wir befinden uns gerade in einer wichtigen Besprechung. Bitte habt solange noch Geduld, Ihr und Eure beiden Gefährten. Dann werde ich mich sogleich um euch kümmern."

Mia bemerkte, wie unterdessen ein paar der auf sie gerichteten Blicke noch irritierter und verstörter wurden. Sie konnte sich denken, warum. Sie hatte bereits einige Personen wiedererkannt. Und die begannen jetzt auch sie wiederzuerkennen, was ihnen unmöglich zu glauben war.

Der General hob den Kopf zu ihr, kreuzte mit ihr den Blick, schaute ihr tief in die Augen. Und dann trat etwas in sein entstelltes Gesicht, das eine Mischung aus Entsetzen, Fassungslosigkeit, Erstaunen und Irrglaube war. Aber auch

Hoffnung.

„P-P-Prinzessin …", stotterte er. „Prinzessin … Maria …"

Es wurde totenstill. Niemand machte auch nur den geringsten Laut. Alle schauten erst zu dem konsternierten General, der Mia anstarrte, dann nach und nach zu Mia, betrachteten sie genau, fassungslos, orientierungslos, verwirrt – wer es nicht schon war.

Nicht nur der General erkannte sie augenblicklich wieder. „Prinzessin Maria …", murmelte unsicher die ehemalige Küchenmagd Sophie. „Ihr seid es … wirklich …"

Die Stille, die durchdringend herrschte, drückte wie ein Schraubstock Mias Schläfen zusammen. Sie wollte sie unterbrechen, indem sie erneut das Wort ergriff. Doch das war gar nicht so einfach, jetzt da alle diese Leute, die Köpfe der Rebellion sie anschauten. Allerdings brauchte Mia diese Stille auch gar nicht unterbrechen. Das übernahm Larus für sie. Der tollpatschige Bursche hatte – vermutlich um sich von seiner Aufregung ein wenig abzulenken – einen Wandleuchter begutachtet, diesen angefasst und dabei einen der alten, höchstwahrscheinlich schon maroden und reparaturbedürftigen Kerzenarme versehentlich abgebrochen, mit lautstarker Untermalung. Nun richteten sich alle Blicke auf ihn.

„Ähm …", stotterte er und verbarg peinlich berührt das abgebrochene Stück des Leuchters hinter seinem Rücken. „Verzeiht, lasst euch nicht ablenken, edle Herren und Damen. Ähm, ich meine natürlich, edle Damen und Herren. Hehe."

Tanmir schloss die Augen, schüttelte den Kopf.

„Eure Vermutungen sind korrekt", sagte schließlich Mia laut, wodurch sämtliche Aufmerksamkeit von Larus wieder auf sie überging. „Ich bin die Prinzessin Maria Anastasia Bellegard d'Autrie. Mein Vater war König Friedbert IV. Bellegard d'Autrie von Rema. Er wurde in der Nacht des vierundzwanzigsten Augusts vor sieben Jahren ermordet. Genauso wie meine Mutter, Königin Elena Amara Bellegard d'Autrie. Ich konnte seinerzeit entkommen und habe über sieben Jahre im Exil gelebt. Bis heute."

Weiterhin Stille. Die Fassungslosigkeit im Saal war greifbar.

„Es mag den meisten hier wie ein Trugbild, eine Erscheinung, vielleicht sogar wie ein schlechter Witz erscheinen, doch ich spreche die Wahrheit. Entgegen den Gerüchten, die die ganzen Jahre über kursierten, bin ich niemals verstorben. Ich habe überlebt und mich diese lange Zeit in verschiedenen Teilen dieses Kontinents aufgehalten. Ich sehe ein, dass euch allen Erklärungen gebühren, wie ich entkommen bin, wie ich überlebt habe, was ich die Jahre gemacht habe und warum ich jetzt hierher zurückkehre. Warum ich mich erst jetzt offenbare. Ihr sollt Erklärungen bekommen. Doch das ist jetzt noch nicht an der Zeit. Ich bin nach Isterien zurückgekehrt, um mich der Rebellion anzuschließen. Um gegen diejenigen zu kämpfen, die meinem Land, meiner Familie und mir das alles angetan haben, die dieses Land unterdrücken. Ich habe lange gebraucht, um zu diesem Entschluss zu gelangen. Doch jetzt bin ich hier und möchte euch in diesem Kampf unterstützen."

Sämtliche Augen im Saal waren auf die junge Frau mit den großen saphirblauen Augen, den strahlend blonden Haaren, der schlichten Kleidung und der Lederjacke sowie dem Schwert auf dem Rücken gerichtet.

Die Stille hielt sich hartnäckig.

„Also …", meldete sich aus dem erdrückenden Schweigen heraus ein beleibter Mann in schwarzem Doublet. „Ich bin, wie wohl jeder der Anwesenden hier … etwas, ach, was sag ich, sehr erstaunt, unbeschreiblich erstaunt, was hier gerade passiert, wer sich uns da vorgestellt hat … Aber … Ihr mögt verzeihen, Fräulein, doch das sind Neuigkeiten, die so unwahrscheinlich sind, dass ich ihnen momentan keinerlei Glauben schenken kann, schon gar nicht jetzt auf die Schnelle. Ob Ihr wirklich die Prinzessin …"

„Sie ist es", unterbrach Sophie rasch und sicher. „Dafür verbürge ich mich. Ich habe jahrelang in der Küche des Palasts gearbeitet. Ich habe sie so manches Mal gesehen, wenn sie dort war. Und sie hat sogar ein paarmal beim Zubereiten einer Mahlzeit geholfen. Diese junge Frau, die dort steht, ist die Prinzessin Maria. Ganz sicher. Sie ist tatsächlich am Leben."

„Seid Ihr da nicht etwas voreilig, Frau Berceau?", warf ein dünner Mann in mehrfarbiger Händlerrobe, mit schütterem Haar und schmalen, faltigen Gesicht ein. „Ich schlage vor, dass wir uns jetzt erst einmal alle beruhigen, eine solche Nachricht bekommen wir schließlich nicht alle Tage zu hören. Doch ich möchte den Ausbruch einer Euphorie gleich eindämmen. Ja, eine gewisse Ähnlichkeit zwischen dieser Person und der Prinzessin besteht zweifelsohne. Aber sollen wir hier auf die Worte irgendeines dahergelaufenen Mädchens hören? Jedes Mädel in ihrem Alter mit blonden Haaren kann behaupten, sie sei die verschollene und für tot erklärte Prinzessin."

„Ihr habt sie damals nie gesehen, Standesherr Grolare", merkte ein stämmiger kahlköpfiger Soldat in einer Lederrüstung an, die charakteristisch in grünen Tarnfarben bemalt war. Der Soldat hatte leicht mandelförmige Augen, die eindeutig seine orientalischen Vorfahren verrieten. Er sprach allerdings vollkommen akzentfrei, was bewies, dass seine Familie, wie viele Orientale, wohl schon seit mehreren Generationen in Isterien lebte. „Aber ich sehr wohl, ebenso wie Frau Berceau. Ich war damals Wachmann im Palast, Mitglied der königlichen Garde. Und niemals werde ich diese junge Prinzessin vergessen, die im Schwertkampf unterrichtet wurde und ihr Schwert auf dem Rücken trug. Genau wie dieses Fräulein dort."

„Hauptmann Belford, ich bitte Euch", winkte der Grolare genannte Standesherr ab. „Das Schwert ist ja wohl kein Argument. Jedes Mädel kann sich ein Schwert auf den Rücken schnallen."

„Ich kenne sie auch", rief der rothaarige junge Mann, den Mia als den Stallburschen René wiedererkannt hatte. „Ich war Stalljunge und habe sie diverse Male gesehen damals, sie war schließlich oft im Stall. Und auch ich erkenne sie wieder. Oja, ganz sicher."

„Ein paar erkennen sie wieder, ein paar nicht", sagte die kräftige Frau in Sanitätskleidung neben Mia, während sie sie anschaute. „Ich für meinen Teil muss gestehen, dass ich die Prinzessin nie gesehen habe, nur von ihr gehört. Ich weiß gar nicht, was ich nun von diesem Auftritt halten soll."

„Mein Gatte und ich können für unseren Teil auch eine Ähnlichkeit zwischen der Prinzessin und dieser Person hier feststellen." Die Halblingsfrau schaute Mia interessiert an, während sie den Kopf in den Nacken legte. „Aber wir geben zu, es ist zu lange her, als dass wir uns hier festlegen können, ob dies wirklich die Prinzessin ist."

„Meine Damen und Herren", unterbrach mit kraftvoller Stimme der schwarzhaarige und schwarzbärtige Zwerg in der Runde die aufkommende Diskussion, da plötzlich jeder am Tisch nach dem ersten Schockmoment die Worte wiederzufinden anfing. „Verlieren wir keine Zeit mit leerem Gerede, sondern lasst das Mädel sprechen. Wie kommt Ihr zu solch einer kühnen Aussage, Fräulein? Habt Ihr Beweise für eure Worte?"

Mia schluckte unmerklich. „Ich gestehe, die habe ich nicht. Aber die brauche ich auch nicht. Denn ich ..."

Grolare unterbrach sie. „Verzeiht, wenn ich Euch ins Wort falle, junge Dame. Aber ohne handfeste Beweise ist diese Diskussion müßig. Und bei allem Respekt, wir aber haben Wichtigeres zu tun, als irgendwelchen Mädchen zuzuhören, die sich für die verstorbene Prinzessin von Isterien halten, ohne dass ..."

„Seid still, Grolare!", zischte General Franck Golbert streng. „Ich gestehe, dass ich mir nicht sicher bin, ob ich gerade eine Erscheinung, einen Geist oder eine reale Person sehe. Da ich nicht der Einzige im Saal bin, der diese junge Frau dort stehen sieht, gehe ich davon aus, dass ich meinem Verstand vertrauen kann. Was die Identität dieser Person angeht, so habe ich allerdings keine Unsicherheiten und verlasse mich voll auf meinen Verstand. Ich kenne die Prinzessin Maria, ich würde sie unter hundert blonden Mädchen mit blauen Augen und Schwertern auf dem Rücken wiedererkennen."

Die Worte, ausgesprochen mit der dunklen, kräftigen Stimme des Generals, ließen alle verstummen. Mia schaute ihm ins Gesicht, er ihr. Schließlich nickte er.

„Auch ich erkenne Euch, Herr General", sprach Mia. „Zuletzt habe ich Euch vor dem Audienzsaal meines Vaters gesehen. In der Nacht des Massakers vom Löwenpalast. Jean-Jaques Hurgo führte mich damals in den Geheimgang, durch den ich entkommen bin."

Über das entstellte Gesicht Golbert trat ein leichtes Lächeln. Es war mucksmäuschenstill.

„Ich erkenne auch einige andere der hier anwesenden Personen." Mia schaute die dunkelhaarige Kriegerin an. „Euer Name ist Sophie Berceau. Ihr seid Küchenmagd gewesen. Wie Ihr schon sagtet, war ich diverse Male in der Küche. Ich war immer neugierig, wo das Essen herkommt, das auf dem Tisch landete. Und ich erinnere mich, dass Ihr mir einmal gezeigt habt, wie man Kartoffeln schält. Es war Euch sehr unangenehm, da Ihr so unsicher aufgrund der Situation wart, dass die Prinzessin sich am Schälen von Kartoffeln beteiligt. Ich muss allerdings zugegeben, dass ich nach drei Kartoffeln schon die Nase voll hatte.

Tja, verwöhnte Prinzessin eben."

Sophie Berceau fand keine Worte, lächelte nur und nickte langsam. Auch andere der Anwesenden lächelten.

Mia schaute den rothaarigen René an. „Ihr heißt René. Ihr wart Stallbursche. Wir haben uns einst viele Male zusammen um meinen Schneehengst Arno gekümmert, ihn gefüttert und abgerieben. Ehe ich auf einem Ausritt mit ihm von einem Tatzelwurm angegriffen wurde, wobei Arno gestürzt war und sich ein Bein gebrochen hatte. General Golbert und seine Männer töteten das Ungeheuer. Doch mein Arno konnte nicht gerettet werden ... Ein Vorfall der mich sehr mitgenommen hatte und der am ganzen Hofe bekannt war. Ihr, René, kanntet seinerzeit jedes Pferd im Stall mit Namen. Ich war sogar manchmal neidisch auf Euch, da ihr so viel Zeit mit den Tieren verbringen konntet. Allerdings hätte ich den Geruch im Stall und das Ausmisten nicht lange mitgemacht. Wie gesagt, Prinzessin halt. Und als ich in das Alter kam, in dem ich zur Frau zu werden begann, habt Ihr, wie auch viele anderen Burschen am Hof, meinen Reizen hinterhergeblickt. Ihr glaubtet, Ihr tätet es so verschlagen, dass ich es nicht merke. Ich habe es gemerkt."

René wurde rot wie eine Tomate, schluckte sichtbar und senkte den Blick, nickte, wobei er jedoch seine Lippen nicht geschlossen halten konnte. Andere der Anwesenden kicherten leicht auf.

„Und Ihr", sagte Mia, während sie den dünnen Mann in der mehrfarbigen Händlerrobe, mit dem schütterem Haar und dem schmalen, faltigen Gesicht ansah, „seid Emmanuel Grolare. Ihr wart politischer und sachkundiger Vertreter der Handelsgilden der Grafschaft Shabelle im Norden Isteriens. Ihr habt oft Eure Berichte meinem Vater oder dem Hofmarschall Texor vorgetragen. Und soweit ich mich an den Klatsch unter den Hofdamen erinnere, verband Euch einmal für kurze Zeit eine innige und geheim gehaltene Beziehung zu einer der Damen am Hofe."

Der angesprochene Emmanuel Grolare in der Händlerrobe errötete noch stärker als zuvor der junge René, schluckte ebenfalls und heftete den konsternierten Blick auf den Tisch. Währenddessen lachten die Anwesenden fast alle auf, jeder lächelte jedoch.

„Und ich weiß", fuhr Mia ernst fort, „wie ich damals in der Nacht des Massakers entkommen bin. General Golbert weiß es auch, wie ich bereits sagte. Ich bin durch den Geheimtunnel hinter dem Kamin im Audienzsaal meines Vaters entkommen. Ich kannte diesen Geheimtunnel. Ihr, Herr Golbert, als Anführer der königlichen Garde, kanntet ihn auch. Sowie Herr Jean-Jaques Hurgo. Mein Vater erklärte mir einst, dass er nur geradeaus führte und im Fichtenwald hinter dem Palast endete. Ich habe den toten Körper meiner Mutter gesehen, deren Gesicht mit einem Tuch bedeckt war. Ich war direkt neben meinem im Sterben liegenden Vater, der mir zu fliehen befahl. Herr Hurgo geleitete mich, die ich selbst aufgrund der Situation wie weggetreten war, zu diesem Geheimtunnel und verschloss die Geheimtür. Nun, ich bin den Tunnel bis zum Ende entlanggelaufen und im Wald ausgekommen. So bin ich damals entkommen."

Stille. Niemand konnte dem etwas entgegnen. Die Spannung war knisternd wie die im Raume prasselnden Kaminfeuer.

Es dauerte lange, bis General Franck Golbert sich straffte und räusperte.

„Ich ... erkenne Euch, Hoheit." Er verneigte sich tief. Als er sich wieder erhob, war sein Mund halb offen, die Unterlippe zitterte ihm, wie auch die Hände, die er vor dem Körper ergriff. „Ich erkenne Euch, Prinzessin Maria. Und ich rufe alle zu Zeugen auf, für das, was ich jetzt sagen werde. Ich kann es selber kaum glauben, doch es ist wahr. Wer gerade in unsere Beratung geplatzt ist, ist die Prinzessin Maria Anastasia Bellegard d'Autrie. Die letzte von königlichem Blute. Die letzte der Linie der Bellegard d'Autries. Die rechtmäßige Thronerbin von Isterien."

Während der General sprach, lief Mia ein Schauer über den Rücken, der sich aus der Aufregung ob der gerade bestehenden Situation, des Stolzes über die Worte des Generals und einer kurzen aber gehörigen Portion Gänsehaut zusammensetzte.

Golbert machte eine Kunstpause, ließ seine Worte wirken.

Ehe er sich an die Versammelten wandte. „Ich unterbreche diese Sitzung. Aufgrund dieses ... unvorhergesehenen Besuches ... denke ich, brauchen wir alle eine Pause. Ich weiß, dass wir viel zu besprechen haben und die Zeit nicht für uns ist. Aber in Anbetracht dieser Situation, bedürfen wir alle dieser kurzen Ruhezeit. Zumal sich mit dem Auftauchen der Prinzessin, die sich offensichtlich unserer Sache anschließen will, eine vollkommen neue Ausgangssituation bietet."

Die Anwesenden fanden nach wie vor keine Worte. Den Kritikern konnte man zwar noch die Zweifel ansehen, doch sah man auch, dass diese allmählich zurückgingen, da einfach die Worte des Generals zu viel Gewicht hatten und die Erzählungen Mias zu genau, zu detailliert und schlicht zu echt waren, als dass man sie einfach als Erfindung abtun konnte.

„Eure Hoheit", sagte der General weiter, „ich bitte Euch zu mir in mein Büro. Ich denke, wir haben einiges zu bereden. Zunächst in kleinerem Kreis."

Mia atmete tonlos durch. „Meine Begleiter kommen mit mir."

Golbert schaute Tanmir und Larus an.

Und nickte.

Mia berichtete im Schnelldurchlauf von den Ereignissen der letzten Jahre.

Wie sie damals den Tunnel entlanggelaufen war, durch den Geheimgang gleich hinter dem Kamin im Audienzsaal des Königs entkam, den der General selbst bis zum Schluss verteidigt hatte, während ihr Vater bereits im Sterben lag. Wie sie irgendwann im Walde auskam und weiterlief, bis sie das Bewusstsein verlor. Wie sie Menschenfängern in die Hände geriet und letztendlich wie Vieh in Arabor, tief im Inkarnat, versteigert wurde. Allerdings an eine Gruppe von Söldnern, die sich ihr annahmen, sich um sie kümmerten und sie weiter im Kampf ausbildeten. Die ihre Familie wurden und lange Zeit waren. Mia erzählte wie sie sie eines Tages bei einem Überfall verlor und als einzige mit dem Leben davonkam. Wie sie anschließend allein weiterzog, als eine fahrende Kriegerin, als eine Söldnerin, die ihr Geld mit ihrem Schwert verdiente. Wie sie auf diesem Wege ihren Lebensgefährten Tanmir kennenlernte, lange mit ihm gemeinsam durch die Lande zog, bis man sie voneinander trennte. Sie erzählte, dass sie sich nach langer und schwerer Suche erst Mitte September wiederfanden, wobei Tanmir tatkräftig von ihrem Freund Larus unterstützt wurde. Sie erzählte, dass sie eigentlich vorhatten, den Zaron zu überqueren und in die Vereinigten Nordlande zu reisen. Bis Mia schlussendlich vor etwa einem Monat in der Hafenmetropole Tristadt einen Mann verhörte, den sie ebenfalls von früher kannte und den, wie sich zeigte, auch der General kannte – mit keinen guten Erinnerungen. Und hier erzählte die junge Frau, was sie von jenem Molnar erfahren hatte, berichtete mit mehr Einzelheiten, wie es zu den vielen Katastrophen in Isterien wirklich gekommen war, offenbarte das von Anfang an abgekartete Spiel, schilderte das skrupellose Vorgehen des Hofmarschalls Vindur Texor, was schlussendlich in dem Staatsstreich endete, den Texor und König Sigmund von Lichtenhaus nutzten, um die Macht in Isterien zu übernehmen.

Allerdings ging Mia nicht darauf ein, dass es Texor hierbei in Wahrheit um sie, um das *Kind der Planeten* ging. Sie wollte ihre Zuhörer nicht noch mehr verwirren, wollte nicht auch noch die Magie, ihre eigenen telepathischen Fähigkeiten, die alte Prophezeiung der Magier oder das wovon die Grabwächter gesprochen haben in ihre Erzählung einfließen lassen. Es war auch so schon viel zu viel der Informationen, die jetzt zu verarbeiten waren.

Sie waren zu siebt in dem Büro des Generals. General Franck Golbert wie auch der Heerführer Gerard Larcron, der kahlköpfige Hauptmann orientalischer Wurzeln Paul Belford sowie die dunkelhaarige Kriegerin Sophie Berceau waren anwesend. Diese vier genehmigten sich zur Beruhigung eine Flasche dunklen Schnapses – und sie füllten während Mias Erzählung ein paar Mal ihre Trinkgefäße nach; sie hatten das nötig. Höflicherweise boten sie auch den dreien etwas an. Tanmir und Mia hatten abgelehnt, Larus hingegen – trotz den drohenden Blicken Tanmirs – mit Freuden angenommen.

Jetzt, nachdem Mias langer Bericht endlich abgeschlossen war, saßen die vier da, vollkommen konsterniert, in Unmöglichkeit irgendwelche sinnvollen Worte zu finden. Der Schnaps erzielte keinerlei Wirkung, die Aufregung und Erschütterung aufgrund des Auferstehens der totgeglaubten Prinzessin einerseits und andererseits der Inszenierung des Staatsstreiches, von dem sie hier und jetzt im Schnelldurchlauf erfuhren, schlug ihnen härter aufs Gemüt als ein Fauststoß mit einem Schlagring ins Gesicht.

„Ich ... kann es nicht glauben ..." Franck Golbert saß eingesackt in einem Sessel. Hinter ihm prasselte ein Kaminfeuer, vor ihm befand sich ein großer Eichentisch, ein edles Holzstück von hochwertiger Tischlereikunst, das zweifellos noch aus den großen Zeiten Shrebours übriggeblieben war. Ebenso verhielt es sich mit einem Sofa an der Wand, in dem Paul Belford und Sophie Berceau saßen, die wie hypnotisiert auf den staubigen und zertretenen Teppich blickten. Gerard Larcron hatte sein Trinkgefäß fortgestellt, lehnte an der Wand, vorgebeugt, die Hände auf die Knie gestützt.

Mia saß dem General in einem alten Bergère gegenüber, neben ihr Tanmir, während Larus hinter ihnen mit verschränkten Armen an der Wand neben der Tür lehnte.

Die vier Rebellionsführer brauchten lange, all dies zu verarbeiten. Mia gab ihnen die Zeit, die sie brauchten.

„Ich muss mich an dieser Stelle bei euch entschuldigen", sagte die junge Frau, „dass ich erst jetzt hier erscheine. Ich gebe zu, dass ich schon lange von der hier im Land herrschenden Rebellion weiß, doch mit dem Verlust meiner Familie, dem Verlust meines ganzen Lebens, war dieses Kapitel für mich geschlossen. Ich wollte einfach nie hierhin zurück, sah hier für mich keinen Platz mehr. Doch als ich von der Inszenierung des Staatsstreiches erfuhr, erfuhr, dass all dies, was man mir, was man diesem Land und seinen Bewohnern angetan hatte, keine unglücklichen Züge des Schicksals waren, sondern eiskalte, pure Berechnung, da ist etwas in mir erwacht, was mich zwang, hierher zurückzukehren und diejenigen zur Rechenschaft zu ziehen, die dafür verantwortlich sind. Aus diesem Grund bin ich jetzt hier. Ich möchte mein Schwert anbieten, möchte euch in eurem Kampf unterstützen."

Golbert füllte sein Glas wiederholt auf, während er langsam ausatmete, nahm sogleich einen Schluck.

„Ich ... weiß gerade gar nicht, wo mir der Kopf steht", seufzte er und kratzte sich die hässliche Narbe im Gesicht. „Erst taucht in unserem Beratungssaal ein Gespenst auf, das tatsächlich die noch lebende Prinzessin Maria Anastasia ist, von der wir alle seit über sieben Jahren glaubten, sie sei tot. Und dann erzählt uns diese von den Toten auferstandene Prinzessin auch noch von den wahren Umständen um den Staatsstreich. Von dem Staatsstreich, bei dem wir alle – jeder, der an dieser Rebellion beteiligt ist – viel verloren haben ..."

Das Feuer im Kamin knisterte, die Holzscheite glommen rot, sorgten für die größte Lichtquelle in dem von Kandelabern und Tischkerzen spärlich erhellten Raum.

„Ach, scheiße!", fluchte plötzlich Sophie Berceau und stellte ihren Becher mit Wucht auf die Holzplatte vor ihr, die einst ein nobler Tisch gewesen war. „Wir können jetzt nicht ewig hier herumsitzen und darüber nachdenken, was geschehen ist. Ja, was uns die Prinzessin hier erzählt hat, ist grausam und unvorstellbar. Und es erfüllt mich mit noch mehr Hass, es denen zu zeigen. Wir haben alle Grund dazu, Texor zu verabscheuen, jetzt mehr denn je. Aber unterm Strich ändert es nichts. Es verstärkt alles nur noch, denn wir haben noch mehr Grund, uns gegen diesen Verräterhund von Truchsess und die Besatzer aus Südreich aufzulehnen. Wir alle haben sehr viel verloren und sinnen nach Rache und Gerechtigkeit. Aber wir dürfen uns jetzt nicht von dem Bericht der Prinzessin aus dem Konzept bringen lassen. Unser Ziel bleibt dasselbe, darauf müssen wir uns konzentrieren."

„Sophie hat recht", stimmte Hauptmann Belford zu. „Unsere Ausgangslage bleibt dieselbe. Nur unsere Entschlossenheit ist gewachsen. Wichtig ist daher, dass unser Volk von diesem Komplott Texors erfährt. Auf dass auch die Entschlossenheit unserer Landsleute wiederkehrt."

„Entschlossenheit hin oder her", mahnte der Heerführer Larcron und stellte sich aufrecht hin. „Unsere militärische Lage ist nicht die Beste, gelinde gesagt. Generalfeldmarschall Steinhands Truppen drängen uns immer weiter zurück. Nachdem Hall aufgerieben wurde, wird sich der Feind nun ganz auf eine Offensive gegen Shrebour ausrichten. Vielleicht greifen sie uns sogar noch vor dem ersten Schnee an, schließen uns ein, zermürben uns. Dann überstehen wir den Winter nicht. Und selbst wenn sie erst im Frühjahr angreifen, werden wir es schwer haben, uns bis dahin weit genug zu erholen, um uns ausreichend verteidigen zu können. Geschweige denn selbst in die Offensive zu gehen. Bei allem Respekt, Hoheit, aber Eure Erzählung sowie Euer Schwert und die Eurer beiden Gefährten können an der Situation der Rebellion nicht viel ändern."

„Das sehe ich ganz anders, Gerard", murmelte General Golbert und schaute auf. „Was ist es, frage ich, das uns immer gefehlt hat? Unserer Sache? Unseren Unterstützern? Den Bewohnern Isteriens? Was hat uns gefehlt? Schon seit Jahren? Ein Symbol, ein Zeichen, ein Sinnbild, das unsere Sache widerspiegelt, ihr eine nachhaltige Substanz verleiht. Dieses Symbol, diesen Sinn haben wir jetzt, wie wir es uns nicht hätten träumen lassen. Die Prinzessin ist zurück. Stelle dir nur die Auswirkungen im Volk vor."

Gerard Larcron verschränkte nachdenklich die Lippen, nickte nachvollziehend und bestätigend.

„Das Volk hat die Hoffnung fast aufgegeben", sprach der General weiter. „Anfangs haben uns viele der Einwohner noch unterstützt, viele haben sich uns angeschlossen, sich gegen Sigmund und Texor aufgelehnt. Aber mit den Jahren wurden es immer weniger, unser Kampf immer wirkungsloser. Wirkliche Unterstützer haben wir nur noch hier in Shrebour und einigen umliegenden Dörfern und Städten; Tendenz sinkend. Die Angst vor Texors und Sigmunds Truppen und ihren Strafen ist größer als der Wunsch nach Auflehnung für ein besseres Leben und eine bessere Zukunft. Die Bevölkerung fragt sich, wofür das Ganze? Wie soll es denn weitergehen, selbst wenn die Rebellion siegreich wäre? Doch wenn die Bewohner dieses Landes einen Sinn in unserer Sache sehen, wenn sie erkennen, dass die Rebellion ihnen wirklich ein besseres Leben und ihren nachfolgenden Generationen eine bessere Zukunft ermöglicht, eine Zukunft unter der rechtmäßigen Herrscherin dieses Landes, dann könnte ihnen das neuen Mut verleihen, uns wieder zu unterstützen. Sie finden einen Sinn in der Rebellion. Und dieser Sinn seid Ihr, Prinzessin."

Mia räusperte sich leise. „Ich", sagte sie bescheiden, „hatte nicht vor, mich an die Spitze eurer Bewegung zu drängen. Ich möchte einfach meinen Teil beitragen und nicht tatenlos bleiben. Ich möchte niemandem den Rang ablaufen, erst recht nicht sehne ich mich danach, irgendeine Herrschaft oder ein Kommando zu übernehmen."

„Hmm", lächelte Sophie. „Eine anständige, bescheidene junge Frau. Zweifelsohne eine Bereicherung für uns."

„Gewiss", bestätigte der General. „Eure Einstellung ist lobenswert, Hoheit, aber Ihr seid die Prinzessin. Und damit seid Ihr automatisch der Spitze unserer Sache. Daran gibt es gar nichts zu rütteln. Wenn Ihr unserer Sache wirklich helfen wollt, dann müsst Ihr Euch nicht nur uns offenbaren, sondern diesem ganzen Land. Jeder soll von Eurer Rückkehr erfahren."

„Doch gewiss hegen Teile der Bevölkerung sicherlich noch immer Zorn gegen mich und meine Familie", befürchtete Mia. „Ich habe auf meinem Weg nach Shrebour zwar auch gehört, dass meinem Vater nachgetrauert wird, aber von wie vielen? Immerhin haben es uns reichlich Isterier zugeschrieben, was damals im Land alles geschehen ist. Man fühlte sich von uns alleingelassen, machte uns für das Leid verantwortlich. Ich kann schließlich nicht beweisen, dass das alles nur inszeniert war und meine Familie daran kaum eine Schuld traf. Ich kann mir vorstellen, dass es manche gibt, die nicht sonderlich begeistert sein werden, mich wiederzusehen, oder gar mich zu unterstützen."

„Das stimmt so nicht, Prinzessin", meldete sich Paul Belford. „Ihr wart lange nicht hier, es ist nicht mehr so, wie es damals war, vor dem Massaker. Es stimmt, damals war die Bevölkerung aufgewühlt, wurde angestachelt von Sigmunds und Texors Schergen, wie wir jetzt wissen, und was auch durchaus Sinn ergibt. Doch das war lediglich eine Momentaufnahme. Als das Land unter die Kontrolle Sigmunds und Texors fiel, unter deren eiserne und strenge Hand, wurde dem Volk schnell klar, dass nichts besser wurde. Ja, Nahrung war auf einmal wieder da, aber zu horrenden Preisen, dass man trotzdem hungerte. Krankheiten gab es auch dann noch, denn Medizin konnte sich kaum jemand leisten. Um nur zwei Beispiele zu nennen. Die Leute erkannten ihren Fehler schnell, erkannten, dass Friedbert, Euer Vater, einer der größten Könige war, die dieser Kontinent je gesehen hatte. Dass man ihn viel zu hart bestraft hatte für seine angeblichen Fehler. Heute sehnt man sich nach König Friedbert. Das tut dieses ganze Land, nicht nur die Handvoll, von der Ihr gehört habt – ausgenommen natürlich diejenigen gekauften Subjekte, die Südreich bis heute treu ergeben sind und die diesen Bürgerkrieg für Südreich weiter anfachen. Doch das Herz Isteriens betrauert die Ereignisse von damals. Jeder wahre Isterier bereut, was geschehen ist. Wenn die Bevölkerung jetzt von Eurem Überleben erfährt, gibt ihnen das Hoffnung, dass damals nicht alles verloren wurde."

„Ihr …", setzte General Golbert an. „Ihr könnt Euch nicht vorstellen, Prinzessin, wie sehr Euer Auftauchen bedeutet, was ich immer noch nicht ganz verarbeitet habe. Ihr seid durch die Stadt gegangen, habt sicherlich die Bürger und einige unserer Soldaten gesehen. Diese Frauen und Männer da draußen sind entmutigt, müde des Kampfes, den sie schon seit über vier Jahren fechten. Ihnen fehlt allmählich der Wille zu kämpfen. Doch wenn sie nun erfahren, dass die Prinzessin aus dem Exil zurückgekehrt ist, um ihr Land, ihr Volk aus der Tyrannei wieder ins Licht zu führen, werden sie sich erheben, es werden weitere mitziehen, die sich unserer Sache anschließen. Die Rebellion kann wiedererstarken und stärker werden als je zuvor. Denn die Menschen und andere, deren Herz für uns, für Isterien schlägt, sind noch immer hier. Man muss sie nur wieder zum Kampf ermutigen. Durch Euch, Prinzessin. Ihr werdet der Sinn der Bevölkerung sein, weiterzumachen und für das Leben und die Freiheit zu kämpfen."

„Wie eine Standarte?" Tanmir äußerte sich hier zum ersten Mal – argwöhnisch ob der Rolle, die man seiner Geliebten hier offensichtlich aufbürdete. „Eine Standarte der Revolution?"

Der General nickte. „Wenn man so will, ja. Es wird den Isteriern neuen Mut schenken. Sie werden ein Licht am Ende des Tunnels sehen. Unsere Rebellion wird von neuem erblühen."

„Geht das nicht alles ein bisschen schnell?" Der junge Krieger verengte kritisch die Augen. „Ich gebe zu, ich verstehe nicht viel von solchen Dingen, aber seid Ihr wirklich der Meinung, dass Mias plötzliches Auftauchen ein Umdenken der Bevölkerung in so großem Stile auslöst, auf dass man sich wirklich gegen die Obrigkeit auflehnen könnte?"

„Wir kennen unser Land und die Menschen, die hier leben, gut", warf Hauptmann Belford ein. „Seid unbesorgt, Herr Tanmir, wenn wir sagen, dass die Nachricht von der Rückkehr der Prinzessin Maria Anastasia eine Welle unter dem Volk auslöst, es mit neuer Kraft und neuem Mut ausstattet."

„Und die Menschen wüssten auch, wie es weitergeht", ergänzte Sophie. „Denn da die Thronfolgerin auf Seiten der Rebellion steht, ist bei einem Erfolg auch die Zukunft des Landes geklärt."

„Ich sagte es eingangs schon", intervenierte Mia, die sich ein wenig überfahren fühlte, „ich bin keine Anführerin und keine Herrscherin und bin nicht deswegen hierher zurückgekehrt. Ich sehe mich nicht am Kommandeurstisch oder gar auf einem Thron. Ich sehe mich mit dem Schwert für diejenigen kämpfen, die sich selbst nicht schützen können."

„Ihr sagtet, Ihr wollt uns unterstützen, Prinzessin. Das tut Ihr allein durch Eure Rückkehr, nur durch Eure Anwesenheit. Euer Schwert ist da, so dämlich es klingen mag, sogar nur zweitrangig."

„Verschmäht ja ihr Schwert nicht!", meldete sich locker von der Wand her Larus und zeigte mahnend mit dem Finger. „Ich kenne die beiden, die da vor euch sitzen. Beide, der Schlag soll mich treffen, wenn ich lüge, haben mit dem Schwert nicht ihresgleichen! So jung sie auch sind!"

„Das kann ich mir denken", lächelte Golbert. „Ich habe schließlich ein paar Male bei der Ausbildung der Prinzessin mitgewirkt. Ich habe selten ein solches Talent im Schwertkampf gesehen."

„Ich", sagte Mia trotz ihres aufkommenden Stolzes dämpfend, „habe mich entschlossen, zu helfen, etwas zu unternehmen, da ich nicht zusehen kann, wie die Leute munter weiterleben, die mir, meinem Land und meiner Familie das angetan haben. Aber ich bin auch nur *eine* Person. Ich kann diesen Kampf nicht entscheiden."

„Oh nein, Eure Hoheit, Ihr seid weit mehr als nur *eine* Person. Ihr seid alles, was wir uns ersehnen konnten. Und, oh wohl, Ihr könnt diesen Kampf entscheiden. Ihr seid die rechtmäßige Thronfolgerin von Isterien. Ihr seid der

Angelpunkt, das Fundament, auf dem unsere Rebellion neu erstarkt, was ihr von Anfang an gefehlt hat."

„Aber nur weil ich jetzt hier bin, soll sich plötzlich alles ändern?"

„Ihr habt keine Ahnung, Prinzessin", sagte Sophie ernst, „wie die Herrschaft unter Texor und Sigmund aussieht. Wie die Gesetze des neuen Regentschaftsrates lauten, wie die Steuerabgaben geregelt sind, die Strafbücher, oder vieles mehr. Ihr seid erst seit ein paar Tagen in diesem Land. Wir seit Jahren. Wenn das Volk eine Chance sieht, dieser Tyrannei zu entkommen, wird es sie ergreifen. Garantiert. Es braucht nur eben diese Chance."

„Das war die letzten Jahre immer unser Problem." Hauptmann Paul Belford rieb sich die mandelförmigen Augen, kratzte sich am kahlgeschorenen Hinterkopf. „Wir konnten den Leuten nichts bieten, worauf sie zählen konnten, wofür sie ihr Leben gefährdeten, wofür sie riskierten, die Strafen Sigmunds und Texors zu ertragen. Aber jetzt, mit Euch, kann es etwas anderes werden."

„Ich bin keine Anführerin", wiederholte Mia. „Ich bin eine Kriegerin. Ich stehe selbst in der Kampfreihe, weder kommandiere ich noch schicke ich irgendwen vor."

„Über die Einzelheiten" – der Heerführer Larcron hob die Hände – „werden wir noch genauer sprechen. In der großen Runde. Zunächst müssen wir, ich, der General und meine beiden Kammeraden hier, unsere Fragen an Euch zurückhalten und mit dem Rest unserer Versammlung erörtern, was hier geschehen ist und was sich für Möglichkeiten daraus bieten. Alles Weitere wird sich von selbst ergeben. Die Kunde von Eurer Rückkehr wird sich wie ein Lauffeuer verbreiten."

„Ich denke", unterbrach der General ruhig, „dass wir uns erst einmal alle wieder beruhigen sollten. Wir greifen bereits zu weit vor, zu Prozessen, die noch nicht einmal begonnen haben. Wir sehen schon Ergebnisse, wo noch keine sind. Wir bürden unserer jungen Prinzessin hier zu viel auf einen Schlag auf. Tja, eine freilich bizarre Situation. Ich ertappe mich ja gerade selbst, wie ich ein wenig hyperventiliere. Seht es uns nach, ihr jungen Herrschaften, aber wir haben in den letzten Monaten nur Rückschläge erlitten. Daher ist Euer Auftauchen, Hoheit, jetzt wie eine Wendung der Ereignisse für uns. Auch wenn sie, zugegeben, erst noch dazu werden muss. Denn wir haben noch einen sehr langen und schweren, einen blutigen Kampf auf dem Weg zur Freiheit vor uns, dessen Ausgang wir nicht vorherzusehen vermögen. Uns trennt noch viel, sehr viel davon, dieses Land zu befreien und die Verantwortlichen für alles Leid, was das Volk von Isterien erdulden musste, ihrer gerechten Strafe zuzuführen."

„Deswegen bin ich hier", stellte die Prinzessin von Isterien klar. „Dennoch muss ich eure Euphorie bremsen. Ich weiß einfach nicht, ob ich dem, was ihr ersehnt, gerecht werden kann. Denn das war, ehrlich gesagt, gar nicht meine Intention, als ich hierherkam. Ich weiß nicht, ob ich die Menschen erreichen, dieses Symbol oder diese fabulöse ‚Standarte der Revolution' sein kann. Ich will keine Erwartungen erzeugen, die ich nicht einhalten kann."

„Ich verstehe Eure Skepsis, Prinzessin. Doch lasst mich Euch vom Gegenteil überzeugen." Der General stand auf. „Ich möchte Euch zeigen, wie es um die Rebellion steht. Ich möchte Euch zeigen, was Eure Anwesenheit allein bedeutet. Bitte folgt mir durch die Stadt."

„Ich denke, so habt Ihr Shrebour nicht in Erinnerung, nicht wahr, Prinzessin?" Der General wies mit der Hand um sich.

Sie befanden sich auf dem einstigen prächtigen Marktplatz von Shrebour, der nichts mehr von seinem ursprünglichen Glanz innehatte. Einst wurde hier gearbeitet, Handel getrieben und gefeiert; genutzt von schier sämtlichen auf dieser Welt lebenden intelligenten Spezies. Einst war dieser Marktplatz das Zentrum der Stadt, von dem in alle vier Himmelsrichtungen eine große breite Straße entlanglief, die in die verschiedenen Bezirke führte. Nun waren diese Straßen nur noch vier trostlose dunkle Wege, von denen keiner zum Entlanggehen einlud.

„Noch vor zehn Jahren", erzählte Franck Golbert, während er den Weg über die Straße einschlug, welche zum Haupttor führte, „war Shrebour der Stolz des Nordens von Isterien. Handel wurde getrieben, Reisende besuchten die Stadt, Barden und Skalden sangen Lieder über das multikulturelle Shrebour. Eine Stadt, in der alle zusammenlebten, ob Menschen, Zwerge, Halblinge, auch manchmal Lupusse, Nockanen oder Orks. Sogar zuweilen Elfen. Eine Stadt so sehenswert, sauber, ordentlich, dass sie geradezu vor Pracht spross. Die Bewohner grüßten einen, empfingen die Reisenden und Händler fast wie Könige, waren stets hilfsbereit, frohgemut bei ihrer Arbeit und einfach glücklich hier zu leben. Und heute … Naja, Ihr seht es selbst. Shrebour … ist nur noch ein Schatten seiner selbst. Die Bürger hier unterstützen uns nach Kräften. Aber auch ihre Energie geht zur Neige. Es ist das einzige, was geblieben ist: Die Hilfsbereitschaft der Bürger. Sie nehmen die kranken und verwundeten Soldaten in ihren Häusern auf, kümmern sich um sie, teilen ihr Essen, ihre Decken, die Wärme ihrer Kamine mit ihnen, was gerade jetzt beim bevorstehenden Winter unabdingbar sein wird. Doch auch ihre Kraft schwindet. Die Vorräte schwinden, Nachschub ist immer schwerer zu beschaffen, jetzt da Texor und Sigmund fast das ganze Land kontrollieren."

Mia ging neben dem General einher, gefolgt von Tanmir, dem Heerführer Gerard Larcron, den Hauptleuten Sophie Berceau und Paul Belford sowie Larus. Die Blicke der Bewohner und der Soldaten auf ihrem Weg richteten sich vorrangig nach dem General. Die Soldaten, so verletzt sie sein mochten, salutierten, als er vorbeiging. Die Bürger grüßten. Allerdings bemerkte Mia, dass viele der Leute, an denen sie vorbeikamen, etwas genauer als normal auf ihre Gruppe schauten, an deren Spitze neben Franck Golbert eine blonde junge Frau ging, die ihr Schwert auf dem Rücken trug. Ob sogar jetzt schon der eine oder andere einen Verdacht hegte, wer sie war? Lag es an dem General, weshalb die Leute aufmerksamer zu ihr blickten? Oder hatte Mia auf ihrem ersten Gang die große Hauptstraße entlang einfach nicht bemerkt, dass es so war?

„Die Menschen verlieren immer mehr den Mut", sagte Golbert leise. „Ihr seht ja meine Soldaten. Ihr Kampfgeist erlischt. Nicht nur die Verletzungen verzehren ihre Kräfte, sondern auch ihre Geister verlieren Energie. Jeder, den Ihr hier seht, Eure Hoheit, hat in diesem Konflikt viel verloren. Mein Auge ist nur ein Mückenstich im Vergleich zum Leid manch anderer. Sie alle fragen sich: Wofür? Wozu noch kämpfen? Wo ist der Sinn? Nur, um am Ende mit vielleicht noch weniger dazustehen als jetzt? Nein, dann kann man sich auch Sigmund und Texor unterwerfen. Dann hat man zwar wenig, aber immerhin halbwegs Ruhe. Immer mehr Leute denken so. Deswegen ist unsere Bewegung, insbesondere in den letzten ein, zwei Jahren so schwach geworden. Die Strafen für die Unterstützung der Rebellion sind hart. Sehr hart … Und einfach verlassen, kann man Isterien auch nicht. Die Grenzen sind hochgesichert, es ist schon schier unmöglich, nach Isterien zu hineinzugelangen, heraus überhaupt nicht. Daher frage ich mich auch, wie Ihr, Prinzessin, und Eure Gefährten es hierherzukommen vollbracht habt."

„Nicht über den regulären Weg", murmelte Mia zur Antwort, die eingehend diejenigen Leute betrachtete, die sie auf ihrem Wege sahen. Ihr wurde immer klarer, dass diese Menschen, manchmal auch Zwerge oder Halblinge, ihre Untertanen waren, die nun unter der Herrschaft Texors so sehr litten.

Der General nickte wortlos, stellte keine weiteren Fragen.

Sie gingen weiter, kamen an einer vierköpfigen Gruppe Soldaten vorbei, die an einer Bank versammelt war und sich träge unterhielt. Drei von ihnen erhoben, strafften sich, als sie den General erblickten, salutierten. Der vierte Mann konnte das nicht, denn ihm, der auf der Bank gesessen hatte, fehlte ein Teil des linken Beins. Blutgetränkte Binden umwickelten den Stumpf direkt unterhalb des Knies. Trotzdem erhob er sich mit Mühe und mithilfe einer Krücke, hielt zischend seine Kameraden zurück, die ihn stützen wollten.

„Feldwebel Howard", seufzte Franck Golbert. „Bleibt sitzen, Freund, das ist wirklich nicht notwendig."

„Ich bin zwar ein Krüppel", ächzte der Mann mit Mühe, der ganz offensichtlich starke Schmerzen hatte, „aber ich bin immer noch Soldat. Und ein Soldat salutiert vor seinem Kommandanten."

Er schaffte es, sich zu erheben und zu salutieren. Der General erwiderte den Soldatengruß.

Sich wieder auf die Bank zurücksinken zu lassen, schaffte er jedoch nicht. Ihm versagte die Kraft. Er rutschte mit der Hand von der Krücke ab, verlor augenblicks den Halt.

Mia, die am nächsten zu dem Mann stand und am schnellsten reagierte, sprang blitzartig zu ihm, packte ihn am Arm und hielt ihn fest, bewahrte ihn vor dem Fall zu Boden. Jeder der Umstehenden war zusammengezuckt und schaute das Mädchen und den Krüppel nun voller Erstaunen an. Alle. Außer Tanmir, der wie kein Zweiter die Reflexe und auch die in keinem Verhältnis zu ihrer schlanken Figur stehende körperliche Stärke seiner Geliebten kannte. Er war daher als einziger nicht überrascht.

„Ihr müsst Euch schonen, Herr", sagte Mia warm, während einer der anderen

Soldaten die Krücke des Kammeraden aufhob und ihm unter die Achsel drückte, sodass dieser wieder allein stehen konnte – obgleich etwas zittrig. „Wenn man eingeschränkt ist, will man sich nicht damit abfinden. Ich kenne das, glaubt mir – wenn auch nicht in solchem Maße wie Ihr. Doch es wird Euch nicht weiterbringen, ganz im Gegenteil. Ihr macht Euch nicht nur körperlich noch zerbrochener, sondern auch emotional. Das hilft Euch überhaupt nicht. Es ist leicht gesagt, ja, aber wenn der Körper nicht mehr hergibt, dann muss man sich damit abfinden, es akzeptieren, für sich akzeptieren. Denn sonst findet man niemals seinen Frieden. Versucht es zumindest."

Der Mann schaute sie aus großen Augen an, die Lippen hatte er leicht geöffnet. „Danke ...", murmelte er.

„Selbstverständlich." Mia neigte lächelnd den Kopf.

„Danke ... Prinzessin ..."

Jetzt war es Mia, die perplex schaute, noch viel mehr als die anderen Anwesenden.

„Ihr seid die Prinzessin Maria Anastasia", fuhr der Soldat fort, in dessen Augen es zu leuchten begann. „Tochter von Friedbert IV., Thronerbin von Isterien. Ich erkenne Euch, denn ich war einst Gardist im Löwenpalast." Der Mann löste sich von der Krücke und ließ sich halbwegs kontrolliert auf sein gesundes Knie sinken, hielt mit den auf den Boden gelegten Handflächen das Gleichgewicht. Aufgrund ihrer Perplexität konnte Mia ihn nicht davon abhalten.

„Ihr lebt, Majestät", sagte er, während er das Haupt senkte. „Ihr habt überlebt. Ich habe es immer gewusst, habe den Gerüchten nie Glauben geschenkt."

„Bitte ...", flüsterte Mia, der das Niederknien des Mannes sichtlich unangenehm war. „Bitte, Herr, Ihr braucht nicht ... Steht bitte auf ..." Sie, die alle Blicke anzog, fühlte sich so unwohl, dass sie nicht einmal merkte, dass ihre Bitte an den verkrüppelten Mann ungünstig formuliert war.

„Ihr seid die Prinzessin von Isterien", sprach dieser laut und deutlich, sodass man ihn gut hörte. „Jeder hat vor Euch zu knien."

„Bitte ... erhebt Euch ..."

„Prinzessin Maria." Golbert fasste sie an der Schulter. „Lasst ihn. Es mag gewiss ungewohnt für Euch sein, nach all den Jahren. Aber lasst den Leuten ihren Anstand und ihre Ehre. Es ist in Ordnung."

Das Szenario hatte schon lange das Interesse der nahebei befindlichen Bürger und anderen Soldaten erweckt. Sie begannen untereinander zu murmeln, zu tuscheln, fragten sich, ob das nur das Gefasel eines verstörten Krüppels war oder tatsächlich die Wahrheit. Sie stellten sich selbst die Frage, ob dieses Mädchen dort tatsächlich die verschollene Prinzessin war.

General Franck Golbert zerstreute mit lauter Stimme ihre Zweifel, dass es alle, wirklich alle Umherstehenden gut hören konnten.

„Es ist wahr", rief der General laut. „Der Feldwebel Howard hat ein verdammt gutes Gedächtnis. Diese junge Frau hier, die unsere Stadt beehrt, ist wirklich die Prinzessin Maria Anastasia von Isterien. Die Gerüchte waren eben nur Gerüchte. Die Prinzessin hat die Nacht des vierundzwanzigsten Augusts vor sieben Jahren überlebt. Auch ich habe erst vor wenigen Stunden davon erfahren. Ja, es ist eine Neuigkeit, die viele von Euch nicht werden glauben können, und lange brauchen werden, um sie wirklich zu verstehen. Doch ich, der ich die Prinzessin von klein auf kenne, verbürge mich mit meinem Leben dafür, dass diese junge Frau die Prinzessin Maria Anastasia Bellegard d'Autrie ist, Tochter des Königs Friedbert Bellegard d'Autrie, dem Vierten seines Namens. Sie hat das Massaker überlebt, hat im Exil gelebt, um denen zu entkommen, die sie und ihre Familie damals gejagt haben. Doch heute ist sie zu uns zurückgekehrt. Um unsere Sache zu unterstützen. Die Prinzessin ist zurückgekehrt."

Mit diesen Worten nahm der General den rechten Arm vor die Brust, neigte den Kopf und beugte ein Knie vor Mia. Auf der Stelle schlossen sich ihm die umstehenden Soldaten an. Und dann auch nach und nach die etwas zögerlichen, verwirrten Bürger.

Mia pochte das Blut in den Schläfen. Früher, vor Jahren, war es häufig vorgekommen, dass Leute vor ihr knieten. Jener Zeiten war es normal für sie und dem Protokoll gemäß. Heute allerdings war es ihr unsagbar unangenehm, sie schämte sich geradezu. Die Scham legte sich wie eine einengende Jacke um sie, wie ein Lederwams, das sich aufgrund tagelanger Aussetzung in der prallen Sonne so stark zusammengeschrumpft hat, dass es einem die Rippen brechen könne. Selbst wenn Mia in diesem Moment bei den ganzen auf sie gerichteten Augen hätte sprechen können, würde sich niemand von ihr davon abhalten lassen, sich zu verneigen. Die Worte des Generals Golbert wagte ein Niemand in Frage zu stellen. Jeder war dabei zu realisieren, wer da von den Toten auferstanden war. Jeder war dabei, diesem Jemanden die erforderliche Ehrerbietung zu erweisen. Schlussendlich schloss sich jeder, der die Szenerie betrachten konnte, den Knienden an. Jeder. Nicht zuletzt Larus – Mia war ja auch seine Königin.

Jeder.

Auch Tanmir.

Mias Blick war weit entfernt nach oben gerichtet. Zu der Anhöhe des Grafen la Shrebour mit ihrem Aussichtspunkt darauf, deren auf dem Gipfel befindliche steinerne Überreste wie ein kleiner grauer Fleck zwischen Tannen hinter einem grauen, wolkenbedeckten Himmel aufragten. Sie blickte zu dem Punkt, den sie einst mit ihrem Vater besucht hatte. Und sie erinnerte sich an ihre Probleme von damals, nach denen sie ihren Vater so selten zu Gesicht bekam. Heute wünschte sie sich, die Probleme von damals zurück, wünschte sich, ihren Vater wenigstens selten sehen zu können …

Die Gruppe um sie, Tanmir und Larus, General Golbert, Hauptmann Belford und Hauptmann Berceau stand auf einer der die Stadtmauer spickenden Türme, blickte hinaus auf das trübe Land, auf die kahlen Bäume und leeren Landstraßen. Die kalte Luft brannte in den Lungen, der aufkommende Wind toste um den Turm, peitschte kalt ins Gesicht. Mia zog die Jacke mit dem Pelzkragen zu.

Der Winter stand bevor.

„Ihr habt es gesehen, Eure Hoheit", sagte General Golbert, und entschlossener denn je. „Euer Auftauchen hat nicht nur mir bereits jetzt neuen Mut eingehaucht. Auch die Bürger dieser Stadt schöpfen schon neue Energie. Die Boten oder Händler, die in die umliegenden Dörfer unterwegs sein werden, werden von den Ereignissen hier erzählen. Die Kunde von Eurer Rückkehr wird sich verbreiten. Und es wird unserer ganzen Sache neue Kraft verleihen."

Mia hatte den Blick noch immer auf die Anhöhe gerichtet. Der Wind ließ eine Träne sich in ihrem Auge sammeln. Sie wischte sie weg, redete sich ein, es war ausnahmslos und ganz allein der Wind.

„Was ist, wenn man uns nicht glaubt?", wollte sie dann wissen. „Was, wenn man nicht glaubt, dass ich wirklich die Prinzessin von Isterien bin? Ich könnte schließlich auch irgendeine Dahergelaufene sein."

„Gewiss, das kann man denken. Manche werden es auch. Aber die meisten werden hierin ihren Glauben wiederfinden können. Am Anfang werden es natürlich hauptsächlich Gerüchte sein, wenn man von Euch spricht. Doch selbst diese Gerüchte werden Hoffnung in den Herzen unserer Volksgenossen wecken."

„Das Problem bleibt aber vorerst bestehen", erinnerte Tanmir skeptisch. „Ja, wir hier wissen, dass Mia wirklich die Prinzessin ist. Einige hier aus der Stadt und ein paar der Rebellionsführer haben sie während der Sitzung ja auch erkannt. Aber andere wiederum mögen möglicherweise nicht daran glauben. Wie wollt Ihr diese überzeugen? Immerhin galt Mia über sieben Jahre lang als verschollen und tot. Darüber hinaus noch die Frage: Wieso kommt sie jetzt zurück? Und wieso so spät?"

„Eure Worte sind zutreffend, Herr Tanmir", gab der General zu. „Diese Nachricht kommt sehr wohl überraschend. Aber wie Ihr selbst gesagt habt: Einige haben die Prinzessin bereits erkannt. Und es werden mehr. Hinzu kommt, dass man sie auf der Straße gesehen hat, und man hat sich vor ihr verbeugt. Ich bin mir außerdem sicher, dass auf eurem Weg durch Isterien nach Shrebour bereits einige Leute ins Grübeln kamen, als sie die Prinzessin bemerkten. Wenn sie dann die gleichlautenden Gerüchte aus Shrebour hören, verknüpft sich beides. Der Bevölkerung, die von dieser Nachricht erfährt, reicht ihr Glaube. Ihr Glaube daran, dass die rechtmäßige Thronfolgerin lebt und zurückgekehrt ist. Das wird den Isteriern wieder Hoffnung geben, unsere Sache stärken. Und die Frage nach dem ‚warum jetzt'? Der Zeitpunkt ist irrelevant. Die Hauptsache: Maria ist zurückgekehrt."

Tanmir zog die Lippen kraus. „Hoffen wir's", murmelte er, wie er es oft in letzter Zeit tat.

„Wir werden nun abwarten müssen, was die Zeit bringt", sagte Franck Golbert, der gut die Bedenken des jungen Kriegers nachvollziehen konnte. „Wir müssen die nächsten Schritte genau überlegen und planen."

„Der Winter ist – so paradox es klingen mag – ein Vorteil für uns", ergriff Hauptmann Belford das Wort. „Das war er in der Vergangenheit immer. Während des Winters werden Sigmunds und Texors Truppen nicht marschieren.

Generalfeldmarschall Steinhand wird zu keinen großen Schlachten gegen uns zu Felde ziehen. Nicht im Winter. Seine Heerführer werden keine großen Truppenbewegungen befehlen. Viel zu riskant. Die Kälte, möglicher Schnee, Krankheiten, Epidemien. Kein guter Heerführer würde das riskieren. Sie werden abwarten, sich auf Zermürbung umstellen. Sie werden erst wieder im Frühjahr massiert angreifen, um uns dann zu vernichten. Wir unsererseits können den Winter ausnutzen, ihre Reihen zu schwächen, ihre Versorgung zu sabotieren. Partisanenkrieg. Wäre nicht das erste Mal."

„Das zum einen", sagte Golbert gewichtig. „Und zum anderen können wir unsere Pflicht gegenüber den Einwohnern versuchen zu erfüllen. Wenigstens gegenüber ein paar von ihnen."

Tanmir nickte. „Ich verstehe. Im Winter sind die Leute besonders auf Hilfe angewiesen."

„Das ist wahr", murmelte der Heerführer Larcron. „Die Winter haben den Zivilisten immer hart zugesetzt. Dennoch frage ich mich, wie wir das bewerkstelligen wollen? Gleichzeitig die Einwohner unterstützen *und* gegen Südreich kämpfen. Versteht das nicht falsch, Herrschaften, ich sehe beides als unbestreitbar erforderlich an. Aber ich weiß nicht recht, wie das gehen soll. Gerade wenn ich mir ansehe, was von Eurer Kompanie, Hauptmann Belford, aus Hall übrig ist. Unsere Truppenstärke sinkt rapide, das wisst ihr alle. Immer mehr Leute wenden sich von unserer Sache ab, noch mehr wollen uns nicht unterstützen, aus Angst vor Südreichs Strafen. Bevor sich das nicht ändert, bleibt jedes Unterfangen, sinnlos – so sehr es mich anwidert, das zu sagen."

„Damit sich etwas ändert, haben wir nun die Prinzessin an unserer Seite", bekräftige General Golbert. „Mit ihr hat unser Kampf einen neuen Sinn. Die Menschen wissen, wofür sie kämpfen, wofür es sich lohnt zu kämpfen. Für die Freiheit, für das Leben, für unsere nachfolgenden Generationen. Für eine Zukunft. Und dank der Prinzessin besteht diese nun nachhaltig. Die königliche Linie ist nicht ausgestorben."

„Das denke ich auch", schloss sich Hauptmann Berceau an. „Die Leute werden ihren Mut wiederfinden. Sie brauchen nur die Zündung. Und das ist ihre Königin. Es ist an der Zeit, dass Texor den Thron räumt."

„Geht das nicht etwas schnell?", äußerte sich Tanmir abermals kritisch, womit er Larus zu einem stillen Grinsen brachte. „Wir stehen am Rande der Zerschlagung, so wie ich das verstanden habe. Wir sehen die einzige Chance in waghalsigen Manövern und dem Winter. Und Ihr, so sehr ich auch Eure Ansicht teile, Hauptmann, sprecht schon von Texors Abdanken?"

„Ich habe den Mut, daran zu glauben", sagte die Kriegerin. „Und ich werde daran glauben, bis eine feindliche Klinge mich vom Gegenteil überzeugt."

„Er ist immer so misstrauisch", grinste Larus den Soldaten der Rebellion zu und stupste seinen Freund mit dem Ellenbogen an.

„Das ist gut, dass er das ist. Leider." Golbert senkte den Blick. „In der heutigen Zeit kann man nicht vorsichtig genug sein. Ich war es damals nicht. Sonst hätte ich die Motive des Verräters Texor früher erkannt."

„Macht Euch keine Vorwürfe, Herr General", tröstete Mia. „Texors Plan war bis in die kleinsten Details geplant. Und das über viele Jahre. Niemand wäre fähig gewesen, das zu durchschauen. Es ist geschehen. Was jetzt zählt ist, dass wir die Scherben von damals aufräumen. Dass wir denen ihre gerechte Strafe zukommen zu lassen, die daran beteiligt waren. Und vor allem gilt es, denjenigen, die gelitten haben, ihre Freiheit zurückzugeben."

Der General mit dem entstellten Gesicht seufzte. Nickte ihr dann aber entschieden zu.

„Nun", griff Tanmir seine Sorgen wieder auf. „Selbst wenn das alles gelingen sollte, selbst wenn die Bevölkerung an die Rückkehr ihrer Königin glaubt, selbst wenn die Rebellion dadurch wiedererstarkt, was dann? Immerhin ist dieses Land weiterhin unter der Kontrolle Texors und Sigmunds, und dieses Steinhands."

„Wenn wir dieses Land von der Rückkehr der Prinzessin überzeugen", sagte Paul Belford, „haben wir eine Armee in der Hinterhand. Unterschätzt nicht das Volk, Herr Tanmir. Umso mehr Mut sie entwickeln, desto schwieriger werden sie zu unterdrücken sein. Sie werden sich wehren. Sie werden sich gegen Sigmund und Texor auflehnen, werden den Soldaten Steinhands arg zusetzen."

„Also liegt es an mir", schloss Mia, während sie wieder den Gipfel der Anhöhe des Grafen la Shrebour fixierte. „Ich verstehe allmählich, was mit dieser ‚Standarte der Revolution' gemeint ist."

„Macht Euch nicht zu viel Druck, Eure Hoheit", beteuerte Golbert. „Allein Euer Dasein wird bereits vieles ändern."

„Das wird aber nicht reichen. Ich werde selbst aktiv werden müssen." Ihr Blick war unverändert auf die Anhöhe gerichtet. „Doch ich werde es schaffen. Mein Vater war fünfzehn Jahre alt, als er vom einen auf den anderen Tag zum König wurde."

Je mehr Zeit verging, desto stärker wurde Mias Stolz auf ihr Familienerbe, desto mehr erwachte das königliche Blut der Bellegard d'Autries in ihr.

„Er schaffte es, das Land zu beruhigen und es zu führen. Ich bin die Tochter meines Vaters, also werde ich jetzt schaffen müssen, die Menschen davon zu überzeugen, wer ich bin und dass ich für sie kämpfe."

Noch konnte Mia es nicht wissen. Aber in nur wenigen Tagen, sollte sie dies schon bewerkstelligt haben.

Viele der Anwesenden lächelten beeindruckt, darunter natürlich General Franck Golbert.

In knappen Worten stellte der General die Anwesenden der Sitzung der Rebellionsführung vor. Den Heerführer Larcron, die Hauptleute Berceau und Belford, die zusammen mit dem General die militärischen Vorstände waren, kannten Mia und Tanmir schon. Der Standesherr Emmanuel Grolare sowie der Kommissär Johann Glomb vertraten einige der alten Geschlechter sowie ehemalige Adlige Isteriens, die sich für Friedbert und gegen Sigmund und Texor ausgesprochen hatten. Der Zwerg, dessen Name Arutos war, unterhielt viele Kontakte nach Carborass jenseits des Zaron. Durch diese Kontakte konnte er die Rebellion mit Vorräten und Waffen aus Carborass unterstützen, wenn auch viel davon auf Kredit. Eine ähnliche Aufgabe hatte das Halblingehepaar, das mit seiner Handelsgesellschaft schon vor Mias Lebzeiten führend in Isteriens Wirtschaft war und heute über Informanten oder auch über Schmuggelwege – was Larus hellhörig machte – für Informationen und Versorgung der Rebellion aufkam. Mit dem wachsenden Einfluss Südreichs wurde das jedoch immer schwieriger. Nicht zu den Anführern der Rebellion gehörten René, der heute als Berichterstatter an der Seite von Hauptmann Belford teilnahm, sowie die Heilerin Gabrielle, welche die Rebellionsführung über den Krankenstand der Soldaten aufklärte.

General Franck Golbert hatte die unterbrochene Sitzung der Rebellionsführung am Abend dieses aufregenden Tages wieder aufgenommen – erweitert um Mia und den neben ihr stehenden Tanmir. Larus indes hielt sich im Hintergrund.

„Wie steht es um die Rebellion?" Die Prinzessin kam mit dieser zentralen Frage sogleich zur Sache.

Inzwischen hatte sich die verblüffende Neuigkeit nicht nur innerhalb und unmittelbar außerhalb der Rebellionsführung herumgesprochen, sondern auch in der Stadt verbreitete sich die unerwartete Kunde von dem Überleben und der Rückkehr der Prinzessin Maria Anastasia wie ein Lauffeuer, artete in verschiedene Gerüchte und teils kritische Gespräche aus. Immer mehr Leute, die Mia gesehen hatten, erkannten die Prinzessin, oder meinten zumindest sie erkannt zu haben. Immer mehr Leute waren von der Rückkehr der Prinzessin wirklich überzeugt, und begannen bereits aus dieser Überzeugung heraus – obwohl diese in manchen Fällen eher einem letzten Strohhalm in ihrer Not glich – ihren Glauben an eine Zukunft wiederzugewinnen. Sie philosophierten bereits davon, wie die Rebellion nun weitergehen, sich positiv entwickeln könnte. Sie fingen von friedlicheren, schöneren Zeiten zu träumen an, schwärmten davon, dass sich nun alles zum Besseren neigen würde.

Bereits jetzt verlieh die bloße Anwesenheit der Königstochter dem gebeutelten Volk Isteriens Hoffnung.

Noch die nächsten Stunden über würde dies *das* Gesprächsthema werden, was nach und nach auch die kritischsten Herzen mit Wärme der Hoffnung erfüllte. Nach den nächsten Tagen aber, insbesondere aufgrund der bevorstehenden Ereignisse, würde bereits das ganze Land davon wissen.

„Wie steht es um Euren Kampf, General?", erkundigte sich Mia. „Tanmir, Larus und ich haben gehört, dass Hall von Sigmunds Truppen eingenommen sein soll. Es hieß sogar, dass Ihr dabei gefangen wurdet."

„Auf solche Gerüchte gebt nichts, Prinzessin", sagte Hauptmann Belford. „General Golbert war in Hall vor Ort, das stimmt. Es stimmt auch, dass viele unserer Leute gefangen genommen wurden. Doch unser General nicht. Dank unserem General haben wir noch zahlreiche unserer Leute retten können."

„Aber zu wenige", knurrte Franck Golbert voller Selbstvorwürfe, dass sich die Narbe in seinem Gesicht verzerrte. „Wir haben zu viele gute Kriegerinnen und

Krieger verloren. Wir haben Hall verloren. Unsere Leute werden wahrscheinlich reihenweise gehängt oder in Zwangsarbeitslager geschickt. Und die Einwohner Halls werden harte Strafen erwarten."

Mia riss besorgt die Augen auf. „Was meint Ihr damit?"

„Das ist Texors und seines Regentschaftsrates Terrortaktik gegenüber der Bevölkerung. Strafexpeditionen. Alle, die sich nicht fügen und dem neuen Staat unterordnen, gar die Rebellion unterstützen, werden hart bestraft. Ebendies ist der Grund, warum uns nach und nach der Halt verloren gegangen ist. Militärisch hätten wir vielleicht mithalten können, selbst nachdem König Sigmund Generalfeldmarschall Steinhand nach Isterien entsandt hatte. In unseren Reihen befinden sich viele ehemalige Soldaten Isteriens. Aber ohne den Halt des Volkes ist es, als stünden wir ohne Rüstung und ohne Schwert da. Und mit den härter werdenden Gesetzen und Strafen, ging unser Rückhalt aus der Bevölkerung immer weiter zurück. Dies ist es jedoch, was wiederkommen wird. Wiederkommen eben aufgrund Eurer Rückkehr, Hoheit."

„Aber was ist jetzt mit Hall?"

„Nun, Eure Hoheit …" Der General sprach zögerlich. „In Hall haben die Einwohner die Rebellen unterstützt. Darauf steht nicht selten der Galgen. Und noch weniger selten die Peitsche. Oder Schlimmeres."

„Das müssen wir verhindern", kommandierte Mia, die allein der bloße Gedanke an Peitschenhiebe in Wut versetzte. Sie selbst hatte nur einen einzigen Hieb in ihrem Leben abbekommen, doch noch heute erinnerte sie sich an diesen abscheulichen, anhaltenden Schmerz. Noch heute hörte und spürte sie das Zischen des Riemens auf ihrer Schulter. Und sie kannte Tanmirs Rücken, der von Narben aufgrund unzähliger Peitschenhiebe entstellt war. „Wir können nicht zulassen, was den Leuten dort widerfahren wird."

Golbert sagte nichts, biss sich auf die Lippen.

„Wir sind da bei Euch, Prinzessin", äußerte sich mit einem für ihn typischen überheblichen Ton der Standesherr Emmanuel Grolare, welcher insgeheim noch nicht wirklich von der Identität Mias überzeugt war. „Aber mit welchen Mitteln wollt Ihr das bewerkstelligen?"

„Dem muss ich leider zustimmen, Eure Hoheit", sagte die kräftige Frau in der Sanitätskleidung, deren Name Gabrielle war, eine Ärztin und die Vorsteherin sämtlicher Heilerinnen. „Viele unserer Kämpfenden sind verwundet. Alle sind entkräftet. Vom Kampf selbst verstehe ich nicht viel, aber ich weiß, was Kämpfe mit Körpern anstellen, wie viel Kraft sie zehren. Und von den Männern und Frauen, die noch stehen können, hat kaum jemand die Kraft zum Kampf."

„Ihr erwähntet, Hauptmann Belford", schaltete sich Tanmir in die Beratung ein, „dass Südreich Gefangene in Hall gemacht hat?"

„Verzeiht", intervenierte der Mann im schwarzen Doublet, der andere hochnäsig wirkende Mann vom Verschnitt des Standesherrn Grolare. Es war Johann Glomb, Kommissär und ebenfalls einer der politischen Vertreter innerhalb der Rebellionsführung. „Verzeiht, wer wart Ihr noch gleich, junger Herr?"

„Das ist Tanmir", brummte Mia. Sie war bemüht, noch wie eine Dame zu sprechen und nicht vor Zorn wie ein Zwerg von Beleidigungen garniert los zu fluchen, dass Bär stolz auf sie gewesen wäre. „Tanmir ist mein Lebensgefährte, für alle, die es noch nicht mitbekommen haben. Oder nicht mitbekommen wollten. Er ist der Mann an meiner Seite. Sein Wort, ist mein Wort."

Mias saphirblaue Augen schossen Funken zu dem Kommissär Glomb hin ab, der sich unter ihrem wütenden Blick zusammenzog wie eine in Sekunden austrocknende Tomate – den passenden Farbton hatte sein Gesicht bereits angenommen. Ihr Tonfall sorgte für einen Augenblick der Stille im Raum. Einer knisternden, gefährlichen Stille. In den bevorstehenden Zeiten würde der Familienstand der Prinzessin zweifellos noch ein heiß diskutiertes politisches und formalrechtliches Thema werden, doch nach ihrer Ansprache würde es zunächst niemand mehr wagen, das Thema um die Wahl des Favoriten der Thronerbin auch nur zu tangieren.

„Hauptmann Belford", griff Mia Tanmirs Frage wieder auf. „Ihr habt das Wort."

„Ja", antwortete dieser nach einem Kopfneigen. „Ungefähr dreißig Mann. Ein Teil meiner Kompanie unter Leutnant Rudgar. Sie wurden rasch vom Feind eingekesselt."

„Wenn wir sie befreien", nahm Tanmir an, „dann würden sie uns also im Kampf unterstützen?"

„Selbstverständlich. Das steht außer Frage."

„Dann haben wir auf jeden Fall schon einmal mehr Leute."

„Wie stellt Ihr Euch das vor, Herr Tanmir?", fragte Standesherr Grolare. „Hall wurde in einer massiven Truppenbewegung genommen, in einem konzentrierten Schlag. Etwas Derartiges vermögen wir nicht zu vollbringen. Wir haben einfach nicht die Leute dazu."

„Wo sind diese Feindestruppen jetzt?", fragte Tanmir, ohne seinen gemessenen Tonfall zu verändern. „Die Besatzer? Sind sie noch alle in Hall?"

Die Mitglieder der Rebellionsführung schauten sich an.

„Nein", antwortete letztlich Franck Golbert. „Südreichs Truppen sind ausgeschwärmt nachdem sie uns zurückgedrängt hatten. Sie werden versuchen, die umliegenden Dörfer und Städte zu kontrollieren und uns auf diese Weise weiter von unseren Versorgungslinien abzuschneiden."

„Also ist Hall nicht so stark befestigt, wie es eingenommen wurde?"

„Nun ... ja."

Tanmir strich sich mit den Fingern übers Kinn. „Das ist gut."

„Möget Ihr uns vielleicht an Euren Gedanken teilhaben lassen, junger Herr?", fragte Grolare.

„Wir brauchen nicht viele Krieger", sagte Tanmir, der schon die ganze Zeit insgeheim seinen Plan schmiedete. „Nur einen Stoßtrupp. Wir infiltrieren Hall vor der Morgendämmerung, halten uns in den Schatten und befreien die Gefangenen. Erst dann gehen wir zum offenen Angriff über, vertilgen die Besatzer aus Hall und schützen die Stadtbewohner."

„Bei allem Respekt, Herr Tanmir, aber dieses Risiko ist zu groß. Wenn Ihr mit den letzten verbliebenen unserer gesunden und kräftigen Krieger aufbrecht und verliert ..."

„Wir dürfen eben nicht verlieren."

Grolare schnaubte.

Larus seinerseits am Rande des Raumes feiert innerlich. Denn endlich ging der Dauerpessimist Tanmir mal etwas waghalsig an ein Vorhaben heran.

„Ich wiederhole", sagte Tanmir. „Wir greifen nicht mit vielen an. Wir haben bereits dreißig Leute vor Ort. Wenn wir die befreien, schlägt die Waage um. Und vergesst eines nicht: Das Überraschungsmoment. Ich habe nicht den Eindruck, dass Südreich einen Gegenangriff von uns auf Hall erwarten wird."

„Das lässt sich bestätigen", pflichtete Gerard Larcron bei. „Wir erwarten ihn ja selbst noch nicht. Aber hinsichtlich der Truppen Südreichs können wir fest davon ausgehen, dass sie nur die notwendigen Besatzungstruppen zurücklassen. Hall ist keine militärisch befestigte Stadt, eignet sich schlecht als militärischer Strategiepunkt. Aber wenn sie zurückkehren, werden wir sie nicht halten können."

„Wir erobern nicht die Stadt zurück", führte Mia Tanmirs Plan fort, dessen Kern sie natürlich gleich begriffen hatte. „Wir retten lediglich unsere Leute. Soldaten wie auch Zivilisten. Wir befreien sie und geleiten sie nach Shrebour, in Sicherheit vor den Strafexpeditionen. Dass wir aus Hall keine Festung machen können, ist mir bewusst. Aber darum geht es auch nicht. Es geht darum, ein Zeichen zu setzen. Es geht darum, für unsere Leute zu sorgen. Das ist es doch, was ihr alle mir seit Stunden erklärt. Dass die Stärke der Rebellion eben durch das Volk ausgemacht wird. Wie sollen wir vom Volk verlangen, uns zu unterstützen, wenn wir im Gegenzug nicht bereit sind, für das Volk Risiken einzugehen?"

Eine unkomplizierte, aber höchst effiziente Argumentation, die bewies, dass die junge Prinzessin viele der Gene ihres Vaters, kombiniert mit der weiblichen Intuition der Mutter aufwies.

„Genau das ist es doch wofür wir kämpfen, oder nicht? Für die Bevölkerung Isteriens. Und jetzt sollen wir dabei zuschauen, wie in Hall ein Gemetzel am Volk verübt wird? Das kann nicht euer Ernst sein!"

„Prinzessin", murmelte der Halbling von der Oberau zurückhaltend, „bitte, versteht das nicht falsch, aber wenn wir mit dieser Rettungsaktion auch unsere letzten gesunden Leute verlieren, sind wir endgültig verloren."

„Ich werde selbst gehen", kündigte Tanmir an. „Ich bin schließlich nicht hierhergekommen, um Däumchen zu drehen. Doch was ich brauche, ist ein Stoßtrupp der besten eurer Kriegerinnen und Krieger. Nur ein Stoßtrupp, kein Bataillon. Wir greifen vor Morgengrauen an. Leise und unauffällig. Wenn niemand damit rechnet. Wir dezimieren die Feinde, befreien unsere Truppen und säubern Hall von innen heraus. So lange wie möglich ohne Aufsehen zu erregen. Und verschwinden wieder. Mit unseren Soldaten und den Zivilisten."

„Dabei können ich und ein Teil meiner Kompanie Euch behilflich sein", meldete sich Hauptmann Sophie Berceau. „Ich kenne mich in Hall gut aus, kenne Schleichpfade und Gassen. Nach dem Massaker im Löwenpalast bin ich dorthin zu meiner Tante und meinem Onkel geflohen. Beide haben ihr Leben im Kampf für unsere Sache gelassen. Ich habe keine Angst davor, ein ähnliches Schicksal zu erleiden. Ich biete Euch mein Schwert an, Eure Hoheit Maria. Und Euch, Herr Tanmir."

Tanmir und Mia nickten der Frau Hauptmann entschlossen zu.

„Mal angenommen", begann Kommissär Johann Glomb, dessen vormals hochroter Kopf wieder etwas zu normaler Gesichtsfarbe zurückgefunden hatte, „es gelingt, die Besatzer aus Südreich in Hall zu besiegen, wird es dennoch schwierig sein, die Zivilisten aus Hall herauszubekommen. Erstens werden gewiss nicht alle mitkommen wollen. Nicht jeder wird sich auf Anhieb von der Rückkehr der Thronfolgerin überzeugen lassen und seinem Zuhause den Rücken kehren. Zweitens werden unter denen, die mitkommen, Frauen und Kinder sein, Alte und Gebrechliche, vielleicht Kranke. Denen kann man nicht einfach einen Marsch von zwei oder mehr Tagen nach Shrebour abverlangen."

„Zu aller erst, was ist mit den feindlichen Soldaten?", sprach der Zwerg Arutos. „Ich denke, zuerst sollten wir uns überlegen, wie wir die temporäre Kontrolle über Hall zurückgewinnen, ehe wir darüber nachdenken, wie wir die Zivilisten nach Shrebour bekommen."

„Unsere Späher sagen", meldete der Heerführer Larcron, „dass Hall nicht befestigt ist. Wie zuvor schon gesagt. Die meisten der feindlichen Truppen haben sich zurückgezogen oder sind ausgeschwärmt. Es stimmt, die Verbliebenen werden nicht mit einem Angriff rechnen. Wenn wir im Verborgenen zuschlagen, wie Herr Tanmir vorschlägt, könnten wir Erfolg haben. Theoretisch."

„Theoretisch, eben", wiederholte Grolare. „Wir sollen also unsere letzten gesunden Krieger in einen Kampf schicken, der alles beenden kann? Selbst wenn in Hall nicht mehr so viele Südreicher stationiert seien und eine theoretische Chance bestünde, unsere Leute zu befreien und die Einwohner nach Shrebour zu eskortieren, herrscht permanent die Gefahr, dass der Feind zurückkehrt und uns einholt."

„Dann müssen wir uns eben sputen", schnob Hauptmann Berceau.

Grolare prustete.

„Ich verstehe Eure Bedenken, Herr Grolare", sagte Mia, weich und leise, aber auch sehr eindringlich. „Ich tue es wirklich. Und ich weiß, dass es anmaßend von jemandem ist, so etwas von euch zu verlangen, der gerade erst seit ein paar Stunden zur Rebellion gehört. Aber ist nicht eben genau dies, wofür diese Rebellion kämpft? Unsere Leute zu schützen? Ist auch dieser theoretische Versuch, sie zu retten und vor Leid zu bewahren, das Risiko nicht wert? Gerade jetzt, wo es keinen anderen Ausweg mehr gibt? Wenn nicht hierfür, wofür kämpft diese Rebellion dann? Wenn nicht zum Schutz unserer Leute, was ist sie denn dann wert?"

Jeder der Anwesenden spürte den Schauer, den die eindringlichen Worte der jungen, aber schon so reifen Prinzessin in sich auslösten. Selbst Larus und sogar Tanmir überkam ein Hauch von Gänsehaut.

„Betrachten wir es mal anders: Gibt es Alternativvorschläge?", fragte nach langem Stillschweigen der General in die Runde, erhielt aber keine Antwort. „Ich habe auch keinen. Wenn wir hier abwarten und untätig sind, machen wir alles falsch, was wir falsch machen können, und verraten alles, wofür wir stehen. Wir verraten alles, wofür diese Rebellion steht, alles, auf dessen Grundlage wir sie ins Leben gerufen haben. Sieht das jemand anders?"

Niemand sah es anders.

„Die Zeiten des Planens und Abwägens sind vorbei, meine Damen und Herren. Wir stehen mit dem Rücken zur Wand. Von jetzt an kann alles, was wir vorhaben, unsere letzte Aktion sein. Es gibt also kein besser oder schlechter, es gibt nicht mehr oder weniger Risiko. Es gibt nur noch Alles oder Nichts. Wir haben keine Wahl. Und das wisst Ihr alle. Auch Ihr, Herr Grolare."

Grolare setzte zu einer Erwiderung an. Doch er sagte nicht mehr. Er senkte gar den Blick. Und im hochnäsigen Ausdruck des Standesherrn erschien tatsächlich etwas wie Einsehen.

„Die Prinzessin hat recht." General Franck Golbert straffte sich, nahm die Hände hinter den Rücken. „Und mit ihren Worten beweist sie, dass in ihren Adern wahrlich das Blut der Bellegard d'Autries fließt. Unsere Rebellion steht für die Bevölkerung Isteriens. Es ist unsere Pflicht, nicht tatenlos dabei zuzuschauen, wie sie gequält wird. Wir werden vorgehen, wie es Herr Tanmir vorgeschlagen hat. Wir werden unsere Leute aus Hall herausholen, oder bei dem Versuch sterben."

Wirklich wohl bei dem Bevorstehenden war niemandem. Doch eine andere Wahl bestand einfach nicht. Nicht zu erwähnen, dass es der unausgesprochene Befehl der Thronfolgerin war.

Schnell wurden Karten von Hall und Umgebung auf dem Tisch ausgebreitet und die widerspenstigen, sich einrollenden Ränder des Pergaments mit Bechern und Büchern befestigt.

Dann begann die konkrete Planung.

„Ausgeschlossen, Hoheit!", ereiferte sich Golbert, nach Abschluss der Planungen und nachdem Mia ihm trocken mitteilte, dass sie sich die ganze Zeit als Teil des Stoßtrupps gesehen hatte. „Ihr könnt nicht mit dem Stoßtrupp nach Hall gehen!"

„Ich werde mitgehen, General, ob es Euch gefällt oder nicht."

„Aber, Hoheit, das ist viel zu gefährlich! Wenn Ihr gefangen genommen werdet oder gar getötet …"

„Ich habe Euch bereits heute Morgen gesagt", fiel Mia ihm unbeeindruckt ins Wort, „dass ich an vorderster Front kämpfen werde. Ich war bereit, meine Rolle als Thronfolgerin anzunehmen und das Volk zu führen, obwohl ich das nur ungern tue. Aber ich bin nicht bereit, mich hinten zu verstecken, während andere für mich kämpfen."

„Ich verbiete es", beharrte der vernarbte, graubärtige General. „Ich kann das nicht zulassen."

„Ich werde mit nach Hall gehen", stellte Mia klar. „Das ist ein Befehl."

Golbert weitete die Augen. Die anderen Personen im Raum, die sich bereits mit den Vorbereitungen des bevorstehenden Unterfangens befassten, hörten zwar unabsichtlich mit, waren aber nicht weniger konsterniert als ihr General.

Mia legte den Hauch eines bösen, überheblichen Lächelns auf, zuckte mit den Schultern. „Ich wollte keine Anführerin sein, Herr General. Ihr und Eure Rebellionsführung habt mich eben dazu ernannt. Zur ‚Standarte der Revolution' und zugleich in meiner Rolle als Prinzessin und Thronerbin Isteriens zum Oberhaupt der Rebellion. Ich habe nicht darum gebeten. Ihr und Eure Leute waren das. Jetzt müsst Ihr mir den Konsequenzen leben."

Der danebenstehende Tanmir war nicht imstande, sich ein Schmunzeln zu verkneifen

„Ich gehe mit dem Befreiungstrupp, General. Nicht nur, weil ich nicht andere vorschicke, sondern vor allem aufgrund Eurer Worte. Ich gehe selbst zu den Bewohnern dieses Landes. Ich selbst. In eigener Person. Ich werde für sie an vorderster Front kämpfen. Die Menschen werden mich sehen. Ich werde den Aggressor zurückschlagen, sie befreien. Und ich werde zu ihnen sprechen können. Ich werde mich nicht hinter irgendwelchen Mauern oder Gerüchten verstecken, während andere für mich kämpfen und sterben. Nein. Ich werde das selbst tun, werde es selbst in die Hand nehmen, werde vor Ort sein. Ich werde mich dem Volk offenbaren, auf dass es eben jenen Mut findet, von dem Ihr und Eure Leute glauben, dass es ihn durch mein Erscheinen findet. Eben das ist, wie ich die Rebellion unterstützen werde. Dafür bin ich schließlich hierhergekommen. Und ich mache es auf diese Weise oder gar nicht."

Die Lippen Golberts zuckten, da er fieberhaft versuchte, irgendwelche sinnreichen Gegenargumente zu finden, die nicht auf dem Fundament der Lebensgefahr für die Prinzessin fußten. Doch er fand keine.

„Gebt es auf, General, Ihr werdet sie nicht umstimmen", sagte Tanmir. „Was sie sich vorgenommen hat, das zieht Mia auch durch. Außerdem braucht Ihr Euch keine Sorgen um sie zu machen. Erstens weiß sie auf sich aufzupassen. Zweitens bin auch ich noch da. Und ich werde garantiert nicht zulassen, dass man ihr auch nur ein Haar krümmt. Da könnt Ihr sicher sein."

Der General senkte geschlagen den Kopf. Es konnte sich wirklich sicher sein, die Prinzessin nicht von ihrem Vorhaben abbringen zu können. Und bei Letzterem, was Tanmir sagte, konnte er sich auch sicher sein.

„Auch wenn das die Rebellionsführung nicht gutheißen wird", entsprang es leicht krampfhaft der Kehle Golberts, „werden ich und die anderen Euren Entschluss akzeptieren müssen, Eure Hoheit. Aber im Gegenzug müsst Ihr mir gestatten, an Eurer Seite zu kämpfen. Nicht, dass ich Herrn Tanmir nicht traue, aber ich muss selbst meinen Teil zur Eurer Unversehrtheit beitragen."

„Ich denke, dass lässt sich einrichten", gestand Mia ihm lachend zu.

„Ich meine es ernst, Eure Hoheit. Ich habe nur ein Auge verloren, mir bleibt ein zweites. Mein Schwertarm ist dadurch nicht geschwächt. Also werde ich an Eurer Seite kämpfen. Und wenn es mich mein Leben kostet. Ich konnte damals Euren Vater nicht beschützen. Ich werde nicht zulassen, dass ich auch bei Friedberts Tochter versage."

Mia wurde wieder ernst. Und mit eben dieser ernsten Miene nickte sie dem General und einstigen Kommandanten der königlichen Leibgarde beherzt zu.

Tanmir verzog den Mund, während er und Mia am Folgetag auf der Stadtmauer standen, beobachteten, wie die Vorbereitungen für die Rettungsaktion der Bewohner Halls fortschritten. Die untergehende Sonne hatte bereits den Rand der Welt erreicht.

„Ich hoffe, wir können ihnen trauen."

„Wie meinst du das?" Mia hatte den misstrauischen Ausdruck in seinem Gesicht sogleich erkannt.

„Versteh mich nicht falsch, Liebste. Der General, der Heerführer, Belford und Berceau machen einen guten Eindruck, vertrauenswürdig und aufrichtig. Aber da sind ja auch noch andere, auch verborgen im Hintergrund. Und ich glaube einfach nicht, dass sie alle so denken wie diese vier. Ich befürchte, dass es unter ihnen welche gibt, für die du nichts weiter als eben diese ‚Standarte der Revolution' bist, nur ein Werkzeug, durch das sie Anhänger gewinnen, durch das möglicherweise die Rebellion zum Sieg geführt wird. Und dann? Ich glaube nicht, dass sie einfach zuschauen, wie du dann den Thron besteigst. Im Märchen, ja, da wird die totgeglaubte Prinzessin zur Königin. Aber im wahren Leben kommt da irgendwas dazwischen. Ein Stilett, Gift oder was auch immer."

„Wer sagt denn, dass ich überhaupt Königin werden will? Hast du jemals den Eindruck gewonnen, ich wolle das? Schön, ich gebe zu, irgendetwas in mir ist heute erwacht. Etwas, das mich tatsächlich an mein Erbe erinnert, an mein Geburtsrecht. Aber das ändert nichts an dem, was ich wirklich will. Und du weißt genau, was ich will. Ich will mit dir ins Elfland gehen, wenn das alles vorbei ist. Daran hat sich nichts geändert und wird sich auch nichts ändern."

„Ich weiß. Aber du weißt auch, was ich meine, Mia."

Sie seufzte. „Ja, tue ich. Du fürchtest, dass man mich unterstützt, jetzt da man mich braucht. Und wenn man mich irgendwann nicht mehr braucht, will man mich loswerden, unabhängig davon, ob ich Anspruch auf den Thron erhebe oder nicht."

Er brauchte das nicht zu bestätigen. Mia war Tanmirs wundester Punkt. Seine Sorge um sie war selbstverständlich.

Mia wusste das. „Ja … Ich weiß, diese Gefahr besteht, und sie wird wachsen je näher wir unserem Ziel kommen. *Wenn* wir unserem Ziel näherkommen. Genau aus diesem Grund ändert es aber nichts, Tanmir. Selbst wenn unter den Rebellen welche sind, die selbst auf die Macht schielen und für die ich jetzt gerade von Nutzen bin, bald aber im Weg, haben wir doch in der jetzigen Situation keine andere Wahl, als diesen Weg mitzugehen. Denn was für Motive wer auch haben mag, unser Ziel ist dasselbe. Darauf müssen wir uns konzentrieren."

„Hmm … Du hast wohl recht."

„Und außerdem" – sie lächelte verführerisch, und stolz ihn zu haben – „habe ich doch dich, der auf mich aufpasst." Sie fasste ihn bei der Hand.

„Das hast du, Liebste." Er blieb ernst, erwiderte beschützend ihren Handgriff. „Das hast du."

XXXIII

Die Königin Isteriens

„Es mag eine anmaßende Äußerung sein, Herr Tanmir, aber ich übertreibe nicht, wenn ich sage, dass dies die besten Bogenschützen der Rebellion sind." Hauptmann Sophie Berceau wies mit der Hand auf die in Reih und Glied stehenden Bogenschützen.

Tanmir bemerkte sogleich, dass die meisten der Bogenschützen Frauen waren.

„Viele dieser Frauen", beantwortete Berceau seine stumme Frage, „haben während des Bürgerkrieges ihre Männer, Söhne, Väter und Brüder verloren. Ihnen wurde klar, dass auch sie selbst in diesem Konflikt durch feindliche Schwerter sterben könnten. Sie können zwar nicht das Schwert führen, aber sie können trotzdem kämpfen. Und wenn es sein muss, töten."

„Das wird zweifellos erforderlich sein", garantierte Tanmir.

„Das werden sie. Dafür verbürge ich mich."

Tanmir nickte, schaute die Reihe der Bogenschützen entlang.

„Und für unsere bevorstehende Mission", sagte Berceau, „habe ich, denke ich, genau die richtige Truppführerin für Euch. Elathril!"

Tanmir stutzte. Elathril war ein rein elfischer Name. Wieder stellte er eine stumme Frage. Die Antwort lieferte sich rasch durch die benannte Bogenschützin, als sie aus der Reihe hervor- und zu ihnen trat.

Sie war eine Elfin.

„Herr Tanmir, das ist Elathril. Eine Elfin, die mit ihrer Familie schon seit vielen, vielen Jahren in Isterien lebt. Ein Großteil ihrer Familie wurde bei den Unruhen vor sieben Jahren ermordet. Sie gehört schon seit Beginn unserer Rebellion zu uns."

Die Elfin verbeugte sich höflich und hochachtungsvoll.

Tanmir ersetze seine Überraschung durch ein Lächeln. „Sathîl, Elathril", grüßte er in Elfensprache und gestand im Anschluss seine Überraschung, hier eine Elfin zu sehen. „Me no kathál hieth Ellíen."

Alle Anwesenden schauten sich absolut entgeistert an. Die Menschen, die kaum glauben konnten, dass ein Mensch die Elfensprache verstand. Aber auch die Elfin, die kurze Zeit brauchte, um zu verstehen, dass dieser Mensch hier sie gerade in perfekter Form ihrer Muttersprache angesprochen hatte.

„Me gro'waren e Ellíen", erklärte Tanmir seine elfische Herkunft. „So me aspane tilithál."

Die Elfin begann zu lächeln, erstaunt zu lächeln. Schließlich hörte eine unter Menschen lebende Elfin nicht jeden Tag, dass ein Mensch unter Elfen aufgewachsen war und daher fließend ihre Sprache beherrschte.

„Me spanáth auda'tha lethel'ene", gestand sie, gespannt darauf zu sein, seine Geschichte zu erfahren.

„Me aen'ene", sagte er, dass er auch die ihre hören wollte. Dann jedoch sprach er wieder in der Menschensprache. „Und wir werden darüber sprechen. Aber bis es soweit ist, gilt es erst einen Krieg zu gewinnen."

„Recht habt Ihr, Herr Tanmir", antwortete Elathril, und Tanmir erkannte in ihrer melodischen Stimme noch den Hauch eines elfischen Akzents.

Der junge Mann wandte sich an die Frau Hauptmann. „Hauptmann Berceau. Ich bin überzeugt, dass eure Truppe unserer Mission eine gewaltige Hilfe sein wird. Sorgt nur bitte dafür, dass jeder Pfeil ein Treffer wird."

Hauptmann Sophie Berceau straffte sich, schüttelte die verbliebenen Reste des Erstaunens aufgrund des vorangegangenen elfischen Gesprächs ab. „Das bekommen wir hin. Nicht wahr, Leute?!"

„Jawohl, Hauptmann!", erscholl es vielstimmig aus der Reihe der Bogenschützen.

Die sternenklare Nacht wurde allmählich vom hinter dem Horizont anwachsenden Licht des Tages erfüllt. Es wehte kaum Wind. Kälte nahm die ganze Atmosphäre ein. Geisterhafter Nebel lag über der Ebene. Aus Mündern und Nasenlöchern der im Walde nahe der Stadt Hall lauernden Rebellen strömte sichtbar der warme Atem.

Mia und Larus warteten auf Tanmir.

Hall war nicht befestigt. Die Kleinstadt war umgeben von einer einfachen hölzernen Palisade. Dahinter ragten die Strohdächer der Wohn- und Arbeitshütten der Einwohner hervor. Eine strategische Bedeutung hatte Hall nicht. Es gab keinerlei militärische Befestigungsanlagen, abgesehen von einem kleinen Ausguck bei den Eingangstoren in die Kleinstadt und der kleinen Zitadelle; dem einzigen aus Stein und Ziegel gemauerten Gebäude, das mit dem Haus des Vogtes verbunden war. Der Grund, aus dem die südreicher Besatzer Hall dennoch einnahmen – was sie ohne viel Mühe getan hatten –, war, um den Ring um Shrebour weiter zu schließen und die Schlinge um den Hals der letzten Bastion der Rebellion noch enger zuzuziehen.

Der Plan der rebellischen Befreiungstruppen fußte auf dem sicheren Gefühl der Südreicher, wonach diese nicht damit rechneten, dass die Rebellen sich dazu entschließen würden, Hall zurückerobern zu wollen. Vom Walde aus, von Mias und Larus' Position aus, schien der Plan daher zumindest schon einmal nicht im Keim erstickt zu werden. In der Stadt war es ruhig, außerhalb der Palisade gab es keinerlei Anzeichen militärischer Aktivitäten, wie Patrouillen, Zelte oder kleinere Kommandoposten. Ihre auf dem Überraschungsmoment basierende Mission könnte also von Erfolg gekrönt sein.

Doch hierzu warteten Mia, Larus und die bei ihnen in Position befindlichen Rebellen auf die Stoßtruppe um Tanmir, welche Hall infiltrierte und die Tore öffnen würde.

Hauptmann Sophie Berceau ging voraus, Tanmir unmittelbar dahinter. Sie schlichen sich am südöstlichen Rande der Palisade entlang. Ihre Stiefel kämpften sich durch kalten und feuchten Matsch. Gedeckt von der Dunkelheit der Nacht waren sie hier in Position gegangen und arbeiteten sich nun zu dem angepeilten schmalen Durchlass in der Palisade vor, welcher bei einer kleinen Anhöhe den Abflussschacht der Stadt darstellte. Von hier aus konnte man Hall infiltrieren und unbemerkt ausschwärmen.

Sie erreichten die Bodensenke, die unter der Lücke in der Palisade hervortrat. Ein dünner Wasserlauf plätscherte hier heraus und langsam die Anhöhe herab. Wobei die Bezeichnung ‚Wasser' im vorliegenden Falle nur bedingt korrekt war. Widerwärtiger Gestank trat ihnen entgegen, gepaart mit einem gleichlautenden Anblick.

Doch keiner von den Rebellen ließ sich davon beeinflussen.

Mit einem Nicken bestätigte Hauptmann Berceau Tanmir, was der sich natürlich schon denken konnte: Dies war der Eingang nach Hall, dies war ihre Infiltrationsgelegenheit. Über Gesten gab Tanmir wortlos zu verstehen, dass er vorausgehen würde.

Der junge Krieger presste sich an die Palisade, neigte den Kopf direkt zu dem Durchlass. Er schloss die Augen, konzentrierte seinen elfisch geschulten Gehörsinn, wodurch es ihm bereits hier möglich war, sich ein grobes Bild der unmittelbaren Umgebung hinter der Palisade zu machen. Er hörte das Knistern von Flammen – Feuertröge am Boden, zwei, maximal drei, etwas weiter entfernt; Fackeln, näher als die Tröge, wohl zwei, direkt entgegengesetzt und in erhöhter Position. Die Flammen der Fackeln hallten leicht wider – charakteristisch für einen engen Weg zwischen zwei Häuserwänden –, wie auch das Plätschern des Abflusslaufes – von geradeaus her, keine Biegung. Vor ihnen befand sich eine schmale Gasse. Das Wichtigste war allerdings, dass das einzige Geräusch, welches auf die nahe Anwesenheit von südreicher Soldaten hinwies, leise Gesprächsfetzen waren – gedämpft, schwer zu verstehen, folglich nicht in der Gasse selbst, sondern jenseits der die Gasse eingrenzenden Hütten und Häuser. Ebenso variierte nicht die Lautstärke der dumpfen Stimmen, was bedeutete, dass die Männer nicht ihre Position veränderten.

Tanmir duckte sich. Er musste sehr tief in die Knie gehen, um den Durchlass zu unterschreiten, musste mit seinen Stiefeln durch allerlei Unrat waten. Er bewegte sich schnell und schier geräuschlos, wie ein Elf. Rasch befand er sich hinter der Palisade, innerhalb der Stadt Hall. Sein Gehör hatte ihn nicht getrogen. Vor ihm lag eine gerade finstere Gasse, die von den Holzwänden zweier Häuser begrenzt wurde. Etwa zehn Schritte über erkalteten, feuchten und erdigen Boden und eine leichte Steigung hinan endeten die Häuser, an ihren Ecken befanden sich die beiden erhöht angebrachten Fackeln. Dahinter lag eine Art kleiner, offener Platz an dessen Rand auf der anderen Seite Tanmir einen der Feuertröge ausmachte. Außerhalb seines Blickwinkels schien von links Licht auf den Platz, woraus zu schließen war, dass dort ein weiterer Feuertrog stand. Von da ertönte ebenso das Gespräch der beiden Männer, deren Stimmen jetzt, da Tanmir die Palisade hinter sich gelassen hatte, weniger dumpf wirkten.

Er verzog das Gesicht, sodass sich genervte Falten um die Nasenflügel bildeten. Die beiden Fackeln an den Häuserwänden stellten ein massives Problem dar. Es war nicht möglich, an ihnen vorbei zu gelangen, ohne sich kurzeitig in ihrem Licht zu offenbaren. Er wagte sich weiter vor, ging vollkommen lautlos die Gasse entlang. Das war auch notwendig, denn die Umgebung war ungewöhnlich still. Wind wehte sehr leicht und ganz lautlos, lediglich der Abflusslauf, die Flammen und das Gespräch der Soldaten sorgten für eine Geräuschkulisse.

Tanmir hielt sich in den Schatten, die das schwankende Licht der Fackeln nicht erreichte, trat so weit wie sie es ihm erlaubten nach vorne, um mehr von dem Platz sehen zu können. Er erkannte noch weitere Silhouetten von Häuser- und Hüttenwänden, die sich aus den kleinen Lichtquellen der Feuertröge herausbildeten. Nicht weit waren die Zitadelle und das Haus des Vogtes, worin garantiert einige der Besatzer gerade ihre Nachtruhe hielten. Und diese wollte Tanmir momentan auch ja nicht stören.

In der Dunkelheit konnte selbst sein elfisch geschulter Blick nicht viel mehr erkennen als hin und wieder zwischen den Häusern das entfernte Aufflammen von Fackeln, die von patrouillierenden Soldaten getragen wurden. Leider versagte ihm seine Position anhaltend den Blick auf die beiden sich unterhaltenden Südreicher. Sie waren nicht allzu weit weg, der Lautstärke ihrer Stimme nach zu urteilen maximal acht Schritte. Tanmir war sich sicher, dass es tatsächlich nur zwei waren, hatte er bisher nur zwei verschiedene Stimmen vernommen. Folglich war es kein Problem, sie lautlos auszuschalten. Zwei Wurfmesser und das Problem wäre rasch gelöst. Im Anschluss musste er unbedingt die beiden Fackeln bei der Gasse löschen. Die stinkende Flüssigkeit im Abflusslauf würde hier Abhilfe schaffen. Und zu guter Letzt müssten die beiden getöteten Soldaten aus dem Licht des Feuertroges gezogen werden.

Er begab sich zurück zur Palisade. Um den Ablauf seines Planes zu beschleunigen, brauchte er weitere flinke und stille Hände. Er gab Sophie Berceau und ihrem Trupp das Zeichen, und geschwind füllte sich die enge und ekelhaft stinkende Gasse mit den Rebellen. Im Flüsterton hatte Tanmir bereits bei der Palisade seinen Plan erläutert. Nun galt es nur noch, so gut es ging, auf Nummer sicher zu gehen, dass die beiden Wachen am Trog niemanden bemerkten. Hauptmann Berceau und eine der Bogenschützinnen – den Bogen hatte sie über den Rücken geschnallt –, postierten sich in den Schatten unmittelbar bei den Fackeln, um diese schnellstmöglich zu löschen, sobald Tanmir das Signal dazu gäbe. Er selbst, schon zwei Wurfmesser zwischen den Fingern, war bereit, die Soldaten ins Dunkel zu ziehen, sobald sie erledigt wären. Dabei stand die Elfin Elathril bereits in den Startlöchern, um ihm zu folgen.

Ein paar letzte Blicke aus der Gasse hinaus warfen sie noch. Doch besser würde ihre Lage nicht werden. Sie mussten es riskieren.

Tanmir nickte.

Dann glitt er zwischen den Häuserwänden hervor, holte bereits in der Bewegung der Wurfarme mit den Messern aus. Zwei Treffer, zwei Tote, die gleich zu Boden gingen. Das Problem war nur, dass es drei Feinde waren. Der dritte Wachmann hatte tatsächlich einfach noch kein einziges Wort gesprochen und keinen Mucks von sich gegeben, sodass Tanmir ihn nicht bemerkt hatte. Wahrscheinlich war er bei seiner Nachtschicht so müde, dass er nahezu dahindöste. Und genau dies verschaffte Tanmir den Sekundenbruchteil, der erforderlich war, um das dritte Messer zu ziehen und zu werfen, ehe der Mann ‚Alarm' schreien konnte. Als auch dieser dritte Soldat auf den durch die Kälte der Nacht durchgeseichten Matschboden fiel, atmete er kurz tief durch. Das war ziemlich knapp.

Gleich im Anschluss wurde es hinter seinem Rücken dunkel. Berceau und die Bogenschützin hatten die Fackeln gelöscht. Tanmir lief leise und geschwind los, gefolgt von Elathril. Zusammen zogen sie die drei toten Körper aus dem Lichtkreis des Feuertroges, der seine Position nur drei Schritte entfernt von der gemauerten Wand des Vogthauses hatte. Einer der Männer lebte sogar noch – lediglich dem Grunde nach. Er zuckte, während er gezogen wurde, begann zu stöhnen. Doch die Elfin beendete diesen Hauch von Leben mit dem Stilett.

Und nach diesen ungefähr sechs bis acht Herzschlägen der Aktion verharrten die Rebellen wieder alle in den Schatten, warteten von der Dunkelheit geschützt ab, ob ihr Angriff unbemerkt geblieben war.

Er war es. Denn auch Sekunden später regte sich nichts in der Nähe. Es erschallten keine Rufe von alarmierten Soldaten.

Phase Eins abgeschlossen: Hall war unbemerkt infiltriert. Sie huschten durch die Schatten und sammelten sich.

„Sie halten unsere Leute gewiss unten in der Zitadelle gefangen", flüsterte Berceau Tanmir zu.

„Wir gehen zu zweit rein, Hauptmann. Elathril, schnapp dir den Rest und begebt euch unauffällig zum Haupttor. Es wird gleich hell. Damit Mia und die anderen die Stadt stürmen können, muss das Haupttor offen sein. Versucht Feinde auf eurem Weg zu umgehen, schaltet sie nur aus, wenn ihr es ganz sicher unbemerkt schafft. Wenn ihr dennoch entdeckt werden solltet, konzentriert euch auf das Haupttor. Ihr müsst es öffnen, sonst sitzen die anderen in der Falle. Das Tor muss offen sein. Das hat oberste Priorität."

„Verstanden, Tanmir", bestätigte die Elfin.

„Schaltet die Wachen im Ausguck aus und lasst zwei, drei von unseren Bogenschützen dort Stellung beziehen. Sobald das Tor offen ist, sollen sich die übrigen Schützen verteilen. Immer zu zweit, dass einer dem anderen Rückendeckung gibt. Und aufgepasst beim Schießen. Es beginnt zwar zu dämmern, aber es ist noch immer sehr dunkel, und im Eifer des Gefechts ... Wir können kein freundliches Feuer gebrauchen."

Sophie Berceau nickte. „Ihr habt es gehört, Leute. Ausführung."

Die Gruppe teilte sich rasch auf, bewegte sich geschwind und leise in den Schatten der unwohl riechenden, teils matschigen und von Pfützen gespickten Straßen, an den Rändern der Hütten und Häuser entlang.

Tanmir und Berceau indes bewegten sich zur Zitadelle. Sophie hatte ihm das Innere der Stuben beschrieben, ahnte, wo sich die gefangenen Rebellen um den

Leutnant Rudgar befanden. Doch wie genau es dort aussah, würden die beiden erst in ein paar Momenten herausfinden und sich dementsprechend verhalten müssen.

„Wir müssen den allgemeinen Alarm vermeiden", murmelte Tanmir. „Wenn es losgeht, lenke ich die Aufmerksamkeit auf mich. Ihr, Hauptmann, müsst alles daran setzen, die Gefangenen zu befreien."

„Verstanden, Herr Tanmir."

„Bitte lasst das ‚Herr', Frau Hauptmann. Nur Tanmir."

„Verstanden. Und in meinem Falle nur Sophie."

Gegenseitiges Lächeln.

„In Ordnung." Tanmir nickte. „Bereit, Sophie?"

„Sowas von."

„Dann los."

Sie begaben sich zur Eingangstür des Gebäudes, die Schwerter gezogen. Tanmir lehnte sich mit dem Ohr daran und lauschte, während ihm der Geruch des alten, feuchten Holzes der Türe in die Nase stieg. Drinnen hörte er natürlich ebenfalls das zahlreiche Zischen von brennenden Flammen, von Fackeln und einem Kamin. Und er hörte ein Geräusch, dass er noch allzu gut aus seiner Gefangenschaft im Altes Schloss d'Autrie kannte: Das Legen und Mischen von Spielkarten. Er hörte, wie die Karten abgelegt wurden, hin und wieder gespickt durch das Spiel begleitende Wörter der Soldaten. Ruhige Wörter, was Tanmir zu denken gab.

Vor seinem geistigen Auge entstand ein Bild, wonach in vier bis fünf Schritten ein Tisch stehen musste, an dem die Männer saßen und spielten. Das Spiel wurde oft vom Geräusch fließender Flüssigkeit unterbrochen, die Tanmir eindeutig als Bier identifizierte, das aus einem Fässchen in Krüge gegossen wurde.

„Mindestens vier Soldaten, eher mehr", konstatierte er sehr leise. „Sie sitzen gerade voraus an einem Tisch und spielen Karten. Sie sind leise, noch nicht gereizt. Sie spielen also noch nicht lange, weshalb ich annehme, dass ihre Schicht kürzlich erst begonnen hat. Sie sind demnach ausgeruht. Pass also auf, Sophie. Der Kamin ist links. Von rechts kommt ein stärkerer Luftzug. Ich nehme also an, dass dort das Treppenhaus ist. Halte dich links, ich gehe nach rechts zu den Treppen."

Sophie Berceau nickte und schluckte. Zum einen Teil aus Nervosität und anschwellendem Adrenalin ob des bevorstehenden Kampfes, zum anderen Teil aus beeindruckter Achtung vor Tanmir, der all dies nur durch Hören und Fühlen herausfinden konnte.

Der junge Krieger legte die Hand an die rostige Türklinke und nickte Berceau zu. Dann öffnete er die Türe ruckartig und sprang sogleich in den Raum. Sofort zischte ein Wurfmesser und einer der anwesenden Soldaten kippte mit dem Stuhl auf dem er saß nach hinten, ein Wurfmesser im Halse. Tanmir machte sogleich den nächsten Satz vorwärts. Das Schwert sauste und fällte mit zwei schnellen und präzisen Hieben gleich zwei weitere Soldaten, die mit dem Rücken zu ihm gesessen waren.

Der Tisch war schmal und länglich, diente wohl eigentlich dem Empfang von Personen, die das Gebäude betraten. Das zum Spieltisch umfunktionierte Möbelstück bekam von Tanmir einen mächtigen Tritt versetzt. Mitsamt dem Fässchen und allen darauf stehenden und liegenden Gegenständen – Krüge, Trinkhörner, Messer, Pfeifen oder Aschenbecher – kippte es um und ließ auch den vierten Soldaten, der daran saß, zu Boden gehen, begrub dessen Beine unter sich. Um diesen Kerl kümmerte sich Sophie, die ihn mit dem Schwert niederhaute, noch ehe er sich unter dem Tisch befreit hatte. Tanmir hingegen war über den Tisch gesprungen und hatte noch in der Luft und einer geschmeidigen Drehung um die eigene Achse ein Wurfmesser geschleudert. Unglücklicherweise trug der Südreicher, den es am Halse traf, einen Nackenschutz. Das Messer prallte an den Ketten des den Hals schützenden Rüstungsteiles ab. Doch es sorgte für ausreichend Irritation, dass sich der Mann nicht gegen Tanmirs unmittelbar danach erfolgenden Florettstoß schützen konnte. Aus dieser Attacke heraus bot der Rest seines Kettenpanzers keinen Schutz für seine inneren Organe in der Bauchgegend.

Tanmir behielt weiterhin recht, da noch mehr Feinde im Raum waren. Noch einer. Nein, drei. Der eine war links nahe des Kamins gestanden, die zwei weiteren kamen von den nach unten führenden Treppen heraufgelaufen. Es wurde gerufen und geschrien. Der große, von einzelnen Stützbalken durchzogene Raum füllte nahezu den ganzen Gebäudeumriss des Erdgeschosses aus. Nur eine Tür, rechts von den Treppen, bot anscheinend einen Zugang in das Nachbargebäude. Die einzige andere Türe, links im Raum nahe des Kamins, führte gewiss zum Abort, denn von dort kam gerade ein Soldat heraus, der hektisch damit beschäftigt war, sich die gepolsterten Beinlinge hochzuziehen.

Wie angewiesen sprang Sophie nach links, griff mit schnellen Hieben an, drängte den Gegner beim Kamin gegen einen der hölzernen Deckenstützbalken. Als der Mann gegen das Holz prallte, warf ihn das aus dem Konzept und bot der Rebellin die Möglichkeit mit einhändig gehaltenem Schwert seine Klinge zu parieren und mit der anderen Hand einen Dolch zu ziehen und ihm diesen zwischen Hals und Schlüsselbein in den Körper zu rammen. Sie ließ den Dolch stecken, nutzte den Balken geschickt als Deckung vor ihrem zweiten Feind, demjenigen, der sich gerade auf dem Abort erleichtert hatte – oder dabei gewesen war. Er war augenscheinlich nun mit seinen Beinkleidern zurechtgekommen und schlug hektisch nach der Angreiferin. Zu hektisch. Denn als seine Waffe von dem Stützbalken abgefangen wurde, ermöglichte ihm seine unkoordinierte Position nicht, die Deckung gegen Sophies tödlichen Konterausfall mit Stoß zu schließen.

Tanmir empfing die beiden Kerle von unten schnell und gnadenlos. Den ersten konterte er mit einer niederstreckenden Riposte. Der andere, dem anscheinend der Anblick der Leichen hier im Raum schon genug zugesetzt hatte, wollte die Treppen weiter hinauflaufen, anscheinend Verstärkung alarmieren. Ein Wurfmesser im Nacken hielt ihn davon ab. Es änderte allerdings nichts daran, dass oben weitere Soldaten, aus der Nachtruhe geweckt, sich zum Kampfe bereit machten.

„Geh nach unten und befreie die Gefangenen, Sophie!", rief Tanmir, während vom oberen Stockwerk, vom Treppenhaus her aufgeregte Stimmen ertönten. „Ich halte die von oben auf!"

Er verlor keine Zeit und machte sich sogleich auf den Weg hinauf. Aber nicht bevor er das neben der Tür zum Nachbargebäude stehende Regal mit einem kräftigen Ruck zur Türe hin umkippte, auf dass diese so schnell niemand von der anderen Seite her zu öffnen vermochte.

Die Frau Hauptmann staunte über Tanmirs Umsicht in dieser hektischen und lebensbedrohlichen Situation. Doch sie verlor keine Zeit und lief die Treppenstufen hinab. Das Schwert hielt sie zur Deckung vor sich. Sie wusste schließlich nicht, ob unten noch weitere Südreicher auf sie warteten.

Dem war allerdings nicht so. Unten, in den Zellenbereichen, war es ruhig. In die Ohren drang nur das nervöse, fragende Gemurmel der in zwei Zellenräumen gefangenen Rebellen. Hier unten gab es wenig Einrichtung: Ein staubiges Regal, ein kleiner Tisch mit zwei Stühlen und – das wohl überhaupt Beste, was passieren konnte – ein kleiner Waffenschrank.

Sophie hielt vor Schock inne. Die beiden Zellen hier im Keller des Gebäudes waren für sich genommen zwar nicht klein, aber sie boten auch wiederum nicht den Platz für jeweils ungefähr fünfzehn Leute. Die gefangenen Rebellen waren aneinander gezwängt, was auch daran lag, dass die gesunden den verwundeten mehr Platz zu verschaffen versuchten.

Die Kriegerin fand allerdings sogleich die Geistesgegenwart wieder und begab sich zur vergitterten Türe einer der Zellen.

„Hauptmann Berceau!", rief ein Gefangener voller Erstaunen. Seinem hoffnungsvollen und doch irritierten Blick schlossen sich die übrigen an – zumindest diejenigen, die aus der überfüllten Zelle hinaussehen konnten.

„Macht Platz, so viel wie es geht!" Berceau sparte es sich, eine große Suche nach dem Schlüssel anzufangen, sondern holte mit dem Schwert aus und jagte es auf das Vorhängeschloss. Unter der Wucht der hinabsausenden Klinge gab es augenblicks nach. Unter Quietschen fummelte sie das Schloss vom Riegel ab und öffnete die Tür.

Die Rebellen quetschten sich aus der Zelle. Einer der ersten war ein Mann von dunkler Hautfarbe und riesenhaftem Wuchs. Er war ein gebürtiger Karamane, der jedoch wie viele seiner Stammesverwandten seine Heimat in Isterien gefunden hatte. Er war so groß wie die Zellentür und in den Schultern auch beinahe so breit. Überhaupt war er von stattlicher Massigkeit, allerdings keiner Massigkeit aus Fett. Trotz seines dicken Bauches bestand dieser Hüne von einem Mann nahezu ausschließlich aus Muskeln. Kurze Stoppelhaare mit hohem Stirnansatz zierten seine Kopfhaut, und ein mächtiger schwarzer Bart bedeckte Wangen, Kiefer, Kinn und den oberen Hals.

„Hauptmann Berceau!", erkannte er Sophie. „Was ... tut Ihr hier?" Seine Stimme, obgleich tief und bassintensiv, war dennoch warm und gutherzig. Und in diesem Augenblick vor Erleichterung etwas wacklig.

„Keine Zeit für Erklärungen, Leutnant Rudgar", flüsterte Berceau. „Ihr und Eure Männer werdet sie bekommen, aber jetzt müssen wir hier raus. Bewaffnet euch mit allem, was ihr findet und folgt mir nach oben. Unsere Verstärkung ist von draußen unterwegs. Aber es wird garantiert ungemütlich, ehe wir hier rauskommen."

Der gebürtige Karamane stellte keine weiteren Fragen. „Ihr habt sie gehört, Leute. Vorwärts!", wies er seine Truppe an, darunter ein paar weitere dunkelhäutige Krieger, Männer wie auch ein paar Frauen. „Henry, Arthur und Kiela, sorgt für die Verwundeten, haltet euch hinten. Der Rest folgt mir und der Frau Hauptmann! An den Waffenschrank los!"

Wie die anderen bewaffnete sich auch Leutnant Rudgar, schnappte sich aus dem Waffenschrank einen wuchtigen Streitkolben. Leider reichten die Waffen im Schrank nicht aus, um alle Rebellen auszustatten. Diejenigen, die kein Glück mit Stahl hatten, brachen die Stühle und den Tisch auseinander, nutzten die Beine der Möbel als Knüppel – oben im Erdgeschoss gewiss würden sich gleich noch die Waffen der besiegten Südreicher für die Rebellen finden.

„Folgt mir nach oben! Geschwind!" Der Befehl Sophies wurde sofort, aber wirklich sofort ausgeführt.

Die Frau Hauptmann rannte voraus, übersprang dabei immer mindestens eine Stufe. Sie musste Tanmir helfen, der oben kämpfte und ihnen hier unten den Rücken freihielt. Sophie spurtete am Erdgeschoss vorbei, weiter hinauf, von wo sie dröhnend Klingengeklirr hörte. Der Hüne Leutnant Rudgar folgte unmittelbar hinter ihr. Die Treppe knarrte unter seinen mächtigen schweren Schritten.

Sobald die beiden allerdings das obere Stockwerk erreicht hatten, herrschte dort bereits Ruhe. Ein paar Schritte vor ihnen stand Tanmir. Vor diesem wiederum lagen sechs Soldaten Südreichs. Allesamt dahingeschieden.

Rudgar griff seine Waffe fester, rein instinktiv, da dies die logische Bewegung eines Kriegers war, wenn er eine unbekannte bewaffnete Person vor sich stehen sah. Doch natürlich begriff er, dass dieser junge Mann ihm als Feind seiner Feinde freundlich gesinnt sein musste. Dafür brauchte er nicht einmal die rasche Erklärung Sophie Berceaus.

„Das ist Herr Tanmir, Rudgar. Von ihm stammt der Plan zur Befreiung Halls. Tanmir, das ist Leutnant Rudgar." Sophie hatte zuvor einen Moment gebraucht, um zu begreifen, dass sich Tanmir hier gegen sechs Feinde auf einmal durchgesetzt hatte. Diesen Moment hatten der junge Krieger und Rudgar genutzt, um sich mit respektvollen Blicken vorzustellen.

Dann aber ging Tanmir auf sie zu. „Hier oben ist alles sauber", sagte er, an dessen Schläfen Sophie nicht einmal eine einzige Schweißperle bemerkte. Sie selbst sah sich definitiv nicht imstande, es mit sechs Feinden gleichzeitig aufnehmen zu können, und selbst wenn sie es könnte, würde sie dabei garantiert nicht ohne Schwitzen auskommen. Sie fragte sich, was dieser junge Mann wohl noch auf Lager hatte – als würden seine perfekte Beherrschung der elfischen Sprache, sein Gehör, die Wurfmesser und seine unvergleichlichen

Schwertkampftalente, die sie bisher gesehen hatte, noch nicht reichen.

„Die Gefangenen habe ich befreien können", teilte sie mit. „Jetzt befreien wir Hall."

Weitere Worte waren unnötig.

Rudgar, der zweifellos die lauteste Stimme der Anwesenden hatte, rief seine Leute an, kehrtzumachen, da die bereits auf der Treppe nach oben drängten.

„Leutnant!", meldete im Erdgeschoss einer von Rudgars Männern. „Die Alarmglocke läutet draußen!"

„Das ist gut", sagte Tanmir und löste damit leichte Verwirrung unter den befreiten Rebellen aus. „Das heißt, dass Mias Truppe Hall angegriffen hat."

„Ein weiterer Entsatztrupp ist draußen, Rudgar." Sophie erklärte es dem Leutnant, wonach ein Lächeln über ihr Gesicht huschte. „Ihr werdet nicht glauben, wer ihn anführt. Wir werden Euch alles erklären, aber erst müssen wir die anderen unterstützen."

„Selbstverständlich."

„Gebt auf Zivilisten acht", mahnte Tanmir. „Wenn ihr welche seht, schickt sie unbedingt in ihre Häuser zurück."

„Verstanden, Herr."

„Also dann, Leute!" Hauptmann Sophie Berceau, eine wahre Tochter Isteriens, schwang ihr Schwert. „Zeigen wir Südreich und den Einwohnern von Hall, dass die Rebellion noch nicht geschlagen ist! Gehen wir raus und kämpfen wir für unser Volk und unsere Freiheit! Nach draußen!"

„Larus", murrte Mia entnervt. „Kannst du endlich mal mit diesem Wippen aufhören? Das regt mich auf."

Larus hielt mit beschämtem Blick im Wippen inne, dem Auf- und Abwippen aus seiner gehockten Haltung heraus. „Verzeih, Mia ... ähm, Eure Hoheit, natürlich."

„Soll ich dich hauen?" Sie blitzte ihn mit ihren blauen Augen an. „Nenn mich gefälligst nicht ,Hoheit'."

„Ähm ... Verzeihung ... Klar doch, ich bin nur nervös."

„Ich auch. Aber siehst du mich hier herumwippen?"

„Echt? Du bist nervös? Du?"

„Was glaubst du? Immerhin habe ich mein Eiverständnis zu dieser Rettungsmission gegeben. Das Leben und die Gesundheit all derer, die hieran teilnehmen, liegt in meiner Verantwortung. Sowohl die Leben unserer Soldaten als auch die der Bewohner Halls. Und Tanmirs Leben ..."

„Ach, um Tanmir mach dir keine Sorgen. Der lässt sich doch nicht von so ein paar Armleuchtern kaltmachen."

„Das stimmt zwar, aber trotzdem werde ich mir erst keine Sorgen mehr um ihn machen, wenn ich an seiner Seite kämpfe und ich ihm den Rücken decke."

„Eure Hoheit", meldete sich mit verlegener Stimme General Franck Golbert, der hinter ihr gestanden war. „Seid Ihr wirklich sicher, dass Ihr Euch diesem Kampf anschließen wollt?"

„Ihr erwartet doch wohl keine Antwort auf diese Frage, oder, General?"

„Aber ... Eure Hoheit, Ihr seid zu wichtig. Ihr dürft nicht an so einem Kampf teilnehmen. Wenn Euch etwas zustößt ..."

„Ich kann auf mich aufpassen."

„Oja", erhob Larus die Stimme. „Das kann sie. Ich hab's gesehen. Und ich sage Euch, General, da gab's was zu sehen."

Golbert schüttelte mit verzogenem Mund und gerunzelter Stirn den Kopf. „Ich kann das weiterhin nicht gutheißen. Hoheit, die ganze Rebellion ..."

„Wir haben schon darüber gesprochen, General", fiel Mia ihm ins Wort, leise, aber auf eine Art und Weise direkt, dass der alte Feldherr genau heraushören konnte, dass er an dem Entschluss seiner Herrin nichts zu ändern vermochte. „Ich werde kämpfen. Darum bin ich hier."

Der alte, graubärtige Soldat seufzte geschlagen. „Aber bitte, Hoheit, gebt Acht auf Euch."

„Keine Sorge, General", sagte Larus amüsiert, der sich mit seinem Gerede selber Mut machte und die Nervosität bekämpfte – wirksam bekämpfte. „Macht Euch über Mia keine Gedanken. Sorgt Euch eher über die Südreicher, die sich ihr in den Weg stellen. Ach, und wenn sie erst bei ihrem Tanmir ist, dann haben wir eh schon so gut wie gewonnen. Wartet's ab."

„Euer Wort in den Ohren der alten Magier, Herr Larus." Franck Golbert konnte sich nicht vorstellen, wie zutreffend Larus' Garantie war – noch nicht. Gerade war er einfach nach wie vor nicht damit einverstanden, dass die Prinzessin selbst an diesem Kampf teilnehmen wollte.

Noch ein paar Momente herrschte angespanntes Schweigen, ein Gänsehaut erregendes Schweigen. Es war die sprichwörtliche Ruhe vor dem Sturm.

„Prinzessin! General!", zischte plötzlich leise Hauptmann Paul Belford, der unweit vor ihnen positioniert war. „Seht! Das Signal!"

Mia verengte die Lider, erblickte eine Fackel, die hin und her geschwenkt wurde, direkt in dem bei der aufziehenden Morgendämmerung leicht erkennbaren Ausguck neben dem Haupttor.

„Tanmir hat's geschafft", grinste Larus. „Nicht, dass ich je daran gezweifelt habe."

Mia zog ihren Saarass vom Rücken. Das Zischen der aus der Scheide sausenden Zwergenklinge erfüllte die Herzen der Rebellen mit Mut wie ein geblasenes Schlachthorn.

„Wir greifen an", befahl die Prinzessin Isteriens. „Vorwärts!"

Sie näherten sich laufend, aber nach wie vor schweigend, ohne sich mit Kampfschreien zu motivieren. Noch verhielten sie sich ruhig.

Erst als sie das geöffnete Haupttor Halls durchdrungen hatten, wurden sie lauter, riefen ermutigend, wetzten die Waffen. Die ersten Patrouillen der Südreicher wurden ohne Federlesens niedergemäht.

Mia schloss sich den in die Straßen ausschwärmenden Rebellen nicht an, sondern machte sogleich Elathril ausfindig.

„Elathril!"

„Eure Hoheit." Die Elfin, die gerade von der Leiter zum Ausguck heruntergeklettert war, verneigte sich.

„Wo ist Tanmir?"

„Er befindet sich beim Haus des Vogtes, direkt südlich. Ich begleite Euch."

„Ich ebenso!", meldete sich General Golbert.

„Ich auch, aber Hallo!", setzte Larus hinzu.

Es ging los. Und lange unbemerkt blieben sie natürlich nicht. Nachdem sie an nur zwei Straßenkreuzungen vorbei waren, erklang vom Glockenturm der nahen Kapelle das Alarmsignal der Besatzer aus Südreich.

Tanmir war der erste, der aus dem Haus des Vogtes stürmte. Feinde gab es hier keine. Aber sein feines Gehör machte Kampflärm im nördlichen Stadtteil aus.

„Ausschwärmen!", befahl Hauptmann Berceau. „In nördlicher Richtung! Kesseln wir diese südreicher Hunde ein!"

Die befreiten Rebellen bestätigten es mit kraftvollen Rufen.

Tanmir lief den anderen rasch davon. Er musste schnellstmöglich zu Mia. Auf dem Weg über die morastige Straße sah er, dass aus ein paar der Wohnhütten Soldaten Südreichs stürmten. Allem Anschein nach hatte man manche der Häuser zu Quartierzwecken für die südreicher Soldaten beschlagnahmt, die Einwohner – wenn sie denn die Eroberung Halls überlebt hatten – sicherlich aus ihren Heimen geworfen.

Soweit Tanmir es konnte, vermied er Kämpfe, überließ die Feinde den ihm folgenden Rebellen. Er durfte keine Zeit verlieren Mia zu finden.

Und er fand sie ziemlich schnell – naja, er lief auch ziemlich schnell. Als er eine fünfstufige Treppe hinabgesprungen war – wobei diese Treppe lediglich aus fünf in Stufen angeordneten Holzbrettern zwischen gepresster Erde bestand –, erreichte er einen offenen Platz, allem Anschein nach den Marktplatz, da sich hier auch das Schafott mit dem Pranger befand – etwas, dass es zu König Friedberts Zeiten nie in Isterien gegeben hätte.

Hier fanden sie sich.

„Mia!"

„Tanmir!"

Die Klinge ihres Saarass' war tatsächlich noch mit keinem einzigen Tropfen Blut beschmiert. Wie auch Tanmir war Mia, ohne sich auf irgendwelche Kämpfe zu konzentrieren, direkt in seine Richtung gerannt, um zu ihm zu gelangen. Wie auch er hatte sie sich dabei einen gehörigen Vorsprung vor ihren Verbündeten erarbeitet.

„Warum hat das solange gedauert?", fragte er scherzhaft, nachdem sie sich flüchtig umarmt hatten.

„Ich wollte es dir nicht zu einfach machen", antwortete sie mit einem zynischen Lächeln.

Von überall her war nun Klingengeklirr, verstärkter Atem, Rufe und Geschrei zu hören. Die Schlacht um Hall tobte in vollem Gange. Wenn es wirklich mal welche der Zivilisten wagten, einen Blick aus ihren Wohnstätten zu werfen, riefen die Rebellen sie sofort an, in ihren Häusern zu bleiben und dort Schutz zu suchen. Allerdings gab es da auch nicht wenige mutige Zivilisten, die mit Knüppeln oder Messern bewaffnet den Kampf gegen die Besatzer unterstützten.

„Da vorne!", hörten die beiden eine aufgeregte Stimme. Südreicher in den charakteristischen schwarz-weißen Waffenröcken ihres Heimatlandes kamen aus den vor ihnen liegenden Gassen auf den Markplatz gelaufen.

Mia und Tanmir stellten sich sogleich in Positur, bereit zum gemeinsamen Kampf. Und da fiel den beiden auch erst auf, dass sie nun zum ersten Mal seit ihrer Trennung im Juni in der Nähe des Flusses Mara wieder Seite an Seite kämpfen mussten. Obwohl es die aktuelle Situation nicht gerade erlaubte, erfüllte das die beiden heißblütigen Kriegerseelen mit Vorfreude.

„Meinst du, wir haben's noch drauf?", fragte Tanmir diabolisch lächelnd.

„Finden wir's raus", antwortete Mia auf dieselbe Weise.

Sie wetzten ihre Schwerter und stürzten sich gemeinsam der Welle an Feinden entgegen, die auf sie zuschritt.

Tanmir begrüßte den ersten Gegner sogleich mit einem Wurfmesser, rannte auf den zweiten zu, wirbelte herum und wehrte dessen Schwerthieb zur Seite ab. Noch in der gleichen Drehung zog er das Schwert entgegengesetzt nach und riss es dem Krieger über den Hals. Mia war mit einem kraftvollen Sprung vorausgeprescht, durchbohrte ihren ersten Feind, drehte sich und jagte die Klinge des Saarass' auf Bauchhöhe quer durch den Gambeson eines Feindes, welcher dem zwergischen Stahl keinen Widerstand zu bieten vermochte. Dann sprang sie direkt hinter ihren Geliebten und fing einen weiteren Angreifer mit tödlichem Konter ab. Tanmir warf das nächste Messer und beförderte es einem anderen Südreicher ins Auge. Er drehte sich, riss sein Schwert nach oben, schützte die hinter ihm stehende Mia vor einem feindlichen Schwerthieb. Die junge Kriegerin schwang herum und schlitzte dem sie angreifenden Gegner den Bauch auf. Sie glitt wieder zurück, direkt hinter Tanmirs Rücken, deckte ihn gegen einen Axtkämpfer, dem sie den Arm abschlug, noch während der zum Schlag ausholte. Sie ließ sich sofort in die Knie sacken, wusste sie, was kommt. Tanmir wirbelte herum, zog das Schwert aus dem Schwung hinterher, das genau über Mia hinweg surrte, und machte dabei den Armlosen auch zu einem Kopflosen. Mia drehte sich beim Aufspringen um die eigene Achse und stach einem weiteren chancenlosen Feind, der sich auf Tanmir stürzen wollte, ihr Schwert in den Rücken, während ihr Geliebter zwei Messer zwischen seine Finger nahm und beide in einer Bewegung genau unter die Helme in die ungeschützten Stellen der Hälse zweier gerade aus einer Seitenstraße getretener südreicher Soldaten schleuderte.

General Golbert, der die Prinzessin endlich eingeholt hatte, beobachtete sie und Tanmir während seines eigenen Kampfes gegen auftauchende Gegner aus dem Sichtwinkel. Und alles, was er sah, verschlug ihm fast den Atem. Der junge Larus hatte ja ausführlich von den Kampffähigkeiten dieser beiden gesprochen, Golbert selbst hatte die Prinzessin damals bei Hofe mit dem Schwert trainieren sehen und selten ein solches Talent im Schwertkampf bemerkt. Aber das, was er hier und jetzt sah, übertraf alle seine Erwartungen.

Es war, als sei die lange Zeit ihrer Trennung nie gewesen. Mia und Tanmir deckten gegenseitig ihre Flanken, schützten sich vor den feindlichen Attacken, parierten für den anderen gegnerische Angriffe. Das junge Paar kämpfte immer noch so perfekt aufeinander abgestimmt, dass es keinerlei Durchkommen gegen ihre gemeinsame Deckung gab, trotz der Überzahl ihrer Feinde. Wie früher warfen die beiden sich immer wieder verführerische Blicke zu, die das gegenseitige Verlangen aufeinander nach der zurückliegenden langen Trennung ins schier Unermessliche steigerten.

Die Überzahl der Feinde hatte sich rasch verflüchtigt. Die übrigen erkannten, dass ihnen als einziger sinnvoller Schachtzug nur die Flucht blieb. Der letzte Südreicher, der es dennoch mit der Konfrontation versuchte, fiel durch Tanmirs vorletztes Wurfmesser, noch ehe er in Mias Reichweite gelangen konnte, welche ihm den Rücken zugewandt hatte.

Das junge Paar blickte sich leicht außer Atem um. Der Boden um sie herum war schwarz-weiß von toten Feinden.

„Wie's aussieht, können wir es noch", schmunzelte Tanmir.

Mia sagte nichts. Sie brauchte nichts sagen. Ihr Blick und ihre Augen sagten alles.

Sie hielten es nicht aus. Inmitten der Schlacht und der Leichen, mitten auf der blutgetränkten dreckigen Straße fielen sie sich in die Arme und küssten sich leidenschaftlich, begehrlich und verzehrend. Die Welt um sie herum existierte für eine kurze Weile nicht mehr.

Nach einem Augenblick kam jedoch abermals ein Südreicher aus einer Seitengasse hervor. Er überlegte nicht lange und schwang das Schwert zum Angriff.

Tanmir öffnete ganz leicht ein Auge, erspähte ihn. Ohne seinen von Mias Munde zu trennen, griff er an seine Hüfte, holte sein letztes Wurfmesser hervor und schleuderte es dem anstürmenden Soldaten unters Kinn, der daraufhin krachend zu Boden ging.

Einen leidenschaftlichen Moment später löste sich Mia genüsslich von seinen weichen Lippen und blickte ihren Geliebten aus ihren saphirblauen Augen an.

„Angeber", schmunzelte sie.

Tanmir nahm die Augenbrauen hoch und zuckte mit den Schultern.

Franck Golbert atmete erleichtert tief durch, dachte erst, die beiden hätten den letzten Soldaten nicht bemerkt.

„Da haben sich ja wirklich zwei gefunden", keuchte hinter ihm die Frau Hauptmann Sophie Berceau lächelnd, die die beiden auch gesehen hatte.

„Sieht so aus", sagte Golbert mit leicht fassungsloser Stimme. Doch sofort gewann die Beherrschtheit seiner vieljährigen Kampferfahrung wieder Oberhand. „Wir müssen die Situation unter Kontrolle bringen, Hauptmann. Rückt Ihr weiter westlich vor. Ich bleibe bei der Prinzessin."

„Zu Befehl, General."

Die Rebellen schwärmten weiter aus, sicherten nach und nach die Straßen und

Gassen, Ecken und Winkel Halls, reinigten sie von den südreicher Besatzern.

Allen voran die heldenhafte Prinzessin Maria Anastasia und ihr Favorit Tanmir.

Als endlich das Ende der Kämpfe eintrat, war es schon hell. Der Morgen erwachte mit einer roten Sonne, passend zu dem Blut, das in der kürzlich vergangenen Zeit vergossen wurde. Die Sonnenstrahlen schmolzen den Tau auf Wegen und Holzböden. Die von Blut und Leichen besudelten Straßen wurden vollständig matschig und die einer solchen Stadt ohne reinigendes Kanalisationssystem eigenen unangenehmen Gerüche stiegen auf, gesellten sich zu dem Geruch von Blut und Tod.

Die gefangenen Südreicher, diejenigen Feinde, denen die Flucht nicht gelungen war und die sich für die Gefangenschaft statt für den Tod auf dem Schlachtfeld entschieden hatten, wurden auf dem Marktplatz zusammengepfercht, umgeben von Rebellen, die sie mit stoßbereiten Speeren und Hellebarden nachdrücklich daran erinnerten, ja keinen aufmüpfigen Kampf- oder Fluchtversuch zu unternehmen.

Allmählich wagten sich auch die Zivilisten heraus, die sich bis jetzt in ihren Heimen versteckt hatten. Ihnen hatte die eingetretene Stille eindeutig signalisiert, dass die Kämpfe vorüber waren. Jetzt war es an der Zeit festzustellen, was los war. Und sie stellten fest, dass General Franck Golbert in eigener Person über die Straßen Halls marschierte. Sie stellten fest, dass augenscheinlich die Raffinesse und Tapferkeit des Generals die südreicher Eindringlinge aus Hall vertrieben hatten. Sie stellten aber auch fest, dass dem General eine junge Kriegerin vorausging. Eine junge Frau mit über die linke Schulter geflochtenen blonden Haaren, einem blutbefleckten Schwert in der Hand und mit großen, durchdringend blauen Augen. Sie stellten fest, dass diese junge Frau einen Mann bei der Hand hielt, der in seiner anderen Hand ebenso ein Schwert mit vom Blute rot gesprenkelter Klinge gegriffen hatte.

Mia schlenderte über die Straßen, den Saarass in der einen Hand, Tanmirs Hand in der anderen. Sie war erschöpft, aber erleichtert. Eine blutige Schlacht lag hinter ihr, eine ganz andere Art Kampf, wie sie noch nie einen hatte führen müssen. Auch mit einer ganz anderen Intention dabei. Und eben die Erfüllung dieser Intention, nämlich die Befreiung der Bürger der Stadt Hall, sorgte für ihre momentane Erleichterung, welche ihr half, die hinter ihr liegende blutrünstige Schlacht zu verarbeiten.

Mia sah die angsterfüllten Zivilisten wie diese vorsichtig aus ihren Häusern traten. Es waren die Spuren der zurückliegenden Kämpfe, was sie mit Angst erfüllte, nicht die Krieger auf den Straßen Halls, nicht die Rebellen. Denn diese erkannten die Einwohner wieder.

Doch sie schienen auch Mia wiederzuerkennen. Die junge Frau erkannte es in den Augen vieler von ihnen. Es waren die gleichen Blicke, mit denen man sie auch in Shrebour angesehen hatte. Zugegeben, niemand von diesen Leuten kannte das Gesicht der Prinzessin Isteriens, aber sie wussten um die einzigartige

Erscheinung ihrer Monarchin. Es war ein Gefühl, das sich über sie legte, ein Gefühl der Hoffnung, ein Gefühl des Glaubens. Nein, es war kein Gefühl, das sich nur aus der gedanklichen Flucht vor der Angst vor dem Feind und der ungewissen Zukunft zusammensetzte. Es war kein Gefühl, das nur die aussichtslose Situation, in der sie lebten, überdecken sollte. Nein. Es war ein Gefühl, das tatsächlich an eine realistische bessere Zukunft glauben ließ. An eine Zukunft, die durch diese junge Frau personifiziert wurde.

Dieses Gefühl, diese Hoffnung und aufflammende Stärke in den Herzen der Leute war wahrhaftig. Es war nachhaltig. Es war echt. Es ermöglichte den Glauben an das Unmögliche.

Und es war ein Gefühl, welches – was niemand wissen oder auch nur ahnen konnte – ein wenig von Magie und unterbewusster Telepathie befeuert wurde.

„Eure Hoheit." Auf dem Marktplatz mit dem Schafott erreichte sie General Golbert. Er trat vor, verbeugte sich tief vor ihr. „Euer Plan war erfolgreich. Wir haben Hall von den Besatzern befreit. Ein paar Südreicher haben wir gefangen genommen, der Rest ist geflohen."

Mia atmete tief durch, schaute über die Gesichter der Einwohner Halls. Sie sah darin sowohl die Furcht aufgrund der zurückliegenden Ereignisse und der abschwellenden Aufregung als auch die Erleichterung über den Sieg der Rebellen. Sie sah nickende Gesichter. Sie sah dankbare Gesichter. Von Männern, Frauen, Alten und Kindern.

Mia spürte, dass sie auf dem richtigen Weg war.

„Das war nur der erste Schritt, General", sagte sie. „Jetzt müssen wir diese Leute nach Shrebour eskortieren, bevor südreicher Verstärkungstruppen oder die Strafexpeditionen anrücken. Bitte veranlasst alles Nötige und klärt die Leute darüber auf. Sie sollen nur das Nötigste an Vorräten mitnehmen, und was sie unbedingt brauchen. Besorgt alle Karren und Wagen, die sich in Hall finden lassen, legt Gepäck, Verwundete und Schwache darauf. Wir müssen Shrebour erreichen ehe Südreichs Verstärkung eintrifft."

„Jawohl, Eure Hoheit."

„Herr Tanmir", sagte Franck Golbert. „Auf ein Wort."

Der junge Krieger nickte.

„Zu Beginn unseres Vorhabens hier in Hall hatte ich große Bedenken, dass die Prinzessin selbst an der Befreiung teilnimmt. Ich gestehe, ich hege auch jetzt noch diese Bedenken, sollte sich die Prinzessin nochmals in einen Kampf wagen. Sie ist zu wichtig für die Rebellion. Wenn es nach mir ginge, würde Ihre Hoheit in Shrebour in Sicherheit bleiben, fernab jedweder Kampfhandlungen."

Tanmir verzog schelmisch grinsend das Gesicht. „Ich empfehle Euch dringend, General, Euch das aus dem Kopf zu schlagen."

Golbert seufzte lächelnd. „Ich befürchte, da habt Ihr recht. Eben aus diesem Grunde möchte ich Euch sagen, Herr Tanmir, dass mir dank Euch ein Großteil meiner Sorgen um die Sicherheit Ihrer Hoheit nun genommen ist. Ich habe Euch und Prinzessin Maria zusammen kämpfen gesehen. Und ich habe Euch allein kämpfen gesehen. Ich weiß nicht, wo Ihr Eure Geschicke erlernt habt, aber ich habe niemals in meinem Leben solches Kampftalent gesehen. Mit Euch an Marias Seite, bin ich beruhigt. Ihr habt mein Vertrauen."

„Ich danke Euch."

„Nein, ich danke Euch, Herr Tanmir. Denn dank Euch weiß ich unsere Prinzessin auch in Kampfsituationen wie heute in Sicherheit. Bei Euch, Herr Tanmir, ist die Prinzessin wahrlich in den besten Händen."

„Seid versichert, General", gelobte Tanmir mit eindringlicher Stimme, „solange ich lebe, werde ich an Mias Seite sein und sie verteidigen. Und wenn es dies erfordert, auch mit meinem Leben."

Nach drei Tagen war der Zug aus Haller Flüchtlingen und Rebellen zurück in Shrebour. Nach *nur* drei Tagen. Franck Golbert hätte nie erwartet, dass die entkräfteten Einwohner Halls sich so schnell hätten fortbewegen können. Doch die Heldentat um die Befreiung der Stadt beflügelte die Leute und befähigte sie zu Leistungen, die über ihren Kräften standen. Sie hatten ihre Kraft und ihren Überlebenswillen wiedergefunden und quälten sich mit allem und mehr, was sie aufzubringen schafften, nach Shrebour, unterstützt von den Kriegern der Rebellion und – wie sich für die Haller nun tatsächlich erwies – der aus dem Exil zurückgekehrten Prinzessin höchstselbst, die diesen Befreiungsplan ausgeklügelt und angeführt hatte. Und die sich unablässig und inständig um die wandernden Zivilisten kümmerte.

Sie wurden mit höchsten Freuden empfangen, mit beinahe ekstatischer Freude. Es gab gewiss nicht wenige Personen in Shrebour, die erwartet hätten, die aufgebrochenen Rebellen, General Franck Golbert und die zurückgekehrte Prinzessin nicht mehr wiederzusehen. Dieser gegenteilige Anblick bescherte ihnen nun ein unvergleichliches Glücksgefühl.

Die Huldigungen und Heldenrufe für die junge Prinzessin und ihre sagenhafte kühne Tat sowie ihren selbstlosen Einsatz für ihr Volk ließen eine Welle der Euphorie durch Shrebour fließen. Niemand, weder jung noch alt, weder gesund noch krank, weder stark noch schwach, blieb in den Häusern. Alle kamen sie auf die Straßen, und wenn sie sich von Verwandten tragen oder stützen lassen mussten. Sie alle wollten die Prinzessin sehen, die jetzt schon mythischen Status innehatte. Erst wie von den Toten aus dem Exil auferstanden, dann eine Stadt befreit und deren Bewohner vor einer Strafexpedition gerettet. Diese junge Frau war bereits jetzt eine Heldin.

Auf dem Marktplatz hielt der Heldenzug inne. General Franck Golbert war der erste, der zwischen den Anführern der Befreier Halls Worte fand. Gerührte Worte, was das jubelnde Volk Isteriens in ihm auslöste.

„Es ist gewiss Jahre her, dass ich unser Volk in Shrebour so gesehen habe", sagte er leise.

„Wenn überhaupt jemals so", erwiderte Heerführer Gerard Larcron. „Es ist etwas geschehen, Franck. Etwas hat die Menschen erreicht. Irgendeine Kraft hat uns alle überkommen, von der wir nichts ahnen konnten, und von der wir nichts wissen."

„Es ist diese junge Frau, die über uns gekommen ist. Es ist ihre Kraft, ihr Mut und ihre Stärke, die jeden von uns schon jetzt fortwährend beflügeln. Es ist ihr Verdienst. Dieses Mädchen ... hat etwas Besonderes an sich. Das hatte sie als kleines Kind schon, und jetzt umso stärker. Sie hat etwas an sich, das, so glaube ich, über unseren Verstand und über das uns Erfassbare hinausgeht."

Franck Golbert konnte ja nicht ahnen, wie sehr er damit richtig lag. Wie recht er mit seiner Vermutung über Mia hatte, die erst vor einigen Wochen im Grorutgebirge, auf dem Gipfel des Ruath ar Groruth gewesen war, dem Ort dieses Kontinents mit dem stärksten Wirken der Magie. Ja, der graumelierte Militärmann wusste wahrlich nicht, wie recht er hatte.

Relevant war dies hier und jetzt allerdings nicht. Hier und jetzt zählte nur die Wirkung, die die junge zurückgekehrte Prinzessin entfaltete. Und diese Wirkung bot wahrlich ein nie dagewesenes Szenario in Shrebour seit den schwierigen Zeiten vor dem Staatsstreich. Sehr lange war es her, dass Shrebour sich so zusammen erhob, dass verschiedene Spezies zusammenstanden, die alle Einwohner Isteriens waren, vereint im Glauben an eine Zukunft und berechtigter Hoffnung auf ein Leben in Freiheit.

Da stand sie nun, die junge Söldnerin Mia, dank der allein nun diese Freude Shrebour überkam. Sie war es, dank der es zu dieser Stimmung gekommen war. Ihr Herz schlug schnell, sie hielt Tanmirs Hand sehr fest, welche sie die ganze Zeit über nicht losgelassen hatte. Sie schaute sich um, erkannte an der Hauswand des ehemaligen Rathauses ein paar gestapelte Kisten und Fässer. Und da meldete sich etwas in ihr, das eindeutig durch das königliche Blut in ihren Venen hervorgerufen wurde.

Mia sah zu Tanmir, wies ihn mit dem Blick an, ebenfalls zu den Kisten und Fässern zu schauen. Daraufhin trafen sich ihre Blicke abermals. In Mias saphirblauen Augen lag eine Frage. In Tanmirs blau-grünen Augen lag, gepaart mit einem entschlossenen Lächeln, die Antwort.

Mia erwiderte das Lächeln ihres Geliebten und ließ seine Hand, die sie unablässig festgehalten hatte, nun doch los. Sie ging sicheren Schrittes zum Rathaus, gefolgt von den Augen Larus', General Golberts, des Heerführers Larcron, der Hauptleute Berceau und Belford und vielen mehr. Dann sprang sie auf die Kisten, stellte sich in dieser erhöhten Position gerade und aufrecht in stolzer Haltung hin.

Hier oben hatte sie nun alle Aufmerksamkeit. Doch niemand der Isterier hier auf den Straßen Shrebours fragte sich mehr, wer diese junge Frau war. Jeder wusste es inzwischen. Und ein jeder verstummte nun in seiner Freude, gespannt auf die Worte der rechtmäßigen Thronfolgerin ihres Landes.

Jetzt, da sie hier oben stand, in direktem Blickwinkel aller Umstehenden, von ihnen allen angeschaut, spürte Mia die Welle von Aufregung, die sie einnahm. Das Blut pochte ihr in den Schläfen, das Adrenalin vervielfachte das Tempo ihres Herzschlages. Es verschlug ihr beinahe die Sprache, doch die Gene ihrer Familie setzten sich letztendlich durch – auch wenn noch ein kleiner ermutigender Blick Tanmirs dabei half.

Mia atmete durch und, ohne weiter darüber nachzudenken, begann auf die Weise, auf die auch ihr Vater seinerzeit stets seine Reden ans Volk begonnen hatte.

„Mitbürgerinnen und Mitbürger Isteriens, meine Schwestern und Brüder", rief sie laut.

Alle hörten ihr zu. Alle. Zivilisten und Rebellen.

„Vor drei Tagen ist in Hall ein blutiger Kampf zu Ende gegangen. Es betrübt mich euch mitzuteilen, dass dieser Kampf noch lange nicht der letzte sein wird. Noch viele Kämpfe müssen gefochten werden, um das zu erreichen, was wir alle uns wünschen. Frieden. Unabhängigkeit. Freiheit.

Einige von euch habe ich schon kennenlernen dürfen, längst nicht alle. Und sicherlich fragen sich einige von euch, wer ich bin. Von denen, dies es wissen, fragen sich gewiss manche, ob es wirklich stimmt. Nun, ich will euch sagen, wer hier vor euch steht und zu euch spricht."

Sie ließ kurzzeitig die Spannung wirken. Es war so still, dass man den schwachen kalten Wind hören konnte, der durch die Straßen und Gassen Shrebours wehte.

„Ich bin Maria Anastasia Bellegard d'Autrie, Tochter des ermordeten Königs Friedbert IV. und der ermordeten Königin Elena. Jahrelang hieß es, auch ich sei tot. Doch das ist nicht wahr. Ich habe das Massaker vom Löwenpalast, die schrecklichste Nacht meines Lebens, nur knapp überlebt und war seit dem verschollen, weit weg von meiner Heimat, aus meinem Zuhause vertrieben. Über sieben Jahre lang. Doch nun war es lange genug des Exils. Ich bin nach all dieser Zeit nun hierher in mein Heimatland zurückgekehrt. Ich bin zurückgekehrt, um euch, meine Landsleute, meine Schwestern und Brüder in ihrem Kampf für ihre Freiheit und ihr Leben zu unterstützen. Ich bin hier, um an eurer Seite zu stehen."

Manche blickten sich verdutzt an. Andere murmelten, manchmal skeptisch, oftmals hoffnungsvoll. Wiederum andere nickten. Die meisten aber, da natürlich fast jeder Mia bereits gesehen hatte und wusste wer sie war, schauten stolz und mutig.

„Es ist wahr", rief laut und eindringlich General Franck Golbert in die von Mut machender Spannung knisternde Stille hinein und nahm raschen und adretten Schrittes Aufstellung neben den Kisten, auf denen Mia stand. Er hatte sich entschieden, auch ein paar Sätze an seine Leute zu richten, um selbst die letzten Zweifler von der Identität seiner Herrin zu überzeugen. „Auch wenn es viele von euch noch nicht glauben mögen, kann ich an jene nur appellieren, dies anzuerkennen. Denn es ist die Wahrheit. Vor uns steht die wahre Thronerbin unseres Reiches. Ihre Hoheit Maria Anastasia Bellegard d'Autrie. Vertrieben und gejagt von den Mächten, die unser Land unterjochen, ist sie nun zurückgekehrt, um uns in unserem Kampf um unser Land, unser Leben und unsere Freiheit zu unterstützen. Und mit der Befreiung Halls, hat sie dies bereits eindrucksvoll begonnen. Darum sage ich Euch allen: Wer *mir* bisher gefolgt ist, der soll nun dieser jungen Dame hier folgen. Auch ich tue es. Ich verbürge mich für diese junge Frau. Nein, mehr noch. Ich gebe mein Leben für sie. Denn sie ist nicht unsere Prinzessin ... Sie ist unsere Königin."

Zahlreiche staunende Blicke, viel zuversichtliches und zustimmendes Nicken.

„Ich danke Euch für Eure Worte, General Golbert", antwortete Mia für jeden hörbar und an alle gerichtet. „Aber ich möchte dazu sagen, dass ich nicht hierher zurückgekehrt bin, um Königin zu werden. Ich bin nicht hier, um mir meinen Thron zurückzuholen. Ich bin auch nicht hier, um zur Herrscherin Isteriens zu werden. Nein. Ich bin hier, um für mein Volk zu kämpfen. Nicht als Anführerin, nicht als Kommandeurin, die aus sicherer Entfernung die Befehle gibt. Ich bin hier, um in vorderster Reihe zu kämpfen. Ich bin hier um *für* euch und *mit* euch zu kämpfen!"

„Das ist wahr!", erschallte plötzlich die Stimme eines der Rebellensoldaten. Seinem Ruf schlossen sich augenblicklich viele weitere an, die auf die Heldentat von Hall und den Kampf der jungen Monarchin anspielten.

„Und ich will euch sagen", fuhr Mia mit starker Stimme fort, „dass die Befreiung Halls und Errettung seiner Einwohner vor den südreicher Strafexpeditionen nur der Anfang war. Wir werden weitermachen, weitere unserer Dörfer und Städte von den Besatzern befreien. Wir werden Stück für Stück unser Land und unser Volk befreien. Ich hatte in den letzten Tagen die Ehre, viele von euch kennenzulernen. Ich habe euren Mut gesehen, euren Kampfgeist, eure Entschlossenheit. Ich bitte euch: Haltet daran fest! Haltet an diesen großartigen Eigenschaften fest! Denn eben dadurch kann die Befreiung unseres Landes gelingen. Nicht in einem Tag, nicht in einer Woche oder einem Monat, aber eines Tages gewiss. Wenn wir alle zusammenstehen und nicht aufgeben, können wir das schaffen. Und ich versichere euch, auch wenn ihr mich noch nicht gut kennt, ich werde nicht aufgeben. Ich werde so lange kämpfen, bis unser Ziel erreicht ist. Das verspreche ich euch allen und euren Nächsten."

Angefangen bei den Kriegerinnen und Kriegern begannen die Leute zu applaudieren und ihr anerkennend zuzurufen.

Als Mia weitersprach, verstummten das Klatschen und das Rufen. Man wollte ihre Worte hören.

„Auf dem Marktplatz in Hall habe ich einen Pranger gesehen. Ich gebe euch mein Wort, dass es ein solches dreckiges Strafwerkzeug in Isterien nie wieder geben wird!" Mia sprach laut weiter, beflügelt von den wieder aufkommenden Zurufen der Hörer. „Denn das ist unser Land! Nicht das des Verräters Texor oder des Königs Sigmund von Lichtenhaus! Es ist unser Isterien! Und unser Isterien war immer ein Land der Gerechtigkeit und Würde, ein Land des Volkes, ein Land der Volksherrschaft. Wie es bereits unter meinem Vater und Großvater war. Und genau das soll es auch wieder sein! Doch dafür müssen wir alle zusammenstehen!"

„Jaaa!"

„Jawohl!"

Laute Jubelschreie und Applaus.

Mia dämpfte dies mit einer beschwichtigenden Geste. „In jener Nacht des Massakers vor sieben Jahren hat man mir alles genommen. Mein Zuhause, meine Eltern, ja mein ganzes Leben. Wie auch jeder von euch habe ich in jener Nacht viel, zu viel verloren. Ihr habt alle viel zu viel verloren. Wir können nicht zurückholen, was man uns nahm. Gewiss wird es für immer anders sein, nie wieder so, wie es einst war. Aber trotzdem gibt es etwas, das wir uns zurückholen können: Unser Leben, unsere Freiheit! Für uns, unsere Nächsten und unsere Nachkommen!"

Die wieder geschwind gewachsenen Ovationen ließen nicht mehr nach. Mia musste viel lauter sprechen, um gehört zu werden.

„Und so wahr mir die Alte Magie helfe, werde ich alles dafür tun, damit jeder von euch, die ihr so viel gelitten habt, euer Leben und eure Freiheit zurückerlangt! Ich werde alles dafür tun, dass diejenigen, die in dieser abscheulichen Zeit den Tod fanden, Gerechtigkeit erfahren und auf ewig in Frieden ruhen können! Ich werde alles dafür tun, dass diejenigen, die für all dieses Leid verantwortlich sind oder sich daran bereichert haben, ihre gerechte Strafe erhalten werden! Ich werde in eigener Person für euch und ein Isterien in Frieden und Freiheit kämpfen! Oder bei dem Versuch sterben!"

Donnernder Jubel und Applaus.

Und in diesem donnernden Jubel und Applaus schaltete sich General Franck Golbert ein, der Oberste der Rebellionsführung und Hüter der Freiheit Isteriens, der ehemalige Kommandant der königlichen Leibgarde. Er musste sich zunächst aber räuspern, erfüllt von einer Gänsehaut, welche durch die Worte seiner Herrin ausgelöst wurde. „Wir werden Euch folgen, Eure Majestät!", rief er, neigte vor Mia das Haupt und drehte sich dann zu den stolzen Isteriern, mit einem Ausruf, der rasch, sehr rasch von allen Anwesenden wiederholt wurde. „Die Königin Isteriens!"

„Die Königin Isteriens!"

„Die Königin Isteriens!"

„Die Königin Isteriens!"

Die als Königin angerufene Mia verzog keine Miene, stand sicher und fest. In ihrem Gesicht und ihrer Körperhaltung war nicht der kleinste Funken einer angespannten oder nervösen Regung zu sehen. Und das obwohl sie innerlich pulsierte wie ein wogendes telekinetisches Kraftfeld, obwohl ihr Herz raste wie früher beim Ausdauertraining mit Bär oder Frithjof, obwohl es ihr so absurd vorkam, dass man sie mit ‚Königin' anrief.

Nichts konnte man ihr von ihrer Nervosität und ihren aufgewühlten Gefühlen in diesem Moment ansehen. Gar nichts davon.

Es gab nur eine einzige Person, die es sehen konnte. Nur eine. Nur Tanmir konnte sehen und fühlen, wie es in Mias Innerem in diesem Moment wirklich aussah.

Nur ihr Tanmir.

Seit diesem Tag titulierte man sie nicht mehr ‚Prinzessin', man titulierte sie

‚Königin'. Wie es General Franck Golbert begonnen hatte, so sagten es jetzt alle Isterier in Shrebour. Sie nannten sie ihre Königin. Die Königin Isteriens. So riefen sie sie.

Wie es der Grundsatz der Demokratie ist, welche in den Verwaltungsebenen und Staatsstrukturen Isteriens schon lange vor Friedbert IV. eingeführt wurde, geht alle Macht vom Volke aus. Gemäß dem Willen des Volkes wurden noch am gleichen Tage alle Formalitäten abgeklärt, es waren alle erforderlichen Personen vor Ort, allen notwendigen Etiketten konnte folgegeleistet werden – wenn auch ohne sonderlichen Prunk. Denn ein jeder stimmte darin überein, dass diese Heldin, die binnen weniger Tage wieder Leben in das Herz Isteriens gebracht hatte, den ihr zustehenden Titel offiziell erhalten musste.

Mia ging das bei Leibe alles viel zu schnell, schließlich war sie niemals hierhergekommen, um Königin zu werden. Doch sie war beherrscht und bedachtsam genug, um die Situation mit der nötigen Ruhe und Gelassenheit zu behandeln. Sie war nun einmal, wer sie war. Ihr war im Grunde schon seit mehreren Tagen klar, dass man sie hier offiziell zur Anführerin machen wollte, zur Königin. Nun ja, sie war die Thronerbin Isteriens, sie war die Königin. Und wenn es das Volk Isteriens so wünschte, wenn es *ihr* Volk so wünschte, würde sie sich dem nicht verschließen, obwohl es eigentlich nicht das war, was sie wollte – tja, so war es schon bei ihrem Vater gewesen: Ein König trägt Pflichten und Verantwortungen gegenüber seinem Volk, die er erfüllen muss, auch wenn er es bei der einen oder anderen nicht wollte.

Das Wichtigste für die junge Frau war allerdings, dass ihr Status nichts an ihr selbst verändern würde, nichts an ihr als Person und auch nichts an ihrem Vorhaben sowie ihren Taten. Ob man sie nun ‚Königin' und ‚Majestät' nannte, sie war und blieb die Söldnerin Mia mit ihrem Schwert auf dem Rücken. Sie würde diesen Kampf mit ihrem Saarass in ihren eigenen Händen ausfechten, würde selbst an vorderster Front stehen und für ihr Volk kämpfen. Sie würde trotz aller Huldigungen und Ehrungen sie selbst bleiben.

Es wurden keine Kräfte und Mühen gescheut und alles für eine Krönungsfeierlichkeit vorbereitet. Sodass noch am gleichen Abend Maria Anastasia Bellegard d'Autrie, die Heldin von Hall, die Retterin und Beschützerin ihres Volkes von Isterien, förmlich und feierlich zur Königin gekrönt wurde – obwohl die Krönung ohne goldene Krone und lediglich in Form eines Ritterschlages durch das Schwert von General Franck Golbert erfolgte. Denn es ging hierbei um die Symbolik. Und diese war unmissverständlich.

Die vollen Straßen Shrebours knieten vor ihr nieder. Sie knieten vor der Majestät Maria Anastasia Bellegard d'Autrie, Erste ihres Namens, in Shrebour gekrönt.

Das Volk kniete vor seiner Königin.
Das Volk kniete vor Mia.
Es kniete vor der Königin Isteriens.

XXXIV

Rebellischer Winter

Die Ereignisse von Hall verbreiteten sich wie ein Lauffeuer in Isterien. Man konnte fast sagen, wie ein wortwörtliches Lauffeuer. Ein Feuer, das die Hoffnung, den Mut und die Kraft im Volk Isteriens wieder neu entfachte.

Die Prinzessin war zurückgekehrt. Die Königin war zurückgekehrt. Die rechtmäßige Königin Isteriens – Ihre Majestät Maria I. Anastasia Bellegard d'Autrie von Shrebour.

Das war der Weckruf, den die Leute dieses gebeutelten Landes brauchten. Es war der Tropfen, der das Fass zum Überlaufen brachte. Es war der Impuls, der die Lawine auslöste.

Die Königin selbst hatte die Bürger von Hall gerettet. Sie selbst in vorderster Front. Sie selbst, in eigener Person, kämpfte für ihre Untertanen, für deren Wohl und Freiheit. Durch ihr beherztes Eingreifen hatte sie Hall und dessen Bewohner vor dem grausamen Schicksal der Strafexpedition bewahrt, sie vor Folter und Tod gerettet. Die Königin, die selbst lange Jahre im Exil um ihr Leben fürchten musste, zögerte nicht, sich für ihr Volk selbstlos einzusetzen und es zu beschützen.

Der Funke, der bei Mias Erscheinen am Anfang noch entzündet wurde, hatte sich binnen Kurzem zu einem Brand entwickelt.

Immer öfter begannen die Einwohner Isteriens sich zur Wehr zu setzen. Man verwies Steuereintreiber der südreicher Verwaltungen und Präfekturen seiner Häuser. Man beleidigte südreicher Wachen, bewarf sie mit Dung, ebenso wie die Häuser von Südreich zugeneigten Personen oder die Wohnstätten südreicher Adliger und Vorsteher. Nachbarschaften unterstützten sich gegenseitig, wenn größere Gruppen von Wachen erschienen. Sie bewaffneten sich mit Sicheln, Mistgabel, Dreschflegeln und Äxten, stellten sich geschlossen zusammen.

Und auf einmal wurden sich die Schultheißen, Präfekten und Steuereintreiber im Dienste der neuen Regierung Isteriens bewusst, dass sie weit in der Unterzahl waren. Sie wurden sich bewusst, dass sie selbst mit ihren Soldaten im Rücken nicht gegen die Kraft und Einigkeit des einfachen Volkes ankommen konnten. Und wenn sie es doch versuchten, floss Blut auf beiden Seiten. Blut, was die Einigkeit der Isterier nur noch mehr schürte.

Es begann abermals, wie einst vor Jahren, zu Aufständen der einfachen Bevölkerung zu kommen, die sich gegen die Obrigkeit auflehnten. Und obwohl die Obrigkeit besser bewaffnet war, konnte sie gegen den neu entdeckten Mut und die Entschlossenheit der zahlenmäßig weit überlegenen Isterier letztendlich nichts mehr ausrichten. Im ganzen Land begannen sich die Leute gegen die Unterdrücker auflehnen. Selbst in der Hauptstadt Rema wurde es für diejenigen, die Südreich aktiv unterstützten, allmählich unangenehmer und unsicherer. Die bei der Stadt gesammelte Hauptstreitmacht der Armee Generalfeldmarschall Steinhands sah sich regelmäßiger mit aufmüpfigen Bürgern und Jugendlichen konfrontiert, mit problematischen Verpflegungsbesorgungen und Beschaffungen anderen Nachschubes. Außerdem verschwanden immer mehr Leute aus Rema, verschwanden in Richtung Norden, dorthin, wo die Rebellen über die meisten Gebiete den Einfluss innehatten.

Die Rebellion in Shrebour selbst fand neuen Zulauf – Männer, die den Umgang mit dem Schwert lernen wollten; Frauen, die ihre Nächsten und sich mit Pfeil und Bogen verteidigen wollten; und auch Krieger, die mal Teil der Rebellion gewesen waren, sich aber aus Furcht vor Südreich von dem Freiheitskampf abgewendet hatten. Isterier, die für ihre Freiheit kämpften, sich und ihre Lieben beschützen wollten. Und das taten sie.

Doch damit war es an Zulauf noch lange nicht genug. Innerhalb weniger Tage schlossen sich zwei völlig unerwartete Verbündete dem Kampf der Rebellion an.

Die erste Gruppe war eine Handvoll Zwerge. Das war auf den ersten Blick nicht ungewöhnlich, denn immerhin kämpften schon einige Zwerge unter den Rebellen. Die Besonderheit war allerdings, dass es sich bei diesen Neuankömmlingen um Zwerge handelte, die kein Geheimnis daraus machten, der berüchtigten Bolgura-Familie anzugehören.

Gewiss sorgte das zunächst für eine furchtsame Atmosphäre auf Shrebours Marktplatz. Doch der Zwerg Arutos, Mitglied der Rebellenführung, löste die Spannungen. Bei einigen der erschienenen Zwerge handelte es sich um enge Verwandte. Und nicht nur das. Es stellte sich heraus, dass der Zwerg, der die grimmigen Bolguras anführte, ein alter Bekannter von Larus und Tanmir war. Und der erkannte natürlich auch die beiden wieder – was ihn beträchtlich verdutzte. Es war Koldur, einer der engsten Vertrauten Gronbar Bolguras, des Kopfes der isterischen Familie – und einer der Zwerge, der damals im August in Fronbourg anwesend war, als Larus und Tanmir beinahe im Gartenteich Gronbars ertränkt worden waren.

Koldur erklärte ohne viele Worte, dass der Bürgerkrieg schlecht fürs Geschäft sei und die südreichischen Gesetze und deren Bürokratie den Bolguras gehörig nervende Stacheln im Fleisch waren. Die isterische Bolgura-Familie wolle daher dazu beitragen, diesen Konflikt zu beenden und Südreich aus Isterien zu vertreiben. Koldur, der selbst nicht aktiv an den Kämpfen teilnähme und hier nur als Botschafter in Erscheinung trat, kündigte an, dass sich in den nächsten Tagen mehr ihrer Leute in Shrebour einfinden würden. Zudem würde er die Rebellen mit Waffen und Verpflegung versorgen und versicherte, dass sie stets auf die Unterstützung der Bolgura-Familie zählen könnten – für die Zeit des Krieges, versteht sich.

Zwar hegte die Rebellionsführung Zweifel an den Absichten der kriminellen Zwerge, doch offenbarte sich hier dennoch ein sehr wertvoller Verbündeter im Angesicht des derzeitigen Bürgerkrieges. Die angekündigte Unterstützung enthielt einen großen Wert für die bevorstehenden Kämpfe. Zudem verbürgte sich Arutos offiziell für seine Sippe, schaffte gegenseitiges Vertrauen. Arutos, der trotz Verwandtschaft kein Mitglied der Mafia-Familie war, erklärte zudem scherzhaft, dass alle Zwerge irgendwo miteinander verwandt seien und man sich seine Sippe ja nicht aussuchen könne. Das Problem seien nur die Fälle von Zwergen – was das ungebührliche Verhalten mancher von ihnen erkläre –, wo Mama und Papa Geschwister sind.

Der Scherz brach das Eis und wurde allgemein sehr gut aufgenommen. Auch wenn man die im Scherze verschleierte bizarre Wahrheit in Arutos' Worten zumindest ein wenig argwöhnen konnte.

Wen die Unterstützung der Bolgura-Zwerge verwundert hatte, der musste eigentlich vor Verwunderung das Bewusstsein verlieren, im Hinblick auf die zweite Gruppe, die Shrebour wenige Tage später aufsuchte. Orks.

Der hochgewachsene alte Häuptling als Oberhaupt der Gruppe, mit Wolfspelz sowie orkischem Knochenschmuck behängt und mit gleich drei gewaltigen Hauern im Unterkiefer, suchte stellvertretend für mehrere Ork-Clans die Anführer der Rebellen auf und erklärte mit wenigen aber freundlichen Worten, die Königin sprechen zu wollen.

Zunächst sorgte auch das Erscheinen dieser Neuankömmlinge für etwas Verwirrung. Doch auch das legte sich schnell, sobald Mia das Gespräch mit dem Ork annahm und seinen Worten lauschte.

Die Orks, die grundsätzlich eine friedvolle Spezies sind, litten ähnlich wie die Isterier unter der aktuellen Situation. Südreich hatte in den letzten Jahren bereits viele ihrer Dörfer in der Wildnis überfallen und ausgeräuchert, viele Orks getötet und noch mehr in die Flucht gezwungen. Für die Ork-Clans war mit Mias Rückkehr nun die Gelegenheit gekommen, sich offen der Rebellion anzuschließen und gegen den gemeinsamen Feind zu marschieren. Der Ork-Häuptling gelobte der isterischen Königin Maria für die Zeit des Krieges die Treue seines Volkes und untermalte dies gemäß orkischer Tradition mit Blut, indem er sich mit einem Messer in die Handfläche schnitt. Weitere Orks aus ganz Isterien würden diesem Rufe folgeleisten.

Mia ehrte und bedankte sich für den Einsatz der Orks, gab ihr Wort, diesen Eid als erfüllt anzusehen, sobald Südreich besiegt sei, woraufhin die Orks sich wieder in Frieden in die Wildnis zurückziehen könnten. Und als Mia dann plötzlich ein paar freundliche Worte auf orkisch zu dem Häuptling sprach, die sie noch von Turtog in Erinnerung hatte, erfüllte das sichtlich das Herz des alten Ork-Oberhauptes. Auf diese faszinierende Weise entwickelte sich sogleich eine tiefe Vertrauensbasis, die für die bevorstehenden Kämpfe einen gewaltigen Wert innehaben würde.

Wie auch bei den Bolgura-Zwergen zuvor, sorgte die Beteiligung der Orks an der Rebellenbewegung für zusätzliche Motivation und Hoffnung innerhalb Shrebours.

Zwei neue mächtige Verbündete bereicherten die Kraft der Rebellion. Ein Bündnis aus verschiedenen Parteien, deren Motive zwar völlig unterschiedlicher Natur waren, aber die dennoch in ihrem gemeinsamen Ziel vereint und verbündet waren. Dem gemeinsamen Ziel der Freiheit vom Unterdrücker aus

Südreich.

Die Rebellionsführung um General Franck Golbert sowie die frisch gekrönte Majestät Maria I. schöpften aus der Kraft der Einwohner Isteriens, ihrer Kriegerinnen und Krieger sowie der Zwerge und Orks, die sich ihnen angeschlossen hatten, Möglichkeiten ihren Partisanenkrieg auf ein neues Niveau hinauf zu führen. Immerzu wagten sich Abteilungen der Rebellen von Shrebour aus ins Landesinnere, befreiten kleinere Dörfer und Weiler von den Besatzern, nahmen Gefangene, um an Informationen zu gelangen. Sie überfielen Kommando- und innere Grenzposten, fingen Transporte des Feindes ab. Alles in Allem sorgten die Rebellen für nach und nach spürbaren Schaden der militärischen und aristokratischen Führung in Isterien.

Die Definition der klassischen, in Militärdoktrinen bezeichneten ‚Diversion im Hinterland'. Ein militärischer Fachbegriff auf dessen Ausführung hohe Strafen standen, die in der aktuellen Situation aber nicht vollzogen werden konnten. Der Winter war gekommen. Schnee und Frost schränkten die Möglichkeiten der Armee Südreichs erheblich ein. Diese Jahreszeit war seit eh und je ein Ausschlusskriterium für erfolgreiche Operationen einer jeden großen Armee. Südreichs Truppen waren gegenüber den bewaffneten Rebellen zwar unverändert in der Überzahl, konnten sie aber diese Überzahl im Winter nicht für ihren Vorteil nutzen. Den Rebellen indes bot der Winter die perfekte Chance, um aus dem Hintergrund zuzuschlagen, dem Feind kleinen aber kontinuierlichen Schaden zuzufügen – welcher sich mit der Zeit zu unangenehmen und durchaus nicht unerheblichen entwickelte. Beim Vorgehen der Rebellen boten ihnen Bäume und Wälder Versteck, aus denen heraus sie immerzu attackierten und schließlich wieder verschwanden, stets die offene Konfrontation vermeidend.

Ein Partisanenkrieg.

Dabei bekamen die Rebellen immer mehr Unterstützung aus dem Volk. Die Bewohner Isteriens boten ihnen Nahrung, Unterkunft und Schutz vor der Kälte. Und Versteck vor Verfolgern. Ihnen selbst war die Anwesenheit der Königin Lohn genug. Denn diese war stets in vorderster Linie anzutreffen. Ihre Majestät Maria I. kämpfte tapfer in der ersten Reihe, ging voraus und führte ihre Guerillas in den Partisanenkrieg. Sie schickte niemanden vor, sondern kämpfte in eigener Person für ihr Land und ihre Untertanen. Mit ihrem Auftreten und ihrer Courage weckte sie selbst in dem ängstlichsten und eingeschüchtertsten Bürger Isteriens den Mut zum Kampf gegen den Besatzer. Mit ihrem Auftreten und ihrem Kampfgeist milderte sie spürbar das Unbehagen selbst in dem misstrauischsten und skeptischsten Isterier, welcher Zweifel gegenüber der Rebellion, dem Namen der Königsfamilie und der Person der zurückgekehrten Maria Anastasia Bellegard d'Autrie hegte. Denn diese junge Frau schaffte Vertrauen in ihrem Volk. Und dieses Vertrauen war die größte und mächtigste Waffe, über die die Rebellion verfügte. Jene Waffe sorgte für den wachsenden gewaltigen Vorteil der Rebellen gegenüber den südreicher Besatzern.

Der Wandel im Lande Isterien hatte nicht nur begonnen, er war in vollem

Gange.

Und natürlich erfuhr auch der Truchsess Vindur Texor von der Rückkehr der rechtmäßigen Königin von Isterien und dem Aufschwung der Rebellion.

„Königin von Isterien ..." Der Druide hatte die Fersen auf die Tischplatte gelegt, die Arme vor dem Bauch gegriffen. „Ihre Majestät Maria I. Bellegard d'Autrie. Von Shrebour, als ihrem Krönungsort. Maria I. von Shrebour. Was sagt man dazu?"

„Herr ..." Der Offizier, der seinem Truchsess die aktuelle militärische Ausgangssituation schilderte, war sich nicht sicher, ob seine Nachricht wirklich angekommen war. „Wir befinden uns in nicht ungefährlicher Bedrängnis. Wir können jetzt bei Schnee und Frost keine Truppenbewegungen riskieren. Zu groß sind die Risiken von Erfrierungen und Epidemien. Und unterdessen überfallen kleinere Abteilungen der Rebellion immerzu unsere Posten und Transporte. Diese Überfälle nehmen rasant zu, die Rebellen wagen sich weit in unser Terrain. Darüber hinaus berichten unsere Späher, dass sich stets mehr Isterier bei den Rebellen melden, um diese aktiv zu unterstützen. Täglich kommen neue Rekruten nach Shrebour, aus allen Winkeln Isteriens. Bei dieser Entwicklung ... Die Rebellion könnte uns bis zum Frühjahr an Mannstärke nahezu ebenbürtig sein. Dazu kommt die Bevölkerung, die unseren Truppen stetig stärker zusetzt. Immer öfter kommt es zu aufrührerischen Handlungen, es kommt zu Kämpfen und zu Todesfällen. Wir haben nicht die Männer und Ressourcen, um auch zukünftig flächendeckend die Kontrolle zu behalten. Die Bevölkerung drängt uns zurück. Viele unserer Anhänger wurden schon aus Dörfern und kleineren Städten vertrieben."

Texor lächelte verträumt. „Déjà-vu ..."

„Wie meinen, Herr?"

„Ach, nichts."

„Also ... Wie lauten Eure Befehle?"

„Warum fragt Ihr mich das?", keifte Texor den Offizier an. „Richtet Euch an Euren obersten Vorgesetzten, den Generalfeldmarschall. Der ist für die militärischen Operationen zuständig."

„Aber ... Ihr seid der Truchsess, mein Herr ... Ich bin hier, um Eure Befehle dem Herrn Steinhand zu überbringen ..."

„Meine Befehle lauten, auf das Wort und die Kompetenz Generalfeldmarschall Steinhands zu vertrauen."

Der Soldat setzte noch zu einem Satz an, begann aber nicht zu sprechen.

„Das wäre dann alles", wimmelte Texor den Mann ab. „Ihr dürft gehen."

Der Offizier und sein ebenfalls anwesender, aber schweigsamer Begleiter verneigten sich, verließen das Büro und schlossen hinter sich die Tür.

„Habt Ihr das gehört, Eisenheim?", fragte Texor.

Der riesige kahlköpfige Skande, mit dem dichten Bart und dem entsetzlich verunstalteten Gesicht, trat aus dem Schatten hervor.

Manche von Texors Lakaien und Anhängern hatten sich schon gefragt, warum

Eisenheim noch immer in Texors Diensten stand. Sie fragten sich, warum er diesen nicht schon lange zum Teufel geschickt hatte und sich weiterhin mit dieser ellenlangen Suche nach einem Mädchen befasste. Sie fragten sich, weshalb der Skande nicht schon lange wieder seiner Wege gegangen war, stattdessen aber auch jetzt noch bei Texor herumhing. Was sie dabei nicht wussten war, dass diese Angelegenheit für Eisenheim nicht mehr nur ein Auftrag war, dass es dem Skanden nicht mehr nur um die Bezahlung ging, durch die ihm ein luxuriöses Leben bis ins hohe Alter winkte. Nein. Für Eisenheim hatte sich die Sache zu einer persönlichen Angelegenheit entwickelt. Seit ihm Tanmirs Vampirfreundin das Gesicht zerfetzt hatte, ging es ihm um mehr als nur Geld. Seit ihm das junge Paar entwischt war, was für das Ego des Auftragsmörders ein schwerer Schlag war, sah er es als einen Wunsch zur persönlichen Genugtuung, die beiden in die Finger zu bekommen. Er wollte Tanmir und sein Mädchen leiden sehen. Vorher würde er nicht eher Ruhe geben. Der herrschende Krieg in Isterien war ihm dabei einerlei.

„Ist es nicht faszinierend, wie das Schicksal spielt?", fragte der Truchsess mit Blick aus dem Fenster, wohinter sich einer der ersten Dezembertage dieses Jahres dem Ende zuneigte. Es war zwar schon spät, aber dennoch hell wegen des kürzlich gefallenen Schnees. Die Felder waren dicht von einer weißen Schicht bedeckt. Lediglich die Straße, die vom Alten Schloss d'Autrie weg- beziehungsweise zum Alten Schloss hinführte war braun und matschig, ausgefahren von Wagen, plattgetreten von Stiefeln und Hufen. „Da sind uns Maria und Tanmir doch tatsächlich entwischt. Uns durch die Finger geschlüpft. Nicht nur, dass sie sich inzwischen wiedergefunden haben, nein, sie haben sich nun sogar der Rebellion in Isterien angeschlossen. Hmm … Sie hätten überall hingehen können, hätten auf Nimmerwiedersehen verschwinden können, meinetwegen ins Elfland. Sie hätten sich in Sicherheit bringen können. Aus der Reichweite der Hände aller ihrer Verfolger. Aber was tun sie? Sie kommen ausgerechnet hierher nach Isterien. In die Höhle des Löwen. Faszinierend."

„Die Prinzessin, das heißt jetzt wohl die Königin, befindet sich aktuell in Shrebour", sagte Eisenheim. „Von dort koordiniert sie diverse Vorstöße der Rebellen auf südreicher Kommandoposten oder Transporte, führt solche auch selbst an. Doch wie der Soldat gerade schon sagte, wird Steinhand keine Truppenbewegungen in diese Richtung befehlen, jetzt bei Winter. Er lässt eher Bataillone hierher nach Rema ziehen, um sie gesammelt in Sicherheit zu wissen. Aber damit beschert er den Rebellen anwachsenden Spielraum. Mit anderen Worten: Diese Zirkustruppe der Königin wird immer stärker, die Königin selbst wird immer besser geschützt."

„Das weiß ich doch Eisenheim."

„Dann verstehe ich Eure Logik nicht, Herr Texor. Maria ist in Shrebour, wird Tag und Nacht bewacht. Und das nicht nur von ihrem Liebhaber. Es besteht für uns kaum keine Möglichkeit an sie heranzukommen. Oder …" Eisenheim verstummte, überlegte. „Ach so ist das", begann er zu verstehen.

„Die Berichte erwähnen", sagte Texor, „dass es immer öfter zu Aufständen kommt, dass die Rebellen größeren Zulauf haben und mehr Einflussgebiete gewinnen, dass sich die Bevölkerung gegen uns auflehnt. Kurz gesagt, dass wir schwächer werden und die Rebellion um unsere bemerkenswerte junge Königin stärker wird. Ich halte das unter dem Aspekt, dass sich Maria in Shrebour befindet für eine gute Nachricht." Texor lächelte. „Wisst Ihr auch, Eisenheim, warum das eine gute Nachricht ist?"

Der Skande atmete genervt durch die Nase aus. Er hatte es schon begriffen. „Wollt Ihr wirklich von mir die Antwort hören? Oder wollt Ihr sie nicht einfach selbst geben?"

Texor gab die Antwort selbst. In seinem üblichen überheblichen Ton, den er so gerne von sich selbst hörte. „Ihr versteht richtig, Eisenheim. Ich bin ein Freund der Rebellion, jetzt da sie ihre wahre Anführerin gefunden hat. Sollen die tapferen Recken dort in Shrebour ruhig Fortschritte machen, sollen sie sich ihr Land zurückholen. Mich langweilt die Arbeit des Truchsesses schon seit Jahren. Denn umso stärker die Rebellion wird, desto schwächer wird Südreichs Einfluss in Isterien."

„Lasst mich raten" – Eisenheim verschränkte die Arme vor der Brust –, „Ihr wollt das gleiche Spiel wie vor etwa elf, zwölf Jahren wieder spielen. Ihr wollt sabotieren, unterschlagen und schwächen. Bis zum ausartenden Staatsstreich. Nur diesmal nicht Isteriens Volk, sondern seinen Besatzer Südreich. Das ganze wieder von vorn, nur anders herum, ja?"

„Ganz richtig."

„Und ich soll mich wieder, wie damals, daran beteiligen?"

„Ich mag, wie Ihr denkt, Eisenheim. Habe ich Euch das schon einmal gesagt? Aber nein, das verlange ich vorerst nicht von Euch. Ich glaube nämlich nicht, dass Eure Dienste hierzu wirklich notwendig sind. Und sind wir mal ehrlich, dafür seid Ihr viel zu überqualifiziert. Nein, wir lassen die Dinge einfach geschehen. Wenn die Rebellion erstarkt, kommen sie zweifellos näher an uns heran, sprich Maria kommt näher zu mir. König Sigmund mag über die Entwicklungen in Isterien erbost sein, aber mir passen sie hervorragend. Ja, die Königin wird ganz von selbst zu mir kommen. Je stärker ihre Freiheitskompanie wird, desto näher kommt sie zu mir. Und zu mir wird sie früher oder später müssen." Er kicherte kurz und böse, mit geschlossenem Mund. „Und dann werde ich bereit sein."

„Also warten wir?", fragte der skandische Auftragsmörder.

Texor lehnte den Kopf an die Stuhllehne. „Wir warten, Eisenheim. Wir warten."

Sie war die Königin. Nicht die Prinzessin, sondern die Königin.

Obwohl man sie schon seit ein paar Wochen mit ‚Eure Majestät' und nicht mehr mit ‚Eure Hoheit' ansprach, mit ‚Königin' und nicht mehr mit ‚Prinzessin', hatte sie sich immer noch nicht ganz an diese Formalitäten gewöhnt. Es war ihr nach wie vor unangenehm. Aber sie war nun einmal wer sie war. Dies war ihr Titel, der höchste Titel. Und dem hatte sie gerecht zu werden. Für die Rebellion.

Für das Volk Isteriens. Für ihre Familie und den Namen Bellegard d'Autrie. Auch für sich selbst.

Trotzdem war dieser Status nicht der einfachste für die junge Frau. Daher genoss sie ihre freie Zeit, von der sie nicht mehr so viel hatte und die sie natürlich immer mit ihrem Tanmir verbrachte, umso mehr. Denn bei ihm konnte sie einfach nur sie selbst sein. Hier war sie keine ‚Majestät' oder ‚Königin'. Hier war sie einfach nur Mia, hier war sie einfach nur die Partnerin ihres Geliebten. Abgesehen vom Schlafzimmer. Im Bett machte sie es hingegen an, wenn Tanmir sie hin und wieder ‚Majestät' oder ‚meine Königin' nannte.

Was ihre Beziehung zu ihm anging, die innerhalb der Rebellion kein Geheimnis war, wurden tatsächlich auch schon Formalien an sie herangetragen. Immerhin war Tanmir der Mann an der Seite der Königin. Demzufolge kamen die alten Geschlechter Isteriens und Heraldiker aus ihren Verstecken gekrochen, welche sie seit der Machtübernahme durch Südreich nicht mehr verlassen hatten. In deren inneren Kreisen stieß diese Beziehung allerdings nur sehr bedingt auf Zuspruch. Schließlich war Tanmir nur ein Gemeiner. Ein Gemeiner an der Seite der Königin? Selbst im fortschrittlichen Isterien war dies nur schwer mit Adel und Aristokratie vereinbar. Doch als die Königin zum ersten Mal von diesen Schwingungen hörte und gar einmal darauf angesprochen wurde, änderten die hohen Damen und Herren ihre offiziellen Ansichten recht schnell. Es wurde sehr rasch bekannt, dass die Königin, wenn es um ihren Geliebten ging, keinen Spaß verstand und, wenn man über ihn sprach, gehörig aufpassen musste, was man sagte und wie.

Da sich folglich an der Tatsache, dass ein Gemeiner der Mann an der Seite der Königin war, nichts ändern ließ, musste umdisponiert werden. Tanmir, dem Gemeinen, gebührte als dem Favoriten der Königin ein ehrenvollerer Titel, damit man seine Stellung heraldisch akzeptieren konnte. Im Falle einer Eheschließung würde er zum Prinzgemahl ernannt werden – aufgrund seiner Herkunft könnte er niemals König sein. Doch da die Königin nicht mit ihrem Favoriten verheiratet war und eine Ehe auch nicht als erforderlich ansah – und es von allem anderen abgesehen in der aktuellen Situation wesentlich Wichtigeres zu tun gab als eine Eheschließung –, ließ man sich darauf ein, ihn als Prinzgemahl anzuerkennen und ihm diesen Titel offiziell zu verleihen. Mia begrüßte das, denn sie wollte, dass jeder wusste, wer er war. Insgeheim hofften dennoch ein paar Angehörige der alten Geschlechter, dass sich die heraldische Ungereimtheit namens Tanmir im Laufe dieses Krieges von selbst lösen würde. Viele spekulierten auch auf einen ihrer eigenen männlichen Nachkommen im Alter der Königin, welcher dann Tanmirs Platz einnehmen könnte.

Faszinierend, wie schnell sich die Probleme und Besorgnisse mancher Menschen ändern können. Vor einigen Wochen noch fürchteten diese Leute um ihr Leben. Jetzt machten sie sich schon Gedanken über das Königsgeschlecht nach dem Krieg – der beileibe nicht gewonnen war.

Tanmir bekam den unterschwelligen Trubel um seine Person zwar mit, reagierte darauf aber entweder mit mitleidigem Gelächter oder mit Ignoranz –

allgemein gesprochen viel ruhiger als seine bessere Hälfte Mia, die bald zur Furie werden konnte, je nachdem wie man von ihm sprach. Ihm war seine Stellung vollkommen egal. Für ihn zählte nur Mia und dass er an ihrer Seite war. Was immer sie plante oder durchführte, wo immer sie hinwollte oder was sie vorhatte, er würde ihr zur Seite stehen. Alles andere war unwichtig.

Was hingegen die Soldaten der Rebellion anging, gab es keinen Zweifel am Status' Tanmirs, ihrem Kommandanten. Er genoss den höchsten Respekt unter den Rebellen. Er galt unumstritten als der beste Kämpfer und erwies sich zudem als hervorragender Taktiker, verlässlicher Soldat und aufopfernder Mitstreiter. Mit ihm an der Seite zog jeder gern in den Kampf. Manchen rutschte sogar ein ‚Eure Majestät' heraus, da er als Mann der Königin annähernd ein König war. Und Larus nahm Tanmirs Status und Ruf immer gerne als Aufhänger dazu, genau zu betonen, der beste Freund eben dieses Mannes zu sein.

Tanmirs herausragende Kampftalente – Insonderheit die Wurfmesser – sorgten für große neidische Augen. Alle wollten von ihm lernen, wollten von ihm im Kampfe unterrichtet werden. Von Tanmir, der den Gerüchten nach bei den Elfen das Kämpfen gelernt hatte – Larus hatte natürlich nicht an sich halten können und das schnell ausgeplaudert. Nur wenige glaubten dieses Gerücht wirklich, aber alle glaubten an die unvergleichlichen Fähigkeiten Tanmirs.

Der junge Söldner ließ sich darauf ein. Bei dem Zulauf, den die Rebellen hatten, war es zwingend notwendig, dass die neuen Rekruten ausgebildet wurden. Und was war da besser, als vom Besten zu lernen? Tanmir fand nicht nur selbst Gefallen daran, sondern erkannte natürlich auch den Sinn darin: Umso mehr gut geschulte Krieger die Reihen der Rebellen füllten, desto stärker würde die Kampfkraft ihrer gesamten Bewegung. Zudem konnte er so die Frauen und Männer kennenlernen, mit denen er zu Felde zog.

Mia schaute oft mit einem Lächeln zu, wenn sie sah, wie Tanmir die Soldaten im Kampfe unterwies, wie er seine Fähigkeiten weitervermittelte. Naja, einen bescheidenen Teil seiner Fähigkeiten. Mia wusste, dass es nicht möglich war, seine gesamten Fähigkeiten jemandem beizubringen. Das jahrelange Training im Elfland war mit dem Training der Menschenwelt nicht zu vergleichen und hatte aus ihm einen vollkommen überlegenen Krieger gemacht. Seine Jahre allein in der Menschenwelt hatten diese Fähigkeiten nur noch mehr erweitert.

Die junge Schwertmeisterin selbst hätte gerne mal am Training teilnehmen wollen, doch ihre Pflichten als Königin nahmen sie vollends in Beschlag. Sie musste für ihr Volk da sein, musste repräsentativ auftreten. Viele Leute kamen mit Anliegen zu ihr, schon gar mit Wünschen und Hoffnungen für die Zukunft, mit Dankes- und Treuebekundungen. Mia hingegen ging selbst des Öfteren zu ihrem Volk, besuchte Lazarette und Hospitale, sprach Kindern und wehrlosen Erwachsenen Mut in diesen schweren Zeiten zu, versicherte ihren Kampfeseifer bei den kämpfenden Frauen und Männern. Sie sprach mit den Menschen. Und nicht nur den Menschen. Denn wie es schon seit Generationen in Isterien ist, leben viele verschiedene intelligente Spezies in Isterien und viele verschiedene Kulturen – auch wenn der Mensch natürlich die mit Abstand verbreiteteste

Spezies war. Viele Halblinge aus den ländlichen, grünen Gegenden im Norden. Zahlreiche Zwerge und Gnomen von den Carborass-Bergen jenseits des Zaron. Auch manch wenige Nockanen aus dem Osten, in den Gegenden der Ufer zum Klarsirischen Meer. Ein wanderndes Lupuss-Rudel. Orientale, ursprünglich von jenseits des Klarsirischen Meeres. Karamanen, ursprünglich von jenseits der Sandberge. Sie alle waren Kinder Isteriens, jeder erkannte Mia als die neue Königin an. Und zu guter Letzt hatte sich auch jeder neue Rekrut bei ihr vorzustellen und ihr den Treueeid zu leisten.

Obwohl es eigentlich ihre Bestimmung war, eine Königin zu sein – von ihrer geheim gehaltenen Identität als *Kind der Planeten* und Wiederentdeckerin der Magie mal abgesehen –, hatte Mia an diesem Leben jedoch wenig Interesse. Sie hatte sich verändert, war jemand anders geworden. Sie wollte frei und ungebunden sein. Sie wollte niemandem – außer Tanmir – verpflichtet sein. An ihrem Plan, mit ihrem Geliebten fortzugehen und sich ins Elfland zurückzuziehen, sobald das hier alles vorbei war – falls es einen guten Ausgang nähme –, hatte sich nichts geändert. Königin oder nicht.

Doch jetzt, zu dieser Zeit, in diesem Teil ihrer beiden Leben war es nun einmal wie es war. Sie waren offiziell Maria I. Bellegard d'Autrie von Shrebour, Königin von Isterien, und ihr Prinzgemahl Tanmir. Wer hätte das vor einigen Wochen, geschweige denn vor ein, zwei Jahren gedacht? Die beiden jedenfalls nicht.

Die kleine Flamme der Hoffnung, die in Shrebour und in Hall zu flackern begonnen hatte, brannte nun wie ein Flächenbrand in ganz Isterien, loderte über Isteriens Himmel wie ein Feuerwerk. Der in Schnee gehüllte Dezember war wie der endgültige Geburtsmonat der Rebellion, die sich plötzlich im ganzen Land in nie dagewesener Stärke erhob.

In Isterien wehten wieder die Flaggen mit dem stolz brüllenden Löwenkopf auf silbernem Grund.

In den Weilern, Dörfern und Städten wurde von den Heldentaten der mutigen Kriegerkönigin erzählt, deren Schwertkünste die eines jeden Mannes in den Schatten stellten. Marktschreier riefen zum bewaffneten Aufstand auf. Ganze Gruppen von Isteriern schlossen sich zusammen, um vereint stark gegen den gemeinsamen Feind vorzugehen. Viele bezahlten mit ihrem Blut dafür. Aber sie alle waren aufs Höchste entschlossen, für das zu kämpfen, was sie nach all den Jahren endlich sehen konnten.

Freiheit.

Spitzel und Zuträger, manchmal auch verhörte südreicher Gefangene besorgten den Rebellen Informationen über Transportzüge, welche ganz nach Partisanenart überfallen und ausgeraubt wurden. Boten mit Korrespondenzen über Schachtzüge des Feindes wurden abgefangen. Wenn Südreich die Rebellen indessen mit inszenierten Transporten oder mit möglichen militärischen Zielen in die Falle zu locken versuchte, schaute es jedes Mal in die Röhre. Die mutige Bevölkerung bescherte der Rebellion einen besseren Informationsfluss als jeder Geheimdienst. Sie war *das* Ass im Ärmel der Rebellion.

Zu offenen Schlachten kam es nie. Die Rebellen handelten verdeckt und aus dem Hintergrund heraus, sie kämpften wie Partisanen, wie Guerillas. Es wurden südreicher Militärlager überfallen und verwüstet, Vorräte und Waffen des Feindes geplündert. Mit der Beute aus den Kämpfen und Überfällen konnten nicht nur einerseits die eigenen Truppen besser versorgt und ausgerüstet, sondern auch den Bewohnern Isteriens geholfen werden. Mit Decken und Pelzen, Medizin, Verpflegung und Viehfutter.

Ein Partisanenkrieg wie er im Buche steht.

Die Rebellen hatten den immensen Vorteil der Motivation auf ihrer Seite. Sie wussten, wofür sie kämpften. Sie kämpften für ihr Land, für sich selbst, für ihre Nächsten. Die Soldaten Südreichs indes wussten es nicht. Sie waren nicht in ihrem eigenen Land, verteidigten nicht die Grenzen und Interessen ihrer Nation, kämpften nicht einmal direkt für ihren König, sondern nur für die Verwaltung eines fremden Landes, gegen die Bewohner jenes fremden Landes. Ein im Grunde unsinniger Kampf, dessen Erfordernis sie nicht verstanden. Sie waren entmutigt, von der Kälte des Winters und des Schnees entkräftet, unwillig zu kämpfen.

Diese Motivation der Rebellen machte den Unterschied. Die Rebellen kämpften wie die Teufel, selbst die aufständischen Bauern zerrissen sich furchtlos für die Auflehnung gegen den Eindringling aus Südreich. Binnen nur weniger Wochen war fast ganz Isterien wie aus einem tiefen Winterschlaf erwacht, erinnerte sich seines Nationalstolzes und seines Wunsches nach Freiheit.

Es war ein blutiger Winter. Oft färbte sich der makellos weiße Schneeteppich auf Isteriens Boden rot. Doch der Kampf war von unbändigem Willen auf eine bessere Zukunft erfüllt. Die Hoffnung auf eine solche Zukunft war zurückgekehrt. Und vor allem war der Glaube zurückgekehrt. Der Glaube daran, dass es gelingen könnte, dass die Rebellion tatsächlich siegreich sein und die Freiheit zurückgewonnen werden könnte.

So zogen die Wochen dahin.

Am letzten Abend diesen Jahres feierten die Rebellen daher ausgelassen, feierten den Übergang in den ersten Tag des neuen Jahres. Zum ersten Mal seit Jahren strahlte Shrebour wieder prächtige Laune, Zuversicht und Fröhlichkeit aus. Musik spielte, es tummelten sich glückliche Leute, tanzten, sangen, riefen, feierten.

Nur einer Person war an diesem Abend nicht so froh zumute wie es sein sollte.

„Was bedrückt Euch, Majestät?"

Mia hatte die Arme verschränkt, das Gesicht nachdenklich verzogen. Sie stand reglos mitten in einer dunklen Gasse, nahe des Hinterausgangs der Taverne, in der sie und einige der Rebellen ausgelassen feierten. Ein winterlicher kalter Wind wehte den Weg entlang.

„Majestät?", wiederholte General Franck Golbert, der ihre Stimmung natürlich richtig gedeutet hatte.

„Hm. ‚Majestät' …", sprach Mia ihm nach. „Ich hätte nie erwartet, dass man mich einmal so nennen, so ansprechen würde."

Der graubärtige Gründer der Rebellenbewegung lächelte. „Wenn ich ehrlich sein darf … Bis vor etwas mehr als zwei Monaten hätte ich nicht erwartet, Euch überhaupt je wieder anzusprechen. Wir haben uns anscheinend beide geirrt. Und darüber bin ich froh, meine Königin."

„‚Königin' …", murmelte sie. „Es ist immer noch seltsam für mich, wenn man mich so anspricht. Es fühlt sich … komisch an. Unnatürlich. Nach dem Tod meines Bruders war mir klar, dass ich irgendwann das Erbe meines Vaters würde antreten müssen. Dass ich die Bürde der Königin würde tragen müssen. Ich wusste das. Aber jetzt, da es tatsächlich soweit ist, ist es sehr komisch."

„Nun, Euer Weg zur Königin war auch von Hürden durchzogen, die nicht ihresgleichen haben. Ihr hattet einen langen, steinigen, oftmals schrecklichen Weg hinter Euch. Dieser Weg, diese Unterbrechung Eures vorherbestimmten Weges, hat einiges durcheinandergebracht. Ihr habt Euch verändert. Aber seid versichert, Majestät, ich habe Eurer Familie lange genug gedient, um zu behaupten, dass Ihr Euch Eurer neuen Aufgabe herausragend angenommen habt. Ihr macht das wirklich großartig, Majestät. In Eurem Alter, pah, da hätte ich nicht vor so vielen Leuten sprechen können, hätte kein Anführer sein können. Ich war ein kleiner Unteroffizier, der schon Lampenfieber bekam, wenn er seine Kompanie für den Hauptmann zur Musterung bereitzumachen hatte. Seht dagegen Euch an. Ihr sprecht vor Massen an Leuten, und das mit Worten, die einem ins Herz dringen, die einen an der Substanz erreichen. Ihr vermögt es, Hoffnung und Kraft jenen zu schenken, die keine mehr haben. Und das in Situationen, in denen es unmöglich scheint, Hoffnung und Kraft geben zu können. Doch Ihr vermögt das, Majestät. Euer Vater wäre sehr stolz auf Euch."

„Ich danke Euch für Eure Worte, General. Vergesst aber bitte nicht, dass Ihr dabei stets an meiner Seite steht. Dass Ihr mich immer mit Euren Worten und Eurem Rat unterstützt. Ich bin auf Eure Hilfe angewiesen."

Er verbeugte sich untertänig. „Das ist meine mindeste Pflicht. Ich bin lediglich Euer bescheidener Diener."

„Ihr seid mehr, General. Ihr seid mir wie ein Mentor. Und ich bin froh und geehrt, dass Ihr an meiner Seite seid."

Es verschlug dem altgedienten Soldaten die Sprache. Er wurde sogar rot, was aber in der düsteren Gasse zum Glück für ihn nicht zu sehen war.

„Ihr seid Eurem Vater so ähnlich, Majestät", sprach Golbert wieder, als er sicher war, dass er seine Sätze ohne wackelnde Stimme von sich geben konnte. „Ich sehe unheimlich viel von ihm in Euch. Ihr strahlt eine unbändige Autorität aus, gebt denen um Euch herum ein Gefühl von Sicherheit. Bei all Eurer Ausstrahlung und Intelligenz seid Ihr aber dennoch so bescheiden. Ihr habt es gesehen, Ihr hört es. Die großartige Stimmung der Leute hier, das habt Ihr zu verantworten. Ihr habt innerhalb von nur zwei Monaten aus gebrochenen Frauen und Männern Krieger gemacht, habt jenen einen Sinn gegeben, die keinen mehr für sich sahen. Man könnte fast sagen, es ist wie in dieser alten Prophezeiung, als sei die Magie zurückgekehrt. Doch ich weiß, dass das ausschließlich Euer Verdienst ist, meine Königin."

Mia verzog keine Miene, ließ nichts von sich erahnen, von ihrer Identität als *Kind der Planeten*. „Selbst wenn das alles stimmt, was Ihr sagt, General, bin ich mir dennoch nicht sicher, ob ich eine gute Königin sein würde. In Friedenszeiten meine ich. Ihr wisst, dass ich niemand bin, der den halben Tag auf seinem Thron hockt und sich die Probleme und Ansinnen von Adligen oder Bauern anhört, der Dekrete unterschreibt, Ratssitzungen leitet und irgendwelche hohen Herrschaften und deren Mätressen oder Günstlinge mit Kaffee und Kuchen bespaßt."

Franck Golbert lachte herzhaft auf. „Ja, das konnte Euer Vater auch nie ausstehen. Aber er meisterte es. Mit Perfektion. Wie Ihr es auch könnt, vermochte es Euer Vater, die Leute zu überzeugen und auf seine Seite zu ziehen. Und am Ende den genau richtigen Mittelweg zu finden, um jedem gerecht zu werden. Gleichberechtigt und gleichbehandelt. Vom Adelsmann bis zum kleinen Bauern. So war Euer Vater."

„Aber mein Vater ist bei Hofe aufgewachsen, kannte die Gepflogenheiten. Er ist nicht sieben Jahre durch den Kontinent gezogen, er hat in dieser Zeit nicht im Dreck geschlafen, sich nicht in Bächen gewaschen. Er hat nicht gesehen, was ich gesehen habe. Er hat nicht töten müssen, um zu überleben. Ich bin ein Vagabund. Was für eine Königin gebe ich denn ab?"

„Ich gebe zu, eine gewöhnliche Königin seid Ihr nicht. Ihr seid wohl die erste Königin in unserer Geschichte, die mit dem Schwert jene Partisanen in den Kampf führt, die sie unterstützen. Aber wer sagt denn, dass dies etwas Schlechtes ist? Ich bin ein alter Mann, meine Tage in diesem Zeitalter neigen sich dem Ende zu. Doch wer sagt, dass Ihr mit Eurer Art nicht eine ganz neue Form der Monarchin sein könnt? Wir leben im Dreizehnten Jahrhundert, preisen unsere Fortschrittlichkeit. Wo, wenn nicht bei einer Königin, soll diese Fortschrittlichkeit beginnen?"

„Oje, das kann ja was werden ..."

„Und außerdem", ergänzte Golbert gewichtig, „geben Euch Eure Erlebnisse einen zusätzlichen Vorteil. Ihr habt besondere Kenntnisse, kennt die Welt da draußen, kennt auch deren grausamste Seiten. Ihr wisst, wie es da draußen zugeht, wisst damit umzugehen. Über Eure Erfahrungen verfügt kein anderer Monarch. Dies kann Eure Regentschaft nur bereichern. Und schlussendlich profitiert unser ganzes Volk davon."

„Warten wir erst mal diesen Krieg ab. Wenn es ein ‚Danach' gibt, können wir ja an einer ungewöhnlichen und fortschrittlichen Königin mit besonderen Erfahrungen arbeiten. Möglicherweise ..." Mia schwindelte ihn mit einem etwas schlechten Gewissen an. Immerhin hatte sie ja ganz andere Pläne.

„Mit aller größtem Vergnügen, meine Königin."

Aus der Taverne trat ein Sturm von ausflippendem Gelächter. Jemand musste anscheinend für einen gewaltigen Lacher gesorgt haben, der die durchgängig gute Stimmung sogar noch einmal anhob. Nicht auszuschließen, dass das Larus war.

Wie auch immer er die Leute zum Lachen brachte.

„Darf ich Euch etwas fragen, General?", bat Mia, die in dieser zeitweiligen Schweigephase wieder sehr ernst geworden war.

„Aber selbstverständlich, meine Königin."

„Sagt mir, General, wie habt Ihr eigentlich das Massaker vom Löwenpalast damals überlebt? Ich dachte, Ihr wurdet getötet, wie meine Eltern und Meister Hurgo. Erst kurz vor meiner Ankunft hier hörte ich, dass Ihr der Anführer der Rebellion seid und damit überlebt haben müsst. Wie gelang Euch die Flucht?"

Abermals verschlug es Franck Golbert kurzzeitig die Sprache. „Nun ..." Er atmete tief durch. „Von Flucht kann nicht die Rede sein. Seinerzeit im Löwenpalast ... Ich und meine Männer taten alles, um die Eindringlinge vom Audienzsaal fernzuhalten, in dem Ihr und Euer Vater euch befandet. Jeder dieser Männer kämpfte wie ein rasender Teufel. Es war ein heilloses Gemetzel, ein pures Draufhauen mit Klingen, Knüppeln, Streitkolben und was weiß ich noch allem. Es war kaum etwas anderes zu sehen als Blut ... Wir hatten keine Chance. Ich hatte mit dem Leben abgeschlossen, hatte meinen Frieden gemacht. Ich hatte meine Aufgabe erfüllt, hatte das Königsgeschlecht mit meinem Leben verteidigt. Ich war bereit, dieses Leben nun endgültig hinzugeben. Die Angreifer überrannten uns schließlich. Ich bekam mit etwas sehr Schwerem einen Schlag gegen den Kopf und verlor das Bewusstsein. Ich erwachte mit Rauchgeruch in der Nase, mit dem Klang verzehrender Flammen in meinen Ohren. Ich vernahm den Gestank verbrennenden Fleisches ... Ich brauchte ein paar Augenblicke, aber ich begriff, dass ich auf einem Scheiterhaufen lag. Einem Scheiterhaufen von Leichen, welcher gerade angezündet wurde. So ist Südreich mit den Toten des Massakers verfahren. Sie haben sie gestapelt und verbrannt. Ich hatte Glück, dass ich oben auf gelegen hatte. Hätte man mich tiefer abgelegt, wäre ich unter dem Gewicht von Dutzenden Toden lebendig verbrannt. Oder gar erdrückt und erstickt. Es war später Abend. In dem dichten Rauch gelang es mir, von dem Berg an Leichen zu springen, ehe mir die Flammen den Weg versperrten. Die Dunkelheit bot mir Deckung, um unbemerkt zum Fichtenwald zu gelangen. Von da an hieß es: Rennen."

„Und Eure Verletzungen? Euer Auge?"

„Naja, das, wenn ich ehrlich bin, bemerkte ich erst kurze Zeit später. Ich realisierte zwar, dass mein Sichtfeld eingeschränkt war, beachtete es jedoch nicht weiter. Schmerzen hatte ich überall, mein zerschnittenes Gesicht machte da also nicht viel aus. Irgendwann ging es mir auf: Ich hatte das Licht meines linken Auges verloren. Versteckt, vom Fieber geheilt und zusammengeflickt hatten mich ein paar Bauern aus einem kleinen Weiler nördlich des Palastes. Aber ... ich war gebrochen. Ich hatte überlebt, hatte nicht mein Leben in den Diensten meines Königs gelassen. Mein König aber war tot. Zu Leben war für mich eine Schande und eine Strafe. So lebte ich nur so vor mich hin, lebte lange Zeit verborgen, als Säufer, Landstreicher und Bettler. Ich zog durchs Land, schnorrte mir die Groschen. Ich war im Geiste so entsetzlich schwach, dass ich nicht einmal den Mut fand, meiner erbärmlichen Existenz selbst ein Ende zu setzen ...

Doch mit der Zeit fand ich Gleichgesinnte. Männer, denen es so ging wie mir. Einer dieser Männer war der Heerführer Gerard Larcron. Zusammen bemerkten wir die Ungerechtigkeiten, die Südreich unserem Land antat. Zusammen begannen wir, den Mut zu entwickeln, gegen diese Ungerechtigkeiten vorzugehen. Wir bauten uns gemeinsam auf, sprachen uns gegenseitig Kraft zu. Und entwickelten schlussendlich wieder den Willen zu kämpfen. Wir waren noch am Leben. Dass für uns alle dieses Leben keinen Wert mehr hatte, änderte nichts daran, dass wir noch lebten und dieses Leben sinnreicher verbringen konnten. Sogar mussten. Wir machten im Grunde dort weiter, wo wir aufgehört hatten: Mit der Verteidigung unseres Landes. Eines Tages überfielen wir ein Lager südreicher Soldaten. So kamen wir an unsere ersten Waffen. Mit der Zeit schlossen sich uns weitere Leute an. Bei Weitem nicht nur ehemalige Soldaten, vor allem Leute, die durch Südreich viel oder gar alles verloren hatten. Und von solchen Isteriern fanden wir noch viel mehr in Shrebour. So wurde Shrebour eines Tages zu unserem Stützpunkt. Da unsere Anzahl mit der Zeit weiter anstieg, entschlossen wir uns zum offenen, bewaffneten Aufstand."

„Und so entstand die Rebellion."

General Franck Golbert nickte. „Es war ein merkwürdiger Kampf", gestand er schließlich. „Immerhin wussten wir gar nicht konkret, wofür wir kämpften. Ja, für eine bessere Zukunft, für unser Land. Aber … eine Zukunft konnten wir uns kaum vorstellen. Und unser Land war nicht mehr das, was es einst war. Doch eine Sache gab mir immerzu den Mut weiterzumachen."

„Was war es?"

„Ihr, Majestät. Ich wusste, dass Ihr damals entkommen wart. Ich glaubte fest, dass Ihr es geschafft hattet. Ich gab die Hoffnung auf Euer Überleben nicht auf. Denn letztlich wurde Eure Leiche niemals gefunden. Ich glaubte an Eure Rückkehr, so unwahrscheinlich diese auch war. Tja, und bei allen Arithmetikern und entgegen allen errechenbaren Wahrscheinlichkeiten: Ihr seid wirklich zurückgekehrt."

„Bin ich. Spät, aber ich bin es."

„Immer noch rechtzeitig. Wir sind noch nicht geschlagen. Und, wer hätte das gedacht, wir haben uns sogar höher erhoben, als wir es uns hätten wünschen können. Ein Zulauf so vieler Isterier von überall her, sogar Zwerge und Orks stehen uns unterstützend gegen Südreich zur Seite. Es ist fast nicht zu glauben, was geschehen ist." Er bewegte den Kiefer in einer Geste der gerührten Fassungslosigkeit. „Solche Feierlichkeiten wie heute, solch gute Laune … Ich kann mich nicht erinnern, wann ich das zuletzt gesehen und erlebt habe. Und ich weiß auch, warum das jetzt so ist. Lange Jahre war unser Kampf so seltsam leer. Ich sagte es eingangs, unser Kampf war merkwürdig. Doch jetzt, mit Euch an unserer Seite, haben wir, hat Isteriens Volk genau was es braucht. Isterien hat seine Königin. Isteriens Kampf hat einen Sinn. Das ist es, was unser Volk jetzt so bereichert, wie es unsere Rebellion allein niemals hätte gekonnt. Das Volk kann jetzt sogar wieder feiern und Freude empfinden. Das Volk feiert, da es wieder Hoffnung hat. Es feiert, da es wieder eine Zukunft für sich sehen kann.

Es feiert den Glauben an den Sieg und an ein Leben in Freiheit. Und zwar einen begründeten Glauben, kein Hirngespinst. Die Freude ist verstärkt durch die erfolgreichen Wochen, die hinter uns liegen. Das alles verdanken wir Euch, meine Königin. Ihr habt dem Volk das gegeben."

Mia schnaubte leise. „Ich wäre nichts, ohne diejenigen, die an meiner Seite sind. Tanmir. Larus. Ihr, General. All die Kriegerinnen und Krieger, die ihr Leben für mich und Isterien riskieren. Puh … Da darf ich nicht drüber nachdenken … Das ist wirklich eine Wucht … So viele riskieren Ihr Leben und das ihrer Liebsten für mich …"

„Dann denkt nicht darüber nach, meine Königin. Geht wieder hinein. Feiert mit den Euch Treuen. Feiert mit dem Prinzgemahl. Genießt diesen Abend, diese Stimmung. Uns stehen noch schwere Zeiten bevor. Ein Abend wie der heutige könnte möglicherweise einer der letzten sein, die wir erleben. Denn eines ist sicher: Mit dem Frühling kommt der Krieg."

Mia seufzte. Mit dem Frühling kommt der Krieg, wiederholte sie in Gedanken das von Franck Golbert rezitierte Sprichwort.

„Kommt, Majestät." Golbert legte ihr mit einem ermutigen Lächeln die Hand auf die Schulter. „Kommt mit hinein. Genießt diesen Abend. Lasst Euch von der fröhlichen Stimmung anstecken. Dann vergesst Ihr Eure Sorgen. Und sei es nur für diese Nacht. Denn, wie gesagt, solche Abende sind rar gesät. Wir befinden uns immer noch im Krieg. Wer weiß, wann wir wieder zu einer Gelegenheit kommen, das Leben so zu genießen."

Mia lächelte. „Ihr habt recht, General. Gehen wir hinein."

„Schon wieder, Larus?", lachte Tanmir, nachdem er eine weitere Runde beim Pokern gewonnen hatte. „Hör endlich auf mit deinen Versuchen zu bluffen. Dich liest man wie ein Buch."

„Das war kein Bluff!", verteidigte sich Larus. „Ich hatte zwei Paare!"

„Tja, war wohl trotzdem nichts. Ich hatte einen Drilling, hehe."

„Jetzt weiß ich das auch! Argh, hör auf zu lachen, Tanmir! Gib schon!"

Tanmir mischte neu, er war mit dem Verteilen dran. Er hatte prächtige Laune. Die Karten waren ihm wohlgesonnen, ganz im Gegensatz zu Larus, der sich anfangs als totaler Profi im Pokerspiel brüstete. Neben den beiden Burschen nahmen ebenfalls amüsiert die Hauptleute Sophie Berceau und Paul Belford am Spiel teil sowie der Zwerg Arutos, der alle zum Pokern ermutigt hatte; einem sehr alten zwergischen Kartenspiel, dass aber in den vergangenen paar Jahrzehnten auch vermehrt unter den Menschen populär und gespielt wurde.

Beim Spiel setzen die Teilnehmer ohne Wissen um das Blatt des Gegners einen Einsatz in Groschen auf die Gewinnchancen der eigenen Hand. Die von den Spielern eingesetzten Münzen fallen schließlich demjenigen Spieler mit der stärksten Hand zu oder dem einzig Übriggebliebenen, wenn alle anderen Spieler nicht bereit sind, den von ihm vorgelegten Einsatz ebenfalls zu setzen. Dies eröffnet die Möglichkeit, durch Bluffen auch mit schwachen Karten erfolgreich zu sein. Das Ziel ist es, möglichst viel Geld von anderen Spielern zu gewinnen.

Sie alle waren mit den Regeln mehr oder weniger vertraut, spielten aber nur um kleine Einsätze oder wer die nächste Getränkerunde bezahlt. Hauptsächlich ging es hier um den Spaß, nicht ums Geld. Folglich wiesen alle fünf – Larus natürlich am meisten – deutliche Spuren des Alkoholkonsums auf. Neben jedem von ihnen standen Bierkrüge, bei denen die munteren Schankmädchen dafür Sorge trugen, dass sie niemals leer sein würden.

„Also", sagte der Prinzgemahl nach dem Geben. „Die Einsätze bitte, Sophie und Arutos."

Den Regeln gemäß setzten Arutos und Sophie Berceau die Mindesteinsätze von zwei und einem Groschen. Hauptmann Belford hatte wohl kein gutes Blatt, er stieg sogleich aus. Und Larus ...

„Ich gehe mit, und erhöhe auf fünf Groschen!"

Das Spiel nahm seinen Lauf. Bis zuletzt nur noch Tanmir und der junge Bursche im direkten Duell waren – wie in vielen Spielrunden heute.

Larus war ziemlich stark angetrunken. Aber auch sein betrunkener Status änderte nicht viel daran, dass er Tanmir nichts hätte vormachen können. Er biss sich jedes Mal auf die Unterlippe, wenn er bluffte, oder er legte die Unterarme breit auf den Tisch und starrte Tanmir mit seinen großen Pupillen an.

Tanmir hielt den Einsatz. „Sieben Groschen. Ich bin dabei."

„Ich hasse den Kerl!", blaffte Larus und schmiss die Karten auf den Tisch.

Alle am Tisch – mit Ausnahme von Larus – lachten herzhaft.

„Wie's aussieht, haben wir hier einen wahren Pokermeister gefunden", grinste Arutos, den die Erfolge des Prinzgemahls aufs Herzlichste amüsierten.

„War eigentlich nie so mein Spiel", gestand Tanmir. „Ich hatte nie Glück bei so etwas."

„Jaaa!", keuchte Larus voller Spott. „Und ausgerechnet heute klappt's! Arsch!"

„Vielleicht", schlug Paul Belford vor, „sollten wir mit dem Pokern aufhören und stattdessen die Groschen lieber nur zum Feiern verwenden."

„Es sollte vor allem für Larus von Vorteil sein", stimmte Sophie Berceau lächelnd zu. „An seinem Platz nehmen die Groschen stetig ab."

„Nichts da!", entgegnete Larus und trank seinen noch halbvollen Krug in einem Zuge aus. „Ich hole mir mein Geld zurück! Ich brauch das noch für die Nacht! Wer weiß, wozu ich noch Geld ausgeben muss."

„Ich hab da so einen Verdacht", flüsterte Tanmir verschlagen, aber deutlich hörbar. Ebenso hörbar war der zweideutige Unterton, der die Aussage begleitete.

„Schieb dir deinen Verdacht sonst wohin!"

„Nun, komm schon, Larus, bleib entspannt." Arutos winkte ab. „Heute ist einfach nicht dein Tag. Und es ist freilich besser, gegen deinen Kumpel verlieren als gegen einen Fremden. Aber zuvörderst: Austrinken meine Herrschaften! Der Abend wird nicht jünger! Und wir auch nicht!" Der Zwerg hob seinen Krug. „Zum Wohl!"

„Zum Wohl!", riefen Tanmir, Belford und Berceau und hoben ebenfalls die Trinkgefäße.

Nach kurzem Zögern schloss sich auch der eingeschnappte Larus an. „Ach,

scheiß drauf! Zum Wohl!" Ehe ihm auffiel, dass er ja gerade erst ausgetrunken hatte. Er schwenkte penetrant seinen Krug deutlich sichtbar im Blickwinkel des Schankmädchens. „Ey, ey, Fräulein! In meinem Becher ist schon Staub drin!"
„Nett bleiben, Larus", ermahnte Tanmir sarkastisch. „Das Schankmädchen kann nichts dafür, dass du immer verlierst."
„Noch bin ich im Spiel, Kollege!"
„Noch …", wiederholte höhnisch Sophie Berceau, was für wiederholtes Lachen sorgte – abgesehen natürlich von Larus.
Die fünf tranken – für Larus war rasch wieder nachgefüllt. Es war nicht die erste Runde an diesem Abend und sollte auch lange nicht die letzte sein.

„Na, was wird das denn hier?", wollte Mia wissen, die zusammen mit General Golbert in die Stube und an den Tisch getreten war. „Was macht ihr?"
„Oh, Majestät! Herr General!" Die beiden Hauptleute und der Zwerg erhoben sich, salutierten – obgleich ihre Bewegungen aufgrund des Alkohols etwas schwerfällig und unkoordiniert waren.
Golbert salutierte zurück, grinste leicht beim Anblick seiner schwankenden Untergebenen, tadelte sie aber natürlich nicht dafür. Sie hatten sich das redlich verdient.
„Bitte, bitte", rief Mia und forderte sie mit Gesten auf, wieder Platz zu nehmen. „Setzt euch, setzt euch."
Zuvor beim Eintreten in die Taverne hatten sich ebenfalls viele der Feiernden verneigt und ihr gehuldigt, an denen sie vorbeikam. Auch sie hatte Mia freundlich auffordern müssen, sich weiter der Feier zu widmen und das Protokoll zu vergessen.
„Es heißt zwar: ‚Glück im Spiel, Pech in der Liebe'", meinte Hauptmann Sophie Berceau, begleitet von einem schelmischen Grinsen. Auch ihre Stimme war nicht mehr ganz so sicher. „Doch Euer Prinzgemahl, Majestät, ist der lebende Beweis, dass es nicht so ist. Er hat sowohl eine gute Hand beim Spiel als auch in der Liebe."
„Wo Ihr recht habt, habt Ihr recht, Hauptmann", zwinkerte Mia. „Aber sehe ich richtig? Du spielst Karten Tanmir? Du? Du und Glücksspiel?"
„Ich hab ihn dazu überredet", gestand Larus, dessen Wangen aufgrund des Alkohols schon gerötet waren. „Arutos hatte Spielkarten dabei und ich wollte spielen. Tanmir erst nicht. Ich musste ihm erst ein paar carborasser Schnäpse einflößen, dann lief's rund. Der verträgt ja nichts, hehe."
Mia schaute Tanmir an. „Du hast getrunken?", fragte sie rhetorisch mit gespieltem Vorwurf.
Tanmir verzog das Gesicht und versuchte vergebens, gerade zu schauen, als sei er nüchtern. „Nein …"
Mia hob die Augenbrauen.
„Vielleicht …"
Die Königin senkte den Blick nicht.
„'n bisschen …"

Keine Miene verzog sie.

Schließlich schaute Tanmir geschlagen und verlegen nach unten. „Viel …"

Nun musste Mia doch kichern, setzte sich freudig neben ihn und schlang ihren Arm um seinen Hals. „Also, dann lass dein Glück im Spiel mal sehen", verlangte sie und schaute ihn mit lustvoll verzogenem Mund an. „Was das Glück in der Liebe angeht, darum kümmern wir uns später gemeinsam."

„Leute, bitte", meckerte Larus und schüttelte den betrunkenen Kopf. „Muss das sein?"

„Hey", mahnte Tanmir scherzhaft. „Verbiete deiner Königin nicht das Wort, du Flegel!"

„Dein Ernst jetzt, Alter? Mia hat doch gesagt …"

„Hört auf damit!", rief Mia und nahm einen kräftigen Schluck aus Tanmirs Krug. „Und spielt weiter. Ich will was sehen."

„Immer zu Diensten, meine Königin", bekundete Tanmir. Er titulierte sie hier vor Publikum nur aufgrund des Alkohols, nüchtern würde er das in der Öffentlichkeit natürlich nicht tun. „Wer gibt?"

„Ich!", motze Larus. „Wird Zeit, dass ich mir mal ein anständiges Blatt zuschiebe! Ist ja nicht zum Aushalten mit Euch!"

Mia bemerkte, dass sich auf der Seite ihres Geliebten ein kleines Vermögen an Münzen stapelte, während auf Larus' Seite gähnende Leere herrschte, nur noch ein paar Groschen übrig waren. Er hatte im laufenden Spiel mit Abstand am meisten verloren.

Das Spiel lief vonstatten, immerzu von ungeduldigen Flüchen Larus' durchzogen. Getrunken wurde dabei natürlich weiterhin. Selbst General Franck Golbert setzte sich an den Tisch und genehmigte sich einen Humpen.

Am Ende kam, was in den vergangenen Runden immer der Fall war: Tanmir und Larus waren die einzigen, die noch übrig waren. Jetzt wetteiferten sie im Zweikampf um den Einsatzgewinn.

„Pah! Niemals! Du bluffst, Tanmir!"

„Na schön. Ich setz' noch einen drauf: Zehn Groschen!"

„Du hast doch 'n Knall! So ein Blatt kannst du gar nicht haben!"

„Hast du etwa Angst?" Tanmir schaute ihn herausfordernd an.

Larus zögerte. Er hatte selbst ein ziemlich gutes Blatt, ihm boten sich fünf Karten von einer Farbe. Doch Tanmirs Vorstoß machte ihm Angst, gerade im Hinblick darauf, dass er so gut wie pleite war.

Mia, weiterhin den Arm über Tanmirs Schulter geworfen, warf einen Blick in seine Karten, verzog fragend das Gesicht. „Damit erhöhst du auf zehn Groschen?", murmelte sie ihm zu.

Tanmir murrte, verdrehte genervt die Augen.

Larus hörte und sah das. „Hah!", tönte er triumphierend. „Fick die Henne, hah! Du bluffst! Ich wusste es, hahaha!" Er nahm alle letzten Groschen, die er noch hatte, und warf sie in den Pott. Dann entblößte er sein gutes Blatt. „Da! Lass die Hosen runter, Alter!"

Tanmir legte die Karten offen auf den Tisch. Doch statt seinen Verlust zu beklagen, grinste er dabei immer breiter, bis über beide Ohren. „Zwei Siebenen, drei Neuen! Hahaha!" Er fiel vor Lachen bald von der Bank, nachdem er soeben die nächste Runde gewann, riss Mia beinahe mit, die für sie beide das Gleichgewicht behielt.

„Das glaub ich jetzt nicht …", klagte Larus, dessen Kinnlade bald auf den Tisch klatschte. „Aber … wie … das kann doch nicht …" Er starrte die Karten an, die eindeutig seine Niederlage belegten.

Ehe er vollends verzweifelte und den Kopf auf die Tischplatte sinken ließ. „Och, neee … Das darf doch nicht … Das darf doch nicht … Das darf doch nicht …", jammerte er, der nun völlig abgebrannt war, und schlug dabei mit der Stirn gegen den Tisch.

„Danke, meine Liebste!", rief Tanmir und küsste Mia.

„Gern geschehen", schnurrte die junge Frau.

„Wie jetzt?" Larus hatte die Stirn wieder von der Platte genommen. „War das ein Trick?"

„Larus", sagte Mia, während sie wieder einen Schluck von Tanmirs Getränk einnahm und sehr überheblich grinste, „du weißt doch, dass ich viele Jahre Teil einer Söldnertruppe gewesen bin. Meinst du die Jungs haben nie gepokert? Ich weiß genau, was ein ‚Volles Haus' ist. Und ich weiß, dass Bluffen sogar umgekehrt funktionieren kann, hihi."

Bis auf Larus brach die ganze Gruppe am Tisch in Gelächter aus. Dem Burschen war tatsächlich die Lust zum Spielen vergangen – unabhängig von seiner leeren Börse.

„Eine Tragödie", meinte Tanmir, „dass du deine komische Vorrichtung zum Kartenfesthalten für unter der Jacke nicht mehr hast, was Larus?"

„Boa, mit der hätt ich dich so abgezogen!"

„Meinst du, darauf wäre ich reingefallen?"

Larus seufzte geschlagen. „Wohl nicht … Och, wie bezahl ich denn jetzt den Abend …" Sein Kopf fiel wieder auf den Tisch.

Tanmir griff seinen Krug, hob ihn. „Auf meine Liebste, die mir diesen Sieg geschenkt hat! Auf Mia!"

„Auf die Königin", wahrte General Golbert selbstverständlich das Protokoll.

„Auf die Königin", schlossen sich formal korrekt auch Berceau, Belford und Arutos an.

Larus hob langsam seinen Kopf, schaute noch ein paar Wimpernschläge lang deprimiert drein, während sich alle Augen der am Tisch Sitzenden auf ihn richteten, und zuckte schließlich mit den Schultern. „Ach, was soll's, Spielschulden sind Ehrenschulden. Auf dich, Mia!"

Die Gruppe stieß an und trank. Die junge Königin schmunzelte.

„Du bist die Beste, Mia", schwärmte Tanmir, nachdem er seinen Krug wieder abgestellt hatte und seine Geliebte aus weit offenen Augen anhimmelte.

„Hm. Die bin ich wohl." Mia legte ihre beiden Arme um seine Schultern, funkelte ihn aus ihren großen, blauen Augen an. Und der junge Krieger schmolz dahin, wie immer, wenn sie ihn so anschaute.

Sie küssten sich erneut. Und allmählich wurden ihre Küsse immer hemmungs- und zügelloser.

„Jetzt geht das wieder los ...", murmelte Larus, während Arutos und Paul Belford die Augenbrauen hochzogen, Sophie Berceau sich kaum merklich auf die Unterlippe biss und General Golbert etwas peinlich berührt den Blick abwendete. „Die können's nicht lassen."

Mia löste sich genießerisch von Tanmirs weichen Lippen, schenkte ihm unablässig ihren verführerischen Blick, der ihr immer das einbrachte, was sie wollte, und ihren Geliebten völlig willenlos machte. „Ich glaube, wir sollten auf unser Zimmer gehen, Tanmir."

„Ja ... Gehen wir."

Die beiden erhoben sich.

„Mein Herr Arutos", sagte Tanmir gedehnt, „Euch als Vertrauenspersonen und Zeugen bitte ich, meinen Gewinn bis morgen zu verwahren. Und dir Larus danke ich für das Spiel. Ihr habt es gehört, meine Herrschaften. Ich muss jetzt gehen."

„Pah! Unglaublich!", prustete Larus. „Spielt Poker wie 'n Zwerg, schwingt das Schwert wie 'n Elf, aber ist auch nichts anderes als 'n Pantoffelheld."

„Das hat nichts mit Pantoffelheld zu tun", entgegnete Tanmir. „Hör zu, Larus. Wenn ich die Wahl habe, mich entweder hier unten bis zur Besinnungslosigkeit zu betrinken oder mit meiner wunderschönen Geliebten auf unser Zimmer zu gehen ... Also, da brauch ich nicht zu überlegen, was ich tue."

Dem konnte Larus nichts mehr entgegnen. Arutos kicherte leise, Sophie Berceau, Paul Belford und Franck Golbert schmunzelten. Geschmeichelt errötete Mia leicht.

„Meine Damen und Herren!", rief Tanmir laut. „Ich bedanke mich für diesen herrlichen Abend und verabschiede mich!" Er machte eine zügige, tiefe Verbeugung, wobei er fast vornüberkippte, sich aber gerade noch mit einem Vorwärtsschritt oben hielt.

„Nun, komm jetzt", grinste Mia. „Gute Nacht, Zusammen."

„Gute Nacht, Majestät", wünschten Berceau, Belford und Arutos.

„Ach, was soll's?" Larus zwinkerte ihnen zu. „Gute Nacht, ihr Süßen. Und viel Spaaaß ..."

Mia grinste und zog Tanmir an der Hand hinter sich her.

Auf ihrem Weg zur Treppe nach oben haftete Tanmirs Blick die ganze Zeit auf Mias wohlgeformten, schlanken Po, der mit jedem Schritt herrlich wogte. Er konnte es sich nicht verkneifen: Mit seiner freien flachen Hand klatschte er ihr fest auf den Hintern.

„Hey!", ermahnte sie schmunzelnd. „Warte damit gefälligst bis wir oben sind."

„Kann ich nicht versprechen ..."

Die Feierlichkeiten hielten bis weit in die Morgenstunden an. Niemand in Shrebour und der Umgebung hatte auf das ausgelassene Feiern in dieser Nacht verzichtet.

Aber mit dem neuen Jahr hatte sich nur eine Zahl im Kalender des herrschenden Zweiten Zeitalters verändert. Weiter nichts. Letztendlich war auch der Jahreswechsel nur ein Tag auf den anderen. Und auch der Jahreswechsel änderte nichts an der aktuellen Situation und den aktuellen Problemen. Es herrschte noch immer Krieg.

Nur knappe vierhundert Meilen in gerade Linie südwestlich dem von einer durchzechten Nacht erfüllten Shrebour, in Rema, der Hauptstadt Isteriens, in der großen Burg, unter anderem bewohnt von der im Dienste Südreichs stehenden Präfektin von Rema, Frau Josephine Gerber, war die Stimmung nicht von einer zurückliegenden Feier erfüllt. Hier wurde der Übergang ins neue Jahr nicht gefeiert. Aufgrund der deprimierenden letzten Wochen für die Interessen Südreichs war hier trotz dieses Feiertages niemand in der Stimmung für Festlichkeiten.

Stattdessen waren an diesem Vormittag des ersten Januars die Mitglieder des Generalstabs des südreicher Verwaltungskomitees nüchtern und ohne Kater zusammengekommen, um die nächsten militärischen Schritte abzustimmen und vorzubereiten.

Generalfeldmarschall Wilhelm Steinhand, einer der höchstdekoriertesten Feldherren Südreichs eröffnete die Sitzung, indem er ohne Umschweife auf den Punkt kam.

„Die vergangenen beiden Monate waren katastrophal. Anders kann man es nicht beschreiben. Als ich selbst davon hörte, von der Rückkehr der Königin Maria, hatte ich es für einen schlechten Scherz gehalten. Ich kann es auch jetzt noch nicht ganz glauben und vermute eher einen gewieften Schachtzug der Rebellen dahinter als die tatsächliche Rückkehr der Tochter König Friedberts. Doch meine Vermutung ist hierbei belanglos. Fakt ist, dass dieses Mädchen, ob sie jetzt die echte Maria Anastasia aus dem Hause Bellegard d'Autrie ist oder nicht, eine Welle ausgelöst hat. Eine Welle, die nicht nur die Rebellion selbst sehr gestärkt hat, sondern sich auch durch ganz Isterien und seine Bewohner zieht. Sie alle kennen die Berichte, meine Damen und Herren. Aufstände, Bauern greifen zu Mistgabeln und Dreschflegeln. Unsere Präfekten, Vögte und Beamte, Frauen und Männer in unseren Diensten werden angegriffen oder vertrieben. Selbst gegen Soldaten und Wachen wird bewaffnet vorgegangen. Auch hier in Rema kann man die verseuchte Stimmung schon spüren, wenn man darauf achtet. Nicht zu vergessen ist die außenpolitische Wirkung dieses Ereignisses. Die angebliche Rückkehr der rechtmäßigen Thronfolgerin Isteriens könnte andere Nationen dazu verleiten, sich in diesen Konflikt einzumischen. Uns läuft also die Zeit davon, um dies zu verhindern.

Die Rebellen selbst führen einen Partisanenkrieg gegen uns. Und zurzeit gewinnen sie ihn. Sie haben zahlreiche unserer Transporte überfallen. Sie wagen sich immer weiter ins Landesinnere. Sie greifen in kleinen Gruppen an und verschwinden wieder. Sie zu verfolgen, stellt sich als unmöglich heraus, zumal die Bevölkerung sie deckt oder uns Informationen vorenthält. Jedem der Anwesenden dürften die Ereignisse in der Stadt Hall vor einigen Wochen bekannt sein, wo all dies wirklich angefangen hat. Nun aber stehen wir einem anderen Gegner gegenüber, in einem Partisanenkrieg, auf den wir nicht eingestellt sind. Wir aber sind aufgrund dieser vielen kleinen Attacken arg geschwächt worden, haben Vorräte und Waffen verloren und wurden ohne größere Kampfhandlungen dezimiert. Die Rebellen haben uns arg zugesetzt. Stärker als ich es mir selbst eingestehen mag. Der Winter hat uns geschwächt. Ich sage es offen, meine Damen und Herren: Die Gunst der Karten ist dabei, sich zu wenden.

Vor einigen Wochen haben sich manche der hier Anwesenden noch sicher gefühlt, haben vermutet, den Sieg in der Tasche zu haben. Doch ich sage Euch, Herrschaften, es ist nichts mehr sicher. Die Umstände haben sich gravierend geändert. Wir sind in arger Bedrängnis. Und daher müssen wir jetzt schon die nächsten Schritte für den Frühling sorgfältig planen."

Steinhand blickte sich um, schaute über die Versammelten. Die Militärs saßen aufrecht und adrett am Tisch, wie es sich für einen hochrangigen Soldaten gehörte. Ihre Mienen waren aufmerksam und erwartungsvoll. Die Damen und Herren Politiker schwiegen wie üblich. Für sie gab es in diesen Kriegssitzungen ohnehin nicht viel zu sagen. Außerdem war inoffiziell bekannt, dass Steinhand kein Freund von Politikern und überhaupt dem Politisieren war. Für ihn war Politik nur viel Gerede und wenig Aussage, Tatenkraft schon gar keine. Er jedoch war ein Mann der Tat.

Sein Blick verharrte schließlich beim Truchsess Vindur Texor. Dieser schien – wie üblich – vollkommen geistesabwesend. Als würden ihn – wie üblich – die herrschenden Probleme nicht im Geringsten interessieren. Der altgediente Generalfeldmarschall Steinhand hatte in seinem Soldatenleben schon viel erlebt. Er hatte schon viele lästige Vorgesetzte gehabt. Die verschiedensten Charaktere. Von Schwaflern, von Übereifrigen, über sadistisch Veranlagte bis hin zu Taugenichtsen und Faulpelzen. Aber noch keinen Vorgesetzten, der sich so wenig um die Interessen des Königreiches scherte wie Vindur Texor, sprich seine eigenen Interessen. Steinhand verstand das nicht. Und in den letzten Monaten war ihm klar geworden, dass es das auch eigentlich gar nicht brauchte. Denn sein übergeordneter Vorgesetzter war König Sigmund. Dieser hatte ihn nach Isterien entsandt. Für ihn hatte er seine Aufgabe zu erfüllen: Die Niederschlagung der Rebellion. Doch diese Aufgabe war mit der kaum zu fassenden Rückkehr der – inzwischen zur Königin gekrönten – Prinzessin wesentlich schwerer geworden. Die Rebellion war innerhalb dieser wenigen Wochen seit dem Auftauchen der Königin Maria viel stärker geworden. Noch war Winter. Steinhand konnte keine Truppenoffensive befehlen, ohne Gefahr zu laufen, seine Armee ohne eine Schlacht arg zu dezimieren. Zu gefährlich wäre es für seine Truppen, die so schon genug mit Schnee und Kälte zu kämpfen hatten. Doch sobald das Eis geschmolzen wäre und die Temperaturen steigen würden, musste er in die Offensive gehen, ehe der Feind noch mächtiger würde.

„Gewiss", fuhr er fort, „haben wir erwogen, den Rebellen Fallen zu stellen, Transporte zu fingieren, Spitzel einzuschleusen und Dergleichen. Ohne nennenswerte Erfolge. Und mit zu viel Risiko. Die Rebellen haben gute Informationen und ausgeklügelte Strategien, außerdem die Bevölkerung auf ihrer Seite. Die Bevölkerung unterstützt sie immer stärker, je mehr Zeit ins Land streicht. Doch ich sehe es auch nicht als die richtige Lösung an, das ganze Volk Isteriens in Strafexpeditionen abzuschlachten. Es muss Frieden und Eintracht herrschen, kein Terror, bis es irgendwann keine Bevölkerung mehr gibt, die es zu führen gilt. Wir müssen die Rebellion in einer offenen Schlacht herausfordern, sie zu solch einer zwingen. Für eine offene Schlacht sind sie nicht gerüstet. Auf offenem Felde werden wir siegreich sein und diesen Krieg beenden.

Alle Vorbereitungen in den nächsten Wochen müssen auf genau diese Schlacht hinführen. Noch liegt Schnee. Unser Heer wird sich aktuell nicht rühren. Aber sobald der Schnee verzogen ist, ziehen wir gen Shrebour. Wir haben einen zentralen Vorteil, mit dem wir die aufgekommene Stärke der Rebellion im Keim ersticken, all ihre Erfolge der letzten Wochen zunichtemachen werden."

Die Anwesenden lauschten weiterhin. Und weiterhin wagte niemand, die Ausführungen Steinhands zu unterbrechen.

„Die Rebellen sind zu Fuße. Wir haben Panzerreiterei. Gegen Panzerreiter ist unser Feind in offener Schlacht chancenlos. Wir werden alle Fähnlein Panzerreiter mobilisieren und gegen Shrebour zu Felde ziehen, sie vor ihren sicheren Mauern herausfordern. Selbst wenn General Golbert nicht auf diese Schlacht eingehen sollte, befinden wir uns im Vorteil. Wir binden die Rebellen, belagern Shrebour, nehmen ihnen den Freiraum, ihren sicheren Rückzugsort und zermürben sie. Golbert weiß, dass sie einer Belagerung nicht lange standhalten können. Und um unsere Belagerung zu unterlaufen, wären sie immer noch zu wenige und nicht gut genug ausgerüstet. Golbert muss die Schlacht annehmen. Mit unserer Panzerreiterei überrennen wir sie. Was dann noch übrig ist und sich in Shrebour versteckt, werden wir mit unserem Heer, das der Reiterei im Anschluss an ihren Sieg folgen wird, bis zur endgültigen Kapitulation des Feindes belagern."

Ein geeinigtes Nicken wanderte über die Versammlung.

„Daher obliegt Euch, Oberst Kronberg, der Oberbefehl über die Führung der ersten Schlacht in diesem Jahr, wohl die größte, die dieser Krieg bisher gesehen hat."

„Mit größtem Vergnügen, Generalfeldmarschall." Oberst Kronberg, Oberkommandierender des Reiterkorps der in Isterien stationierten Truppen Südreichs, straffte sich. „Meine Reiterei wird bereit sein."

„Aber, Herr Generalfeldmarschall", intervenierte etwas nervös Josephine Gerber, die Präfektin von Rema, die – wie viele von Isteriens Politikern im Dienste König Sigmunds – in letzter Zeit immer mehr schlaflose Nächte hinter sich bringen musste. Dies war bedingt durch die stetig wachsende angespannte Lage hier in Isterien. Und dem Gedanken daran, was anderen politischen Vertretern aus Südreich sowie den Südreich wohlgesonnenen Isteriern, die als Landesverräter verunglimpft wurden, in jüngster Vergangenheit zugestoßen war.

„Was, wenn die Rebellen das erwarten? Sie rechnen bestimmt mit einem Vorstoß unsererseits."

„Das tun sie gewiss", bestätigte Generalmajor Heimer, Heerführer des Neunten Infanterieregiments. „Aber sie sind dahingehend handlungsunfähig. Sie können uns nur mit Partisanenaktionen zusetzen, aber sich nicht auf einen offenen Krieg vorbereiten. Daher müssen wir sie zu diesem offenen Krieg zwingen. Ganz wie es der Generalfeldmarschall geschildert hat."

„Wir greifen mit der vollen Stärke unserer Reiterei an, Oberst Kronberg", sagte Steinhand eindringlich zu dem Kommandanten der Reiterei. „Ich werde die Rebellion nicht unterschätzen. Wir werden kein Risiko eingehen."

„Und wenn die Rebellen sich doch in Shrebour verschanzen?", fragte die Präfektin. „Wenn unsere Reiterei gar nicht zum Einsatz kommt?"

„Das hat der Generalfeldmarschall doch schon gesagt", erinnerte Generalleutnant Schreiber, Heerführer des Siebten Infanterieregiments. „Wenn sie sich wirklich verstecken, belagern wir sie, nageln sie fest und hungern sie aus. Im Grunde wäre dieser Fall für uns sogar günstiger. Es würde uns zwar mehr Zeit, aber dafür weniger Aufwand, Ressourcen und Soldaten kosten."

„Weshalb wir davon ausgehen können", sprach Oberst Kronberg, „dass die Rebellen versuchen werden, in der Schlacht gegen uns zu bestehen. Und das wiederum bedeutet, dass die Lanzen meiner Reiter in Bälde mit Rebellenblut befleckt werden. In Gedenken an jeden gefallenen Südreicher in diesem widerlichen Konflikt dieser undankbaren Hunde. Ihre Streitmacht, wenn man das überhaupt so nennen will, wird unter den beschlagenen Hufen von Südreichs Pferden zermalmt werden."

„Unterschätzt auch Ihr sie nicht, Oberst", mahnte Steinhand. „Den genauen Schlachtplan können wir aktuell zwar noch nicht voraussehen, aber die Grundeinstellung, dass wir es mit einem gefährlichen und vor allem zähen Gegner zu tun haben, müssen wir bereits jetzt in uns einbrennen. Ich will keinen Laut dahingehend hören, dass dieser Kampf ein Selbstläufer wird, sobald Frühling ist. Solche Annahmen haben wir im vergangenen schon Jahr gehört. Und nun? Nun sind wir zu derart drastischen Schritten gezwungen. Jeder, vom Generalstab bis zum Fußsoldaten, hat die Rebellen und auch jeden Bauern mit einer Mistgabel in deren Reihen als einen hochgefährlichen Gegner anzusehen. Ist das klar, meine Herren?"

„Verstanden, Herr Generalfeldmarschall."

„Wir werden noch heute mit den Vorbereitungen beginnen. Vor allem Pferde und Reiter müssen bei Einbruch des Frühlings in Bestform sein." Wilhelm Steinhand schaute Texor an. „Sagt Euch dieses Vorgehen zu, Herr Truchsess Texor?"

Vindur Texor wandte den Kopf zum Soldaten. Er lächelte, doch sein Gesicht blieb völlig ausdruckslos dabei. Als würde ihn das alles interessieren wie ein umfallender Sack voll Reis im fernen Orient jenseits des Klarsirischen Meeres. „Ich habe vollstes Vertrauen in Eure Planungen, Generalfeldmarschall Steinhand", sagte Texor in seinem gewohnt gehobenen Ton. „Ich freue mich schon auf den Bericht des Sieges. Ich denke, es wird ein guter Frühling werden.

Gewiss auch ein guter Sommer. Ach, ich denke, dieses ganze neue Jahr wird eines der bedeutendsten unseres Zweiten Zeitalters."

Steinhand hatte keinen Schimmer, was dieses Gefasel seines Truchsesses nun wieder sollte. Es kümmerte ihn auch wenig.

„Also warte ich zunächst gespannt auf den Frühling", sprach Texor weiter, in einem Ton, als sei die Beratung schon zu Ende. Dabei hatte Steinhand nur sein Vorhaben skizziert. Die wirklichen und aufwändigen Planungen sowie Vorbereitungen standen jetzt und in den kommenden Wochen erst noch bevor. „Wie heißt es so schön: ‚Mit dem Frühling kommt der Krieg'."

XXXV

Mit dem Frühling kommt der Krieg

„Wir müssen die Schlacht annehmen. Wir haben ohnehin keine Wahl."

„Gegen Panzerreiter? General, wir haben nicht annähernd genug Pferde oder Anlagen, um es mit Südreichs Kavallerie aufzunehmen."

General Franck Golbert schwieg. Er wusste, dass die Worte des Kommissärs Johann Glomb richtig waren.

Die Berichte der Späher waren eindeutig gewesen: Der Oberbefehlshaber der in Isterien stationierten Truppen des Königreiches Südreich, Generalfeldmarschall Wilhelm Steinhand, musste den Befehl zu einem massiven Angriff auf den Hauptsitz der Rebellion gegeben haben. Auf Shrebour. Den Befehl zum letzten Schachtzug, der den Krieg beendete, und wozu er vor dem Winter nicht mehr gekommen war. Unabhängig voneinander berichteten die Späher von massiven Truppenbewegungen des Feindes, die sich bei Fronbourg sammelten, nur sieben Tagesritte von Shrebour entfernt, insbesondere zahlreiche Fähnlein Panzerreiter.

Steinhand zielte offensichtlich auf eine Entscheidungsschlacht. Er wusste, dass der Winter seine Armee geschwächt hatte, dass die Rebellen ihm unerwartet stark zugesetzt hatten; die Rebellion selbst unheimlichen Zuwachs aufgrund der Rückkehr ihrer Königin gewonnen hat. Und so war er nun gezwungen, alles auf einen mächtigen Schlag zu setzen, den letzten mächtigen Schlag. Er wusste ja auch, dass die Rebellen in einer offenen Schlacht kaum bestehen konnten. Sie waren nicht stark genug gerüstet, um es mit Panzerreitern in offener Schlacht aufzunehmen.

Franck Golbert wusste das auch. Beide Fäuste waren geballt, drückten gegen die Tischplatte. Durch das unerwartete Erscheinen der Königin und den Partisanenaktionen im Winter hatte sich der Kampfgeist der Rebellion und fast der gesamten Bevölkerung Isteriens wie neu entfacht. Doch die umfassende militärische Ausgangslage stand nach wie vor zu Gunsten des Besatzers aus Südreich. Und diese wollte Wilhelm Steinhand nun ausnutzen, um diesen Krieg mit einem Schlag zu beenden. Obwohl der Winter eine Wende eingeleitet hatte.

„Generalfeldmarschall Steinhand setzt alles auf einen letzten Schlag", sagte der Heerführer Gerard Larcron. „Einen vernichtenden Schlag. Anscheinend haben wir ihm im Winter etwas zu stark zugesetzt, dass er diesen Krieg nicht noch weiter in die Länge ziehen lassen will. Er will uns mit seiner Reiterei einfach niedertrampeln."

„Dann müssen wir uns entsprechend wappnen." Sophie Berceau schlug mit der Faust auf den Tisch. „Unser Volk hat seine Hoffnung zurückgewonnen. Wir selbst haben sie wiedergewonnen. Unsere Königin ist zurückgekehrt. Wir haben den Winter über so viele Fortschritte gemacht. Das dürfen wir uns nicht alles wieder nehmen lassen."

„Wir reden hier von Panzerreitern, Frau Hauptmann", merkte der Zwerg Arutos gewichtig an. „Welche Möglichkeiten haben wir, dagegen zu bestehen?"

„Steinhand will diesen Krieg endgültig beenden", murmelte General Franck Golbert beschämt. „Er weiß, dass wir einem konzentrierten Schlag seiner Panzerreiterei nichts entgegenzusetzen haben. Ich hätte nicht gedacht, dass er … Argh, verdammt … Bitte verzeiht mir, Majestät, ich habe das so nicht kommen sehen."

„Es gibt nichts zu verzeihen, General", sagte Mia. „Jetzt müssen wir zusehen, wie wir unserem Feind begegnen."

„Ich sage" – Kommissär Johann Glomb lehnte sich weit vor, „wir ziehen uns hinter die Mauern Shrebours zurück, verbarrikadieren uns."

„Das ist doch genau, was Steinhand will", sagte die Frau Hauptmann Sophie Berceau streng. „Dass wir uns zurückziehen, uns verstecken. Dann hat er uns in der Falle. Er muss nur mit den Belagerungsmaschinen anrücken, dann sind wir erledigt, ehe wir überhaupt mit der Verteidigung beginnen können. Er zermürbt uns, sitzt die Belagerung aus. Wir haben nicht genug Vorräte, um unsere Truppen und die Bevölkerung auch nur einen halben Monat durch eine Belagerung zu führen."

„Hauptmann Berceau hat recht", pflichtete Golbert bei. „Wenn wir uns zurückziehen, sitzen wir in der Falle, befinden uns ohne Ausweg in Steinhands Würgegriff. Er weiß das. Deswegen fordert er uns auf offenem Felde heraus."

„Sollen wir etwa kämpfen?" Johann Glomb schüttelte den Kopf. „Gegen Panzerreiter aus Südreich? Sollen wir uns ihnen etwa auf offenem Felde stellen?"

„Warum nicht?", äußerte sich plötzlich Tanmir, der lässig auf dem Stuhl saß. „Tun wir's. Wir sollten die Schlacht annehmen."

Einen Moment überkam Schweigen die Gruppe. Alle Augen, alle entgeisterten Augen waren auf Tanmir gerichtet.

„Mit welchen Truppen, junger Herr Prinzgemahl?", fragte der Standesherr Grolare. Seine Frage spiegelte sich auch in den Blicken der anderen Versammelten wieder. „Falls Ihr nicht verstanden habt, die ganze Kavallerie, das heißt alle Fähnlein Panzerreiter, die Steinhand zur Verfügung stehen, machen gegen uns mobil. Wir haben lediglich Infanteristen. Wie sollen wir mit Infanteristen gegen Panzerreiter bestehen, bitteschön?"

Tanmir schwieg noch einen Augenblick. Dann setzte er sich gerade hin und legte die Unterarme auf den Tisch. „Was haben wir gegen uns?", fragte er. „Panzerreiter, ja. Wie viele?"

„An die acht Fähnlein", erklärte Hauptmann Paul Belford, dessen Späher die Nachricht der sich sammelnden Feinde gebracht hatten. „Jedes mit einem Dutzend Berittenen. Steinhand versammelt alle der in Isterien stationierten Berittführer."

„Also ungefähr einhundert Reiter."

„Mindestens. Aber es ist wahr, was Herr Grolare sagt. Auf offenem Felde haben wir keine Chance. Sie werden uns einfach überrennen."

Tanmir nickte, verzog nachdenklich den Mund.

„Wenn Ihr einen Plan habt, Prinzgemahl", sagte General Golbert und schaute ihn aus seinem einen Auge hoffnungsvoll an, „dann teilt ihn uns mit."

Auch Mias Blick wanderte zu Tanmir, traf sich mit dem seinen. Und in seinem Mundwinkel sah sie den Hauch eines Lächelns. Ihr war klar, dass er einen Ausweg wusste.

„Ja", bestätigte der zum Prinzgemahl ernannte Tanmir und Kommandant der Rebellentruppen. „Ich habe einen Plan."

Die Soldaten standen bereit. Nur die wenigsten waren Berufssoldaten. Die meisten waren Bauern, Handwerker oder Viehhirte. Keiner von ihnen hatte eine professionelle Ausbildung im Umgang mit Schwert, Lanze oder Bogen absolviert – abgesehen von der von Tanmir durchgeführten Grundausbildung. Sie waren keine Kämpfer. Die meisten, wie sie hier waren, hatten das Kämpfen durch die Rebellion gelernt.

Tanmir selbst war auch kein Soldat, aber er war seit je her ein Krieger. Er wusste, was der Tod war. Er kannte den Tod. Doch als er die vielen Männer und Frauen betrachtete, die sich mental auf die bevorstehende Schlacht vorbereiteten, wurde ihm klar, dass kaum jemand hier den Tod wirklich kannte. Sie waren angespannt und nervös, wussten nicht, was ihnen bevorstand, empfanden lediglich Entsetzen darüber, was nun passieren könnte.

Tanmir sah die Angst in ihren Augen.

Und nicht nur in den Augen der Menschen.

In die vordersten Kampfreihen hatten sich jeder Furcht zum Trotze bereitwillig viele der Orks gestellt, um ihren Beitrag zum Friedensgewinn zu leisten. Zahlreiche Zwerge – gespickt von nervösen Halblingen und Gnomen sowie dem einen oder anderen Nockanen und Lupuss – standen indes in den hinteren Reihen bereit, bis an die Zähne bewaffnet und brennend auf den Kampf, obgleich der den Tod bringen kann.

Noch nie in der Geschichte dieser Welt hat es ein derartiges Heer aus so vielen verschiedenen intelligenten Spezies gegeben, die durch ihr gemeinsames Ziel der Freiheit geeint waren.

Auf der anderen Seite des Schlachtfeldes formierten sich vor den wehenden schwarz-weißen Flaggen mit dem goldenen Adler die Panzerreiter Südreichs, unter dem Befehl des Obersts Kronberg. Der Boden erzitterte unter den Schlachtformationen der Pferde, bebte bis zu Tanmir und den Rebellen, erfüllte die geschlossenen Reihen der Isterier mit Grauen.

„Nur keine Panik", rief Tanmir ihnen zu. „Ihr wisst, was ihr zu tun habt. Ich verspreche euch, dass es gelingen wird."

So richtig überzeugt waren die Rebellen nicht.

Tanmir spürte gewaltigen Druck auf seinen Schultern. Sie alle hatten ihr Schicksal in seine Hände gelegt, in seinen Plan. Alles hing von der Strategie ab, die er der Rebellionsführung vorschlug und die bei Weitem nicht von allen gutgeheißen, aber die dennoch durchgeführt wurde. Zum einen, weil es keine sinnreiche Alternative gab, zum anderen, weil die Königin es schließlich befohlen hatte.

Tanmir atmete tief durch, konzentrierte sich.

Es war alles vorbereitet. Sie waren gewappnet. Sie mussten standhalten. Um jeden Preis.

Der Oberst Kronberg, Kommandant der südreicher Panzerreiterei in Isterien, schnaubte überheblich. „Das soll tatsächlich ihre Ausgangsstellung sein?", spottete er. „Eine Reihe von Infanteristen? Gegen acht vollausgerüstete Fähnlein Panzerreiter? Lächerlich. Ich dachte, unsere Späher hätten nur die Hälfte gesehen. Aber es stimmt: Die Rebellen treten wirklich mit Fußtruppen gegen Panzerreiter an."

Sie saßen auf ihren Pferden, befanden sich auf einer kleinen Anhöhe, worunter sie ihre sich formierenden Truppen, das Schlachtfeld sowie die auf der Gegenseite in Position befindlichen Rebellen sehen konnten. Die Flaggen schlugen hörbar im Wind.

„Lächerlich." Der Oberst rang sich ein mitleidiges Lachen ab. „Sie haben Speerträger in der ersten Reihe. Wie armselig."

Der direkt neben ihm befindliche Oberstleutnant sah das auch. Und wunderte sich über alle Maßen.

„Moment mal …" Der Anführer verengte die Augen, sodass sein Gesicht noch tiefere Falten warf als es das aufgrund seines fortgeschrittenen Alters ohnehin tat. „Sehe ich richtig? In den Reihen der Rebellen befinden Orks? Ja, da sind wirklich Orks. Seht Ihr sie auch, Oberstleutnant?"

„Ich sehe sie, Herr."

„Unsere Späher haben also wirklich Orks unter den Rebellen ausgemacht. Ich hielt die Berichte erst für eine Angstreaktion im Angesicht des Feindes. Haha, ich fasse es nicht! Die Rebellion wird von Orks unterstützt. Orks, die im Dreck leben oder als Banditen die Landstraßen unsicher machen. Hah, die Rebellion muss wirklich verzweifelt sein, wenn sie auf die Hilfe dieser wilden Bestien zurückgreift."

Der Oberstleutnant verkniff sich eine Bemerkung. Ihm war durchaus bewusst, dass der Großteil des orkischen Volkes friedfertig innerhalb seiner Clans lebt und nur von seiner Außenwelt in Ruhe gelassen werden will. Auf diese Weise leben Orks zivilisiert auf dem ganzen Kontinent verteilt. Und was das Räuber- und Banditentum unter Orks in Ausnahmefällen angeht? Naja, diesbezüglich waren menschliche Ausnahmen nicht besser.

Der Soldat schluckte, im Bewusstsein, dass der von Orks unterstützte Feind definitiv an Stärke gewonnen hatte. Sein Vorgesetzter schien diese Sorgen nicht zu teilen.

„Aber umso besser", sagte Kronberg. „Unter diesen Umständen ist die Schlacht vor Mittag vorüber. Und dieser Krieg vermutlich vor Ablauf des morgigen Tages."

„Bei allem Respekt, Herr", sprach der Oberstleutnant nun doch vorsichtig,

„ich kann mir nicht vorstellen, dass General Golbert so dumm ist und sich uns nur mit Infanteristen entgegenstellt – welcher Rasse sie auch immer angehören."

„Golbert ist alt, die Rebellion hat ihn ausgelaugt. Zudem lassen wir ihm keine Wahl. Er hatte nur zwei Möglichkeiten: Die Schlacht verweigern und sich in Shrebour verschanzen, woraufhin wir die Stadt belagert hätten und ihn würden aushungern lassen, der dann in der Falle säße; oder die Schlacht annehmen. Er entschied sich für letzteres."

„Aber ich kann mir nicht denken, dass so ein gerissener Hund wie Golbert kein Ass in der Hinterhand bewahrt."

„Die Berichte der Späher sind eindeutig. Und Ihr seht es selbst, Herr Oberstleutnant. Wir haben lediglich Rebelleninfanteristen vor uns. Ihre Überzahl gegenüber unserer Reiterei ist bedeutungslos. Vor uns steht lediglich Infanterie. Niemand anderes. Keine Nachschubtruppen oder sonstige Verstärkung. Sie wollen versuchen, mit Lanzen und Speeren unseren Vorstoß zu bremsen. Doch wird ihnen das auch nicht helfen. Ihre Speere werden zerbrechen wie Stöckchen, wenn unsere Reiterei durch ihre Reihen fegt. Und um das, was dann noch übrig ist, kümmert sich unsere Infanterieeinheit."

Der Oberstleutnant antwortete nicht. Im Grunde hatte sein Befehlshaber recht. Alles sprach zu ihren Gunsten, nichts erweckte den Anschein, die Schlacht könnte einen anderen Ausgang nehmen als den absoluten Sieg ihrer Truppen.

Warum plagte ihn dann dennoch so ein merkwürdig unsicheres Gefühl?

„Sobald die Beritte in Position sind, greifen wir an. Die Infanteristen halten sich geschlossen in Angriffsformation dahinter."

„Zu Befehl, Oberst."

Mia schaute auf das Schlachtfeld herab, in sicherer Entfernung, zusammen mit Golbert und einigen der anderen Rebellen, wie Kommissär Glomb oder dem Standesherrn Grolare. Sie war dort mit denen, die nicht unten an der Front standen. An der Front, wo auch ihr Tanmir war.

Ihr war sehr unwohl. Sie selbst war hier, ihr Geliebter war da unten, im Begriff für sie in den Kampf zu ziehen. Ohne sie in den Kampf zu ziehen. Alle dort unten zogen ohne sie, aber für sie in den Kampf. Und das machte sie bald wahnsinnig. Sie bereute sehr, dass sie sich hatte überreden lassen.

General Franck Golbert sah ihren Zorn und ihre Wut darüber, dass sie hier war und nicht in der ersten Kampflinie, sah, wie ihre Hände so fest die Zügel ihrer Schneestute griffen, dass die Knöchel weiß waren. Er wusste, dass die junge Frau eine Kriegerin durch und durch war, dass es sie bis ins Mark erzürnte, sich aus dieser Schlacht heraushalten zu müssen. Doch sie war nun einmal die Königin. Sie durfte nicht in einer solchen offenen Schlacht in vorderster Reihe kämpfen. Sie war zu wichtig.

„Bleibt ruhig, Majestät", sagte er zuversichtlich. „Euer Prinzgemahl weiß, was er tut. Es wird gut gehen."

„Darum geht es nicht", zischte Mia. „Ich sollte auch da unten sein. An Tanmirs Seite. An der Seite der Kämpfenden. Stattdessen sitze ich hier hinten wie ein Feigling, auf den Logenplätzen, von wo aus ich sehen kann, wie unsere Leute für mich kämpfen und sterben."

„Majestät, müssen wir das Thema wieder besprechen? Ihr seid die Königin von Isterien. Ihr dürft ..."

„Verschont mich, Golbert", unterbrach sie wütend. „Ich kann's nicht mehr hören. Und ich verspreche Euch, das nächste Mal lasse ich mich nicht mehr dazu überreden. Weder von Euch noch von Tanmir."

Der General kniff die Lippen zusammen. Er konnte das Mädchen, die junge Kriegerin verstehen.

„Ich habe vollstes Vertrauen in Tanmirs Plan", sagte er nach einer Weile. „Und in ihn in seiner Funktion als Kommandanten sowieso. Und unsere Kriegerinnen und Krieger haben das auch."

„Ich weiß."

„Sein Plan ist überzeugend. Ich glaube fest, dass es gelingen kann. Noch nie in der Geschichte des Militärwesens hat es eine solche Art der Verteidigung gegen Panzerreiter gegeben. Und auch, wenn es eine Erfolgsstrategie der Elfen ist, spricht nichts dagegen, dass sie nicht auch uns Erfolg bringt."

„Sich Panzerreitern auf offenem Felde entgegenzustellen, ist blanker Selbstmord!", ereiferte sich der Kommissär Glomb, sprang von seinem Stuhl auf. Die Stimmung während dieser Besprechung war in den letzten Minuten noch angespannter geworden. „Auch wenn wir über mehr Infanteristen verfügen als der Feind über Berittene, wird das im Schlachtengeschick ohne Auswirkung bleiben. Sie werden einfach über unsere Überzahl hinwegfegen! Was also erzählt Ihr uns hier, Herr Tanmir?!"

„Dürfte ich vielleicht ausreden?", fragte Tanmir ruhig.

Johann Glomb schnaufte, sagte aber nichts mehr. Die Versammlung schwieg.

„Ich stimme Euch vollauf zu, Herr Glomb. Gegen Panzerreiter zu Fuß in die Schlacht zu ziehen *ist* Selbstmord. Doch ist das nur, was wir unseren Feind glauben lassen. Er sieht uns in langer Reihe auf dem Felde stehen, mit Speeren zur Verteidigung. Doch er sieht nicht, was wir wirklich noch in petto haben."

„Wie meint Ihr das?"

„Mir schwebt die gleiche Strategie vor, wie sie die Elfen gegen Zentaurenhorden verwenden. Im Elfland kommt es immer wieder zu Situationen, in denen sich die hochaggressiven Zentauren den Städten der Elfen zu sehr nähern, was große Gefahren birgt. Daher fordern die Elfen sie heraus, ebenfalls zu Fuß, weder mit besonderer Kriegsmaschinerie noch mit Pferden. Denn sie verfügen über eine bessere Strategie, gegen ihre zahlenmäßig und körperlich weit überlegenen Gegner zu bestehen."

„Herr Tanmir", sagte der Kommissär mit spöttischem Unterton. „Ihr habt uns von Euren Kampfesfähigkeiten, die ihr in jungen Jahren im Elfland erlernt habt, im vergangenen Winter eingehend überzeugt. Die unserer Sache treu ergebenen Frauen und Männer wie auch wir hier in diesem Raum vertrauen Euch und Euren Fähigkeiten vollauf. Doch dies ist nicht das Elfland. Dies ist Isterien, auf der anderen Seite dieses Kontinents. Und dies ist kein Krieg von Elfen und Fabelwesen. Also bei allem Respekt, aber bitte verschont uns mit Geschichten aus Eurer alten Heimat."

„Lasst ihn gefälligst ausreden!", rief Mia sehr laut, sodass es im Raum so leise wurde, dass man ein Staubkorn hätte fallen hören können. „Maßt Euch ja nicht an, seine Worte zu kritisieren, Glomb! Wenn sich jemand mit dem Leben der Elfen auskennt, dann ist es Tanmir. Und wenn er sagt, dass es einen Weg gibt, die drohende Gefahr mit Hilfe von Elfenstrategien abzuwenden, dann gibt es diesen Weg! Sprich bitte weiter, mein Liebster." Sie setzte absichtlich die Bezeichnung ‚mein Liebster' hinzu, die sie aus formellen Gründen bei diesen offiziellen Sitzungen vermied. Doch jetzt tat sie es, um jedem noch einmal in Erinnerung zu rufen, wer Tanmir war. Und das man sich dessen sehr wohl bewusst zu sein hatte, wenn man mit und über ihn redete.

„Die Elfen", fuhr der Prinzgemahl fort, „kämpfen seit Hunderten von Jahren auf diese Weise gegen Zentauren, wenn jene eine Gefahr für ihre Städte und Siedlungen darstellen. Und sie gewinnen jedes Mal, wobei sich ihre eigenen Verluste stark in Grenzen halten. Zentauren sehen in ihrem Oberkörper Elfen zwar nicht unähnlich, doch sie sind nur wilde Tiere. Sie sind nicht intelligent genug, aus den Fehlern ihrer Vergangenheit zu lernen. Wieso auch? Die Strategie, alles niederzugaloppieren funktioniert auch immer, bei jedem ihrer natürlichen Gegner. Nur nicht bei den Elfen. Und deshalb werden wir auch gegen Panzerreiter bestehen."

„Prinzgemahl Tanmir!" Hauptmann Berceau kam herangelaufen, die Reihe der kampfbereiten Rebellen entlang. „Der Feind befindet sich in Stellung. Der Angriff steht unmittelbar bevor."

„Umso besser." Tanmir ließ die Schultern kreisen. „Ich habe keine Lust mehr, zu warten. Alle sollen sich bereit machen."

„Verstanden."

Berceau gab lautstark den Befehl. Ihr schloss sich aus entgegengesetzter Richtung Paul Belford an. Die Leutnants – darunter unter anderem der gebürtige Karamane Rudgar – gaben ihn entlang der Reihen der Rebellen weiter.

„Denkt daran", rief Tanmir seinen Kriegern zu. „Bleibt standhaft! Die Verteidigungslinie darf nicht reißen! Sonst sterben wir alle!"

Die Rebellen schauten sich angsterfüllt und unsicher an. Tanmir begriff, dass er in seiner Ansprache besser nicht das Wort ‚sterben', sondern den gegenteiligen, positiveren Ausdruck ‚überleben' verwenden sollte.

„Weicht nicht zurück!", bekräftigte er. „Weicht keinen Schritt zurück! Wenn ihr zurückweicht, verlieren wir alle! Nur, wenn wir standhaft bleiben, können wir überleben! Und dann werden wir überleben! Das garantiere ich euch!"

Zwar waren die Mienen der Rebellen nicht gerade voller Überzeugung, aber sie waren entschlossen. Den Favoriten der Königin kannten sie vom Winter. Sie alle wussten um die außergewöhnlichen Kampffähigkeiten des jungen Prinzgemahls, hatten sie teilweise in ihrer kurzen Ausbildung und in der Realität mit eigenen

Augen sehen können oder hatten sich an den – manchmal ausgeschmückten – Geschichten über seine Kämpfe und die der jungen Königin gelabt, während diese vor den Lagerfeuern oder Kaminen erzählt wurden. Sie wussten, dass er wohl bei Elfen aufgewachsen war, vertrauten seinen Fähigkeiten, seinem Wissen und seinen Worten. Die Königin vertraute ihm, und auch General Golbert. Wenn sie jemand zum Sieg führen würde, dann er.

„Seid versichert: Wir können diese Schlacht gewinnen! Ich würde mich nicht hier an eure Seite stellen, wenn ich mir dessen nicht absolut sicher wäre! Solange wir standhaft bleiben und nicht zurückweichen, können und werden wir siegen!"

Vereinzeltes Nicken ging durch die Rebellenreihen. Das war ein gutes Argument.

„Bleibt standhaft! Weicht keinen Schritt zurück! Für euer aller Leben! Und für die Leben eurer Familien, eurer Kinder! Für deren Zukunft! Heute legt ihr, jeder einzelne von euch, den Grundstein für diese Zukunft!"

Die Rebellen – Menschen, Orks, Zwerge, Gnomen, Halblinge, Nockanen und Lupusse – riefen zustimmend. Laut. Entschieden. Sie hatten alle Angst. Doch sie machten sich mit diesen Schreien Mut. Und den würden sie brauchen.

Tanmir trat einen Schritt zurück in die erste Reihe. „Auf mein Signal!"

„Die Beritte sind in Stellung, Oberst!"

„Die Infanterie ebenso, Oberst!"

„Danke, die Herren Hauptmänner." Kronberg amtete überheblich durch die Nase. „Nun denn ... Oberstleutnant, gebt den Befehl zum Angriff."

Der Oberstleutnant zögerte, schaute nachdenklich auf die Mähne seines Pferdes. Ihm gefiel die Situation immer weniger. Irgendetwas stimmte hier nicht. Irgendetwas hatten sie nicht bedacht.

„Oberstleutnant!", ermahnte Oberst Kronberg. „Den Angriffsbefehl!"

„Ähm ... Sehr wohl, mein Herr. Die Beritte in Angriffsformation!"

Der Befehl wurde unverzüglich durch die Offiziere weitergegeben, die Rufe hallten zur Anhöhe der Anführer wider.

„Diese Schlacht wird schnell vorbei sein", sagte Kronberg siegesgewiss.

Der Oberstleutnant hingegen war sich dessen nicht sicher. Aber er gab den Befehl zum Angriff.

„Sie greifen an", stellte General Franck Golbert fest, während von der anderen Seite des Schlachtfeldes die Hörner zum Angriff geblasen wurden.

Mia sagte nichts, sie griff die Zügel noch fester, hielt sich mit größter Mühe zurück, um entgegen dem was sie Tanmir versprochen hatte, Arna nicht anzuspornen und selbst nicht an der Schlacht teilzunehmen.

„Ich hoffe", nuschelte voller furchtsamer Aufregung der Kommissär Glomb, „der junge Herr Tanmir weiß, was war er tut."

Mia, die Königin von Isterien Maria Anastasia Bellegard d'Autrie, Tochter König Friedberts, antwortete nicht.

„Es geht los", flüsterte Larus, der unweit neben Tanmir in der Reihe der angespannten Rebellen stand.

Die Erde zitterte unter dem Dröhnen der Aberdutzenden von Hufen, die auf sie zustürmten, gefolgt von einer angriffsbereiten Kompanie Infanteristen, die niedermachen sollten, was von dem Angriff der Reiterei übrigbliebe. Obwohl man den Blick auf diese rasch hinter der geschlossenen Masse der südreicher Beritte verlor.

Die Rebellen hatten das erwartet.

„Macht euch bereit!", befahl Tanmir. Die Offiziere gaben den Befehl die Reihe entlang weiter. „Niemand hebt die Stämme, bevor ich es sage! Erst auf mein Signal!"

Ihm war, als höre er die hinter und neben ihm stehenden Rebellen schlucken. Doch sie alle wussten, was sie zu tun hatten.

„Habt keine Furcht! Bleibt standhaft! Nur dann werdet ihr überleben!"

Tanmir fixierte die heranrückende Reiterkavalkade. Die Staubwolke, die sie hinter sich aufwühlte, verdeckte bereits die Anhöhe, auf der sich die feindlichen Anführer befanden.

„Ich hoffe", murmelte Hauptmann Sophie Berceau, nur drei Personen weiter neben Tanmir gestanden, „du weißt, du tust, Tanmir …"

Tanmir, aufgewachsen unter den Elfen aus Lathál, Kommandant der Rebellion und Prinzgemahl der Königin Isteriens, antwortete nicht.

„Zentauren greifen immer massiv in ihren ganzen großen Horden an", erklärte Tanmir der Versammlung. Die Rebellionsführung hörte eindringlich zu. „Sie nutzen die Stärke ihrer gesamten Horde, um ihre Feinde einfach niederzutrampeln. Und dort, wo sie drüber hinwegreiten, bleibt kein Stein auf dem anderen. Sie sind sogar imstande, junge Bäume niederzureiten, mit gezimmerten Scheunen haben sie gar keine Probleme. Sie sind sich ihrer Stärke durchaus bewusst. Und ihre Feinde ebenso. Selbst Rudel von Säbelzahntigern, einige der gefährlichsten Raubtierarten im Elfland, fliehen bei den Angriffsformationen von Zentauren wie kleine Schoßkätzchen. In der Regel wählen Zentauren ihre Reviere nicht in der Nähe der Elfenstädte aus, aber manchmal kommen sie denen gefährlich nahe. Um sie zu vertreiben, fordern die Elfen sie heraus, indem sie sich in ihr Revier begeben. Und die Zentauren nehmen diese Herausforderung an. Sie attackieren die Elfen immer auf die gleiche Weise: In voller Stärke galoppieren sie auf sie zu."

„Und wie verteidigen sich die Elfen?", wollte Sophie Berceau wissen.

„Im Grunde ganz simpel, aber umso effektiver. Sie fertigen riesige Speere, hoch wie zwei ausgewachsene Männer. Sie fällen Kiefern und spitzen die Stämme an. Mit diesen Stämmen halten sie den Sturm der Zentauren auf, dämpfen die Wucht des Aufschlages vollständig, während sie ihren Feinden enorme Verluste zufügen."

„Ihr meint", nahm Hauptmann Paul Belford an, „dass die Elfen die Stämme als Verteidigungslinie in den Boden rammen? Das ist aber doch keine Neuheit der Elfen. Das sind Standardmaßnahmen, die seit Generationen Anwendung finden. Ich befürchte nur, dass das die Reiterei Steinhands und Kronbergs nicht aufhalten wird. Sie können die Verteidigung leicht umgehen."

„Das Konzept der festen Verteidigungslinie meine ich eben nicht, Hauptmann", stellte Tanmir eindeutig klar. „Ihr habt recht, wenn dies mein Vorschlag wäre, wäre das wirklich nicht sonderlich innovativ und förderlich für unsere Sache. Ihr habt auch dahingehend recht, dass eine solche Verteidigungslinie jeden Feind warnen würde. Deswegen kämpfen Elfen so eben nicht gegen Zentauren, denn eine solche Linie von spitzen Baumstämmen warnt sie und lässt sie aus anderem Winkel oder anderer Position heraus angreifen. Und die Beritte Kronbergs erst recht. Nein. Die Stämme sind nicht präpariert im Boden, sondern liegen bereit am Boden, zwischen den Reihen der Krieger, getarnt unter Erde und Gras, damit man sie aus der Ferne nicht sehen kann. Sie werden erst im letztmöglichen Augenblick angehoben, wenn kein Zentaur oder kein Panzerreiter mehr abbremsen kann."

Tanmirs Worte lösten ein langes Andauern von Stille aus, in dem die Anwesenden sich vorzustellen begannen, was der junge Mann erklärt hatte.

„Verstehe", murmelte Heerführer Larcron als Erster. „Aber die Stämme müssen doch trotzdem irgendwie im Boden verankert werden, sonst haben sie doch keinen Halt."

„Nein", widersprach Tanmir. „Eben nicht. Durch die heftige Wucht des Aufpralls und dem diagonalen Winkel, in dem sie den Angreifern entgegengehalten werden, verfestigen sich die Stämme von selbst in der Erde, während sie die Feinde aufspießen und ihren Vormarsch abrupt stoppen. Angespitzte Baumstämme und der Erdboden sind zusammen stärker als jeder Zentaur. Die einzige Aufgabe, die die Elfen haben, beziehungsweise die wir haben werden, ist, die Stämme zu heben und frontal in einem diagonalen Winkel gerade nach vorne zu halten. Mit allen Kräften, die wir aufbringen können."

„Dabei können meine Orks sicherlich behilflich sein", sprach mit tiefer und bassintensiver Stimme der Ork-Häuptling. „Orks sind – nichts für ungut – allgemein stärker als Menschen."

„Unbedingt, Häuptling." Tanmir nickte gewichtig.

Die Versammlung brauchte eine Zeit, diesen Plan zu verstehen und sich vorstellen zu können. Den einen gelang es gut. Anderen weniger. Und so kam es noch zu einer immer hitziger werdenden Diskussion über das Für und Wider des Plans des Prinzgemahls Tanmir.

Bis Mia sie schließlich mit kräftiger Stimme unterbrach.

„Ruhe! Schluss jetzt! Es reicht! Der Feind rückt gegen uns vor! Wir haben keine Zeit, uns gegenseitig anzuschnauzen! Es steht uns ein gewaltiger Kampf bevor und wir müssen jetzt wissen, wie wir diesen ausfechten werden. Ich habe viele Argumente gehört, sowohl pro als auch contra Tanmirs Plan. Doch ich habe keinen alternativen Vorschlag gehört, keine alternative Strategie, keine andere Idee. Jedenfalls keine, bei der auch nur ein Hauch auf Erfolg besteht. Denn feststeht, dass der Feind gegen uns mit zahlreichen Berittenen mobil macht, dass er uns niedertrampeln will, wie es Zentauren mit ihren Feinden im Elfland tun. Fakt ist, dass uns das unausweichlich bevorsteht. Und Tanmir hat uns eine Möglichkeit aufgezeigt, wie wir uns dagegen wehren können. Wenn jemand allerdings einen besseren Vorschlag hat, fordere ich diesen jemanden auf, seinen Plan vorzutragen."

Mia gab allen Versammelten ein paar sehr stille Sekunden lang die Möglichkeit, einen Gegenvorschlag zu äußern. Niemand machte davon Gebrauch.

„Da dies anscheinend nicht der Fall ist, bleibt uns nach dem Ausschlussverfahren nur Tanmirs Plan. Fahre bitte fort, Tanmir."

Tanmir zwinkerte seiner Mia mit einem verborgenen Lächeln zu, stand auf. „Wir müssen sofort damit beginnen, Kiefern zu fällen und sie entsprechend zu bearbeiten, anzuspitzen. Im wahrsten Sinne werden diese Baumstämme in der kommenden Schlacht unsere Speerspitze sein. Und wir brauchen viele davon. Es darf keine Lücke bleiben, durch die ein Pferd durchbrechen könnte."

Die Versammelten schwiegen.

„Ich sage, dass wir eine Chance haben", bekräftigte Tanmir. „Ich habe lebende Zentauren gesehen. Sie sind nicht so, wie in den Geschichten und Legenden von uns Menschen fabuliert. Ihre Unterkörper ähneln denen von Pferden nur optisch. In Wahrheit sind Zentauren größer, schneller und stärker als jedes Schlachtross. Wenn die Strategie der Elfen regelmäßig zum Sieg gegen Zentaurenhorden führt, sodass diese sich vollständig zurückziehen, werden wir das auch mit acht Fähnlein Panzerreitern schaffen."

Der Aufschlag der Reiterei stand unmittelbar bevor. Die Rebellen warteten auf das Signal. Sie warteten ungeduldig auf das Signal, die unter Gras und Erde vor den Blicken der feindlichen Späher verborgenen und getarnten angespitzten Kiefernstämme zu packen und anzuheben, auf dass sie damit den Vormarsch der feindlichen Reiter aufhalten würden. Sie zitterten und schwitzten vor Nervosität.

Auch Larus zitterte und schwitzte, ballte eine Faust und entspannte die Finger, mit denen er gleich den unmittelbar neben seinem linken Fuß liegenden Kiefernstamm greifen wollte. Ihm war heiß, obwohl es an diesem frühen Märztag noch etwas kühl war.

„Warten", befahl Tanmir.

Larus schluckte. Die Reiter kamen immer näher. Der Boden bebte immer stärker.

„T-Tanmir?", stotterte er.

„Ich sagte, warten!"

Der Bursche schluckte. Ebenso wie auch Hauptmann Berceau. Neben ihrem Fuß lag auch einer der zahlreichen Stämme, die sie in den letzten Tagen unter Hochdruck fertig gemacht hatten.

„Noch nicht."

Die Spannung war unerträglich. Die Erde bebte von den Hufen der anstürmenden Pferde wie bei einem Erdbeben. Wem jetzt noch nicht die Knie schlotterten – und das kam eigentlich überhaupt nicht vor – dem schlotterten sie durch die rumorende Erde automatisch.

„Warten …"

Es war nicht auszuhalten. In wahnsinnigem Tempo, mit vorgestreckten Lanzen kamen die Reiter immer näher, näherten sich wie eine Wand. Eine Wand, die den Tod brachte.

Diese Wand kam so nahe, dass man schon das weiß in den Augen unter den Helmen der Berittenen sehen konnte.

Doch dann endlich der erlösende Befehl.

„Jeeeeetzt!"

„Jeeetzt", gaben Larus, Berceau, Belford und die Leutnants den Befehl weiter, indem sie sich förmlich die Kehlen herausschrien – was nicht nur an dem lauten Hufgetrappel der Angreifer lag, welches es zu übertönen galt, sondern auch an der Welle von Stresshormonen, die sie alle erfasst hatte.

Die Stämme hoben sich. Mit mächtigen Kampfschreien machten sich die Rebellen Mut, schrien gegen ihre Angst und die Übermacht an Feinden an, schrien sich Kraft an, mit der sie die Stämme gepackt und diagonal schräg nach vorne hielten.

„Weißt du, dass du verdammt heiß bist, wenn du wütend bist?"

„Ha-ha." Mia war nicht nach Scherzen zumute. Sie stand mit verschränkten Armen an einem Felsvorsprung und blickte auf das Lager unter ihnen, auf die Frauen und Männer, die eindringlich alles für die Schlacht vorbereiteten, die die gefällten Kiefernstämme trugen, sie schleiften und anspitzten, riesige Pflöcke aus ihnen machten. Sie wurden aktiv von der Bevölkerung Shrebours unterstützt. Jeder, ob alt, ob jung, ob Mann, ob Frau, Junge oder Mädchen, Bauer oder Offizier, alle halfen mit, die Stämme vorzubereiten. Denn an diesem Plan lag ihrer aller Zukunft.

„Ich weiß noch", erinnerte sich Tanmir, „wie wütend du mich angefunkelt hast, als wir uns kennenlernten. Damals im Inkarnat. Ich hatte richtig Angst."

„Hattest du nicht."

„Stimmt." Er zuckte mit den Schultern. „Ich wusste, wenn du mich hättest töten wollen, hättest du es getan. Es hätte sich deine Klinge nicht *an* meinem Hals, sondern *in* meinem Hals befunden, ehe ich etwas hätte unternehmen können."

Mia antwortete nicht, schaute unablässig mürrisch in die Ferne.

Tanmir ging zu ihr. Er stellte sich gleich hinter sie, legte seine Hände an ihre Taille, und gab ihr ein Küsschen auf die Wange. „Das wird schon", sagte er leise.

„Das ist es nicht", murrte Mia. „Ich finde es zum Kotzen, dass so ein Theater um mich gemacht wird, nur weil ich die Königin bin. Die ach so wichtige Königin, pah! Ich kann auf mich selbst aufpassen! Ich bin früher jahrelang allein zurechtgekommen, während mich alle für tot hielten. Da hat auch keiner nach mir gefragt und gesagt: *Ihr seid die Königin, Ihr seid zu wichtig, Ihr dürft nicht an die Front, alles hängt von Euch ab,* bla, bla, bla!" Sie ließ den Blick über das Lager der Rebellen schweifen, wo sich neben den Vorbereitungen der Kiefernspeere die

Soldaten zum Kampf bereit machten. „Das alles hier ist letztendlich wegen mir. Alle riskieren hier ihr Leben wegen mir. Und ich, diejenige, um die es geht, stehe in der letzten Reihe und drehe Däumchen. Das passt mir nicht! Alle hier ziehen sie in den Kampf. Und Golbert und der Rest meinen ernsthaft, ich solle mich raushalten. Sogar du!"

„Och, Liebste, das Thema haben wir doch besprochen."

„Haben wir auch. Aber ich weiß nicht, ob ich mich daran halte."

„Mia. Vergiss nicht, du hast es mir versprochen. Und Golberts Argumentation ist im Falle einer solchen Schlacht nachvollziehbar. Du bist die Königin Isteriens. Es ist wahr, du bist zu wichtig, um dich in solche Gefahr zu bringen. Die Rebellion steht und fällt mit dir."

„Und ich stehe und falle mit dir, Tanmir. Wenn dir in der Schlacht etwas passiert …"

„Ach, du weißt doch, ich bin nicht so leicht zu töten."

„Aber das jetzt ist etwas anderes, als es mit ein paar Söldnern oder Banditen auf der Landstraße aufzunehmen oder als einen Kommandoposten aufzureiben. Das ist Krieg."

„Ich weiß. Deshalb bin ich auch gar nicht so traurig, dass du hinten bei der Generalität und den anderen Anführern bleibst. Ich kann nicht kämpfen, wenn ich um dich in Sorge bin."

„Ach, was? Seit wir uns kennen kämpfen wir Seite an Seite."

„Das schon. Aber du hast es gerade selbst gesagt. Wir kämpften zu zweit gegen ein paar Feinde. Und da hatte ich die ganze Zeit ein Auge auf dich, konnte dich jederzeit decken und beschützen. In einem Krieg, einer Schlacht, wie sie uns bevorsteht, kämpfen alle ums nackte Überleben. Da gibt es keine geregelte Fechtkunst, das herrscht nur blindes Hauen und Stechen. Das ist anders, als wenn wir in unserem gemeinsamen Stile kämpfen. Ich denke nicht, dass es mir da gelingen würde, mich auf den Kampf zu konzentrieren. Ich würde nur an dich denken können."

Mia schwieg, schaute grimmig zur Seite.

„Bitte, Mia. Dein Kampf wird noch kommen. Aber nicht hier und jetzt. Du bleibst in Sicherheit. Und damit gibst du mir Kraft."

„Wie denn das?"

„Ich weiß, dass du sicher bist, dass du diese Schlacht heil überstehen wirst. Um also zu dir zurückzukehren, muss ich diese Schlacht überstehen und gewinnen. Eine Alternative gibt es nicht."

„Na, toll. Und ich sitze da in Sicherheit auf meinem Hintern, während ich vor Sorge um dich wahrscheinlich den Verstand verliere."

„Ich muss in vorderster Linie sein, Mia. Nur ich weiß, wann der Befehl zum Heben der Stämme gegeben werden muss."

Abermals sagte sie nichts.

„Wenn du mir vor einem Jahr gesagt hättest, dass ich einmal Kommandant der Rebellion Isteriens sein werde und du die Königin, hätte ich dich für durchgeknallt erklärt. Ich hätte auch nicht gedacht, dass ich mal solche Parallelen zwischen der Menschen- und der Elfenwelt erkenne wie hier."

Mia nickte. „Ich bin froh, dass du es getan hast. Die Leute glauben an den Plan. Und ich glaube an den Plan."

Er schaute beschämt zu Boden. „Was ich bedaure, sind die Pferde unserer Feinde. Die armen Tiere können nichts dafür. Aber sie werden die größten Leidtragenden sein."

Die junge Frau konnte darauf nichts antworten.

Tanmir atmete durch, hob den Kopf wieder. „Aber leider ist es so. Das ist Krieg. Hm, der Elf in mir wird nie verstehen, wie eine Spezies sich gegenseitig so bekämpfen kann. Der Elf in mir wird Krieg und diese Art der Menschheit mit ihresgleichen zu kämpfen niemals verstehen. Aber so ist es unter den Menschen nun einmal. Leben kostet Geld, und Freiheit kostet Blut."

Mia verzog den Mund. Er hatte leider recht.

„Es ist jetzt so, wie gesagt." Tanmir zuckte mit den Schultern. „Wir wussten, was uns in Isterien erwarten würde. Wir sind mit dem Wissen hierhergekommen, was es bedeutet. Wir haben diese Entscheidung getroffen, haben uns für diesen Kampf entschieden."

„*Ich* habe das entschieden", korrigierte Mia. „*Ich* wollte nach Isterien zurück. Nicht du."

„Aber ich unterstütze dich in dieser Entscheidung und nehme sie als meine an. Als unsere Entscheidung. Wir beide, Mia. Zusammen. Wie immer."

„Ja klar", schnaubte sie. „Zusammen. Wenn es so wäre, würde ich in dieser Schlacht an deiner Seite kämpfen. Und was ist? Du stehst in vorderster Front und ich in der hintersten Zuschauerreihe, während ich mir 'n Teechen trinke. Argh!" Die junge Kriegerin knurrte wütend, starrte abermals zornig aufs Lager.

Tanmir schmunzelte. „Nun komm, Mia, lächle doch mal. Bevor es losgeht, will ich nochmal dein wunderschönes Lächeln sehen."

„Tss."

„Also, Liebste, ich werde nicht gehen, ehe du mir ein Lächeln geschenkt hast."

„Da kannst du lange warten."

„Ach, meinst du?" Er begann sie mit den Fingern an der Taille und am Bauch zu kribbeln. Er wusste genau, an welchen Stellen sie empfindlich und kitzlig war.

„Lass das …" Mia versuchte sacht, seine Arme von sich zu drücken. Doch er nutzte seine körperliche Stärke aus und ließ es nicht zu, kitzelte sie weiter.

„Hey …", kicherte sie schließlich. „Nun hör schon auf, du …"

Tanmir stoppte, umschlang ebenfalls kichernd ihren Bauch und umarmte sie, schmiegte sich fest an sie. „Ahh, da ist doch das Lächeln, das ich wollte. Jetzt geht's mir schon besser."

Mia drehte sich langsam zu ihm um. „Ich hab noch was für dich", flüsterte sie und gab ihm einen liebevollen und leidenschaftlichen Kuss.

Nachdem sich ihre Münder wieder voneinander lösten, atmete Tanmir tief durch. „Jetzt geht's mir *noch* besser. Die Schlacht kann kommen."

Das Mädchen legte ihm die Hand auf die Wange, blickte ihn besorgt an. „Bitte pass gut auf dich auf, mein Liebster."

Der junge Mann schmunzelte. „Mach ich doch immer."

„Ich meine es ernst, Tanmir. Sei bitte vorsichtig. Ich wüsste nicht, wie ich … ohne dich weiterleben sollte."

„Das musst du auch nicht wissen, weil wir uns wiedersehen werden." Er strich ihr mit den Fingern durch die Haare an der Schläfe, die sie heute offen trug. „Und wenn wir uns später wiedersehen, dann ist das alles hier vorbei."

Mia küsste ihn sehnsüchtig.

„Komm her." Er umarmte sie innig. „Wir werden diese Schlacht gewinnen. Ich habe während der *Reife* Zentauren gesehen. Ich habe gelernt, sehr ausführlich gelernt, wie die Elfen gegen sie kämpfen. Ich weiß, wovon ich rede und was ich zu tun habe. Ich mache das schon. Ich werde in dieser Schlacht nicht sterben. Und wir beide, wir sehen uns wieder. Man hat dich mir schon einmal weggenommen. Das werde ich nicht wieder zulassen. Ich komme zu dir zurück, meine Liebste."

„Versprich es. Versprich es mir, Tanmir."

Er antwortete ohne zu zögern, drückte sie noch fester an sich. „Ich verspreche es, Mia."

Schreie. Wiehern. Blut. Schmerz.

Der Aufprall kam noch wesentlich heftiger, als sie es sich vorgestellt hatten. Für kurze Zeit sahen sie schlicht gar nichts. Sie spürten lediglich die gewaltige Druckwelle, die sie überkam, als die Panzerreiter auf die Reihen der Rebellen trafen. Im nächsten Moment wurde es noch fürchterlich lauter als mit dem Dröhnen der Reiterei zuvor. Die Geräuschkulisse war abscheulich. Es war das Schrecklichste, was Tanmir in seinem Leben je gehört hatte. Die entsetzlichen Schreie der armen Pferde, die von den Stämmen aufgespießt wurden. Die Schreie der feindlichen Soldaten, welche auch teilweise von den Stammspitzen erfasst wurden. Manche von ihnen wurden auch aus den Sätteln geworfen, zwischen den ineinander geratenden Pferden zerquetscht oder zertrampelt. Andere Fortgeschleuderte landeten gar in den Reihen der Rebellen, wo sie dann unter den massenhaften Hieben der Verteidiger ihr rasches Ende fanden.

Schreie. Wiehern. Blut. Schmerz.

Tanmir spürte Blut in seinem Gesicht. Er war der einzige Rebell, der keinen Helm trug. Ein Helm beeinträchtigte seine Sicht und seine Bewegungsfreiheit. Daher konnte er aus seinen Augen nun alles ganz genau erkennen, was hier vor sich ging. Er war hart im Nehmen, aber dieser groteske Anblick ließ selbst ihn erschaudern. Begleitet von den Schreien der Pferde und Südreicher hatte sein Blickfeld einen roten Unterton. Alles war rot von Blut. Nichts war ohne Blutspritzer davongekommen. Die Pferde hingen hilflos auf den Pflöcken, die feindlichen Reiter zuckten zwischen den Körpern ihrer aneinandergepressten Tiere, kreischten unter ihnen, wenn sie am Boden lagen und zertrampelt wurden, jammerten, wenn sie selbst durchlöchert waren von den Kiefern.

Es war schrecklich.

Es war entsetzlich.

Doch Tanmir musste sich konzentrieren, musste sich auf die Schlacht konzentrieren.

Die Welle der Reiterei war fürs Erste aufgehalten. Doch das war nur Schritt eins des elfischen Plans, der hinter dieser Strategie steckte.

„Bogenschützeeen!", schrie Tanmir, und auch dies wiederholten Larus, Berceau, Belford und die Leutnants.

Die Reihen der Rebellen unmittelbar hinter den letzten, die die Stämme hielten, griffen nach den auf dem Boden bereit liegenden Bögen und Pfeilen.

Der zweite Teil von Tanmirs Plan bestand genau in ihnen. Die Bogenschützen – darunter mehr Frauen als Männer – schossen Pfeilsalven zwischen die die Stämme haltenden Rebellen hindurch, genau in die bereits aufgeriebenen und chaotischen Panzerreiter, deren Rüstungen und Kettenpanzer auf diese kurze Distanz kein Hindernis für die abgeschossenen Pfeile bildeten.

Genauso taten es auch die Elfen gegen Zentauren: Erst das abrupte Abbremsen des feindlichen Angriffs, und dann im zweiten Schritt das Ausdünnen der Feinde mit Pfeil und Bogen.

Die Pfeile zischten durch die Schreie und das Wiehern hindurch, trafen und sorgten so für noch mehr Schreie. Noch mehr Blut. Noch mehr Tod.

Und dann, nach nur ein paar Momenten, nach nur drei, vier Pfeilsalven, folgte der dritte und letzte Schritt: Nach dem Ausdünnen der Gegenangriff.

„Was ist da los, Soldat?" Oberst Kronberg rutschte im Sattel hin und her. „Was ist los?"

„Die Reiterei ist nicht durchgebrochen!", hechelte der herangerittene Bote vom Feld.

„Was?! Wie denn das?!"

„Wir stecken fest! Die Rebellen halten uns mit massiven Holzbarrikaden auf!"

„Wie bitte?! Wie ist das möglich?! Was für Holzbarrikaden?! Was geht hier vor?!"

„Die Rebellen", ergriff der Oberstleutnant das Wort, der mit zusammengekniffenen Augen zur Schlacht starrte, sodass sich neben seinen Augenwinkeln tiefe Krähenfüße warfen, „haben anscheinend irgendwelche Verteidigungspflöcke aufgebaut, die sie vor uns versteckt haben."

„Versteckt?! Inwiefern versteckt?! Wie konnten unsere Späher das übersehen?!"

„Ich weiß es nicht, Herr ..."

„Verflucht! Die Reiterei soll sich neu formieren! Den Feind flankieren! Sie dürfen nicht blindlings angreifen! Geordnete Formationen!"

„Aber dahinter sind unsere Infanteristen, Herr! Die Reiter haben keinen Platz ..."

„Dann sollen sie sich den machen! Neu formieren und erneut angreifen! Sofort! Und die Bodentruppen vorrücken! Looos!"

„Du hast es gehört, Junge!", rief der Oberstleutnant dem Boten zu. Dieser wendete das Pferd und galoppierte zurück zur Schlacht.

„Es funktioniert!", schrie der Kommissär Johann Glomb euphorisch, der bis zuletzt Zweifel gegen den Plan des Kommandanten und Prinzgemahls hegte. „Es funktioniert tatsächlich!"

„Die Reiterei steht", stellte Franck Golbert kontrolliert fest. „Sie sind nicht durchgekommen. Und werden jetzt blockiert von den eigenen Fußtruppen. Tanmir und die anderen gehen nun zum Gegenangriff über."

Mia sagte keinen Ton, zuckte mit keiner Wimper. Sie wusste, dass die wahre Schlacht erst jetzt begonnen hatte. Und sie verfluchte sich, auf Golbert, die anderen und ganz besonders Tanmir gehört zu haben. Sie verfluchte sich, jetzt hier zu sein, gute zweihundert Schritt vom Kampf entfernt zu sein, nicht an Tanmirs Seite zu sein.

Sie sollte da bei ihm stehen. Jetzt. In diesem Moment. Da unten, wo die Schlacht herrschte. Sie sollte ihm den Rücken decken, ihn schützen, dass ihm nichts geschehe.

Doch sie war hier oben. Und Tanmir dort unten.

Sie spürte, wie eine widerliche Hand in ihrem Bauch eine Faust ballte, die gegriffenen Gedärme umher zu reißen begann, dass es ihren ganzen Körper erschütterte.

Mia wusste, dass das, was sie fühlte, die schrecklichste, abscheulichste Form der Angst war.

„Angriiiiiff!" Tanmir eröffnete den dritten und letzten Schritt seines Plans. Er zog das Schwert, sprang zwischen zwei aufgespießten Pferden hindurch, über die Leichen von aus dem Sattel gefallenen, zertrampelten Berittenen, direkt ins Getümmel der verwirrten und geschockten Angreifer. Kaum jemand war noch auf den Pferden geblieben. Die meisten wurden abgeworfen, andere waren freiwillig abgesprungen, während die Pferde, die reiterlosen sowie die berittenen, panisch und unkontrolliert davonzurennen begannen.

Tanmir erblickte schnell den ersten Feind. Das Schwert sang, fällte den Gegner. Er parierte den Schlag eines zweiten, der dahinter aufgetaucht war und konterte mit einem schnellen Hieb über den Rumpf. Dann durchbohrte er einen dritten, der noch auf seinem bewegungsunfähigen Pferd saß, riss ihn herunter und gab ihm auf dem Boden den Rest.

Hinter ihm schossen die Rebellen hervor, die mit Schreien den Kampfeseifer schürten und wie Berserker auf alles und jeden einschlugen, was oder wer die schwarz-weißen Farben Südreichs trug.

Und im nächsten Augenblick befanden sie sich in offener Feldschlacht.

Es war anders als alles, was Tanmir jemals erlebt hatte. Gewiss, ihm war von vornherein bewusst gewesen, dass eine offene Schlacht nichts mit geregelter Fechtkunst zu tun hatte, dass hier lediglich das blanke Überleben zählte, dass man hier umringt von Klingen, Spießen und Hämmern nur den Spagat zwischen Tod und Leben hielt.

Doch seine Vorstellung hatte nicht ansatzweise ausgereicht, sich vorzustellen, was ein solcher Kampf wirklich war.

Auf sein feines elfisch geschultes Gehör konnte er sich nicht verlassen. Da war nur eine albtraumhafte Kakofonie von Schreien, Ächzen, Stöhnen, Geklirr von aufeinanderprallendem Stahl, zertrümmerten Rüstungen, zerfetztem Fleisch und schmerzerfülltem Pferdewiehern zu hören. Hier war es unmöglich für Tanmir, seine Umgebung auch über seinen Gehörsinn wahrzunehmen. Ebenso über das Fühlen der Luftstöße auf seiner Haut. Erstens war er am Körper in einen Kettenpanzer und vernietete Arm- und Beinschienen gekleidet, welche jeden spürbaren Luftzug ausschlossen. Zweitens war ringsum so viel unstete und unkoordinierte Bewegung zu spüren, dass selbst der bestausgebildetste Elf hier nichts für seinen Kampf hätte erspüren können. Mit dem Sehen war allerdings auch nicht allzu viel. Denn hier war ein solches Chaos aus Pferden, Soldaten und Blut, auf dermaßen engem Raum, dass man überhaupt nichts sehen konnte, was nur drei Meter weiter auf einen wartete. Es war wie ein höllisches Schachbrett, bei dem man vor lauter blutgesprenkelter Figuren nicht den König und die Dame sehen konnte, die dahinter untergingen.

Daher blieb selbst Tanmir nur das Hauen und Stechen mit seinem Schwert, das Eliminieren der Feinde, die in seinem Blickwinkel auftauchten. So viele und so schnell wie möglich.

Und das tat er. Die hinter der Reiterei herangerückten feindlichen Bodentruppen waren nach dem anfänglichen Schock allmählich in die Offensive übergegangen, bahnten sich ihren Weg durch die feststeckenden Reiter, unterstützten ihre Brüder im Kampf.

Eine offene Schlacht. Hinwegschreitend über am Boden liegende Pferde und Menschen nahm Tanmir, gefolgt von den schreienden Rebellen den Kampf mit den Feinden auf. Seine Klinge fuhr durch die Kettenhemden und schwarzweißen Gambeson der Südreicher. Auch wenn dieser Kampf nichts mit Fechten zu tun hatte, war Tanmir schneller als jeder Feind, hatte schnellere Reflexe und besseres Bewegungsvermögen. Er schlug die Gegner nieder. Hinter ihm folgten die Rebellen, die sich wie hungrige Wölfe in diesen Kampf auf Leben und Tod stürzten.

Tanmir schlug, schlug, parierte, schlug, schlug, sprang, wich zur Seite, schlug, schlug, schlug. Zwischenzeitlich sah er mal gar nichts, da ihm eine so große Blutfontäne ins Gesicht gespritzt war, dass sie ihm die Augen bedeckte. Einmal hatte ihn ein gepanzertes Pferd beinahe umgestoßen, das sich unter panischer Angst einen Weg hinaus aus dieser Hölle suchte. Ein anderes Mal war er über einen verstümmelten Leichnam gestolpert. Der Boden bot kaum mehr einen sicheren Stand. Er war so sehr aufgewühlt und zertrampelt von Stiefeln und Hufen, so sehr getränkt von Blut, matschig und löchrig, dass man kaum mehr darauf stehen konnte. Tanmir, trotz seines übermenschlichen Gleichgewichtssinns, hatte arge Probleme damit, die aufrechte Position zu erhalten.

Er selbst kämpfte auch so, wie es hier alle taten. Nur überleben. Alles niederhauen, was einem in den Weg kam. So zu kämpfen, wie Tanmir es von klein auf gelernt hatte, war hier unmöglich. Keine geregelte Atmung, dafür war gar keine Zeit. Für keine der gewohnten Kampfbewegungen, seien es Ausweichmanöver oder Pirouetten, boten weder der Platz noch der Untergrund eine Raum. Nur Hauen, schlagen, stechen. Hauen, schlagen und stechen nach dem, was die feindlichen Farben trug. Aber leider auch manchmal nach dem, was die eigenen Farben trug. Denn Tanmir sah, dass in der Panik der Schlacht, der Panik in diesem Pandämonium des Todes sogar ein paar Rebellen durch die von Unordnung und Angst geschwungenen Schwerter ihrer eignen Leute fielen. Jeder Gefallene, ob Südreicher oder Rebell, starb in einem endlosen Durcheinander, stürzte zu Boden, der übersäht wurde von Leichen.

Um Tanmir herum waren ununterbrochen die Schreie, ununterbrochen das widerliche Zischen von Klingen, die sich in Fleisch bohrten, ununterbrochen das dumpfe Scheppern von Kriegshämmern, die Knochen und Schädel zermalmten, ununterbrochen das heftige Schlitzen von Äxten, die Körper spalteten und Gliedmaßen abtrennten. Und immer mehr Schreie, Schreie, Schreie.

Tanmir hörte nicht mehr darauf. Allmählich ging diese Kakofonie in seinen Kampf über. Allmählich gingen das Blut und das Chaos von kämpfenden Soldaten in dieses fürchterliche Gemälde über.

Es blieb nur noch der Kampf. Nur noch das blanke Töten ums Überleben. Es blieb nichts anderes mehr. Nichts.

Es blieb auch nicht die Orientierung nach der Tatsache, dass er und seine Rebellen immer weiter vorrückten, den zahlenmäßig unterlegenen Feind immer weiter zurückdrängten.

Es blieb nur noch der Kampf. Nur noch das blanke Töten ums Überleben. Es blieb nichts anderes mehr. Nichts.

Nicht einmal der Gedanke an seine Mia existierte noch für ihn.

„Tanmir und seine Truppen rücken vor! Wir haben die Oberhand, Majestät!"

Arna tippelte und schnaubte. Wie auf die anderen Pferde übertrug sich auch auf die Schneestute aus dem Hohen Norden die Aufregung der Rebellionsführer, die kaum fassen konnten, Zeugen eines großen, eines erheblichen, eines nie erwarteten Sieges über die Besatzer aus Südreich zu werden.

Noch während sie weiter zu jubeln begannen, hüllte sich Mia in einen Schleier königlicher Ruhe. Doch darunter lagen Furcht und Panik. Anhaltend hörte sie die zahlreichen Schreie von unten her, das Klingengeklirr, das Schlitzen von Schwertern, die entsetzlichen Geräusche einer Schlacht, von denen sie wusste, dass sie sie wohl in den nächsten Tagen in ihren Träumen sehen und hören würde. Und irgendwo dazwischen war ihr Tanmir.

Trotz des bevorstehenden Sieges fühlte Mia nur Angst. Große, entsetzliche Angst.

Plötzlich Luft. Plötzlich Sicht.

Tanmir begann wieder zu sehen, was sich durch sich lichtende Reihen der Feinde erklärte. Jetzt wurde ihm bewusst, dass seine Leute die Oberhand hatten, dass die Südreicher unkontrolliert zurückwichen. Er riskierte einen Blick zurück, sah, dass er nicht alleine war. Im Gegenteil. Hinter ihm waren zahlreiche der Rebellen. Hinter ihm schlugen sich zahlreiche der Rebellen. Hinter ihm war, blutverschmiert, schreiend und mit dem Katana wild um sich schlagend, Larus. Hinter ihm war, mit dem eingedepperten Schild vorrückend und mit dem Kurzschwert aus der Deckung zuschlagend, Hauptmann Sophie Berceau. Hinter ihm war der alte Ork-Häuptling, der mit zwei orkischen Äxten in den Händen kämpfend bewies, dass selbst ein gealterter Ork in seiner Kampfkraft der eines jungen wenig hinterherstand. Hinter ihm war der Zwerg Arutos, der seine zweischneidige Zwergenaxt mit immenser Kraft gnadenlos gegen seine Feinde einsetzte. Und da waren noch viele andere Rebellen, die unbeirrt weiter vorrückten, zweifellos im strategischen Vorteil, den anfänglichen Schockmoment des Feindes ob seines völlig verfehlten Schlachtplanes ausgenutzt zu haben.

Tanmir sah und realisierte wieder, was um ihn herum geschah. Jetzt musste er seinen klaren Kopf wiederfinden und seine Truppen zum Sieg führen. Denn nur ein Sieg würde ihn zu seiner Mia zurücklassen. Wer oder was ihn daran zu hindern versuchte, musste sterben.

„Mir naaach!"

Er sprang voraus. Der Boden war hier nicht mehr so sehr zerstört wie einige Meter zuvor. Die Umgebung war nicht mehr so einengend wie einige Meter zuvor. Die Kulisse war nicht mehr so unübersichtlich und einschränkend wie einige Meter zuvor. Das Hauptschlachtfeld lag hinter ihm.

Wo er nun war konnte er sich wieder mehr entfalten. Hier konnte er kämpfen, wie er es kannte. Und hier hatten die noch übrigen Feinde aus Südreich nicht den Hauch einer Chance.

Er war in vollem Lauf. Parade links und sofort Konter über Hals und Schulter. Parade rechts, Gegenschlag unter die Achsel. Tanmir lief weiter. Blitzartiger Vorstoß, Florettstich durch den Bauch. Ausweichen eines Speerstoßes von der Seite, packen des Schaftes mit kräftigem Rückwärtsruck, dass der Träger aus dem Gleichgewicht kam. Das Schwert aus der Gegenbewegung geschwungen. Es zerteilte den feindlichen Helm. Drei Schritte und gesprungenes Abheben in die Luft, im Sprung prompter gerader Schwertstoß, dass die Spitze einen Kehlkopf durch die Kettenhaube traf. Einem seitlich heranspurtenden Angreifer ausweichen und ihm einen Stoß geben, wodurch dieser in seiner Geschwindigkeit unkontrolliert weiterlief und von seinem eigenen Kameraden aus entgegengesetzter Richtung versehentlich mit dem Schwert durchbohrt wurde. Breiter Schwertschwinger in diese Richtung, um auch jenen Kameraden auszuschalten. Tanmir lief weiter. Mächtiger seitlicher Schlag mit dem Schwert gegen einen Schildträger. Der Schild weicht minimal ab, gibt den Weg frei zu dem Soldaten dahinter. Das Schwert schlitzt. Jenen dahinscheidenden Soldaten an der Schulter packen und wegschleudern, um ihn als Deckung vor zwei attackierenden Südreichern zu benutzen. Diese abgelenkten beiden indessen mit jeweils zwei abwechselnd geschlagenen Hieben zu ihrem Schöpfer zurückschicken. Tanmir lief weiter.

Eine Kampfmaschine.

Er konnte es nicht sehen, aber hinter ihm hatten ein paar der Rebellen den Kampf eingestellt, gebannt von dem Anblick des unaufhaltsamen Vorrückens Tanmirs, vom Anblick dieser unaufhaltsamen Kampfmaschine, der kein Südreicher etwas entgegenzusetzen vermochte.

„Das sieht nicht gut aus …", stammelte der Oberstleutnant. „Herr Oberst, die Rebellen haben die Oberhand. Unsere Reiterei kann keine neue Formation generieren … Die Bodentruppen sind in der Unterzahl … Wir … verlieren …"

Der Oberst sah das auch. Die ohnehin schon dicken Schweißperlen auf seiner Stirn wurden noch größer, liefen über die Schläfen hinab. Er brauchte auch nicht die Meldung des herannahenden Boten, dessen Pferd Schaum vom Maul versprühte, um die Ausweglosigkeit der Situation zu beurteilen.

„Herr Oberst! Herr Oberst, die Rebellen überrennen uns! Die Reiterei kann sich nicht formieren! Die Infanterie wird zurückgedrängt!"

Kronberg antwortete nicht, krallte die Finger in die Mähne seines Tieres. Er hatte schon einige Befehle durch Boten zum Schlachtfeld tragen lassen. Doch die wie Dämonen kämpfenden Rebellen machten jeden taktischen Zug seiner Reiterei zunichte.

„Eure Befehle, Herr Oberst?", erbat der Oberstleutnant, der wusste, dass es jetzt nur noch einen sinnvollen Befehl geben konnte.

Oberst Kronberg musste sich nun endgültig der desolaten Lage bewusst werden, musste schwermütig die Niederlage akzeptieren. Er hatte den Gegner unterschätzt und mit voller Kraft angegriffen, sodass er nun über keinerlei Ersatztruppen mehr verfügte.

Der Kampf war aussichtslos.

„Rückzug …", murmelte er unter großer Schmach schließlich, ehe er dann hektisch lauter sprach und sein Pferd wendete. „Rückzug! Alle Mann sofort zurückziehen!"

„Seht, Herr General!", rief die Halblingsfrau von der Oberau unter den bisher schweigsamen Herrschaften, die sich hinter der Königin und dem General befanden. „Ich glaube, Kronberg zieht sich zurück! Seht!"

„Ja." Golbert wischte sich die schweißnasse Stirn ab. „Die Heerführer treten den Rückzug an! Seht, Majestät! Sie ziehen sich zurück! Wir haben die Schlacht gewonnen! Tanmirs Plan war erfolgreich! Der Sieg ist unser!"

Mia teilte den Frohsinn und die Jubel Golberts und der anderen nicht. Im Grunde interessierte sie der Ausgang der Schlacht gerade überhaupt nicht. Sie interessierte nur eins.

Das Mädchen hielt es nicht mehr aus. Sie gab Arna die Sporen und ritt hinab zum Schlachtfeld.

„Eure Majestät! Wartet! So wartet doch!" Golbert gab seinem Braunen ebenfalls die Zügel. Doch mit der Schnelligkeit der Schneestute konnte der natürlich nicht im Ansatz mithalten.

291

Mia hörte seine Rufe nicht. Sie hatte nur einen von Angst gelenkten Gedanken.

Tanmir brachte sich in Positur, in die Grundhaltung, die man ihm eingebläut hatte, seit er aufrecht stehen konnte. Er blickte um sich. Doch da gab es keinen Feind mehr in der nächsten Umgebung. Der letzte nahe Feind, den er soeben niedergestreckt hatte, lag vor ihm.

Er war außer Atem, von oben bis unten mit Blut beschmiert, spürte es im Gesicht, schmeckte es auf den Lippen. Um ihn herum war es leerer, nicht mehr so voll und chaotisch wie zu Beginn der Schlacht. Es waren die ersten Sekunden seit dem Aufeinandertreffen der Reiterei mit der Verteidigung der Rebellion, dass er wieder ausführlich durchatmen konnte, dass er seine Gedanken wieder sortieren konnte, wieder etwas mehr sehen konnte als Blut und Tod.

Da hörte er auf einmal Schreie. Nein, keine Schreie wie jene, die ihm von der Schlacht jetzt noch in den Ohren klangen, sondern jubelnde Schreie, triumphierende Rufe.

„Sie ziehen sich zurück!"

„Sie fliehen!"

„Sie ziehen sich zurück!"

Tanmir schaute auf, sah, wie die wenigen noch verbliebenen Südreicher die Beine in die Hand nahmen und mit allem was sie konnten den Rückzug antraten.

Die Rebellen standen zwischen den Leichen von Südreichern und hoben die Waffenarme, bejubelten das Ende und den Sieg dieses blutigen Gefechts.

Tanmirs Blick fiel auf die zahllosen Gefallenen. Sein Blick fiel auch kurz hinter sich, auf die Spur von toten Südreichern, die er hinterlassen hatte. Er schluckte einen widerlich großen Klumpen Speichel hinunter.

Zum ersten Mal getötet – wenn auch seinerzeit unbeabsichtigt und aus Notwehr – hatte er mit etwa fünfzehn Jahren. Seither war er immer wieder dazu gezwungen worden, hatte es zwar nie gern getan, doch war das Töten ein ständiger Wegbegleiter in seinem Leben. Doch noch nie war es so wie heute. Heute hatte er in solchen Massen getötet, dass er gar nicht mehr wusste, wie viele Feinde durch sein Schwert gefallen waren. Eigentlich erinnerte er sich stets an fast jeden, dem er einst das Leben nahm. Heute war es anders. In diesem Chaos waren es keine Männer, die er getötet hatte. Es waren nur Silhouetten gewesen, Feinde, die er töten musste, damit er hier wieder lebend herauskäme. Er hatte nicht einmal die unter den Helmen steckenden panikerfüllten Gesichter seiner Opfer vor Augen, erinnerte sich an keinen Südreicher hier, dessen Blick von der schrecklichen Erkenntnis erfüllt war, dass er nun sterben würde.

Nur schwierig gelang es Tanmir, wieder vollkommen klar zu sehen, seine Umgebung wieder auf natürliche Weise wahrzunehmen. Ihm selbst wäre es wahrscheinlich auch so schnell nicht gelungen. Es war eine rufende Stimme, die ihn wieder vollständig zu Bewusstsein brachte. Denn nur diese eine Stimme vermochte dies.

„Tanmir!"

Er drehte sich um. „Mia!"

Sie kam auf Arna heran, brachte die Stute, die sich ihren Weg zwischen und über die Leichen hindurch gebahnt hatte, vorbei an den ausweichenden Rebellen, unmittelbar vor ihm zum Stehen. Arna ritt so heftig hierher, dass ihre Hufe noch drei gute Schritte über den morastigen Boden rutschten, ehe das Tier wirklich stand.

Mia sprang aus dem Sattel und auf ihn zu. Sie umarmte ihn, fiel ihm um den Hals. Es war ihr völlig egal, wie sehr er mit Blut besudelt war. Sie war einfach zu froh, dass er lebte. Und sie musste sich mit dieser Umarmung auch selbst ganz genau davon überzeugen, musste ihn an sich spüren, um zu wissen, dass er lebte.

„Du lebst …", schluchzte sie voller Aufregung und Erleichterung.

Tanmir vermochte nichts zu sagen. Er ließ das Schwert fallen und schloss die Arme um seine Mia, labte sich an der Berührung ihres weichen, warmen Körpers. Und bei der Alten Magie, das hatte er jetzt verdammt nötig.

„Sieg! Wir haben gesiegt!", schrien die Rebellen und hoben die Waffen stolz gen Himmel.

Mia und Tanmir öffneten die Augen. Die Rufe der Rebellen ebbten nicht ab. Ganz im Gegenteil. Obwohl überall ringsum nichts als verstümmelte Leichen lagen, sprangen die siegreichen Überlebenden wild herum, umarmten sich und schrien die Freude ihres Überlebens mit diesem Sieg aus sich heraus. Alle waren sie noch aufgedreht von den Massen an Adrenalin in ihren Venen, das durch die zurückliegende Schlacht freigesetzt wurde.

Mia und Tanmir indes jubelten nicht, betrachteten auch nicht die Offiziere auf der anderen Seite des Schlachtfeldes, die ihre Rösser wendeten und in die Gegenrichtung davongaloppierten. Sie hielten sich weiterhin im Arm, unendliche froh darüber, einander wiederzuhaben.

„Dieser Sieg war gewaltig", fasste der Kommissär Johann Glomb zusammen. „Mit einem Schlag haben wir den Besatzern ihrer Kavallerie entledigt. Diese Schlacht hat mit einem Mal das Blatt zu unseren Gunsten gewendet. Ich gebe zu, Herr Prinzgemahl Tanmir, ich hatte bis zuletzt Zweifel an Eurem Plan. Ich gestehe offen, dass ich mich geirrt habe. Von nun an werde ich nicht mehr an Euren Worten zweifeln."

Tanmir nickte dem Kommissär zu.

„Wie steht es um die Verluste?", wollte Mia wissen.

„Sie halten sich sehr in Grenzen", berichtete Heerführer Larcron, der einen Verband um den Unterarm trug. „Der Feind muss von unserer Taktik so überrascht gewesen sein, dass er sich kaum davon erholen und geregelte Kampfformationen aufbauen konnte. Das kam uns sehr zupass. Und keiner unserer Gefallenen ist vergebens und ohne Sinn gestorben. Sie sind für unseren Sieg gestorben. Sie alle haben ihr Leben für unsere Sache gegeben und der ganzen Rebellion damit Hoffnung geschenkt."

„Ihre Tode", sagte Mia eindringlich und mit unterschwelligem Zorn in ihrer Stimme, „haben erst Sinn, wenn dieser Krieg beendet ist. Wenn man das überhaupt so sagen kann."

Die Versammelten schwiegen. In ihre Nasen drang der Geruch des Rauches, den die Scheiterhaufen der Gefallenen erzeugten. In ihre Ohren drangen die dumpfen Schreie der Verwundeten, die in den Lazaretten versorgt wurden.

Etwa eine Stunde nach dem Ende der Schlacht war unter der Parlamentärflagge ein Bote Südreichs zu ihnen geritten gekommen, ein junger verängstigter Knappe. Er überbrachte offiziell die Nachricht vom Rückzug der südreicher Streitkräfte aus der Gegend um Shrebour sowie die Bitte, die eigenen Toten und Verwundeten vom Schlachtfeld holen zu dürfen. Selbstverständlich gestattete General Golbert den Südreichern jenes Gnadengesuch.

Noch den ganzen Tag, bis in die Nacht hinein, streiften Südreicher und Isterier – viele darunter, die erst vor einigen Stunden noch getränkt in Blut und Tod gegeneinander gekämpft hatten – über das Schlachtfeld, luden die Verwundeten auf Karren und transportierten sie zu Lazaretten ab, luden die Toten auf Karren und transportierten sie zu Scheiterhaufen ab. Die Rebellen hatten auf den Feldern unmittelbar vor Shrebour zahlreiche Scheiterhaufen aufgebaut, deren Geruch ihnen noch tagelang in den Nasen haften bleiben würde.

Nun war die Rebellionsführung wieder zusammengekommen, noch in dieser Nacht. Trotz aller Erschöpfung war für jeden der hier Anwesenden nach diesem Tag an keinen Schlaf zu denken. Dass sie hier bereits jetzt wieder sitzen konnten nach den Erlebnissen dieses Tages? Ganz einfach. Noch waren diese Erlebnisse einfach nicht in die Köpfe eingedrungen. Die wirklichen Nachwirkungen dieser Schlacht sollten erst ab morgen und in den kommenden Tagen die Gemüter der Rebellen wirklich einnehmen.

„Wie gehen wir nun weiter vor?", fragte die junge Königin. Denn obgleich die Rebellion einen gewaltigen Sieg errungen hatte, war der Krieg noch lange nicht vorbei, weshalb bereits jetzt das weitere Vorgehen geplant werden musste.

„Wir haben dank Herrn Tanmir", ergriff Hauptmann Paul Belford das Wort, „mit diesem Sieg eine völlig neue, nie vorgekommene Ausgangslage geschaffen. Die Besatzer stehen zum ersten Mal in der Defensive. Sie haben ihre größte Trumpfkarte mit einem Schlag verloren, ihre Kavallerie, ihre Panzerreiter, mit denen sie uns schon oft in die Knie und zum Rückzug gezwungen hatten. Und genau daran orientiert sich auch mein Vorschlag. Sie sind in der Defensive. Gehen wir in die Offensive. Bedrängen wir sie, reiben wir sie weiter auf. Sie können sich nur nach Süden zurückziehen. Befreien wir Stadt für Stadt hinter ihnen auf diesem Weg, lassen wir ihnen keine Atempause, drängen wir sie bis nach Rema. Früher oder später werden sie aufgeben und uns unser Land wieder überlassen."

„Das ist zu früh", intervenierte Johann Glomb. „Bei allem Respekt, Herr Hauptmann, aber wir können nicht mit blindem Voranschreiten den taktischen Vorteil riskieren, den wir uns nun mit so viel Mühe aufgebaut haben. Unser Feind ist geschwächt, ja, aber trotzdem noch gefährlich. Würdet Ihr Euch einfach auf einen verletzten, in die Ecke gedrängten Löwen stürzen? Wohl kaum, denn dieser Löwe bleibt gefährlich. Außerdem kann es jederzeit sein, dass König

Sigmund uns von Westen aus in den Rücken fällt."

„Dieses Problem, werter Kollege", erinnerte der Standesherr Emmanuel Grolare, „ist auszuschließen. Ich begrüße Eure Umsicht, aber König Sigmund hat strikt untersagt, weitere Truppen nach Isterien zu überstellen. Der Adel und die Aristokratie Südreichs machen ihm ohnehin schon sehr viel Druck in puncto Isterien. Ich und einige andere Edelleute Isteriens pflegen weiterhin Beziehungen zu Adligen in Südreich, um dies zweifelsfrei zu versichern. Generalfeldmarschall Steinhand ist allein. Das weiß er auch. Er weiß, dass er auf Unterstützung seines Königs nicht bauen kann. Ich wiederhole: Diese Gefahr ist auszuschließen."

„Meinetwegen", lenkte Glomb ein. „Aber was ist mit meinem anderen Argument? Südreich bleibt gefährlich. Wir sollten Vorsicht walten lassen."

„Wollt Ihr damit sagen, Herr Glomb, dass wir warten sollen?" Paul Belford schüttelte den Kopf. „Etwa bis Südreich sich erholt hat? Bis unsere Feinde sich massiert haben und uns abermals angreifen? Das können wir nicht abwarten! Wir müssen jetzt zuschlagen. Wo sie schwach sind. Vergesst nicht, dass sie militärisch immer noch in der Überzahl sind. Unser Vorteil ist, dass sie nicht gesammelt sind, angeschlagen und demotiviert. Darin liegt unsere Chance. Mit jedem Tag, der vergeht, können sie sich erholen, bis sie wieder angreifen."

„Was schlagt Ihr vor, Herr Tanmir?", wollte der Kommissär Glomb wissen. Allem Anschein nach hatte sich Glombs Meinung über den jungen Prinzgemahl, dank dessen Plan diese aussichtslose Schlacht gewonnen wurde, erheblich verbessert.

Tanmir gab seine Antwort nicht sofort. „In die Offensive zu gehen, wie Hauptmann Belford es gesagt hat, halte ich grundsätzlich auch für den richtigen Weg. *Aber* auf eine andere Weise. Ihr sprecht die Wahrheit, Kommissär Glomb, dass wir uns mit einem zu ungestümen Vorgehen alles zunichtemachen können, was wir im Winter und insbesondere in der Schlacht heute Morgen aufgebaut haben. Aber wir dürfen auch den aktuellen Vorteil nicht ungenutzt lassen. Ich muss allerdings offen sagen, dass mein elfisches Wissen, welches uns in der heutigen Schlacht dienlich war, hier nicht mehr weiterhelfen kann. Zentauren, inwieweit sie überlebt haben, ziehen sich nach schweren Niederlagen umgehend zurück. Was Generalfeldmarschall Steinhand jetzt vorhat, weiß ich nicht."

„Wahrscheinlich hat er soeben Oberst Kronberg zum Henker bringen lassen", meinte plötzlich Larus mit einem fiesen Grinsen. „Nach einer solchen Niederlage wartet der Galgen auf die Heerführer. So ist das, ich sage mal, militärische Tradition in Südreich."

„Es ist völlig egal, was die Südreicher unter sich machen oder was für militärische Traditionen sie pflegen!", fauchte Hauptmann Sophie Berceau. „Wichtig ist, wie wir nun handeln! Und wenn wir uns erinnern, hat Herr Tanmir davon auch bei der Planung der heutigen Schlacht vor ein paar Tagen schon gesprochen. Wir sollten vorrücken, aber mit Bedacht, im gleichen Stile, wie wir es im Winter gemacht haben. Wir müssen den Partisanenkrieg fortführen."

„Ganz davon abgesehen", sprach der Zwerg Arutos, „hat diese Schlacht auch bei uns erhebliche Spuren hinterlassen. Zumindest temporär. Unsere Krieger sind erschöpft. Ich habe heute viele von ihnen gesehen. Nur wenige scheinen mir fähig, eine weitere Schlacht durchzustehen. Jedenfalls in der nächsten Zeit."

„Das sehe ich auch so", stimmte Gabrielle zu, die oberste Ärztin der Rebellion. „Ich spreche hierbei für alle Überlebenden der heutigen Schlacht. Sowohl der schwer als auch der leicht Verwundeten. Ich spreche bewusst nicht von ‚Gesunden'. In keinem Fall. Denn nach einer solchen Schlacht gibt es keine ‚Gesunden'. Auch diejenigen, die keine körperlichen Schäden davongetragen haben, haben Schaden im Geiste genommen. Das was sie heute gesehen und getan haben zeigt bei jedem Spuren. Ich habe mit vielen unserer Krieger gesprochen. Viele von ihnen zeigen Anzeichen von Traumata. Ja, die meisten dieser Traumata sind vergänglich, sie werden sich auflösen. Aber das braucht Zeit. Sehr viele von unseren Leuten haben heute zum ersten Mal in ihren Leben getötet, haben zum ersten Mal in ihren Leben Blut, Gewalt und Tod in diesem Ausmaß gesehen. Und damit nicht alles. Bedenkt, unsere Leute haben den Rest dieses fürchterlichen Tages die Toten vom Schlachtfeld geschafft. Darunter ihre Freunde, teilweise ihre Verwandten. Sie standen oder stehen noch jetzt an den Scheiterhaufen. Ich wiederhole: Sie brauchen Zeit. Sie alle. Selbst diejenigen, die keine körperlichen Schäden davongetragen haben und demnach zu den ‚Gesunden' zählen sollten. Ich sage aus diesem Grunde offen: Niemand hat diese Schlacht unversehrt überstanden. Ich bitte die Herrschaften eindringlich, unsere Leute nicht sobald wieder in ein solches Massaker zu verdammen."

„Frau Gabrielle hat recht." Tanmir bestätigte es gewichtig. „Der Gemütszustand unserer Kriegerinnen und Krieger schließt ein massiertes Vorgehen und gesammelte Bewegungen aus. Die meisten von ihnen sind keine Soldaten, die aufs Kämpfen und Töten ausgebildet wurden. Das dürfen wir nicht vergessen. Sie müssen sich erst von dieser Schlacht erholen, ehe wir sie in die nächste schicken."

„Ich danke Euch, Herr Prinzgemahl." Die Heilerin verbeugte sich zu Tanmir herüber.

Er erwiderte dies mit einem Nicken. „Den Partisanenkrieg aufrecht zu erhalten", fuhr er fort, „und Südreich weiter zu schwächen, um unseren momentanen taktischen Vorteil auszunutzen, können wir nur mit denen machen, die vollauf weiterzukämpfen imstande sind. Aber damit müssen wir so schnell wie möglich weitermachen. Solange Südreich seine Wunden leckt und verwundbar ist. Mit anderen Worten, dass für diejenigen von uns, die noch kämpfen können, der Krieg schon morgen weitergeht."

„Ich schließe mich dem Prinzgemahl an", durchbrach Gerard Larcron eine kurzeitige Stille im Raum. „Vollumfänglich."

„Was sagt Ihr, Eure Majestät?", fragte General Franck Golbert die bisher sehr schweigsame Mia. „Was ist Eure Meinung zu den Plänen unseres weiteren Vorgehens?"

Mia warf einen Blick zu Tanmir. „Der Feind hat uns unterschätzt", sagte sie. „Er wird diesen Fehler nicht nochmals begehen. Unsere nächsten Schritte müssen wohl durchdacht sein. Wenn ihr sagt, wir haben mit dieser Schlacht eine nie dagewesene Ausgangssituation eröffnet, dann ist sie auch für unseren Feind neu. Wie wird er also reagieren? Was wird Generalfeldmarschall Steinhand als Nächstes tun? Was würdet Ihr tun, General Golbert?"

Die Augen aller richteten sich nun auf den alten, grauen General mit dem entstellten Gesicht.

„Majestät, was Steinhand tun wird, kann ich nur vermuten. Was ich tun würde? Nun, ich würde zunächst die mir verbliebenen Truppen sammeln und mich kontrolliert zurückziehen. Steinhand steht im Moment mit dem Rücken zur Wand. Viele seiner Transportlinien führen nahe an den von uns kontrollierten Gebieten vorbei. Und wie wir wissen, sieht König Sigmund davon ab, weitere Vorräte oder Truppen nach Isterien zu entsenden. Daher muss Steinhand mit dem auskommen, was ihm noch zur Verfügung steht. Er wird seine Truppen aus weiten Landesteilen abziehen und neu versammeln müssen, sie dann auf zwei, vielleicht drei strategisch wichtige Punkte konzentrieren. Am ehesten Punkte, von denen aus er wieder sichere Nachschublinien errichten oder unsere schwächen kann. So würde ich es tun. Aber das braucht Zeit und erfordert einen kontrollierten strategischen Rückzug, der jedoch dem Feind – sprich uns – mehr Kontrolle über das Land ermöglicht und seinen Einfluss stärkt. Des Weiteren kann man jetzt noch nicht absehen, was eine solche Niederlage mit der Moral seiner Truppen macht."

„Also liegen Tanmir und Hauptmann Belford in ihren Ausführungen richtig? Sollen wir Steinhands Lage ausnutzen? Wird er nicht genau damit rechnen?"

Der General nickte. „Er wird gewiss damit rechnen. Aber ihm bleibt kein Ausweg. Er muss sich zurückziehen, um wieder zu Kräften zu kommen. Damit verschafft er uns viel Raum zur Entfaltung. Das weiß er, ja doch. Aber in seiner Situation bleibt ihm da keine Alternative. So wie er uns keine Wahl gelassen hat, diese Schlacht heute anzunehmen, so hat er selbst jetzt keine Wahl, Einflussgebiete einzubüßen und sich zurückzuziehen."

Mia seufzte tief. „Ich schäme mich für den heutigen Tag", sagte sie missmutig. „Ich schäme mich, dass heute so viele ihr Leben lassen mussten. Ob Isterier oder Südreicher, das darf keinen Unterschied machen. Viele Frauen werden ihre Ehemänner nie wiedersehen, viele Männer ihre Frauen. Paare werden auf ewig getrennt sein. Viele Kinder werden ohne ihre Eltern und großen Geschwister aufwachsen. Ob hier in Isterien oder drüben in Südreich. Es ist eine Schande, dass so etwas nötig ist, um seine Freiheit zurückzuerlangen, die jedem Lebewesen in dieser Welt zusteht. Aber leider ist es wohl wirklich so.

Und obwohl es mich anwidert … sehe ich es nach allem, was ich gehört habe, genauso. Wir müssen weitermachen, genau jetzt, damit eben all dieses Leid nicht umsonst ist und irgendwann endlich aufhört. Wir müssen … Trotzdem will ich nochmals betonen, dass es mich anwidert, jetzt genau da weiterzumachen, wo es heute Morgen aufgehört hat. Aber … Mir scheint, dass Krieg wohl immer so ist. Am Ende jeder Besprechung, am Ende jeder Planung und jeder Strategie ist es doch immer wieder dasselbe: Man hat eigentlich keine Wahl."

Bereits am Folgetag rückten Stoßtrupps der Rebellen aus, um Lager und Kommandoposten des Feindes auszuspionieren oder anzugreifen. Der Partisanenkrieg ging nahtlos in die nächste Phase über. Dennoch brauchten auch die Soldaten der Stoßtrupps ihre Zeit, um sich wirklich an diesem gewaltigen Sieg zu erfreuen. Zu sehr zehrten die Verluste an den Nerven, zu sehr das Erlebte. Wenngleich die Gesichter derjenigen Zivilisten, die durch diesen Sieg von der Geißel Südreichs befreit wurden, den Rebellen ihren Mut und ihre Zuversicht zurückgaben. Sogar stärker als je zurückgaben. Gewiss, diese Schlacht würde niemand jemals vergessen, aber mit der Zeit gelang es den Freiheitskämpfern, aus ihr Kraft zu schöpfen. Kraft für ihren weiteren Kampf, an dessen Ende sie sich ein Leben für sich vorstellen konnten. Denn die Rebellen sahen mit eigenen Augen, wofür sie kämpften. Sie sahen das dankbare Volk Isteriens, sie sahen Bauern, Frauen und Kinder, Alte und Gebrechliche, für die sie gekämpft, geblutet und getötet hatten, für die sie immer noch kämpften, bluteten und töteten. Und sie wussten, dass es das Richtige war, um das zu bekommen, was sie für sich und ihr Volk wollten.

Freiheit. Eine Zukunft in Freiheit für ihre Nächsten und ihre Nachkommen.

Während Südreichs Militär sich immer tiefer in den Süden Isteriens zurückzog, immer näher zu der Hauptstadt Rema hin, gewannen die Rebellen Stück für Stück ihr eigenes Land zurück. In den Dörfern, Weilern, Siedlungen, Städten und Höfen wurden sie wie Helden begrüßt und gepriesen. Und eben das gab ihnen Kraft, um weiterhin diesen das Gemüt verzehrenden Kampf durchzustehen.

Doch nicht nur die Rebellen selbst trieben den Besatzer mit ihrem Partisanenkrieg immer stärker in die Enge. Besonders die Zivilbevölkerung setzte Südreich mehr denn je zu. Die Kunde vom Sieg über Südreichs Panzerreiter breitete sich wie eine Welle in Isterien aus, erfüllte auch die Herzen der letzten Zweifler mit Mut zur Auflehnung und Veränderung. Kein Südreicher oder keiner, der pro der Interessen Südreichs stand, war noch sicher. Nicht nur die isterischen Rebellen trieben Südreich zurück, sondern förmlich das ganze Land Isterien selbst.

Lediglich Rema und die Umgegend, wo sich das Heer Südreichs befand, war der einzige Ort, an dem es noch nicht zu Übergriffen auf die Besatzungsmächte gekommen war – eben wegen der Furcht vor dem vor den Mauern lagernden Militär. Doch zahlreiche Einwohner der Hauptstadt packten in Nacht und Nebel-Aktionen ihre sieben Sachen und verschwanden ins Landesinnere. Sie wollten dorthin, wo ihresgleichen war, weg von den Besatzern, dorthin, wo die Rebellen waren.

Mit dem Sieg der Rebellion über die Kavallerie Südreichs war der zentralste Wendepunkt in diesem Krieg erreicht – wie es spätere Chronisten festhielten. Ein Wendepunkt, der sogar innerhalb der Reihen des südreicher Besatzers enorm zu spüren war.

„Was, verflucht, soll das heißen, Major?!"

„Nun ... Herr ...", stotterte der Major, der seinem Vorgesetzten, dem

Generalleutnant Schreiber, Heerführer des Siebten Infanterieregiments, von der Desertion einer ganzen Kompanie seines Regiments berichtete – neben zahlreichen Desertionen einzelner Soldaten. „Hauptmann Kerhaus und seine Kompanie sind nicht aufzufinden, sind nicht zur Musterung erschienen ... Daher gehen wir auch hier von einer Desertion aus ..."

„Ich weiß selbst, was das bedeutet, Major! Wie, in drei Teufels Namen, soll ich dem Generalfeldmarschall erklären, dass seine Regimenter ohne Schlachten dezimiert werden?! In der jetzigen Situation?!"

„Vergebt mir, mein Herr ... Ich werde die Ronden verstärken."

„Das die dann auch noch desertieren?! Mist! Es ist mir egal, was Ihr tut, Major, aber haltet Eure Kompanien unter Kontrolle! Sonst werde ich Euch persönlich zur Verantwortung ziehen!"

„Das Blatt hat sich endgültig zu unseren Ungunsten gewendet, meine Damen und Herren", sagte zum Generalstab der Generalfeldmarschall Wilhelm Steinhand mit bedeutsamer, düsterer Stimme, mit schwerem Gemüt. „Zum ersten Mal, seit wir die Rebellion bekämpfen, kann ich nicht mehr absehen, ob wir diesen Krieg gewinnen können."

Niemand sagte etwas. Wenn der ehrwürdige und vielfach ausgezeichnete Generalfeldmarschall Wilhelm Steinhand schon so sprach, dann war die Lage wohl wirklich katastrophal.

„Wir wollten diesen Krieg mit einem konzentrierten Schlag unserer Kavallerie beenden. Doch ... wir versagten. Die Rebellen überraschten uns mit einem Schachtzug, welcher nicht vorherzusehen war. Ich weiß nicht, wer von den Rebellen auf diese Idee gekommen ist, ob es General Golbert selbst oder gar die Königin war, aber ... diesem jemanden wird wohl kaum klar sein, dass er die Kunst der Kriegsführung mit dieser Schlacht für immer verändert hat. Die Überlegenheit von Panzerreiterei ist seit dieser Schlacht Geschichte. Die Kriegsführung dieser Welt wird sich zukünftig verändern. Doch ist das für uns irrelevant.

Hinter uns liegen schwere Zeiten. Vor uns erst recht. Doch all dies ändert nichts daran, dass wir hier sind, um im Dienste unseres Königs und Vaterlandes eine Aufgabe zu erfüllen. Ich ermahne jeden, der hier Anwesenden, sich darüber im Klaren zu sein. Ich ermahne jeden, der hier Anwesenden, sich darüber im Klaren zu sein, dass wir noch nicht besiegt sind. Wir verfügen noch immer über Ressourcen. Wir haben weiterhin Rema unter unserer Kontrolle. Wir haben ein Heer gut ausgebildeter und gerüsteter Soldaten hinter uns. Wir werden es den Rebellen nicht einfach machen. Noch sind wir nicht geschlagen. Und noch geben wir nicht auf. Das sind wir unserem König und Vaterland schuldig."

Der Frühling gewann nachhaltig die Oberhand über die letzten Reste des Winters. Es wurde wärmer, die blattlosen Äste füllten sich langsam aber sicher mit Grün. Die kahlen Felder gediehen.

Ebenso wie der Frühling den Winter bezwang, bezwang auch die Rebellion die

Besatzer aus Südreich allmählich.

Die Truppen General Golberts hatten große Einflussgebiete ihres Landes zurückerobert, setzten unaufhörlich mit ihrem Partisanenkrieg dem Besatzer zu. Und in jenen Partisanenvorstößen war ohne Ausnahme die Kriegerkönigin mit von der Partie. Die Schlacht von Shrebour gegen Südreichs Kavallerie war die letzte Auseinandersetzung gewesen, an der Ihre Majestät nicht in eigener Person teilnahm. Man hatte sie noch oft versucht, davon abzubringen, sich in solche Gefahr zu bringen. Aber sie hatte es nicht zu auch nur einer einzigen Diskussion kommen lassen. Mia selbst hatte es gereicht, damals bei der Schlacht von Shrebour nicht an der Seite der Kämpfenden gewesen zu sein, nicht an der Seite ihres Prinzgemahls. Von daher gab es seither kein rebellisches Vorstoßen mehr, an dem die Königin nicht aktiv teilnahm. Schließlich war es selbst der besorgte General Franck Golbert irgendwann seiner Interventionen leid, wenn Königin Maria Anastasia sich wieder zum Kampfe wappnete.

Und außerdem boten sich zahlreiche Vorteile, wenn die Königin selbst an den Gefechten teilnahm. Erstens hob Mia durch ihre Anwesenheit und ihren selbstlosen Einsatz die Moral, sowohl von den Rebellen als auch vom Volk. Und zweitens war sie einfach eine unvergleichlich starke Kriegerin, der kein Mann das Wasser reichen konnte – abgesehen von Tanmir. In ihrer Kombination mit ihm befand sich auf Seiten der Rebellen ohnehin ein unschlagbares Duo, dem der Feind nichts entgegenzusetzen imstande war.

Am heutigen Tag, dem fünfundzwanzigsten Mai, war es den Rebellen gelungen, die wenigen verbliebenen Truppen Steinhands aus der Stadt La Shellroe zu vertreiben. Es waren keine allzu heftigen Kampfhandlungen erforderlich – der Feind trat zügig den Rückzug an. Dennoch stellte die Rückforderung von La Shellroe einen weiteren gewaltigen Schritt für den Kampf der Rebellion dar. Denn La Shellroe war die letzte befestigte Stadt vor Rema. Von hier aus waren es nur noch fünfzig Meilen bis zur Hauptstadt.

Und mit der Hauptstadt Rema, war der Weg zum niedergebrannten Löwenpalast und zum Alten Schloss d'Autrie, dem Hauptsitz des Truchsesses Texor, frei.

Diese taktische Ausgangslage schilderte General Franck Golbert zu Beginn der Feier anlässlich der erfolgreichen Befreiung von La Shellroe, weckte durch seine kraftvolle Stimme noch mehr des Kampfesmutes und der Motivation bei seinen Rebellen und der Bevölkerung La Shellroes.

Nach der Ehrung der Gefallenen begannen die Feierlichkeiten und kamen sehr schnell in Gang. Dieses Fest galt nicht nur den Lebenden. Es galt auch jenen, die in diesem Konflikt gestorben waren. Soldaten, Krieger und Zivilisten feierten die erfolgreichen vergangenen Monate und die Stärke der Rebellion, welche der endgültigen Rückeroberung ihres Landes mit jedem Tag näherkam. Sie feierten, obwohl jeder von ihnen viel verloren hatte. Sie feierten, da der Ausweg aus der Krise in greifbarer Nähe war. Und sie feierten, da jeder fröhliche Anlass genutzt werden musste, der sich bot. Denn insgeheim wussten alle: Dieser Krieg war

noch nicht vorbei. Und es würden noch Opfer geben, ehe der Sieg errungen, Südreich vertrieben und Isterien wieder es selbst war und sich selbst gehörte.
Mia und Tanmir hatten inzwischen jedoch genug der vielen feiernden Leute. Sie wollten ihr eigenes kleines Fest feiern und zogen sich still und heimlich in ihr Zimmer zurück.

Sie stöhnte. Laut. Immer lauter.
Mia lag mit dem Rücken auf dem Bett, hatte die Beine um Tanmirs Hals geschlungen und ihre Hände in seinen Haaren vergraben. Ihre Hüfte bewegte sich auf und ab, sie zitterte vor Verlangen. Die verzehrende Erregung zog ihr durch jede ihrer Körperzellen.
Sie nahm nichts anderes als die unendlich wohltuenden und elektrisierenden Berührungen und Verwöhnungen ihres Geliebten wahr. Es gab nur noch sie und ihn. Nur noch sie und ihren Tanmir.
Mia war in völliger Ekstase, näherte sich auf direktem Weg dem explosionsartigen Höhepunkt, biss sich auf die Unterlippe, streckte die Arme weit voneinander, griff die Laken der Matratze fest. Sie wand sich ins Hohlkreuz, während sie Tanmirs Hände auf ihrem Bauch spürte. Sie unterdrückte ihr lautes Stöhnen nicht, sie konnte es nicht, sie wollte es nicht. Die Lust überwältigte sie vollkommen.
Sie hielt es nicht mehr aus und war kurz davor, es einfach herauszuschreien.
Und Mia schrie.
Doch statt eines lustvollen Schreies, der mit einem intensiven Orgasmus einherging, schrie sie laut und lange vor Schreck auf. Denn urplötzlich öffnete sich ihre Zimmertür.
Und Larus trat auf die Schwelle.
„W-W-Was?! Was?!", rief Tanmir, der erschreckt von Mias irrigem Schrei aufsprang und ihre Decke umherwirbeln ließ, die sich das Mädchen sogleich griff, um ihre Weiblichkeit zu bedecken. Auch der junge Mann schrie erschrocken auf und zog die Decke über die Hüften, als er den Burschen bemerkte.
„Larus, was ... ?!", fauchte Mia.
„Oh, scheiße, falsche Tür", murmelte Larus sichtlich betrunken und nahm beschämt die Hand vor die weit geöffneten Augen mit den monströsen Pupillen. „Äh ... Ähm ... Ich wusste nicht ... äh ..."
„Verdammt nochmal, Larus!", knurrte Tanmir. „Mach, dass du wegkommst! Aber *ganz* schnell!"
„Ähm ... Aber klar doch ... Äh ... 'schuldigung, 'schuldigung, e-e-es tut mir so unfassbar leid, äh, das war die falsche Tür ..." Vor lauter gestammelter Entschuldigungen und Erklärungen vergaß Larus völlig, das Zimmer zu verlassen.
Tanmir und Mia mussten ihn gemeinsam daran erinnern. Sehr laut erinnern.
„RAUS HIER!"
„Ahh, ja klar, klar, bin weg, bin weg ..." Er verließ endlich das Zimmer und

vergaß beinahe, die Tür zu schließen – und schaffte dies erst im zweiten Versuch, da sein Fuß noch zwischen Schwelle und Zarge stand.

Mia und Tanmir saßen da wie versteinert, in unmöglichem Verständnis ob des gerade Geschehenen. Sätze wie ‚was war das denn?!' oder ‚ist das gerade wirklich passiert?' brachten beide nicht heraus. Sie waren unverändert außer Atem wegen der – nun abflauenden – sexuellen Erregung und der dann gefolgten Aufregung, die der unerwünschte Gast mit sich gebracht hatte.

Dann ließen sie sich beide auf die Kissen fallen, starrten mit weit geöffneten Augen an die Decke. Ziemlich lange taten sie das.

Mia schluckte. „Also ...", sagte sie, die nach ihrem vorigen ekstatischen Zustand nun wieder zu Atem gekommen war. „Das war ... unerwartet ..."

Tanmir zischte. „Das war's", brummte er. „Das war's jetzt wirklich. Ich werde ihn umbringen."

„Das hat er nicht mit Absicht gemacht."

„Ist egal. Ich werde Larus umbringen."

„Nun beruhige dich."

„Beruhigen?! Der kommt einfach in unser Zimmer, während wir ..."

„Bleib ruhig, bitte. Du hast weniger Grund dich aufzuregen als ich. Immerhin hat Larus mehr nackte Haut von mir gesehen als von dir."

„Noch ein Grund mehr ihn umzubringen! Oder ihm die Augen rauszureißen, diesem Dämlack!"

Mia lachte auf. Sie hatte sich wesentlich schneller beruhigt als ihr Partner, obwohl sie es war, die eigentlich mehr Grund zum Ärgern hatte. „Naja, er hat zweifellos ein Talent. Aber das wissen wir ja."

„Das ist kein Talent!" Tanmir hingegen hatte sich kaum beruhigt. „Das ist einfach Blödheit!"

„Wir kennen ihn doch. Er ist halt etwas ... unbeholfen."

„‚Unbeholfen'?! Pah! Wie nett du das zu umschreiben vermagst! Dieser elende ... Argh!"

„Es war doch keine Absicht."

„Das wäre auch noch schöner!"

„Er ist halt einfach ..." – abermals musste die junge Frau kichern – „ein Tollpatsch!"

„Er ist ein wandelndes Chaos!"

„Das auch, haha."

Das Lachen und die amüsierte Laune Mias vermochten es tatsächlich, Tanmir im Unterbewusstsein so zu erreichen, dass auch er allmählich etwas zur Ruhe kam.

„Es", stellte sie fest, „war ja in letzter Zeit auch nicht einfach für ihn."

„Nicht einfach für ihn?", blaffte Tanmir.

„Nun überlege doch. Wir ritten ein paar Wochen gemeinsam durchs Land, zu dritt. Er war die ganze Zeit immer nur das fünfte Rad am Wagen, der Kümmel zu Pfeffer und Salz. Ein wenig ist er es ja heute noch, hier bei den Rebellen. Und wenn wir uns des Nachts geliebt haben, lag er dann da einsam auf seinem entfernten Platz. Das war nicht einfach für ihn."

„Und das entschuldigt, dass er einfach in unser Zimmer stürmt, während wir … Dabei fällt mir ein …" Tanmir warf die Decke ab, sprang aus dem Bett und ging auf die Tür zu. „Wir dürfen nie wieder vergessen, die Türe abzuschließen." Er benutzte den Schlüssel, sodass das Schloss einrastete, drehte probehalber den Knauf, um sicherzugehen, dass nun auch wirklich abgeschlossen war.

„Das haben wir wohl zuvor vergessen", sagte Mia mit verlegenem Grinsen.

„Und das wird uns nie mehr passieren."

„Nein, garantiert nicht."

Tanmir legte sich zurück ins Bett, knurrte abermals zornig.

„Er braucht einfach ein Mädchen", meinte Mia.

„Er braucht ein funktionierendes Hirn."

„Ich meine es ernst. Betrachte es mal aus seiner Sicht: Er sieht uns die ganze Zeit, wie wir zusammen sind. Er bekommt mit, wie wir uns lieben. Das muss wirklich hart sein. Wir müssen ein Mädchen für ihn finden. Damit er nicht mehr so allein ist."

„Oje, dieses arme Ding tut mir jetzt schon leid."

„Ach, Tanmir, so schlimm ist er gar nicht. Immerhin bist du wochenlang mit ihm allein durch Südreich gereist."

„Eben! Und das waren die schlimmsten Wochen meines Lebens."

„Nun sag nicht sowas. Außerdem hatte es andere Gründe, aus denen diese Wochen so schlimm waren. Das waren sie für uns beide. Und ob du es dir nun eingestehen willst oder nicht, Larus hat dir durch diese Phase geholfen."

Tanmir antwortete nicht, atmete durch die Nase aus.

„Ein Mädchen wird ihm zweifellos guttun. Wir werden schon jemanden für ihn finden."

„*Du*", korrigierte Tanmir. „*Du* wirst jemanden für ihn finden. Ich halte mich da raus."

„Schön. Das schaff ich auch alleine."

„Davon bin ich überzeugt. Aber könnten wir bitte vorher diesen Krieg gewinnen und du dich erst dann um das Mädchen kümmern? Auch wenn ich mich frage, wo du dieses arme Geschöpf hernehmen willst. Die muss ja schon gehörlos sein, um sein nervtötendes Sprechorgan aushalten zu können."

Mia lachte auf. „Du bist gemein."

„Hab ich Unrecht?"

„Vielleicht hast du … ein bisschen recht."

„Na, siehst du?"

„Du wirst schon sehen. Es wird sich jemand für Larus finden lassen. Ganz bestimmt."

„Mhm."

„Aber ja. Und sie wird ihn seeehr glücklich machen, wart's ab."

„Wenn du meinst."

Mia kicherte. Und verstummte ein Weilchen, ehe sie sich auf die Unterlippe biss und von Lust durchdrungen die Augen verengte.

„Apropos glücklich machen …", schnurrte sie leise und strich mit dem Finger über Tanmirs Brust. „Jetzt, da die Tür abgeschlossen ist …"

„Hmm … Ja?" Er verstand gewiss sofort.

„Du warst doch noch nicht fertig mit mir, oder?"

Tanmir lächelte mit verführerischem Blick, schlang sich über ihren Körper. „Oh, nein …" Er küsste sie. „War ich nicht."

XXXVI

Die Ruhe vor dem Sturm

Baron Anzo Enselmo Ferrare zog die Schlafmütze auf und setzte sich auf den Rand des Bettes, schlüpfte aus den Abendlatschen und verschwand mit den Beinen rasch unter der Decke. Er machte es sich bequem und atmete lächelnd laut aus. In Erinnerung an den heutigen Tag, an dem ihm ein heldenhaftes junges Liebespaar die Familienbrosche seiner kleinen Tochter zurückgebracht hatte, welche vor ein paar Wochen von Banditen entwendet wurde.

„Ahhh ... Ich liebe die beiden."

Seine Ehefrau Laura lag mit dem hochaufgerichteten Oberkörper auf ihren Kissen, las in einem Buch, eine Lesebrille saß auf ihrer hübsch geformten Stupsnase. „Ja. Sie sind wirklich ein außergewöhnliches Pärchen. Ein sehr schönes noch dazu."

„Ich finde es so bewundernswert, dass sie sich tatsächlich die Mühe gemacht haben, uns die Brosche wiederzubringen, statt sie selbst zu Geld zu machen. Von letzterem hätten sie zweifellos mehr gehabt."

„Sie sind der lebende Beweis, dass es in dieser verkommenen Welt noch aufrechte Menschen gibt. Und eben für diese guten Menschen lohnt es sich, selbst gut zu sein."

„So ist es, meine Liebe."

Laura ließ das Buch auf ihre unter der Decke angezogenen Oberschenkel sinken, schaute nachdenklich in den Raum. „Ich finde aber besonders interessant, dass sie unser Familienwappen erkannt haben und es mit unserem Wohnort verbinden konnten. Überhaupt ist es faszinierend, wie sich die beiden artikulieren, insbesondere Mia. Gar nicht passend zu umherstreifenden Söldlingen."

„Ist mir auch schon aufgefallen. Meinst du etwa, sie sind von edlerer Geburt?"

„Gut möglich. Ich kann mir vorstellen, dass Mia eine Tochter aus wohlgeborenem Hause ist. Anscheinend zog sie jedoch das freie Leben auf der Straße dem als häusliche Ehefrau vor. Möglicherweise floh sie vor einer arrangierten Ehe, oder ihre Familie hat Tanmir nicht akzeptiert. Also entschied sie sich für ihre große Liebe statt für die Pläne ihrer Familie."

„Jetzt spekulierst du aber."

„Ist es abwegig?"

„Nein, zugegeben. Aber es geht uns auch nichts an. Mia und Tanmir sind, wer sie sind. Und sie sind etwas ganz Besonderes, das ist sicher."

„Da hast du recht, mein Geliebter."

Der Baron begann schelmisch zu grinsen. „Weißt du, an wen sie mich erinnern?"

Seine Frau begriff natürlich sofort. „An uns, als wir jung waren. Wir haben uns auch geliebt, wann und wo immer wir konnten."

„Ja, haha. So ist es."

„Nur das mit den Schwertern passt nicht. Du hättest dich eher selbst damit verletzt als irgendeinen Banditen."

„Hehehe, dem kann ich leider nicht widersprechen, hahaha."

Laura kicherte, ehe sie Mia und Tanmir wieder zu bewundern begann. „Die beiden sind wirklich ein Paar von extraordinärer Schönheit. Sie, Mia, ist wohl wirklich die schönste junge Frau, die ich je gesehen habe. Diese Haare, dieses Lächeln und vor allem diese blauen Augen ... Ich frage mich, wie sie in einem Kleid und mit etwas Schminke aussehen würde – nicht, dass sie diese nötig hätte. Und Tanmir ... meine Güte ..."

„Gerät da jemand ins Schwärmen?"

„Bei diesem Mannsbild? Eine Frau, die da nicht ins Schwärmen gerät, bei der stimmt etwas nicht."

Der Baron lachte.

Als er nach ein paar Momenten wieder ernst wurde, griff er allerdings das Thema auf, worüber zu sprechen er selbst eben erst aufhören wollte. „Nur weißt du was, geliebte Frau?"

„Was?"

„Hmm ... Irgendwie kommt mir Mia etwas bekannt vor ... wenn ich genauer darüber nachdenke ..."

„Ach ja? Woher denn?"

„Ich denke, deine Annahme, dass Mia ein edelgeborenes Fräulein ist, könnte richtig sein. Mir ist so, als hätte ich sie schon einmal gesehen ..."

„Meinst du? Und wann soll das gewesen sein?"

„Ach, wahrscheinlich bilde ich mir das nur ein." Der Baron verzog nachdenklich den Mund, schaute zur Decke. „Wir haben so viel gesprochen heute Abend, aber ich bin nicht darauf gekommen zu fragen, wie die beiden zu ihrem Söldnerleben gekommen sind. Ich würde wirklich gerne wissen, wer sie wirklich sind."

„Erstens geht uns das nichts an, wie du zuvor selbst sagtest, mein Geliebter. Und zweitens, wie ich eben sagte, heutzutage zieht immer mehr Jungvolk in die Welt hinaus, zieht Pferd und Schwert der Arbeit und einem konventionellen Leben vor, manchmal zu seinem Verderben, leider. Und wenn, dann nicht selten in Verbrecherbanden. Aber diese beiden helfen den Leuten, kämpfen gegen jene Schlechten. Und wie man sieht, sind sie gut darin."

„Zweifellos. Aber ... das ist nicht alles. Da steckt mehr dahinter, meine liebe Laura, davon bin ich überzeugt."

Man empfing sie in allen Ehren. Man empfing sie wie Könige, wie die Befreier, die sie ja auch waren.

Die befreite Hauptstadt Rema – ein architektonisches Wunder, das Juwel Isteriens und eine der prachtvollsten Städte des ganzen Kontinents – erstrahlte wie in neuem Glanz, als die Rebellen an diesem Abend durch das große

Haupttor zogen, bejubelt von den Bürgerinnen und Bürgern. Sie zogen wie bei einer Parade über die große Hauptstraße, die klatschenden und huldigend rufenden Einwohner links wie rechts von ihnen.

Die neuen Vorstände der Stadt, ernannt aus den fähigsten Einwohnern, empfingen die Rebellionsführung um die Königin Maria I. in der großen Stadthalle. Ihrer Majestät wurde selbstverständlich der Ehrenplatz am mittigen Kopf des hufeisenförmigen Tisches zugewiesen.

Es war schon seit zwei Tagen klar, dass erstmals seit Beginn der Aufstände und Machtübernahme Südreichs vor Jahren die Hauptstadt Isteriens unter die Kontrolle der Rebellion fallen würde. Die Streitmächte Generalfeldmarschall Steinhands waren vollständig aus Rema abgezogen, sodass es keinerlei Kampfhandlungen bei der Rückforderung der Stadt gegeben hatte. Dieser militärische Zug war nicht so sehr überraschend. Steinhand und seinen Anhängern war klar, dass sie die Stadt nicht gegen die Rebellion würden halten können. Des Weiteren war die zusätzliche Gefahr ausgehend von den Einwohnern Remas zu groß für den Besatzer aus Südreich. Es musste damit gerechnet werden, dass die mutigen Bürgerinnen und Bürger die Südreicher sabotierten, ihnen sich gar zum Kampfe stellten, und schlussendlich den Rebellen die Tore würden öffnen. Es wunderte also kaum jemanden, dass Steinhand, ohne Aussichten auf einen Sieg, seine Truppenstärke aus Rema zurückzog, vermutlich hin zum niedergebrannten Löwenpalast und dem Alten Schloss, wo sich der Truchsess Texor aufhielt. Obgleich keine feindlichen Aktivitäten zu erwarten und zu erkennen waren, ordnete der Heerführer Gerard Larcron natürlich trotzdem ausreichende Wachposten an, ließ Späher die Umgebung auskundschaften. Schließlich war der Feind noch da draußen.

Nach einer langen und ausführlichen Begrüßung, zahlloser Dankesbekundungen sowie unzähliger Lobpreisungen für die junge Königin Maria I. von Shrebour, insbesondere auf ihren Mut und ihre Tapferkeit, informierte General Franck Golbert die Vorsteher Remas – Frauen und Männer unterschiedlichen Alters und Standes – sowie weiteres zahlreiches Publikum in der Stadthalle über ihren zurückliegenden Kampf und den noch bevorstehenden. Er ermahnte ausdrücklich, dass es noch nicht vorbei war und sie noch immer eine starke südreicher Armee zu besiegen hatten, ehe man wirklich auf den Sieg trinken könnte. Er gestand seinen Mitbürgern und Rebellen jedoch diese kleine Erholungspause zu. Immerhin sollte bei den ganzen Kämpfen der zurückliegenden Zeit niemand vergessen, warum und wofür sie eigentlich kämpften. Jeder sollte wissen, was auf ihn wartete, wenn er nach dem durchaus realistisch zu erwartenden Sieg in eine neue Form von ‚Zuhause' zurückkehren würde. Mia nutzte diesen Moment, um bei all der guten Laune einen Tost sowie eine Schweigeminute auszubringen. Auf alle Geschädigten und Gefallenen seit der Kontrollübernahme Südreichs über Isterien und dessen Volk, und auch davor.

Im Anschluss an die Schweigeminute und die Ausführungen Golberts sowie nach einer freundlichen, aber recht kurzen Ansprache Mias, brachten die

Vorsteher Remas die Anführer der Rebellion auf den aktuellen Stand um die Lage in Rema. Im Grunde erfuhren General Franck Golbert und seine Leute jedoch nichts, was sie nicht schon von ihren Informanten und von Geflohenen aus Rema wussten. Es vervollständigte nur das Bild um die Hauptstadt, in der sich alle Treuen zu Südreich – darunter natürlich unter anderem die Präfektin Josephine Gerber – dem Militär Steinhands angeschlossen und Rema Richtung Löwenpalast und Altes Schloss verlassen hatten. Was Rema selbst anging, war schon lange klar, dass sich hier niemand mehr von den Besatzern unterdrücken lassen wollte. Man wartete nur noch auf die Streitkräfte der Rebellen, um sich dann wenn nötig mit Waffengewalt gegen Südreich zu erheben. Aufgrund des Abzugs der Südreicher wurde dies jedoch obsolet. Was allerdings nichts daran änderte, dass man die Rebellen mit froher Laune und beginnenden Festlichkeiten in der Stadt empfangen hatte.

Diese Festlichkeiten wurden nicht nur außerhalb der großen Stadthalle zelebriert, sondern auch rasch hier innerhalb der Halle. Es gab Speis und Trank, was die südreicher Edelleute bei ihrer Flucht hatten zurücklassen müssen. Man ließ sich nicht lumpen, den Helden mit der Königin an der Spitze einen gebührenden Empfang zu bereiten.

Nach einiger Zeit wurde es Mia allerdings zu viel. Zu viele Leute, zu laute Stimmen, zu viele Lobeshymnen und Trinksprüche auf sie, zu viele Rufe nach der bevorstehenden Zukunft unter ihrer Regentschaft. Sie konnte es nicht mehr hören, wollte einfach raus hier, weg von all den Personen, vor deren Blicken verschwinden. Sie wollte einfach ein Weilchen für sich selbst.

Die junge Frau erwischte einen günstigen Zeitpunkt und entschwand den Augen der Feiernden. Sie verschwand ungesehen durch den Hinterausgang der Halle, die sie noch von früher kannte, trottete durch die von Leuchtern trüb erhellte Gasse hinter dem Gebäude. Zum Glück war hier keine Menschenseele – und auch keine Seele einer anderen intelligenten Spezies. Die Geräusche und Laute der Feiern innerhalb der Stadt und der Versammlungshalle hörte sie hier nur dumpf. Über ihr wurde der sternenbedeckte Himmel teilweise von dunklen Wolken bedeckt. Die Nacht war schon lange hereingebrochen.

Mia blieb stehen, seufzte tief.

Die Rebellion stand tatsächlich unmittelbar vor dem Sieg. Dem Sieg, der die seit fast acht Jahren andauernde Herrschaft Südreichs über Isterien beenden würde. Dem Sieg, in dessen Folge Mia ganz offiziell und formal ihre Regentschaft antreten würde. Dazu war sie hier. Sie war wichtig für die Rebellion, auch wenn sie sich selbst als nicht so wichtig betrachtete. Der Trubel um ihre Wichtigkeit und ihre Person hatte nicht aufgehört ihr unangenehm zu sein. An diesem Tag heute, hier in Rema, eine Stadt, die sie sehr gut kannte, eine Stadt, in der viele auch sie wiedererkannten, war es nochmal ganz besonders schlimm.

Dennoch blieb der Fakt. Alles hier hing von ihrer Person ab, ob sie das nun wollte oder nicht. Die Bevölkerung dieses Landes, die ganze Rebellion vertraute auf sie, baute auf sie. Sie war ihnen verpflichtet, durfte sie nicht im Stich lassen.

Doch was käme danach? Was würde sein, wenn sie den Krieg wirklich gewonnen hätten? Wenn Sigmunds Truppen abziehen würden und Texor seine gerechte Strafe erhalten hätte? Was dann?

Mia würde ihren Platz einnehmen müssen, ihren Platz auf dem Thron, ihren Platz als Königin von Isterien. Doch war es das, was sie wollte?

Nein.

Was sie wollte war, ihrem Volk, dem so viel Unrecht angetan wurde, sein Leben und seine Freiheit zurückzugeben. Was sie wollte war Gerechtigkeit. Und auch ein Stück Rache für das Leid, das ihr selbst zugefügt wurde. Doch was ihr wichtiger war, war ihre eigene Freiheit. Sie wollte ihr Leben so leben, wie sie es sich wünschte, wollte die sein, die sie auch sein wollte, mit demjenigen an ihrer Seite, den sie liebte. Mit Tanmir an ihrer Seite.

Aber jetzt war sie hier. Und die Zukunft mit Tanmir, wie Mia sie sich wünschte, rückte mit jedem Tag, mit der dem Sieg der Rebellion näherkam, in weitere Ferne. Was wäre dann? Vor allem, was wäre mit Tanmir? Ja doch, er war hier als ihr Prinzgemahl tituliert, aber was wäre er nach dem Ende des Krieges? Würde er rein formalrechtlich jemals mehr werden können als das? Mehr als ihr Favorit?

Bisher hatte sie diese Gedanken weit von sich weghalten können, vermochte sich selbst zu bremsen und nicht darüber nachzudenken. Bisher hieß es immer: Lass es erst einmal soweit sein.

Heute war es anders. Heute konnte sie das nicht mehr. Denn es war fast soweit. Und sie musste sich dem stellen, musste sich diesen Gedanken stellen. Dieser Angst ...

Plötzlich begann Mia sich vor der Zeit nach der Rebellion zu fürchten, begann sich zu sorgen, was diese Zukunft bringen würde. Eine Zukunft, die sie so eigentlich gar nicht wollte.

Ihr Kopf senkte sich tief herab, die Befürchtungen ließen ihre Stimmung schnell noch trüber werden. Sie versank in düsteren Gedanken.

Bis eine vertraute warme Stimme sie dort herauszog.

„Wohin des Weges, Schönheit?"

„Vor dir kann ich mich wohl nirgends verbergen, was?", fragte Mia glücklich.

„Nein", sagte Tanmir. „Ich hab da so einen Reflex. Seit man uns voneinander getrennt, ich dich monatelang nicht gesehen und keine Ahnung hatte, wo du warst und ob ich dich je wiederfinden würde, werde ich immer ein bisschen nervös, wenn ich nicht weiß, wo du bist."

Mia lächelte.

„Aber Spaß beiseite. Wenn du allein sein möchtest, ist das kein Problem."

Nein, dachte sie, ich will nicht allein sein. Nie mehr. Nie wieder ohne dich sein, Tanmir. Und was auch immer geschieht, wir lassen uns nicht wieder voneinander trennen.

„Nein. Bleib bei mir."

Er nahm sie bei der Taille. „Darauf kann ich mir was einbilden, oder?"

„Kannst du." Sie gab ihm einen Kuss.

Und gleich danach band sie sich die auffälligen offenen Haare lässig am Hinterkopf zusammen, legte die Lederjacke und das kurze Wams ab, sodass ihr altes, aufgrund der letzten Wochen schmuddeliges, dicht gewobenes Hemd zum Vorschein kam.

Tanmir wusste, warum sie das tat. Auf diese Weise würde man sie vielleicht nicht gleich und nicht überall als die Königin erkennen. Das war auch gar nicht so abwegig. Alle waren betrunken und in Feierlaune. Gewiss, irgendwann würde man sie erkennen, aber wenn Mia dadurch wenigstens eine gewisse Zeitspanne erhielt, in der sie einfach nur sie selbst als eine unter vielen sein konnte, wäre das schon ausreichend genug.

Das Mädchen nahm ihn bei der Hand. „Komm, mein Liebster. Sehen wir uns das feiernde Rema an."

„Sehr gern."

Es dauerte nicht lange, bis sie die ersten aufgebauten Pavillons erreichten, unter denen mit hohem Einsatz die Bierfässchen geleert wurden. Sie erreichten die ersten Feuerstellen, worüber Panferkel gebraten wurden. Zügig kamen sie auf die dicht gefüllte Hauptstraße.

Rema hatte allgemein nicht sehr unter Südreichs Herrschaft gelitten, immerhin war dies der Sitz der südreicher Verwaltung Isteriens. Der Handel hatte hier stets floriert, die Leute hatten Arbeit und waren versorgt. Von daher bot sich den Einwohnern hier nun die Möglichkeit, diese ausgelassenen Feierlichkeiten zu bewerkstelligen. Wirte, Kaufleute und Händler weckten den Geschäftssinn auf, Schausteller fanden wieder einen Grund, ihre Buden aufzubauen.

Anlässlich der Triumphe der Rebellion boten sich in Rema nun die Angebote von verschiedensten Belustigungen, Attraktionen, Getränken, Speisen und Süßigkeiten, von allerlei möglichen Gegenständen und sonstigem Kram. Es ähnelte beinahe einem kleinen Jahrmarkt. In den großen wie kleinen Tavernen und Schenken war natürlich mächtig was los, und die Freudenhäuser hatten jetzt ihre Hochphase.

Sich bei den Händen haltend, spazierten Mia und Tanmir über die belebte Straße und ließen ihre Blicke umherschweifen. Der Geruch von gegrilltem Fleisch trat ihnen in die Nasen, ebenso natürlich von Alkohol und den Feuerstellen. In dem ganzen von Feierlaune schummrigen Auflauf der Leute fiel tatsächlich kaum auf, dass hier die Königin mit ihrem Prinzgemahl und Kommandanten der Rebellen-Streitkräfte entlangging. Die Leute hatten sie bei dem Zug zur Stadthalle ja nur flüchtig gesehen, und das noch bevor sie zu trinken begannen. Außerdem, wer nahm schon an, dass sich die Königin beim Feiern unter das gemeine Volk mischte? Was dieser wiederum sehr recht war.

Viele der ärmeren Bürger, was an ihrer Kleidung unschwer zu erkennen war, gaben ihr hart gespartes oder vor den Besatzern verstecktes Geld nun glücklich für allerlei Genussmittel aus, sei es für Alkohol, sexuelle Dienstleistungen oder teilweise gar Rauschmittel wie Kokainum, denn wenn es einen Anlass zum ausgelassenen Feiern gab, dann wohl heute.

Die Leute standen in verteilten Gruppen zusammen, Bierhumpen,

Trinkhörner, Krüge oder Schnapsflaschen in den Händen. Sie unterhielten sich laut, lachten, amüsierten sich. Manche wenige gerieten in kurze Schlägereien, die meisten jedoch bandelten beim anderen Geschlecht an, und wiederum andere tanzten zu der Straßenmusik durch die Gegend – oder torkelten, wenn ihnen der Alkohol schon zu Kopfe gestiegen war. Immer wieder gab es Musikanten – mehr oder weniger talentiert und angetrunken –, die sich durch ihre Darbietungen ein paar Münzen verdienen wollten. Auch die verschiedenen Buden waren allesamt gut besucht.

Mia und Tanmir beobachteten fasziniert, wie die Leute an den unterschiedlichsten Ständen ihr Geld ausgaben. Einige Personen hingen an Losbuden fest, wobei eine nach der anderen ihr teuer erkauftes Los auf den Boden schmiss, da ihre Nummer nicht gezogen wurde. Ab und zu schrie aber auch mal jemand auf, der gewonnen hatte. An einem Stand wetteiferten einige Leute aufgeregt und laut rufend oder fluchend zu Hasenrennen. Woanders wurden mehr oder weniger interessante Waren aus aller Welt angeboten und mitunter lauthals in Auktionen versteigert. Was manche der Leute da teilweise für einen Schrott ergatterten, konnten Tanmir und Mia nicht nachvollziehen. An einem besonders interessanten Stand konnte man in einen eingezäunten Bereich einsteigen und versuchen, ein Huhn zu fangen. Je schneller man es in einer beschränkten Zeitspanne schaffte, desto mehr erhöhte sich der gezahlte Einsatz.

Letzteres sah sich das junge Paar lange Zeit an und wie auch alle anderen Zuschauer lachten sie sich scheckig über die kläglichen Versuche mancher Personen, das flinke Huhn zu fangen. Viele donnerten zu Boden, knallten gegen den Zaun, rutschten aus, stolperten über ihre eigenen Beine. Die sich bietenden Anblicke waren zum Schießen. Eigentlich niemand schaffte es, das Huhn zu fangen und seinen Einsatz gewinnbringend zurückzuholen.

Die beiden schlenderten weiter durch die Straßen, sahen Feuerschlucker, Schlangenmenschen oder anderweitige Artisten, die teils atemberaubende Kunststücke aufführten, sodass Mia und Tanmir beeindruckt applaudierten und den Künstlern ein paar Münzen zur Belohnung hinwarfen.

Allgemein war es hier in Rema als würden seine Einwohner – auch hinzugekommene Gäste – die bevorstehende rosige Zukunft mit diesen Feierlichkeiten einleiten.

„Das da ist doch was für dich", meinte Mia auf einmal und wies auf einen Stand zum Dosenwerfen.

Drei schon etwas betrunkene Männer versuchten dort vergebens, die zehn übereinander gestapelten Dosen zu treffen. Alle drei verzweifelten an der Aufgabe, und das lag bestimmt nicht nur am Alkohol.

„Nein, Mia ... Ich werfe Messer, keine Bälle."

„Hey da, was ist mit euch beiden?", rief der Standbesitzer der Dosenwerfer-Bude plötzlich zu ihnen. Augenscheinlich erkannte er sie nicht. „Du junger Herr, du siehst aus, als wäre das genau deine Disziplin!"

„Nein, danke."

„Ach, komm! Willst du nicht für dein Mädchen einen Preis gewinnen?" Er erkannte sie garantiert nicht. „Wirf alle Dosen um und die Wahl ist dein! Dein Mädchen wird dir ewig dankbar sein!"

Tanmir hatte eigentlich überhaupt keine Lust. Doch als Mia ihn aus ihren großen blauen Augen ansah – sie wollte es einfach gerne sehen –, war es natürlich wiedermal um ihn geschehen.

Er seufzte laut, denn er wusste, dass sie mit diesem Blick immer das von ihm bekam, was sie wollte. „In Ordnung … Ich bin dabei."

„Hah! Du bist mein Mann!"

Tanmir bezahlte den Kaufmann und bekam von ihm drei Bälle auf den Tresen des Standes gelegt.

Obwohl er nun mit Bällen und nicht mit Messern warf, sorgte das für keine großen Schwierigkeiten. Problemlos donnerte er zwei der unteren vier Dosen weg, auf eine Weise, dass fünf der darüberstehenden ebenfalls fielen.

Die drei Männer staunten, hatten sie es mit drei Würfen nicht so weit gebracht wie er mit einem. Auch der Kaufmann stutzte, setzte sogleich eine leicht bedrückte Miene auf. Obwohl er die Dosen insgeheim mit etwas Sand gefüllt hatte, um es seinen Kunden schwerer zu machen, befürchtete er, nun aber einen Preis herausgeben müssen. Er konnte ja nicht wissen, dass er mit Tanmir jemanden angesprochen hatte, der schon sein ganzes Leben lang diese Bewegung des Werfens praktizierte und sie bis zur vollkommenen Perfektion beherrschte.

Mia schmunzelte, wusste ja, dass er auf jeden Fall alle Dosen abräumen würde. Daher konnte sie sich auch nicht verkneifen, ihm gleich bevor er den zweiten Ball warf einen leichten Stoß mit ihrer Hüfte gegen seinen knackigen Hintern zu geben, sodass er tatsächlich daneben warf.

„Hey!", meckerte er. „Was soll das denn?"

„Du bist einfach zu gut", grinste das Mädchen. „Das wäre sonst unfair."

Tanmir murrte, grinste dann aber auch, ehe er mit dem letzten Ball natürlich auch die drei übrigen Dosen zu Boden brachte.

„Meinen Glückwunsch, der Herr!", rief der Kaufmann, kaum hörbar leicht enttäuscht. „Der Preis ist dein! Und damit auch die Wahl!"

Tanmir schaute sich die Preise an, die hauptsächlich aus stumpfen billigen Messern, ein paar ebenso billigen Schmuckstücken und überwiegend Dutzenden Stofftieren in allen Größen und Formen, Arten und Spezies bestanden. Darunter erspähte er etwas, das wirklich zu seiner Mia passte – schließlich war der Preis natürlich als ein Geschenk für sie gedacht.

„Wir wollen das da", bezog er Mia wohlbewusst mit ein. „Den kleinen Löwen."

„Natürlich." Der Kaufmann nahm den besagten kleinen Stofflöwen, auf den Tanmir gezeigt hatte, und reichte ihn ihm.

Doch Tanmir intervenierte, winkte ab, wies mit einer Kopfbewegung auf seine Partnerin. „Der Löwe ist für die Dame."

„Na selbstverständlich. Bitte sehr, das Fräulein."

Mia nahm den Preis glücklich durch Tanmirs Geste und Aufmerksamkeit entgegen. „Danke."

„Viel Freude damit", wünschte der Kaufmann, ehe er mit lauter Stimme wieder neue Kunden zu gewinnen begann. „Und wer ist der Nächste? Ihr seht, wie einfach es ist! Also los, Leute, ran an die Bälle und die Dosen umgeworfen!"

Auf ihren Schritten vom Stand weg – die drei Männer von vorhin versuchten, motiviert von Tanmirs Auftritt, ihr Glück sofort wieder – betrachtete Mia achtsam den kleinen süßen Stofflöwen in ihren Händen. Der Löwe, das Wappen ihres Geschlechts, was sie an Zeiten erinnerte, als sie noch eine verwöhnte kleine Prinzessin war.

„Danke, mein Liebster", seufzte sie und küsste ihren Tanmir.

„Gern geschehen."

„Komm, mal sehen, was es noch so gibt."

Die beiden spazierten weiter – er hatte seinen Arm um ihre Schulter gelegt, sie den ihren um seine Hüfte – und amüsierten sich über die feiernden Leute, von denen sie weiterhin kaum jemand zu erkennen schien.

Das junge Paar blieb bei einem der Süßigkeiten-Stände stehen und kaufte sich etwas zu naschen. Der Händler, wie viele andere hier in Rema, hatte anscheinend gute Handelsbeziehungen, da er trotz dieser Zeiten über ein so reichhaltiges Angebot verfügte. Zwischen den Dutzenden Süßigkeiten bestehend aus diversen Schokoladenspezialitäten, Gummibären, Krapfen, Karamell, Toffees, schokoüberzogenem Obst, Lutschern, Lakritzen, Törtchen, Bonbons, Brausepulvern und vielem mehr, gab sich Tanmir mit einer Vanillekaustange zufrieden, während er für Mia einen klassisch isterischen handlichen Pfannkuchen mit schokoladenem Kern kaufte, den sie sich gewünscht hatte. Das Mädchen biss vorfreudig auf den Geschmack des frischen gebackenen Teigs mit dem süßen flüssigen Kern hinein, wonach ihr natürlich ein kleiner dunkler Schokofleck an der Wange neben dem Mund kleben blieb.

„Du hast da was", schmunzelte Tanmir und wies sich auf die Wange.

„Wo denn?" Mia rieb sich genau die falsche Seite. „Weg?"

„Warte." Er wischte die Schokolade selbst ab, mit einer vorsichtigen, behutsamen Bewegung. „Bitte sehr."

Die junge Frau schaute ihn unter geneigten Brauen hervor aus ihren saphirblauen Augen an, leckte sich langsam die Lippen, während sie den Kopf verführerisch zur Seite neigte.

Sie bummelten gemütlich weiter. Mia genoss ihren Pfannkuchen und hielt ihn manchmal Tanmir hin, dass er auch ein Stück abbiss.

Wie immer in solchen Situationen, wenn sie mit ihm zusammen war, vergaß Mia die Welt um sich herum und ihre Sorgen. Die finsteren Gedanken, was die ungewisse Zukunft, nach dem Ende der Rebellion – wie diese denn auch ausgehen möge – bringen würde, waren schon völlig aus ihrem Kopf verschwunden – zumindest temporär.

Aus einer der Schenken vernahmen sie dann laute Musik, welche jedoch nicht von betrunkenen Straßenkünstlern zelebriert wurde, sondern von wahren Meistern ihres Fachs. Die Musik drang zu ihnen, erreichte sie im Takt des dumpfen Trommelschlags und der Bassgeige, erfüllte sie mit dem Klang der

Melodie, die von den Fiedeln und Flöten gespielt wurde, alles untermalt vom rhythmischen Schlagen des Tamburins.

„Komm, Tanmir!"

Der junge Mann konnte gar nicht antworten, geschweige denn hatte er eine Wahl, denn Mia zog ihn bei der Hand schon in die Schenke.

Der ausgedehnte Innenraum war leicht schummrig vom Pfeifenqualm, der in Kombination mit Kerzen und Fackeln für ein phantasiereiches Licht sorgte. Vom Schweiße nasse Bürger tanzten fröhlich und ausgelassen über die hölzerne Tanzfläche. Andere standen an Stehtischen oder saßen an Bänken und Tischen, genehmigten sich gemütlich ihren Met oder ihre Biere. Auf einer kleinen Bühne hinter der Tanzfläche befanden sich die Musik zelebrierenden Künstler.

Die Stimmung war großartig und Mia begann sogleich unwillkürlich im Rhythmus der Musik mit der Ferse auf den Boden zu stampfen.

„Lass uns tanzen!", rief sie Tanmir zu.

„Was?! Ich kann nicht tanzen …"

„Blödsinn! Du musst tanzen können! So wie du dich im Kampf bewegst …" – sie grinste lüstern – „und im Bett …"

„Danke" – er schmunzelte –, „aber ich bin mir da nicht so sicher …"

„Und ob! Du kannst tanzen, du weißt es nur noch nicht."

„Ne, ne, lass mal. Ich blamiere dich noch …"

„Ach, Quatsch! Höre einfach auf die Musik, lass dich von ihr leiten. Der Rest kommt von ganz allein. Pass auf, ich zeig's dir."

Mia packte ihren Stofflöwen vorsichtig in eine Gürteltasche und sprang auf die Tanzfläche, tauchte in das Gewirr der Tanzenden ein. Sie ließ sich vom Rhythmus und der Melodie leiten, von ihnen mitreißen und stieg perfekt darin ein. Ihre Schritte, ihre Bewegungen in der Hüfte, alles passte graziös zu der spielenden Musik. Ihre Tanzkünste – die sie ja in den Grundzügen einst bei Hofe erlernt hatte – zogen die Aufmerksamkeit der umstehenden Leute auf sich, welche Mia begeistert anzufeuern und fröhlich zu ihrem Tanz zu klatschen begannen. Vereinzelt begannen die Leute zu überlegen, ob das möglicherweise die Königin in eigener Person war, die da so ausgelassen tanzte. Aber allem Anschein nach verfolgte niemand diese Gedanken weiter. Welche Königin tanzt denn auf diese Weise? Und dann noch in einer solchen einfachen Schenke unter solch einfachen Leuten?

Nun ja, eben genau diese hier.

Tanmir beobachtete Mia fasziniert und lächelte, traute sich aber nicht, zu ihr zu gehen und sich ihrer Darbietung anzuschließen.

Die junge Königin tanzte immer weiter, völlig befreit. Sie schloss die Augen, ließ den Takt und die Töne auf sich wirken. Ihr Tanz und die Musik nahmen Einklang, verbanden sich.

Erst als das Lied zu Ende war, erwachte Mia und öffnete die Augen, umgeben von den Gästen, die ihr begeistert applaudierten.

Tanmir lachte ihr zu. Mia erwiderte das Lachen, schaute sich um und zwinkerte.

An der Wand der Schenke stand ein schwerer Tisch, vollgestellt mit den Bierkrügen der an ihm sitzenden Gäste.

Die inkognito anwesende Königin klatschte in die Hände, sprang geschickt auf die eichenhölzerne Tischplatte. Die daran sitzenden Männer nahmen eilig die Gefäße weg, rutschten mit den Stühlen ein Stück zurück.

„Was ist, ihr Leute?" Die junge Frau stemmte herausfordernd die Hände in die Hüften. „Also ich möchte weiter tanzen. Was ist mit Euch?"

Applaus, Jubel, lautstarke Zustimmung.

„Ihr hört es, verehrte Musiker! Also zeigt, was ihr könnt! Musik, bitte!"

Die Musikerinnen und Musiker ließen sich nicht bitten – immerhin war dies, auch wenn sie es nicht wussten, eine königliche Anweisung.

Schnell schlug Mia mit den Absätzen den Takt. Die Trommel wiederholte ihn, begleitet vom Tamburin. Die Bassgeige fiel ein, die Flöten und Fiedeln griffen die Melodie auf. Mia, geschmeidig und leicht, tanzte frei. Die umstehenden Gäste fingen begeistert zu klatschen an, bewegten sich im Takt mit, die Knaben schrien anfeuernd.

Die Hände zunächst in die Seiten gestemmt, dann den Tanzbewegungen assimiliert und den Kopf zurückgeworfen, stampfte Mia schnell mit den Füßen, klopfte mit Absätzen und Stiefelspitzen in taktreichen Bewegungen aufs Holz des zitternden und bebenden Tisches, folgte der Melodie.

Die Stimmung wurde durch ihren Auftritt noch um einiges besser und selbst der Wirt und seine Frau, die anfangs noch Sorge hatten, als das Mädchen auf den wackligen Tisch gesprungen war, bewegten sich nun auch fröhlich im Rhythmus mit.

Tanmir beobachtete stolz, wie seine Geliebte die begeisterte Aufmerksamkeit der ganzen Schenke auf sich zog. Auch er klatschte hingerissen ihrer Vorstellung in die Hände, sich leicht rhythmisch zur Musik bewegend, ohne es zu merken.

Sie gehört zu mir, dachte er. Sie, diese wunderschöne, atemberaubende Frau, ist meine Partnerin, meine Weggefährtin, meine Geliebte, mein Leben. Sie gehört zu mir.

Mia tanzte. Die Leute klatschten, feierten.

Geigen und Flöten beendeten letztendlich die Melodie mit einem scharfen, hohen Akkord. Die junge Frau brachte das Ende des Tanzes mit einem Wirbel der Absätze auf den Punkt, verharrte in sieghafter Haltung.

Die Gäste brachen in donnernden Applaus aus, die ganze Schenke, die sich in der Zwischenzeit mit noch mehr Leuten gefüllt hatte, explodierte in absoluter Begeisterung und Euphorie. Besonders die jungen Burschen waren hingerissen von der faszinierenden blonden Schönheit – niemandem von ihnen war bewusst, dass er da gerade die Königin anschwärmte.

Mia atmete schwer, aber stolz. Sie lächelte und verbeugte sich tief. Die Ovationen ließen nicht nach.

Schließlich sprang sie federnd wieder auf den Fußboden, ging auf ihren Tanmir zu, der, ebenfalls weiterhin klatschend, langsam und fasziniert den Kopf schüttelte.

„Du bist der Wahnsinn", lobte er.

Mia grinste breit. „Ich weiß."

Ein leises enttäuschtes Raunen ging von einigen der männlichen Gäste aus, als sie sahen, wie die schöne blonde Tänzerin zu einem dunkelblonden Mann trat, ihm in die Arme fiel und ihn leidenschaftlich küsste. Allerdings ging damit auch ein ermutigendes Summen mit schelmischem Pfeifen gespickt einher, das von denen kam, die den beiden begeistert zujubelten.

„Sooo, meine Lieben!", rief einer der Musikanten von der Bühne. „Nach dem unglaublichen Auftritt dieser faszinierenden jungen Dame, soll es direkt weitergehen!"

Tanmir musste ein wenig den Kopf schütteln. Wirklich niemand schien Mia zu erkennen. Aber er war auch sehr dankbar dafür, insbesondere für seine Geliebte selbst. Denn dadurch, dass sie niemand erkannte, konnte sie nun einfach sie selbst sein. Sie musste keine Königin mit allen dazugehörigen Formalitäten sein, sie konnte einfach Mia sein. Wenigstens für heute Nacht.

„Die Nacht ist noch jung, nicht wahr?", fragte der Musiker anfeuernd.

Die Menge bestätigte mit lauten Rufen.

„Na also! Dann lassen wir sie zum Tag werden! Los, Männer und Burschen, jetzt liegt's an euch! Sucht euch eure Partnerin und dann ab auf die Tanzfläche!"

„Hm, hast du gehört?", fragte Mia gefährlich schmunzelnd.

Tanmir schluckte. „Ähm ... nein ..."

„Ja, ja. Na los, du musst dir eine Partnerin suchen."

„Aber ..."

„Mach schon!"

„Hmm, na schön ... Tja ... wenn das so ist ..." Er zog verlegen die Augenbrauen hoch, schaute sich offenherzig um. „Wen nehme ich denn da? Hier sind so viele ..."

Mia funkelte ihn böse an, lachte aber sogleich. „Du alter Blödmann! Soll ich etwa vor dir auf die Knie fallen?"

„Das wäre was", grinste er, wurde aber rasch wieder ernst. „Aber ist dir doch klar, dass ich mir keine Partnerin suchen muss. Ich habe sie doch schon lange gefunden."

Sie lächelte.

„Trotzdem ...", begann er abermals zu stottern. „Mia, ernsthaft ... Ich kann nicht tanzen. Und nach dem, was du hier gerade für eine Vorstellung abgeliefert hast, mach ich dich noch lächerlich ..."

„So ein Schwachsinn! Wir beide sind das beste, tollste und heißeste Paar, das es in dieser Welt gibt! Und du weißt, dass das stimmt, wir sind viel rumgekommen. Wir zeigen es allen hier! Das wird überhaupt kein Problem, du wirst sehen."

„Aber ... die gucken mich ja jetzt schon alle an ..."

„Weil sie neidisch auf uns beide sind. Und jetzt komm auf die Tanzfläche!"

„Aber ..."

„Kein ‚Aber'! Du tanzt, mein Liebster! Und ob du tanzt!"

Was soll ich machen, dachte Tanmir, während Mia ihn bei der Hand auf die

Tanzfläche zog. Sie ist und war schon immer sturer als ich.

„So, Jungs, habt ihr eure Damen?" Der Musiker schaute sich motiviert um. „Guuut! Dann macht euch bereit!"

Die Paare waren in einem Kreis aufgestellt, die Zuschauer außen herum.

Tanmir schluckte, schaute sich nervös um. Doch was ihm Mut machte und ihn gleichzeitig vor Stolz platzen ließ, waren die Blicke der eifersüchtigen jungen Männer. Sie gifteten ihn an, da er es war, der mit dem schönen blonden Mädchen tanzen durfte.

Ja, ihr seht richtig, ihr Schwachmaten, dachte er und konnte sich ein überlegenes, diabolisches Grinsen nicht verkneifen. Sie gehört zu mir.

Mia sah es ihm sofort an, lächelte geschmeichelt.

Die Mädchen und Frauen standen außen im Kreis, die Burschen und Männer innen. Tanmir sah, wie die Herren sich vor ihren Fräuleins verbeugten. Er schloss sich sofort an, verbeugte sich tief vor seiner Partnerin. Mia lächelte ihm einladend zu und wie die anderen Damen knickste sie vor ihrem Partner ab.

„Nun, meine Lieben." Der Musiker schlug kurz auf das Tamburin in seiner Hand. „Macht euch bereit!"

Tanmir tat es den anderen Männern gleich, legte die rechte Hand an Mias Hüfte und griff sanft ihre linke Hand, hielt sie auf Schulterhöhe. Beide fühlten sich sichtlich wohl.

„Und nun ... lasst die Tanzbeine schwingen!"

Die Trommler begannen, von den Spielern der Bassgeigen begleitet, den Rhythmus zu schlagen, unaufhörlich untermalt vom Musiker mit dem Tamburin, der ebenfalls über die kleine Bühne tanzte. Fiedeln und Flöten setzten augenblicklich ein, ließen die Musik ertönen.

Die Paare bewegten sich im Kreis, wirbelten herum, griffen sich bei den Händen, drehten sich, passten die Schritte der Melodie an, tanzten.

Anfangs hatte Tanmir leichte Schwierigkeiten, doch kam er rasch besser zurecht. Er machte es, wie Mia gesagt hatte, hörte einfach auf die Musik, ließ sich von ihr leiten. Der Rest kam tatsächlich von ganz allein. Er bewegte sich geschmeidig und locker, passte sich zusammen mit seiner Tanzpartnerin perfekt dem Rhythmus der Musik an. Und es gefiel ihm sogar.

Mia staunte und grinste. „Und du meinst, du kannst nicht tanzen, hah!"

„Ich weiß auch nicht, woher das kommt ..."

„Ich hab's doch gleich gesagt. Hab ich's nicht, hm?"

„Hast du, Liebste. Hast du."

„Wir beiden sind einfach die besten."

„Die sind wir."

Sie tanzten, schauten sich dabei tief in die Augen.

Gerade als Tanmir Mia küssen wollte, wurde er jedoch vom animierenden Musiker unterbrochen. „Partnerwechsel!"

„Was?", fragte der junge Krieger verstört.

„Das gehört auch dazu!", lachte Mia und sprang im Tanzfieber von ihm weg. Ein schmaler, hellhaariger Bursche trat auf sie zu, verbeugte sich höflich und nahm sie dann bei der Taille und bei der Hand. Wie auch die anderen getauschten Paare gingen sie sofort in ihren Tanz über.

Tanmir schaute ihnen konsterniert und säuerlich murrend nach, bis eine dunkelhaarige Frau auf ihn zukam.

„Hmm ... wen haben wir denn da?", schnurrte sie, während sie ihn von oben bis unten anschmachtete. Sie war wohl in ihren Dreißigern, recht attraktiv und hatte ausgesprochen dralle Rundungen.

„Ähm ... Hallo ..." Angespannt blickte er zwischen ihr sowie Mia und dem Blonden umher.

„Nun komm schon her, Süßer." Die Dunkelhaarige schnappte ihn sich, warf sich ihm an den Hals, sorgte für reichlich Körperkontakt. Sie griff seine Hände und legte sie an ihre Taille, wobei, nein, nicht an ihre Taille, sondern weitaus tiefer.

Tanmir schluckte, während er seine Hände wieder nach oben bewegte.

„Warum so prüde, Hübscher?"

„Ähm, ich ... habe das so gelernt. Man geht nicht einfach so an die, äh, intimen Stellen von Damen ..."

„Ein Mann mit Manieren? Sowas gibt es heutzutage noch? Interessant ..." Sie schmachtete ihn ungeniert weiter an, präsentierte dabei ihren üppigen Ausschnitt.

Der Tanz ging fröhlich weiter, auch wenn Tanmir natürlich lieber bei Mia wäre. Zumal sich seine neue Tanzpartnerin – im Gegensatz zu ihm – nicht zurückhielt, an seinen Hintern zu greifen, was ihr sichtlich gefiel. Er erinnerte sie höflich daran, dass er auf Gegenseitigkeit bestand, was das Anfassen intimer Stellen anging. Die Frau schnurrte enttäuscht, gehorchte aber – nach der dritten Ermahnung.

Die Leute tanzten. Die Stimmung war nach wie vor grandios.

Die ganze Zeit beobachtete Tanmir aus dem Augenwinkel den blonden Burschen, der mit Mia tanzte und der seine Hand für Tanmirs Geschmack viel zu nah an ihrem Po hatte.

Wenn deine Hand auch nur einen Fingerbreit tiefer geht, brech ich sie dir, dachte er.

„Du hast nur Augen für diese Kleine da, was?", fragte seine dunkelhaarige Tanzpartnerin, die keine Ahnung davon hatte, dass die ‚Kleine' ihre Königin war.

„Hä? Äh, nun ... ja. Verzeiht."

„Entschuldige dich nicht, Hübscher. Ich find's echt süß, wie du sie anhimmelst. Obwohl ich denk, dass sie ein wenig zu schmal für dich ist. Du bist gut gebaut, das spüre ich, hmm ... Du brauchst eine Frau, an der du was zu greifen hast." Sie zeigte ihm ganz eindeutig, was es bei ihr zu greifen gab.

„Nun, eigentlich ..." Tanmir versuchte, nicht auf das Dekolleté der Frau zu schauen. Doch das war nicht so einfach, da es da einiges zu sehen gab, das nicht so schnell aus seinem Blickfeld verschwand.

„Du bist wirklich zum Anbeißen süß", gelüstete sie. „Wie wär's, hm? Nur ein kleines Schäferstündchen im Hinterzimmer. Ich verrate deiner Freundin auch nichts. Ehrenwort."

„Nun ... Danke für das Angebot, aber ich muss ablehnen."

Seine Tanzpartnerin schaute verführerisch, präsentierte ihren Ausschnitt noch provokativer. „Sicher?"

„Sicher."

Die Frau staunte aufrichtig. „Hm. Wirklich ein Mann mit Manieren. Sogar mehr als das. Beeindruckend. Die Kleine sollte froh sein, dich zu haben."

Tanmir lächelte freundlich. „Danke."

„Solltest du's dir aber doch anders überlegen, ich bin noch die ganze Nacht hier."

Es wurde unablässig weiter getanzt, die Musiker spielten ihr Lied immer schneller, der Rhythmus donnerte bis nach draußen auf die Straße.

„Hm", sagte die Dunkelhaarige. „Diesem kleinen Kerl da scheint dein Mädchen zu gefallen."

„Was?!" Tanmir drehte den Kopf, sah, wie der hellhaarige Bursche versuchte, noch näher an Mia heranzukommen, und er nun sogar beide Hände an ihre Taille gelegt hatte, deren Ziel wohl eindeutig weiter unten lag.

Tanmir hatte genug. „Verzeiht, edle Dame, aber ich muss weg." Er drehte sich um und übernahm laut rufend den Part des Animateurs. „Partnerwechsel!"

Die tanzende Masse bemerkte den Unterschied nicht, dass Tanmir statt des Musikers mit dem Tamburin gerufen hatte, und ging in die nächste Runde des Partnerwechsels über.

Der junge Mann verlor keine Zeit und marschierte schnellen Schrittes auf Mia und den Blonden zu, der sichtlich bestürzt war, dass schon wieder die Partner gewechselt werden mussten.

„Partnerwechsel!", zischte Tanmir ihn giftig an. „Da hinten steht was für dich! Und jetzt zisch ab!" Demonstrativ schnappte er sich Mias Taille und zog sie direkt an sich heran.

Der schmale blonde Bursche schaute bedrückt, zog dann aber weiter zur nächsten freien Dame.

„Hmm ...", schmunzelte Mia. „Ich wusste gar nicht, dass du hier die Kommandos gibst."

„Der Idiot von Musiker braucht dafür zu lange."

„Hat das irgendwas mit dem Jungen von gerade zu tun? Hättest nicht so hart zu sein brauchen."

„‚Nicht so hart'? Der Knilch sollte besser auf seine Hände achten."

„Sag nicht, du bist eifersüchtig?"

„Bin ich nicht ..."

Mia zog die Augenbrauen weit nach oben.

„Hm ... vielleicht 'n bisschen ..."

Das Mädchen kicherte, denn wieder setzte Tanmir diesen verlegenen, süßen Hundeblick auf, den sie so liebte.

Sie tanzten. Die Musik spielte. Von außen beklatschten die Zuschauer die tanzende Meute.

„Partnerwechsel!", rief der anspornende Musiker erneut, noch etwas verwirrt, da er es beim letzten Mal ja gar nicht gerufen hatte.
Wieder wechselten die Paare, nicht aber Mia und Tanmir. Die junge Frau merkte gleich, dass er sie fester hielt, auf eine angenehme, sehr begehrende Weise. Sie genoss es, wollte sich auch gar nicht befreien, hatte selbst nicht das geringste Interesse an einem Wechsel.
Erneut kam – neben einer großen Anzahl weiterer Verehrer – der blonde Junge an, in freudiger Erwartung, wieder mit Mia tanzen zu können.
Aber da spielte Tanmir nicht mit. „Verzieh dich, Alter!", knurrte er bedrohlich und funkelte den Burschen bösartig an. Dieser zuckte zusammen, schluckte und zog eingeschüchtert sofort weiter – alle anderen, die sich Chancen ausmachten, taten es ihm gleich.
„Du kannst ja richtig giftig werden", grinste Mia.
„Wenn's um dich geht, verstehe ich keinen Spaß. Bist mein wunder Punkt."
„Hihi, du bist so süß."
„'Süß'? Wieso denn süß? Ich bin nicht süß."
„Doch bist du."
„Bin ich nicht!"
„Doch bist du."
„Nein!"
„Doch."
„Nein!"
„Doch."
Er holte Luft, um nochmals zu widersprechen. Er sparte es sich. Sie war einfach sturer.
Hingegen trug ja ebenso Mia gewaltiges Potential in sich, um giftig zu werden, wenn es um ihren Tanmir ging. Damit es hier und jetzt gar nicht soweit käme, schmiegte sie sich wie symbiotisch an ihn und bannte ihn mit ihrem saphirblauen Blick, sodass bloß keine andere Frau auch nur auf die Idee käme, er wäre noch zu haben.
Die Musik und der Rhythmus wurden schneller, verlangten den Tanzbegeisterten mehr ab. Der Kreis der Paare wirbelte anhaltend weiter herum. Wer hier keine Schweißperlen auf der Stirn hatte, machte etwas falsch. Selbst Mia und Tanmir, die wohl die mit Abstand größte Ausdauer aller anwesenden Personen hatten, schwitzten. Doch erschöpft waren sie nicht. Im Gegenteil.
„Dann legen wir nochmal 'nen Zahn zu, was?", fragte der animierende Musiker laut, was die Menge mit heftigem Zurufen bestätigte.
Die Musiker erhöhten wie angekündigt das Tempo, verfielen in neue, zackigere Melodien, in stürmischeren Rhythmus. Und ebenso entwickelte sich der Tanz.
Mia und Tanmir ließen sich vollkommen auf die Musik ein, tauchten in den Tönen unter und tanzten. Sie tanzten ohne jede Regel, ohne jede Form, einfach frei drauf los, aber trotzdem dem Rhythmus entsprechend.
Sie hingen die Arme ineinander, wogten, ließen die Beine weit durch die Lüfte kreisen. Dann glitten sie umeinander herum, während sie sich jeweils

abwechselnd bückten und sich mit extra weit aufgerissenen Augen anstarrten. Lange hielten sie das jedoch nicht aus, da sie der komische Anblick des anderen und das eigene Verhalten total zum Lachen brachten.

Inzwischen waren ihre ausgefallenen Posen auch den anderen Gästen aufgefallen, von denen allmählich kaum mehr jemand den Blick von dem jungen Paar abwandte.

Auf einmal blieb Tanmir stehen und begann mit den Schultern zu kreisen, die Knie wackeln zu lassen und im Allgemeinen mit dem Körper zu schlabbern. Mia beobachtete grinsend, wie er immer schlaffer zu werden schien und schließlich wie eine Gummipuppe durch die Gegend hüpfte, aber dem Takt angepasst.

Sie lachte und startete ebenfalls mit einer solchen ausgefallenen Art des Tanzes, indem sie die Arme locker herabhängen ließ, einen Buckel machte und sich, ebenfalls dem Rhythmus entsprechend, wie ein betrunkener Troll zur Musik bewegte.

Beide konnten sich vor Lachen nicht halten, was sie aber dazu animierte, noch bescheuerte Figuren hinzulegen. Mit Tanzen im herkömmlichen Sinne hatte das nicht mehr viel zu tun, aber irrsinnig komisch und witzig war es allemal, passte damit vollauf in die allgemeine Heiterkeit. Und dennoch bewahrten die beiden dabei einen so kontrollierten Stil, dass es gar nicht mal lächerlich wirkte.

Ihre Zuschauer waren begeistert, jubelten ihnen zu, klatschten zur Musik, amüsierten sich. Jetzt war es wirklich für niemanden mehr möglich, zu glauben, dass das ihre Königin war. Selbst wenn jemand einen Verdacht gehabt hatte – der Wirt und seine Frau zum Beispiel –, wurde jeder dieser absurden Gedanken verworfen. Sowas würde doch keine Königin tun.

Mia nahm sich das Band aus den Haaren, das diese zusammenhielt, und ließ ihre langen glatten Haare frei. Sie warf sie mit einer heftigen Kopfbewegung aus der Stirn und schwenkte dann ein Stück nach vorn gebeugt ihren Kopf in Kreisbahnen herum und herum, dass sich ihre blonde Mähne wie ein Strudel drehte.

Tanmir übernahm dann den Teil desjenigen, dem, wenn er so den Kopf schwang wie Mia, unweigerlich extrem schwindlig werden würde. Begleitet von einem drolligen Gesicht schwankte er rhythmisch hin und her und tat so, als würde er gleich umkippen.

Dann stellten sich die beiden direkt voreinander und begannen wild umeinander her zu hüpfen. Wenn die Trommler einen Takt zu Ende schlugen, sprangen sie auseinander, drehten sich gleichzeitig jedoch zueinander und zeigten, die unterschiedlichsten Grimassen ziehend, mit den Fingern auf den jeweils anderen. Ihre ulkigen Gesichtsausdrücke konnten sie jedoch nie lange halten, da sie einfach immer lachen mussten. Beim nächsten Akkordwechsel sprangen sie in die jeweils andere Richtung. Und dann wieder. Fortwährend hin und her.

Tanmir und Mia machten mehr und mehr Faxen beim Tanzen, zogen damit alle gut gelaunten und vergnügten Blicke auf sich.

Der tanzende Kreis der Leute stand nun um sie herum. Alle wogten und klatschten, während sie auf das junge Paar schauten, das die Tanzfläche nun für sich alleine hatte.

Tanmir – beflügelt von seiner Mia und der herrlichen Stimmung – sprang erneut herum, bemerkte, dass er viel Platz hatte. Er machte ein paar kleine Hüpfer vor und zurück, ehe er unerwartet aus dem Stand einen Rückwärtssalto vollführte.

Die Menge schrie auf, tobte und klatschte noch verrückter.

Mia, die das natürlich sofort als Herausforderung verstand, fackelte nicht lange. Sie legte unmittelbar hintereinander erst einen Rückwärts- und dann aus der Kraft der Gegenbewegung einen Vorwärtssalto hin. Welche Königin kann den sowas bitte?

Die Gäste der Schenke kamen aus dem Staunen und der faszinierten Ekstase nicht mehr heraus, jauchzten und brüllten vor fröhlicher Aufregung immer lauter.

Tanmir nahm die Arme nach oben, drehte sich im Takt der Bassgeige um die eigene Achse und legte einen derartig geschmeidigen Hüftschwung hin, dass er damit selbst einige Damen vor Neid erblassen ließ, welche sich bei diesem Anblick jedoch innerlich schmachtend vorstellten, wo und bei welchen heißen Gelegenheiten der junge Mann diese Bewegungen auch noch einsetzen könnte.

Mia wusste das selbstverständlich ganz genau und ging lustvoll sogleich in einen ähnlichen Tanzstil über. Sie drehte sich um, mit dem Rücken zu ihm, streckte ihren Po raus und glitt im Takt Schritt für Schritt auf ihn zu. Tanmir beobachtete vorfreudig und triumphal, wie sie sich ihm mit ihren wogenden schönen schmalen Rundungen weiter näherte.

Als sie ihn dann erreichte, drückte sie ihm provokant ihren Hintern in die Leiste und begann ebenfalls ihre Hüfte zu bewegen und kreisen zu lassen.

Das Jubelgeschrei nahm jetzt noch mehr zu. Besonders die Männer waren begeistert, prosteten auf Tanmir, jubelten ihm zu. Von Mia inspiriert, versuchten manche der Fräuleins so etwas gleich selbst, sehr zu Freude ihrer männlichen Tanzpartner.

Tanmir, von der Lust gepackt, griff Mia schließlich bei den Armen und zog sie mit sanfter Gewalt zu sich hoch. Ohne ihren Po aus seiner Leistengegend zu nehmen, drehte sie ihr Gesicht zu ihm. Nur kurz warfen sie sich begehrende Blicke zu, ehe sie sich wild und leidenschaftlich küssten.

Und jetzt erreichte die Feierlaune der Leute noch ein höheres Niveau. Viele nahmen die Finger in den Mund und pfiffen, klatschten allgemein noch lauter, feuerten die beiden an und jubilierten ihnen noch mehr zu. Das Murren der Fräuleins, die eifersüchtig auf Mia waren, und das der Burschen, die eifersüchtig auf Tanmir waren, ging völlig darin unter. Die Begeisterung über dieses junge Liebespaar überwog alles.

Mia und Tanmir waren wie im Rausch, genossen die Feier, ließen sich gehen, amüsierten sich endlos.

Sie tanzten.

Die Zuschauer klatschten zum Rhythmus in die Hände, begeistert von dem

Auftritt des jungen Paares.

Das Lied neigte sich nach langem Spiel dem Ende zu.

Tanmir griff Mia wieder bei der Hand, wirbelte sie herum. Das Mädchen bewegte sich geschwind in seiner Führung, bewegte ihren Körper zum Takt und zu dem Tanz ihres Partners.

Die Trommeln schlugen hörbar die letzten Takte, die Geigen und Flöten gaben auf den letzten Akkorden noch einmal alles.

Tanmir wirbelte Mia ein weiteres Mal herum, hielt sie bei der Hand, schwenkte sie nach vorne, dass ihre beiden Arme sich kurzzeitig vollständig ausstreckten. Dann zog er sie zurück, während sie sich eindrehte, und ließ sie sich weit nach hinten lehnen, dass sie fast parallel zum Boden war. Er lehnte sich ein Stück mit ihr herunter und hielt sie mit seinem Arm am Rücken fest.

Das Lied endete.

Für einen wortwörtlichen Wimpernschlag war es mucksmäuschenstill.

Aber dann applaudierten die Leute wie verrückt, brachen in völlige Ekstase aus, verzückt von dem unvergleichlichen Auftritt des blonden Mädchens und des dunkelblonden Jungen.

Außer Atem, erhitzt und vom Schweiß nass verharrten Mia und Tanmir noch einen Moment in ihrer Position, blickten sich lustvoll verzehrend an, lächelten.

Schließlich spannte Tanmir die Armmuskeln an, drückte Mia wieder zu sich nach oben. Ihr sehnlicher Augenkontakt, war zu keiner Sekunde abgebrochen.

„Was für ein Auftritt, hah!", rief der Musiker mit dem Tamburin, als sich nach einiger Zeit der Applaus ein wenig legte und man seine Worte wieder verstehen konnte. „Diese Nacht ist die Nacht des Tanzes und der Musik. Und die Nacht der Liebe …" Seine Stimme wurde gedämpfter. „Daher für unsere Verliebten mal etwas … Idyllischeres …"

Wieder setzte Musik ein. Diesmal jedoch ruhig, gemächlich, gefühlvoll.

Viele der Paare umschlossen sich innig, verteilten sich wieder auf der Tanzfläche.

Tanmir umfasste sie an der Taille, Mia legte ihm die Hände auf die Schultern. Die Berührung durch ihren Partner durchfuhr die beiden wie eine in Flammen stehende Pfeilspitze, erfüllte sie mit pulsierendem Verlangen. Sie bewegten sich langsam zu der ruhigen Musik, waren ganz eng aneinandergeschmiegt, ihre Stirnen berührten sich leicht.

„Das sollten wir öfter machen", meinte Mia.

„Mhm, gerne. Nur diesen Quatsch von Partnerwechsel lassen wir weg."

„Einverstanden."

Sie schwiegen eine Weile, schauten sich an, genossen den friedlichen, innigen Tanz.

„Ich liebe dich, Mia."

„Und ich liebe dich, Tanmir."

Die beiden küssten sich, zogen dabei zum wiederholten Male eifersüchtige Blicke auf sich. Doch das interessierte sie nicht, nichts von außerhalb interessierte sie. Nicht die Menschen, nicht die Schenke, nicht die Musik, nichts.

Es zählten nur die beiden.

Sie umschlossen sich noch fester und verbundener. Mia legte ihre Wange gegen seine Brust und schloss unendlich glücklich die Augen.

Sie tanzten. Harmonisch. Liebevoll. Vertraut.

Mia und Tanmir tanzten.

XXXVII

Die Schlacht von Rema

„Entschuldigt, dass ich euch alle so mit dieser Besprechung überrolle. Ich weiß, dass einige gerade direkt aus den Betten hierherkommen, aber ich würde euch nicht zusammenrufen, wenn es nicht eilig wäre."

General Franck Golbert, der Anführer der Rebellion, seufzte entschuldigend, fuhr sich mit den Fingern durch die grauen Haare, strich sich über den ergrauten Bart.

„Ich", sprach er weiter, „bin nur ungern der Überbringer der schlechten Kunde … gerade in der momentan guten Stimmung, in der wir sind … Aber die Feierlichkeiten sind vorüber."

„Wovon sprecht Ihr, General?", fragte der Zwerg Arutos, dem man im ermüdeten, bärtigen Gesicht noch die durchzechte zurückliegende Nacht ansehen konnte.

„Gibt es Meldung von den Spähern?", nahm Sophie Berceau an, die ziemlich frisch aussah, obwohl auch sie die letzte Nacht des ausgelassenen Feierns ergiebig genutzt hatte. „Was haben sie gesagt?"

„Was haben sie *nicht* gesagt", erwiderte Golbert, während er einen besorgten Blick mit seinem Freund Gerard Larcron tauschte. „Zwei sind nicht zurückgekehrt. Und der eine, der es geschafft hat … Nun, seine Meldung zwingt uns, unverzüglich zu handeln. Daher habe ich diese Besprechung so schnell einberufen."

„Sprecht, General", bat Mia, die Königin Isteriens. Auch an die Türe ihres und Tanmirs Schlafgemach war zuvor geklopft worden, mit der Bitte, umgehend an dieser Notfallbesprechung teilzunehmen. Larus indes war nicht anwesend. Sein Aufenthaltsort nach dieser Nacht war noch nicht bekannt.

General Franck Golbert begann mit der ausführlichen Erklärung. Er wusste, dass diese erforderlich war, obwohl die Zeit nicht auf ihrer Seite stand. „Wir haben uns nicht gewundert, als wir hörten, dass Generalfeldmarschall Steinhand die Besatzung Remas aufgegeben und sich zum Alten Schloss, zu Texor zurückgezogen hat. Uns war bewusst, dass seine Stärke nicht groß genug und seine Vorräte nicht reich genug waren, um Rema in einer Belagerung zu halten. Nicht zu vergessen die Bevölkerung, die sich auch hier gegen die Südreicher auflehnte. Es hat uns nicht gewundert, dass wir schier ohne Kampfhandlungen hierhergelangen konnten. Es war schlicht logisch.

Wir hätten uns wundern sollen", schloss er nach kleiner Sprechpause. „Steinhand hat das alles geplant. Es stimmt, ihm war klar, dass er Rema kaum hätte halten können. Darum hat er sich zurückgezogen. Aber er zog sich mit einem Plan in der Hinterhand zurück. Kurz gesagt: Alle noch in Isterien stationierten Bataillone Südreichs stehen bald gesammelt auf den Remendis-

Feldern vor den Toren Remas."

„Stille. Erschütterte Stille. Diese Nachricht Golberts ließ alle Anwesenden schlagartig wach und vollständig nüchtern werden.

„Wie ...", stotterte der Kommissär Johann Glomb, der nur eine Langjacke über sein Nachthemd geworfen hatte. „Was ... Ich verstehe nicht ..."

„Steinhand hat alles geplant", erklärte der General. „Er hat sich zum Schein komplett zurückgezogen. Erstens, um Zeit zu gewinnen und alle seine verbliebenen Truppen zu sammeln – für seinen letzten Schlag. Zweitens, um uns in Sicherheit zu wiegen und alle unsere Leute auf einem Haufen vor sich zu haben. So stehen sich nun unsere Heere in voller Stärke direkt gegenüber. Seines allerdings befindet sich im Vormarsch."

„Wo ist Steinhand jetzt?", fragte schließlich Tanmir, der sich, wie für ihn typisch, auf das Wesentliche konzentrierte.

„Seine Armee", erklärte der Heerführer Gerard Larcron, „ist nach unserem Späher etwa einen Tagesmarsch entfernt. Ich vermute, dass Steinhand uns morgen nach Sonnenaufgang zur Schlacht fordert."

„Und wo liegt das Problem?", plusterte sich der Standesherr Emmanuel Grolare auf, ebenfalls mit deutlichen Spuren einer langen Nacht im Gesicht, aber vollständig angezogen. „Ich verstehe das Problem wohl nicht. Steinhand steht mit seinen Leuten morgen draußen vor unseren Mauern. Und genau da haben wir's: *Vor* unseren Mauern. Mauern! Wir sind in Sicherheit. Steinhand hat nicht die Truppenstärke, um Rema abermals zu erobern."

„Das braucht er auch gar nicht", sagte Larcron, der die Zwickmühle verstanden hatte, in der sich die Rebellion befand. „Er braucht uns nur einzuschließen und zu belagern. Er muss gar nicht kämpfen, sondern lediglich warten, bis wir hier drinnen verrecken oder aufgeben. Denn er weiß, dass wir nicht lange durchhalten."

Da fiel es auch Herrn Grolare wie Schuppen von den Augen.

„Richtig", bestätigte Golbert. „Wir haben nicht die Vorräte, um uns auf eine Belagerung einzustellen, geschweige denn eine solche zu überstehen. Da es ihm genauso gegangen wäre, weiß Steinhand das. Deswegen fordert er uns zur offenen Schlacht. Nehmen wir diese nicht an und verstecken uns stattdessen hinter den Mauern Remas, kesselt er uns ein und zermürbt uns. Wie wir es mit ihm getan hätten."

„Wahrscheinlich", knurrte Hauptmann Paul Belford, dessen leicht mandelförmige orientale Augen noch sehr klein und müde waren und dessen Stimme heiser, „hat dieser Hund noch die meisten Vorräte zerstört oder mitgenommen. Deshalb waren hier also so dermaßen wenige Lagerbestände aufzufinden und die Speicher so leer."

„Das allein wäre kein Problem gewesen", murmelte der Halbling von der Oberau. Er war hier alleine erschienen, hatte seine Frau schlafen lassen. „Die Äcker tragen in den kommenden Wochen gute Ernten. Wir hätten uns über volle Kornspeicher freuen können. Deswegen konnten wir ja auch so ausgelassen feiern. Aber unter diesen Umständen ..."

Die Stimmung war bedrückt. Erst gestern hatte man sich so gefreut und den Festlichkeiten gefrönt, weil Rema ohne Kampfhandlungen zurückgefordert werden konnte. Dass die Stadt über keine großen Verpflegungsreserven verfügte, war dabei völlig untergegangen, obgleich man es bemerkt hatte. Jetzt war auch klar, warum. Denn auf diese Weise konnte Generalfeldmarschall Wilhelm Steinhand sichergehen, dass die Stadt keine Belagerung riskieren würde. Denn die würde sie verlieren. Er konnte sichergehen, dass die Rebellion sich ihm zum Kampf stellen würde.

Jetzt befand sich Südreichs Armee auf dem Vormarsch, attackierte die Rebellen gerade jetzt, nachdem sie noch die Freuden des gestrigen Tages verarbeiteten.

„Generalfeldmarschall Steinhand hat alle verfügbaren Bataillone beim Alten Schloss versammelt", sprach Golbert weiter. „Da er jetzt angreift, ist davon auszugehen, dass wir es mit nahezu allen übrigen verbliebenen südreicher Truppen zu tun bekommen werden, die sich noch in Isterien befinden."

„Aber wieso das alles?", meinte Grolare. „Wieso ziehen sie sich erst zurück, nur um dann wieder anzugreifen? Sie hatten Rema doch schon."

„Falsch", widersprach Hauptmann Belford mit erhobenem Finger. „Sie lagerten hier bei Rema, aber sie hatten die Stadt nicht. Nicht mehr. Die Bevölkerung stand gegen sie. Hätten wir Rema belagert, wäre Steinhand ohne Chance gewesen, denn Remas Einwohner hätten uns nach Leibeskräften unterstützt. Steinhand wäre sowohl außerhalb als auch innerhalb von Remas Mauern von Feinden umgeben gewesen. Das wusste er. Aber er wusste auch, dass aufgrund der wenigen Vorräte, über die die Stadt verfügt, wir nur flüchtig hinter Remas Mauern Schutz finden würden."

„Wir haben Steinhand unterschätzt", sagte General Golbert schwermütig. „Ich habe Steinhand unterschätzt. Ich habe die Gefahr nicht so groß gesehen, zumindest nicht schon so früh. Ich habe unsere Leute feiern lassen, anstatt sie direkt wieder auf den Kampf vorzubereiten, die Streitkräfte zu formieren."

„Sagt das nicht, General", besänftigte Arutos. „Unser Volk hat das gebraucht. Unsere Truppen waren erschöpft von den Kämpfen. Ihr habt erst gestern bei der Versammlung selbst gesagt, dass bei den ganzen Kämpfen der zurückliegenden Zeit niemand vergessen darf, warum und wofür eigentlich gekämpft wird. Man sollte wissen, was auf einen wartet, wenn es zurück nach Hause geht. Ich sehe die gestrige Feier nicht als Fehler. Im Gegenteil. Ich sehe sie als Motivation! Denn ich – so wahr mir die verfluchte Alte Magie helfe – will wieder eine solche Nacht erleben! Also muss ich diesen Krieg gewinnen und überstehen!"

„Hört, Hört!", stimmten die Hauptleute Sophie Berceau und Paul Belford zu, wie auch der Halbling von der Oberau.

Die Blicke Mias und General Golberts trafen sich. Der alte Soldat erkannte in dem warmen Blick Mias, aus ihren großen saphirblauen Augen, dass sie die Sache genauso wie der Zwerg sah.

„Trotzdem habe ich einen Fehler gemacht", sagte Golbert und wandte beschämt die Augen von denen seiner Königin ab. „Ich habe Wilhelm Steinhand falsch eingeschätzt. Ich habe nicht damit gerechnet, was er vorhat. Habe nicht vorausgesehen, dass er genau das wollte. Dass er wollte, dass wir Rema einnehmen, damit sich unsere ganze Stärke hier versammelt, die er dann zum finalen Schlag konfrontieren kann. Wahrscheinlich zieht er schon seit Wochen insgeheim alle seine Truppen innerhalb Isteriens beim Alten Schloss zusammen, um jetzt in voller Stärke gegen uns mobil zu machen."

„Also ...", murmelte Emmanuel Grolare, „war die ganze Feier dieses Sieges ... ein Irrglaube?"

„Steinhand wollte, dass wir Rema nehmen. Hier hat er uns in der Falle. Ihm ist klar, dass wir ohne Vorräte einer Belagerung nicht standhalten können. Ihm ist klar, dass wir unter diesen Umständen die offene Schlacht annehmen."

„Eine offene Schlacht ..." Johann Glomb weitete die Augen. „Vor den Mauern Remas?"

„Ja. Eine offene Schlacht. Auf den Remendis-Ebenen vor Rema, vor unserer schönen Hauptstadt. Eine Schlacht aller unserer Streitkräfte. Eine letzte Entscheidungsschlacht in diesem Krieg."

Hatten die Rebellen vor einem Tag noch so ausgelassen gefeiert, war die Stimmung nun am Tiefpunkt. Man hatte Rema, aber der Kampf stand nun unmittelbarer und insbesondere härter und massiver bevor, als man es erwarten konnte.

Das kraftvolle Wort in dieser Stimmung übernahm die Königin Isteriens.

„Wir beenden diesen Krieg", sagte Mia bestimmt. „Wir beenden ihn. Hier und jetzt. Es geht wesentlich prompter als wir es geplant hatten, aber nun ist es so. Wir müssen alle unsere Leute mobilisieren, ehe Steinhand uns hier einschließt. Wir müssen ihm auf den Remendis-Feldern entgegentreten, bevor er Belagerungsmaschinerie errichten kann."

„So ist es", stimmte Sophie Berceau zu. „Steinhand will die Entscheidungsschlacht? Die soll er haben! Denn wir wollen das Ende dieses Krieges. Und mit einer Entscheidungsschlacht bekommen wir's. Tja, dann heißt es nun wohl: Alles oder Nichts."

„Ich und mein Volk", bekräftigte der Häuptling der Orks mit seiner tiefen Stimme, „sind weiterhin bereit, unseren Anteil zu leisten."

„Wie der Rest von uns", pflichtete Berceau bei.

„Nun gut, Herrschaften", intervenierte Grolare, „aber angenommen wir nähmen die Schlacht an, angenommen wir gewännen, wäre es selbst dann noch nicht endgültig vorbei. Denn dann bleibt immer noch Truchsess Texor."

„Tut er nicht", zischte Mia, die ihren Zorn auf diesen Mann nicht in Gänze vor den Anwesenden unterdrücken konnte. „Wir werden an zwei Fronten kämpfen. Steinhand hat uns in die Irre geführt, ja. Er hat uns in eine Falle gelockt, zwingt uns zur Entscheidungsschlacht. Und die werden wir annehmen. Aber wir kümmern uns auch um Texor."

Tanmir lächelte bedächtig. Er verstand sofort, worum es im spontanen Plan seiner Geliebten ging.

„Unsere Streitkräfte", fuhr die Königin fort, „treten gegen Steinhands Truppen an. Hier vor Remas Mauern, auf den Remendis-Feldern. Aber ein paar von uns umgehen Steinhands Armee ungesehen und begeben sich zum Alten Schloss d'Autrie, zu Texors Residenz. Er ist es, den wir ausschalten müssen, um König Sigmunds Einfluss in Isterien endgültig auszurotten. Nur dann beenden wir diesen Krieg wirklich. Steinhand hat uns überrascht, ja doch. Aber wir können darauf reagieren. Und wir werden darauf reagieren. Wir werden so reagieren, wie er es nicht kommen sieht."

„Ein Ablenkungsmanöver." Hauptman Belford nickte nachvollziehend. „Die von Steinhand heraufbeschworene Entscheidungsschlacht als Ablenkung."

„Ja", bestätigte Mia. „So wie Steinhand uns in die Irre geführt hat, so führen wir ihn in die Irre. Er wird uns mit allem was er hat entgegentreten, wird kaum Leute von sich im Alten Schloss bei Texor zurücklassen. Und dort schlagen wir zu. Steinhands Blick ist auf unsere Streitkräfte gerichtet, aber nicht mehr auf das Alte Schloss. Einen kleinen Stoßtrupp, der das Alte Schloss infiltriert und Texor stellt, wird er nicht sehen."

„Texor wird gewiss von einigen angeheuerten Söldnern geschützt", sagte Tanmir, der die Umstände im Alten Schloss d'Autrie ja gut kannte. „Aber mit denen dürften wir fertig werden. Wir müssen nur schnell sein, das Überraschungsmoment zu unserem Vorteil nutzen."

„Also zwei Schlachten", fasste Gerard Larcron zusammen. „Die Entscheidungsschlacht der Heere auf der einen, die Infiltration des Alten Schlosses auf der anderen Seite. Hm ... Das könnte gelingen ..."

„Es muss gelingen", schloss Mia.

General Franck Golberts Kehle entsprang ein bitteres Lachen. „Ich bin es allmählich leid, das zu sagen, aber ... Wir haben anscheinend keine andere Wahl."

Die Erde bebte, rumorte und zitterte, als die Armeen auf den Remendis-Feldern bei Rema in Stellung gingen. An die zehntausend Soldaten dröhnten mit ihren Schritten, klirrten mit Waffen und Rüstungen.

Es versprach ein schöner, sonniger Tag zu werden. Die Wolken, die für eine dunkle Nacht gesorgt hatten, teilten sich am heutigen Morgen, an dem sie wie dünne Wattebäusche aussahen, in kleinere Wölkchen auf, zogen von dannen und ließen das gleichmäßige Hellblau des Himmels sehen. Die sich langsam erhebende Sonne trug mit ihrer aufkommenden Wärme ihren Teil dazu bei, dass die Krieger auf dem Schlachtfeld unter ihren Helmen und Kampfhauben, unter ihren Rüstungen, Gambesons, Kettenhemden und Kriegswämsern immer mehr schwitzten.

General Franck Golbert tätschelte seinem braunen Hengst den Hals. Schon seit einigen Minuten hatte er den Blick nicht mehr von den Remendis-Ebenen und den schwarz-weißen Streitkräften Südreichs auf der anderen Seite gelöst. Auf der kleinen Anhöhe über dem Schlachtfeld, auf der er sich befand, spürte er besonders gut das angenehme Lüftchen, das über die Felder huschte. In diesem angenehmen Lüftchen wogten die Fahnen – auf der einen Seite der stolze, brüllende Löwenkopf Isteriens auf silbernem Grund; auf der anderen der südreicher goldene Adler auf schwarz-weiß geschachtem Grund.

„Wie gehen wir vor, Herr General?", fragte Golberts Adjutantin, die dem General für diese Schlacht direkt unterstellte Frau Leutnant, unter ihrem Helm mit dem nach oben geschobenem Visier hervor.

Golbert überlegte nicht lange, fasste die Zügel fester. „Lasst den Fähnrich mit der Parlamentärflagge erscheinen. Wir werden zuerst zu verhandeln versuchen, ehe Hunderte ihr Leben lassen."

„Herr Generalfeldmarschall", meldete der Major, „es nähern sich drei feindliche Reiter. Unter Parlamentärflagge."

Generalfeldmarschall Wilhelm Steinhand sah selbst, was der ihm unterstehende und rechts von ihm auf seinem Pferd sitzende Adjutant mitteilte.

„Eure Befehle, Herr?", fragte der auf der anderen Seite im Sattel sitzende Stabshauptmann, ebenfalls für diese Schlacht seinem Anführer direkt als Adjutant unterstellt.

Steinhand überlegte.

„Lasst auch unsere Parlamentärflagge wehen", sagte er dann und griff die Zügel seines Reittieres, auf dem er saß. „Hören wir uns an, was General Golbert zu sagen hat."

Sie trafen sich in der Mitte der Remendis-Felder, genau zentral zwischen den beiden Heeren. General Franck Golbert mitsamt seiner Offiziersfrau sowie dem Fähnrich. Generalfeldmarschall Wilhelm Steinhand mitsamt seinem Major, seinem Stabshauptmann und dem Fahnenträger der eigenen Parlamentärflagge.

Ungewöhnlich lange herrschte Stille zwischen den Soldaten. Keiner schien derjenige sein zu wollen, der das Gespräch eröffnete. Die Pferde stampften unruhig, schnaubten, drehten die Köpfe, dass die Gebissstangen klirrten. Die Tiere spürten zweifellos die nervöse Anspannung.

„Ich sehe die Königin Maria I. von Shrebour gar nicht", begann endlich mit seiner scharfen Stimme Generalfeldmarschall Wilhelm Steinhand. „Ihr seid ohne Euer Oberhaupt und Eure Anführerin hier erschienen, Herr General Golbert?"

„Der Truchsess und Volksverräter Isteriens Vindur Texor hat sich wohl auch nicht hier eingefunden", parierte Golbert schlagfertig. „Seine Person hat wohl andere Geschäfte zu erledigen."

„Recht habt Ihr, General. Allerdings hat sich Herr Texor in den vergangenen Monaten nicht zum tapferen Kampfe mitten in der Front hervorgetan. Anders als Eure Königin. Von daher ging ich davon aus, sie wolle diese Schlacht nicht säumen."

Franck Golbert gab keine Antwort.

„Wie ich sehe", fuhr Steinhand fort, während er unverhohlen den Blick auf die Reihen der Rebellensoldaten richtete, „stehen sich nun die Heere Südreichs und der Rebellion direkt gegenüber."

„Das ist korrekt", bestätigte Golbert. „Ihr habt uns ja, Herr Steinhand, nicht erlaubt, uns in unserer Hauptstadt einzurichten."

„Ebenfalls korrekt. Ich war bereits bei meinem Rückzug an einer direkten Konfrontation interessiert, an einer entscheidenden Schlacht. Dieser Konflikt zwischen uns geht nun schon viel zu lange. Es ist Zeit, dass er ein Ende findet. Mit der bevorstehenden Schlacht werden wir den Ausgang unseres Zwists endgültig beilegen."

„Vielleicht muss es nicht zu dieser Schlacht kommen", versuchte Franck Golbert es diplomatisch. „Ich stimme Euch vollauf zu, dass dieser – nennen wir es ruhig beim Namen – Krieg schon zu lange dauert und zu viele Leben gefordert hat. Sowohl Soldaten Isteriens als auch Südreichs. Und erst recht zu viele zivile Opfer. Von diesem Standpunkt aus können wir vielleicht darauf verzichten, heute noch mehr von unseren Leuten in den Tod zu schicken."

„Wie stellt Ihr Euch das vor, General?", wollte Südreichs ruhmreicher Feldherr nach einem Moment des Schweigens wissen.

„Herr Generalfeldmarschall Steinhand, Ihr und ich, wir sind Soldaten. Wir sind keine Politiker, wir schmieden keine Ränke, unterzeichnen keine scheinheiligen Friedensabkommen. Von so etwas verstehen wir nichts, für so etwas sind wir nicht gemacht. Wir sind Soldaten. Wir kämpfen für unser Land und unser Volk. Wir kämpfen auch für unsere Untergebenen. Für jeden einzelnen Soldaten, ob Mann oder Frau, Mensch oder Angehöriger einer anderen Spezies. Und das Wohlbefinden von ihnen allen liegt in unserer Verantwortung. Also liegt es auch in unserer Pflicht, eine Lösung zu finden, wie wir eben für das Wohlbefinden unserer Untergeben sorgen können. Also warum müssen wir diesen Krieg bis zum letzten Atemzug ausreizen?"

Steinhand antwortete nicht. Aus dem Ton Golberts hörte er jedoch auch heraus, dass dieser noch nicht fertig war.

„Außerdem, erlaube ich mir zu erklären, dass Isterien ein freies Königreich und Eurem König Sigmund von Lichtenhaus keinerlei Folgsamkeit schuldig ist – und an ihm als Lehnsherren auch kein Interesse hat. Isterien hat seine eigene rechtmäßige Königin und ist gewillt, selbst über seine weitere Zukunft zu entscheiden. Und es ist auch durchaus in der Lage dazu. Es gibt folglich keine rechtliche Grundlage, mit der Südreich Isterien weiterhin besetzt – und das gewaltsam. Daher fordere ich Euch auf, sämtliche Eurer Truppen aus Isterien abzuziehen. Ich fordere Euch auf, Isterien zu verlassen. Denn Isterien ist ein freies und unabhängiges Königreich. Es ist nicht das Land Eures Königs Sigmund."

„Viele Eurer Worte, General Golbert, sind wahr. Doch wie Ihr selbst sagtet, wir beide – Ihr und ich – sind Soldaten, keine Politiker. Das politische Kauderwelsch über Ansprüche auf Land und Lehen, Befugnisse von Königen, Einhaltung von Grenzen oder Fortbestand von Dynastien und ihrer Herrschaftsgebiete zählen nicht zu unseren Kompetenzen und schon gar nicht zu unseren Aufgaben. Darüber haben andere zu entscheiden. Ja, wir beide sind Soldaten. In diesem Sinne erinnere ich Euch daran, dass Soldaten Befehle zu befolgen haben. Und meine Befehle sind eindeutig, unabhängig davon, welche politischen Entscheidungen, rechtmäßigen oder unrechtmäßigen Ansprüche ihnen auch zu Grunde liegen mögen. Ich befolge Befehle. Und gemäß dieser Befehle habe ich für die Beendigung der Kampfhandlungen in Isterien ausgehend von Eurem bewaffneten Rebellenzusammenschluss Sorge zu leisten. Das ist mein Befehl. Als Soldat sind das mein Auftrag, mein Daseinszweck, meine Aufgabe. Daher fordere ich Euch auf, General Golbert, Euren Truppen zu befehlen, die Waffen niederzulegen und sämtliche Kampfhandlungen fortan zu unterlassen."

Für einige Herzschläge hielten die beiden alten Soldaten die Blicke ohne zu blinzeln.

Sie waren beide in unzähligen Schlachten gewesen, hatten zahllose Soldaten befehligt, selbst so häufig das Schwert gegen ihre Feinde geführt. Dadurch hatten sie auch beide auf grausame Weise gelernt, was Verluste bedeuten. Und in all den Jahren hatten diese Verluste, die immer schwerer wiegten als die Siege, deutliche Spuren auf ihren Geistern hinterlassen.

Und eben diese Spuren konnten beide Männer in den Augen ihres Gegenübers erkennen. Für sie beide hatte es genug Verluste gegeben. Beide waren des Kampfes müde. Beide würden gerne einen Weg finden, ohne weitere Verluste und Kämpfe weitermachen zu können.

Doch sie waren Soldaten. Nein, schlimmer. Sie waren Anführer. Für sie konnte es einen Weg wie sie sich ihn insgeheim wünschten nicht geben.

„Also", frage Franck Golbert abschließend, „können wir keine Einigung erzielen?"

„Es tut mir leid, Herr General Golbert." Das tat es Wilhelm Steinhand wirklich. „Aber Euch war die Antwort doch schon klar, bevor Ihr mit der Parlamentärflagge hierher rittet."

„Das war sie. Leider." Golbert seufzte. „Nun, so sei es. Der Sieger dieser Schlacht entscheidet sowohl über das Schicksal Isteriens als auch über unser eigenes."

Generalfeldmarschall Steinhand nickte. „Aye, so sei es."

Wieder an ihrem Aussichtpunkt angekommen, ließen sich die zwei Anführer der sich gegenüberliegenden Heere den Status der Truppen berichten. Beide Heere waren bereit. Der Schlacht stand nichts mehr im Wege. Der alles entscheidenden Schlacht stand nichts mehr im Wege.

Beide Anführer der Streitmächte saßen auf ihren Schlachtrössern, beide packten mit ihren in Plattenhandschuhen geschützten Händen die Zügelriemen der Tiere immer fester. Über Panzerreiter verfügten sie beide nicht – die Rebellen noch nie; die Südreicher verloren ihre Anfang dieses Jahres. Es würde ein brutaler und blutiger Kampf wie in lange zurückliegenden Generationen werden, ein Kampf auf Schwertlänge, ein Kampf Mann gegen Mann.

Generalfeldmarschall Wilhelm Steinhand war in der Offensive. Ihm war klar, dass er es war, der die Schlacht eröffnen müsse. An Zahl waren seine Leute den Rebellen zwar überlegen, doch würde sich dieser Zustand gleich zu Beginn der

Schlacht relativieren. Unter Pfeilsalven würde er viele seiner vorrückenden Untergebenen verlieren, obgleich seine Taktik darin bestand, unter Schildwällen die meisten der Pfeile abzuwehren, dem Feind auf diese Weise seines Vorteils der Bogenschützen zu berauben und ihn so zum unmittelbaren Kampf zu fordern. Steinhand verfügte über mehr Soldaten an sich. Die Rebellen waren keine Berufssoldaten, sondern überwiegend bewaffnetes Bauernvolk. Allerdings verbissenes Bauernvolk, das mit allem, was es hatte, sein Leben verteidigen würde, das seine Kampfkraft aus der Verbundenheit seinen Nächsten und seinem Land gegenüber schöpfen würde. Doch Steinhand setzte auf die Kampfüberlegenheit und Erfahrung seiner Truppen. Der Schlüssel zum Erfolg war das Durchbrechen der zentralen Feindesreihen. Würden sich die Rebellen zerstreuen und ihre Formationen auflösen müssen, wären sie dem formierten Vorrücken der ausgebildeten Soldaten Südreichs nicht mehr gewachsen und würden nach und nach von ihnen vertilgt werden.

Die Strategie stand fest. Dennoch biss sich Steinhand auf die Lippen, drückte die Finger seiner Fäuste so fest zusammen, dass die Knöchel knackten. Er vermochte wahrlich nicht den Ausgang dieser Schlacht vorherzusehen.

General Franck Golbert war sich indessen darüber bewusst, dass von Seiten des Feindes der Vorstoß der Truppen erfolge. Worauf es das Ziel war, die feindlichen Reihen durch die eigenen Bogenschützen zu lichten. Doch auch dann würde es früher oder später zur direkten Konfrontation mit den südreicher Soldaten kommen, welche über bessere Ausbildung und Ausrüstung verfügten. Um keinen Preis dürften sich seine Rebellen zerschlagen und auseinandertreiben lassen, da sie sonst gegen die geordneten Formationen und Angriffslinien der Südreicher nicht mehr ankommen und Stück für Stück zurückgedrängt und vernichtet würden. Um dieser Tatsache entgegenzuwirken, hatte Golbert seine Rebellentruppen in drei Formationen aufgeteilt. Im Zentrum, das er selbst von hier oben aus kommandierte, postierten sich die einstigen Berufssoldaten Isteriens und ehemaligen Gardisten des Königs. Sie waren die am besten ausgerüsteten, geschultesten und kampferprobtesten Rebellen und stellten die wirkungsvollsten Gegner für die Angreifer dar. Der linke Flügel wurde vom Heerführer Gerard Larcron angeführt. Das Kommando über den rechten Flügel hatte der im vorigen Jahr in Hall befreite Leutnant und inzwischen zum Heerführer ernannte Rudgar übernommen. Beide Flügel bestanden überwiegend aus den im Laufe der Rebellion rekrutierten Freiheitskämpfern, keinen ausgebildeten Soldaten, aber unerschütterlichen und unbeugsamen Patrioten und stolzen Isteriern, die ihre Kraft aus dem Willen auf ihre Zukunft schöpften. Heute unterstützten die Rebellen in ihrem Kampf zudem zahlreiche Freiwillige aus Rema, die man mit Hellebarden oder ähnlichem ausgerüstet hatte und die sich darüber hinaus selbst – da es an Waffen mangelte – mit Mistgabeln, Dreschflegeln, Sicheln oder Sensen bewaffneten. Golberts weiteres Ziel neben dem Sieg in dieser Schlacht war es, Generalfeldmarschall Steinhand schon auf dem Schlachtplatz selbst zur Kapitulation zu zwingen. Er hatte Sorge, dass sich der Feind zum Alten Schloss d'Autrie zurückziehen würde. Denn dann würde er die Angriffstruppe um die Königin Maria erreichen, die gerade damit beschäftigt war, das Alte Schloss zu infiltrieren und Texor zu ergreifen. Würden Maria und der Prinzgemahl Tanmir den Verräter Texor dann schon in ihrer Gewalt haben, wäre das Problem gelöst. Wenn jedoch nicht ... Allerdings war diese Sorge noch ein ungelegtes Ei. Erst einmal musste dieser Kampf hier gewonnen werden. Und das war schwer genug.

Die Strategie stand fest. Dennoch biss sich Golbert auf die Lippen, drückte die Finger seiner Fäuste so fest zusammen, dass die Knöchel knackten. Er vermochte wahrlich nicht den Ausgang dieser Schlacht vorherzusehen.

Die Sonne stand nun schräg über dem Schlachtfeld, genau in der Mitte zwischen den Heeren. Weder die einen noch die anderen wurden durch blendendes Licht der aufgehenden Sonne beeinträchtigt.

Und eben zu diesem Zeitpunkt setzte sich unter dem anhaltenden, einschüchternden Klang der Kriegshörner Steinhands erstes Bataillon in Bewegung, die Schilde zum Wall erhoben, Speerspitzen dazwischen emporragend. Wie eine riesige stachlige Schildkröte kam der Haufen langsam aber unbeirrt und stetig auf die Reihen der Rebellen zu. Die Geschlossenheit der Formation wurde durch die ausgebildeten Soldaten garantiert. Die Schilde boten Schutz vor den Pfeilen, die Speere sollten den Rebellen einen Angriff auf den Schildwall zusätzlich erschweren.

Leutnant Mary Sarge stellte sich an den Rand der langen Reihe von Rebellenbogenschützen, hob die Hand. „Bogenschützen!"

Die Bogenschützen traten einen Schritt vor, dass es kurzzeitig unterhalb des Grases auf dem Boden erzitterte. Sie packten je einen der vor ihnen in die Erde gesteckten Pfeile und legten sie auf die Sehnen.

„Spannen!"

Unter einem regelmäßigen Zischen wie das Aufsummen von Bienen spannten sich die Bögen.

„Zielen!"

Die gespannten Bögen hoben sich diagonal zum Himmel.

Nun geht es wohl los, dachte Leutnant Sarge, der der Schweiß von der Stirn ins Auge lief – sie hatte zuvor vergessen, sich die Stirn abzuwischen. Es geht los.

Die Soldatin schwang ihren erhobenen Arm hinab, begleitet vom Befehl. „Feuer!"

„Pfeile!", kreischte warnend der Feldwebel. „Schilde hooooch! Kräftig!"

Harald ließ sich das nicht zweimal sagen. Auch keiner seiner Kameraden. In langsamen gleichmäßigen Schritten bewegten sie sich über das Schlachtfeld. Sie konnten kaum etwas sehen, nur durch die kleinen Spalte zwischen den Schilden erkannten sie den vor sich liegenden Weg und die entfernt stehenden Reihen der Rebellen.

„Pfeilaufschlaaag!"

Poltern. Krachen. Jeweils kurz, aber heftig. Das Auftreffen der Pfeile auf die Schilde. Auch Harald spürte zwei, drei Schläge auf dem von ihm gehaltenen Schild.

Dann der erste Schrei unter dem Wall. Gleich der zweite. Der dritte. Und dann konnte Harald schon nicht mehr mitzählen, denn es erschallten von überall her vereinzelte Schreie unter den Schilden. Es waren die Schreie der Getroffenen, die das Pech hatten, dass die sie treffenden Pfeile durch den Schildwall gedrungen waren.

Das Rumoren endete rasch. Harald atmete tief durch. Ihn hatte es nicht erwischt. Keiner der feindlichen Pfeile hatte eine Lücke im Wall gefunden, durch die er hätte getroffen werden können.

„Vorwärts, ihr Lahmärsche!" Den Feldwebel hatte es augenscheinlich auch nicht erwischt. „Schneller!"

Damit waren Harald und seine Kameraden sehr einverstanden. Den Rebellen, die bereits wieder die Bögen bereit machten, kamen sie entschieden zu langsam näher.

Kacke, dachte Harald. Nur nicht von einem Pfeil getroffen werden. Wenn's mich heut erwischen soll, bitteschön. Aber nicht von einem Scheißpfeil.

Harald war Soldat in der dritten Generation. Alle seine Vorväter, auch Onkel, waren ehrenvoll auf dem Schlachtfeld gefallen, nachdem sie zuvor zahllose Feinde ins Jenseits befördert hatten. Er wollte das auch. Er wollte in den Kampf und nicht schon vorher von einer Pfeilspitze getötet werden.

Haralds Wunsch sollte sich erfüllen. Er würde zu seinem Kampf kommen. Er würde sein Schwert gegen den Feind erheben, ohne vorher von dessen Pfeilen durchlöchert zu werden. Und er würde einige Rebellen in den Tod stürzen, würde seinen Dienst an seinem Vaterland ehrenhaft erfüllen, würde seinen Vorvätern alle Ehre machen.

Aber überleben würde er die heutige Schlacht nicht.

„Bogenschützen zurüüück!", schrie Leutnant Sarge. „Schwerter vor!"

Die feindliche Schildkröte war nun zu nahe für die Bogenschützen. Jetzt musste die eigene Infanterie ran. Der direkte Kampf stand nun geradewegs bevor.

„Macht euch kampfbereit!"

Hoffentlich reicht es, dachte Mary Sarge, während sie die zahlreichen pfeilgespickten Leichen sah, die auf dem zurückgelegten Weg der Schildkröte liegen geblieben waren. Hoffentlich reicht es.

„Für die Königiiin!", schrie die Offiziersfrau motivierend.

„Für die Königin!", wiederholten zahlreiche Kehlen.

Die Rebellen waren kampfbereit, schlugen mit den Klingen auf die Messingknäufe der Holzschilde und auf das Metall der geschmiedeten Schilde.

Sie waren mehr als bereit.

„Aaangriiifff!"

Mit durch die Atmosphäre schallendem Geschrei und Getöse trafen die beiden Heere aufeinander. Augenblicks erfüllten die Klänge einer erbitterten Schlacht das ganze Terrain.

    Soldaten schrien.
    Klingen klirrten.
    Streithämmer grollten.
    Äxte zischten.
    Soldaten schrien.
    Rüstungen dröhnten.
    Schilde krachten.
    Soldaten schrien.
    Soldaten starben.

Vor den abscheulichen Geräuschen von Kampf, Qual und Tod blieben auch die Einwohner der Hauptstadt Rema nicht verschont.

„Mama?", fragte die kleine Lena, die auf dem Schoß ihrer Mutter saß. „Was sind das für Geräusche?"

Die Mutter umarmte ihre Tochter fest, während sie nervös den Oberkörper hin und her bewegte. „Hör nicht hin, mein Kind. Hör nicht hin."

Der Kampflärm war zu deutlich zu hören, der Wind trug ihn hierher.

„Ist Papa auch da?"

Die Mutter schniefte, erfüllt von schrecklicher Angst davor, ihren geliebten Gatten zu verlieren und dass ihre Tochter ohne Vater aufwachsen müsse. „Ja", antwortete sie mit zitternder Stimme. „Papa ist auch da. Er kämpft für uns. Für dich und mich. Du kannst sehr stolz auf ihn sein."

„Das bin ich, Mama!", rief Lena beherzt. „Ich bin stolz auf, Papa! Wenn er zurückkommt, sage ich ihm das!"

„Eine ... gute Idee ...", keuchte die Mutter, während sie nur mit größter Mühe den gewaltigen Kloß von Unwohlsein und Angst in ihrem Hals unterdrücken konnte. „Tue das, mein Kind. Tue das ..."

„Das Zentrum befindet sich im Kampf, General", sagte die Frau Leutnant. Es war ihre Aufgabe als Adjutantin, dies zu melden, obgleich General Franck Golbert das auch selbst gut genug erkennen konnte, trotz nur einen Auges. Und selbst wenn er es nicht hätte sehen können, hätte er es gehört. „Eure Befehle, Herr?"

„Die Flügel halten die Positionen. Larcron und Rudgar sollen die Flanken des Feindes beschäftigen. Wir müssen die Südreicher dazu bringen, ihre Angriffslinie zu verbreitern, dass unser Zentrum entlastet wird. Wir dürfen aber zu keiner Zangenbewegung ansetzen, sonst wird das Zentrum als unsere Schlüsselstellung zu dünn. Zudem verfügt der Feind noch über weitere angriffsbereite Einheiten."

„Verstanden, General."

„Die Boten sollen sich bereithalten."

„Verstanden, General."

„Unsere Männer rücken im Zentrum vor, Herr Generalfeldmarschall", meldete seinem Herrn auf der anderen Seite des Schlachtfeldes der Stabshauptmann – ähnlich sinnbefreit, doch den militärischen Pflichten eines Adjutanten entsprechend. „Aber ihre Flügel greifen nicht an."

„Das sehe ich." Generalfeldmarschall Steinhand verzog keine Miene. „Sie wollen unsere Angriffslinien in die Breite ziehen, um sie von den Flanken aus im Zaum halten zu können und den Druck im Zentrum zu entlasten. Wir müssen dem entgegenwirken. Den Druck auf das Zentrum verstärken. Gebt Nachricht an Generalleutnant Schreiber: Die zweite Welle soll vorrücken. Wenn wir durchbrechen, zerstreuen wir sie."

„Zu Befehl, Herr Generalfeldmarschall! Ich schicke einen Boten!"

Die Kriegshörner für den Angriff der zweiten Welle des südreicher Angriffs schallten bedrohlich bis zu Golbert und seiner Offiziersfrau.

„General Golbert, seht!"

„Hm ... Früh ...", murmelte Golbert. „Sehr früh schickt Steinhand schon das zweite Bataillon voraus ..."

„Was hat er nur vor?", wollte die Frau Leutnant wissen.

„Steinhand will anscheinend unter keinen Umständen, den Druck im Zentrum schwächen. Mist! Wir haben keine Wahl. Nachricht an Larcron und Rudgar: Druck auf die feindlichen Flanken verstärken, die feindlichen Linien auseinanderziehen, das Zentrum entlasten."

„Verstanden, General! Bote, zu mir!"

„Kämpft!", kreischte Arutos. „Kääämpft!"

Der Zwerg wie auch alle seine diesem Krieg angehörigen Artgenossen fochten im Zentrum der Schlacht, in der ersten Reihe. Es war ein ganzer Trupp von Zwergen, die allesamt mit Äxten drauflos hieben, dass keine feindliche Gliedmaße mehr an ihrem anatomisch zugeteilten Platz blieb. Selbst zahlreiche Halblinge hatten sich zum Kampf im Schlachtzentrum gemeldet. Sie waren zwar klein und nicht sonderlich stark, aber sie waren enorm filigran und flink, beweglich und wendig, und daher keinesfalls als wirkungsvolle Krieger zu unterschätzen.

Ob Mensch, Halbling oder Zwerg, sie alle waren Isterier. Sie alle kämpften für ihr Land und ihre Zukunft. Sie kämpften wie Löwen, die man in die Enge zu treiben versucht.

„Wir müssen das Zentrum halten! Um jeden Preis das Zentrum halten!"

„Der Druck wird zu groß! Sie bekommen Verstärkung! Sie drängen uns immer weiter zurück!"

„Dann kämpft härter, ihr Narren!" Arutos war ein Experte im Anfeuern und Motivieren seiner Leute – das Anfeuern im Stile der Zwerge natürlich. „Kämpft, ihr räudigen Köter! Sonst kastriere ich Euch höchstpersönlich, wenn's die dreckigen Südreicher nicht vorher tun! Looos, verdient Euch gefälligst eure Eier!

Kääämpf!"

„Unsere Truppen brechen nicht durch, Herr Generalfeldmarschall", sagte der Major, mit schon angespanntem Unterton in seiner Stimme. „Sollen wir die dritte Welle schicken, Herr?"

„Und unsere letzten Reserven ins offene Gelände führen?", fauchte Steinhand. „Seid Ihr noch bei Trost, Major? Die dritte Welle rückt erst vor, wenn wir vor der Sprengung des Zentrums stehen."

„A-aber ... Herr ... Die Truppen stoßen nicht durch. Die feindlichen Flügel erlauben uns keinen Aufbau der Angriffskonzentration im Zentrum, ohne dass wir Gefahr laufen, an den Flanken eingekesselt zu werden."

Steinhand verzog nachdenklich den Mund. „An den Flanken zurückziehen", befahl er dann ganz plötzlich und trocken. „Danach im Zentrum."

Beiden Offizieren, dem Major und dem Stabshauptmann, fielen derart erstaunt die Münder auf, dass ihre Kettenhauben raschelten. „Ähm ... Herr?"

„Haben die Herren nicht verstanden?!", brummte Steinhand. „Ich sagte, Rückzug erst an den Flanken, dann im Zentrum! Ausführung!"

„Ver-verstanden, Herr ..."

„Was tun sie da?", murmelte Golberts Adjutantin, die ähnlich verwundert über den taktischen Zug des südreicher Generalfeldmarschalls war wie dessen eigene Offiziere auf der Gegenseite. „Sie ziehen sich zurück? Aber sie sind doch noch nicht geschlagen ..."

Franck Golbert öffnete leicht die Lippen unter dem grauen Bart, sein Auge huschte von Flanke zu Flanke, über das Zentrum der Schlacht hin und her.

Er knurrte wütend auf, als er begriff.

„Scheiße!", rief Golbert. „Die Boten los, Leutnant! Unbedingt die Positionen halten! Dem Feind ja nicht hinterher, den zurückziehenden Feind nicht verfolgen! Beschießt sie mit Pfeilen, aber ja nicht verfolgen!"

„Herr?"

„Beeilung, verdammt! Das ist eine Falle! Sie wollen unsere Formation an den Flügeln schwächen, indem sie uns herauslocken, uns in vorausgehender Richtung auseinanderziehen, und dann wieder angreifen! Ihre Stellung ist massiver, sie werden uns gravierend dezimieren, wenn wir vorrücken! Das darf nicht passieren! Nun schickt die Boten! Die Positionen unbedingt halten und nicht vorrücken! Los, los, looos!"

Die Boten waren geschwind mit den Befehlen Golberts vor Ort. Doch da war es schon zu spät. Die Euphorie der kämpfenden Rebellen über den Anblick der sich zurückziehenden Südreicher hatte sie mit dem Geschmack des Sieges erfüllt. Und davon wollten sie mehr.

Sie rückten vor, glaubten den Feind weiter zurückzudrängen, ohne zu ahnen, dass sie genau in die Falle liefen.

„Haaalt!", brüllte am rechten Flügel wiederholend Heerführer Rudgar. „Sofort anhalten! Die Positionen halten! Die Positionen halteeen! Nicht vorrücken! Nicht vorrückeeen!"

Rudgar war von karamanischer Geburt, er war sehr groß und hatte eine starke laute Stimme. Trotzdem dauerte es lange bis der Befehl von allen seinen Kriegern gehört, verstanden und umgesetzt wurde.

Zu lange.

Der Plan der Südreicher zeigte Früchte. Nachdem sie sich – zum Schein – zurückgezogen hatten, wurde durch die zweite Welle abermals ein Schildwall errichtet. Während die erste Welle rasch dahinter Deckung fand, gingen beide vereint sogleich in die Offensive über. Und auf diesen unerwarteten und urplötzlichen Richtungswechsel waren die Rebellen nicht gefasst. Diejenigen von ihnen, die vorgerückt und die Fliehenden verfolgt hatten, wurden einfach überrannt und mit Äxten, Streitkolben und Schwertern niedergemäht oder mit Speeren aufgespießt.

Ehe die Rebellen den Ernst der Lage begriffen und wieder ihre Formationen aufnahmen, indem sie die Flankenlinien sicherten, hatten sie hohe Verluste einstreichen müssen. Die Südreicher indes drängten nun die gegnerischen Flügel zurück, verschafften ihren Kameraden im Zentrum mehr Luft und die Möglichkeit, den Angriff zu konzentrieren, um die feindlichen Verteidigungslinien zu sprengen.

„Was ist denn los mit euch?", brüllte Arutos, während er mit der Axt um sich schlug und dabei zwei Südreicher auf einmal niederhieb. „Bleibt standhaft! Kämpft! Kääämpft!"

„Es werden zu viele! Wir halten nicht mehr lange stand!"

„Wir müssen aber!" Nachdem er einen weiteren Feind niedergeschlagen hatte, wischte sich Arutos notdürftig das Blut vom Gesicht.

Tatsächlich blieb ihm nun ein Augenblick, um sich umzuschauen. Ringsum wurde erbittert gekämpft. Blut spritzte in Strahlen oder Fontänen durch die Luft. Der Boden war rutschig und matschig, zertrampelt und zerwühlt, getränkt von Blut, gespickt von Leichen, von denen es anhaltend mehr wurden.

Arutos musste selbst einsehen, dass es immer enger wurde. Der Druck, den die Südreicher aufbauten, nahm stetig zu. Irgendetwas musste passieren, sonst würde der Feind früher oder später durchbrechen und sie überrennen.

„Hey! Du da, Kurzer!", rief er einem Halbling in der Nähe zu, der sich gerade unter einem Südreicher hervorarbeitete, welchen er auf dem Boden liegend mit zahlreichen Messerstichen niedergestreckt hatte. „Komm her zum mir, rasch!"

Der Halbling wischte sich Dreck und Morast aus dem Gesicht, kam heran.

„Hör mir zu", forderte der Zwerg zwischen all dem unbändigen Chaos der Schlacht, packte den Halbling bei der Schulter. „Du musst sofort zu General Golbert hoch! Wir müssen die Flügel verkleinern, das Zentrum stärken! Sag ihm, dass ich noch ein Ass im Ärmel hab, aber wenn sich in den nächsten Minuten trotzdem keine Änderung ergibt, dann muss er eingreifen und die Flügel

verkleinern! Sonst bricht das Zentrum! Hast du verstanden?!"
„Habe ich."
„Na, was stehst du noch hier?! Bring deine kurzen Stelzen in Bewegung und ab zum General!"
„Schon unterwegs!"
Flink und wendig – wie Halblinge nun mal sind – verduftete der kleine Kerl wie ein Wiesel vom Schlachtfeld.
„Claudio!", schrie indes Arutos seinem Vetter zu, einem Zwerg von überdurchschnittlicher Körpergröße – aus Sicht seiner eigenen Spezies. „Claudio! Ich hab 'nen Plan! Weißt du noch, was wir damals im großen Südstollen in Carborass gemacht haben? Als die Pisser vom Bruvvur-Clan uns angemacht hatten?"
„Das ist nicht dein Ernst, Arutos?!", keifte ebenfalls schwer atmend und blutbesudelt Claudio, der sich an die damalige Zeit erinnerte. „Das geht in sicheren Bergwerksstollen, aber doch nicht in 'ner verfickten offenen Schlacht?! Wir gehen dabei drauf!"
„Wenn wir den Sturm der südreicher Hunde nicht aufhalten und sie uns überrennen, gehen wir auch drauf! Wir müssen es versuchen!"
„Och, verdammte Kacke ..."
„Scheiß dich später aus! Los, wir trommeln die Jungs zusammen, und dann in Stellung! Ab, ab!"

„Das Zentrum hält nicht mehr lange stand, General", fasste die Frau Leutnant den Bericht des Halblings zusammen, welcher vollkommen erschöpft am Boden lag – der Sprint zum General hin hatte ihn förmlich alles an Kraft gekostet. „Wenn Südreich nun auch das dritte Bataillon auf uns zuschickt, werden sie durchbrechen und unsere Formationen vollkommen aufreiben. Sie werden über unsere Reihen kommen wie eine Welle."
General Franck Golbert antwortete nicht. Er schaute nach oben, an den Himmel, versuchte, irgendeinen alternativen Plan zu ersinnen als die Schwächung der Flügel von Larcron und Rudgar. Ihm fiel nichts ein.
„Hat Arutos etwas angedeutet, was genau sein Plan ist?", fragte er den Halbling, der sich allmählich wieder aufrappelte.
„Nein ...", antwortete dieser, unablässig schnaufend. „Er sagte nur, er habe ein Ass im Ärmel ... Aber wenn sich in den nächsten Minuten nichts verändert, brauchen wir Verstärkung von den Flügeln ..."
„Das würde unsere ganze Strategie umwerfen, General", merkte die Adjutantin an.
„Ihr habt doch selbst gesagt, Leutnant", erinnerte Franck Golbert, „dass das Zentrum nicht mehr lange standhält. Und verlieren wir das Zentrum, verlieren wir die Schlacht und auch den Krieg. Wir warten noch drei Minuten. Wenn sich dann nichts tut ... verstärken Larcron und Rudgar das Zentrum."
„Verstanden, Herr."
Sie warteten noch drei Minuten.

Und es waren sehr, wahrlich sehr lange drei Minuten.

„In Ordnung, Jungs!", schrie Arutos seinen zusammengetrommelten Zwergen zu, darunter auch einige Bolguras. „Ihr wisst noch, wie's damals gegen die Bruvvurs war! Und die Bruvvurs waren Zwerge wie Felsbrocken! Hart und kantig wie Steine! Die Südreicher sind dagegen nur Waschlappen! Also kneift die Arschbacken zusammen und nieder mit den Hurensöhnen! Hua!"
„Hua!", antworteten die Zwergenkehlen hinter ihm.
„Wir sind Zwerge aus Carborass, aber wir sind auch Isterier! Und das, verfickt, ist unser Land! Holen wir's uns zurück! Hua!"
„Hua!"
„Für unsere Königin, für unsere Weiber, für unsere Kinder, für uns selbst! Hua!"
„Hua!"
„Und für unseren Schnaps! Huaaa!"
„Hua! Hua! Hua!"
„Greift aaan!"

Die drei Minuten waren fast vorüber, und General Golbert war schon kurz davor, über zwei Boten den Heerführern Larcron und Rudgar aufzutragen, dass sich die Flügel zum Zentrum einziehen sollten, um dort die feindlichen Kräfte abzuwehren.
Doch nur einen Wimpernschlag bevor er den Befehl gegeben hätte, ertönte zwischen der in den Ohren schmerzenden Kakophonie der Schlacht vielstimmiges Schreien. Nein, kein Schreien von fallenden Kriegern. Kein Schreien zurückziehender Aufforderungen. Kein panisches Schreien.
Sondern zum Kampf ermutigendes Schreien, das sogar hier oben so laut und motivierend war, dass es bis unter die Haut ging. Und es war kein menschliches Schreien.
„Was ist da los?", fragte Golbert und verengte die Lider. Naja, er war lange nicht mehr der Jüngste, weshalb auch sein Augenlicht einst besser gewesen war – außerdem hatte er ja auch nur noch ein funktionierendes Auge. Er erkannte nur eine Art Knäuel der Rebellen, das sich auf die Südreicher zubewegte.
„Was ist da los, frage ich?!", wiederholte er und richtete sich an seine Adjutantin.
Die Frau Leutnant war wesentlich jünger und hatte daher entsprechend besseres Augenlicht. Sie erkannte, was dort unten geschah. Und dieser verrückte Anblick sorgte dafür, dass sie bei der Erklärung ins Stocken geriet.
„Unsere ... Unsere Leute rücken vor ..."
„Was?! Das kann nicht sein!"
„Doch, Herr General. Ich glaube, es sind viele der Zwerge, die Arutos anführt."
„Was tun sie denn da?!"
„Sie sind direkt in die feindliche Angriffslinie hineingestürmt, Herr General.

Mit voller Wucht. Und … sie rücken vor … Ja! Sie rücken vor! Südreichs zentralste Reihen sind unsortiert! Der Druck lässt nach!"

Golbert kniff die Lider noch enger aneinander. Und obwohl er alles Detailreichere in dieser Entfernung etwas verschwommen erblickte, erkannte er dennoch immer klarer das sich bietende Szenario.

„Arutos …", murmelte er. „Dieser gerissene, irre Hund!"

„Es funktioniert wirklich, Herr General! Unsere Reihen werden dichter! Südreich rückt nicht weiter vor! Wir wehren sie ab! Ja, wir wehren sie ab!"

„Aber Arutos und die Zwerge stecken jetzt fest", sagte Golbert finster. „Sie sind von allen Seiten von Feinden umzingelt … Da kommen sie nicht mehr lebend heraus …"

Die Zwerge, die einst fast alle zu demselben Clan – dem Gyrgon-Clan – zählten, waren genauso vorgegangen, wie sie es seinerzeit in Carborass gemacht hatten. Damals handelte es sich um einen Streit wegen des Anspruchs auf gewisse Stollen zum Abbau von Edelsteinen zwischen dem Gyrgon-Clan und dem Bruvvur-Clan. Eines Tages hatten die Bruvvurs die Gyrgons überraschend angegriffen, um sie aus dem umstrittenen Gebiet zu vertreiben. Die Gyrgons – viele von ihnen heute stolze Isterier und Teilnehmer an der Schlacht auf den Remendis-Feldern – hatten nur eine Lösung, sich gegen die rasch vordringenden Bruvvurs zu behaupten. Diese den Gegner schockende Lösung erzwang zwar große Verluste, sorgte aber für den Sieg und rettete den gesamten Gyrgon-Clan.

Und genauso taten es die Zwerge im Dienste Isteriens heute mit den Südreichern.

Die ausgewählten Zwerge hatten sich ein kleines Stück hinter die Kampflinie zurückgezogen, um Anlauf zu nehmen. Sie bildeten eine Phalanx, formiert in der Form einer Pfeilspitze. In der einen Hand hielten sie einen Schild, der eine Körperhälfte von sich selbst und eine ihres einen Schritt hinter sich stehenden Nebenmannes von der Hüfte bis zum Halse deckte. In der anderen Hand hielten sie ihre blutdurstigen Äxte.

Diese von Schilden gedeckte zwergische Pfeilspitze spurtete nach Arutos' anspornender Schlachtrede in höchster Geschwindigkeit direkt auf die gegnerischen Reihen zu – die vor ihnen kämpfenden Verbündeten wichen mühevoll aus, auch wenn es nicht jedem gelang.

Der Zwergentrupp fegte – wie ein Pflug durchs Ackerfeld – durch die Reihen der schwarz-weißen Südreicher, wuchtete sie einfach um, trampelte und schlug sie nieder. Einerseits gedeckt durch die eigenen Schilde, andererseits gnadenlos zuhauend mit den Äxten. Alles enorm unterstützt sowohl von der weit überlegenen körperlichen Stärke und Robustheit der Zwerge gegenüber den Menschen als auch von dem Überraschungsmoment, welches das irrsinnige Vorstoßen der zwergischen Kumpel bei den Feinden auslöste.

Die Strategie von Arutos, der die vorderste Position der pfeilspitzenförmigen Phalanx innehatte, erwies sich als absolut erfolgreich, übertraf sogar sämtliche Erwartungen. Die südreicher Formationen wurden derart durcheinandergebracht und deren Soldaten so verwirrt, dass die kämpfenden Rebellen binnen nur weniger Minuten die Oberhand gewinnen konnten. Sie standen wieder sicher in ihren Formationen, ließen den Aggressoren aus Südreich keinen Raumgewinn.

Doch damit war es noch lange nicht genug.

Denn der heroische Mut und selbstlose Einsatz der Zwerge ermutigte auch die Herzen der Menschen wie ein Sturm. Ähnlich wie zuvor das Pfeilknäuel der tapferen Männer des bärtigen Volkes schrien sich nun auch die Menschen motivierend an, lobten die Kühnheit ihrer zwergischen Landsleute und wollten ihnen darin nicht nachstehen, sie stattdessen unterstützen, ihnen helfen. Denn der Vorstoß der Zwerge, so erfolgreich er zu Beginn war, wurde letztlich abgebremst, und die gegnerischen Soldaten erfassten die Lage nun. Die Zwerge waren eingekreist, ausschließlich Feinde um sie herum. Die Helden fielen in beängstigend schnellem Tempo.

Doch die angespornten Menschen ließen sie nicht im Stich, wetzten die Waffen, kreischten die Todesangst von sich weg und warfen sich wie die Bluthunde ihren Kameraden zur Hilfe und furchtlos den Feinden entgegen.

Das Gemetzel erreichte einen neuen tragischen Höhepunkt.

„Herr Generalfeldmarschall …", stotterte der südreicher Stabshauptmann. „Was … Was war das? Was ist geschehen? Unsere Formationen sind ungeordnet … Die Angriffslinien zerstoben … Unser Vorrücken gestoppt … Wie ist das möglich?"

Generalfeldmarschall Steinhand vermochte es nicht, seine ungerührte Soldatenmiene beizubehalten, öffnete leicht den Mund, weitete die Augen. Er hatte erkannt, was geschehen war. Er hatte den irrsinnigen, selbstmordreifen Vorstoß der Rebellen bemerkt, der gravierenden und nachhaltigen Schaden in der Kampfformation seiner Truppen angerichtet hatte – obgleich kaum jemand der Angreifer dies überleben würde. Der Vorstoß der Bataillone war unterbrochen, die Reihen unsortiert, während die Rebellen in die ungeordneten Lücken vorstießen und eine Neubildung der Angriffslinie nicht zuließen.

„Eure Befehle, Herr Generalfeldmarschall?", krächzte der Major.

„Schickt sofort Boten zu Larcron und Rudgar, Leutnant!", befahl mit zügigen Worten General Franck Golbert. „Teilt ihnen mit, dass unsere Leute im Zentrum den Feind zurückschlagen! Sie müssen die Flügel enger machen, den Feind weiter zusammenpferchen! Aber nicht einkesseln, verstanden?! Steinhand hat noch ein Reservebataillon, und das wird er benutzen. Solange wir nicht wissen, wann und wie, ziehen wir nur die Flügel zusammen, kesseln den Gegner aber nicht ein! Verstanden?"

„Ja, Herr!"

„Sie ziehen die Flügel zusammen, Herr Generalfeldmarschall", hechelte nervös der Stabshauptmann. „Sie werden unsere Truppen in die Zange nehmen! Sie wollen sie einkesseln und aufreiben!"

„Das werden sie nicht", analysierte Wilhelm Steinhand korrekt. „Das können sie sich nicht erlauben. Sie wissen, dass wir noch ein Bataillon hier haben. Sie selbst sind zu wenige, um einen wirkungsvollen Kessel zu bilden."

„Wir sollten die dritte Welle losschicken, Herr Generalfeldmarschall!", meinte der Major.

„Das tun wir auch", stimmte der Anführer zu. „Aber nicht frontal. Die Ausgangslage hat sich zwar arg verkompliziert, aber nicht verändert. Das Zentrum ist weiterhin die Schlüsselstellung. Wenn das feindliche Zentrum fällt und unsere Männer durchbrechen, ist die Schlacht gewonnen. Unsere Truppen müssen es weiter versuchen."

„Und unsere Flanken, Herr?"

„Teilt die dritte Welle auf. Sie sollen sich auf die feindlichen Flügel konzentrieren, dass der Feind den Druck der Zange gegen unsere Mitte nicht weiter verstärken und aufrechterhalten kann. Vorwärts!"

„Ähm ... Ja, Herr Generalfeldmarschall."

„Was geschieht denn jetzt?", fragte sich die Frau Leutnant, nachdem wieder der bedrückende Ton der Kriegshörner des Feindes verklungen war. „Das letzte Bataillon des Feindes teilt sich auf. Sie steuern direkt auf die Flügel zu, statt in die Mitte!"

„Ich sehe es", analysierte General Golbert nachdenklich. „Steinhand will uns an den Flügeln nehmen. Er will auf diese Weise dafür sorgen, dass unsere Flügel sich nicht der Stärkung unseres Zentrums widmen können."

„Was sollen wir nun tun?"

„Wir können nichts mehr tun. Steinhand und wir haben alle unsere Einheiten aufs Schlachtfeld geschickt. Die Karten sind auf dem Tisch. Alle Strategie ist jetzt zu Ende."

„Heißt das ... wir müssen warten?"

„Die Strategie ist zu Ende, Leutnant", wiederholte beschämt General Franck Golbert. „Jetzt zählt nur noch der Kampf. Jetzt bleibt nur noch das Gemetzel. Alles entscheidet sich nun durch den Kampfeseifer der armen Teufel da unten auf dem Schlachtfeld."

Arthur wusste nicht mehr, wie viele er schon niedergestreckt hatte. Nach den ersten Dreien hatte er bei dem entsetzlichen Chaos ringsum nicht mehr weiterzählen können.

Er war Schmied, hatte nur in seiner Jugend ein Schwert in der Hand gehalten, in der er sich mal als fahrender Krieger versucht hatte, der Abenteuer erleben wollte. Mit dem Alter kamen die Reife und der Entschluss, dass ein Leben, in dem er in der heißen Schmiede schuftete, zwar unspektakulärer war und weniger Erlebnisse bot als das eines fahrenden Kriegers, allerdings auch wesentlich mehr Sicherheit gewährte. Seither hätte er nicht gedacht, irgendwann nochmal eine Waffe zu Kampfzwecken in die Hände zu nehmen.

Bis heute, als sich einer der talentiertesten Schmiede Remas in den Dienst der

Rebellion und der Königin Maria I. von Shrebour gestellt hatte.

Arthur schlug seine Feinde ohne Erbarmen nieder, denn er wusste, dass man es ihm gleichtun würde, böte er einem die Chance. Und außerdem tat er es, weil sich so für ihn die einzige Möglichkeit bieten könnte, zu seiner Frau zurückzukehren, sowie natürlich zu seiner kleinen Tochter, seinem kleinen Engelchen, seiner kleinen Lena.

Arthur schöpfte seine Kampfkraft aus den warmen Gedanken an seine geliebte Familie und dem übergroßen Wunsch heraus, seiner Frau und seiner Tochter eine Zukunft in Würde und Freiheit zu bieten. Darum hatte er sich nun der Rebellion angeschlossen, darum kämpfte er hier und heute. Er war jederzeit bereit, in diesem Kampf zu sterben, durch den er seinen Beitrag dazu leisten konnte, dass Weib und Kind in einer besseren Zeit weiterleben könnten. Dennoch war er nicht erpicht auf den Tod. Er wollte zu den beiden zurück. Er musste zu den beiden zurück.

Koste es, was es wolle.

„Drängt sie zurüüück!", schrie der Heerführer Gerard Larcron, der auf seinem gepanzerten Schlachtross saß und von hier oben die Gegner mit mächtigen Abwärtshieben seines Schwertes niederstreckte. „Drängt sie zurüüück!"

Er lenkte sein Pferd nach hinten, musste sich einen Überblick verschaffen, ohne Gefahr zu laufen, von den Feinden aus dem Sattel gerissen zu werden. Er erkannte, dass die Rebellen im Zentrum den Vormarsch der Südreicher gestoppt hatten. Nun war es nur noch ein wildes Hauen und Stechen um Leben und Tod, das am Ende die Seite gewinnen würde, die nach all dem Gemetzel die Überzahl an noch lebenden und kampffähigen Kriegern aufwies.

Die Kampfzone des von Gerard Larcron gelenkten linken Flügels sah nicht wirklich anders aus. Das dritte südreicher Bataillon hatte sich aufgeteilt und beide Flügel direkt angegriffen. Damit verlangten sie Larcrons und Rudgars Leuten mehr Aufmerksamkeit ab, die diese eigentlich ins Schlachtzentrum investieren wollten.

Larcron schaute sich um, versuchte fieberhaft, einen Plan zu ersinnen, wie man den Feind zurückschlagen könnte, um das Zentrum weiter zu entlasten.

Und ihm fiel einer ein.

Der Plan war in der jetzigen Ausgangssituation nahezu exakt der gleiche, wie jener der Südreicher zu Beginn der Schlacht: Ein deckender Schildwall, der sich auf die feindlichen Linien stürzte.

Larcron gab rasch die Befehle, während er das Pferd durch den Matsch führte und seine Untergebenen laut anrief. Es sammelten sich zahlreiche Rebellen, insbesondere deren starke orkische Mitstreiter, mit Schilden hinter den ersten Kampfreihen und stellten sich zum Wall zusammen. Dahinter nahmen die am Ende stehenden Bauern Aufstellung, die nervös und furchtsam ihre zu Waffen umfunktionierten Utensilien landwirtschaftlicher Arbeit hielten.

Die Schildträger pressten sich an die Innenseiten ihrer Schilde, rückten in Angriffslinie vor bis sie die Südreicher erreichten und deren Aufmerksamkeit gewannen. Bevor der attackierende Feind überhaupt beginnen konnte, den feindlichen Schildwall zu sprengen, führten die Rebellen Larcrons Kommandos aus. An vereinzelten Stellen wurde der Schildwall geöffnet. Und bevor die Südreicher die Lücken zu ihrem Vorteil nutzen konnten, stießen gleich die hinter dem Wall positionierten Bauern wie die Wilden mit ihren Speeren, Mistgabeln und Hellebarden durch die Lücken des eigenen Schildwalls in die Reihen der attackierenden Feinde. Unmittelbar danach wurde der Schildwall wieder geschlossen. Nur um dann kurzzeitig wieder an anderer Stelle geöffnet zu werden und ein weiteres blutiges Stechen der Bauern zu ermöglichen. Und so weiter.

Es war eine langwierige, aber schließlich gelungene Taktik. Wenn auch im Schneckentempo rückten die Rebellen vor, denn die höheren Verluste auf Seiten der Südreicher lichteten deren Reihen, welche letztendlich Schritt für Schritt zurückweichen mussten.

„Vorrücken, verdammt nochmal! Vorrückeeen!" Der Generalmajor Heimer, der die dritte Angriffswelle der Südreicher befehligte und selbst gegen den feindlichen linken Flügel geritten war, konnte nicht akzeptieren, dass seine Befehle nicht ausgeführt wurden. Statt vorzurücken, gingen seine Truppen gegen die Rebellenhunde immer mehr in die Defensive.

Heimer spornte das Pferd an, ritt nach vorne, um so seine Truppen aktiv zum Vorwärtsmarsch anzutreiben.

Als der Generalmajor, der noch gegen Ende des vergangenen Jahres felsenfest von einem Sieg über die Rebellion ausgegangen war, sich der vordersten Kampflinie näherte, hob auch er sein Schwert, ließ es mit einem Kriegsschrei wirbeln. Er sollte jedoch nicht mehr dazu kommen, es zu gebrauchen. Denn sein Kriegsschrei brach keuchend ab, während er mit Wucht nach hinten und von seinem Pferd fiel. Er landete auf dem zertrampelten, morastigen Boden. Ein gefiederter Pfeilschaft ragte ihm aus der Brust.

Heimer selbst war binnen Sekunden tot. Und nur nach wenigen Augenblicken und des herumspritzenden Drecks und Blutes war er, trotz seiner prächtigen Generalsrüstung, zwischen all den anderen Toten nicht mehr als Generalmajor zu erkennen. Er ging schlussendlich als einer von vielen Gefallen auf dem Schlachtfeld unter.

„Herr Generalfeldmarschall ..." Der Stabshauptmann schluckte, als er die Nachricht des Boten übermittelte. „Generalmajor Heimer ist gefallen ... Unsere Formationen am linken Flügel der Rebellen lösen sich auf ..."

Der Generalfeldmarschall antwortete nicht, blickte auf das Schlachtgeschehen. Er erkannte deutlich, wie sich die dritte Welle am linken Flügel der Rebellen zurückzog. Er erkannte, dass die Rebellen nun von ihrer linken Seite beginnend eine Sichelbewegung einleiteten, womit sie den Feind zu zerschlagen begannen.

„Herr Generalfeldmarschall ... Eure Befehle?"

Keine Antwort. Keine Befehle. Im Angesicht dieser Situation gab es nichts, was man noch befehlen konnte.

Die erste und zweite Welle unter Generalleutnant Schreiber im Zentrum selbst machte nicht den Eindruck, dass sie die Verteidigungslinie der Rebellen würde durchbrechen können, um somit eine Chance auf den Sieg zu wahren.

So wie es jetzt stand, gab es damit kaum noch Aussichten auf den Sieg.

„Eure Befehle, Herr?!"

Wilhelm Steinhand gab seinen Adjutanten weiterhin keine Antwort.

Als in Südreich noch Jahre später über die Niederlage des ruhmreichen Generalfeldmarschalls Wilhelm Steinhand bei der Schlacht von Rema debattiert wurde, hatte man wie auch während der Tage unmittelbar nach der Schlacht nur eine aus drei Bestandteilen zusammengesetzte Erklärung: Die Rebellen waren schlicht verbissener auf den Sieg. Sie hatten viel Glück. Und der Generalfeldmarschall war der Inkompetenz seiner Generale und Offiziere ausgesetzt.

Dem Ruf von Wilhelm Steinhand schadete diese Gesamtniederlage nicht, auch wenn sie seine lange militärische Laufbahn jäh beendete. Er zog sich aus dem Dienst zurück und verbrachte den Rest seiner Tage friedlich mit seiner geliebten Ehefrau auf seinem Familienlandsitz, regelmäßig besucht von seinen Kindern und zahlreichen Enkelkindern. Sein Name blieb in der Landesgeschichte sowie in den Militärdoktrinen und -akademien jedoch stets in glorreicher Erinnerung und galt noch viele Generationen später als Sinnbild für Disziplin, Strategie und Ehre. Er war und blieb einer der größten Feldherren von Südreichs Armee. Er war es nicht, dem man die Schuld an der Niederlage gab, vielmehr seinen Heerführern, von denen nahezu alle während der Rebellion gefallen waren und die ihm durch ihre Ignoranz und Unfähigkeit diese Niederlage förmlich aufgezwungen hatten. Am Ende war es nur Steinhand zu verdanken, dass trotz allem noch so viele Südreicher vor den metzelnden Rebellen gerettet werden konnten. Er allein hatte die Situation rechtzeitig erkannt, richtig eingeschätzt und die Kapitulation erklärt, wodurch er viele Söhne Südreichs vor dem sicheren Tod bewahrt hatte.

Große Teile der südreicher Aristokratie waren froh über das Ende der Kampfhandlungen in Isterien und das Ende dieses kostspieligen und dabei aber ertraglosen Unterfangens, Isterien wieder zu alter Stärke zu verhelfen. Der König selbst beugte sich endgültig dem Druck seiner Untertanen – nach der Kapitulation blieb ihm auch nichts anderes mehr übrig – und ließ sofort das Projekt des Wiederaufbaus Isteriens fallen – ohne dass jemals seine wahren Pläne zu Tage traten, wonach er mit Texors Hilfe Isterien zu einem mit Gewalt besetzten Vasallenstaat Südreichs machen wollte. Sigmund von Lichtenhaus verblieb bis auf nur wenige Ausnahmen in der Welt offiziell als derjenige, der nur das Beste für Isterien wollte und den man ungeniert von dort vergrämt hatte, trotz seiner guten Absichten.

Wie es über Jahre wirklich in Isterien ausgesehen hatte und was für wahre Gründe hinter diesem ganzen langandauernden Konflikt und dieser politischen

Affäre steckten, erfuhr die Welt nie oder nur bruchstückhaft über inoffizielle Gerüchte.

Dass der König Südreichs selbst Teil der Verschwörung Vindur Texors zum Sturz von Isteriens Herrscherhaus gewesen war und sich dadurch Einfluss, Macht und Gewinne auf Kosten des Volkes von Isterien zu sichern geruhte, würde die Welt niemals erfahren.

„Hoch mit dir, Bruder!", sprach Rudgar, während er einem seiner Männer auf die Beine half, der umgefallen war. Nicht, weil dieser in einem Zweikampf unterlegen war oder aufgrund einer Verletzung, sondern weil er einfach vor Erschöpfung nicht mehr stehen konnte.

Rudgar half ihm auf. „Steh auf, Freund. Wir drängen den Feind immer weiter zurück. Du willst doch nicht ernsthaft hier im Matsch liegen bleiben? Du willst dir doch wohl nicht entgehen lassen, wie wir sie zum Rückzug zwingen?"

Der Soldat rang sich ein angestrengtes Lächeln ab. „Nein, Heerführer ... Das will ich wahrlich nicht ..."

„Du bist Arthur, der Schmied, nicht wahr?"

„Ähm ... ja, der bin ich." Arthur war verwundert, dass Heerführer Rudgar ihn erkannte.

„Hah, du hast unter anderem meine Klinge geschärft. Sie hat mir hervorragende Dienste geleistet heute. Dank dir dafür!"

„Es gibt nichts zu danken, ehe wir nicht gewonnen haben."

„Aber wir werden gewinnen, Arthur! Wir werden nach Hause zurückkehren! Sag, was erwartet dich Daheim? Auf was freust du dich?"

Arthurs erschöpftes, verschwitztes und blutbeschmiertes Gesicht legte ein erleichtertes Lächeln auf. „Auf mich warten Frau und Tochter."

Der Heerführer packte ermutigend die Schulter des Schmieds. „Du wirst sie wiedersehen, mein Freund. Wir werden siegen. Für dein Weib und dein Kind, und alle Isterier. Und jetzt schöpfe deine letzten Kraftreserven und folge uns. Aber halte dich sicherheitshalber hinten."

„Verstanden."

„Falls widererwartend jemand durchbrechen sollte, hau ihn in Stücke."

„Verlasst Euch darauf, Herr!"

Rudgar klopfte Arthur noch einmal auf die Schulter. Doch dann wetzte er das eigene Bastardschwert und lief zu der vordersten Kampflinie, um sich erneut dem Gefecht am rechten Flügel anzuschließen.

„Vorwärts, Leuteee!", rief er zu seinen Untergebenen. „Wir haben die Oberhand! Wir haben den Sieg in der eigenen Hand! Kämpft weiter! Lasst euch nicht unterkriegen! Wir werden siegen! Wir werden frei sein! Wir werden eine Zukunft haben! Wir sind so kurz davor! Also kämpft weiter dafür! Es steht vor euch, lasst es euch nicht nehmen, hört ihr!? Lasst euch das jetzt ja nicht nehmen!"

Das würden sie nicht. Die Rebellen würden sich diesen Sieg nicht mehr nehmen lassen. Sie würden sich die Freiheit, die nun zum Greifen nahe war, nicht mehr nehmen lassen. Sie würden sich die Aussicht auf eine Zukunft in Frieden und Unabhängigkeit nicht mehr nehmen lassen. Sie würden sich ihr Zuhause nicht mehr nehmen lassen. Sie würden sich die Rückkehr zu ihren Lieben nicht mehr nehmen lassen. Sie würden sich ihr Land, ihr Isterien nicht mehr nehmen lassen.

Oh nein. Das alles würden sich die kämpfenden Rebellen wirklich nicht mehr nehmen lassen.

Arutos schlug die Augen auf. Im ersten Moment dachte er, er sei tot. Aber er wurde sich sehr schnell darüber bewusst, dass er wohl noch lebte. Aus zwei Gründen. Erstens, er befand sich nicht im Zwergenhimmel, wo ihn eine Reihe von bumswilligen Zwerginnen und ein Fässchen Horc-Schnaps aus Carborass empfangen würden, sondern zweitens, war es um ihn herum schrecklich laut vor Gebrüll, dem Klirren von Metall und dem allgemeinen Lärm der Schlacht.

Der Zwerg schüttelte den Kopf, arbeitete sich unter der auf ihm liegenden Last von zwei toten Südreichern hervor, suchte fieberhaft irgendeine Waffe. Natürlich fand er direkt eine – das Schwert eines der Feinde, die auf ihm gelegen hatten. Der zertrampelte, matschige Boden war voller Waffen, die die nahebei liegenden Leichname zum Zeitpunkt ihres Todes verloren hatten. Manche der Waffen wurden sogar noch von den Fingern der abgetrennten Gliedmaßen ihrer irgendwo anders befindlichen Inhaber gehalten.

Sogleich sprang Arutos wild umher und sah sich um, da er schließlich von Feinden umzingelt war.

Falsch.

Er hatte wohl die paar Minuten der Ohnmacht nicht mit einbezogen, die hinter ihm lagen – er hatte eben kräftig etwas auf den Kopf bekommen. Vor der Ohnmacht waren er und seine Kumpel nach ihrem Himmelfahrtskommando von schwarz-weißen Südreichern umringt. Jetzt nach der Ohnmacht hatte sich gehörig etwas verändert. Denn um ihn herum sah er nur Verbündete, die mit Macht nach vorne drängten, sich mit Rufen Mut machten und augenscheinlich dem Sieg entgegenschritten.

Arutos brauchte ein wenig, um das alles zu realisieren. Aber nicht lange. Auch wenn die Zeichen auf Sieg standen, würde er erst an einen Sieg glauben, wenn dieser wirklich da sei. Von daher schrie der Zwerg gegen die letzten Nachwirkungen der Ohnmacht an und warf sich wieder ins Gefecht.

In die letzten Züge dieses Gefechts.

„Eure Befehle, Herr Generalfeldmarschall?", ächzte wie ein nervöser Welpe der Stabshauptmann. Der Major war schon so dermaßen angespannt, dass sich seine Verfassung sogar schon auf sein schnaubendes Reittier übertrug, auf dem er saß.

„Eure Befehle?!", wiederholte der Stabshauptmann. „Eure Befehle, Herr?!"

Der Generalfeldmarschall Wilhelm Steinhand presste die Lippen zusammen. „Rückzug", befahl er dann kurz und knapp. „Gebt den Befehl zum Rückzug."

Seine beiden Adjutanten schauten sich in die verschwitzten Gesichter.

„Die Rebellen sind in der Vorwärtsbewegung. Wir müssen die Truppen abziehen, wenn wir wollen, dass noch etwas von ihnen übrigbleibt. Rückzug zum Alten Schloss. Soll Texor die weiteren Verhandlungen führen."

Major und Stabshauptmann hatten sichtliche Mühe, den Befehl zu verarbeiten, insbesondere die damit einhergehende Situation: Die bevorstehende endgültige Niederlage in diesem Krieg.

„Meine Herren" – Steinhand wendete sein Pferd –, „warum fragt ihr nach meinen Befehlen, wenn ihr sie dann doch nicht ausführt? Ich sagte: Rückzug!"

„Sie ziehen sich zurück, Herr General!", freute sich laut die Frau Leutnant an der Seite ihres Generals. „Sie ziehen sich wirklich zurück! Seht, Steinhand und seine Offiziere wenden die Rösser! Die Südreicher treten den Rückzug an! Haha! Wir haben gesiegt!"

„Wir müssen auf der Stelle die Verfolgung aufnehmen!", befahl Franck Golbert, der keinesfalls die Euphorie seiner Untergebenen teilte. „Vorwärts, geschwind! Sofort die Verfolgung aufnehmen!"

„Aber, Herr General ..." Die Offizierin verstand seine Aufregung in Anbetracht der prächtigen Lage nicht. „Die Schlacht ist gewonnen, der Krieg ist gewonnen! Das ist ..."

„Noch ist gar nichts gewonnen!", fiel Golbert ihr so heftig ins Wort, dass sein Pferd erschrocken wieherte und mit dem Huf aufstampfte. „Wir müssen ihnen augenblicklich hinterher! Steinhand wird sich gewiss zum Alten Schloss zurückziehen! Und ich gehe davon aus, dass Ihr, Frau Leutnant, wisst, wer sich in diesem Moment dort aufhält!"

Die Hochstimmung auf den bevorstehenden Sieg dieses Krieges hindurch realisierte die Offizierin nun ernsthaft, was der General meinte.

„Die Königin ist im Alten Schloss!", rief Franck Golbert eindringlich und besorgt.

XXXVIII

Auf ein Letztes

„Es scheint funktioniert zu haben", konstatierte Larus. „Das Gelände ist wie leergefegt."

„Mhm", stimmte Hauptmann Paul Belford zu. „Die Truppen sind alle nach Rema zur großen Schlacht abgezogen, haben das Alte Schloss ungeschützt gelassen. Der Plan der Königin und des Generals könnte aufgehen. Während unsere Armee die Streitkräfte Südreichs bindet, nehmen wir das Alte Schloss d'Autrie. Wenn es fällt, gibt es für König Sigmund niemanden mehr hier, der noch seine Interessen vertritt."

„Und sich Texor in unserer Gewalt befindet."

„Diesen Verräter erwartet seine Strafe."

Larus sagte dazu nichts. Im Gegensatz zum Hauptmann wusste er, was es wirklich mit Vindur Texor und dessen Plänen auf sich hatte. Und er wusste um das Motiv, was Mia und Tanmir noch mit dem aktuell bevorstehenden Kampf verbanden: Nicht nur das Ende der Besatzung Südreichs, sondern insbesondere Texor für alle Zeit unschädlich zu machen.

Larus, Paul Belford und dessen Abteilung befanden sich im Fichtenwald nahe des Alten Schlosses und den Überresten des Löwenpalastes, getarnt und von außerhalb der Bäume unsichtbar. Ihre Lederrüstungen waren, wie es in der Truppe Belfords üblich war, in mehreren grünen und braunen Tönen ausgeführt. Es dämmerte, doch die Sonne würde noch einige Minuten brauchen, ehe sie die ersten Strahlen auf das Gebiet herabregnen lassen würde. Auf den Arealen um die beiden großen königlichen Bauwerke herum erstreckten sich über der Erde dichte Teppiche von Nebel, die diesem kühlen Morgen etwas Geisterhaftes einhauchten. Das Tor zum Schlosshof war offen, die Zugbrücke über den Burggraben herabgelassen. Zum Glück.

„Hauptmann", rief leise einer der Rebellen, der ein paar Schritte neben ihnen stand. „Er kommt zurück."

Larus und Belford, beide bei einem der Bäume in Deckung, schauten in die Richtung, in die der Rebell wies. Zwischen den Stämmen trat geschwind und still der Kundschafter zu ihnen, der sich im Schutze der Dunkelheit ein Bild von der Lage gemacht hatte.

„Und?", fragte der Hauptmann, als der Mann heran war. „Wie sieht's aus?"

„Wie erwartet", berichtete der Kundschafter. „Ein paar Lagerüberreste, aber kein Soldat in den Farben Südreichs. Die einzigen dort sind Söldner Texors."

„Wer's hat", murrte Larus. „Der Kerl bezahlt da seine Privatarmee. Das macht die Sache nicht einfacher. Südreichs Soldaten sind entmutigt, weil sie für ein fremdes Land kämpfen und nur noch unsichere Aussichten auf einen Sieg haben. Die Söldner aber kämpfen fürs Geld. Sie werden nicht so schnell aufgeben."

Belford nickte mit verzogenem Mund. „Wie sind ihre Stellungen? Irgendetwas Besonderes?"

„Sie patrouillieren vereinzelt träge auf den Mauergängen. Drei bis fünf Männer, nicht mehr. Im Inneren ist alles still. Nichts deutet darauf hin, dass sie unseren Angriff erwarten."

Abermals nickte Paul Belford. Er schaute Larus an.

Der zuckte mit den Schultern. „Tja, dann heißt's wohl, Texor den Garaus zu machen."

„Zieht die Schwerter", befahl Belford. „Alle Mann auf den Wagen."

Die Befehle wurden ausgeführt. Die beiden Pferde, die an den vorbereiteten Wagen gespannt waren, schnaubten und bewegten die Ohren. Nach und nach kletterte die Abteilung unter die hohe Plane. Jeder trug Schwert und Schild.

Auch Larus hatte seinen Platz auf dem Wagen – auf dem Bock. Doch anstatt Belford zu folgen und sich darauf zu begeben, warf der Bursche noch einen Blick zu der herabgelassenen Zugbrücke.

„Warum nur, frage ich mich, haben sie die Zugbrücke nicht hochgezogen?", murmelte er.

„Sie rechnen mit keinem Angriff", gab Belford zur Antwort. „Sie haben keinen Grund dazu. Sie wähnen den Kampf weiter entfernt, bei den Remendis-Feldern vor Rema. Die ganzen Wege und die Straße sind noch zertrampelt von den Truppenbewegungen, die dorthin unterwegs waren. Außerdem lassen sie die Tore wohl offen, falls ihre Leute den Rückzug antreten müssen."

„Hmm ... Sieht wohl so aus." Larus schüttelte den Kopf, blinzelte, schob die misstrauischen Empfindungen beiseite. Oh Mann, tadelte er sich in Gedanken. Ich fange ja schon an wie Tanmir mit seiner Paranoia. Die Tore sind offen und das ist unsere Chance. Es ändert nichts. Also vorwärts.

„In Ordnung", sagte er letztendlich entschlossen. „Legen wir los."

Der Hauptmann blickte zurück zu einem seiner Leute. „Ist alles bereit?"

„Ja, Hauptmann."

„Nun denn." Paul Belford atmete tief durch. „Es liegt an uns, für Unruhe zu Sorgen, damit die Königin und der Prinzgemahl das Schloss infiltrieren können. Sie verlassen sich auf uns. Sind alle bereit?"

Der ganze Trupp wusste, dass er eine sehr schwierige Aufgabe hatte. Eine Aufgabe, die vielen von ihnen das Leben kosten würde. Doch jeder einzelne der Rebellen war bereit, sein Leben zu geben, sein Leben für sein Land und seine Nächsten zu geben, auf dass diese eine blühende und glückliche Zukunft vor sich hatten.

Sie waren bereit.

Jon gähnte, gegen die Lanze gelehnt, zog die Nase hoch, kratzte sich das stoppelbärtige Kinn. Gleich war die Nachtschicht zu Ende. Und dann konnte er endlich die Beine auf dem Stroh ausstrecken.

Der Söldner stand auf der Zugbrücke, unter dem großen Torbogen, dem Eingang in den Burghof des Alten Schlosses d'Autrie. Seit gestern war es sehr still im Schloss geworden. Nahezu alle Soldaten Südreichs waren abgerückt, um sich den Rebellen bei Rema zu stellen. Er und der Rest seines Söldnertrupps waren jedoch hiergeblieben, auf Anweisung ihres Auftraggebers, dem Truchsess Vindur Texor. Sie waren Söldner, sie folgten dem, der sie bezahlte. Es wunderte ihn zwar, dass er und der Rest seiner Meute nicht ebenfalls bei Rema kämpften, doch sagte ihm das im Grunde auch sehr zu. Eine offene Schlacht bedeutete Chaos, Blut und Tod in vollkommener Hektik, Panik und blinder Aufregung.

Jon hatte Freude am Kampf und am Anblick von Blut, das war nicht das Problem. Doch ihm war klar, dass er seinem Spaß in einer solchen Schlacht nicht angenehm würde frönen können. Außerdem konnte in so einem Kampf jederzeit einer einem die Klinge in den Rücken bohren. Nein, für eine offene Schlacht war er nicht gerne zu haben. Daher war er darüber froh, hier zu sein. Denn hier erwartete man keinen Angriff. Zumindest bis zum Ausgang der Entscheidungsschlacht bei Rema. Und je nachdem wie diese ausgehen würde, stünde dann ein neuer Befehl des Anführers ihrer Söldnertruppe an.

„Aufgepasst, Jon!", rief sein Kollege und riss ihn dabei aus wiederholtem Gähnen.

„Was ist?" Jon blinzelte, packte die Lanze.

„Da vorne kommt was!"

Jon schaute zum Fichtenwald. Über das von einem Nebelteppich bedeckte Terrain neben der Straße, auf der vor wenigen Stunden noch die letzten Südreich-Soldaten abmarschiert waren, kam ein Wagen mit hoher, aufgespannter Plane auf sie zu, gezogen von zwei galoppierenden Pferden.

„Ein Wagen! Das stimmt was nicht!"

„Kacke!", meckerte Jon und verwünschte die Alte Magie und sämtliche höheren Mächte, dass dies ausgerechnet so kurz vor Ende seiner Schicht passieren musste. „Schlag Alarm!"

„Klar!" Der Kollege verschwand in den Burghof. Jon aber packte die Lanze, beobachtete das Gespann, das in voller Geschwindigkeit auf sie zukam. Er sah, dass vor dem Bock Schilde auftragten. Wahrscheinlich hielten die Männer, die sich hinter dem Kutscher befanden diese Schilde, um eben den Kutscher zu schützen, welcher die Pferde direkt auf den Eingang zum Schlosshof zusteuerte. Jon kannte das, er war einst selbst Teil einer solchen Angriffsstrategie gewesen.

Der Söldner schaute nach oben zur Mauer. Doch noch keiner seiner Kameraden hatte sich dort mit einer Armbrust eingefunden. Und das würde jetzt auch nichts mehr bringen. Obwohl inzwischen endlich die Alarmglocke läutete, die sein Kollege nun erreicht hatte, würde es noch ein paar Augenblicke dauern, ehe die Jungs mit den Armbrüsten oben in Stellung sein würden. Doch bis dahin hätte der Wagen lange sein Ziel erreicht. Die Zugbrücke hochziehen zu lassen, kam überhaupt nicht infrage. Das würde viel zu lange dauern. Sie konnten das später machen, um eine mögliche Nachhut aufzuhalten.

Der Wagen kam direkt auf ihn zu. Die wild einherjagenden Pferde würden gleich die Zugbrücke erreichen und in den Burghof stürmen. Jon wusste das. Er blieb nicht auf seiner Position. Er packte die Lanze und trat unverzüglich den

Rückzug an, während er wild schreiend seine Kumpane vor einem Angriff warnte.

Im letzten Moment schwang Larus das Katana und durchtrennte die Zügel und Lederriemen, die den Wagen mit der Deichsel verbanden. Die Pferde galoppierten vor dem Graben zur Seite davon, brachten sich in Sicherheit. Der Wagen aber rollte in voller Geschwindigkeit weiter, direkt auf den Eingang zum Schlosshof zu. Larus versteckte sich wieder unter den Schilden, die die Rebellen hinter ihm gehalten hatten, um ihn vor möglichen Pfeilen und Armbrustbolzen zu schützen.

„Es geht los!", schrie er, als die Räder des Fahrzeugs ratternd über die Brücke rollten und sie hinter die Mauer gelangten. Er zog die Bremse.

Der Stopp war erwartet holprig, erzielte jedoch den erwünschten Effekt. Der Wagen rutschte unkontrolliert mitten in den Hof, zerwarf die Aufteilung der Söldner, die dort warteten.

Larus sprang von der Ladefläche, suchte Schutz hinter seinem Schild. Die äußerste Spitze der Klinge des einhändig gehaltenen Katanas jagte er dem nächststehenden überraschten Söldner über den Hals. Ihm folgten Paul Belford und seine Abteilung, die hinter der Plane des Wagens hervorkamen. Manchen gelang es ebenso, das Überraschungsmoment auszunutzen und ein paar der Feinde zu eliminieren. Einige andere von ihnen begannen jedoch zu schreien. Es waren diejenigen, die Pech hatten und von Armbrustbolzen durchbohrt wurden, ehe sie hinter ihren Schilden Deckung fanden.

„Sammeln!", schrie Belford. „Angriffslinie bilden!"

Larus trat zurück zu dem Sammelpunkt, als er einen heftigen Ruck von vorne spürte. Das Adrenalin dämpfte das Erschrecken. Schnell realisierte der Bursche, was geschehen war: In seinem Schild steckte ein Bolzen. Er ging tiefer in die Knie, verschanzte sich ganz hinter seinem Schild.

„Zu miiir!" Belford kreischte. „Sammeln! Unter die Schilde!"

„Also eines muss man ihm lassen", sagte Tanmir mit einem Lächeln. „Larus weiß, wie man Unruhe stiftet."

Mia sagte nichts. Zwischen den hohen Gräsern, durch die der Morgennebel huschte, waren sie und ihre Infiltrationstruppe wie Geister. Sie waren versteckt wie im vergangenen Jahr in Hall, getarnt zwischen Gras und Nebel. Die Taktik war nahezu die gleiche wie damals. Was in Hall erfolgreich war, so hatten sie beim Entwurf dieses Plans gehofft, würde auch hier beim Alten Schloss Erfolg bringen. Nur heute war da noch ein direkter Angriff zur Ablenkung und Stiftung von Unruhe zuzüglich zu dem leisen, infiltrierenden Angriff. Im Gegensatz zur Strategie in Hall setzten sie heute erst auf laute Ablenkung, ehe sie sich zum Ziel schleichen würden.

Die Sonne ging gerade hinter ihnen auf. Unter ihren grellen, tief stehenden Strahlen war die Truppe vorübergehend vor feindlichen Blicken geschützt, sollte bei dem im Schlosshof herrschenden Kampf irgendeiner der Söldner nach weiteren Angreifern Ausschau halten.

„Es scheint zu funktionieren, Majestät", murmelte Hauptmann Sophie Berceau. „Ich sehe auf den Mauern keinerlei Feinde."

So war es. Larus und Belford leisteten ganze Arbeit. Die volle Aufmerksamkeit der stationierten Feinde lag bei den Angreifern.

Ein Ablenkungsmanöver. Ein Ablenkungsmanöver, das an ein Selbstmordkommando grenzte. Doch Larus war für so etwas zu haben. Und Hauptmann Belford und seine Abteilung hatten sogleich ihre Unterstützung in Aussicht gestellt.

Der Plan war simpel: Larus und Belford sollten sämtliche Aufmerksamkeit der noch im Alten Schloss stationierten Anhänger Texors auf sich ziehen, während Mia und Tanmir mit ihren Leuten auf leisem Wege in die Burg gelangen wollten. Doch den hier im Nebel lauernden Rebellen war klar, dass diese Taktik nicht lange aufrecht zu halten sein würde. Nicht mehr lang und die Feinde würden den Trick durchschauen. Ganz zu schweigen davon, wie lange Larus und Belford durchzuhalten vermochten.

„Verlieren wir keine Zeit." Mia schaute Tanmir und die Frau Hauptmann an.

Berceau nickte bestätigend.

Tanmir hingegen gab den Befehl. „Bewegung, los!", zischte er und setzte sich mit Mia an seiner Seite in Bewegung. Der Trupp um Hauptmann Berceau folgte ihnen. Sie huschten in geduckter Haltung durch das Gras und den Nebel zur dunklen Ringmauer des Alten Schlosses, das direkt von der aufgehenden Sonne angestrahlt wurde. Hin und wieder blitzte der Tau auf, der sich in der Nacht an den Steinen gesammelt hatte. Vom Schloss her drangen Schreie, das Geklirr aufeinandertreffenden Stahls. Die Geräusche wurden immer lauter, je näher sie dem Bauwerk kamen.

„Beeilung", flüsterte Tanmir, während er in Gedanken hinzufügte: Halte durch, Larus.

Die Abteilung beschleunigte den Schritt.

Geschwind hatten sie den Burggraben erreicht, an genau der Stelle, an der er am schmalsten war. In ihrem Rücken stand die Sonne.

„Enterhacken bereitmachen", befahl Berceau.

Die an Seilen befestigten Hacken flogen hinauf zur Ringmauer, verkanteten sich am Stein. Zwei bis drei Mann hielten die Seile auf Spannung, während je ein Rebell sich am Seil hängend nach oben zog. Tanmir war natürlich der erste, der eines der Seile hinaufkletterte. An den anderen Seilen – es waren drei – kletterte je eine von Berceaus Bogenschützinnen hinauf zur Mauer, darunter auch die Elfin Elathril.

Sobald Tanmir sich über die Mauer geschlungen hatte, begann unten Mia den Aufstieg nach oben. Der junge Mann selbst, der ein gutes Stück vor der ersten Bogenschützin das Ziel erreicht hatte, brachte sich schnell hinter dem Geländer der Mauer in Deckung, nahe der nach unten in den Hof führenden Treppe. In seiner unmittelbaren Nähe gab es keine Gegner. Doch ein gutes Stück weiter bemerkte er Armbrustschützen, die auf die Eindringlinge im Hof zielten, während Bodentruppen sich ebenfalls dem zusammengekauerten Knäuel von Rebellen näherten.

Die Bogenschützinnen kamen heran. Tanmir brauchte ihnen nichts zu sagen. Sie wussten Bescheid, begannen sich vorsichtig und geduckt auf dem Mauerstück zu verteilen.

„Schildwall!", brüllte Larus, dass ihm die Lunge vibrierte. „Schildwaaaall!"

Belford wiederholte es nicht weniger laut. Die Männer des Hauptmanns reagierten augenblicklich, sammelten sich und legten ihre Schutzschilde zusammen. Sie rückten nahe beieinander, dass jeder von ihnen Deckung unter den Schilden fand. Wie ein großer Schildkrötenpanzer kamen die Rebellen auf dem Hof zusammen, schützten sich vor den auf sie niederprasselnden Bolzen der Armbrüste.

„Zum Bergfried!"

Auf Belfords Befehl bewegte sich der unter den Schilden gedeckte Haufen langsam zu den Häusern hin, näher zum Bergfried. In der Mitte des rund einhundertsechzig Fuß hohen Gebäudes hing eine große, schwarz-weiß geschachte Flagge, im Zentrum mit dem goldenen Adler Südreichs. Die Rebellen bewegten sich auf das gewaltige Bauwerk zu. Sie brauchten Deckung, einen gesicherten Rücken. Außerdem wussten sie, woher die Abteilung um die Königin und den Prinzgemahl angreifen würde. Sie mussten die Aufmerksamkeit der Feinde von diesem Punkt an der Mauer ablenken.

Die Bolzen hagelten auf sie nieder. Einer der Rebellen schrie auf und krachte zu Boden. Ein Bolzen hatte den Weg durch eine Lücke im Schildwall gefunden. Die nun entstandene größere Lücke wurde augenblicks geschlossen, die Männer rückten näher zusammen.

„Nicht stehenbleiben!", rief Belford. „Weiter zum Bergfried!"

Sie kamen dem Bergfried näher. Erreichen würden sie ihn jedoch nicht. Larus sah es durch einen Spalt im Schildwall. Ihren Weg zum Bergfried versperrte ihnen plötzlich eine Reihe von Söldnern mit stoßbereiten Lanzen.

Tanmir, dachte er, während ihm immer stärker das Blut in den Schläfen pochte. Beeil dich.

Zwischen all dem angestrengten Keuchen unter dem Schildkrötenpanzer hörte Larus die Befehlsrufe der Söldner. Sie würden angreifen.

Auch Belford erkannte das. Sie waren dem Bergfried und der Deckung zwar schon recht nahe gekommen, doch weiter kämen sie nun nicht mehr.

„Die stehen uns im Weg!", sagte Larus und versuchte dabei scherzhaft zu klingen, um sich in der aktuellen, ziemlich hoffnungslosen Situation Mut zu machen. „Wir müssen wohl ausschwärmen!"

„Das ist Selbstmord!", entgegnete Belford. „Die Armbrustschützen durchlöchern uns!"

Der Hauptmann schätzte die Lage zwar zutreffend ein, doch zu bleiben, wo sie waren, würde auch den Tod bedeuten. Denn die Lanzenträger machten sich schon dazu bereit, den Schildwall anzugreifen, mit den Spitzen ihrer Waffen

Lücken in der Verteidigung der Rebellen zu finden und diese zu durchstoßen.
Dazu allerdings sollte es nicht kommen. Denn schlagartig begannen die Söldner mit den Lanzen reihenweise umzukippen, getroffen von zahlreichen Pfeilen. Deren lautstarkes Summen im Fluge in Kombination mit dem Aufschreien der Getroffenen war Musik in Larus' Ohren.

„Vorwärts, weiteeer!", schrie Belford, der den wieder frei gewordenen Weg sogleich ausgemacht hatte. „Zum Bergfriiied!"

Der Schildwall bewegte sich weiter vorwärts. Und da wurde Larus auf einmal gewahr, dass auch keine Armbrustbolzen mehr auf ihn und seine Leute herabregneten. Er warf einen ausführlicheren Blick hinter seinem Schild hervor und stellte fest, dass er gerade noch richtig stand, um die Ursache für das eingestellte Armbrustfeuer des Feindes zu erkennen.

Die Ringmauer entlang sprintete Tanmir und haute dabei einen Gegner nach dem anderen nieder, ohne sein Tempo zu verlangsamen. Nicht weniger zügig hinter ihm lief Mia, deren Zwergenklinge in der aufgehenden Sonne immerzu aufblitze, stets begleitet von einem roten Nebel, wenn sie diejenigen ins Jenseits beförderte, die Tanmir ihr übriggelassen hatte. Beide fegten über die Gegner hinweg wie eine Sense übers reife Weizenfeld. Alles Restliche, was trotz Tanmirs und Mias Lauf über die Mauer noch lebte, tilgten Sophie Berceau und zwei ihr folgende Rebellen. Die übrigen heraufgekletterten Rebellen gaben von dort auf den Mauergängen aus mit Pfeil und Bogen Deckung.

Larus brachte ein triumphierendes „Ja!" hinter den Lippen hervor. Der Plan funktionierte. Tanmir und Mia näherten sich den mit der Ringmauer verbundenen Gebäuden, wodurch sie ins Schloss hineingelangten.

„Larus!", rief neben ihm Belford. „In den Bergfried, schnell! Dort durch das Tor!"

Larus nickte, rief zu den Kameraden: „In den Bergfried, vorwärts! Mir nach!"

Tanmir trat mit voller Wucht die Türe auf, sprang ins Innere des Schlosses hinein. Hier empfingen sie allerdings widererwartend keine Feinde. Er war sich jedoch sicher, dass diese früher oder später auf ihrem Weg durchs Gebäude auftauchen würden.

„Das hat ja schon einmal geklappt", sagte Mia, die neben ihm innehielt.

„Mhm", brummte er. „Das war der einfache Teil. Jetzt müssen wir Texor finden."

„Er ist garantiert oben im Bergfried. So etwas passt zu diesem Dreckskerl."

„Dann lassen wir ihn nicht warten."

Hinter ihnen betraten nun auch Hauptmann Berceau und ihre beiden Männer das Schloss.

„Alles in Ordnung, Hauptmann?", fragte Mia.

„Selbstverständlich, Eure Majestät."

„Dann nichts wie weiter", kommandierte Tanmir. „Wir haben keine Zeit zu verlieren."

Tanmir erkannte das Innere des Schlosses wieder. Diese zahlreichen

Katakomben, diesen bizarren Irrgarten, in dem jeder Gang gleich aussah. Der Anblick der alten Mauern ließ in ihm wieder die Wut darüber erwachen, was hier mit Sírssa geschehen war. Doch er musste sich konzentrieren.

Bis in das oktagonförmige Hauptgebäude kamen sie ungehindert, ohne auf Gegner zu treffen, allerdings auch ohne auf Texor zu treffen – seinen Aufenthaltsort argwöhnten ja sie ohnehin oben im Bergfried. Doch sobald sie den ans Hauptgebäude anschließenden Flügel erreicht hatten und einige Schritte durch einen Korridor marschiert waren, wurde ihr stiller, rascher Gang mit zur Verteidigung gehobenen Schwertern jäh unterbrochen.

„Eindringlinge!", riefen ihnen Stimmen entgegen.

„Wäre auch zu schön gewesen", murmelte Tanmir.

Auf einmal wurde es sehr laut. Das lag weniger an dem Ächzen und Stöhnen der Kämpfenden, sondern viel mehr an dem Schwertgeklirr, das vielfach in den Ohren schallend in den Korridoren widerhallte.

Es fielen ausnahmslos die angreifenden Söldner. Die fünf Eindringlinge waren der Zahl nach zwar unterlegen, aber auf dem engen Raum in den Schlossgängen mit ihren hohen, von alten, verblichenen Fresken bemalten Decken war diese Überzahl bedeutungslos. Hinzu kam natürlich vor allem, dass mit Mia und Tanmir zwei Krieger auf Seiten der Eindringlinge standen, deren Waffenfertigkeiten keinem der Söldner das Wasser zu reichen gelang.

Anfangs konnten sie weiter vorrücken, näherten sich den Treppen zu den Kellern, über die man auch zum Bergfried gelangen konnte. Dort oben vermuteten sie Texor nun ganz sicher, da er im Hauptgebäudeteil nicht aufzufinden gewesen war.

Die Gänge wurden allmählich breiter und größer, zweigten sich öfter ab. Und so kam es, dass Sophie Berceau plötzlich warnend aufschrie, als sich schließlich Gegner von hinten näherten.

Tanmir fluchte innerlich. Er sah, dass die Kräfte von Berceau und ihren beiden Männern zu schwinden schienen. Er und Mia waren zwar noch nicht einmal an der Grenze zur beginnenden Erschöpfung, aber waren er und seine Geliebte auch nicht mit normalen Kriegern vergleichbar.

Er wusste, dass es nicht lange funktionieren würde, sich durch die Korridore zu kämpfen, in der Hoffnung, sich mit Larus und Belford zusammenschließen zu können.

Mia drehte sich zu Tanmir um, der sich gerade mit dreien auf einmal schlug, die von den Treppen her gekommen waren. Und nach und nach fielen sie unter seinem Schwert und seinen Wurfmessern. Die junge Frau selbst warf sich zwei Gegnern entgegen, die aus einem hinter ihnen liegenden Flur kamen. Sie wich einem schweren Angriff aus, drehte sich blitzschnell um die eigene Achse und schlug aus dem Schwung heraus ihrem Feind den Arm ab. Sie holte mit dem Schwert nach hinten aus und stieß es ihm durch den Bauch. Die Kriegerin drückte den Durchbohrten gegen den anderen, zog das Schwert heraus, schwang sich herum und hieb die Klinge über den Oberschenkel des zweiten. Dieser brach zur Seite ein und verlor im Runtergehen den Halt. Die Königin Isteriens riss ihr Schwert nach oben, trennte ihm dabei den Kopf ab.

„Mia, runter!!!", brüllte Tanmir.

Geistesgegenwärtig sackte sie in die Knie, während über ihrem Kopf das Wurfmesser sauste. Es flog einem Söldner genau in eine ungeschützte Stelle unter dem Helm. Der Kerl krachte nach hinten und riss dabei einen weiteren mit zu Boden. Mia nutzte das und stieß diesem zweiten ihr Schwert in die Brust. „Da kommen noch mehr!"

„Scheiße!" Tanmir fluchte nun nicht mehr nur innerlich. Mit derart viel Gegenwehr hatte er nicht gerechnet. Texor hatte wohl keine Mühen und Kosten gescheut, um alles mögliche Gesindel, was sich anheuern ließ, hierher ins Alte Schloss d'Autrie zu holen, um ihn zu bewachen.

„Es werden zu viele, Tanmir!"

Mia lag richtig, das wusste er. Und er wusste, dass die Zeit nicht für sie war. Sie mussten improvisieren.

„Wir haben dafür keine Zeit, Mia! Du musst alleine weiter!"

„Kommt nicht in Frage!", antwortete sie und schlug einen weiteren Feind nieder. „Wir dürfen uns nicht trennen, Tanmir!"

„Das ist genau, was Texor auch denkt!" Tanmirs Klinge wirbelte, ließ einen der Söldner zum letzten Mal in seinem Leben schreien. „Und das ist unsere Chance. Er rechnet nicht damit, dass wir uns trennen. Wenn du allein gehst, kannst du ihn überraschen."

„Nein! Ich bleibe an deiner Seite!"

Der Trupp der Rebellen kämpfte weiter mit Texors Häschern. Der Korridor war entsetzlich laut vom schallenden Schwertgeklirr und dem Ächzen der Kämpfenden.

„Mia, hör mir zu! Wir dürfen nicht zulassen, dass Texor entkommt und mit neuen Kräften zurückkehrt! Je länger wir hier unten zubringen desto mehr Zeit hat er, sich zu wappnen oder zu fliehen!"

„Ich gehe nicht ohne dich!"

„Ich komme nach!"

Mia zischte. „Und wie soll ich ihn allein konfrontieren? Er ist ein Telekinet!"

„Und du bist das *Kind der Planeten*, Mia! Du beherrscht die Gabe der Telepathie! Und du bist die beste Schwertkämpferin dieser Welt! Du schaffst ihn schon! Ich verspreche dir, ich komme so schnell ich kann zu dir!"

„Tanmir!" Hauptmann Berceau erstach einen Angreifer, zog das Schwert aus seinem Bauch.

„Bitte, Mia, geh schon! Wir halten dir den Rücken frei!"

Mia zögerte.

Denn plötzlich erlebte sie ein Déjà-vu.

Sie sollte gehen. Sie musste gehen. Und dadurch eine geliebte Person zurücklassen.

Das hatte sie schon einmal erlebt. Als sie den sterbenden Frithjof zurücklassen und fliehen musste. Jetzt verlangte Tanmir das Gleiche von ihr. Doch wie auch damals Frithjof hatte Tanmir einfach recht. Je länger sie hier kämpfen würden, desto mehr Zeit gewährten sie Texor. Mia musste ihn vorher treffen. Sie war sich dieses Wagnisses bewusst. Ihr war klar, wie gefährlich Texor war. Doch sie selbst war auch nicht ungefährlich.

Tanmir griff sie beim Arm. „Wir lenken die Söldner ab und halten sie auf, Mia. Du suchst Texor."

Sie presste die Lippen zusammen. „Nicht ohne dich!"

„Berceau und die beiden schaffen es nicht ohne mich! Aber du musst weiterkommen! Du darfst hier keine Zeit verschwenden!"

„Tanmir!", schrie Berceau, die mit höchster Mühe die auf sie einprasselnden Hiebe parierte.

„Geh schon, Mia, bitte!"

Mia packte sein Handgelenk, schaute ihn fordernd an. „Nur, wenn du mir versprichst, dass du nachkommst!"

„Na klar, komm ich nach! Du weißt: Ich bin nicht so leicht zu töten." Er lächelte, dämonisch und anziehend zugleich, wie nur er es konnte.

„Versprich es mir, Tanmir!"

„Ich verspreche es." Seine blau-grünen Augen bestätigten mit ihrem Blick das Versprechen. „Und jetzt lauf schon, Mia!"

Sie schmiss ihm einen Arm um den Hals, zog ihn zu sich und küsste ihn schnell.

„Du kommst nach!", sagte sie streng, nachdem sie ihre Lippen wieder von seinen genommen hatte. „Und wehe dem nicht!"

„Ich komme nach."

Einen flüchtigen Moment lang hielten sie ihren Augenkontakt, tauschten Gedanken aus, die nicht in Worte zu fassen waren. Aber nicht lange. Im Korridor wurde es zu heiß.

Tanmir lief zurück, schwang das Schwert zum Angriff.

Mia schaute ihm mit schwerem, sehr schwerem Herzen nach. Sie wusste nicht, ob das die richtige Entscheidung war. Eigentlich bezweifelte sie es. Doch das alles ging einfach furchtbar schnell.

„Geh!", rief Tanmir im Laufen, ehe er sich in die kämpfende Meute warf, Sophie und die beiden Rebellen unterstützte.

Mia fauchte. Es war haargenau wie damals, als Frithjof sie fortzulaufen anwies. Genau gleich. Also tat sie es auch wie damals, wie es Frithjof ihr gesagt hatte.

Sie schloss die Augen drehte sich um, öffnete die Augen und rannte los. Sie lief die Treppe herab in die Kellergeschosse, über die man zum Bergfried gelangte. Von der Schneide ihres Saarass' rann Blut.

Larus, Hauptmann Belford und der Rest der Angriffstruppe waren in die Katakomben des Bergfrieds geflohen. Sie waren irgendwo unten im Bergfried, nicht weit von den Verliesen, wie sie von Tanmirs Bericht wussten. Ihnen war bewusst, dass die Infiltrationstruppe um die Königin und den Prinzgemahl sich ebenso ihren Weg hierher bahnte. Doch im Moment waren sie auf sich allein gestellt. Zum Glück boten sich in diesen Katakomben viele Nischen und

Nebengänge, worin sie sich vor den Verfolgern verbergen und diese bei Gelegenheit aus dem Hinterhalt angreifen konnten.

Zweimal hatte das auch funktioniert, wenngleich es sie drei weitere ihrer Leute das Leben kostete. Nun waren sie nur noch zu siebt.

„Wir dürfen hier nicht verweilen, Larus", sagte Belford, während er die Klinge an dem Wams eines erschlagenen Feindes abwischte. „Wir müssen uns mit der Königin und dem Prinzgemahl zusammentun."

„Sie sind irgendwo beim Hauptgebäude in das Schloss gelangt. Ich habe sie auf der Mauer gesehen."

Belford schaute sich um. „Dann sind wir aber wohl ziemlich weit entfernt. Hier sind wir bei den alten Militärquartieren und den Verliesen. Wir müssen hinauf und ins Nebengebäude, ihnen entgegengehen."

„Worauf warten wir noch?"

Die Truppe setzte sich in Bewegung, bog um eine Ecke.

Und alle, wirklich alle, ob Larus, Paul Belford oder die anderen Männer, sie alle blieben wie angewurzelt stehen.

Am Ende des Raumes stand ein Mann. Nein, kein Mann, ein Berg. Ein Riese. Ein Skande. Breitschultrig, kahlköpfig, mit dichtem Vollbart und einem fürchterlich entstellten Gesicht. In seiner Hand trug der Riese ein gewaltiges Schwert, dessen Schärfe man schon am Funkeln der makellos gefertigten Schneide sehen konnte. Die Flammen der Fackeln in rostigen Wandhalterungen tanzten sich spiegelnd auf der Klinge.

Der Skande verzog das Gesicht. „Weder Mia noch Tanmir", murmelte er in einer teuflisch tiefen Stimme. „Zu schade."

Larus wusste, um wen es sich bei diesem Riesen handeln musste. Er gab zu, sonderlich clever musste man für diese Auffassung auch nicht sein. Aus den Erzählungen Mias und Tanmirs war ihm genau bekannt, wer Eisenheim war. Und derjenige, der da vor ihnen stand, konnte niemand anders sein, als eben dieser Kopfgeldjäger und Auftragsmörder mit dem Namen Eisenheim.

Larus schluckte. Ihm war die Gefahr mehr als jedem anderen hier bewusst. Wenn dieser Kerl alleine Mia und Tanmir bezwingen konnte, würden sie es selbst zu siebt sehr schwierig haben, gerade in diesen beengten Räumlichkeiten.

Belford war der erste, der den Schauder überwand und die Klinge sausen ließ. „Aus dem Weg!", rief er.

Der Skande blieb ungerührt wie eine Statue.

„Aus dem Weg, sagte ich!", wiederholte der Hauptmann. „Oder wir räumen dich aus dem Weg!"

„Pah!" Eisenheim lachte. Er lachte so entsetzlich, dass Larus spürte, wie ihm der Mund austrocknete. Der Bursche war sich sicher, dass es den anderen Rebellen ähnlich ging.

„Auch wenn hier unten nicht viel Raum ist, wir müssen ihn gemeinsam angreifen", flüsterte er. „Das ist ein Skande. Er ist sehr gefährlich."

Belford warf ihm einen irritierten Blick zu, richtete sich dann aber wieder furchtlos an Eisenheim. „Unsere Armee ist schon auf dem Weg und wird dieses

Schloss erobern! Und wir hier sind zu siebt! Du aber allein! Dir bleibt keine Wahl, als dich zu ergeben!"

„Oooh." Eisenheim seufzte und setzte einen Blick auf, als würde er die Naivität eines kleinen Mädchens bedauern. Das Problem war nur, dass sein böses und entstelltes Gesicht selbst diesen Blick wie den eines Dämons aussehen ließ.

„Er will es so!" Belford ließ das Schwert kreisen. „Angriff, Männer!"

Sie griffen in der ganzen Gruppe an. Schnell und geschickt. Sie sprangen vor, schlugen zu, sprangen zurück. Die Soldaten versuchten, ihren riesigen Gegner in dem engen Korridor zu umstellen. Klingen klirrten, Männer ächzten, Stiefel schlugen auf den Boden.

So ging es ein paar Augenblicke.

Doch dann kam zu der herrschenden Geräuschkulisse ein Schrei dazu. Ein Schrei eines der Männer von Belfords Truppe. Der Mann taumelte mit weit ausholenden Schritten zurück, prallte gegen die Wand und rutschte an dieser herab, wobei er eine Spur von Blut am Stein hinterließ. Als er den Boden erreicht hatte, kippte er zur Seite um.

Larus versuchte, irgendwo eine Lücke zu finden, wo er das Katana hinschwingen oder hinstechen konnte. Doch es gab einfach keine solche Lücke. Obwohl sich der Skande zu allen Seiten gleichzeitig verteidigte, fand Larus keine Gelegenheit und kaum Platz zum Angriff.

Mit schwankenden, stolpernden Schritten löste sich der nächste Rebell aus der Gruppe. Dieser wusste nicht einmal, warum. Denn wie auch der Rebell vor ihm, sah er nicht die angreifende Klinge, die ihm den Bauch aufgeschlitzt hatte. Jetzt erblickte er nur das viele Blut und die Därme, die im aus dem Bauch quollen.

Kaum jemand der Rebellen, und auch Larus, konnte der rasenden Klinge in der Hand des Skanden mit den Augen folgen. Und somit schaffte es auch niemand zu erfolgversprechenden Gegenangriffen anzusetzen. Zu eigenen Attacken kamen sie ebenso nicht, denn nur durch seine Bewegung, kombiniert mit seinem riesenhaften Körper, strahlte der Skande eine solche Bedrohung aus, dass alle Ambitionen eines Angriffs in Stocken gerieten. Schaffte es dann doch mal ein Rebell zuzuschlagen, gelang es Eisenheim entweder zu parieren oder auszuweichen. Oder sogar beides gleichzeitig.

Auf diese Weise fielen schnell der dritte und vierte Rebell der rasiermesserscharfen Schneide des Skanden zum Opfer. Der erste bekam zwar nur einen leichten Hieb ab, doch erstreckte sich dieser vom Rumpf bis zum Schlüsselbein. Der Mann blieb von Schmerz und Angst geschockt stehen, versperrte Larus die Angriffsmöglichkeit. Der Bursche zweifelte nicht daran, dass Eisenheim genau das mit diesem leichten Schlag beabsichtigt hatte. Denn dadurch, dass der Schlag so leicht war – was auch immer man bei einem Skanden leicht nennen konnte –, war er extrem schnell. Schnell genug, um eben den vierten Rebell in dessen Angriff zu unterbrechen. Auf eine Weise, die Larus erschaudern ließ. Eisenheims Klinge schoss nach gerade nach oben, ließ das Blut sogar bis an die Decke spritzen. Der Rebell fiel wie ein gefällter Baum der Länge nach hin. Sein Gesicht war nahezu pfeilgerade vom Kinn bis zum Haaransatz gespalten. Sogleich schlug Eisenheim nochmals zu, gab dem immer noch geschockten Rebell mit dem zerschnittenen Oberkörper den Rest.

Paul Belford sprang wütend zischend voraus und schlug zum Unterleib. Hinter ihm kam der letzte noch übrige Rebell hervor, der zum Hals zielte. Eine absolut logische Taktik, mit absolut logischem Ausgang. Zwei Schläge mit verschiedenen Zielen. Nur ein Schlag ließ sich parieren. Der andere musste das Ziel erreichen. Logisch.

Doch Larus wusste – nicht zuletzt dadurch, weil er des Öfteren Mia und Tanmir hatte kämpfen sehen –, dass enormes Talent und außergewöhnliche Begabungen im Schwertkampf diese Logik auszuhebeln vermochten.

So auch jetzt.

Weder Belfords Hieb noch der seines Soldaten trafen ihr Ziel. Aus dem einfachen Grund, weil Eisenheim sich nicht verteidigte, sondern attackierte. Mit einem Schritt überwand er die Distanz zu den Angreifern. Sein Schwert parierte den Vorstoß Belfords, während sein Unterarm gegen die Handgelenke des anderen Rebellen donnerte. Dessen Hieb hingegen, durch den Gegenschlag fast komplett seiner Kraft beraubt, endete in der Luft direkt neben dem Skanden. Dann trat Eisenheim dem in leicht geduckter Haltung befindlichen Belford direkt ins Gesicht. Der Hauptmann taumelte, fiel aber nicht, da er sich irgendwie mit der Hand am Boden abstützte, über den er ein Stück mit der Hüfte rutschte. Gleichzeitig gingen Eisenheims Finger zur Kehle des Rebellen. Die Fingerspitzen umringten den Kehlkopf, bohrten sich in die Haut und drückten zu. Larus erkannte, dass der Skande dem Mann den Kehlkopf aus dem Hals riss, wie eine Erdbeere aus einer Torte. Der Rebell fiel nach zwei, drei Rückwärtsschritten in sich zusammen wie eine Marionette, deren Fäden durchtrennt wurden.

Belford hatte es inzwischen geschafft, wieder auf die Beine zu kommen. Noch während des Aufstehens schwang er sein Schwert nach seinem übermächtigen Gegner. Dieser, trotz seiner Körpergröße wieselflink, wich nach hinten aus. Der Hauptmann verlor die Balance, da zu viel Schwung in seinem Hieb lag, den er so nicht kontrollieren konnte. Eisenheim glitt wieder vor und warf seinen Arm mit der blutbeschmierten Hand um den Hals des Mannes, der ihm nun den Rücken zugewandt hatte, drückte ihn an sich. Auf diese Weise konnte er zunächst Larus' vorpreschenden Hieb mit seinem Schwert in der anderen Hand parieren und dann den Hauptmann als Deckung vor dem Jungen benutzen.

Larus sah, wie der kahle Kopf Belfords im erbarmungslosen Würgegriff des Skanden rot anlief, die Adern an der Schläfe sich verdickten und ihm seine mandelförmigen Augen förmlich aus den Höhlen sprangen. Er griff an. Immerhin bot sich bei einem derart großen Mann noch mehr Angriffsfläche, ohne dass er den Hauptmann in noch größere Gefahr bringen konnte. Das Katana schlug zu. Aus verschiedenen Winkeln. Auf verschiedene Weise. Doch es brachte keinen Treffer durch.

Während Eisenheims Paraden und Bewegungen, riss er sein Opfer einfach mit sich mit. Es sah aus, als trüge er ein Püppchen im Arm. Denn allmählich verlor der Körper Paul Belfords jegliche Spannung, die Gliedmaßen baumelten makaber einfach hinterher, wie knochenlos. Larus erfasste das, wollte mit aller Macht versuchen, Eisenheim dazu zu zwingen, den Rebellen-Hauptmann loszulassen. Doch stattdessen sah er die funkelnde Klinge seines Feindes. Er musste zurückspringen, eine Parade war zu riskant.

Und Larus sprang zurück, prallte aber mit voller Wucht seines eigenen Sprunges gegen die Mauer, die er völlig aus der Orientierung verloren hatte. Ein Glück für ihn war die Distanz zu Eisenheim groß genug, dass dieser ihn nicht mehr mit einem Folgehieb erwischen konnte.

Der junge Mann brachte sich mit Mühe wieder in Positur, indem er die Wand als Stütze nutzte. Keuchend blickte er zu dem Skanden und zu Belford. Das Gesicht des Hauptmannes war rot wie eine Tomate. Aus beiden Nasenlöchern war ihm Blut gelaufen. Die trüben Augen waren halb geschlossen, das linke mehr als das rechte. Die Hände und Arme des Rebellen, die zuvor noch hilflos versuchten, den Arm Eisenheims von sich abzustreifen, baumelten nun locker wie zwei Lianen zur Erde herab.

Es war, als würde der Skande aus Larus' Blick deuten, dass schon jegliches Leben aus dem Mann in seinem Würgegriff geglitten war. Oder er wusste selbst, dass dem so war. Denn zweifellos war dies nicht der erste Mann, den Eisenheim erwürgt hatte.

Der Skande richtete sich auf, öffnete den Würgegriff. Paul Belford knallte zu Boden. Auf eine Weise, wie nur ein vollends schlaffer, lebloser Körper es tat.

Larus schluckte.

Eisenheim schaute ihn an, legte den Kopf leicht schräg. „Wie war das mit dem Ergeben, Kleiner?", fragte er, ehe er widerlich zu lächeln begann. „Oder mit der Überzahl?"

Larus überkam Angst. Richtige Angst. Er war in seinem Leben schon oft in Situationen gewesen, in denen es keinen Ausweg zu geben schien. Doch noch nie war eine Situation so auswegslos wie diese. Der Skande stand inmitten von sechs, teilweise bestialisch zugerichteten Leichnamen, stand reglos da, wie in einem See von Blut. Er war nicht einmal leicht außer Atem.

„Na komm, junger Mann. Zeig, was du kannst."

Scheiß drauf, dachte Larus und versuchte mit diesem Gedanken, seine Furcht zu unterdrücken. Irgendwann ist jeder mal dran. Hauptsache ich verschaffe Tanmir und Mia Zeit.

Er schrie gegen seine Angst an, schwang das Katana zum Angriff. Eisenheim wich aus, indem er über die Leiche eines Rebellen sprang, hinaus aus dem Leichenkreis um ihn herum. Nur dieser Tote hielt ihn wohl davon ab, gleich zu einem Gegenangriff überzugehen.

Erste Devise gegen einen größeren, stärkeren Gegner: Man lässt ihn sich verausgaben. Das Problem war nur, das Eisenheim nicht den Eindruck machte, dass er sich verausgabte. Er atmete ja nicht einmal etwas mehr, obwohl er gerade gegen sieben Gegner auf einmal gekämpft hatte. Devise zwei gegen einen größeren, stärkeren Gegner: Zeit gewinnen, indem man die eigene überlegene Schnelligkeit ausnutzt. Das zweite Problem war nur, das Eisenheim schneller war als Larus. Dem Jungen blieb nur das hektische Zurückweichen. An einen Gegenangriff konnte er nicht einmal im Traum denken.

„Tanmir!" Sophie Berceau, die die Kampfpause nutzte, nachdem sie die Söldnerwelle zurückgeschlagen hatten, wischte sich Blut aus dem Gesicht. „Wir werden die Aufmerksamkeit der Söldner auf uns lenken, werden sie vom Bergfried fortlocken. Du aber musst der Königin folgen."
„Das ist Selbstmord, Sophie!"
„Wir kommen schon zurecht."
Tanmir sah die die beiden Männer der Frau Hauptmann. Sie und auch Sophie selbst waren schon sehr erschöpft. Er bezweifelte, dass sie wirklich zurechtkamen.
„Nun, geh schon!", wiederholte sie. „Die Königin ist wichtiger. Und sie braucht dich."
„Da sind noch mehr im Anmarsch, Hauptmann!", warnte einer der Rebellen.
Sophie Berceau schaute Tanmir fordernd an. „Bitte, Tanmir, beschütze die Königin. Kümmere dich nicht um uns, sondern beschütze deine Geliebte. *Das* ist deine Aufgabe. Geh zu ihr und gib uns die Möglichkeit, unsere eigene Aufgabe zu erfüllen."
Tanmir sagte nichts darauf. Aber er akzeptierte es und nickte mit eindringlichem Blick.
Dann rannte er los, hörte bald darauf hinter sich wieder die Geräusche eines erbitterten Kampfes.
Er glaubte den Korridor zu kennen, den er entlanglief. Er glaubte, dass ihn dieser näher zum Bergfried führen würde. Dort wo unten die Verliese und oben wohl die Gemächer Texors waren.
Tanmir rannte.

Larus prallte gegen die Wand, ächzte und keuchte, atmete schwer. Er sah ein, dass ihm keine Chance blieb. Dieser Skande war ihm in jeder Hinsicht überlegen. Er war größer, stärker, geschickter, sogar schneller.
„Nicht schlecht, Kleiner", spottete der Riese. „Aber lange nicht gut genug. Und ich habe keine Zeit und Lust mehr, mich mit dir herumzuschlagen."
Der Bursche fühlte ein seltsames Gefühl. Angst war es nicht, zumindest nicht ausschließlich. Es war eher etwas, das einer Leere gleichkam, etwas, das wie Aussichtslosigkeit war, nur viel schlimmer. Denn das war seine Lage: Aussichtslos. Sein Magen krampfte sich zusammen, ihn überkamen Schauer von Gänsehaut. Ihm war bewusst, er befand sich in den letzten Zügen seines Lebens. Und diese Bewusstheit darüber sorgte für eben jenes widerwärtige Gefühl.
Larus schrie gegen dieses Gefühl an und sprang auf seinen übermächtigen Gegner zu. Ein letzter Verzweiflungsangriff. Wenn dies sein Ende sein sollte, dann wollte er wenigstens mit erhobenem Schwert sterben, nicht am Boden

liegend, erschlagen vom Gnadenstoß.

Doch diesen Gefallen tat ihm Eisenheim nicht.

Die Klinge des Katana prallte gegen den Saarass des Skanden, dass kleine Funken stoben. Eisenheims Parade warf ihn zurück, Eisenheims Faust warf ihn zu Boden. Das Schwert aus dem Orient flog ihm aus der Hand, klirrte beim Aufprall auf dem Boden, weit weg von ihm. Der junge Mann ging zu Boden, erblickte in seinem Blickfeld kleine unstete schwarze Pünktchen. Er blinzelte und ballte die Fäuste, versuchte, sich vom Schwindel zu befreien.

Als er aufsah, war der Skande über ihm, ragte über ihm auf wie ein Fels, der den Blick in Gänze einnahm. Er sah den Lichtreflex einer Wandfackel auf der Klinge des Zwergenschwertes, welches sich langsam hob und zum finalen Schlag ausgeholt wurde.

Larus schloss die Augen, drehte den Kopf ein, in Erwartung des letzten Angriffs, der sein Leben beendete. Es war nicht, wie manche Gerüchte behaupteten, wonach man in seinen letzten Sekunden sein Leben im Schnelldurchlauf an sich vorbeiziehen sah. Es gab so manches, an das sich Larus gerne erinnert hätte, doch er sah nichts von alledem. Er sah einfach gar nichts. Da war nur immer noch dieses widerliche Gefühl der Erkenntnis, dass das Leben zu Ende war.

Das Schwert schwang, er hörte es. Er biss die Zähne zusammen, in Erwartung eines kurzen, aber heftigen Schmerzes, wonach endloses Schwarz eintreten würde.

Doch dieser Schmerz und dieses Schwarz traten nicht ein. Stattdessen hörte er ein lautes klagendes Ächzen von Metall auf Metall, ein dumpfes Rumoren und ein wütendes, erschrockenes Brummen Eisenheims.

Als Larus die Augen öffnete, verstand er, was geschehen war.

Seine Rettung war Tanmir. Sein bester Freund war keine Sekunde zu früh aufgetaucht. Im Sprung hatte er die auf Larus hinabsausende Klinge Eisenheims mit seinem Schwert pariert und zur Seite weggestoßen, während er selbst sein ganzes Körpergewicht gegen den Skanden warf.

Eisenheim, aus dem Gleichgewicht gebracht und zur Seite taumelnd, vermochte es allerdings, mit einem weit ausholenden Schlag zu kontern, sodass Tanmir zurückweichen musste. Da sich der Skande ungewöhnlich schnell wieder ausbalanciert hatte und auf sicheren Füßen stand, konnte der junge Krieger keinen vorschnellen Folgeangriff riskieren, sondern verharrte in Fechthaltung.

„Such dir gefälligst jemanden in deiner Größe!", schnob Tanmir furchtlos, ungeachtet des Körpergrößenunterschieds zwischen Eisenheim und ihm selbst.

Eisenheim schnaubte und schwang den Saarass in einer Mühle, griff aber nicht an. „Na sowas." Er lächelte dämonisch. „Mit dir habe ich jetzt gar nicht gerechnet, Tanmir. Mit dir alleine, meine ich. Ich hätte nicht gedacht, dass du dein Mädchen aus den Augen lässt. Ich hätte gedacht, dass ihr gemeinsam versucht, nach oben in die Spitze des Bergfrieds zu kommen, wo Texor schon auf euch wartet. Aber ich gestehe, ich bin froh, dass du mich stattdessen mit deiner Gesellschaft beehrst."

Tanmir gab keinen Kommentar ab. Er machte einen Satz zurück zu Larus, reichte ihm die Hand, ohne Eisenheim dabei aus den Augen zu lassen.

„Komm hoch."

Larus ergriff die dargebotene Hand, ließ sich unter leichtem Stöhnen auf die Beine ziehen, durch die Schwäche rann. Nur langsam stellte sich die Gewissheit ein, dass er überlebt hatte. Und das machte sich mit einem unregelmäßig rasenden Herz und zitternden Knien auch körperlich bemerkbar.

„Gute Arbeit, Bruder", lobte Tanmir, den Blick fest auf den schrecklichen Skanden gerichtet. „Aber von hier an übernehme ich. Du läufst den Bergfried hinauf, bis ganz nach oben. Da ist Mia. Hilf ihr."

„Äh ... verdammt ... Was? Bist du irre? Den Kerl schaffst du nicht allein."

„Das ist jetzt meine Sorge. Geh du zu Mia."

„Sieh, was er mit Belford und den anderen gemacht hat. Lass uns ihn lieber zusammen angreifen. Der hat's echt in sich."

„Das weiß ich. Aber Mia ist wichtiger. Hilf ihr gegen Texor. Dich hat der nicht auf der Rechnung. Also halte dich bedeckt, schleiche dich an und überrumple ihn. Du weißt, was er ist."

„Tanmir ..."

„Nein, Larus." Tanmir hatte die Stimme kaum gehoben, aber in ihr klang ein Befehl. Ein Befehl, dem man sich nicht widersetzen konnte. „Du gehst hinauf, zu Mia."

„Äh ... Aber ..."

„Geh jetzt!"

Larus schluckte, versuchte, noch etwas zu murmeln, doch keine Worte kamen über seine Lippen. Nach kurzem Zögern und mit schlechtem Gewissen verließ er den Kampfschauplatz, nahm sein Katana auf dem Weg mit.

Eisenheim hatte sich die ganze Zeit still verhalten, sich nicht bewegt, nur beobachtet. Jetzt begann er widerlich zu grinsen, dass sich die Narbe in seinem Gesicht und unter dem Bart fies verzerrte. „Du hättest deinen Freund nicht wegschicken sollen, Tanmir. Hättest auf ihn hören sollen. Zu zweit hättet ihr vielleicht eine kleine Erfolgsaussicht gehabt. Aber allein hast du keine."

Tanmir antwortete nicht.

„Beim letzten Mal war noch dein Mädchen an deiner Seite, und ihr beiden hattet nicht den Hauch einer Chance. Jetzt bist du allein."

„Damals", entgegnete Tanmir mit finsterem Blick, „hattest du es mit einem Grünschnabel zu tun. Heute nicht mehr."

Eisenheim lächelte dämonisch. „Ahh, ich verstehe. Nun, ich glaube dir sogar. Den Grünschnabel haben wir dir hier ausgetrieben. Genau hier, in den Verliesen dieses Schlosses. Doch glaube nicht, dass dich das retten wird."

„Wir werden sehen."

„Zweifellos. Denn diesmal kann ich frei kämpfen. Ich muss nicht darauf achten, dich am Leben zu lassen, wie beim letzten Mal."

„Umso besser!" Tanmir verlor keine Zeit mehr mit leerem Gerede. Er ließ das Schwert sausen und rannte auf den Skanden zu.

Der brachte sich sogleich in Positur. „So soll es sein."

Mia schlich durch den Gang. Sie hatte die Treppe zur Spitze des Bergfrieds nun hinter sich gebracht, was ein recht verwirrender Weg war – typisch für dieses ganze Gebäude. Früher war sie nur einmal hier oben gewesen, hatte das Schloss und den Bergfried nur einmal von innen gesehen. Als kleines Mädchen hatte sie sich immer vor dem Alten Schloss und insbesondere vor dem Bergfried gefürchtet. Auch jetzt noch fühlte sie die gleiche Furcht wie damals, dieses bedrückende Gefühl, das die vorwärts gehenden Schritte verlangsamte. Dieses Schloss, dieser Bergfried strahlten etwas Bedrohliches aus, ganz wie früher.

Doch heute war sie stark genug, sich davon nicht aus dem Konzept bringen zu lassen.

Wilde Entschlossenheit trieb sie hier hinauf. Die Entschlossenheit dazu, Genugtuung und Gerechtigkeit einzufordern, Vindur Texor seiner verdienten Strafe zuzuführen. Doch sie musste sehr vorsichtig sein. Sie wusste, dass sie es mit einem mächtigen Telekineten zu tun hatte.

Sie huschte die letzte Wendeltreppe hinauf, lautlos und leichtfüßig wie eine Elfin, erreichte das oberste Stockwerk, das eben nur über diesen Treppengang zu erreichen war. Hinter der Türe, zu welcher der Treppengang führte, lag nur ein großes Zimmer, das in allumfassenden Winkel die Spitze des Bergfrieds ausmachte und eine vollkommene Umsicht auf die umliegenden Ländereien bot.

Mia atmete tief durch und betrat das Zimmer durch die nur angelehnte Tür, das Schwert zur Verteidigung erhoben.

Der Saarass trat jedoch nicht in Aktion, denn es blieb alles ganz ruhig.

Vindur Texor stand an einem von vielen Fenstern, schaute hindurch und auf das unter ihnen liegende Areal herab, herab aus fast einhundertfünfzig Fuß Höhe – von diesem obersten Raum an gemessen. Manche der Fenster waren geöffnet. Von draußen drang dumpf, aufgrund der Entfernung nach unten, Schlachtenlärm.

Sie war da. Sie hatte ihn. Vindur Texor. Seit fast acht Jahren hatte sie ihn nicht gesehen. Nun stand er nur wenige Schritte von ihr entfernt in der Spitze des Bergfrieds des Alten Schlosses d'Autrie. Wie schon damals üblich stand er aufrecht und in edler Haltung mit hinter dem Rücken gegriffenen Händen da, war nobel und in schwarz gekleidet. Sie erkannte ihn auf der Stelle. Ihn, der für all das Leid ihres Volkes verantwortlich war. Ihn, der viele ihrer Freunde, ihre Mutter und ihren Vater auf dem Gewissen hatte. Ihn, der ihren Tanmir gefoltert hatte. Ihn, der sie gejagt und ihr ganzes Leben zerstört hatte.

Vindur Texor.

Mia blieb in Fechthaltung, machte leise, langsame Schritte zur Seite, zum Rand des Raumes hin, zu den Fenstern, erhaschte ebenfalls einen Blick hinaus, woher der Schlachtenlärm kam.

Es war soweit. Die Streitmacht der Rebellen hatte die Schlacht von Rema anscheinend gewonnen, die Besatzer aus Südreich hierher zum Alten Schloss zurückgedrängt. Nun wurden hier auf den Feldern vor den Mauern des früheren

Königshauses die letzten Gefechte dieses Krieges gefochten. Aber Mia empfand in jenen Augenblicken kaum Freude über den Erfolg General Golberts und ihrer Anhänger, sie sah nur Texor.

Der Druide regte sich nicht, doch Mia war klar, dass er von ihrer Anwesenheit wusste.

„Immer diese Gewalt", bedauerte der Truchsess von Isterien und bestätigte damit ihren Verdacht. „Warum nur sind die Menschen so? Sie löschen sich gegenseitig aus, zerstören ihresgleichen und ihre Umgebung, ihren Lebensraum. Warum? Aus Gier, perversem Verlangen, Machtwillen, Kontrollbesessenheit, irgendwelchen Überzeugungen, Aberglauben, Vergnügen und vielem mehr. Nur der Mensch ist so, kein anderes Lebewesen in der Natur tut dergleichen. Diese töten nur, um zu fressen, um zu überleben und den Fortbestand ihrer Art zu sichern. Nicht so der Mensch. Er tötet aus eben den vorgenannten Gründen."

Mia ging vorsichtig näher an ihn heran. Der alte Holzboden knarrte kaum hörbar unter ihren gleitenden Schritten. Der Raum war groß, fast ohne steinerne, tragende Wände. Seine Statik wurde durch mächtige hölzerne Stützbalken gesichert. Wenn hier dann mal eine Wand oder Nische war, war diese nur von schmalen Platten. Lediglich der Eingang in dieses Zimmer war gemauert wie die Außenwände. Über ihnen lag das runde, in stumpfem Winkel kegelförmig zusammenlaufende Dach, gestützt von zahlreichen Balken, vom wie sternförmig zusammenführenden Dachstuhl.

„Immer gegeneinander diese Menschen, niemals miteinander, nie zu einem gemeinsamen Wohl. Dazu sind sie nicht imstande, das liegt einfach nicht in ihrer Natur. Hm, in solchen Momenten kommt der Druide in mir zum Vorschein, der Pazifist, derjenige, der diese ganze Gewalt nicht versteht. Der die Menschheit nicht versteht. Sie verhält sich wider jeglicher Natur. Ich frage es nochmals, welche Spezies – die kein Virus ist – löscht bewusst ihresgleichen und ihren Lebensraum aus? Ich meine, es artet zwar nicht immer in Mord aus, aber schon auf kleinster Ebene schaden sich die Menschen gegenseitig zu ihrem eigenen Vorteil. Sie manipulieren, lügen, betrügen, verletzen, bedrohen. Und warum? Um sich selbst zu bereichern. Ein friedliches Zusammenleben unter den Menschen wird niemals funktionieren. Im Rahmen Eurer kleinen Rebellion, Prinzessin – oh verzeiht, ich meine natürlich, Königin –, hat sich eine Gruppe Menschen zusammengeschlossen, und eine Interessensgruppe bekämpft eine andere. Aber auch Euer Zusammenschluss wird sich irgendwann wieder aufspalten und die Leute werden gegeneinander handeln. Das ist einfach die Natur des Menschen. Jeder denkt nur an sich. Ob Bauer oder König, jeder handelt ganz und gar im Sinne seiner eigenen, egoistischen, selbstsüchtigen Interessen. Das Allgemeinwohl, der gesunde Konsens kümmern niemanden. Dieser wird lediglich dazu verwendet, sich auf legitime Weise Macht zu erkaufen, wie es Adlige und Politiker gerne tun. Die, die Macht haben, setzen sie so durch, wie sie es wollen, egal, ob die Masse dies befürwortet oder gar darunter leidet."

Mia blieb stehen, ohne die Waffe zu senken, unterbrach Texors Monolog nicht. Noch von früher wusste sie, dass der ehemalige Hofmarschall sich gerne reden hörte. Sollte er nur. Die Zeit war nun, da sie ihn gestellt und die Rebellen das Schloss belagerten, auf ihrer Seite.

„Selbst dieses revolutionäre Konstrukt, diese Demokratie, die Eurer Vater und seine Vorväter während ihrer Regentschaft zu leben versuchten, erzielt keine Besserung. Ja, in einer Demokratie können die Menschen ihre Anführer wählen, aber mitbestimmen können sie damit nicht. Denn ihre gewählten Anführer führen ihre Pläne und Absichten ja so aus, wie *sie* es wollen, nicht unbedingt wie es ihre sogenannten Wähler wollen. Und so dreht sich alles im Kreis. Diejenigen, die Macht haben, nutzen sie aus, ob sie jetzt gewählt sind oder sich mit Gewalt selbst zum Herrscher gekürt haben. Auch in der Demokratie haben wir es, dass kein Allgemeinwohl, wie es sich die Druiden wünschen, erreicht werden kann.

Wozu also diese ganzen Kämpfe? Wo ist der Unterschied, ob hier Sigmund oder ich herrsche, Ihr, Königin, oder sogar ein Gewählter aus dem Volk? Letzten Endes handeln alle an der Spitze nur in ihrem eigenen Interesse, nicht in dem der Allgemeinheit. Wenn ich mir das hier so ansehe, frage ich mich, wohin wollen die Menschen damit? Mein Druidenherz weint bei alledem. Was soll das nur alles? Was schwebt Euch mit Eurer Rebellion vor, Königin?"

Er schüttelte den Kopf. Und drehte sich um.

„So sieht man sich wieder, Eure Majestät." Der lächelnde Druide machte eine höfische Verbeugung. „Lang ist's her, edle Königin. Ihr seid erwachsen und – ich gestehe mit Bewunderung – sehr attraktiv geworden. Die lange Zeit außerhalb des Hofes hat Euch gutgetan. Ihr strotzt geradezu vor Energie. Eure Eltern wären zweifellos sehr stolz auf Euch."

Sie antwortete nur mit einem sarkastischen Lächeln.

„Ich muss Euch danken, Majestät. Lange Zeit habe ich Euch vergebens gesucht, habe oftmals keinerlei Aussicht gehabt, Euch zu finden. Doch nun, wie sich zeigte, war das auch gar nicht notwendig. Ihr wart schließlich so freundlich und habt Euch dieser Rebellion angeschlossen, die Euch letztlich hierhergeführt hat. Ihr seid freiwillig hergekommen und habt mir damit viel Mühe erspart. Ergiebigsten Dank dafür. Doch warum seid Ihr hier ganz allein erschienen? Ohne Verstärkung? Ohne Euren geliebten Tanmir?"

„Er wird schon noch kommen", antwortete sie tonlos.

„Aber natürlich. Ihr beiden seid wahrlich nicht voneinander zu trennen. Räumlich ja vielleicht, für eine gewisse Zeit. Aber gewiss nicht seelisch. Nein, ganz und gar nicht. Dieser Umstand war mir eine ungemeine Hilfe, um im übertragenen Sinne mit Euch in Kontakt zu treten. Dies war der einzige Grund, aus dem wir Tanmir damals gefoltert haben. Eben hier, in diesem Schloss. Ihr habt das doch gesehen, nicht wahr? In Euren Träumen? Euren Visionen? Hm?"

Mia begann wie ein Vulkan zu beben. Doch sie ließ sich von diesem Stück Abschaum nicht provozieren.

Texor schaute sie staunend an. „Hmm", summte er. „Ihr habt Euch und Eure Emotionen wirklich unter Kontrolle. Ihr bebt geradezu vor Zorn. Vor Zorn auf mich. Auf den Mann, der Euch nicht nur alles und jeden genommen hat, sondern auch die wichtigste Person in Eurem Leben gefoltert und gequält hat.

Und dennoch vermögt Ihr es, diese Wut zu bändigen. Wirklich beeindruckend."

„Mich hat die Wut lange genug getrieben", erwiderte Mia, weiterhin bedacht, Zeit zu gewinnen. Denn die Rebellen und natürlich Tanmir würden früher oder später hierherkommen. „Mich hat lange die Rache getrieben. Der Wunsch nach Vergeltung. Ich habe mir die letzten Monate ausgemalt, was ich mit Euch machen, wie ich meine Rache auskosten würde, für alles, was Ihr mir und meinen Lieben angetan habt. Doch mir ist bewusst geworden, dass Rache mir keinen Frieden bringen wird. Was soll sie denn ändern? Außer, dass ich mich in ihr vergesse und in den Abgründen versinke, wo Ihr Euch befindet, Texor. Nein, ich bin besser als das. Rache bringt mir keinen Gewinn und keinen Frieden. Rache bringt mir auch nicht zurück, was Ihr mir genommen habt, sie bringt mir meine Eltern nicht zurück.

Aber dennoch werdet Ihr der Strafe für Eure Taten nicht entgehen. Das Schloss wird eingenommen werden. Die Rebellen stehen schon vor den Mauern. Eure Söldner werden fliehen, die Reste von Sigmunds Armee werden sich zurückziehen, ihre letzten Soldaten desertieren oder sich ergeben. Ebenso wie die Mitglieder Eures Regentschaftsrates, die sich sicherlich irgendwo hier im Schloss verschanzt halten. Ihr selbst, Texor, werdet gefangen genommen werden. Und dann werdet Ihr verurteilt und für Eure Verbrechen an Isterien und seinem Volk bestraft. Ich denke, sehr hart bestraft."

Texor schaute noch erstaunter. „Ihr klingt überzeugt, Majestät, wirklich. Verstehe ich das also richtig, dass Ihr selbst mich verschont? Dass Ihr mich, einen Unbewaffneten, nicht kaltblütig abstechen werdet? Sondern mich der Justiz der künftigen neuen Regierung Isteriens übergeben werdet, nachdem die Rebellion, gemäß aller Voraussicht, nach dem heutigen Tag dieses Land eingenommen haben wird?"

„Das seht Ihr richtig. Ich werde meine Klinge nicht mit Eurem Blut besudeln. Ich werde mich nicht auf Euer Niveau herablassen. Auf diese Weise ehre ich meine Eltern viel mehr, als wenn ich Euch in Scheiben schneiden würde. Ich bin besser als das. Ich biete Euch an, mit mir zu kommen und Euch der Rebellionsführung zu ergeben. Ich werde sicherstellen, dass Ihr einen fairen Prozess erhalten werdet. Unter meinem Schutz wird Euch bis zu jenem Prozess nichts geschehen. Aber der Strafe werdet Ihr dennoch nicht entgehen."

Der Druide war wirklich beindruckt. Er schüttelte fasziniert den Kopf. „Sekunde um Sekunde imponiert Ihr mir immer mehr, Majestät. Womit habe ich diese Ehre und Gnade verdient? Ihr seid wahrlich die Tochter Eures Vaters, Maria. Friedbert wäre wirklich ungemein stolz auf Euch. Ihr beweist eine Größe, die ihresgleichen sucht."

„Genug der Schmeicheleien. Es ist vorbei, Texor. Wenn ich Ihr wäre, würde ich allerdings mein Angebot nicht annehmen, sondern stattdessen den Freitod wählen und aus einem dieser Fenster springen. Denn Isteriens Volk, da könnt Ihr sicher sein, wird nicht so gnädig sein wie ich. Gleich wird Tanmir hier auftauchen oder gar der Turm von den Rebellen gestürmt. Und dann kann es schwierig werden, sie bis zu Eurem Prozess in ihrer Wut auf Euch zu bremsen.

Denn nicht nur mir habt Ihr unvorstellbares Leid angetan, Texor. Und ich denke nicht, dass Euch noch andere die Chance auf einen Tod nach Euren eigenen Vorstellungen geben werden. Nach dem Prozess werden sie Euch gewiss nach allen Regeln der Kunst zu Grunde richten. Als der Massenmörder und Landesverräter, der Ihr seid."

„Gewiss, Majestät, Ihr habt zweifellos recht, Eure Gnade, die Ihr hier offenbart, wird mir garantiert niemand mehr erweisen. Aber es beweist, dass Ihr eindeutig eine würdige Nachfolgerin Eures Vaters werdet. Ihr hebt Euch aus der Masse des gewaltbereiten Pöbels heraus. Ihr seid wirklich diese starke und gerechte Anführerin, die sich in den letzten Monaten in diesem Land ihren mit Recht guten Ruf erworben hat. Ich bin überzeugt, Isterien wird unter Eurer erlauchten Regentschaft in neuem Glanze erblühen."

„Ich sagte, genug der Schmeicheleien. Bringen wir es hinter uns. Springt aus diesem Turm oder kommt mit mir und befehlt Euren Männern die Kapitulation, Texor, damit nicht noch mehr Leute sterben. Das ist Eure Chance nach allen Euren Schandtaten mal etwas Größe zu zeigen."

„Ein erhebender Vorschlag, Eure Majestät. Selbstverständlich. Die militärische Lage liegt nicht zu meinen Gunsten. Beenden wir das Blutvergießen." Er löste die Arme hinter dem Rücken, ging langsamen und lässigen Schrittes auf Mia und den hinter ihr liegenden Ausgang zu. „Ich bin wirklich erstaunt, Majestät. Nach allem, was ich getan habe, räumt Ihr mir diese Großzügigkeit ein. Ich meine, ich habe das Leben wohl zehntausender Bewohner von Isterien auf dem Gewissen, durch meine Pläne wurden Eure Mutter und Euer Vater getötet. Ich habe Euren Geliebten gefoltert. Und dennoch vergebt Ihr mir?"

Mia zwang sich zur Ruhe, einfach fiel ihr die Beherrschung wirklich nicht. „Von Vergebung habe ich nicht gesprochen, lediglich von Rache. Seid versichert, Texor, mir ist es selbst ein Rätsel, wie ich es schaffe, meine Rachegelüste zu unterdrücken. Aber ich schaffe es. Denn nochmal: Ich bin besser als das. Außerdem muss das brutale Blutvergießen einfach enden. Und einer muss damit anfangen."

„Welch große Worte, Königin. Nur verratet mir gnädiger Weise noch, woher wisst Ihr von den Hintergründen meiner Intrigen mit diesem Land? Ich höre es aus Euren Worten klar heraus, dass Ihr davon Kenntnis habt. Also, wieso bin ich nicht auch für Euch nur ein einfacher Landesverräter, wie für die Rebellen? Woher wisst Ihr, dass ich den ganzen Niedergang des Königshauses Bellegard d'Autrie von langer Hand geplant habe? Woher wisst Ihr von all dem, was Ihr mir hier gerade so großzügig verzeiht?"

Die junge Kriegerin atmete durch die Nase. „Sagt Euch der Name Molnar noch etwas? Ich habe mich mit ihm unterhalten. Er hat mir alles erzählt. Alles. Ich weiß einfach alles, was Ihr dreckiges Stück Abschaum getan habt."

„Ach … Daher, ja? Ihr wisst also sogar die Details? Ich komme aus dem Staunen nicht heraus. Trotz Eures Wissens schwingt Ihr nicht Euer Schwert und zerteilt mich in meine Einzelteile? Faszinierend."

„Genug jetzt, Texor! Beenden wir das hier, ehe die Rebellen das Zimmer stürmen! Eure Wahl, wie es geschieht! Ich kann Euer Gerede nicht länger ertragen!"

Sie schwang wegen des in einer kleinen Dosis ausbrechenden gewaltigen Zornes in ihr das Schwert in einem sausenden Halbkreis. Wobei ... Nein. Sie hatte vor, das Schwert in einem sausenden Halbkreis schwingen zu lassen. Aber es gelang ihr nicht. Mia konnte ihren Arm nicht bewegen. Sie konnte ihren ganzen Körper nicht bewegen. Sie wollte loslaufen, einen Schritt machen, zum Schlag mit dem Saarass ausholen. Nichts gelang. Es war, als klebten ihre Stiefelsohlen auf den Holzplatten des Fußbodens fest. Es war, als sei sie von einer unsichtbaren Rüstung eingeschlossen, die ihr jede Bewegungsfreiheit nahm. Es war, als sei sie eine vom Bildhauer gefertigte Statue aus Stein.

Sie wusste, was los war.

Texor begann den Mund überheblich in die Breite zu ziehen. „Aha ... Ihr habt es also endlich gemerkt, ja? Habt gemerkt, dass Ihr gelähmt seid? Das hat ja ganz schön lange gedauert. Ich habe Euch schon seit einiger Zeit telekinetisch geknebelt."

Mia versuchte, sich zu bewegen. Absolut vergebens. Es kam ihr vor, als liefe sie gegen eine Wand. Diese Wand, die telekinetische Kraft des Druiden, war unnachgiebig.

„Oh", sagte er mit höhnisch gehobenen Bauen. „Ihr wirkt verwundert. Hat Tanmir Euch etwa nicht gesagt, dass ich ein Druide, genauer ein Telekinet bin? Oder habt Ihr es in Eurer Überheblichkeit ignoriert? Sich mit Waffengewalt gegen mich zu stellen, bringt Euch herzlich wenig, Königin. Einen zwergischen Saarass in den Händen oder nicht. Ich verstehe nichts von Waffen und noch weniger von dem Umgang damit. Aber das brauche ich auch nicht. Ich habe etwas Besseres, stärker als jede Waffe. Ich habe die Telekinese."

Sie konnte sich nicht rühren, war wie in Sandmassen eingeschlossen. Doch sie atmete kontrollierter, begann sich zu konzentrieren.

Texor griff die Hände hinter dem Rücken, schaute sie spöttisch an. „Hattet Ihr ernsthaft geglaubt, Eure Majestät, es werde so leicht?"

„Hatte ich nicht!"

Das hatte sie wahrlich nicht. Mia wusste, dass sie es mit einem mächtigen Telekineten zu tun hatte, der sie außer Gefecht setzen konnte, ohne sie auch nur zu berühren. Daher war sie nicht ohne Plan in diesen obersten Raum im Bergfried gegangen. Zugegeben, seine telekinetische Attacke hatte sie überrumpelt, aber ganz ungewappnet war sie nicht. Auch sie verfügte über eine magische Macht, über die Kontrolle eines Elements. Die Telepathie.

Mia presste die Augen zusammen und sandte mit aller Kraft, die ihr Geist aufzubringen vermochte, einen heftigen Impuls aus und fuhr dem Druiden mit einem chaotischen Gedanken ins Gehirn.

Texors spöttisches Gesicht verzog sich schmerzhaft, er strauchelte. Sein telekinetischer Griff löste sich blitzartig. Mia war wieder frei. Aber sie wusste, nur für die Dauer von Wimpernschlägen. Sie musste schnell sein. Die junge Frau sprang auf ihn zu, die Spitze des Saarass auf ihn gerichtet, ohne Pirouette, ohne weit auszuholen, um Zeit zu sparen. Sie sprang in einem lehrbuchmäßigen Florettstoß vor wie sie ihn bei Meister Hurgo und später bei Frithjof, Bär und den anderen Söldnern perfektioniert hatte.

Der Saarass biss zu. Aber leider um den Bruchteil einer Sekunde zu spät. Mia hatte einfach Pech, ihr Gegner indessen pures Glück. Wäre sie zuvor nur einen Schritt näher an Texor herangegangen oder er in seiner Überheblichkeit einen mehr auf sie zu stolziert, hätte es gereicht. Doch so hatte sich der Druide sehr schnell erholt und ihre Klinge mit seiner Macht abgefangen, indem er die Arme nach vorne schwang, sie wie schützend vor seinen Körper hielt. So zitterte die Spitze des Zwergenschwertes unmittelbar vor seinen offenen Händen und seinem Brustkorb. Doch es bewegte sich nicht mehr weiter.

Mia überlegte nicht. Sie versuchte abermals, ihm mit Telepathie in den Kopf zu fahren, ihn zu verwirren. Sie brauchte nur eine Nanosekunde lang seine Ablenkung. Dann würde der Saarass von allein seinen Weg finden. Doch die Überraschung war dahin. Texor wusste nun Bescheid und ließ sich nicht mehr überrumpeln. Und, was sollte man schon sagen, Mia, die nur ein paar Wochen in der Macht der Telepathie unterwiesen wurde, war noch lange keine so starke Telepathin, dass sie die Schutzmechanismen des erfahrenen und mächtigen Druiden sowie ihn selbst würde kontrollieren können. Nicht zu vergessen, dass die junge Frau hier vor Ort natürlich über nicht so starke telepathischen Fähigkeiten verfügte, wie seinerzeit auf dem Ruath ar Groruth mit seiner dortigen mächtigen Konzentration der Magie.

Texor bewegte seine Hände und Arme vor, als würde er jemanden fortschubsen. Das tat er auch, aber viel heftiger, als wenn jemand mit Muskelkraft fortgestoßen würde. Mia flog mit solcher Wucht zurück wie nach einer Kollision mit einem Rammbock. Sie schrie auf, wirbelte durch den halben Raum, kam knallend auf dem hölzernen Boden dieses obersten Geschosses auf, dass Staub zwischen den Brettern hervorschoss. Sie überschlug sich noch ein paar Male, ehe sie liegenblieb. Ihr Saarass landete irgendwo in einer Ecke des Raumes.

Der Druide richtete sich auf, blinzelte und schüttelte den Kopf, massierte sich die Seiten des Halses und den Nacken. „Königin, Königin, Königin", staunte er und strich sich die edle schwarze Kleidung glatt. „Ihr hört wahrlich nicht auf, mich zu überraschen. Erst Eure großen Worte, Eure Güte, mit der Ihr mir begegnetet, und dann zu guter Letzt *das* hier. Telepathie. Ich gratuliere. Ihr habt es tatsächlich vollbracht, Eure telepathischen Kräfte zu kontrollieren, die Ihr ja bereits als Kleinkind in Euch getragen habt. Beeindruckend."

Sie wollte aufstehen. Doch da drückte sie eine zentnerschwere Kraft nach unten auf den Boden, so fest, dass ihr die auf die Bohlen gedrückte Brust das Atmen erschwerte. Ihr ganzer Körper wurde hinabgepresst, so stark, dass es ihr in den Ohren rauschte.

Texor hielt den telekinetischen Druck aufrecht, der Mia gegen den Boden presste. Er hatte die flache Hand zu ihr ausgestreckt, ging langsame Schritte näher auf sie zu. „Ich habe Euch unterschätzt, Majestät", gestand er. „Ihr wusstet von Tanmir, dass ich ein Telekinet bin. Ihr seid gar nicht, wie ich zuerst annahm, unvorbereitet und arrogant mit Eurem Schwert hierher zu mir gekommen. Ihr hattet ein Ass im Ärmel. Ihr habt Euch das mit Eurer Telepathie überlegt, um mich besiegen zu können. Wirklich schlau, zugegeben. Sogar annähernd erfolgreich. Doch sagt, wo habt Ihr das gelernt? Wo habt Ihr gelernt, die Kraft der Telepathie in Euch zu kontrollieren? So etwas bringt man sich nicht ohne Weiteres selbst bei, gar überhaupt nicht in so kurzer Zeit."

„Das geht Euch einen Scheiß an!", keuchte Mia, während sie den Staub roch, ihn auf den Lippen schmeckte und an der Wange fühlte, mit der sie hinab gedrückt war. „Und es bringt Euch auch nichts! Tanmir und die Rebellen werden gleich hier sein! Und gegen so viele Gegner könnt selbst Ihr nicht bestehen!"

„Da mögt Ihr richtig liegen, Eure Majestät. Aber ich muss Euch enttäuschen. Denn was Eure Rebellenfreunde angeht, nun ja, die werden nicht hier heraufkommen können. Jedenfalls nicht so bald. Der Bergfried ist abgeriegelt – mit Telekinese abgeriegelt, versteht sich. Niemand der angreifenden Rebellen wird meine telekinetische Barriere durchdringen und hier oben eindringen können. Ich habe diese Barriere schon seit Tagen erschaffen und vorbereitet, und sie erst final aktiviert, sobald Ihr dieses Zimmer betreten hattet, Maria. Niemand verlässt und betritt den Bergfried, solange diese magische Abriegelung aktiv ist. Und Euer Tanmir, davon gehe ich aus, ist bereits im Bergfried und auf dem Weg zu uns. Ich musste somit nur warten, bis Ihr hier wart, um meine Barriere zu aktivieren. Sie aufrecht zu erhalten, raubt mir kaum Kraft. Denn, bei aller Bescheidenheit, unter den Telekineten dieses Kontinents, bin ich zweifellos einer der stärksten, wenn nicht der stärkste."

„Fick dich, Texor!" Mia versuchte, sich mit allem, was sie hatte, aufzurichten. Sie brachte die Handflächen auf den Boden, versuchte, sich wie im Liegestütz hochzupressen. Vergebens. Sie schaffte unter extremster Anstrengung nur, ihren Kopf und eine kleine Fläche der Schultern anzuheben.

Er lachte auf. „Aha, na endlich. Da ist sie ja. Da ist die Maria Anastasia, wie ich sie mir vorstelle. Die aufbrausende, sture Prinzessin Isteriens. Ihr habt sie lange unterdrücken können. Aber das eigene Wesen lässt sich nur schwer im Zaum halten."

Texor hatte sich abgeschirmt. Die junge Frau fand keinen Weg mehr ihn seinen Kopf. Und ihre Muskelkraft hatte gegen seine Telekinese überhaupt keine Chance.

„Ja, gewiss große Worte habt Ihr von Euch gegeben, Majestät, zu großen Taten und unergründlicher Güte wart Ihr bereit. Aber dumm war Eure Kühnheit. Ihr hättet Euch viel lieber anschleichen, mir Euer Schwert in den Rücken rammen sollen. Das wäre natürlich nicht so edel, aber es wäre ungleich erfolgreicher gewesen. Dachtet Ihr wirklich, dass es das mit Eurem großzügigen Angebot vorhin schon war? Ach, und wo wir gerade dabei sind, ich lehne es ab."

Sie knurrte vor Zorn und Anstrengung. Und nicht zuletzt vor Schmerz. Denn je mehr sie sich wehrte, desto schlimmer war die Qual, mit der sie die Telekinese fesselte.

„Nun ist es wohl an der Zeit, Euch zu erleuchten, Maria. Euch zu erklären, was hier eigentlich vor sich geht, was es mit Euch auf sich hat, warum ich Euch brauche. Und natürlich wie ich Euch gebrauchen werde."

Der Druck veränderte sich, kam plötzlich von unten her. Texor bewegte die Hand, hob das Mädchen an, hielt sie levitierend aufrecht in der Luft, fünf Fuß über dem Boden.

Da schwebte Mia nun, mitten im Raum des obersten Stockwerks des Bergfrieds. Bewegen konnte sie lediglich Kopf und Hals. Das gestand ihr Texor wohl zu. Der Rest ihres Körpers war wie eingemauert. Unter dem Druck der Telekinese begannen die Muskeln zu kribbeln.

„Ihr wisst, was ich begehre, nicht wahr, Eure Majestät? Ihr wisst, Maria, dass mich nicht der Thron von Isterien interessiert, nicht die Herrschaft über dieses Land oder dessen Bevölkerung. Mir ist der Ausgang der Rebellion und des Gemetzels da unten vor der Mauer vollkommen egal. Ich will etwas ganz anderes. Und das seid nur Ihr, Königin Maria, erste Eures Namens, gekrönt in Shrebour. Molnar wusste es nicht, aber Tanmir weiß es. Ich habe es Eurem Geliebten erklärt, als er mich hier beehrte. Und gewiss hat er es Euch erklärt."

„Das hat er", bestätigte Mia, schwer atmend, da sie jedes Wort sehr anstrengte. „Du machtgieriges Arschloch willst meine Fähigkeiten haben! Meine Fähigkeiten als *Kind der Planeten*! Du willst ein Magier werden! Der erste nach über eintausenddreihundert Jahren!"

Der Druide grinste. „Pfiffig und gewitzt wie eh und je die kleine Königin. Ihr habt absolut richtig kombiniert. Sogar die Jahreszahl ist korrekt. Wenigstens im Groben." Er schaute künstlich betrübt. „Eigentlich schade, dass Ihr schon Bescheid wisst. Ich habe mich so darauf gefreut, Euch erleuchten zu können, Majestät, Euch zu erzählen, wie mich mein genialer, über Jahre entwickelter und ausgeführter Plan nun geradewegs bis hierhergeführt hat. Bis kurz vor seine Erfüllung. Aber wenn Ihr schon alles wisst … Schade. Nun, aber über eines muss ich Euch doch noch informieren. Denn, so nehme ich an, wird Euch doch brennend interessieren, wie genau ich es anstellen will, Euren Platz als *Kind der Planeten* einzunehmen?"

„Ihr könnt mich mal!"

„Das heißt dann wohl, ja. Ich will es Euch gerne erklären, großherzige Königin. Wisst Ihr, ich war einst Mitglied einer Gruppe von Druiden, die sich intensiv mit dem *Kind der Planeten* beschäftigte. Daher weiß ich auch so viel über Euch. Das sagenumwobene *Kind der Planeten*, die Botin, welche die Magie wiederentdecken, die Welt mit dieser Allmacht entweder ins Licht oder ins Verderben führen wird. Was genau von beidem ich machen werde, sobald ich diese Macht erlangt habe, weiß ich noch gar nicht. Ich denke, das werde ich spontan entscheiden, wohl mal so, mal so.

Nun, wie Ihr Euch denken könnt, Maria, war ich schon immer gebannt von dieser Prophezeiung, von den Möglichkeiten, die dort verborgen liegen. Ich bin anders als meine druidischen Brüder und Schwestern. Ich strebe nach Höherem als nur der groben Kontrolle über ein mickriges Element. Ich wollte schon immer mehr, sehne mich nach Perfektion. Ich wollte die ganze Natur beherrschen, alle Elemente. Ich wollte die Magie. Die Allmacht. Doch leider war diese nur dem *Kind der Planeten* vorbehalten. Ich musste also einen Weg finden, den Platz jenes besonderen Kindes einzunehmen. Aber wie nur? Ich hatte zu allem Übel auch nicht mehr ewig Zeit, mir etwas zu überlegen. Denn die Nacht Eurer Geburt, die Nacht der korrekten Planetenkonstellation, in welcher zwei Vollmonde – die Zwillingsmonde – am Himmel schienen, stand ja schon seit Jahrhunderten fest.

Die Antwort lieferte mir – indirekt, versteht sich – ein alter Druidenfreund, ein Nekromant. Ihr wisst doch, was Nekromanten sind, Majestät? Das sind Druiden, die vermögen, aus Versterbendem oder auch Gestorbenem wieder Leben zu generieren. Bei Menschen oder größeren Lebewesen funktioniert so etwas natürlich nicht, aber für kleine Tiere oder insbesondere Pflanzen ist dies möglich. Ein toter Baum kann mit Lebensenergie gespeist werden, worauf mit der Zeit seine Wurzeln wieder erstarken, seine Äste wachsen und seine Blätter erblühen. Das vermag die Nekromantie. Sie erweckt Leben. Doch wie macht sie das? Habt Ihr Euch das nie gefragt? Ich schon. Im Grunde tut Nekromantie nichts anderes als Lebensenergie zu nehmen und gerecht umzuverteilen. Das heißt, dass ein Nekromant ein wenig Lebensenergie eines Organismus' abzweigt und sie einem anderen einverleibt, damit dieser darauf aufbauend wieder zu erstarken vermag. Ich fragte meinen Freund also, ob es theoretisch möglich sei, Lebensenergie zu absorbieren, sie gar auf sich selbst zu übertragen. Und ja, theoretisch ginge das. Aber natürlich würde ein Druide niemals seine Fähigkeiten einsetzen, um sich selbst zu bereichern."

Vindur Texor grinste verräterisch.

„Hier sah ich meine Chance. Denn tatsächlich ist die Ausführung der Nekromantie eine sogenannte Essenzübertragung. Eine Übertragung von Leben oder Lebenskraft. Die Ausgestaltung einer solchen Übertragung bleibt dem Nekromanten überlassen. Mir wurde klar, dass genau darin die Möglichkeit lag, den Platz des *Kindes der Planeten* einzunehmen. Ich würde eben diese Essenzübertragung mit dem Auserwählten und mir selbst durchführen, um zu meinem Ziel zu gelangen. Tja … Hierzu erforderte es jedoch der Beherrschung der Nekromantie. Ich bin ein Telekinet und grundsätzlich magisch begabt. Das Handwerk der Nekromantie musste ich allerdings mühevoll beherrschen lernen. Ein Glück konnte ich meinen Freund dazu bringen, mir die Grundzüge der Nekromantie beizubringen. Ach … Was war das ein steiniger Weg. Jahrzehnte des Lernens und der Studien, des Trainings und der Erschöpfung. Ein schrecklicher Weg, Maria, ich sage es Euch. So viele Rückschläge, so viel Aussichtslosigkeit, so minimale, kaum spürbare Erfolge. So viel Aufwand bei so wenig Ertrag, Vorwärtskommen im Schneckentempo. Wenn überhaupt.

Aber ich bin ehrgeizig. Ich gab nicht auf. Es erforderte Jahrzehnte. Doch am Ende gelang es mir. Ich beherrsche nun die Grundzüge der Nekromantie. Für mehr wird es niemals reichen, da ich einfach kein angeborenes Talent für die Nekromantie besitze. Aber das, was ich kann, reicht aus, um meine Ziele zu verwirklichen. Und dann stehen mir alle Türen offen. Die paar Rebellen in Euren Diensten wären für mich als Magier dann nur noch wie Fliegen."

Mia blickte zur Türe. Sie hoffte, dass Tanmir endlich auftauchen würde. Sie brauchte seine Hilfe. Denn ihr war klar, dass sie aus eigener Kraft hier nicht herauskommen würde.

„Ich gehe davon aus, dass Ihr versteht, Maria. Ich verfüge über die Fähigkeit der Essenzübertragung, die Kunst, Lebensenergie samt ihrer Eigenschaften von einem Organismus auf einen anderen zu übertragen, in diesem Falle von Euch auf mich. Nur sollten wir in diesem Fall nicht von einer Übertragung sprechen, sondern eher von einer Absorbierung. Ja, ich werde Eure Energie, die in Euch schlummernde Macht des *Kindes der Planeten*, absorbieren und in mich selbst aufnehmen. Und auf diese Weise nehme ich den Platz des *Kindes der Planeten* ein, des Wiederentdeckers der Magie. Es galt früher für mich also nur noch herauszufinden, wer das *Kind der Planeten* war und es in meine Gewalt zu bringen. Zu meinem unfassbaren Glück wurdet es tatsächlich Ihr. Die Prinzessin an dem Hofe, an dem ich die Position des Hofmarschalls innehatte. Daher der Putsch und das Massaker, aber davon wisst Ihr ja."

Der Druide schnalzte mit der Zunge.

„Naja, das war im Schnelldurchlauf mein Plan, aber ich gehe davon aus, Ihr habt ihn verstanden. Und wie mein Glück es so wollte, seid Ihr, statt auf Nimmerwiedersehen mit Eurem Geliebten zu entschwinden, nun aus eigenem Willen zu mir gekommen, um mich bei der Verwirklichung meines Ziels zu unterstützen. Ich danke Euch vielmals dafür."

„Steckt Euch Eure tollen Pläne sonst wohin!", beleidigte Mia unerschrocken. „Von mir aus bin ich dieses *Kind der Planeten*! Aber ich habe bis auf die Telepathie keinerlei Fähigkeiten in mir entdeckt! Da könnt Ihr also erstmal lange suchen! Außerdem interessiert mich diese Macht nicht! Ich will sie gar nicht haben! Doch seid versichert, Texor, ich werde es Euch nicht leicht machen! Eher würde ich sterben, als Euch dabei zu helfen, mit meiner Macht ein Magier zu werden!"

„Das ist mir bewusst, dass Ihr Euch wehren würdet, dass Ihr es mir erschweren wollt. Aber das ist aus zwei Gründen irrelevant. Erstens interessiert es die Nekromantie nicht, ob der absorbierte Organismus absorbiert werden will oder nicht. Die Nekromantie absorbiert Lebensenergie unabhängig vom Willen und Bewusstsein seines Trägers. Und der zweite Grund ... Naja, seid versichert, wenn Ihr von diesem zweiten wisst, werdet Ihr Euch der Prozedur freiwillig unterwerfen."

„Worauf wartet Ihr dann noch?! Legt schon los mit Eurem Essenzblödsinn und hört endlich auf, mich vollzuquatschen!"

Abermals lächelte der Druide. „Hm. Teuflisch und furchtlos wie eh und je die Königin. Keine Sorge, Maria, ich werde die Essenzübertragung vollziehen, keine Sorge. Und ich werde Euren Platz als Wiederentdecker der Magie einnehmen. All das wird geschehen. Aber die Sache hat leider noch einen kleinen Hacken."

Sie antwortete nicht, fixierte ihn böse.

„Ihr sagtet gerade, Maria, Ihr habt bis auf die Telepathie keinerlei Fähigkeiten in Euch entdeckt. Daher fragt Ihr Euch sicherlich schon seit längerem, wie Ihr an Eure wahren Fähigkeiten kommen könnt, an die Beherrschung der Magie. Unabhängig davon, ob Ihr sie nun haben wollt oder nicht. Denn wenn Ihr bereits über Eure Fähigkeiten verfügtet, würde ich Euch mit meiner Telekinese, mit der ich Euch hier festhalte, nicht viel entgegensetzen können. Woher also kommt diese sagenumwobene Kraft, die Ihr in Euch tragt? Nun, die Antwort liegt im Text der Prophezeiung. Man muss nur ein bisschen zwischen den Zeilen lesen. Die Kraft habt Ihr in Euch, ja. Aber Ihr braucht eine Quelle, einen Aktivator, einen Schlüssel nenne ich es vereinfachend. Einen Schlüssel, der die Tür zu Euren wilden Talenten öffnet, sie freilässt. Und eben das muss geschehen, ehe ich sie Euch entnehmen und in mich übertragen kann – und nicht schon jetzt sofort, obwohl ich es gerne würde. Es muss diese Quelle her, durch die Ihr Eure Fähigkeiten entfesselt, welche ich Euch leider erst dann entnehmen kann. Gerade da sie entstehen, und unmittelbar bevor Ihr sie beherrschen könnt."

Er begann fies zu grinsen.

„Eben diese Quelle ist auch schon glücklicherweise hier, hier in diesem Schloss. Damals, in der Nacht des Putsches, wollte ich Eure Eltern gefangen nehmen. Sie sollten dann als jene Quelle dienen, die Eure Macht aktiviert. Einen Vorgeschmack Eurer Macht boten Euch seit je her Eure Träume. Eure Visionen. Genau dort traten Eure Fähigkeiten minimal an die Oberfläche, entpuppten sich in prophetischer, telepathischer Vorhersehung der Zukunft. Aber ausschließlich, wenn es Dinge oder Leute betraf, die Euch wichtig waren. Doch nur die Träume allein und deren Inhalt, den Ihr in ihnen gesehen habt, waren nicht stark genug, um Eure Fähigkeiten zu aktivieren. Daher Eure Eltern. In persona. Ich wollte sie gefangen nehmen und vor Euren Augen foltern lassen, damit sich bei diesem schrecklichen Anblick Eure Macht entfesselt."

Mia knurrte vor Zorn.

„Leider kamen Eure Eltern ums Leben. Friedbert und Elena musste ich also aus meinen Plänen streichen, musste einen Ersatz finden. Glücklicherweise habt Ihr das für mich erledigt, Majestät. Ihr habt genau das gefunden, was ich brauche, damit Ihr Euch ... hm ... entfaltet."

Sie wusste, um was es ging. Um wen es ging.

„Tanmir." Texor grinste. „Der Grund, warum ich Euch die ganze Zeit hier ‚vollquatsche' ist, weil wir Zeit haben, Majestät. Wir haben Zeit, bis Euer Geliebter hier auftaucht, um Euch zu retten. Wie Ihr wünsche auch ich mir, dass er herkommt. Und sobald er hier ist, läuft er mir genau in die Falle. Ich greife ihn mir, wie ich Euch gegriffen habe. Und dann ... hm ... dann werde ich ihm wehtun. Sehr weh. Während ihr alles mit anhören und ansehen müsst. Ihr werdet vor Wut und Hass kochen, werdet heulen vor Verzweiflung, werdet schreien vor Schmerzen. Eure Emotionen werden brodeln wie ein Vulkan kurz vor dem Ausbruch.

Und schließlich, wenn der metaphorische Vulkan ausbricht, wenn Ihr vollkommen in Euren brausenden Gefühlen vergeht, werden sich Eure

Fähigkeiten ausbilden, werdet Ihr erst wirklich zum *Kind der Planeten*. Und dann, sobald sich Eure Fähigkeiten herauskristallisieren, werde ich sie Euch entnehmen, werde sie in mich aufnehmen, werde die nekromantische Essenzübertragung durchführen. Ich werde über Eure Kräfte verfügen, über die Macht der Magie. Und dann werde ich diesen lächerlichen Rebellenaufstand da unten zerschlagen. Ich bin schon gespannt, wie ich das machen werde, hah, was für Möglichkeiten die Magie mir dazu bietet." Er seufzte künstlich klagend. „Leider werdet Ihr das nicht mehr miterleben können, zu was ich imstande sein werde und zu was Ihr imstande gewesen wäret. Denn ich gedenke kein Risiko einzugehen und werde Euch daher Eure gesamte Lebensenergie entziehen. Sicher ist sicher, Ihr versteht? Seid unbesorgt, ich habe so etwas schon hunderte Male geübt, um mich auf diesen Moment vorzubereiten. Es wird halbwegs schmerzfrei ablaufen. Ihr werdet sehr müde werden und zu guter Letzt auf ewig einschlafen. Kein Grund also zur Beunruhigung."

Mia spuckte in seine Richtung.

Der ehemalige Hofmarschall ihres Vaters schüttelte den Kopf. „Was für ein unköniginnenhaftes Verhalten. Sei's drum. Nun heißt es warten. Warten auf Euren Helden. Euren Tanmir. Euren wundesten Punkt. Und seid versichert, ich werde diesen Punkt so stark reizen, dass Ihr gar nicht anders können werdet, als Eure Fähigkeiten herauszulassen. Es wird geschehen, wie es die Prophezeiung sagt. Die Quelle wird es sein, die Euch erst wirklich zum *Kind der Planeten* macht – wie auch im übertragenen Sinne die Zwillingsmonde, die sich gegenseitig bescheinen, sich gegenseitig mit Licht speisen. Es wird Euer Tanmir sein, der Euch erst wirklich zum *Kind der Planeten* macht. Hah, ein romantisches Ende einer wunderschönen Liebesgeschichte, findet Ihr nicht?"

Mia hielt es nicht mehr aus. „Halt's Maul! Halt's Maul! Halt's Maul!"

„Oho, das sind aber keine Ausdrücke, die eine Königin in den Mund nehmen sollte."

„Fick dich!"

Er verzog wie schmerzhaft das Gesicht, kicherte aber im Anschluss.

„Du wirst bezahlen!", schäumte Mia vor Hass zitternd und sich windend, was jedoch aufgrund der telekinetischen Fesseln nicht durchzuführen war. „Du wirst für alles bezahlen! Für alles, was du meinem Volk, meiner Familie und mir angetan hast! Und du wirst für alles bezahlen, was du Tanmir angetan hast! Bevor du mir meine Kräfte raubst, werde ich dich in Stücke reißen!"

„So viel zu Euren vorigen Ausführungen bezüglich des Themas Rache, hmm. Nun, Ihr solltet Euch, was Eure Drohungen angeht, keine allzu großen Hoffnungen machen. Ich beherrsche die Essenzübertragung gut genug, um Euch Eurer Kraft zu berauben, ehe Ihr sie gebrauchen könnt. Aber gut, dass die Emotionen in Euch schon so hochkochen. Dann dürfte das im Finale, sobald Euer Liebster hier auftaucht, wohl nicht allzu lange dauern."

Es war ein Kampf von Giganten.

Ihre Schwerter schlugen aufeinander ein, in einem Tempo, dass man ihren

Bewegungen und den sausenden Klingen kaum hätte folgen können. Funken stoben, der Schall der aufprallenden Klingen hallte förmlich durch das ganze Schloss.

Tanmir und Eisenheim wichen aus, wirbelten herum, schlugen Finten, wehrten ab, trafen sich gegenseitig mit den Fäusten. Doch keiner der beiden konnte die Oberhand gewinnen.

Es war ein Kampf von Giganten.

Die skandische Ausbildung gegen die elfische Ausbildung.

Die skandische Ausbildung, in der den Kindern Kampf und Mord schon in jüngsten Tagen eingeprügelt wurden. Wo in einer schrecklichen natürlichen Auslese nur die stärksten überlebten – beginnend, dass die hungernden Kinder in zu engen Bettchen liegend dazu getrieben wurden, ihre eigenen Geschwister zu erwürgen. Um dann ein Leben von Schmerz, Qual und Tod vor sich zu haben. Aus welchem sie, solange sie es überlebten, als die unbarmherzigsten und stärksten Krieger hervorgingen, die diese Welt je gesehen hatte. Eiskalte Mörder, denen Gnade und Moral vollkommen fremd waren.

Die skandische Ausbildung gegen die elfische Ausbildung.

Die elfische Ausbildung, in der die Kinder von klein auf für den Kampf trainiert wurden. Die schon in jungen Kindertagen lernten, ganz allein zurechtzukommen. Die in körperlich wie seelisch strapazierenden Bräuchen zu Kriegern geformt und gezüchtigt wurden, in der unbarmherzigen Welt der Elfen und deren Sitten aufwuchsen, in einem anstrengenden Leben voller Belastungen, Lernen und Training. Aus dem sie, solange sie es und die damit verbundenen Traditionen überlebten, als die wohl talentiertesten und vollkommensten Krieger dieser Welt hervorgingen.

Diese beiden Naturgewalten trafen hier aufeinander.

Es war ein Kampf von Giganten. Von leibhaftigen Kampfmaschinen.

Tanmir wirbelte aus der Ausweichbewegung nach Eisenheims Hieb herum, parierte in einem Konterausfall den nächsten. Während Eisenheim sich nach dem Aufprall der Klingen ausbalancierte, nutzte Tanmir die zurückdrängende Kraft aus dem Aufprall, um aus seinem seitwärts ausweichenden Lauf an die Mauer zu gelangen und an sie heranzuspringen. Zwei Schritte lief er die Mauer entlang, holte aus diesem unnatürlichen, fast waagerechten Lauf Kraft für einen Sprungtritt und erwischte Eisenheim am Kopf.

Der Skande taumelte, fiel aber nicht.

Tanmir, wieder am Boden angekommen, setzte sogleich nach. Doch Eisenheim war schon wieder erholt und riss sein Schwert zur Parade hoch. Die Klingen schlugen aufeinander, die beiden Kontrahenten sprangen auseinander. Beide hielten die Deckung aufrecht, gingen langsam im Halbkreis um sich herum.

Sie fixierten einander, waren aufs Höchste konzentriert.

„Ich gebe zu", sagte Eisenheim, der tatsächlich etwas stärker atmete, und spuckte aus, „du bist wirklich besser geworden, verglichen mit dem letzten Mal, Tanmir. Es muss wahr sein, was man sich hier in Isterien so erzählt. Dass du, der

Held der Rebellion, bei den Elfen aufgewachsen bist. Niemand hat mir in einem Zweikampf jemals so lange standgehalten wie du hier und jetzt. Dein Kampfstil ist beeindruckend, und definitiv nach keiner menschlichen Schule dieses Kontinents. Es muss elfischer Kampfstil sein, da er um so vieles besser ist, als das, was man euch Menschen hier beibringt. Aber das freut mich. Endlich ein ebenbürtiger Gegner. Endlich jemand, den zu töten sich lohnt."

„Willst du mir noch einen Antrag machen?" Tanmir kontrollierte die angestrengte Atmung, brachte sich mit schwingender Klinge in Positur. „Oder kämpfen wir?"

Sie stürzten wieder aufeinander. Tanmir wusste, dass ihm die Zeit davonlief, dass er Mia finden und ihr gegen Texor helfen musste. Doch er durfte sich in einem solchen erbarmungslosen Kampf nicht einmal von den Gedanken an seine Geliebte und gar der Sorge um sie ablenken lassen. Und er ließ sich nicht ablenken. Überhaupt nicht. Er kämpfte wie ein Elf. Er kämpfte zu keiner Sekunde unüberlegt. Sein Gegner unglücklicherweise aber auch nicht.

Sie fochten sich immer tiefer in die unteren Geschosse des Bergfrieds, immer tiefer in die Verliese hinein.

Eisenheim war größer und nutzte den Vorteil seiner längeren Arme. Tanmir musste sich sehr anstrengen, um den extrem schnellen und kraftvollen Angriffen auszuweichen oder diese – wenn möglich – zu parieren. Doch er war flinker, sodass es ihm tatsächlich mit geschickten Drehungen, Wendungen und Kontern dennoch gelang, den Skanden allmählich immer mehr unter Druck zu setzen und diesen zu mehr Paraden zu zwingen.

Er tauchte unter dem wirbelnden Saarass' Eisenheims weg, wehrte ihn aus der Ausweichbewegung heraus mit einhändig gehaltenem Schwert ab, sprang hoch und verpasste seinem Gegner mit der freien Hand sogleich einen saftigen Schlag mitten ins Gesicht. Eisenheim taumelte zurück, doch bevor Tanmir ihm dem Rest geben konnte, revanchierte sich der Riese mit einem Tritt in den Bauch, wich unmittelbar danach zurück, sprang eine kleine Treppe hinab und ging ein paar Schritte den dahinterliegenden Korridor entlang – einen Zellentrakt. Tanmir folgte ihm.

Eisenheim spuckte Blut auf den Boden aus, seine Lippe war aufgrund des deftigen Schlages aufgeplatzt. Einschränken tat es ihn jedoch kein Stück. Er strich sich mit den Fingern über den Mund, betrachtete sie, an denen Blut haften geblieben war.

„Na sieh mal einer an", sagte er ruhig, aber mit einem brodelnden Zorn in seiner Stimme. „Es ist eine Ewigkeit her, dass ich mein eigenes Blut gesehen habe. Ich hatte den Anblick beinahe vergessen. Ich rede hier natürlich nur von Blut, dass von einem Kampf aufs Schwert entstanden ist, nicht aus einem Kampf mit Vampir-Schlampen."

Tanmir presste vor aufkommendem Hass die Kiefer zusammen.

Der Skande strich sich über die entstellte Gesichtshälfte, lächelte grausam. „Hat mir ein Andenken fürs Leben hinterlassen, das Dreckstück. Aber ich habe sie erwischt. Mit einem silbernen Speisegäbelchen. Lustig nicht? Sag, Tanmir, wie ist es ausgegangen? Hat sie noch sehr gelitten, ehe sie verreckt ist? Hmm, ja, ich denke schon. Ich denke, sie ist verreckt, elendig und vor Qual krepiert, wie es sich für solchen Abschaum gehört. Ich hätte viel darum gegeben, das zu sehen und ihre Schreie zu hören."

„Halt's Maul!" Tanmir wurde entsetzlich sauer. Selbst die ihm anerzogene elfische Ruhe konnte hier die menschlichen Emotionen, die allmählich doch überzukochen begannen, nicht mehr unterdrücken.

Es war kein Kampf mehr. Es war eine Schlacht. Ein Krieg.

Tanmir schlug schwere Angriffe auf Eisenheim, behielt dabei in Schnelligkeit und Beweglichkeit aber trotzdem die Oberhand. Doch einen Treffer zu setzen, schaffte er nicht. Der Skande bewegte sich zwar weiter zurück, parierte aber dennoch jeden Angriff. Er selbst allerdings schaffte es ebenso wenig, Tanmir zu treffen.

In diesem erbitterten Krieg schien weiterhin keiner von beiden einen Fehler zu machen.

Los, mach dich nur müde, dachte Eisenheim. Er wusste, wie er diesen Krieg gewinnen würde. Er musste den jungen Mann weiter reizen, musste ihn weiter provozieren und ihn so zu dem entscheidenden Fehler zwingen.

Der Skande wich einem weiteren Hieb aus und sprang durch eine weit offene Tür in einen großen Wachraum, während er, von Tanmir verfolgt, langsam zurücktrat. Den rechteckigen Tisch in der Mitte der Stube trat er mit Wucht an die Wand, sodass sich nun viel Bewegungsfreiheit in dem Raum bot. Auf der einen Seite des Raumes befand sich eine große, dunkle Zelle, durch massive Gitterstäbe vom Rest des Zimmers abgetrennt. Die Zellentür indes stand offen. An der Wand gegenüber der Zelle waren kleine Regale befestigt, worauf sich verstaubte Flaschen, alte Bücher, dreckige Gläser und kleine Hügel von vertrocknetem Pergament befanden. Und ein kleiner rechteckiger gläserner Behälter mit löchergespicktem Holzdeckel. In diesem Behälter saß ein vollkommen stillsitzendes Insekt – ein handflächengroßer, kalkweißer Skorpion.

Als Tanmir den Raum betrat, wusste er gleich, wo sie hier waren.

Eisenheim grinste. „Erkennst du diesen Raum, Tanmir? Ich bin mir sicher, du erkennst ihn. Immerhin war das für ein paar Wochen dein trautes Heim. Wie sagtest du vorhin noch? Wir haben dir den Grünschnabel ausgetrieben? Wie wahr … Wir *haben* dir den Grünschnabel ausgetrieben. *Hier* haben wir dir den Grünschnabel ausgetrieben."

Tanmir schwieg, blieb ruhig in Positur, nutzte die Kampfpause, um wieder zu Kräften zu kommen.

„Weißt du", sprach der Skande leise, „mich interessiert es einen Scheiß, was Texor vorhat. Mich interessiert es einen Scheiß, was er von diesem *Kind der Planeten*-Quatsch faselt. Mich interessiert dieser Blödsinn von der Wiedergeburt der Magie nicht. Mich interessiert nur meine persönliche Genugtuung, entsprechend der ich dich langsam in blutige Scheibchen schneiden werde. Ich werde richtig genießen, dir das Blut aus den Adern zu lassen. Ich habe mich schon lange nicht mehr so sehr darauf gefreut, jemanden zu töten."

Der Skande schwang so heftig sein Schwert, dass nahezu der akustisch untermalte Luftzug der schwirrenden Klinge bis zu Tanmir hinwehte.

„Ist mir scheißegal, ob Texor dich lebend will oder nicht!", brauste Eisenheim voller Zorn. „Ich scheiß auf Texor! Ich zerfetze dich hier und jetzt! Ich richte dich so zu, dass selbst deine kleine Nutte von Königin dich nicht mehr wiedererkennen wird!"

„Worauf wartest du?! Beenden wir's!"

„Mit Vergnügen!"

Ihre Klingen schlugen so heftig gegeneinander, dass die alten Wände des Wachraumes bei dem Schall des klirrenden Stahls erzitterten.

Tanmir kämpfte nicht wie ein Mensch, er kämpfte wie ein Elf, wie der beste unter den Kriegerelfen, wie es für einen gewöhnlichen Menschen ausgeschlossen war. Er wich Eisenheims Attacken in Pirouetten und sogar Saltos aus, tänzelte um seinen Gegner herum, brachte aus diesen akrobatisch übermenschlichen Bewegungen sogar noch die unmöglichsten Angriffe zustande.

Und da gelang ihm sogar ein kurzer Schnitt an Eisenheims Wadenaußenseite. Es folgte eine Parade, darauf Umherwirbeln, und dann ein Schnitt an Eisenheims Hüfte. Der Skande wich zurück, schien tatsächlich die Kontrolle zu verlieren. Tanmir blieb dran, hielt entgegen aller dahinschwindender Ausdauer die hohe Angriffsfolge aufrecht, während der Mörder aus dem Hohen Norden nur noch die Angriffe des jungen Mannes abwehrte und ihnen auswich, die ganze Zeit allerdings auf den entscheidenden Moment wartend, der ihn den Kampf gewinnen lassen würde. Denn dazu brauchte er nur einen einzigen.

Er parierte mit einem heftigen Impuls gegen Tanmir, täuschte eine Finte vor und wich zur Seite. Dank seiner überlegenen Körpergröße erreichte er Tanmir mit seinem langen Arm, und seine Faust versetzte ihm einen heftigen Schlag gegen die Schläfe, was den jungen Krieger aus der Balance brachte. Eisenheim erkannte das sofort, donnerte augenblicklich sein Schwert von oben auf seinen Gegner herab. Tanmir parierte in letzter Sekunde, schützte sich mit der quer über seinem Kopf gehaltenen Klinge. Eisenheim war größer und drückte von oben sein Schwert immer weiter gegen die Waffe Tanmirs, zwang ihn immer tiefer in die Knie.

Die beiden Klingen zitterten direkt vor Tanmirs Gesicht, kamen langsam näher.

„Zuerst du, Tanmir", flüsterte Eisenheim ihm zu. Die aneinander schabenden Schwertschneiden knirschten widerlich. „Und dann nehme ich mir dein Mädchen vor. Das, was Texor von ihr übrig lässt, werde ich nach allen Regeln der Kunst bearbeiten. Und ich werde mir Zeit dabei lassen. Stirb mit dem Wissen, Tanmir, dass deine kleine Mia mich vor ihrem Ende um den Tod anbetteln wird. Und sei versichert, dass du sogar noch im Jenseits ihre Schreie hören wirst."

Tanmir fauchte, wurde aufgrund von Eisenheims Worten über seine Mia vollständig von Wut und Zorn eingenommen, sodass als einzige verbliebene Emotion in ihm nur noch der Hass blieb.

Und nun zeigte sich, dass Eliel, Tanmirs Ziehmutter, mit ihrer früheren Aussage recht behielt. Einst sagte sie, dass Tanmir das Beste aus zwei Welten sei, das Beste aus der Welt der Elfen und der Welt der Menschen. Die folgende Kampfszene bewies genau diese Aussage.

Ein Elf hätte diesen Kampf in dieser Lage verloren. Ein Elf, der nicht von Emotionen beeinflusst ist, hätte keine Kräfte mehr aufbringen können, sich in dieser Position gegen die dermaßen überlegene Stärke seines Gegners zu wehren. Ein Elf hätte keine Kraftquelle mehr finden können.

Ein Mensch indessen schon. Denn ein Mensch kann von Emotionen ergriffen werden. Die können ihn gewiss auch schwächen, seinen Blick für das Reale trüben oder ihm das klare Denken erschweren. Doch sie können ihn auch temporär stärken, sie können ihn zu Übermenschlichem anspornen, können ihm helfen, die Kraft zum Unmöglichen zu schöpfen. Sie können ihm in der ausweglosesten Situation eine neue Kraftquelle bieten. So etwas konnte nur bei Menschen vorkommen, nie bei einem Elf.

Und eben dies geschah in jenem Moment bei Tanmir. Er durfte nicht verlieren. Er durfte nicht zulassen, dass Mia Eisenheim in die Finger geraten würde. Er durfte Mia nicht alleine lassen.

Der wutentbrannte junge Krieger schöpfte neue Kraft aus den Gedanken an seine Geliebte. Er spannte sämtliche Muskeln im Körper an, stemmte sich mit aller Macht gegen Eisenheim, drückte entgegen jeder physikalischen Logik sich und das feindliche Schwert Stück für Stück nach oben. Mit der Kampfkraft der elfischen Ausbildung und gestärkt von menschlichen Emotionen – dem Hass auf den Skanden, aber auch seinen Gefühlen und seiner Liebe zu Mia.

Die beiden Todfeinde knurrten endlos angestrengt, fixierten sich aus hasserfüllten Augen.

Doch schließlich gelang es Tanmir, Eisenheims Schwert mit einer Drehung seiner eigenen Waffe von sich wegzuschleudern und es ihm so aus der Hand zu schlagen. Aus der Gegenbewegung heraus wandte er sich zurück und riss dem Skanden die Schwertspitze über den rechten Arm.

Eisenheim tappte zurück. Doch dieses Ungetüm ließ sich immer noch nicht klein kriegen. Statt sich schnellstmöglich wieder in den Besitz seines Schwertes zu bringen, stürzte er sich mit bloßen Händen auf Tanmir, ehe der zum finalen Hieb ansetzen konnte. Mit einer Hand packte er den Schwertarm des Jungen, so fest, dass diesem seine Waffe aus den Fingern rutschte. Mit der anderen packte er Tanmirs Hals, würgte ihn. Fürchterlich wütend brummend drückte er Tanmir nach hinten zur Wand hin, donnerte ihn schmerzhaft gegen die Wandregale, dass sich einige von ihnen knarrend und krachend von der Mauer lösten, ein Teil der Bücher und Papiere herunterfielen und einige der staubbedeckten herabfallenden Gläser und Flaschen auf dem Boden zerbrachen. Die noch an der Wand hängenden Bretter pressten gegen Tanmirs Rücken.

Eisenheim drückte fest zu, sodass der junge Krieger glaubte, ihm würde mit bloßer Hand der Kopf vom Halse getrennt werden. Er griff mit der freien Hand einfach um sich, nur um irgendetwas in die Finger zu bekommen, das er

Eisenheim gegen den Kopf schleudern konnte. Sei es eine Flasche, ein Buch oder sogar ein Regalbrett selbst.

Und er bekam etwas in die Finger. Einen kleinen rechteckigen gläsernen Behälter mit Holzdeckel. Ohne zu überlegen, jagte er mit allem, was sein allmählich ohnmächtig werdendes Gemüt noch zustande brachte, den Behälter in seinen Händen gegen Eisenheims Schädel. Das Glas des Kästchens zersprang, schnitt sich fies und tief in das entstellte Gesicht des Skanden. Der Schlag bezwang den Riesen natürlich nicht, aber er lenkte dessen Konzentration für den Bruchteil eines Herzschlages ab. Und dieser Bruchteil genügte Tanmir.

Er donnerte die Hände in die Armbeugen seines Feindes, hielt sich dort fest und sprang, zog die Beine an, stemmte die Stiefel gegen die Brust des Skanden und drückte ihn mit aller Kraft von sich weg. Er hustete trocken, nachdem sich der Würgegriff gelöst hatte, fing sich mit Mühe an der Wand ab. Eisenheim taumelte ein paar Schritte zurück, direkt auf die hinter ihm liegende offene Zelle zu, fasste sich vor Hass fauchend ans Gesicht, in dessen ohnehin schon entstellter rechter Seite nun auch noch Glassplitter steckten.

Was der Skande nicht gemerkt hatte, Tanmir beim Aufschauen jedoch schon, war der kleine kalkweiße Skorpion, der sich zuvor in dem gläsernen Behälter befunden hatte und statt wie der Rest seines Gefängnisses zu Boden zu fallen, auf der Jacke des Skanden haften geblieben war. Nun krabbelte er langsam über dessen Schulter, gleich auf den Hals zu, von dem aus er starke Körperwärme verspürte.

Tanmir verlor keine Zeit damit, sein Schwert aufzuheben, sondern nutzte die sich bietende kurze Zeit der flüchtigen Unaufmerksamkeit Eisenheims. Er machte einen Satz auf den zurückwankenden Riesen zu, legte alle Kraft, die er aufbringen konnte, in einen Sprungtritt mit beiden Beinen. Er traf ihn mit voller Wucht, welcher selbst die Größe und Masse des skandischen Körpers nicht viel entgegenzusetzen hatte. Eisenheim stürzte rückwärts, fiel durch die offene Zellentür ins Verließ, brauchte aber auch darin noch einige Ausfallschritte, um sich abzufangen.

Tanmir, aufgrund des Sprungtrittes selbst unangenehm hart auf dem Boden gelandet, sprang sofort wieder auf, ignorierte den vom Fall entstandenen Schmerz im Steißbein, und hechtete zu der Zellentür. Noch bevor der Skande überhaupt die Balance und den sicheren Stand wiederfand, hatte Tanmir die Tür unter einem lauten, metallischen Scheppern zugeschlagen und direkt den Riegel einschnappen lassen. Dann verschloss er den Riegel mit dem eigens dafür vorgesehenen, in den Türmechanismus eingelassenen Schloss. Wo der Schlüssel zum Öffnen war? Keine Ahnung.

Als Eisenheim die Kontrolle wiedergefunden hatte, war die Zellentür vor ihm fest verschlossen.

So standen sie da, beide schwer atmend. Eisenheim in der Zelle, Tanmir davor, an die Gitterstäbe gelehnt. Ihr Augenkontakt hielt ungewöhnlich lange an. Keiner der beiden blinzelte, keiner der beiden sprach ein Wort.

Doch am Ende war es der skandische Kopfgeldjäger und Auftragsmörder, der den Blickkontakt und das fiese den Raum erfüllende Schweigen unterbrach. Denn er zischte plötzlich auf, verzog das entstellte und blutende Gesicht vor Schmerz und fasste sich an den Nacken. Er knurrte abermals auf, packte auch mit seiner anderen Hand hinter sich, riss sich hektisch den Kragen des Hemdes unter der Jacke auf, griff darunter und holte den kalkweißen Carnoa-Skorpion in seiner großen Hand hervor. Für einen Augenblick schaute er das zwischen Fingern hilflos feststeckende Tier an. Und als er schließlich begriff, war es schon zu spät. Er schrie vor Hass auf, warf den Skorpion zu Boden und zertrat ihn krachend.

Abermals schaute er Tanmir aus seinen dämonischen Augen hasserfüllt an, tat einen Schritt zur Zellentür hin.

Aber nur einen.

Dann blieb er stehen, weitete die Augen, griff sich zum widerholten Mal an den Nacken. Er begann zu zischen, zu knurren, wie ein Wolf an der Kette, dem man das Fressen wegnahm. Er zitterte, kniff sich mit der einen Hand fest in die üppige Nackenmuskulatur, formte die Finger der anderen zur Faust, so heftig, dass die Knöchel knackten. Sein Gesicht begann sich fürchterlich zu verzerren, die Zähne bleckte er unter dem Bart, die entstellte, blutige Gesichtshälfte warf tiefe Rillen durch die Narben. Der Skande strauchelte, musste sich an der Wand ausbalancieren, indem er mit der Faust gegen den Stein schlug.

„Tu weh, was?", fragte Tanmir, wobei er sich ein böses, sehr böses Lächeln nicht versagen konnte. „Aber keine Sorge, das wird noch viel schlimmer."

Eisenheim tat wieder einen Schritt weg von der Wand. Aber gleich danach ging er auf die Knie, erst aufs rechte, dann aufs linke, stöhnte und röchelte, fauchte und brummte.

Der Augenkontakt zwischen beiden brach keinen Herzschlag lang ab. Sie fixierten einander. In diesen Blicken lag nichts als Hass.

„Das ist für Sírssa, du elender Bastard", sagte Tanmir leise, aber so, dass es einen jeden mit Grauen erfüllen würde.

Eisenheim hörte es. Und mit entsetzlicher Gewissheit wurde ihm klar, dass er wirklich verloren hatte. Zum ersten und wohl auch zum letzten Mal in seinem Leben hatte er verloren.

Die Schmerzen nahmen kontinuierlich zu. Doch noch immer war der Hass dieses teuflischen Mannes auf Tanmir größer als sein Schmerzempfinden. Er schrie so laut und schrecklich, dass man meinen konnte, die Gitter der Zelle begannen zu zittern. Aber sie waren unüberwindlich, selbst für einen Skanden.

Tanmir ging langsam rückwärts, weg von der Zelle, ohne aufzuhören, sich am Anblick des rot anlaufenden und zitternden Mannes in der Zelle zu frönen.

Eisenheim brüllte, schlug gegen die Mauern, auf den Boden, hechtete mit Mühe zu der Zellentür, donnerte Fäuste und Stiefel gegen die Gitterstäbe. Doch selbst unter seinen fürchterlich kraftvollen Schlägen gaben der Stein und der Stahl nicht nach.

„Verrecke, Dreckskerl." Tanmir schaute zu, ruhig, gelassen und zufrieden, wie die verzweifelten Fluchtversuche des Skanden langsam abebbten, wie er gezwungenermaßen aufhörte, sich am verschlossenen Riegel der Tür zu schaffen zu machen. Der Schmerz übernahm nun die Kontrolle über sämtliche motorische Körperfunktionen. Der Schmerz bestimmte jetzt seine Bewegungen, nicht mehr das Gehirn und das Bewusstsein. Tanmir wusste das nur zu gut.

Noch einen Moment schaute er zu.

Dann aber drehte sich um, packte sich sein Schwert vom Boden und lief los, wieder nach oben. Eisenheims grausige von Schmerz und Hass erfüllte Schreie hallten noch lange in den Korridoren wieder. Doch Tanmir beachtete sie nicht weiter. Er musste schleunigst in die Spitze des Bergfrieds. Dorthin, wo der noch entscheidendere Kampf stattfinden sollte.

Dorthin, wo seine Mia war.

„Eure Befehle, Herr Generalfeldmarschall! Die Rebellen stehen kurz davor, die Barrikaden zu durchbrechen und das Schloss einzunehmen!"

Diese Information seines Majors hatte Wilhelm Steinhand nicht nötig. Er wusste auch so schon lange, dass der Kampf aussichtslos war. Daher traf er, einer der höchstdekoriertesten Feldherren Südreichs, die Entscheidung, die inzwischen überfällig war. Er sah ein, dass es nun an der Zeit war, der Niederlage endgültig ins Auge zu schauen. Auf eine Hilfe Texors konnte er nicht mehr hoffen.

„Legt die Waffen nieder, Major", beendete er die Kampfhandlung. „Gebt den Befehl, die Kämpfe einzustellen."

Dem Soldaten sprang der Mund auf.

„Diese Schlacht ist verloren", bekräftige Steinhand. „Genauso wie dieser Krieg. Außerdem hat es nun wirklich genug Tote gegeben. Legt die Waffen nieder."

„Herr Generalfeldmarschall …"

„Das war ein Befehl, Major!"

„Jawohl, Herr Generalfeldmarschall!"

Der Major lief geschwind durch das Getümmel der letzten sich verzweifelt wehrenden Südreich-Soldaten und Söldner Texors, schrie laut, sich sofort zu ergeben.

„Schwängt die Parlamentärflagge", befahl Steinhand den verbliebenen Adjutanten. „Golbert soll wissen, dass es vorbei ist. Ich werde mich ihm zu Verhandlungen über den Ausgang dieser Schlacht stellen. Auch wenn ich weiß, dass diese Verhandlungen nicht allzu lange dauern werden. Was schlussendlich aus Isterien wird, sollen die Rebellen und ihre Königin dann mit Texor regeln. Ausführung!"

„Zu Befehl, Herr Generalfeldmarschall!"

„Dort! Herr General, dort! Sie schwingen die Parlamentärflagge! Sie schwingen die Parlamentärflagge! Sie kapitulieren! Haha!"

„Ich sehe es." Innerlich entsprang auch dem General Franck Golbert ein Jubelschrei, eine Welle von Erleichterung, aber auch ein vorfreudiger Unglaube darüber, dass das Ende der Kämpfe nach so vielen Jahren nun wirklich gekommen war. Doch nach außen hin wahrte er sein starres, adrettes

Generalsgesicht, obgleich es so schrecklich entstellt war.

„Haha!" Der Heerführer Larcron indes war nicht dazu fähig, seine Freude zurückzuhalten. „Wir haben es geschafft, Franck! Wir haben es wirklich geschafft!"

„Noch nicht, Heerführer", bremste Golbert. „Gebt sofort Befehle zum Ausschwärmen. Dringt in das Innere des Schlosses vor. Findet und helft den Infiltrationstruppen. Und vor allem findet die Königin."

Larus lief durch den Korridor, erreichte das Treppenhaus und spurtete nach oben. Er hasste sich zwar gerade selbst, dass er Tanmir zurückgelassen hatte, ihn allein gegen diesen Riesen kämpfen ließ, doch war ihm klar, dass er seinem Freund eher im Wege stünde als eine Hilfe wäre. Nun musste er Mia finden, durfte nicht zulassen, dass ihr etwas geschähe. Denn dann könnte er sich gleich selbst ins Grab legen, wenn Tanmir davon erführe.

Larus verdrängte die zynischen Gedanken, denn dafür war jetzt freilich nicht die Zeit. Er musste sich fokussieren, musste sich darauf konzentrieren, Mia in ihrem Kampf gegen einen Telekineten zu unterstützen.

Doch zunächst hatte er ein ganz anderes Problem: Die Orientierung. Er hatte sie vollends verloren – zweifellos auch bedingt durch seinen angeschlagenen Kopf nach dem Kampf mit dem übermächtigen Skanden. In diesem vermaledeiten Schloss sah wahrlich alles gleich aus. Wer auch immer der Konstrukteur gewesen war, hatte wohl ein Problem mit der Innenarchitektur des Gebäudes, oder seine Kreativität hatte einfach nicht ausgereicht, um das Schloss von innen etwas einladender auszugestalten. Wann immer Larus eine Treppe sah, lief er sie hinauf, denn da konnte er sicher sein, den richtigen Weg eingeschlagen zu haben.

Denkste!

Zweimal hatte der Pechvogel Treppen erwischt, von wo aus es nicht weiter nach oben, sondern nur in eine abgetrennte Reihe von Räumen ging. Er verfluchte lauthals die alten Magier. So eine Scheiße in so einer Lage konnte wirklich nur ihm passieren. Ja, wirklich nur ihm.

Sobald er die zweite Treppe wieder herabgelaufen war, geriet er abermals in das Geflecht von gleichaussehenden Korridoren und Fluren, das einem Labyrinth gleichkam. Und obwohl die Gänge alle gleich aussahen, lief er jetzt einen entlang, von dem er ziemlich sicher wusste, dass er ihn schon entlang gelaufen war.

Bei der nächsten Treppe hatte er jedoch endlich Glück. Sie war größer und überschaubarer als die vorigen beiden. Das musste letztlich mal eine von den vielen Treppen sein, die wirklich hinaufführten. Jetzt war der Bursche sicher, auf dem richtigen Weg zu sein.

Es ging in einem Bogen nach oben, entlang des Randes des Bergfrieds. Hin und wieder schien Tageslicht durch Fenster hinein. Larus hätte gerne mal einen Blick hinausgeworfen, um zu sehen, wie es um den Kampf der Rebellen da draußen stand, die inzwischen das Alte Schloss erreicht hatten und belagerten – er hatte ihr Vorrücken vor ein paar Minuten schon aus einem etwas tieferen

Fenster bemerken können. Doch er durfte keine Sekunde verlieren.

In dem gegenüberliegenden Ende des Korridors im Geschoss, das er nach dieser Treppe erreichte, konnte er bereits eine identische Treppe zu der gerade überwundenen ausmachen, die noch weiter nach oben führte.

Doch in diesem Korridor hielt ihn wieder etwas, besser gesagt jemand, davon ab, weiterzukommen.

Ihm vertrat eine attraktive, schlanke Frau den Weg. Eine Kriegerin, wie er im zweiten Blick feststellte, bewaffnet mit Schild und Schwert. Sie hatte lange auffällige Haare, rot wie die Farbe der Rose. Ihre rechte Kopfseite war bis zum Seitenscheitel kahlrasiert. Gleich unter dem Hals prangte die Tätowierung eines Totenschädels. Und darunter ein lasziver, offenherziger Ausschnitt des engen Kriegerlederwamses. Dort blieb sein Blick auch erst einmal haften.

Larus blinzelte, schüttelte den Kopf. Also bitte, er durfte sich jetzt doch nicht von Titten ablenken lassen, obgleich der Ausschnitt äußerst betörend war – auch wenn der Totenschädel darüber etwas ablenkte.

„Du?", blaffte die Frau und blitzte ihn mit wütenden dunklen Augen an. „Du bist es ..."

„Ich bin es", bestätigte Larus instinktiv, schaute danach scheel drein. „Ähm ... Wer genau bin ich?"

„Du bis dieser dreckige Lump, der mich damals in Oppenheim die Treppe hinuntergestoßen hat, nicht wahr?"

„Ach so!" Larus nickte und war nun vollends im Bilde, wer die Kriegerin vor ihm war. „Jap, das war ich. Du hast echt 'nen sauberen Sturz hingelegt, sehr geschmeidig. Sah von oben nicht übel aus."

Die Frau spuckte saftig aus, warf mit einer gewandten Kopfbewegung die Haare hinter die Schulter.

„Und", fuhr Larus fort, „bist du nicht die Alte, die das Blut erschlagener Feinde trinkt? Hab ich gehört."

„Du hast richtig gehört, Kurzer." Sie schwang das Schwert, setzte dabei eine zornig verzerrte Grimasse auf. „Und gleich ist dein Blut dran."

„Oh, ähm, das würde ich nicht empfehlen." Larus zog die Nase kraus, schüttelte den Kopf. „Ich hab in meinem Leben so viel Zeug gesoffen und zu mir genommen, und so einiges an Krankheiten gehabt – teilweise sehr indelikaten –, das willst du nicht trinken."

„Das beurteile ich, wenn's soweit ist. Keine Sorge, ich sag's dir dann. Ich werde dich nämlich so lange am Leben lassen, dass du noch miterlebst, wie ich dein Blut koste. Aber zuerst, werde ich es aus dir herausholen!"

Er verzog angewidert den vernarbten Mund. „Nichts für ungut, Frau ... Bluttrinkerin ... aber ich schlage keine Frauen. Ich schubse sie gelegentlich Treppen hinunter, wenn sie böse sind, aber grundsätzlich schlage ich sie nicht."

„Das ist aber schlecht für dich. Denn ich schlage alles, wonach mir der Sinn steht!" Sie haute das Schwert auf ihren Schild und lief auf den Burschen los.

„Oh, verdammt!" Larus schwang das Katana zur Parade hoch.

„Euer Retter lässt sich ganz schön Zeit, Königin."

Texor bemerkte die Parlamentärflagge Südreichs, während er aus dem Fenster schaute. Und er hörte das Jubeln der Rebellen, die den Kampf gewonnen hatten. Die sich ergebenden Südreicher und Söldner wurden rasch in Haufen zusammengedrängt, und immer mehr Rebellen drangen in den Hof.

„Eure Rebellen haben den Kampf gewonnen, Majestät", berichtete er der im Raum levitierenden Mia, die sich in seiner Telekinese weiterhin fürchterlich anspannte. „Gratulation. Euer Freiheitskrieg war erfolgreich. Eure Truppen schwärmen aus. Ich gehe davon aus, dass sie alles daran setzen werden, ihre Königin zu finden. Doch, so ich es Eurer Hochwohlgeboren eben schon grob mitgeteilt habe, wird ihnen das nicht gelingen. Ich habe sämtliche innere und äußere Zugänge zum Bergfried telekinetisch abgeriegelt. Wie ich zuvor bereits sagte, habe ich diese Barriere schon seit Tagen vorbereitet, da ich irgendwie wusste, dass sich alles hier in diesem alten, hohen Gemäuer entscheiden würde. Ich lag richtig. Eure Leute, Majestät, werden sehr lange brauchen, bis sie dieses Hindernis durchdringen. Sobald sie es dann durchdringen, beherrsche ich die Magie. Und dann werde ich sehen, wie ich sie dahinrichte. Verbrennen? Zu Staub zermahlen? Verzaubern, sodass sie sich gegenseitig abschlachten? Ich weiß es nicht. Ich lasse mich überraschen, welche Möglichkeiten mir die Magie dazu bietet."

„Du wirst sie nicht kriegen", zischte Mia.

„Wie kommt Ihr zu dieser kühnen Behauptung, Majestät? Ich habe Euch meinen Plan vorhin ausführlich dargelegt. Darin ist keine Möglichkeit für Euch enthalten, etwas an meinen Absichten zu ändern. Tanmir wird herkommen, das ist ja wohl klar. Und sobald er hier ist, werde ich Ihn benutzen, um Euch dazu zu bringen, Eure Talente offenzulegen. Tanmir wird für die Entdeckung Eurer Kräfte leiden müssen. Seht als eine Art ‚Starthilfe'."

„Wenn Ihr ihm auch nur ein Haar krümmt", sprudelten langsam die vor Hass explodierenden Worte aus ihr heraus, „dann vergesse ich endgültig, was ich vorhin gesagt habe! Dann richte ich Euch so hin, dass Ihr selbst in der Hölle noch vor Schmerzen heulen werdet!"

„Gewiss werdet Ihr das, Majestät. Wenn Ihr könntet. Ich werde allerdings nicht zulassen, dass Ihr dazu eine Gelegenheit bekommt. Es wird Euch zweifellos das Herz zerreißen, wenn Tanmir hier vor Euren Augen vor Qualen schreien wird. Aber leider ist das eine zwingende Voraussetzung dafür, dass sich Eure Fähigkeiten ausbilden. Nur die stärksten Emotionen vermögen, diese gewaltigen inneren Kräfte zu wecken. Entschuldigt, Majestät, ich habe mir das nicht ausgedacht. Ich wünschte selbst es gäbe einen angenehmeren Weg ..."

Texor brach ab, verengte leicht die Lider. Dann lächelte er dezent, aber triumphal.

„Ahh ... Er kommt. Er ist auf dem Weg. Haha, was für eine rührende Geschichte. Der Held stürmt herbei, um seine Geliebte zu retten. Wahrlich wert, auf Pergament verewigt zu werden."

Mia begann zu zittern, schaute aufgeregt zur Tür.

„Meint Ihr, Königin, ich lasse mich überrumpeln? Nein. Ich habe eine ähnliche Barriere, wie die unten im Bergfried, hier oben vor der letzten Treppe entstehen lassen. Allerdings eine leicht zu überwindende, ohne dass man merkt, wenn man sie durchdringt. Doch damit alarmiert sie mich, gibt mir Zeit, mich vorzubereiten. Und macht es Eurem Tanmir unmöglich, sich an mich heranzuschleichen."

„Tanmiiir!", brüllte Mia geistesgegenwärtig, um ihren Geliebten zu warnen. „Das ist eine Fall..."

Sie brach abrupt im Schreien ab. Texor hatte die Hand nach ihr ausgestreckt und sie mit Telekinese gefesselt. Diese Fesselung fühlte sich an, als hinge sie am Galgen. Sie schmeckte Blut im Mund. Weitere Warnungen waren unmöglich.

Erforderlich waren sie auch nicht.

Denn die Tür zum Raum sprang auf. Doch nicht Tanmir kam hindurch, sondern lediglich sein Schwert. Die sausende Klinge drehte sich in der Luft, surrte bedrohlich, flog genau auf den Telekineten zu. Texor sprang unkontrolliert zur Seite, fing sich auf dem Holzboden ab. Augenblicks wandte er sich zur Tür, dazu bereit, telekinetische Fesseln auf den Eindringling zu wirken. Doch statt Tanmir kam wieder eine Klinge auf den Druiden zu. Ein wirbelnder Dolch. Texor hob die Hände zur telekinetischen Deckung. Das Messer prallte unmittelbar vor ihm ab, als wäre es gegen unzerbrechliches Glas geschlagen.

Der Druide hatte die Orientierung verloren, konnte Tanmir nicht sehen und konnte auch nicht wissen, wo er war. Daher nutzte er eine einfache Methode, um sich vor jeder Bedrohung zu schützen. Er stieß einen vollständigen telekinetischen Rundumschlag aus. Damit war egal, wo Tanmir war und von wo er angriff. Der Telekinet würde ihn trotzdem erwischen. Und das tat Texor. Mia konnte das von der Position aus sehen, wo sie sich zwangsweise befand.

Tanmir hatte es nicht mehr weit bis zu Texor gehabt. Er hatte ihn perfekt abgelenkt, wohlwissend, dass er einen Telekineten angriff. Er hatte ihn erst mit seinem geworfenen Schwert und dann mit einem geschleuderten Dolch attackiert, um ihn abzulenken und dann auf den orientierungslosen Druiden loszuspringen, ein weiteres Messer in den Händen. Er hatte es nicht mehr weit bis zu Texor gehabt.

Doch auf den letzten zwei, drei Schritten wurde er zurückgestoßen, wie von einer naturgewaltigen Windbö getroffen. Er flog zurück, prallte gegen die Wand und landete auf dem hölzernen Fußboden.

„Nein!" Mia versuchte, sich aus Texors Griff zu lösen. Doch ihre unsichtbaren Fesseln hatten sich trotz Texors Ablenkung nicht gelockert.

Tanmir indes verlor keine Zeit und lief sofort wieder auf Texor zu. Er hatte keine Wahl, er musste laufen. Aber er lief ins Verderben. Texor richtete beide Hände nach vorn. Tanmir, das Messer stoßbereit in der Hand, hielt mitten im Lauf inne, als stünde er für eine vom Bildhauer angefertigte Miniatur Modell.

„Nein ..." Über Mias Rücken lief ein entsetzlicher Schauder, wie Nadeln, die ihr ins Rückgrat stachen.

Texor schwang Arme und Hände zur Seite und im gleichen Moment flog auch der junge Krieger genau in diese Richtung. Er knallte mit voller Wucht gegen die Wand. Texor schwang die Arme in die andere Richtung und Tanmir folgte der Bewegung, flog durch den Raum, krachte gegen einen Stützbalken. Auf diese Weise schleuderte ihn der Druide quer durch das Geschoss, donnerte ihn gegen die Wände, die Pfosten und den Boden. Mehrmals.

„Neiiin!", kreischte Mia. Aber es war schon alles vorbei.

Tanmir prallte mit Schwung erneut gegen die Wand, rutschte vom Telekineten losgelassen schließlich an ihr herunter. Er lag da, schnappte wie ein Fisch nach Luft und versuchte, durch seinen sich drehenden Blick wieder zu erkennen, wo oben und unten war.

„Puh!", grinste der Druide durchatmend. „Beeindruckend. Wirklich beeindruckend, Tanmir. Damit hatte ich gar nicht gerechnet. Ich hätte eher erwartet, du schmeißt einen erschlagenen Söldner durch die Tür. Aber gleich dein Schwert? Und dann sogar noch zwei Dolche in der Hinterhand? Raffiniert, raffiniert. Ihr habt euch beide gut vorbereitet, um gegen einen Telekineten anzutreten, du und deine Geliebte. Und es hätte sogar beinahe funktioniert. Aber nur beinahe. Denn so kurz vor dem Ziel lasse ich mich nicht mehr aufhalten."

Er richtete die Hand auf Tanmir, welcher sich sofort wie von einem Seil heraufgezogen aufrichtete. Texor positionierte ihn so, dass er vor ihm kniete.

„Tanmir", lächelte der Druide. „Wir haben dich schon sehnsüchtig erwartet, Mia und ich. Denn du sollst wissen, dass heute der bedeutendste Tag seit über eintausenddreihundert Jahren ist, der bedeutendste Tag des Zweiten Zeitalters. Heute, mein werter Tanmir, wird sich die Prophezeiung des *Kindes der Planeten* erfüllen."

„Texor!", schrie Mia. „Ihr wollt doch mich! Also lasst ihn daraus!"

„Es tut mir leid, Maria, aber ich habe Euch ausführlich geschildert, dass ich das nicht tun kann. Und für dich zur Erklärung, Tanmir: Du wirst es sein, der das *Kind der Planeten* in deiner Mia erwecken wird. Ist das nicht eine große Ehre? Du, Tanmir, bist der Auslöser für die Erfüllung einer über ein Jahrtausend alten Prophezeiung! Wie du dich gewiss erinnerst, hatte ich dir meine Pläne bereits im vergangenen Jahr offengelegt, als du mich mit deiner Gesellschaft hier im Alten Schloss beehrtest. Dir das alles abermals zu erklären, wäre Zeitverschwendung und müßig. Doch du sollst noch wissen, wie Mia durch dich zu ihren prophezeiten Talenten kommt: Deine Mia, das *Kind der Planeten*, kann sich nicht einfach aussuchen, ihre magischen Fähigkeiten, die irgendwo tief in ihr schlummern, zu aktivieren. Dazu braucht sie eine gewisse Hilfe. Hilfe in Form von ungebändigten und unvergleichlich starken Emotionen. Und genau da kommst du ins Spiel. Du, der ihr das Liebste und Teuerste ist, ihr mehr wert ist als ihr eigenes Leben. Wenn sie sieht, wie du leidest, dich unter Schmerzen windest, bin ich überzeugt davon, dass Mias Emotionen – Wut, Trauer und Angst – so hochkochen, dass sich ihre Fähigkeiten ausbilden. Und dann werde ich sie ihr entnehmen. Wie exakt ich das vollziehe, braucht dich nicht zu interessieren. Aber bis dahin, lieber Tanmir, sei tapfer, halte ein Weilchen aus, damit deine Geliebte auch wirklich alles aus sich herausholt, was herauszuholen ist."

„Texor, bitte ...", rief Mia verzweifelt, deren nun erste wirklich sehr stark hochkochende Emotion die Angst war. Um ein unsagbar Vielfaches stärker als noch vor einigen Minuten. „Bitte, Texor, es muss einen anderen Weg geben ... Ich gebe Euch, was Ihr wollt, doch bitte lasst Tanmir da heraus ..."

„Oho", grinste der Druide böse. „Eben noch das freche, lose Mundwerk. Und jetzt fangen wir sogar schon zu bitten an? Ich habe mich also nicht geirrt. Euch liegt wirklich viel an diesem jungen Mann. Umso besser für uns alle: Tanmir muss nicht so lange leiden; Ihr, Maria, müsst nicht so lange dabei zuschauen; und ich muss nicht so lange auf die Erreichung meines Ziels warten."

Texor spannte die Fingermuskulatur an, dass seine Hand leicht zitterte. Worauf Tanmirs Gesicht begann, sich vor wachsender Qual zu verziehen.

„Es gibt keinen anderen Weg, Eure Majestät. Es gibt nur diesen einen. Und es liegt an Euch, wie lange es dauert." Der Telekinet verbeugte sich höfisch. „Dann wollen wir beginnen, Königin Maria."

Tanmirs Gesicht verkrampfte sich, er ächzte und stöhnte, sein Körper fing zu beben an.

Mia sah alles hilflos mit an. „Nein ..."

Der Druide stieß die Hand nach vorne, sodass Tanmir hart auf dem Rücken landete, in abnormaler, schiefer Körperhaltung am Boden lag, weiterhin vor Schmerz dumpf jauchzte.

„Neiiin!", schrie Mia. „Lasst ihn los, Texor!"

„Vergebt mir, Majestät. Aus diversen Gründen kann ich Euren Geliebten nicht loslassen. Einer davon ist, dass er sofort auf mich losstürmen und mich erwürgen würde. Ich kann ihn daher nicht loslassen.

Hmm ... Es sei denn ..." Vindur Texor begann abermals zu lächeln. Auf grausame Weise zu lächeln, dass es Mia bis ins Mark erschaudern ließ. „Es sei denn, ich nehme ihm die Fähigkeit zu laufen und auf mich loszustürmen."

Abermals bewegte er die Hand, veränderte ruckartig die Stellung der Finger. Unter einer kurzen, aber heftigen Bewegung verdrehte sich Tanmirs Bein, sein Fuß wurde unter einem hörbaren Ruck in eine Position versetzt, an der sich ein gesunder Fuß niemals befinden dürfte.

Tanmir heulte auf, schlug mit den Händen auf den Boden.

Mia schrie.

„Es gibt nur eine Möglichkeit, das hier zu beenden, Majestät", rief Texor mit erhobener Stimme durch die im Raume hallenden Schreie. „Konzentriert Euch auf Eure Kräfte, Maria. Aktiviert Eure ureigenen Kräfte, *Kind der Planeten*. Umso schneller Ihr mir gebt, was ich verlange, desto schneller sind die Leiden Eures Geliebten vorbei."

Texor nahm die andere Hand hinzu. Er bewegte die Finger so, als greife er etwas. Dann drehte er beide Hände in gegenläufiger Richtung, wie beim Verbiegen eines festgehaltenen Astes, schnell und abrupt. Und just da brach auch hörbar Tanmirs zweites Bein.

„Neeeiiin!" In Mias Augen sammelten sich Tränen. „Bitte, Texor, hört auf!"

„Es liegt an Euch, Majestät."

„Hört auf, Texor! Bitte! Ich flehe Euch an, bitte lasst ihn!"

Tanmir ächzte ohne Unterlass weiter, krümmte sich, schlug wiederholt mit den flachen Händen auf den Boden.

„Ich gebe Euch, was Ihr wollt, Texor! Aber bitte verschont ihn! Bitteee!"

„Noch einmal, Maria, es tut mir wirklich – fast – leid, aber es gibt einfach keinen anderen Weg. Eure Fähigkeiten müssen sich herausbilden. Ihr habt nicht die Macht, sie mir einfach so zu übertragen, auch wenn Ihr es noch so gerne wolltet. Daher konzentriert Euch einfach auf Tanmirs Qualen. Dann kommt schon alles von selbst. Seid versichert. Vertraut dem Prozess."

Texor nahm die Hände zu Fäusten zusammen, legte sie aneinander. Tanmir presste sich zusammen, wie in Embryonalhaltung. Und begann sich langsam und sehr unnatürlich wieder auseinander zu strecken, während Texor ebenfalls sehr langsam die Fäuste wieder voneinander löste. Dem jungen Mann gelang es nur am Anfang, die Schreie in krampfartigem Keuchen zu unterdrücken. Doch dann begann er wie am Spieß zu schreien.

Genauso wie die machtlose Mia.

Larus spuckte Blut aus. Seine Gegnerin verfügte über eine ausgesprochene Beweglichkeit. Sie war nicht nur gefährlich mit dem Schwert, sondern auch mit ihren Tritten, die schmerzhaft und präzise das Ziel trafen. Sie hatte zudem ein wahres Talent dazu, immer wieder die gleiche Stelle zu treffen. Seine alte Narbe an der Lippe würde nun definitiv etwas größer und ausgeprägter sein. Vorausgesetzt er käme hier wieder lebend heraus.

Von draußen, durch die großen offenen Fenster des Flures, drangen plötzlich die jubelnden Rufe der Rebellen heran.

Auch Helga hörte es. Die Jubelschreie ließen sie in ihrem nächsten Angriff verstummen.

„Hörst du das?", fragte Larus. „Die Rebellen haben gewonnen. Sie sind also schon auf dem Weg hier hoch. Texors Leute sind besiegt. Also ergib dich. Der Kampf ist vorbei."

„Vielleicht ist der Kampf da unten auf dem Hof vorbei. Aber unser Kampf, Kurzer, ist noch nicht vorbei!"

„Aber warum? Die Rebellion hat gesiegt. Es ist zu Ende. Wieso willst du immer noch kämpfen?"

„Du und deine beiden Freunde haben mir alles genommen, was mir wichtig war. Ich habe meine ganze Bande und meinen Ruf verloren. Alles wegen Euch kleinen Hosenscheißern! Es gibt nichts mehr für mich! Außer Rache und Blut! Und ich werde bis zum letzten so viele von Euch umbringen, wie ich kann! Und mit dir fange ich an!"

„Ähm, nein. Da muss ich leider ablehnen."

Helga schrie auf und sprang.

Larus hatte ungeheure Mühe, ihre schnellen Hiebe zu parieren. Außerdem setzte sie ihm immerzu mit ihrem Schild zu, den sie mitten im Angriff überraschend nach vorne stieß und den jungen Mann damit aus dem Konzept brachte. Hinzu kamen dann fortwährend diese nervigen und schmerzhaften Tritte gegen Unter- sowie Oberschenkel, Oberarm oder sogar Kopf. Und dann auch penetrierend auf stets dieselbe Stellen. Besonders diese Tritte taten es Larus an, hemmten schmerzvoll seine Bewegungsfreiheit. Er konnte sich einfach nicht daran gewöhnen, konnte sich nicht dieser Kampfart anpassen – jedenfalls nicht in einem Schwertkampf. Zweifellos auch, weil Helga wusste, wie und wann sie zu treten hatte.

Er sprang in einem Gegenangriff vor, schwang das Katana, das die einschneidige Klinge in der Luft sang. Helga parierte mit dem Schild. Larus blieb dran. Er wirbelte zur Seite, versuchte, nach unten zu schlagen, zu ihren Beinen. Doch Helga wich aus. Auf eine Weise, die absolut spektakulär aussah, wenn man nicht gerade Larus war, der daran nur Nachteile hatte. Die Kriegerin sprang, drehte sich fast waagerecht in der Luft und packte aus diesem akrobatischen Ausweichmanöver abermals einen saftigen Tritt gegen Larus' Kopf aus. Während sie sich elegant in der Hocke auf dem Boden abfing, wankte er rückwärts, das Katana blind zur Deckung gehoben.

Helga gab ihm keine Zeit zur Erholung. Sie glitt geschmeidig sowie geschwind vor, holte mit dem Schwert aus. Doch statt eines Schwertschlages attackierte sie ihn wieder mit so einem plötzlichen Tritt. Ihr Stiefel traf ihn direkt ans Kinn. Larus rutschte das Katana aus der Hand und er taumelte zurück. Im Taumeln inne hielt er erst, als er schließlich mit dem unteren Rücken gegen den innen liegenden Sims eines der Fenster prallte. Er spürte und hörte den starken Luftzug des Windes hinter dem offenen Fester. Unten im Hof herrschte lautes Stimmengewirr. Er blinzelte, brachte sich halbwegs wieder zu Bewusstsein, obgleich alles in seiner Sicht verschwommen und wacklig war. Die Zähne schmerzten mit dumpfen Druck, die bei dem Kinntritt heftig aneinandergeschlagen sind.

„Beenden wir das hier, du Witzfigur!", brauste Helga, warf ihren Schild knallend zu Boden, packte das einhändige Schwert mit beiden Händen und jagte auf Larus zu.

Doch einen minimalen, aber exakt korrekten Zeitpunkt bevor sie ihm das Schwert durch die Brust rammen würde, setzten die alten Instinkte des Burschen ein. Instinkte aus der Kampfkunst Pankration, die er in dem Kloster in Südreich gelernt hatte, in dem er aufgewachsen war. Eine Kampfkunst, die unter anderem ihrem Wesen nach verschiedene Möglichkeiten bot, einen Gegner aus dem sicheren Stand zu bringen.

Helga war zwar nicht so leicht und Larus nicht so kräftig, aber die physikalischen Gesetze gaben dem jungen Kerl hier einen ausgleichenden Vorteil. Durch Helgas schnelles Vorlaufen gab sie ihm unwissentlich die Möglichkeit, ihre eigene Kraft für seine Technik zu nutzen. Er duckte sich mit leicht seitlichem Drang, tat einen Schritt vor und ihr entgegen. Durch diesen Schritt erlaubte er es ihr in der Kürze der Zeit nicht, beispielsweise mit einem Tritt dagegen zu agieren. Sie liefen ineinander, ohne dass Helgas Klinge Larus erwischte, stattdessen packte er sie um die Hüften und drehte sich. Die Kraft aus ihrer Beschleunigung würde er nun ausnutzen, um sie erst anzuheben und dann in die Richtung zu werfen, in die sie gelaufen war.

Nach dem Schubser im Wachhaus in Oppenheim musste Helga nun wieder einen Schubser von Larus über sich ergehen lassen. Diesmal sollte es allerdings der letzte sein.

Er hob sie an, drehte sich mit ihr in seinem Griff halb um die eigene Achse. Gemäß dem Pankration hätte er seinen Gegner nun hart auf die Dielenbretter gestoßen und ihn unter sich begraben. Doch hier und jetzt entschied sich Larus im Eifer des Gefechts und dem sich bietenden Platz dazu, Helga einmal quer über den Fenstersims und hinaus aus dem Bergfried zu befördern. Ihr Wutschrei ging in einen Panikschrei über. Larus seinerseits schrie kraftschöpfend auf, ehe er sie in hohem Bogen aus dem geöffneten Fenster schmiss.

Kreischend wie eine Harpyie – allerdings nicht fliegend wie eine – sauste Helga den Bergfried herab. Sie steuerte auf den Schlosshof zu, unweit der Barrikaden, wo sich eben noch die letzten Söldner Texors verzweifelt gewehrt hatten, unweit von dort, wo die Rebellen inzwischen die Besiegten zusammengepfercht hatten.

Larus, dessen Sicht wieder klarer wurde, schaute ihr mit großen Augen hinterher, zog eine Seite der Oberlippe hoch.

Und als ihr wahnsinniger Schrei jäh abbrach und sie auf den Steinplatten des Hofes aufkam …

„Auuutsch …" Larus bleckte die Zähne. „Meine Fresse … Boah … Das ist ja noch übler als wenn man drüber spricht … Tss …"

Der Anblick war tatsächlich äußerst makaber, selbst aus der Höhe, aus der Larus herabschaute. Es erinnerte ein wenig an ein zersprungenes Ei. Nur statt Eiweiß und Eigelb, bestand dieser auseinandergesprungene Haufen aus Haut, ein paar Knochen und Organen sowie viel, wirklich sehr viel Blut. Die in der Nähe stehenden Besiegten und Rebellen hatten aus der Nähe sicherlich einen noch schauerlicheren Anblick, während sie sich fragten, was gerade passiert war.

Larus schüttelte den Kopf und lehnte sich wieder zurück in den Korridor. Etwa drei, vier Herzschläge lang ließ er sich noch Zeit, das groteske Bild von gerade und die Situation zu verarbeiten – und zugegeben sich etwas zu erholen.

Dann aber atmete er tief durch, hob das Katana auf, drehte sich um und lief zur Treppe. Er musste weiter nach oben.

Der Heerführer Larcron wurde wütend. „Was soll das heißen, ihr kommt nicht in den Bergfried?!"

„Ja, Heerführer, ich spreche die Wahrheit!", beharrte der Soldat. „Die Tore sind undurchdringlich verschlossen!"

„Dann brecht sie auf! Himmel, was ist denn los mit euch?!"

„Das versuchen wir, Herr, aber die Tore lassen sich nicht durchbrechen!"

„Das ist auch noch nicht alles, Heerführer", beeilte sich ein anderer Soldat mit Erklärungen. „Die Flure im Gebäude, die mit dem Bergfried verbunden sind, lassen sich nicht durchqueren. Es ist, ähm, naja, als laufe man gegen Glas."

„Hast du zu viele Schläge auf den Kopf bekommen, Kerl?!"

„Beruhige dich, Gerard", schlichtete Franck Golbert. „Was die Tore angeht, holt Wagen, improvisiert einen Rammbock."

„Das versuchen wir schon, Herr General. Die Tür ist unnachgiebig. Es ist ... als sei hier Magie am Werk ..."

„Ich verpass dir gleich eine!" Larcron holte mit der gepanzerten Faust aus. Doch Golbert hielt ihn von einem Schlag ab. „Zeigt es mir", befahl der General seinen Männern.

Die Worte des Soldaten stellten sich als absolut zutreffend heraus. Die kleine Nebentür nahe des Übergangs von der Schildmauer zum Bergfried sowie das Tor – jenes, durch das heute Morgen Larus und Hauptmann Belford den Bergfried infiltriert haben – ließen sich nicht öffnen. Die Rebellen schlugen mit Äxten und Streithämmern auf die Türen ein. Die Waffen prallten vom Holz ab wie von Stein.

Obgleich er nicht fassen konnte, was er sah, gab Golbert die Anweisung, nicht aufzugeben und unablässig mit allen Mitteln zu versuchen, in den Bergfried einzudringen.

Was er aber dann in den Kellerfluren zum Bergfried beobachtete, ließ ihm sein verbliebenes gesundes Auge weit aufspringen. Er sah, wie sich seine Leute gegen die Luft stemmten, wie gegen eine Mauer. Sie schlugen dagegen, mit Fäusten und Waffen, traten mit Stiefeln danach. Doch nichts passierte. Und niemand konnte weitergehen. Es schien, als wäre der Korridor tatsächlich wie von einer Glasscheibe durchtrennt. Man konnte ans andere Ende sehen, zu den Treppen, die in den Bergfried führten. Doch man konnte nicht hingehen. Man lief wortwörtlich gegen eine unsichtbare Wand.

„So ist es in jedem der Flure, General. Wir kommen nicht durch. Diese ... naja ... unsichtbare Wand lässt sich einfach nicht durchbrechen. Wir ... können uns das nicht erklären ..."

Selbst der Heerführer Larcron war vollends verstummt.

„Ich sagte ja, General ..." – der Soldat schüttelte den Kopf –, „es ist wie magisch ..."

„Macht weiter!" Mit seiner lauten Stimme überschrie Larcron, der sich selbst mit einer Ohrfeige zu Bewusstsein gebracht hatte, sein Unverständnis und Erstaunen über das, was er hier sah. „Was das auch sein soll, wir müssen es durchdringen! Schlagt darauf ein, verschießt Pfeile, findet einen Weg!"

„Irgendetwas geht hier vor ...", murmelte Golbert. „Irgendetwas geht hier ganz und gar nicht mit rechten Dingen zu ..."

„Was sollen wir machen, Herr General?" Die Soldaten schauten ihn fragend an.

Golbert antwortete nicht sofort. „Der Heerführer hat recht. Versucht weiter, durchzubrechen. Wir haben keine Zeit uns den Kopf zu zerbrechen, was hier los ist. Ob es hier mit rechten Dingen zugeht oder mit ... magischen. Wir müssen die Königin und Texor finden. Was auch immer das hier ist, es muss irgendwann schwächer werden."

„Was ist mit dem Rest des Schlosses?", fragte der Heerführer Larcron. „Ist die Königin vielleicht dort?"

„Bis jetzt nicht, Heerführer", berichtete ein weiterer Soldat. „Uns sind nur die letzten verbliebenen Mitglieder von Texors Regentschaftsrat in die Hände gefallen. Außerdem haben wir Hauptmann Berceau und zwei ihrer Männer gefunden. Die Männer sind tot. Berceau ist verwundet und bewusstlos, aber sie lebt. Doch von der Königin … fehlt bisher jede Spur."

„Und Texor?"

„Von dem auch."

„Durchkämmt das Schloss weiter", befahl Golbert. „Bis in jeden Winkel. Ich denke zwar nicht, dass wir Texor oder die Königin hier unten finden, aber wir müssen sichergehen. Und währenddessen, setzen wir hier alles daran, in diesen Bergfried hereinzukommen. Gerard, bring alle auf die Beine. Solange Texor nicht in Ketten gelegt ist und wir die Königin nicht munter und gesund zurückhaben, ist dieser Krieg nicht gewonnen."

„Verstanden, Franck."

„Vorwärts!"

Tanmir biss die Zähne zusammen, dass es auch im Munde schmerzte. Die Telekinese des Druiden fuhr wie Schrauben durch seinen Körper. Über die nachhaltigen inneren Schäden machte er sich schon lange keine Gedanken mehr. Erstens ließ es der herrschende Schmerz nicht zu, zweitens waren sie zweifellos so gravierend, dass er es ohnehin wohl kaum überleben würde.

Irgendwann, aber nach einer endlos wirkenden Zeit, ließ Texor ihn los, der sich in zitterndem Stöhnen am Boden wandte. Blut war ihm aus der Nase übers Kinn und bis zur Brust gelaufen.

„Bei den alten Magiern, Maria!", rief der Druide, der allmählich merklich ungeduldig wurde. „Wie lange soll das denn noch dauern? Majestät, hört Ihr nicht, wie sehr Euch Euer Tanmir mit seinen Schreien bittet, Eure Fähigkeiten zu zeigen? Warum tut Ihr ihm nicht den Gefallen?"

Mia brachte keine Worte zustande, nur hektisches, wütendes und heiseres Atmen hinter zusammengepressten Zähnen hervor. Von ihren eigenen entsetzlichen Schreien spürte sie ihre Kehle schon nicht mehr.

Tanmir lag da, röchelnd und stöhnend, mit verdrehten Gliedmaßen.

Die junge Frau war völlig mit ihren Kräften am Ende – körperlich aufgrund der Gefangenschaft in Telekinese, seelisch aufgrund der Machtlosigkeit Tanmir helfen zu können. Sie schniefte, blinzelte, um die Tränen aus den Augen zu pressen, die ihr wie in Strömen über die Wangen liefen. Sie konnte einfach nicht mehr, quoll vor Hass und Leid förmlich über.

Doch ihre sagenumwobenen Fähigkeiten zeigten sich weiterhin nicht. Obwohl sie das unbedingt wollte. Sie wollte, dass Tanmirs Leiden aufhörten, sie konnte seine Schreie nicht mehr hören, sie konnte nicht mehr sehen, wie er vor Schmerzen zappelte. Ihr war bewusst, dass nur ihre verborgenen Kräfte Texor dazu bringen könnten, von Tanmir abzulassen. Doch ihre verfluchten Kräfte zeigten sich einfach nicht.

„Ich habe mich anscheinend geirrt", vermutete Texor ironisch. „Anscheinend liebt Ihr Euren Tanmir doch nicht so sehr, wie ich es mir gedacht hatte. Sonst würde sich das *Kind der Planeten* in Euch endlich zeigen."

Er schaute sie an. Sie hatte resigniert. Sie war gebrochen. Sie hatte viel Fürchterliches in ihrem Leben durchmachen müssen, hatte unerträgliches Leid erfahren und erdulden müssen. Doch sie hatte sich niemals unterkriegen lassen, hatte immer weitergekämpft.

Aber nun war es soweit. Nun war es zu viel des Leids. Sie war am Ende.

„Och, Majestät", sagte Texor mitleidig, „schaut nicht so. Ihr könnt doch jetzt nicht aufgeben. Was soll denn Euer Geliebter dazu sagen, dass Ihr aufgebt? Denn damit besiegelt Ihr ja sein qualvolles Schicksal. Also lasst die Tränen sein und konzentriert Euch stattdessen."

Sie konnte die Tränen nicht sein lassen, nicht das Schluchzen unterdrücken.

„Tja." Der Druide zuckte mit den Schultern. „Dann werde ich wohl aufs Ganze gehen müssen und ihn töten. Wenn Tanmir stirbt, dürfte Euch und Euren Fähigkeiten wohl endlich die entscheidende Zündung zuteilwerden. Aber seid versichert, Majestät, schnell wird es nicht gehen."

„Nein ..." Mia vermochte nur noch zu stammeln.

Texor streckte seinen rechten Arm aus, spreizte die Finger. Dann zog er sie langsam zusammen, als würde er einen handgroßen Ball zusammendrücken. Tanmir begann abermals zu stöhnen, sich zu winden.

Mia konnte nicht mehr schreien. Sie krächzte nur noch, vollkommen der Verzweiflung anheimgefallen.

„Lasst Eure Kräfte frei, Mia!", rief Texor wesentlich zorniger als zuvor zwischen den Schreien Tanmirs hindurch. „Ich kann das noch Stunden lang machen, ehe Tanmir das Zeitliche segnet. Also lasst endlich Eure Kräfte frei!"

Sie wollte nichts anderes als das. Ihr eigenes Leben, das damit zu Ende gehen würde, war ihr egal. Sie wollte einfach nur, dass Tanmirs Leiden aufhörten, und war dafür bereit, jeden, wirklich jeden Preis zu zahlen.

Doch ausgerechnet der einzige Preis, der das alles beenden konnte, war für sie offensichtlich unmöglich zu zahlen.

„Zeig deine Kräfte, Mia!", schrie Texor, sichtlich wütend. Und aus dieser Wut heraus erhöhte er den Druck, der auf Tanmir lastete. „Erwache, *Kind der Planeten*!"

Mia winselte, presste die Augen zusammen. Sie konnte Tanmirs Leiden nicht mehr mit ansehen. Doch mit anhören musste sie es unaufhörlich. Sie musste durch ihr eigenes schreckliches Weinen hindurch seine Schreie hören.

Sie hörte seine Schreie. Sie hörte die Leiden Tanmirs. Sie durchlebte die schlimmste Folter, die man jemanden überhaupt antun konnte.

Sie hörte seine Schreie.

Doch plötzlich, ganz plötzlich, völlig unerwartet, hörte sie andere Schreie.

Texors Schreie.

Ja, wirklich. Texor schrie. Und zwar nicht vor Wut und Zorn, sondern vor

Schmerz.

Mia öffnete die Augen und sah das Ergebnis von dem, was vor soeben geschehen war.

Larus.

Der Bursche hatte sich Zugang zu dem Zimmer verschafft. In der allgemeinen von Schreien erfüllten Atmosphäre war es ihm unbemerkt gelungen, den Raum zu betreten und sich Texor zu nähern.

Sobald er in Reichweite war, holte er mit dem Katana aus und schlug es ohne ein Zögern auf den Druiden herab. Doch der hatte den Angriff im allerletzten Moment aus dem Augenwinkel heraus gesehen. Geholfen hatte ihm dies insofern, dass es ihm das Leben rettete. Unversehrt kam er jedoch nicht davon. Denn die einschneidige, rasiermesserscharfe Klinge aus dem Orient fuhr zischend und schneidend herab, traf nachhaltig.

Der rechte Unterarm des Druiden, bis gerade noch direkt auf Tanmir gerichtet, flog davon – zur Hälfte abgetrennt –, ließ Blut auf den Boden spritzen.

Mia sah Texor, der sich kreischend an den Armstumpf fasste, aus dem Blut hervorquoll. Woraufhin sie kraftlos zu Boden fiel, losgelassen von der abgebrochenen Telekinese des Druiden, die der in seiner Situation nicht mehr hatte aufrechterhalten können

Sie erfasste die Lage geistesgegenwärtig. „Töte ihn, Larus!", kreischte sie mit ihrer gereizten heiseren Stimme. Sie strapazierte jedes Stimmband, das sie in der Kehle hatte. „Töte iiihn!!!"

Der junge Mann sprang auf den stolpernden Telekineten zu, die Schneide des Katanas sang beim Schwung.

Aber Texor hatte noch einen gesunden linken Arm. Und den nutzte er.

Er hielt den Schlag Larus' mit seiner Telekinese zurück. Larus kam es vor, als hätte er in ein Moor geschlagen, in dem seine Klinge stecken geblieben war. Sie ließ sich nicht mehr bewegen, nicht vor, nicht zurück. Ehe er begriff, fühlte er einen heftigen Schmerz im Bauch und in den Lungen, dass es ihm wie eine unsichtbare Klaue vorkam, die ihm durch den Körper wanderte. Er stöhnte auf, verkrampfte sich. Zuletzt spürte er, wie er auf einmal vom Boden abhob und sich fliegend wie ein abgeschossener Bolzen von der Armbrust auf eines der zahlreichen Fenster zubewegte.

Texor schwang schreiend vor Zorn den vorhandenen Arm zum Fenster hin, und Larus folgte der Bewegung.

Der am Boden liegende Tanmir hob so gut er konnte den Kopf, sah, wie sein bester Freund aufschreiend durch das Fensterglas hindurchschoss und mitsamt zahlreicher gebrochener Scherben und dem Rahmen weit hinausflog. Sein stürzender Schrei wurde auf beängstigend gleichmäßige Weise rasch sehr viel leiser.

„N-ein ...", röchelte Tanmir.

Vindur Texor ächzte, taumelte, griff sich abermals an den Armstumpf. Er schaute auf das Blut, das aus dem offenen Arm lief, sich in schaurigen Spritzern hinab zum Boden zog, schaute auf die klar erkennbaren durchtrennten Elle und

Speiche.

Da blitzte etwas in seinem Augenwinkel auf.

Es war die Klinge eines Zwergenschwertes, die Klinge eines Saarass, die Klinge der besten Schwertgattungen der Welt.

Die aus der Telekinese befreite Mia hatte sich mit ihren letzten Kräften ihre Waffe gegriffen, das liebevolle Geschenk des Zwerges Vulgus, den man Bär genannt hatte. Die nach uralter Zwergenkunst geschmiedete und unvergleichlich geschärfte Klinge von Trogarinstahl sauste hinab, direkt zum Kopf des machtversessenen Druiden, begleitet von einem entsetzlichen, heiseren, hasserfüllten Schrei.

Der unter Schock stehende Texor reagierte instinktiv, reflexartig, ohne Vorsicht, ohne Gedanken an seine Pläne, nur auf den Schutz seines Lebens bedacht.

Er stieß die junge Frau mit einer sehr, sehr mächtigen Kraftwoge zurück.

Mia schleuderte es quer durch den Raum, sie drehte sich dabei unkontrolliert herum und prallte mit entsetzlicher Wucht gegen einen Stützbalken.

Etwas knackte hörbar. Und es war nicht nur der angebrochene Stützbalken.

Das Mädchen fiel zu Boden, blieb absolut bewegungslos und ohne einen Laut liegen. Aus ihrer Nase floss ein dünnes Rinnsal Blut. Ihre Augen, das unverkennbare, einzigartige Merkmal ihres wundervoll schönen Gesichts, waren zunächst weit aufgerissen. Das tiefe Blau ihrer Augen, das Blau wie es nur die reinsten und makellosesten aller Saphire aufwiesen, begann trübe und glasig zu werden. Langsam senkten sich die Lider, bedeckten die atemberaubende Farbe der Augen dahinter, schlossen sich wie ein Tor. Wie ein Tor, das sich niemals mehr öffnen sollte.

„Mia ...", ächzte Tanmir, dem bei diesem Anblick jeglicher körperliche Schmerz, den er gerade empfand, wie ein Peitschenhieb mit einer Feder vorkam. Denn Mias Anblick löste den entsetzlichsten Schmerz aus, den man sich vorstellen konnte.

Falsch. Diesen Schmerz kann man sich nicht vorstellen.

Es war eine anatomische Unmöglichkeit. Doch Tanmir kroch und robbte, quälte sich trotz seiner zahlreichen Knochenbrüche und inneren Verletzungen zu dem Körper seiner Mia, stöhnte und krächzte vor Angst.

„Mia ..."

Vindur Texor hatte den Schockmoment überstanden, hatte sich von seinem schwarzen Doublet ein Stück Stoff abgerissen und es um seinen Armstumpf gewickelt. Er war schweißbedeckt, die Haare unordentlich und zerzaust. Schleim lief ihm aus der Nase, Speichel aus dem Mund.

„Was habt ihr getan?!", heulte er und bot wohl zum ersten Mal in seinem Leben einen Anblick, an dem nichts, absolut nichts Würdevolles mehr geblieben war, das ihn immer ausgezeichnet hatte.

Er strauchelte wiederholt, schwankte zurück und prallte gegen die Wand, direkt zwischen zwei Fenster.

Und da sah er das vielleicht noch viel schlimmere Ausmaß des gerade

Geschehenen. Er sah die leblos daliegende Königin Isteriens. Er sah das leblos daliegende *Kind der Planeten*. Er erkannte das Ende jeglicher seiner Pläne. Verzweifelt und hasserfüllt schrie er los. „Argh! Das ist alles eure Schuld! Ihr elenden Scheißkerle! Was habt ihr nur getaaan?!"

„Mia ..." Tanmir hatte Mia inzwischen erreicht, strich ihr mit den verkrüppelten Fingern über die Stirn. „Mia ... Wach auf ... Bitte wach auf ... Mia ... Liebste ..."

„Sie ist tot, du verfluchter Sohn einer Hure!" Texor wand sich vor Schmerz und Hass. „Sie ist tooot! Und dafür bist du verantwortlich! Du, Tanmir!"

Tanmirs deformierte Hand zitterte, als sie Stirn und Wange des Mädchens berührte. Mias Lider waren weiterhin verschlossen.

„Nein ...", stammelte er. Aus seinen Augen flossen Tränen. „Nein ... Tu mir das nicht an ... Tu mir das bitte nicht an, Liebste ... Bitte ... Bitte bleib bei mir ... Bitte ..."

„Das hast du dir selbst zuzuschreiben, Tanmir!", hörte er das wilde, irrationale Kreischen des Druiden. „Das ist alles deine Schuld! Du hast sie getötet! Du hast deine Geliebte getötet! Du warst das! Und weißt du was?! Ich werde dich nicht töten, so gern ich es tun würde! Nein, ich lasse dich am Leben, so missgestaltet jetzt wie du bist! Damit du ohne sie weiterleben musst! Und mit dem Wissen, dass *du* sie getötet hast! Ahhh!"

Texor schrie noch weiter. Doch Tanmir verstand die Worte nicht mehr. Sie wurden auf einmal dumpf, als schreie Texor aus einem Nebenraum heraus auf ihn ein. Dem jungen Mann selbst kam es vor, als tauche er in Wasser ab, als begann er in Schwerelosigkeit zu schweben. Er war aber ganz ruhig, ganz gefasst mit der Situation, so grausig die Umstände waren. Der Hass brodelte in ihm. Aber er war darüber erhaben. Die Trauer hatte ihn völlig eingenommen. Aber er war darüber erhaben.

Wie?

Tanmir hob den Kopf. Er spürte, wie sich eine belebende Wärme in seinem Körper ausbreitete. Eine heilende Wärme. Er spürte keine Schmerzen mehr. Im Gegenteil. Er spürte Energie, die ihn in jeder Faser durchdrang. Er spürte diese Energie wie eine Art Narkotikum, das ihn in sein Unterbewusstsein abtauchen ließ. Alles um ihn herum begann plötzlich zu verschwimmen. Der Raum, mitsamt seines kegelförmig zusammenlaufenden Dachstuhls, seiner zahlreichen Fenster, seiner Stützbalken, seines hölzernen Bodens. Alles um ihn herum begann plötzlich zu verschwimmen. Vindur Texor, dessen Flüche, dessen schimpfende Gesten, dessen Schreie. Alles um ihn herum begann plötzlich zu verschwimmen. Sogar der Körper seiner Mia begann zu verschwimmen.

Bis ganz am Ende auch sie aus seinem Blick verschwand.

Tanmir öffnete ruckartig die Augen, schrie auf.

Er fühlte keinen Schmerz, stand sicher und aufrecht, hatte daher wohl auch offensichtlich keine gebrochenen Knochen mehr. Dies bestätigte sich, nachdem er an sich selbst heruntergeblickt und seine zuvor verunstalteten Gliedmaßen berührt hatte.

Der junge Mann schaute sich um, betrachtete die neue Umgebung. Er befand sich auf einer Anhöhe, unter seinen Sohlen war Rasen. Auf der Anhöhe war es früher Sommer. Die Temperaturen waren angenehm warm, begleitet von einem lauen Lüftchen. Sonnenstrahlen schienen wärmend und erhebend auf ihn herab.

Der junge Mann blickte sich abermals irritiert um. Es erstreckte sich um ihn herum ein grasiges Areal, darin lag ein erkennbarer Trampelpfad mit leichtem Anstieg hin zu einer in die Felsen des Berges gebauten alten Festung, von der es schien, als würde sie mit dem Berg verschmelzen. Allerdings kam dieses alte Bauwerk eher einer Ruine gleich als einer Bergfeste. Weit, aber sichtbar über ihr lag die symmetrische Spitze eines schneebedeckten, leicht von Nebel umschlungenen Berges.

„Mia?", rief er, während er sich unsicher umherdrehte. Sein Ruf schallte als irreales Echo wieder. „Mia?!"

Wo war er? Wo war Texor? Und vor allem, wo war Mia?

„Sei gegrüßt, Tanmir."

Eine Stimme hinter ihm. Er wandte sich heftig zurück, bereit zum Gegenangriff. Es griff ihn aber niemand an.

Von der Bergfeste her kam ein Mann fortgeschrittenen Alters in einfacher grau-brauner Kleidung auf ihn zu. Der Mann hatte ein sympathisches Gesicht mit weichen Zügen und freundlichen Augen. Seine Haare hatten die gleiche dunkelblonde Farbe wie der mehrtägige Bart.

„Ich bin froh", sagte der Mann mit einem Lächeln, sobald er heran war, „dass du deinen Weg hierher gefunden hast."

„W-W-Was ist hier los?", fragte Tanmir perplex. „Wo bin ich? Wer bist du? Wo ist Mia?"

„Du bist auf dem Gipfel des Ruath ar Groruth", beantwortete der Unbekannte mit einem Lächeln eine der Fragen. „Im Kloth ar Groruth, dem Grorutgebirge, auf der Spitze des Unsichtbaren Berges, wie ihn die Bewohner dieses Kontinents nennen. Allerdings nicht auf dem wirklichen Ruath ar Groruth, sondern nur auf einer Inkarnation von ihm."

„Was? Äh ... Und wer bist du?"

„Mein Name ist Adal. Und ich ... bin dein Vater, Tanmir."

Tanmir sprang der Mund auf. Er fand keine Worte. Und als er endlich welche fand, waren es nur solche, die den Gesprächspartner auf flegelhafte Weise verhöhnen würden. Es waren Worte, die die ganze Situation beleidigend veralbern würden, alles gerade Geschehene ins Lächerliche zögen.

Doch irgendeine innere Kraft hielt Tanmir instinktiv davon ab, diese unschönen Worte zu gebrauchen.

„Ich gebe zu", entschuldigte sich der Mann, der sich als sein Vater vorgestellt hatte, „diese Neuigkeiten sind ziemlich absurd, ja doch. Und es werden noch nicht die letzten sein, die ich dir nun offenbaren werde. Aber du wirst sie rasch verstehen, Tanmir, sei da versichert."

Tanmir blinzelte, schüttelte den Kopf. „Verdammt ... Äh ... Wo ist Mia?"

„Keine Sorge, Tanmir. Mia ist in Sicherheit."

„Das beantwortet meine Frage nicht. Ich will wissen, wo sie ist!"

„Sie ist nach wie vor im obersten Geschoss des Bergfrieds des Alten Schlosses der letzten Königsfamilie Isteriens. Du bist ebenfalls noch dort, Tanmir. Genauso wie Vindur Texor."

„Hä? Wie … Was?"

„Ich sagte, dass du lediglich auf einer Inkarnation des Unsichtbaren Berges bist, nicht auf dem wirklichen. Diese Inkarnation entspringt deiner Macht, Tanmir. Die Macht, welche eben auf dem Gipfel dieses Berges einst ihren Ursprung hatte. Sie hatte diesen Ursprung hier bereits vor Anbeginn der Zeiten. Und nun findet sie hier abermals ihren Ursprung. Ihre Wiedergeburt.

Die Magie."

Der junge Mann verengte die Augen. „Was soll das alles heißen?", fragte er leise, obwohl er aufgrund eines unerklärlichen Gefühls die Antwort zu kennen glaubte.

„Du bist das *Kind der Planeten*, Tanmir."

Abermals schossen Tanmir diverse unschöne Antwortmöglichkeiten durch den Kopf. Abermals gab er jedoch keine davon. Stattdessen schwieg er, in einer inneren Ruhe, die eigentlich nicht der Situation angemessen war, in der er sich gerade befand.

„Es ist deine Macht über die Magie, Tanmir, die dich an diesen imaginären Ort gebracht hat. Und die uns dieses Gespräch ermöglicht. Ach, um deiner Frage zuvorzukommen, sorge dich nicht um Mia und die Zeit, die dir gerade für ihre Rettung verloren gehen mag. Denn die Zeit im obersten Stock des Bergfrieds im Alten Schloss d'Autrie, die Zeit auf dem gesamten Kontinent, in der gesamten Welt, steht still. Daher bleiben mir diese paar Minuten, um dir die aktuelle Lage zu erklären. Wie schon gesagt, es mag dir im ersten Moment absurd erscheinen, was ich dir erzähle, mein Sohn, aber du wirst es besser aufnehmen und verstehen, als es dir selbst möglich erscheint. Denn in deinem Inneren kennst du die Antworten auf deine Fragen bereits. Denn du bist das *Kind der Planeten*."

Tanmir atmete tief durch. Es schien jedoch tatsächlich so zu sein, wie es der Mann sagte. Tanmir war ganz ruhig, sein Herzschlag ging absolut gleichmäßig, eher langsam als schnell. Er verspürte keinen Druck, weder Handlungs- noch Zeitdruck. Er war ganz entspannt. Also fiel es ihm nicht schwer, den Worten des Mannes, seines Vaters zu lauschen.

„Unser Gespräch an diesem Ort findet gerade ausschließlich in deinem Unterbewusstsein statt, Tanmir. Es ist gelenkt von der Magie, die sich in dir befindet. Sie ermöglicht dieses Abtauchen in eine parallele, nicht real existierende Welt, eine fünfdimensionale Welt, in der Zeit und Raum ohne Bedeutung sind. Dadurch es mir möglich ist, mit dir zu sprechen. Ich, musst du verstehen, bin ebenso lediglich eine visuelle Darstellung, die in deinen Zellen verankert ist, wie dieser Ort, an dem wir uns befinden. Die Magie personifiziert mich, lässt mich in deinem Unterbewusstsein entstehen. Auf diese Weise kann sie mit dir kommunizieren, durch mich. Doch ich als Vater kann es somit ebenso. Ein schöner Nebeneffekt."

Tanmir schwieg weiterhin. Er wusste nicht einmal, was er überhaupt fragen sollte. Also blieb er beim Zuhören.

„Die Magie tritt durch meine Personifizierung mit dir in Kontakt. Mit dir, Tanmir, der du ihr Herr bist. Das *Kind der Planeten.*"

„Ich bin ..." Tanmir senkte den Blick, schüttelte den Kopf. „Aber ... ich dachte, Mia sei das *Kind der Planeten.*"

Adal lächelte. „Das dachte Vindur Texor auch. Und wenn die Umstände zu Zeiten eurer Geburt – deiner und Mias – normal gewesen wären, wäre Mia es wohl auch tatsächlich geworden. Aber die Umstände waren nicht normal. Und um dir das zu erklären, bin ich nun hier. Wir sind hier, damit du verstehst, wer du bist und warum."

Tanmir verzog spöttisch den Mund. „So, so. Hört sich ja alles ganz nett an. Auch kein bisschen seltsam, oh nein. Aber, bei allem Respekt, *Paps*, das geht mir sonst wo vorbei. Ich will zurück zu Mia."

„Sie ist sicher, Tanmir. Sorge dich nicht um sie. Du wirst gleich zu ihr zurückkehren. Und dann wirst du dich angemessen um sie kümmern können. Lass mich dir aber nun erklären, wie es sich mit dir und deiner Gabe verhält."

„Warte noch." Ein spontaner Gedanke erfasste den Jungen schlagartig als Erstes. „Vor meiner Gabe und dem ganzen Zeug erklärst du mir etwas anderes. Jetzt bist du hier, in diesem ... was auch immer das hier ist. Aber wo bist du in Wirklichkeit? Wo bist du in der echten Welt? Wo bist du? Oder eher, wo warst du?" In Tanmirs Stimme klang Vorwurf. „Wo warst du mein ganzes Leben über? Wo war Mutter? Warum bin ich unter Elfen aufgewachsen? Was, verdammt, sollte das alles?"

Adal senkte schuldbewusst das Haupt. „Vergib mir, mein Sohn, aber ... ich konnte nicht bei dir sein. Ebenso wenig wie deine Mutter. Wir beide reden hier gerade nur dank der Magie miteinander. Denn wie auch deine Mutter bin ich ... bin ich schon seit vielen Jahren tot. Seit der Nacht deiner Geburt."

Tanmir schluckte.

„Gestatte mir, dir alles zu erklären, mein Sohn. Die Erklärung mag schnell vonstattengehen, aber wie ich vorhin schon sagte: Du bist das *Kind der Planeten*, die Wahrheit und das Wissen liegen bereits in dir. Du wirst es alles schnell verstehen können."

Sprunghaft änderte sich die ganze Umgebung. Tanmir hatte nur geblinzelt, und da befand er sich nicht mehr auf diesem sommerlichen Berg, sondern auf einer Lichtung in einem finsteren Wald. Einem ganz bestimmten Wald. Ein bejahrter abgelegener Wald nahe der Alten Weststraße, oben im Nordwesten des Kontinents, nur wenige Tagesritte vom Elfland entfernt. Rauschen von Blättern und Knacken von Ästen drangen an seine Ohren.

Tanmir kannte diesen Wald, weil er schon hier gewesen war. Er war auch schon an genau derselben Stelle gewesen. Diese Stelle hatte ihm einst seine Ziehmutter Eliel gezeigt. Denn genau hier hatte sie ihn Anfang Juni kurz nach der Nacht der Zwillingsmonde – also vor etwa zweiundzwanzig Jahren –

gefunden. Genau hier, auf dieser Lichtung. Hier gab es nicht viel. Nur eine alte verfallene Hütte, die wohl irgendwann einmal der Sitz eines Waldhüters gewesen sein mochte, vielleicht auch von Jägern genutzt wurde. Doch das war bestimmt schon mehrere Jahrzehnte her, so wie diese Hütte aussah – das Strohdach in sich eingefallen, die Wände teilweise zusammengestürzt, das Holz morsch, verschimmelt, bröcklig, moosbewachsen. Unweit der Hütte befand sich im Zentrum der Lichtung noch ein alter Brunnen.

Die beiden am fast wolkenlosen Himmel leuchtenden Zwillingsmonde schienen hell auf die Lichtung, dass es schon leicht blendete.

„Warum hast du mich hierhergeführt?", wollte Tanmir wissen. Seine Stimme war still, bedrückt, aber ruhig und gefasst.

„Ich", schilderte Adal, „gehörte während den letzten Jahren meines Lebens zu einem Druidenkreis, der sich intensiv mit der Suche nach dem *Kind der Planeten* befasst hatte. Jahrzehnte lang haben wir geforscht, untersucht, um auf die Ankunft des *Kindes der Planeten* vorbereitet zu sein. Ja, ich war ein Druide, Tanmir. Ein Telepath. Zusammen mit einundzwanzig anderen Druiden, Männern und Frauen verschiedener intelligenter und vernunftbegabter Spezies, habe ich herausgefunden, wann das *Kind der Planeten* geboren werden würde. Aeromanten, Pyromanten, Hydromanten, Geomanten, Nekromanten, Astromanten, Telekineten und Telepathen haben ihre Fähigkeiten zusammengeschlossen, um eben das herauszufinden. Wir Druiden sehen es als unsere Pflicht an, unsere Kräfte im Dienste dieser Welt, der Natur und aller darin existierenden und lebenden Wesen einzusetzen. Daher wollten wir das *Kind der Planeten* empfangen, auf dass es seine Kräfte eines Tages zum Wohle dieser Welt einsetzen würde, nicht zu ihrem Verderben. Denn wie du weißt, lässt die Prophezeiung offen, wie der Auserwählte seine Kräfte einsetzt. Oder ob er es überhaupt tut."

Adal trat langsamen Schrittes über die Lichtung, näherte sich dem Brunnen. Tanmir schwieg.

„Wir konnten die Geburt des *Kindes der Planeten*, die Nacht der Zwillingsmonde, auf den sechsten Juni vor zweiundzwanzig Jahren datieren. Wir hatten verschiedene schwangere Frauen ausfindig gemacht, die just zu jener Zeit gebären würden. Unter diesen Frauen war unter anderem auch die Königin des Landes Isterien, Elena Amara Bellegard d'Autrie."

„Mias Mutter", begriff Tanmir.

„Ganz richtig. Meine Frau, Carina, war ebenfalls schwanger. Aber sie war etwa fünf Wochen später ausgezählt. Du zähltest also nicht zum Kreis der potentiellen Kinder."

„Und wie bin ich es dann doch geworden, anstatt Mia?"

„Du bist eine Frühgeburt, Tanmir", erklärte Adal mit steinernem Gesicht. „Du wurdest sechsunddreißig Tage zu früh geboren. Und dass unter … den fürchterlichsten Umständen, die sich ein lebendes Wesen vorzustellen vermag."

Tanmir spürte, wie ihm ein Schauer die Wirbelsäule hinab entlanglief. „Was ist geschehen?"

Adal seufzte. „Unter unserem Druidenkreis befand sich auch Vindur Texor. Und er hatte bereits damals das Motiv, das er noch heute verfolgt. Er selbst wollte den Platz des *Kindes der Planeten* einnehmen. Deinen Platz, Tanmir. Beziehungsweise Mias Platz, denn er ging ja davon aus, sie sei die Auserwählte.

Da Texor keine Zeugen oder seinen Plänen zuwider handelnde Personen dulden konnte, hatte er in dieser einen Nacht zahlreiche Auftragsmörder angeheuert, die jeden einzelnen der einundzwanzig Druiden in unserem Kreis umbrachten. Und auch jene, die mit diesen Druiden in Verbindung standen. So wurde auch unser Heimatdorf – das von anderen Druiden, deiner Mutter und mir – im Westen der Vereinigten Nordlande, unweit vom Land der Elfen, zu der Zwillingsmondnacht überfallen und niedergebrannt."

Adal, obwohl dieser hier nur eine Art Geist des verstorbenen Adals war, fiel die Erzählung immer schwerer.

„Deine Mutter und ich konnten fliehen. Aber die Aufregung, die Flucht ... Es war eine Tortur für eine hochschwangere Frau. Deine Mutter kam verfrüht in die Wehen. Ich ... musste dich holen. Sie gebar dich, deine tapfere Mutter. Unter fürchterlichen Schmerzen und Schreien brachte sie dich zur Welt. Doch ... es kostete sie das Leben ...

In ihren letzten Augenblicken verlangte sie von mir, dich in Sicherheit zu bringen. Ich musste ihr dieses letzte Versprechen geben. Noch heute, als diese magische Inkarnation des wahren Adals, hasse ich mich dafür, dass ich sie zurückgelassen habe. Doch die Verfolger waren uns auf den Fersen. Und wenn ich nicht auch noch dich verlieren wollte, musste ich ... meine Carina zurücklassen.

Ich gab ihr das Versprechen und versuchte, zu entkommen. Ohne Erfolg. Mir blieb also nur, dich genau hier unterzubringen. Hier, auf dieser Lichtung, bei dieser verfallenen Hütte eines Waldhüters, neben diesem alten Brunnen. Ich wusste, dass hier hin und wieder Elfen entlangkamen und diese Lichtung als Lagerplatz nutzten. Ich konnte nur hoffen. Doch wenn ich dich bei mir gelassen hätte, hättest du nicht überlebt. Das war sicher. An diesem Brunnen, fern von mir, hattest du eine geringe Überlebenschance. Aber du hattest wenigstens eine."

Tanmir hatte schon vor Langem begonnen zu zittern. „Warum hast du dich nicht gewehrt?", wollte er wissen. „Warum haben die Druiden sich nicht gewehrt? Du bist ein Telepath, du hättest die Gedanken der Mörder derart umsortieren können, dass sie sich gegenseitig abgeschlachtet hätten statt eurer. Ein Telekinet oder gar ein Pyromant hätten es erst recht locker mit einem Mörder mit Stilett aufnehmen können."

„Druiden sind Pazifisten, mein Sohn. Niemals würde ein Druide seine Fähigkeiten einsetzen, um jemandem zu schaden. Niemals. Auch wenn es ihn sein eigenes Leben kostet. Naja ... abgesehen von Vindur Texor natürlich.

Leider", beklagte Tanmirs Vater, „entsprechen deine Worte der tragischen Wahrheit, Tanmir. Wir gingen unter, ohne uns zu wehren. Wir starben, alle Druiden aus dem Dorf. Auch deine Mutter, die nicht einmal eine Druidin war, und ich. Ich konnte lediglich hoffen, dass durch welches Wunder oder durch

welche Fügung des Schicksals auch immer du überleben würdest, Tanmir."
Adal atmete tief durch, stellte sich wieder entspannter hin.
„Es war eine schreckliche Nacht", fuhr er wieder mit aufrechter Stimme fort. „Doch eben aufgrund dieser Nacht, aufgrund Texors brutalem Eingreifen, wurdest du zum *Kind der Planeten*. Die Tatsache, dass du sechsunddreißig Tage zu früh geboren wurdest, hat dich zur genau richtigen Zeit auf diese Welt gebracht. Genau zu der Stunde, da die Zwillingsmonde am stärksten waren und am hellsten schienen, genau zu der Stunde, da die Planeten unseres Kosmos die perfekte Ausrichtung hatten. Nur durch deine Frühgeburt wurdest du zum *Kind der Planeten*." Tatsächlich huschte ein leichtes triumphales Lächeln über die Lippen des Druidengeistes. „Auf diese Weise waren es Texors habgierige Pläne selbst, die ihn die ganzen Jahre auf eine falsche Fährte lockten. Wenn er nicht alle Druiden, die sich mit der Suche nach dir befassten, in jener Nacht der Zwillingsmonde umgebracht hätte, hätten seine Mörder deine Mutter nicht zu Tode gehetzt, sodass sie verfrüht gebären musste, zu der entscheidenden Stunde gebären musste, die die Erfüllung der Prophezeiung eröffnete.

Aber es ist so geschehen, wie es geschehen ist. Du bist zum *Kind der Planeten* geworden. Ob jetzt durch die Pläne des Schicksals oder Texors oder wie auch immer, das spielt keine Rolle. Du bist das *Kind der Planeten*. Für dich zur schmunzelnden Information: Deine Geliebte ist etwa drei Stunden nach dir geboren. Und damit zu spät."

„Aber ..." Tanmir schüttelte den Kopf. „Aber Mia ... Mia hatte die Träume, die Visionen, schon als Kind."

„Ja. Mia ist eine außergewöhnlich starke Telepathin. Sie hatte bereits als Kind so starke telepathische Fähigkeiten, wie sie selbst ein erfahrener Telepath erst nach jahrelangem Training und Studium erreichen kann. Ihre Fähigkeiten hatten Texor in seinem Glauben bestätigt, das *Kind der Planeten* gefunden zu haben. Mias Talente sowie natürlich der Zeitpunkt ihrer Geburt sprachen ja auch eindeutig dafür. Von dir, mein Sohn, wusste Texor schließlich nichts."

„Aber Mia war bei den Grabwächtern", erwiderte der junge Mann. „Auf dem Gipfel des Ruath ar Groruth, dem echten. Sie hat mir davon erzählt. Die Grabwächter haben ihr geholfen. Und deren Daseinszweck ist es doch, dem *Kind der Planeten* auf seinem Weg zu helfen. Das haben sie. Sie haben Mia geholfen, mich zu finden. Sie haben ihr doch gesagt, dass sie das *Kind der Planeten* ist."

„Wirklich?" Zum wiederholten Male lächelte sein Vater schelmisch. „Haben die Grabwächter Mia wirklich wortwörtlich gesagt, dass sie das *Kind der Planeten* sei?"

Tanmir schaute verwirrt.

Abermals änderte sich die Umgebung. Sie waren nun wieder zurück auf dem Ruath ar Groruth, unweit der Bergfeste Sanscur ar Groruth, auf ihrem Innenhof. Von dort erblickte Tanmir ein Szenario von sechs Personen und einem kastanienbraunen Pferd. Die Besagten standen unmittelbar vor der Bergwand, in der ein großzügiger Spalt eingelassen war, der direkt in sein dunkles Inneres führte. Etwa hundertfünfzig Fuß über ihnen lag die mit Schnee bedeckte symmetrische Spitze des Berges, wie Tanmir sie kurz zuvor schon erblickt hatte.

Es war ein Szenario von fünf Grabwächtern, dem nach Tanmirs Duádhra benannten kastanienbraunen Hengst Dunkelheit sowie Tanmirs Geliebten.

„Mia!", rief der junge Mann und wollte auf sie zu rennen. Doch durch einen inneren Impuls widerstand er diesem Drang, und entschied sich stattdessen dazu, die Situation in Ruhe zu beobachten.

Ein letztes Mal kontrollierte sie Dunkelheits Satteltaschen. Sie hatte alles dabei, nichts vergessen, war ausreichend verproviantiert und versorgt.

Und sie war gestärkt, ausgeschlafen, motiviert. Motiviert dazu, ihren Geliebten endlich wiederzufinden.

„Hast du alles?", fragte Balthazaar.

„Ja, vielen Dank." Mia lächelte, sehr hübsch und dankbar.

Der Grabwächter schaute sie eindringlich an. „Du musst nicht gehen, Kind. Du kannst noch hierbleiben. Du kannst noch weiter deine Visionen erforschen, versuchen, noch genauer festzustellen, wo Tanmir sein wird."

„Ich weiß, Balthazaar. Und ich bin euch dankbar für euer Angebot und eure Gastfreundschaft. Aber es ist genug der Suche. Es ist an der Zeit zu finden."

Der dunkelhäutige Grabwächter seufzte, geschlagen, aber auch stolz.

„Ich muss Tanmir finden", bekräftigte Mia. „Ich kann nicht anders. Ich kann nicht mehr warten. Es tut mir leid, aber ... aber bitte versteht mich."

Die fünf Grabwächter schwiegen.

„Vielleicht habe ich nun zum ersten Mal nach Monaten eine Spur zu ihm. Ich muss es versuchen. Ich kann nicht mehr hierbleiben und einfach auf das Schicksal und meine Fähigkeiten hoffen. Ich muss selbst aktiv werden. Ich weiß, dass ich ihn finden kann und ihn finden werde. Ich spüre es ... irgendwie."

„Wir werden dich nicht aufhalten, Mädchen", sagte Razard unter seinem langen, grauen Bart hervor, eben der Grabwächter, der Mia vor etwa sieben Wochen am Fuß dieses Berges erwartet und sie hier hoch auf dessen Spitze geführt hatte. „Wir wünschen dir alles Gute."

„Ich danke euch für alles. Ihr habt mir sehr geholfen."

„Deine Fortschritte hast du selbst erzielt, Mia", sagte Thomila mit einem Lächeln. „Du selbst. Durch deine Beharrlichkeit, deine Disziplin und deine Willenskraft."

„Danke." Mia verkniff sich ein selbstsicheres Grinsen. „Aber nur dank euch konnte ich es lernen. Und damit habe ich die Spur zu ihm gefunden. Nun kann ich Tanmir finden."

„Und das wirst du. Da sind wir ganz sicher."

Mia nickte und schaute noch einmal über das Gebiet hier auf dem Ruath ar Groruth, schaute auf die Bergfeste Sanscur ar Groruth, atmete noch einmal die sommerliche Luft ein. Sie wusste, dass sie gleich wieder eiskalter Winter erwarten würde.

Dann aber war es endgültig Zeit.

„Ich reite", sagte sie. „Danke für alles. Lebt wohl!"

Sie krempelte den Kragen der Jacke hoch, trieb Dunkelheit mit der Ferse an. Und verschwand in der dunklen Höhle, die sie von jetzt auf gleich wieder zum Fuß des Ruath ar Groruth bringen würde, zum Fuß des Unsichtbaren Berges.

„Einen komplizierten Gang hat sich die Prophezeiung ausgedacht", sagte Razard, während er auf die Höhle schaute, in der die junge Frau auf ihrem Hengst soeben verschwunden war. „Wir holen die Geliebte des *Kindes der Planeten* zu uns, helfen ihr, ihren Geliebten zu finden. Damit sie diesem, welcher das *Kind der Planeten* ist, wiederum helfen kann, seine Fähigkeiten zu entdecken ... Etwas kompliziert. Hm, ich glaube, für mich wird es Zeit, meinen Posten für den nächsten Grabwächter zu räumen. Mein Kopf wird zu alt dafür."

„Vergiss nicht", erinnerte Balthazaar mit einem Schmunzeln, „ich bin älter als du, mein Bruder."

Die Grabwächter lachten.

„Ob wir Mia nicht einfach hätten sagen sollen, dass nicht sie das *Kind der Planeten* ist, sondern ihr Tanmir?", fragte Thomila.

„Das hatten wir bereits lange vor ihrer Ankunft besprochen", sagte Balthazaar. „Und wir haben richtig gehandelt, indem wir davon absahen, ihr die ganze Wahrheit zu sagen. Wenn sie es beide wissen – sie und Tanmir –, könnte es den Effekt erschweren, durch den Mia der Auslöser dafür wird, dass Tanmir zu seinen Fähigkeiten findet. Es ist auch nicht nötig, dass sie es weiß. Es geruht niemandem zum Nachteil."

„Du sprichst recht, aber ... irgendwie habe ich ein schlechtes Gewissen dem Mädchen gegenüber. Wir lassen sie in dem Glauben, dass sie das *Kind der Planeten* sei."

„Das brauchst du nicht zu haben, meine Schwester", beruhigte der Lupuss Walthar mit seiner spezieseigenen scharfen Stimme. „Mia hat ihren Weg gefunden, und wird damit auch Tanmir zu seinem Weg führen."

„Dennoch", beharrte die Grabwächterin. „Mia hat in den vergangenen Wochen so enorme Fortschritte gemacht, dass es schon nahezu beängstigend ist. Sie ist fast stark genug, um mit einer jeden anderen Person telepathisch in Kontakt zu treten. Außer mit ihrem Tanmir. Denn er ist das *Kind der Planeten* und daher telepathisch viel stärker als sie. Wenn er nicht zulässt, dass sie in seinen Kopf eindringt, um mit ihm zu sprechen, kann sie es gar nicht schaffen. Stattdessen glaubt sie nun, sie sei noch zu schwach dazu. Und daran liegt es gar nicht."

„Och, Thomila", lächelte Ranyja. „Ich verstehe dich, aber werde nicht so rührselig. Mia hat ihren Weg gefunden. Und das um so vieles schneller, als wir es uns hätten erträumen lassen. Das sollte dein schlechtes Gewissen beruhigen. Mia ist stark genug, um ihren Weg zu gehen, auch wenn wir ihre Annahme, das *Kind der Planeten* zu sein, nie wirklich bestätigt beziehungsweise verneint haben. Sie wird ihr Ziel erreichen."

„So ist es", bestätigte Balthazaar. „Unsere Aufgabe ist zum Hauptteil erfüllt, meine Schwestern und Brüder. Jetzt heißt es nur noch warten. Warten, bis Tanmir, das *Kind der Planeten*, seine Bestimmung findet. Außerdem vergesst nicht, dass es eben Mia ist, die Tanmir braucht, um seine Bestimmung zu erfüllen – ganz wie die Zwillingsmonde, die nur gemeinsam in ihrer ganzen Kraft scheinen können. Mia ist der Schlüssel, durch den Tanmir seine Fähigkeiten entfesseln kann. Im Grunde hängt von ihr mehr ab als von ihm."

Tanmir verstand.

„Die Grabwächter haben dem *Kind der Planeten* geholfen", erklärte er sich. „Sie haben mir geholfen, indem sie Mia halfen. Sie halfen Mia, mich zu finden. Doch nicht, damit Mia durch mich ihre Fähigkeiten entdeckt, sondern ich durch Mia."

„Ganz richtig, mein Sohn. Mia ist genau der Auslöser, der Schlüssel, durch den du deine Fähigkeiten finden kannst. Wie es schon bei den Zwillingsmonden gewesen ist, vor all diesen Jahren. Die beiden Monde brauchten einander. Nicht anders verhält es sich mit dir und Mia, mit euren Seelen. Eine Seele verzehrt sich nach der anderen. Die deine und die Mias. Deine Liebe, deine unerschütterliche Verbundenheit zu Mia, Tanmir, deine Gefühle ihr gegenüber sind so dermaßen stark, unbeeinflusst von Raum und Zeit, dass sie die Barriere der verborgenen Magie zu durchdringen vermochte, auf dass deine Fähigkeiten nun an die Oberfläche treten."

Ja, Tanmir verstand. Aber Tanmir verstand auch etwas anderes. Denn da wurde ihm mit frappierender Gewissheit klar, um welchen Preis er seine Fähigkeiten entdeckt hatte. Um welchen Preis sich die Prophezeiung des *Kindes der Planeten* erfüllte. Um den Preis des Lebens seiner Seelenverwandten, seiner geliebten Mia.

„Meine Gefühle ...", murmelte er. „Meine Gefühle Mia gegenüber haben meine Fähigkeiten entfesselt ... Mein Hass ... Mein Hass darüber, dass man mir sie genommen hat. Das man mir meine Geliebte genommen hat ..." Er keuchte vor Zorn auf, schüttelte den Kopf. „Ich bin das *Kind der Planeten*. Ich kann die Magie beherrschen ... Doch weißt du was? Ich scheiß auf diese Kraft! Von mir aus habe ich jetzt die Kontrolle über die Magie und alle Elemente, aber um welchen Preis?! Mia ist tot! Ich scheiß auf diese Kräfte! Ich will meine Mia!"

„Beruhige dich, Tanmir. Mia ist in Sicherheit, wie ich dir schon sagte."

„Texor hat sie getötet! Ich habe es doch gesehen!"

„Hat er das?" Adal zog die Brauen hoch. „Du beherrscht die Magie, mein Sohn. Nutze sie, setzte sie ein. Denn noch ist es nicht zu spät."

Abermals änderte sich die Umgebung. Die Spitze des Unsichtbaren Berges verschwand und verblich, ging schleichend in eine milchig, neblige Trübe über.

Adal lächelte. „Ich bin sehr stolz auf dich, mein Sohn. Und deine Mutter ist es auch."

„Was ... Was geschieht jetzt?"

Auch die nähere Umgebung verging allmählich in dichten Nebelschwaden.

„Du gehst dorthin zurück, wohin du gehörst, Tanmir. An die Seite deiner Mia. Denn ihr seid dort noch nicht fertig."

„Aber ... Nein, warte! Ich habe noch Fragen!"

Es begann ebenfalls der Körper Adals allmählich in dem immer stärkeren

Nebel zu verschwimmen. „Du wirst dir all diese Fragen mit der Zeit selbst beantworten können, Tanmir. Hab Vertrauen."
„Aber was ist mit Mutter? Ich will meine Mutter sehen!"
„Eines Tages, Tanmir. Eines Tages wirst du deine Mutter sehen. Jedoch zu ganz anderen Zeiten unserer Existenz."
„Vater ... Vater, warte!"
Der Körper Adals verblasste weiter. „Wir werden uns wiedersehen. Aber wie ich sagte, das hat noch lange, sehr lange Zeit. Zunächst zählt nur dein Leben. Dein eigenes. Dein Leben mit Mia."
„Vater!"
Es verblieben nur noch die freundlichen und stolzen Gesichtszüge Adals in dem Nebel. Und es blieb eine kleine Träne, die die Wange des Druidengeistes herabrann.
„Lebe wohl, Tanmir. Lebe wohl, mein lieber Sohn." Schließlich verschwand auch das Gesicht des Mannes.
„Vater!"
Um Tanmir herum war nur noch dieser endlose Nebel, ein schier erdrückendes Weiß, in dem nichts mehr fortbestand. Er blickte sich hektisch um, lief ein paar Schritte. Erst in die eine, dann in die andere Richtung. Weiß. Weiß so weit das Auge reichte.
Aber dann eine Kontur in dem unendlichen Weiß. Eine Kontur am Boden, feine gerade Linien. Die Linien begannen Umrisse zu zeichnen, füllten einen rundlichen Raum mit kegelförmig zusammenlaufender Decke aus. Fenster bildeten sich an den Wänden. An einem hölzernen Wandpfeiler entstand langsam ein Körper am Boden.
„Mia ...", murmelte Tanmir.
Die Konturen wurden schärfer, Farben bildeten sich aus. Mias Körper stach immer stärker heraus, bis er sich vollständig zu dem seiner Geliebten materialisiert hatte.
Und schlussendlich fand Tanmir sich wieder im obersten Geschoss des Bergfrieds des Alten Schlosses der Königsfamilie Isteriens, den Bellegard d'Autries.

Seine Mia lag neben ihm. Doch im Gegensatz zu eben, da er hier war, fühlte er keinen Schmerz mehr. Er fühlte nur Kraft, die seinen Körper durchdrang, die seine Muskeln wie ein heilendes Elixier durchfloss, die seine Verletzungen zunichtemachte. Es brodelte in seiner Brust von Stärke, die ihn mit einer Motivation erfüllte, welche sich durch ein beispielloses und angenehmes Kribbeln in seinem ganzen Körper ausdrückte. Er fühlte eine schier unbändige Energie in sich, die darauf wartete, freigelassen zu werden. Doch er spürte auch einen abscheulichen Hass, der darauf wartete, gestillt zu werden.

Texor hielt abrupt in seinem anhaltenden Fluchen inne. Denn ihm machte die Haltung Tanmirs zu schaffen. Wortwörtlich die Haltung. Denn Tanmir hatte wieder eine Haltung. Und das war eigentlich eine anatomische Unmöglichkeit. Mit so deformiertem Körper war es eigentlich unmöglich, sich aufzulehnen. Eigentlich.

Doch Tanmir erhob sich auf die Knie, lehnte sich auf. Texor sah, wie sich die gebrochenen Knochen und verdrehten Gelenke von selbst wieder einrenkten und zusammensetzten. Tanmirs Körper heilte sich von selbst, während sich langsam eine glasige Aura aufbaute, die ihn zu umgeben begann. Es wurde zu einer wogenden, durchsichtigen Kuppel, die aussah, als würde den jungen Mann flüssiges Glas umgeben. In dem Zimmer wurde es mit einem Mal laut und stürmisch, zirkulierte die Luft und Atmosphäre wie in einem Wirbelsturm. Das war jedoch keinesfalls der Wind, der durch die offenen und das zerbrochene Fenster hindurch zog.

Texors Augen wurden immer größer, während er in der winderfüllten lauten Kulisse beobachtete, wie Tanmir vollständig wieder zu Kräften kam.

Und da dämmerte es ihm.

„Nein ...", stotterte der Telekinet. „Das kann nicht sein ..."

Tanmir trat mit dem ersten Fuß auf. Dann mit dem zweiten.

„Du ...", jammerte Texor. „Du ... Du bist ..."

Tanmir erhob sich langsam aus der Hocke, begab sich in aufrechte und stabile Körperhaltung. Von gebrochenen Knochen und auch von inneren Verletzungen war nichts mehr geblieben.

„Du ..." Texor stammelte. Doch dann schrie er. „Du bist das *Kind der Planeten*! Argh!"

Der Druide erwachte aus seiner endlosen Verwunderung, erhob sich und machte sich bereit, die nekromantische Essenzübertragung einzuleiten, die er sich über Jahrzehnte der mühevollen Arbeit selbst beigebracht hatte. Er wusste, dass er dazu nur ein sehr kleines Zeitfenster hatte. Aber er wusste, dass es möglich war. Er musste Tanmir genau an dem Scheitelpunkt erwischen, da sich seine Fähigkeiten offenbarten, aber sich noch nicht mit seinem Körper unzertrennbar verbunden hatten. Der Telekinet konzentrierte sich, streckte den einen Arm aus und lehnte sich mit seinem Körper an die Wand, um bei dem herrschenden sturmgleichen Wind im Raum nicht das Gleichgewicht zu verlieren. Er begann mit der Essenzübertragung, wollte in die Zellen Tanmirs eindringen und sie absorbieren.

Doch es war schon zu spät.

Seine nekromantischen Sprüche und Gesten fanden kein Durchdringen der glasigen Schutzsphäre, die Tanmir umgab.

Es war zu spät. Vindur Texors Verwunderung hatte ihn zu lange zögern lassen. Zu lange hatte es gedauert, da der Druide die ganze Situation erfasst und verarbeitet hatte, um zu reagieren.

Es war zu spät. Er spürte es. Trotzdem gab er nicht auf. Er wiederholte Gesten und Sprüche, versuchte, unterstützt von allen Kräften, die er noch aufbringen konnte, die Essenzübertragung durchzuführen. Das fiel ihm nicht allzu leicht, denn aufgrund des hohen Blutverlustes wegen seines abgetrennten Armes war er lange nicht bei den Kräften, die er jetzt gebraucht hätte – nicht, dass diese ihm hier und jetzt noch etwas genutzt hätten.

Denn an Tanmir war kein Herankommen mehr. Die ihn und auch den Körper Mias umgebende Sphäre schirmte ihn ab.

Texor kreischte wütend und verzweifelt auf, ging entgegen der heftig wogenden Luft im Raume langsam auf den jungen Mann zu, versuchte mit seiner Telekinese, die magische Barriere Tanmirs zu durchdringen, um so den Weg für die Essenzübertragung zu eröffnen. Mit jedem der mühevollen Schritte schoss er Woge um Woge gegen Tanmir, vor Anstrengung und Zorn brüllend. Doch die Telekinese des Druiden drang nicht einmal ansatzweise zu ihrem Ziel hindurch. Es war bald, als geschähe gar nichts.

Es war zu spät.

Ruckartig breitete Tanmir Arme aus, wandte den Blick zur Decke und schrie laut auf. Sehr laut. Unnatürlich laut. Vor Trauer und Hass. Ein Schrei, der viel seiner inneren Kräfte, die nun hervorbrachen, zum sichtbaren Vorschein brachte. Ein Schrei, der sich in einer heftigen Druckwelle entlud, der in dieser Welle Feuer und Flammen hervorschießen ließ.

Texor wurde zurückgeschleudert, flog durch den Raum wieder zurück und gegen die Wand zwischen zwei Fenster, die wie auch alle anderen knallend und klirrend zersprangen. Der Druide schützte sich mit seiner Telekinese, konnte aber nicht verhindern, dass ihm ein paar der ersten fliegenden Splitter einige kleine Schnittwunden zufügten.

Tanmirs Schrei war abgeflaut. Die Druckwelle aus Tanmirs Schrei hielt indessen nicht inne. Texor wurde telekinetisch – das wusste er – gegen die Wand gepresst, immer stärker, dass ihm schon das Atmen schwer wurde. Der ganze Bergfried erzitterte in den Grundfesten, vibrierte wie bei einem Erdbeben. Denn es war auch ein Erdbeben. Das ganze Schlossgelände begann zu pulsieren, Stützbalken begannen gefährlich zu knacken und zu brechen.

Damit war es nicht genug. In der magischen Druckwelle entzündeten sich weitere Flammen. Das umherschießende Feuer begann sich rasch im Raum auszubreiten, nahm das Holz des Bodens und der Stützbalken sowie des Dachstuhls ein. Alles zitterte und vibrierte aufgrund des ununterbrochenen Erbebens. Es war unerträglich laut. Das Feuer brannte und loderte immer stärker.

Tanmir, der aus pupillenlosen weißen Augen nach oben zur Decke starrte, das Gesicht in Hass und Trauer verzerrt, riss abermals die Arme auseinander, schrie abermals auf. In einem Schrei, der Texor vor aufkommender Angst zum Zittern brachte.

Es war ein Schrei, der sämtliche Naturkräfte freizusetzen schien. Überall auf der Welt ...

Als Stefan Haukin, der renommierteste Naturwissenschaftler Mendors und die vielleicht intelligenteste Person des gesamten Kontinents, sich heute an das Teleskop setzte, um weiter seine Kenntnisse über das Universum und dessen

Ursprung zu erweitern und in diesem Rahmen an seiner – für die meisten Hirne dieser Welt unverständlich bizarren – Theorie über sogenannte ‚Schwarze Monde' zu arbeiten, machte er plötzlich eine Entdeckung, die seine zukünftige herausragende Karriere für immer verändern sollte.

Mit hektischen Schreien brachte er alle seine Mitarbeiter und Lehrlinge auf die Beine, traute sich selber kaum, auch nur einen Herzschlag lang das Auge von der Linse zu nehmen. Er beobachtete, schrieb, zeichnete, theorisierte, stellte Hypothesen auf und erteilte Aufträge an seine Mitarbeiter. Alles zugleich. Er war in Euphorie, steckte seine Leute damit an, die jeder ihren Teil dazu beitrugen, die Wissenschaft durch die gerade vonstattengehenden Phänomene mit neuen Erkenntnissen zu bereichern.

Die Planeten des Kosmos waren in erkennbarer Bewegung, die Konstellation von Sternen, Monden und Planeten änderte sich. Sie richteten sich förmlich aus, als würden sie irgendein Ereignis einleiten.

Stefan Haukin war begeistert und voll des Tatendrangs, wie auch alle seine Mitarbeiter und Lehrlinge. Dieses unglaubliche Phänomen musste genauestens untersucht werden.

Björn und sein Bruder Alexander holten unter Hau-Ruck-Rufen die Netze aus dem Wasser ins Boot, klatschten über den gelungenen Fang ab. In den Netzen im Boot schlugen die Fische mit den Flossen, zuckten glitschig auf ihrer verzweifelten Suche nach Wasser herum.

Die beiden Fischer aus Westrand – dem mit Abstand verbreitetsten Beruf des Küstenstaates am westlichen Rand des Kontinents – hatten heute einen ungewöhnlich guten Fang gemacht. Es erschien ihnen fast so, als trüge das Meer plötzlich mehr Fische in sich als zuvor. Sie begrüßten das, obgleich es ihnen etwas unnatürlich vorkam.

Sobald sie mit Hilfe ihres langjährigen nockanischen Freundes Algur ihre Ausbeute in Kisten und Fässer abgeladen hatten und zum Transport bereit machen wollten, zog sich der eben noch strahlend blaue Himmel zügig mit Wolken zu. Es wurde rasch dunkel und begann zu regnen. Dicke Wassertropfen fielen von oben herab, manche groß wie Murmeln, dass das Auftreffen auf den von Kapuzen bedeckten Köpfen schon wehtat. Die Tropfen ließen die Meeresoberfläche erzittern, als knallten tausende und Abertausende von Steinchen auf sie herab. Das Wasser selbst schlug stärkere Wellen. Der Ozean wurde laut, als wäre er wütend. Der Wind ließ die Fischerhütte knattern, die Regentropfen prügelten auf das Dach ein, die Gischt peitschte ins Gesicht. Der Ozean wurde immer unruhiger, das vertäute Boot schwankte in den heftiger werdenden Wellen. Der Regen und die aufgekommene Finsternis nahmen die Sicht.

Die beiden Brüder und besonders der Nockane kannten sich mit Stürmen und Meeresunruhen aus. Sie wussten die Gefahren und die Launen der Natur einzuschätzen und sich entsprechend zu verhalten. Doch bei diesem urplötzlich umschlagenden Wetter wussten sie es nicht. Und das war das Problem.

Die drei packten eilig die wertvollsten Sachen und machten sich aus dem Staub ins Landesinnere. Sie wollten nicht hier an ihrer Fischerhütte sein, wenn der Sturm oder gar Monsterwellen über den Strand herzogen.

Algur war es vielleicht ein bisschen, aber Björn und Alexander waren alles andere als abergläubisch. Ihr seliger Vater hätte jetzt gesagt, dass sie zu gierig gefischt hätten und das Meer ihnen hiermit seinen Unmut darüber bekunden wollte. An so etwas glaubten die beiden nicht. Aber bei diesem aus dem Nichts entstehenden Sturm, dieser aufstrebenden Gewalt des Wassers, war ihnen und auch dem Nockanen klar, dass eindeutig mehr dahinter zu stecken schien als ein einfacher Umschwung des Wetters.

Besonders als den dreien nach kurzer Zeit ihres raschen Heimweges auf einmal wieder die Sonne entgegenlachte.

Morahap al Esrafa war zufrieden. Hinter ihm und seiner Karawane lagen angenehme Tage in Arabor. Sie hatten wiedermal gute Geschäfte gemacht und es sich mit Feiern, Rauschmitteln, Alkohol, sexuellen Aktivitäten und vieler angenehmer Gesellschaft gutgehen lassen. Doch nun war es an der Zeit, für Nachschub zu sorgen.

Morahap hatte das Geld nicht nötig. Er hatte in seinen Banktresoren in der Bolgura-Bank schon lange genug Gold und Silber, Edelsteine und Diamanten angehäuft, um sich zur Ruhe zu setzen. Doch er liebte seine Arbeit, liebte das Verkaufen von lebender Ware. Er liebte seinen Status, seinen Status in den betroffenen Kreisen und in Arabor. Er liebte die Auktionen, liebte es, wie sich die Bietenden für seine Ware förmlich an die Gurgel gingen. Er liebte den eigenen Nervenkitzel, für wie viel Geld sein Angebot nun tatsächlich verkauft werden würde. Er erinnerte sich dabei immer wieder gern an die blonde Jungfrau von einst zurück. Gewiss, er hat zahlreiche blonde Jungfrauen verkauft, doch diese eine war die größte Transaktion, die er jemals tätigte, in einer der spannendsten Auktionen, die er je erlebte.

Darum machte er immer noch weiter, obwohl er fast mehr Gold besaß als er ausgeben konnte.

Wie sie es öfter taten, waren Morahap und seine Leute nun wieder auf dem Weg in eines von vier ihnen bekannten Dörfern der Karamanen in den Karimara-Wüsten. Hier wurde Morahap stets fündig. Die Karamanen sonderten naturgemäß die schwächsten Mitglieder ihrer Stämme radikal aus. Doch genau diese Schwächsten stellten für Morahap perfekte Waren dar, die sich in Arabor stets hervorragend verkaufen ließen – die großen und starken Karamanen als Sklaven, Gladiatoren oder Krieger waren immer sehr gefragt. So überließen die Karamanen-Stämme ihm ihre in ihren Augen schwächlichen Kinder oder auch geschlagene entehrte Krieger. Im Gegenzug bekamen sie von dem Menschenhändler Dinge, die in ihren Weltgegenden nicht vorkamen – bestimmte Waffen, Rauschmittel, Kleidung, Schmuck oder Nahrungsmittel; nichts was Morahap viel Geld kostete. Vor allem, wenn man den daraus resultieren Ertrag eines versteigerten Karamanen betrachtete. Al Esrafa machte an diesem Geschäft stets einen gewaltigen Gewinn.

So war er auch nun guter Laune, erneut den Grundstein für gute Geschäfte gelegt zu haben.

Die letzten Tage kam die Karawane durch die Karimara-Wüsten ausgesprochen gut voran. Die Wüste war ihnen gnädig. Keine Sandstürme, wenig Winde, eine angenehme überschaubare Wegstrecke.

Das sollte sich jedoch abrupt ändern. Sehr abrupt. Zu abrupt, als dass es mit rechten Dingen zugehen konnte. Morahap hatte gleich gewusst, dass dieser beinahe apokalyptische Sandsturm unnatürlich war, dass die Luft und der Wind hier nichts waren, was einfach so und in dieser Geschwindigkeit auftauchte. Er kannte die Wüste gut genug, um das beurteilen zu können. Nutzen konnte er aus seiner Erfahrung und seinem Wissen allerdings nicht ziehen. Denn diese stürmische Naturgewalt von Sand und Luft überkam ihn und seine Karawane in vernichtendem Ausmaß.

Der Sandsturm hielt zwar nicht sehr lange an und verschwand ebenso schnell und unnatürlich wie er erschienen war, hatte aber dennoch gravierenden Schaden angerichtet. Mehr als die Hälfte von Morahaps Gefolgsleuten kam während des Sturmes um. Kamele waren ihm nur zwei geblieben. Die anderen waren tot oder davongelaufen. Die Vorräte waren nahezu allesamt zerstört. Von dem einen auf den anderen Moment befanden die Männer sich in sehr großen Schwierigkeiten.

Und es wurde noch schlimmer. Orientierungslos geworden durch den Sturm warteten sie auf die Nacht, um anhand der Sterne die Orientierung wiederzufinden. Doch als die Nacht dann kam, erkannte die Karawane die Sternenkonstellationen nicht mehr wieder, die in der Wüste immer eine zuverlässige Karte darstellte. Es war, als hätten die Sterne und Planeten ihre Positionen verschoben.

So hingen sie fest. In der Hitze der Tage und der Kälte der Nächte.

Tagelang streiften sie herum, verbrauchten die letzten Vorräte, schlachteten ihre eigenen entkräfteten Kamele, nachdem auch diese kein Wasser mehr in den Hockern trugen. Die Männer magerten ab, trockneten aus und gingen elendig zu Grunde.

Der berüchtigtste Menschenhändler des Inkarnats Morahap al Esrafa und seine Karawane sollten viele Tage in den Karimara-Wüsten umherstreifen, ohne auf ein Dorf der Karamanen zu stoßen, ohne auf eine Oase zu treffen, ohne überhaupt je die Orientierung wiederzufinden. Hoffnungslos verirrt sollten sie diese Wüste nie wieder verlassen. Jedenfalls nicht lebendig.

Als Milad und sein Meister die Schmiede für heute schlossen, freuten sie sich wie immer auf das Abendmahl, dass einige der kochbegabten Frauen und Männer des Dorfes zubereitet hatten. Wie es in Kläubentüül, überhaupt in vielen Dörfern der Vereinigten Nordlande üblich war, speisten regelmäßig alle Einwohner gemeinsam in der traditionellen großen Dorfhalle zu Abend.

Noch heute war Milad froh, dass er und die beiden dunkelhäutigen Zwillingsmädchen Kyra und Lyra hier in Kläubentüül bei einer Bauernfamilie untergekommen waren und von dem ganzen Dorf herzlich aufgenommen wurden – auch wenn Kyras und Lyras in den Nordlanden ungewöhnliche Hautfarbe eine kurze Phase lang für etwas wunderliches Aufsehen sorgte. Während Milad, der über die Jahre zu einem kräftigen Burschen herangewachsen war, bei einem Schmied in die Lehre ging, fanden die Zwillingsmädchen ihre Talente in Kräuter- und Heilkunde heraus.

Als heute das ganze Dorf beim gemeinsamen Abendessen saß, an dem großen rechteckigen Tisch, und sich bei Unterhaltung und Met dem wohlverdienten Feierabend frönte, wurde das Mal unerwartet von einem starken Rumoren der Erde unterbrochen. Staub rieselte von der knarrenden Decke auf zuckende Teller und in zitternde Kelche und Hörner.

Sobald der erste der Einwohner laut ‚Erbeben' schrie, sprangen die Leute auf und jagten was das Zeug hielt aus der Halle. Das war nicht so einfach, denn bei dem Rumoren und Vibrieren des Bodens konnte man nur schwerlich einen Fuß vor den anderen setzen.

Außerhalb des Gebäudes war es nicht besser. Alles wackelte, aufrecht stehen war unmöglich.

Milad war einer der Ersten, die nach draußen gelangten. Er hielt mit zwei anderen Männern die Türen zur Halle auf und trieb die Leute mit Rufen zu schnellerem Lauf an.

Da knackte es extrem laut, aber dumpf. Vom naheliegenden Feld her. Milad und die anderen Männer drehten die Köpfe und sahen, wie sich buchstäblich die Erde öffnete. Auf den Feldern taten sich zwei parallele Risse im Boden auf, wuchsen zu einer Breite von je etwa zwei Fuß und einer Länge von zwanzig beziehungsweise sogar dreißig Fuß an.

Mit lauteren Schreien drängten sie die oftmals angsterfüllt rufenden Menschen aus dem pulsierenden Gebäude.

Das Erdbeben dauerte eine Weile lang an. Die Panik der Menschen im Dorf schürte sich in immer höheres Niveau. Keiner wusste, was zu tun war. Einige beteten, andere klammerten sich an Bäume, wieder andere legten sich platt zu Boden, bedeckten mit den Händen die Köpfe und winselten.

Doch so plötzlich das Beben begonnen hatte, so plötzlich hörte es auch wieder auf. Alle aus der großen Dorfhalle gerannten Leute standen da, mit zur Seite ausgestreckten Armen, als suchten sie noch immer nach Gleichgewicht.

Nach sehr stillen zehn Herzschlägen – Herzschlägen mit normaler Frequenz – begann in der Menge das Murmeln. Milad hörte diverse Male, wie die Leute fragten: „War's das?" Oder auch: „Was war das?" Er fragte sich das auch. Doch alles war wieder ruhig. Zurückgeblieben waren nur die beiden Risse auf den Feldern. Er schaute sich um, sah Kyra und Lyra, die sich bei den Händen hielten und ebenfalls seinen Blick suchten. Er atmete beruhigt durch. Den beiden Mädchen, die wie kleine Schwestern für ihn waren, ging es gut. Er lächelte, nickte ihnen zuversichtlich zu. Die Zwillinge erwiderten das Nicken.

Der Bursche schluckte, atmete abermals tief durch und hoffte inständig, dass die Erde sich wirklich wieder beruhigt hatte.

„Was machst du da mit dem Feuer, Caramor?", fragte Thano, als er das recht große Lagerfeuer sah, welches Caramor gerade am Wegesrand entzündete. Er hatte Eliel und Caramor wiedermal auf eine ihrer Handelsmissionen in die Vereinigten Nordlande begleitet. Jetzt, da es Abend war, hatten sie gerade zur Nachtruhe Halt gemacht.

„Caramor!", mahnte der Spezialist für elfische Wurfmesser wiederholt.

„Ich weiß nicht ...", murmelte der Handelself Caramor. „Ich habe nur kleine Holzscheite zusammengelegt. Ich weiß nicht, warum ..."

Er brach ab, wich rasch zurück, denn das Feuer brannte sogar schon über die mit Steinen abgedeckte Feuerstelle hinaus. Der Elf war so durcheinander, dass er keine Worte fand.

„Was tust du denn da?", rief Thano säuerlich, griff nach seinem Wasserschlauch und sprang auf das immer größer werdende Feuer zu.

„Warte!", rief unterbrechend Eliel und hielt ihn zurück. „Warte, Thano ... Irgendetwas ist anders. Spürt ihr das nicht?"

Die beiden Elfen schauten sich an. Sie konzentrierten sich, gingen in sich. Und spürten, was Eliel meinte.

„Irgendetwas passiert gerade", flüsterte die Elfin. „Etwas Bedeutendes ..."

Die Elfen schwiegen, lauschten der Natur, lauschten dem Knistern der Flammen.

Und die schossen jäh empor, das ihre Hitze Caramor und Thano auf der Gesichtshaut schmerzte. Die Feuerstelle brannte auf einmal lichterloh, obwohl das wenige Holz und die paar Blätter des kleinen Lagerfeuers schon lange verlodert waren.

Das Feuer brannte vollkommen von selbst, genährt von einer unsichtbaren, unvergleichlich mächtigen Kraft.

Die Elfen beobachteten das Spektakel schweigend und ruhig. Sie waren Elfen, sie waren besonnen und beherrscht, brachen nicht wie die meisten Menschen in Panik und heilloses Unverständnis aus. Außerdem verspürten sie aufgrund ihrer Verbundenheit zur Natur etwas, das kein Mensch und kein anderes intelligentes und vernunftbegabtes Wesen – abgesehen von einem Druiden – spüren konnte. Sie spürten einen mächtigen Impuls in den Elementen. In allen Elementen. Nicht nur im Feuer. Doch das Feuer verkörperte hier, an dem Ort wo sie waren, diesen Impuls auch sichtbar.

Ganz besonders Eliel spürte diesen Impuls der Natur. Denn in ihrem Herzen breitete sich zusätzlich noch eine vertraute Wärme aus. Eine sehr vertraute und wohltuende Wärme, die sie zuletzt so stark gefühlt hatte, als sie ihren menschlichen Ziehsohn Tanmir zum letzten Mal in die Arme geschlossen hatte.

Tanmir hielt im Schreien inne. Und damit hörte auch die anhaltende Druckwelle auf, die Texor an die Wand presste. Der Turm jedoch stand in Flammen. Der unter der Decke schwebende Rauch wirkte wie ein gespensiger dunkler Nebel. Seismische Erschütterungen kamen weiter zu Hauf unkontrolliert über das instabile Bauwerk. Der Bergfried musste aufgrund des Erdbebens, das nicht abgeklungen war, stark an Stabilität eingebüßt haben und permanent einbüßen. Tendenz steigend.

Doch die Umgebung war jetzt Texors geringstes Übel. Tanmir kniete vor Mia, neben der die Flammen knisterten, ohne ihr jedoch näherzukommen, sie eher wie ein Schutzwall einhüllten. Der junge Mann strich ihr liebevoll über die Stirn und die Wange.

„Ich komme gleich wieder, meine Liebste", sagte er. Dann erhob er sich langsam, drehte den Kopf zu Texor und schaute ihn an. Obwohl seine Augen weiß und ohne Pupillen und Iriden waren, schauten sie wütend. Sehr wütend.

Der kegelförmige Dachstuhl mit den wie ein Stern zusammenlaufenden Balken wirkte aufgrund des Rauchs, der zuckenden Flammen und der flimmernden Glut wie ein gigantisches Kaleidoskop.

Tanmir ging auf Texor zu, marschierte ruhig, trat unbeeindruckt durch das Feuer auf dem Boden. Es tat ihm gar nichts.

Texor schluckte, sein Herz pochte. Doch der Angst zum Trotze stand der Druide mit Mühe auf, schrie sich selbst Mut zu, schwang den Arm und warf Tanmir eine mächtige Woge telekinetischer Energie entgegen, die einem gewöhnlichen Lebewesen bei dem Aufprall mit tödlichen Folgen die Knochen gebrochen hätte.

Die Energie löschte einige der Flammen, traf Tanmir, bremste ihn, dass er seine Schritte unterbrach. Er zuckte nur ehe er weiterging.

Texor sprang der Mund vor Entsetzen auf. Er erschauderte. Die Wucht seines Angriffs hätte jeden anderen davonfliegen lassen. Tanmir hat lediglich kurz gestockt als hätte ihn eine kleine Windbö angehaucht.

Dann hob das *Kind der Planeten* selbst die Hand, packte Texor telekinetisch.

Der Druide versuchte, dagegenzuhalten. Es passierte rein gar nichts. Er war vollkommen machtlos. Texor verkrampfte sich, die Schultern drückten sich nach hinten, der Bauch streckte sich heraus. Er ächzte laut.

„Das ist für alle, die wegen dir gelitten haben und wegen dir gestorben sind", knurrte Tanmir mit dämonisch verzerrter Stimme. Er zog die Hand zu sich hin. Texor folgte der Bewegung schreiend, flog direkt zu ihm. Gebremst wurde er durch Tanmirs Faust der anderen Hand, die ihm heftig ins Gesicht knallte. Losgelassen von Tanmirs telekinetischem Griff, stürzte er lärmend zu Boden, an eine feuerlose Stelle. Das Holz knackte, als er aufprallte – und nicht nur das Holz, sondern auch ein paar Knochen. Texor, auf dem Bauche liegend, zuckte mit den Gliedmaßen wie ein verendendes Insekt, zog sie schlotternd an den Körper heran. Er blutete aus der zertrümmerten Nase. Es bluteten seine Lippen. Sogar in den Augen blutete er, dass ihm das Blut wie Tränen über die Wangen lief. Er röchelte und krächzte.

Tanmir ging eilig auf ihn zu, holte mit dem Bein aus. „Das ist für Larus!"

Er rammte dem Druiden das Schienbein in den Bauch. Texor flog hoch und gegen die Wand, prallte dagegen und landete auf dem Boden, wobei sein zerdeppertes Gesicht noch mehr Zähne und Blut verlor. Der Telekinet fühlte, wie die gebrochenen Rippen ihm in die Lungen und in andere Organe stachen. Doch er schrie nicht. Er konnte es gar nicht mehr. Er hatte resigniert. Gegen diese Macht war er chancenlos.

„Und das ...", zischte Tanmir, als er wieder vor ihm stand.

Texor hob den Kopf, sah aus dem trüben Blick vor sich das *Kind der Planeten*.

„... ist für Mia!!!"

Tanmir hob die Hand, die Finger gespreizt. Texor stieg ebenfalls heftig und schnell empor, levitierte, stöhnend und heulend. Tanmir nahm langsam, sehr langsam die Finger zur Faust zusammen, als würde er den Saft aus einer in der Hand liegenden Orange drücken. Texor quetschte sich unter Lauten zusammen, die nichts Menschliches an sich hatten, verendete auf genau die Art, mit der er selbst viele Leute getötet hatte. Wie ein unsichtbarer Blasebalg presste die Telekinese ihn zusammen, allerdings von allen Seiten zugleich. Und gemäß der Physik verschwindet zusammengedrückte Masse nicht einfach.

Tanmirs Telekinese zerquetschte Texor, drückte ihn zu einem grausigen Knäuel zusammen, an dem nichts mehr an einen menschlichen Körper erinnerte und in dem kein Funken Leben mehr bleiben konnte.

Bis er ihn schließlich losließ. Der Körper des Druiden platschte schlaff zu Boden, dehnte sich wieder ein kleines Stück aus.

Was von dem mächtigen Telekineten Vindur Texor blieb, war nur ein zermalmter, blutüberströmter Kadaver, der wie eine entstellte Gummipuppe wirkte.

Inzwischen hatte wegen des anhaltenden Erdbebens die Statik des Bergfrieds wohl endgültig kapituliert. Nur Tanmirs mächtige Aura schien das Gebäude noch auf magische Weise aufrechtzuhalten. Das Feuer hatte auch die letzten stehenden Stützbalken nun so versehrt, dass diese ihrem Namen nicht mehr treu sein konnten. Die Decke verlor stückchenweise ihre Bestandteile.

Tanmir beachtete Texor nicht weiter. Er beachtete auch nicht die in unterschiedlich größeren Brocken hinabfallende Decke, den in den Flammen vergehenden Raum, den gleich vor dem Zusammenbruch stehenden Bergfried. Er schaute zu Mia hin, trat zu ihr, mitten durch das Feuer.

Das Gebäude stand unmittelbar vor seinem Einsturz.

Es war ihm gleichgültig. Alles war ihm gleichgültig.

Tanmir wollte einfach nur die letzten Momente bei seiner Geliebten bleiben.

„Alle Mann weg vom Schloss! Rückzug! Bringt Euch in Sicherheiiit!"

Die Rebellen rannten aus dem Schlosshof, was ihre Kräfte hergaben. Die Erde bebte, Spalten im Boden öffneten sich, die Schildmauer verlor die Stabilität, ein Teil des oktagonförmigen Haupthauses sackte im Boden ab. Von dem Bergfried lösten sich die ersten Steine, knallten bröckelnd und laut auf den Hof. Das Gebäude begann sichtbar in sich zusammenzufallen. Seine Spitze, das oberste Stockwerk, brannte lichterloh.

„Rückzuug! Weg vom Schloss! Alle weeeg! Rückzuuug!"

Ein paar der Rebellen, der Südreicher oder von Texors Söldnern waren bereits schreiend in den sich unkontrolliert auftuenden Bodenspalten verschwunden. Fliehende, die zu nahe am Bergfried waren, wurden von den herabfallenden Steinen erschlagen. Mit Mühe in dem heftigen Beben das Gleichgewicht zu halten versuchend, stolperten die Leute hinaus, über die wacklige Zugbrücke über dem Burggraben, in den viele jedoch hineinstürzten und dann das Wasser zum Schäumen brachten, als sie hektisch zum Ufer schwammen. Das ganze von der Ringmauer umgebene Gebiet des Schlosses bebte, als würde sich darunter die Hölle selbst auftun. Auf den Feldern davor bebte es auch, allerdings lange nicht so stark.

„Wo ist die Königin?!", schrie General Franck Golbert, der sich mit Mühe in entgegengesetzter Richtung zu den Fliehenden bewegte, direkt auf den durch das Erdbeben zitternden Bergfried zu.

„Franck!", schrie der Heerführer Larcron, der ihm entgegenkam. „Wir müssen sofort fliehen!"

„Wo ist die Königin?! Ist sie bei dir?!"

„Nein …"

„Bei den alten Magiern! Sie muss noch im Bergfried sein! Wir müssen sie retten!"

„Bis du wahnsinnig, Franck! Siehst du nicht, was im Gange ist?!" Es bebte, sodass beide beinahe zu Boden fielen. „Franck! Die Erde tut sich auf! Hier bricht gleich alles zusammen!"

„Die Königin ist noch da drin! Wir können sie nicht im Stich lassen!"

„Wir können sie aber auch nicht retten!" Larcron packte Golberts Arm. „Wir müssen hier sofort verschwinden!"

„Lass mich, Gerard!"

„Es ist zu spät, Franck! Hier liegt gleich alles in Trümmern! Wir müssen hier sofort weg!"

Die Erde grollte wie ein Gewitter. Unmittelbar neben den beiden Männern öffnete sich eine weitere Bodenspalte, die in beängstigendem Tempo größer wurde und einen fliehen Söldner, dessen Hände noch auf dem Rücken gefesselt waren, wie Wasser verschluckte.

Larcron riss an Golberts Arm. „Die Königin ist verloren! Bitte, Franck, komm zu dir! Wir müssen hier Weg! Schleunigst!"

Die Flammen verzehrten alles. Die Stützbalken verloren ihren Namenssinn, die Decke war zum Teil schon vollständig herabgefallen, sodass sich der direkte Blick zum Himmel ebnete.

Doch Tanmir schaute nicht zum Himmel, schaute sich nicht in dem verwüsteten obersten Raum des Bergfrieds um. Er schaute nur auf seine Geliebte, die wie in einem tiefen Schlaf auf dem Boden ruhte, zwischen Feuer und Deckentrümmern.

Tanmir legte sich zu seiner Mia, schlang sanft seinen Arm um sie, schmiegte sich weich an sie. Er legte seinen Kopf neben ihren, berührte mit seiner Stirn ihre und schloss die Augen.

„Ich werde dich niemals verlassen", flüsterte er, während das Feuer um sie herum zischend toste, die Erde rumorend vibrierte. „Ich werde dich niemals verlassen, Mia ..."

Als Larus erwachte, vernahm er den starken Geruch von Heu. Mit den langsam erwachenden Sinnen und dem zu sich kommenden Körper, wurde er sich jedoch auch des Schmerzes gewahr, den er fühlte – denn jener hatte es in sich.
Der Bursche schlug die Augen auf. Und kreischte wie ein wilder Eber. Nicht lange, aber sehr laut. Denn sein rechtes Bein tat ihm höllisch weh. Gewiss, nicht nur das Bein. Da waren noch viele andere Stellen – nicht zuletzt der dröhnende Schädel –, die sich rasch mit Schmerzen bemerkbar machten. Aber keine davon so stark wie sein Bein.
Er versuchte, sich zu bewegen, doch aus dem gerade zurückliegenden Aufwachen aus der Ohnmacht tat er das vollkommen orientierungslos.
Scheiße, dachte er. Ich dachte, wenn man tot ist, fühlt man nichts mehr ... Auuu ...
Die Schmerzen und die wiederkehrende Gabe des Sehens brachten ihm langsam aber sicher zu Bewusstsein, dass er möglicherweise gar nicht tot war. Die verschwommene Sicht aus einem Gewirr von hellen Farbenklecksen nahm langsam immer mehr Konturen an, wurde kontrastreicher. Er begann Berührungen auf dem Körper wahrzunehmen. Unebene Berührungen, aber dabei weiche. Er hörte das Rauschen des Windes und der nahen Bäume. Und immer, wenn er sich – so gut es ihm möglich war – bewegte, hörte er ein dumpfes Knattern, als würde jemand weiches Papier zerknüllen. Es war jedoch kein Papier, was er hörte. Es war Heu. Und genau da begriff er endlich, wo er war.
Er lag mitten in einem riesigen Heuhaufen.
Ein Haufen aufgestautes Heu auf den Feldern außerhalb des Schlosses hatte ihn aufgefangen, ihm ein lebensrettendes Polster geboten.
Das Heu hatte ihm das Leben gerettet, hing ihm jetzt aber förmlich überall – in den Haaren, unter der Kleidung, in den Stiefeln und sogar zwischen den Zähnen.
Er lag tatsächlich mitten in einem Heuhaufen.
Lebend.
Haha!, dachte er. Ich bin das größte Glückskind unter der Sonne!
Und er hatte sowas von recht damit. Er lebte. Er hatte Schmerzen – was ja auch sehr dafür sprach –, aber er lebte. Ihm war wirklich ungeheures Glück hold gewesen. Er war durch das genau richtige Fenster gestürzt. Denn nur unter diesem Fenster lag nahe der Außenseite des Bergfrieds, jenseits der Schildmauer und des Burggrabens auf den Feldern außerhalb des Schlossgeländes dieser gewaltige Heuhaufen. Hätte Texor ihn durch ein anderes Fenster geworfen – sei es eines weiter in der Reihe oder gar eines auf der ganze anderen Seite des Raumes –, wäre er entweder neben dem Heuhaufen auf der harten Erde oder wie zuvor die Kriegerin Helga auf dem noch härteren Schlosshof aufgekommen.
Doch Texor hatte ihn durch das genau richtige Fenster geschmissen. Nur

dieses Fenster bot mit dem unter ihm aufgestauten Heuhaufen die Möglichkeit zu überleben. Larus war heftig zerschlagen und endlos ramponiert, aber am Leben.

Trotz der Schmerzen, die er hatte, grinste er, im Unglauben darüber, was geschehen war. Er begann immer stärker über eine Art von Schutzengeln nachzudenken, welche ihm wohl sehr zugeneigt waren. Denn irgendwie schien es wirklich eine naturgesetzliche Unmöglichkeit zu sein, ihn umzubringen. Er hatte ja wirklich schon vieles überlebt. Als Kind den Banditenangriff auf seine Heimat, diverse Schlägereien und Messerstechereien, einen Krieg in vorderster Front, mehrzählige Schwertkämpfe. Und auch Begegnungen mit der Bolgura-Familie hatte er überstanden. Nun wurde er sogar aus dem obersten Fenster eines insgesamt einhundertsechzig Fuß hohen Bergfrieds geschleudert, ist dabei an die einhundertfünfzig Fuß tief gefallen, genau in einen Heuhaufen und überlebte somit auch dies.

Ungeschoren kam er allerdings nicht davon – das wäre selbst für ihn ein bisschen zu viel des Guten. Als er mit Mühe den Heuhaufen herunterrutschte und auf der Erde aufkam, bemerkte er sein rechtes Bein. Es war in einem makaber sonderbaren Winkel verdreht, hing wie das einer Marionette taub hinterher und wirkte irgendwie länger als das heile.

„Oh-oh …", krächzte er zischend vor Pein. „Das sieht ungesund aus …"

Larus robbte kompliziert und beschwerlich noch ein kleines Stück weiter, bis er komplett festen Boden unter sich hatte. Dann blieb er einfach liegen, schaute hinauf in den blauen Himmel. Der ganze Körper schmerzte, die Gelenke schmerzten, der Kopf schmerzte, und sogar um die Augen herum tat es weh. In seinen Blick fielen weiße Wolken, die träge über einen blassen, hellblauen Himmel wanderten. Das einzige, was zusätzlich noch in seinem Blick lag, welcher etwas mehr an Schärfe zurückgewann, waren schwarze, dichtere, gen Himmel aufsteigende Rauchwolken. Larus verengte die Augen, folgte der Rauchsäule hinab zu ihrer Quelle, zur weit in die Höhe aufragenden Spitze des Bergfrieds des Alten Schlosses d'Autrie. Die in Flammen stand!

Der junge Mann stöhnte besorgt auf, wollte sich auflehnen. Bei den heftigen Kopfschmerzen und den lähmenden Schmerzen im ganzen Körper war das gar nicht so einfach. Erst im dritten Versuch gelang es ihm, sich immerhin seitlich etwas aufzurichten, mit auf den Boden gestütztem Ellenbogen. Von hier aus hatte er auch eine unverändert schmerzende, aber tragisch gute Sicht auf den zerbröckelnden, wackelnden Bergfried.

„Kacke …" Larus versuchte, sich noch etwas mehr aufzurichten. Er ließ es mit einem Schmerzensschrei sofort sein, während er nun auch die starken Vibrationen in der Erde spürte. Das resultierende immenser werdende Kopfdröhnen rührte folglich nicht nur von der sehr wahrscheinlichen Gehirnerschütterung her.

„Was … geht hier vor?", murmelte er und schaute sich instinktiv nach Deckung um, ehe ihm einfiel, dass diese ihm eh nichts brächte, würde er sie dann ja gar nicht erst erreichen. „Nicht gut …"

Das Beben der Erde und das Wackeln des Bergfrieds wurden immer stärker.

„Oh nein …" Sein Unterkiefer begann zu zucken, während er sich mit abscheulicher Angst fragte, ob Mia und Tanmir noch da oben waren. Abermals versuchte seine Sturheit, ihn zum Aufzustehen zu bekommen, und abermals begriff er unter Qualen sehr schnell, dass es ihm nicht gelingen würde. Ihm blieb nur das Zuschauen auf das zitternde Bauwerk.

Und schließlich war es soweit. Der Bergfried konnte sich nicht mehr halten und stürzte wie ein steinernes Kartenhaus in sich zusammen. Zum Glück für Larus mehr zum Schlosshof hin gerichtet als gerade nach unten oder gar in seine Richtung. Dennoch kam es ihm beinahe vor, als würde das Gebäude zwei Schritt neben ihm einstürzen. Das Rumoren und Beben der Erde und des Einsturzes des hohen Turmes waren so heftig, dass ihm die Knochen schmerzten. Sein Körper zitterte aufgrund der seismischen Wellen. Es war so entsetzlich laut, dass Larus sich die Ohren zuhalten musste, obgleich er dadurch den Schmerz im rechten Unterarm um ein Vielfaches verstärkte.

Es dauerte lange, bis sich das Beben langsam beruhigte, und noch länger, da es vollständig verklungen war. Die gewaltige Staubwolke bedeckte einige Zeit alles.

Es war Larus nicht möglich, durch sie hindurch zu sehen. Doch ihm war klar, dass von dem Alten Schloss d'Autrie nur noch Schutt und Geröll übrig waren.

Sein Herz begann heftig vor Angst zu schlagen. Vor Angst um seine Freunde.

Noch Minuten nach dem Einsturz des Bergfrieds war die Luft von dem Steinstaub erfüllt. Larus schmeckte ihn auf den Lippen, fühlte ihn auf der Haut, er brannte ihm in den Augen. Doch durch den wie grauen Dunst wirkenden Staub sah er irgendwann – weiß die Magie wie lang es dauerte – Rebellen auf sich zukommen. Nachdem sie ihn entdeckten, versorgten sie ihn notdürftig, ehe rasch einige andere mit einer provisorischen Trage erschienen und ihn zu den zahlreichen weiteren Verwundeten brachten. Das Bild des Alten Schlosses, das sich aus der Staubwolke herausbildete, bestätigte Larus' Annahme. Es war ein einziges Chaos von Stein, Stahl und Holz, von Feuer und heftigen Bränden durchzogen. Lediglich einige stehen gebliebene Reste der Schildmauer ließen noch erahnen, dass hier einmal eine Burg gestanden hatte. Sonst war kein, wirklich kein Stein auf dem anderen geblieben.

Die Frage, ob Mia und Tanmir es noch rechtzeitig aus dem Bergfried geschafft hatten, ehe dieser zusammenstürzte, wurde Larus in Worten nicht beantwortet. Sie wurde ihm mit Gesichtsausdrücken beantwortet.

Von den müden, verzweifelten und teilweise von Tränen der Trauer bedeckten Gesichtern der siegreichen Rebellen – paradoxerweise der Rebellen, die den Kampf um ihre Freiheit gewonnen hatten.

Von dem geschlagenen Gesicht des Heerführers Gerard Larcron.

Von dem wie ohnmächtig wirkenden Gesicht der blutbedeckten, aber lebendigen Frau Hauptmann Sophie Berceau.

Von dem ausdruckslosen, resignierten, einäugigen Gesicht mit der hässlichen Narbe des Generals Franck Golbert.

Larus sollte das Atmen noch tagelang schwerfallen. Und das lag weniger an den gebrochenen Rippen sowie dem eingeatmeten Steinstaub, sondern vielmehr daran, dass er seine beiden besten Freunde verloren hatte …

XXXIX

Eine neue Zukunft

Der gewaltige Markplatz der prächtigen Hauptstadt Rema war voller Leute. Überwiegend waren es Menschen. Doch es tummelten sich auch zahlreiche Halblinge, Gnome und Zwerge in der Masse, die sich mit Kisten und Fässern damit behalfen, zum Mittelpunkt des allgemeinen Interesses blicken zu können. Die Kinder wurden auf die Schultern genommen oder in die ersten Reihen verfrachtet. Aus den höherstöckigen Fenstern der Gebäude ringsum lehnte man sich heraus.

Denn alle Aufmerksamkeit richtete sich auf die große Bühne mit dem Rednerpult, die vor dem großen, imposanten Hauptverwaltungsgebäude der Stadt aufgestellt war, und auf die Personen, die sich dort einander die letzten Verständigungen zuflüsterten, ehe sie gleich zu den Leuten sprechen würden.

Heute war ein besonderer Tag. Denn heute jährte sich die Befreiung Isteriens von der Besatzung Südreichs und der Terrorherrschaft Vindur Texors zum ersten Mal. Heute vor einem Jahr – damals etwa zwei Wochen nach der Schlacht von Rema und den Kämpfen um das Alte Schloss d'Autrie – wurde die förmliche Kapitulation Südreichs offiziell. Heute vor einem Jahr sind die letzten Besatzungstruppen Südreichs abgezogen. Heute vor einem Jahr löste man den Regentschaftsrat des bei der Erstürmung des Alten Schlosses getöteten Vindur Texors endgültig auf und ersetzte ihn durch Vertreter der Rebellion, unter der Führung von General Franck Golbert, der zum neuen Gouverneur Isteriens gewählt wurde. Zudem begannen vor einem Jahr die Prozesse gegen die Mitglieder des aufgelösten Regentschaftsrates sowie gegen weitere Unterstützer Südreichs innerhalb Isteriens. Zahlreiche Personen wurden wegen Hoch- und Landesverrats, Beihilfe zum Mord oder anderer Gräueltaten verurteilt und bestraft.

Larus stand damals und auch heute zwischen den Leuten auf dem Marktplatz und schaute zur Bühne. Damals hatte er sich aus dem Lazarett hierhin geschlichen. Nicht um die Reden zu hören, sondern weil er es einfach nicht mehr im Lazarett ausgehalten hatte. Er kurierte seinerzeit seine schweren Verletzungen aus, die er durch den Sturz aus dem obersten Stock des Bergfrieds des Alten Schlosses davongetragen hatte.

Schließlich beendeten die Vorsteher Isteriens ihre Gespräche, nahmen ihre Plätze ein. Auch die versammelten Leute regten sich. Deren Gespräche gingen zunächst in gespanntes Raunen sowie Murmeln und anschließend in erwartungsvolles Schweigen über. Man sah den Kommissär Johann Glomb, der sich ans Rednerpult stellte.

„Töchter und Söhne Isteriens", rief der Kommissär. „Freunde und Mitbürger. Heute ist ein besonderer Tag. Am heutigen Tag vor einem Jahr hat Sigmund von

Lichtenhaus, König von Südreich, die Kapitulationsvereinbarung zu unseren Bedingungen unterschrieben und gesiegelt. Am heutigen Tag vor einem Jahr zogen die letzten Truppen Südreichs aus unserem Land ab. Am heutigen Tag vor einem Jahr erhielten wir alle unsere Freiheit zurück. Egal ob Mensch, Zwerg, Halbling oder Angehöriger einer anderen Spezies. Wir alle haben in diesem langen Krieg und dieser langjährigen Tyrannei geblutet und gelitten. Aber wir haben es geschafft, geschafft für unsere Lieben. Sowohl derer, die noch leben, als auch derer, die für uns gestorben sind. Dank uns allen haben wir unsere Zukunft zurückbekommen. Wir erhielten unser Land zurück, auf dass wir es so neu aufbauen würden, wonach nie wieder derartige Konflikte unser aller Schicksal heimsuchen.

Wir entschlossen uns für ein neues Land der Freiheit und Volksherrschaft. Wir hoben Leute aus dem Volk in die Staatsführung, unabhängig von Spezies und Stand, von Alter und Geschlecht. Auf das Isterien der Vorreiter einer neuen Welt würde. Das haben wir geschafft. Wir haben Isterien wieder aufgebaut. Fertig sind wir noch nicht, bewahret, aber wir haben den Weg eingeschlagen. Und wir haben das Schwierigste hinter uns. Von nun an wird Isteriens Volk nur noch gedeihen!"

Applaus und Zustimmung aus der Zuhörerschaft.

„Ein Jahr der Freiheit und Demokratie", fuhr Glomb mit seiner Rede fort. „Vom Volk gewählte Vertreter jeder Gesellschaftsschicht und Spezies. Unter der Führung eines der tapfersten Männer unserer damaligen Bewegung, Gouverneur Franck Golbert. Gemeinsam mit euch allen haben wir dieses gewagte Unterfangen begonnen und leben es noch heute. Wir leben es für diejenigen, die wir lieben. Wir leben es für die Zukunft unserer Kinder und deren Kinder. Wir leben es für die Zukunft Isteriens!"

Wiederholter Applaus und Jubel. Diesmal allerdings lauter und enthusiastischer.

Ein Jahr ist es nun her, dachte Larus, der sich nur der Ordnung halber an dem Applaus beteiligte. Nicht lange, denn wieder verspürte er ein spontanes Zwicken im Unterschenkel. Er bückte sich etwas, massierte sich das rechte Bein, welches seit damals nach seinem Sturz aus dem Bergfried zwar wieder voll funktionsfähig war, aber noch heute ab und zu schmerzte. So wie jetzt gerade.

Ein Jahr ist es nun her, dachte er.

„Es war ein langer Weg", sprach Glomb weiter. „Ja, es liegt ein langer Weg hinter uns, und auch noch ein langer vor uns. Aber wir haben den Grundstein gelegt. Den Grundstein für ein neues Isterien. Ein Isterien der Volksherrschaft, mit vom Volk getroffenen Entscheidungen. Wir sind auf dem richtigen Weg, meine Landsleute, auf dem Weg etwas völlig Neues zu erschaffen. Wir sind schon dabei, diesen Weg zu beschreiten. Wir müssen ihn weitergehen, um unser Ziel endgültig zu erreichen. Und ich bin überzeugt, dass wir, wir alle zusammen, es schaffen werden. Wir sind schon so weit gekommen in dem vergangenen Jahr. Wahlen und Volksabstimmungen, Vertreter aus allen Ständen, Sicherheit und Stabilität, gerechte Gesetze und Bekämpfung von Armut, gegenseitige Hilfe. Und das soll so bleiben. Ja, es soll sogar noch präsenter werden. In jedem Winkel

Isteriens."

Die Leute applaudierten, einige riefen zustimmend.

Johann Glomb hob die Hände, hieß die Versammelten innehalten.

„Doch", mahnte er eindringlich, „wir wollen niemals die Person vergessen, die all dies, was wir nun haben und was wir noch erreichen werden, erst ermöglicht hat. Die Person, die uns alle vereint hat, die uns zu dem geführt hat, was wir heute haben. Die Person, die sich in dem Kampf für unser Volk selbstlos geopfert hat. Wir wollen niemals unsere Königin vergessen."

Larus murrte. Er wusste eigentlich gar nicht, warum er heute hier war. Denn er hatte kein Interesse, sich diese politischen Reden anzuhören. Er wollte auch nicht die Reden über Maria I. hören, über die tapfere Königin Isteriens, über ihre Heldentaten, dank denen die Rebellion zur Stärke gefunden hatte. Mia war seine Freundin und er wusste selbst besser als jeder andere, dass diese Reden ihr nicht gerecht wurden. Vor allem anderen aber wollte er erst recht nicht hören, wie man Tanmir aus diesen Reden heraushielt. Wie man seinen Freund in keiner Silbe erwähnte, obgleich er überhaupt derjenige war, der einst den Plan geschmiedet hatte, wodurch die Rebellen die erste wirkliche große Schlacht gewannen, eine aussichtslose Schlacht gegen die Kavallerie Südreichs – von vielen anderen Plänen Tanmirs gar nicht zu sprechen.

Nein, Larus brauchte dem nicht zuzuhören. Er kannte seine beiden besten Freunde gut genug. Er brauchte keine Lobeshymnen von anderen, brauchte keine ehrenden Worte von Leuten, welche die beiden nur flüchtig kannten, brauchte keine Heuchelei, die sich auch immerzu in die Bekundungen einschlich. Danach stand ihm jetzt wahrlich nicht der Sinn.

Er schlängelte sich durch die Massen und verschwand in eine der Straßen, die in den Marktplatz mündeten. Auch hier war viel los, doch wesentlich fröhlicherer Stimmung. Es war Vormittag, aber bereits jetzt begannen die Feierlichkeiten im Rahmen dieses neuen Nationalfeiertages Isteriens. Und dem Tage des Gedenkens an die tapferste Königin, die Isterien jemals hatte.

Larus hatte ein konkretes Ziel. Ein mehrstöckiges Haus, das sowohl Schenke und Speisehaus war als auch zahlreiche Übernachtungsmöglichkeiten bot – und das man mit Nichten einfach als ein ‚Gasthaus' bezeichnen durfte. Über der eichenhölzernen Doppeltür war ein großes Schild befestigt, das die Aufschrift ‚Die beiden Besten' trug. Larus wusste, woher dieses Etablissement seinen Namen hatte, nach welchen beiden Personen es benannt war.

Der Bursche betrat das saubere, von zahlreichen Fenstern gespickte, sockelgeschossige Gebäude, in dem bereits jetzt einige Gäste sich munter in Feierstimmung brachten. Man betrat sogleich eine metaphorische Oase, eine Wohlfühloase. Alles war sauber und ordentlich, täglich gefegt und gewischt. Neben zahlreichen Kerzen und Öllampen sorgten die vielen Fenster für eine überdurchschnittliche, aber sehr angenehme Beleuchtung. Und im Gegensatz zu den meisten Schenken übernahm hier nicht der Geruch von Bier, Tabakrauch, Braten und Schweiß die Oberhand, sondern von angenehmen und betörenden Düften – Zitrone, Vanille oder Apfel. Larus wusste, woran das lag. Es lag an den zahlreichen Kerzen, die auf den Tischen standen, an den Wänden hingen oder in Kandelabern steckten. Das Kerzenwachs war mit verschiedenen Duftstoffen versetzt. Diese Kerzen waren zwar teurer als gewöhnliche, aber Larus wusste, dass sich die Besitzerinnen dieses Etablissements nicht lumpen ließen. Und das war nicht nur im Geruch der Zimmer spürbar.

Nach der Eingangstür betrat man den Empfangsbereich, eine Art Lobby mit Bar, wo man sowohl die ersten erfrischenden Getränke zu sich nehmen konnte als auch sich für die Einnahme von Speisen in den dafür vorgesehenen Räumlichkeiten anmelden oder Zimmer für Übernachtungen mieten konnte. Die größeren, für kurzfristige Gäste bereitstehenden Speise- und Aufenthaltsbereiche – diejenigen Räumlichkeiten, wo später am heutigen Tage noch ausgelassen gefeiert werden würde – befanden sich in separaten Räumen und Sälen jenseits der Lobby. In dieser aber gab es freilich auch Möglichkeiten, sich bereits zu setzen und es sich gemütlich zu machen. Dazu standen auf Samtteppichen Bergères und weich gepolsterte Sessel von einladenden warmen Farben, kleine Tischchen zum Abstellen der Erfrischungen, oftmals mit gläserner Platte.

Larus staunte wie immer, als er das Ambiente betrachtete, dass sich grundlegend von anderen Tavernen und Gasthäusern unterschied. Kein Wunder, dass hier die höchsten Herrschaften gerne einkehrten und sich den gebotenen Service einiges kosten ließen. In dieser Örtlichkeit konnte man sowohl ausgelassen feiern, als auch einen gemütlichen Abend in guter Gesellschaft verbringen. Die sauberen und gemütlichen Zimmer für Übernachtungen boten indessen beste Möglichkeiten für ausgiebige und wohltuende Entspannung und Erholung.

Man konnte das ‚Die beiden Besten' wahrlich als ein Hotel bezeichnen, nahezu als ein Luxushotel. Von reihenweise gut zahlender Kundschaft hatte diese Örtlichkeit seit der Übernahme durch fünf neue Besitzerinnen und ihrer Eröffnung nie zu wenig gehabt. Absolut im Gegenteil, was eben nachhaltig zu der rasch ansteigenden Qualität, der einzigartigen Individualität und dem grandiosem Ruf des ‚Die beiden Besten' beitrug.

Der Bursche ging zielsicher auf den Empfang zu, lehnte die Unterarme auf die Tresenplatte von glänzend lackiertem Mahagoniholz.

„Ist ja noch relativ ruhig, was?", fragte er die Bedienung, die mit dem Rücken zu ihm stand und gerade wie neu blinkende Gläser in eine Vitrine einräumte.

Das Mädchen hinter dem Tresen bemerkte ihn, drehte sich zu ihm um, dass die schwarzen, leicht gewellten Haare wogten. „Larus!" Sie lächelte, schenkte ihm einen warmen Blick aus ihren nussbraunen Augen.

„Sei gegrüßt, Elli." Larus lehnte sich über die Tischplatte, umarmte das Mädchen.

„Was darf es sein, Larus?", fragte Elisabetha. „Geht natürlich aufs Haus."

„Danke, danke, aber ich brauche nichts. Ich wollte nur kurz mal reinschauen. Ich konnte mir das Geplapper auf dem Marktplatz nicht mehr anhören."

„Hmm …", flüsterte sie. „Ja, heute ist Jahrestag."

Larus schaute sich in der Lobby um. „Ich muss sagen, Elli", staunte er, „Euer

Hotel macht sich immer besser. Die Leute kommen wahrlich gerne hierher und sind anscheinend bereit, gute Münze springen zu lassen. Ihr habt aber auch echt einiges in diese ehemalige Bruchbude gesteckt."

„*Investieren* nennt man das", sagte Elisabetha stolz. „Karoline hat das gesagt. Und wenn sich einer damit auskennt, dann ist sie es."

„Das glaube ich."

„Also ich könnte das nicht. Sie sitzt teilweise stundenlang am Schreibtisch in ihrem Büro oben, über ihre Papiere gebeugt. Sie guckt sich Zahlen an, rechnet, plant, kalk… kalka… kalkuliert! Ja, *das* war's! Darin geht sie völlig auf."

„Ist doch schön für sie. Und wie man sieht, macht sie eine hervorragende Arbeit. Das Geschäft läuft unverkennbar."

„Ja, tut es. Karo meint, dass sich unsere vergangenen Investitionen bald amortisiert haben … Das heißt, glaube ich … ähm … das Geld, was wir ausgegeben haben, ist durch unsere Einnahmen wieder drin … So ähnlich irgendwie."

Larus grinste. „Überlassen wir den Geschäftskram denen, die sich damit auskennen."

„Du hast wohl recht, hihi."

„Wie geht's den anderen?"

„Was glaubst du? Super!" In Elisabethas süße Stimme schlich ein euphorisch piepsiger Ton. „Wir leben unseren Traum! Karo schwimmt in ihren Zahlen, wie gesagt. Ilsa steht fast den ganzen Tag in der Küche, probiert allerlei neue Gerichte aus. Ihr wird da auch nicht langweilig. Gudrun, Agneta und ich wechseln uns für die ganzen anderen anfallenden Arbeiten immer ab, beaufsichtigen unsere Bediensteten. Hah, dass ich mal wen *beaufsichtige*, wer hätte das gedacht?"

„Findest du es also immer noch toll, Bedienstete zu haben?" Larus verkniff sich sein Schmunzeln nicht. „Du als Inhaberin?"

„Auf jeden Fall! Das ist echt total klasse, Leute zu haben, die für einen arbeiten. Du sagst ihnen, tu dies, tu das. Und weißt du was? Die tun es!"

„Deswegen bezahlt ihr sie ja auch. So läuft es eben in der Geschäftswelt."

„Trotzdem, ich find's spitze. Aber am liebsten stehe ich hier am Empfang, begrüße die Gäste, heiße sie in unserem kleinen Palast hier willkommen."

„Und was soll ich sagen …" Er lächelte mit einer Verbeugung. „Bei diesem schönen Empfang kann man nur Freude und gute Laune empfinden."

„Du alter Charmeur, ich werde gleich noch rot."

Plötzlich ging die Schwenktür hinter dem Tresen auf, wohinter es in die Geschäfts- und Personalbereiche des Gasthauses ging.

„Liebste", ertönte die Stimme eines jungen Mannes, der zwischen der Tür herausschaute. „Der Braumeister ist da für die Bestellungen."

Larus kannte den Mann. Es war René. Einer der ehemaligen Rebellenkrieger und früherer Stallbursche vom Löwenpalast.

„Der ist aber früh", sagte Elisabetha. „Mist, ich muss am Empfang bleiben. Sage bitte Agneta und Gudrun Bescheid. Die sind im Keller."

„Mach ich."

„Grüß dich, René", rief Larus. „Alles klar soweit?"

„Ah, Larus, hallo!" René lächelte, winkte. „Gut, und selbst? Was führt dich her?"

„Nur ein kurzer Besuch. Muss gleich nach Hause zurück, bevor man mich vermisst."

„Klar. Sehen wir uns heute Abend? Dann trinken wir einen."

„Sehr gerne."

„Zuerst einmal", delegierte Elisabetha, ganz im Tone einer strengen Geschäftsfrau, „kümmerst du dich um den Braumeister. Die Arbeit macht sich nicht von selbst, mein Geliebter. Quasseln könnt ihr beiden nachher."

„Sehr wohl, Liebste. Wir sehen uns später, Larus."

„Tun wir. Bis dann, René."

René nickte und verschwand wieder hinter der Schwenktür.

Larus schaute Elisabetha mit scheeler Begeisterung an. „Was höre ich da? ‚Liebste'? ‚Geliebter'?"

Das Mädchen grinste verschlagen und stolz. „Tja", sagte sie schulterzuckend und mit gehobenem Kinn. „Wie du weißt, arbeitet René ja schon seit ein paar Monaten bei uns. Und in dieser Zeit … insbesondere in der letzten Zeit … haben wir …"

„Ich verstehe schon. Ich habt euch gefunden."

„Das haben wir. Und es ist einfach schön. Außerdem ist es wirklich ein Segen, dass er hier ist. Wir beschäftigen fast nur Frauen. Da können wir bei manchen Arbeiten ein paar mehr männliche Muskeln durchaus gebrauchen. Oder auch mal praktisches männliches Machen."

„Als ob *ihr* ein Problem damit habt, an männliche Hilfe zu kommen. Komm schon!"

Sie grinste gerissen. „Nun, auch wenn wir keinen Sex mehr verkaufen, die Herren der Schöpfung kommen nach wie vor zu uns."

„Dieses Häuschen ist ja auch sehr einladend, wirklich sehr schön anzusehen. Wie auch seine Besitzerinnen."

„Och, Larus …"

„Jedenfalls meinen Glückwunsch zu dir und René. Ich wünsche euch alles Gute."

„Vielen Dank. Sag, wie läuft es eigentlich mit dir und deiner besseren Hälfte?"

„Nur fürs Protokoll", tönte der Bursche. „Sie findet meine offene und herzliche Art ungemein anziehend. Nach etwa einem Jahr sagt sie das noch immer. Folglich es läuft so gut wie am ersten Tag und sie hat mir noch nicht den Laufpass gegeben."

Elisabetha kicherte.

„Hehe", feixte auch Larus. „Sie ist wirklich einmalig, Elli. Statt mich für meine Art zu verlassen oder mich verändern zu wollen, findet sie sie gut und nimmt mich so, wie ich bin."

„So sollte es auch sein, Larus."

„Stimmt. Aber, oh Mann, wenn Tanmir erfahren hätte, dass mal eine Frau meinen Charakter anziehend findet, dann hätte er wohl ..." Larus verstummte. Einerseits von sich selber aus, während er an seinen Freund dachte. Andererseits bei dem Anblick von Elisabethas Gesicht, das mit einem Mal sehr finster wurde.

Das Mädchen seufzte. „Ich vermisse die beiden", sagte sie schließlich traurig.

„Ich auch", murmelte Larus. „Aber sie waren bis zum Schluss zusammen. Sie waren für einander da. Bis zum Ende. Das, finde ich, ist tröstlich. Mia und Tanmir waren zusammen."

„Ich weiß." Sie schniefte. „Trotzdem ist es so traurig ... Da waren sie endlich wieder beieinander und dann ..."

„Nicht weinen, Elli, komm schon. Du, Karoline und die anderen ehrt sie mit eurem Hotel hier schon gut genug. Und nicht nur mit dessen Namen. Ihr ehrt Mias Idee, indem ihr dieses Luxushotel betreibt und euren Traum lebt."

„Ja", lenkte sie schwermütig ein. „Mia hatte recht. Wir haben unseren Traum erreicht. Wir haben unser Gasthaus ... unser Hotel. Und ich habe sogar ... einen Mann für mich gefunden, der mich will, wie ich bin. Mit allem, was zu mir gehört und gehörte." Elisabetha schniefte abermals, wischte sich die Tränen fort. „Es ist nur einfach so schade, dass ich Mia nicht sagen kann, dass sie recht hatte ... Und mich nicht bei ihr bedanken kann."

„Ich bin davon überzeugt, Elli, wo Mia und Tanmir jetzt auch sind, sie sind zusammen und glücklich. Halte an diesem Gedanken fest. Das hilft."

Sie zog das Näschen hoch. „Ich werde es versuchen."

Larus lächelte ihr ermutigend zu. Elisabetha erwiderte das Lächeln.

„Naja", sagte der junge Mann dann wieder in normaler Aussprache, „ich wollte auch nur mal vorbeischauen, wie es euch so geht. Ich sollte langsam wieder zurück. Mein Weibchen möchte nicht, dass ich so viel herumlaufe. Zumindest ohne Aufsicht."

„Was? Ach so, wegen dem Bein, oder?"

„Ja, genau."

„Wie geht's dem eigentlich?"

„Nun ..." Larus warf einen beiläufigen Blick sein rechtes Bein hinunter. „Ganz so wie früher wird es nie mehr werden. Aber ich bin inzwischen schon manchmal komplette Tage lang schmerzfrei und kann mich ganz normal bewegen. Ich würde jedoch lügen, wenn ich sagte, ich sei beschwerdefrei oder nicht in manchen Bewegungen eingeschränkt. Besonders bei Kälte und Regen oder ab und zu nachts macht es mir zu schaffen."

„Das tut mir leid."

„Halb so wild. Ich kann froh sein, dass es überhaupt noch dran ist. Alle Feldärzte außer meiner besseren Hälfte wollten es amputieren. Nur dank ihr habe ich noch zwei Beine, die mich tragen, statt einem Bein und einer Krücke. Ich kann auf zwei Beinen laufen. Zwar hinke ich ab und zu etwas, aber ich habe zwei Beine. Diese Tatsache sind die paar kleinen Schmerzen und die Bewegungseinschränkungen allemal wert."

„Das ist schön, dass du damit zurechtkommst."

In der Lobby wurde es mit einem mal sehr viel lauter. Eine Gruppe Frauen und Männer betrat das Gasthaus, sichtlich in Feierstimmung, obgleich der noch frühen Tagesstunde.

Larus schlug mit den flachen Händen auf den Tresen. „Also, Elli, ich möchte dich nicht weiter aufhalten. Euer Häuschen füllt sich allmählich. Die Leute wollen feiern."

„Ja, heute wird es viel zu tun geben. Aber wir schaffen das."

„Natürlich schafft ihr das! Ihr fünf seid das beste Gespann, das man sich nur vorstellen kann. Hah, das reimt sich sogar!"

Sie lächelte dankbar und sehr schön. Die neuen Kleider und der dezente Hauch von teurer, hochwertiger Schminke hatten aus Elisabetha eine noch schönere Frau gemacht, als sie ohnehin schon war – wie auch bei allen anderen der ehemaligen Wanderhuren.

„So, ich bin dann mal weg. Wir sehen uns heute Abend! Bestell den Mädels einen Gruß!"

„Das mache ich, Larus. Bis später!"

Auf dem Weg nach Hause kam er wieder am Marktplatz vorbei. Dort wurden weiterhin Dekrete verlesen, Ansprachen getroffen, neue Ämter verkündet und anderes politisches Kauderwelsch deklamiert.

Larus verhielt den leicht hinkenden Schritt, schaute auf das Szenario auf dem Markplatz. Im Gegensatz zu dem Szenario, welches dort vor einem Jahr an genau der gleichen Stelle stattfand, hatte sich eigentlich gar nicht so viel verändert. Die Gebäude und Straßen waren etwas gepflegter und sauberer, die Leute genährter und besser angezogen.

Ein Jahr ist es her, dachte er zum wiederholten Male. Vor einem Jahr stand ich auch dort auf dem Marktplatz und hörte mir die Reden der Köpfe der Rebellion an, die fortan die Führung über den Staat Isterien übernahmen, die damit begannen, alles für die neue Demokratie vorzubereiten. Damals waren nicht weniger Leute auf dem Marktplatz versammelt, nur heute sehen sie besser aus. Saubere Kleidung, nicht abgemagert und nicht entkräftet. Aber die Hoffnung und die Motivation haben sich kaum geändert.

Larus atmete tief durch, massierte sich am rechten Bein das Knie und den Unterschenkel, in denen wieder ein dumpfer Schmerz zu pochen anfing.

Hmm … Ein Jahr ist es her, dass ich da stand. Nun, allerdings stand ich damals in Krücken da.

Er erinnerte sich zurück, zurück an die Geschehnisse vor einem Jahr …

Es war ein besonderer Tag für das Volk Isteriens. Denn heute war der Tag, an dem ganz offiziell der Frieden verkündet wurde, Isterien wieder vollständig unter seine Selbstverwaltung fiel und ohne Einfluss Südreichs weiterbestehen konnte.

Heute, gute zwei Wochen nach der Erstürmung des Alten Schlosses d'Autrie und dem Tode des Truchsesses Vindur Texor, wurde nun amtlich gemacht, was die letzten Tage ausgearbeitet und entschieden worden war.

Isterien war wieder Isterien. Es war frei und unabhängig.
Dennoch war die Gefühlswelt des Volkes gemischt.
Auf der einen Seite war man froh. Denn der Krieg war vorüber, die Kämpfe und das Blutvergießen waren vorüber. Isterien war frei, die Tyrannei beendet. Die letzten verblieben Truppen Südreichs sowie die letzten ernannten politischen Vertreter König Sigmunds zogen aus Isterien in ihre Heimat ab. Aus den Reihen der Rebellen hingegen zogen sich die zur Unterstützung erschienenen Bolgura-Zwerge sowie die Orks dorthin zurück, woher sie kamen. Der Bürgerkrieg war vorüber, das Bündnis damit erfüllt – man verabschiedete sich im Frieden, mit Ehre und Respekt voneinander. Nach allen Strapazen hatte das isterische Volk nun sein Leben zurück, fürchtete nicht mehr Tod, Verlust und Schmerz.

Auf der anderen Seite waren die Herzen der Einwohner Isteriens mit tiefer Trauer erfüllt. Den Bürgerkrieg hatten sie gewonnen, aber ihre Königin hatten sie verloren. Die Königin Maria Anastasia Bellegard d'Autrie, Erste ihres Namens. Die lange Zeit totgeglaubte Prinzessin, die wie durch ein Wunder zurückgekehrt war und die Rebellion unterstützte. Die zur Königin Isteriens gekrönt wurde und in diesem Amt ihrem Volk die Hoffnung und den Mut zurückgegeben hatte, dank diesem die Rebellion die notwendige Kraft fand, den Krieg gewinnen zu können. Ihr, der Königin, war die neue Zukunft und das neue Leben der Isterier zu verdanken.

Auf der Bühne trat ein Mann vor, hob die Hände und hieß die Leute schweigen. Er hieß, wusste Larus, Johann Glomb und war ein Kommissär, ein Amtsgeschäfte wahrnehmender Funktionär während der Rebellion, jetzt ein Amtsgeschäfte wahrnehmender Funktionär während des Wiederaufbaus Isteriens. Larus kannte ihn lediglich vom Sehen während des Krieges und bei den zugehörigen Sitzungen.

„Das Ergebnis der abschließenden Verhandlungen wird wie folgt kundgetan", rief Johann Glomb.

Ein zweiter Mann, ein Verwaltungsbediensteter, trat zu Glomb und hielt ihm zum Verlesen ein ausgerolltes Pergament vor.

Der Kommissär las laut: „Sigmund von Lichtenhaus, König von Südreich, hat die Bedingungen der Friedensschließung allumfassend angenommen. Noch heute werden seine Gesandten zurück in ihr Heimatland geleitet. Mit den letzten verbliebenen der noch in Isterien befindlichen Truppen und Staatsdiener Südreichs."

Einige der Leute jubelten. Nicht alle, denn diese Nachricht überraschte keinen mehr. Unmittelbar nachdem Vindur Texor die Kontrolle über die Hauptstadt Rema und schlussendlich das Alte Schloss verlor, hatte König Sigmund klar verlauten lassen, sich nicht weiter in den inneren Konflikt Isteriens einmischen zu wollen sowie weiter das Leben seiner eigenen Landsleute und den Verbrauch seiner Staatsressourcen dafür zu riskieren. Nun wurde es lediglich offiziell verkündet, dass das vor fast acht Jahren nach dem Staatsstreich verkündete Bündnis zwischen dem damals zum Truchsess ernannten Texor und König Sigmund mit dem Tode Texors nun keinen Bestand mehr hatte und das Militär

Südreichs den Heimweg antrat – welches bis heute offiziell im Sinne der Friedenserhaltung für Isterien hier stationiert gewesen war.

„Anlässlich der inhaftierten Südreich ergebenen Isterier, die uns und unser Land seit dem Staatsstreich und während des Bürgerkrieges verraten haben, verlese ich, dass diese in den kommenden Wochen ihre Verfahren nach isterischem Recht erhalten und entsprechend verurteilt werden."

Zustimmender Applaus. Viele erwarteten diese Prozesse sehnsüchtig, getrieben von dem Bedürfnis nach Gerechtigkeit.

„Des Weiteren", fuhr Glomb fort, „wird kundgetan, dass Südreich in sämtlichen Staatsgeschäften Isteriens keine Mitwirkung mehr innehaben wird. Isteriens ist ein eigenständiges Königreich, mit unabhängigen Verwaltungsstrukturen und Regierungsangelegenheiten. Es obliegt Isterien in Eigenverantwortung, dem Wunsch der tragisch dahingeschiedenen Königin Maria I. nachzukommen und wieder die Demokratie und die Volksherrschaft einzuführen.

In diesem Sinne", verlas der Kommissär, „wird ferner verkündet, dass das Königreich Isteriens nun unter die Regentschaft des neuen Gouverneurs Franck Golbert fällt. In Nachfolge für unsere tapfere Königin Maria Anastasia Bellegard d'Autrie, Erste ihres Namens, von Shrebour. Möge sie in Frieden ruhen."

Johann Glomb hielt für eine Schweigeminute inne, ehe er den ehemaligen General der Rebellenstreitkräfte und nun zum Gouverneur ernannten Franck Golbert zum Vortreten bat. Dieser trat auch vor, brauchte jedoch ein paar schwere Atemzüge und Seufzer bevor er mit seiner Eröffnungsrede als Gouverneur Isteriens begann.

„Ich bin kein großer Redner, wie bekannt sein dürfte", sagte Golbert und räusperte sich. „Ich bin auch kein Politiker, kein Staatsmann oder Verwaltungsdiener. Ich bin Soldat. Ich lebe im Dienste Isteriens und seines Volkes. Ich bin Isterien verpflichtet. Meine Loyalität gilt diesem Land und seinen Einwohnern. Aus diesem Grund nehme ich das mir angetragene Amt des Gouverneurs an, um auf diese Weise in Zeiten des Friedens Isterien dienen zu können. Ich danke für das mir entgegengebrachte Vertrauen und fühle mich geehrt, dieses Amt zu übernehmen. Aber ich werde es abgeben, sobald sich Isterien stabilisiert hat. Ich werde es an eine Frau oder einen Mann abgeben, die oder der vom Volk Isteriens als Oberhaupt gewünscht und gewählt wird."

Die Leute klatschten. Viele ließen verlauten, dass sie mit Golbert als Gouverneur mehr als zufrieden waren und ihn sich dauerhaft wünschten. Der einstige Kommandant der königlichen Leibgarde breitete beschwichtigend die Arme aus.

„Bis es soweit ist", sagte er, sobald die Zuhörer wieder verstummt waren, „liegt aber noch ein langer Weg der Arbeit vor uns. Was wir uns für Isterien vorstellen, gilt es nun aus den Trümmern eines Krieges und aus der nie gänzlich verschwindenden Trauer der erlittenen Verluste und Traumata aufzubauen. Für unser aller Zukunft, und die derer, die nach uns kommen. Ein Land geführt vom Volk. Ein Land, in dem das Volk regiert. Demokratie und Volksherrschaft,

Abstimmungen und Volksentscheide. Dies war der Wunsch unserer Königin Maria. Ehren wir sie und ihr Andenken, indem wir Isterien nach diesem von ihr angestrebten Plan von Grund auf neu aufbauen. Mit dem Volk an der Spitze. Für unsere Königin, die ihr Leben für uns alle gegeben hat, damit wir aus der uns gegebenen Zukunft etwas Großes schaffen. Wir haben Ihrer Majestät gegenüber diese Verpflichtung. Und wir werden es vollbringen. Gemeinsam."

Die Menge brach in donnerndem Applaus aus, jubelte Golberts Namen.

Larus, der in der Menge stand, klatschte nicht. Nicht, weil er nicht wollte, sondern weil er nicht konnte. Er stützte sich mit Mühe auf eine Krücke, die momentan die Funktion seines rechten Beines übernahm.

Die weiteren Ansprachen der neuen staatlichen Vorsteher Isteriens waren noch nicht vorbei, doch Larus hatte keine Lust, weiter zuzuhören. Als zentrales Mitglied der Rebellionsführung kannte er ohnehin alle Interna, wusste um alles, was los war. Auch wenn er die vergangenen beiden Wochen fast ohne Ausnahme im Lazarett verbracht hatte.

Der Bursche drehte sich um und schlängelte sich mit Mühe auf der Krücke durch das Gedränge der Leute auf dem Marktplatz.

Nachdem er es hinter sich gebracht hatte, begann er zu zischen und durch die zusammengepressten Lippen auszuatmen. Sein Unterschenkel und sein Knie unter der metallenen Schiene ums rechte Bein schmerzten unablässig. Doch trotz allem brachte dieser Schmerz Larus zum Lächeln. Denn er konnte froh darüber sein, dass er in dem Bein Schmerz empfand. Nach seinem Sturz aus dem obersten Stock des Bergfrieds des Alten Schlosses d'Autrie hatte ihn nur ein hoher Heuhaufen vor dem Tode bewahrt. Ungeschoren kam er aber natürlich nicht davon. Zahlreiche Prellungen, gebrochene Rippen, Blutergüsse und Schwellungen sowie eine starke Gehirnerschütterung. Doch sein rechtes Bein hatte den größten Schaden davongetragen. Es war sichtbar und kompliziert gebrochen. Die Feldärzte der Rebellen, die sich mit ihm befassten, hatten vor, das Bein zu amputieren. Larus fluchte und wehrte sich mit allen Kräften gegen die Sanitäter, die ihn festhielten. Doch es hätte nichts genützt. Der Feldchirurg hätte amputiert, wenn ...

Wenn da nicht eine gewisse junge angehende Ärztin aus Mendor gewesen wäre, die davon überzeugt war, sein Bein noch retten zu können. Sie übernahm ihn und kümmerte sich um die Verletzung. Dafür war es jedoch notwendig, die gebrochenen Knochen so einzurenken, dass sie auf natürlichem Wege wieder zusammenwachsen könnten. Noch nie in seinem Leben hatte Larus solche Schmerzen gehabt, wie in jenem Moment, hatte noch nie so dermaßen geschrien und geheult. Doch der jungen Medizinstudentin aus Thaigir gelang es, das Bein zu retten. Sie schiente es mit Metallvorrichtungen und wies ihn an, sich zu schonen und das Bein ja keiner Belastung auszusetzen.

Und diese junge Frau kümmerte sich auch weiterhin um ihn, hielt ihn neben den anderen Verwundeten im Lazarett in ihrem medizinischen Blick – ihn allerdings genauer. Er für seinen Teil hielt die Retterin seines Beines ebenfalls genau im Blick. Sie war von dunkler Hautfarbe – wie er es sehr gerne mochte –, leicht füllig, aber mit schönen, anziehenden Rundungen, hatte langes dunkles Haar und ein hübsches, liebes Gesicht.

Ihr Name war Aline.

Larus lächelte, während er an sie dachte.

Sie unterhielten sich jeden Tag. Das Mädchen fragte unglaublich viel, war sehr neugierig und wollte alles über ihn wissen, der für die Rebellion gekämpft hatte. Allerdings interessierte sie sich nicht allein für die Erzählungen über die Rebellion, sondern insbesondere für ihn und seine Person. Larus selbst fragte Aline indes, was eine Medizinstudentin aus Thaigir in Mendor hier in Isterien machte. Aline erzählte, dass sie ein Auslandssemester in Südreich absolvierte, ehe sie nach Isterien beordert wurde, um dort die verwundeten südreicher Soldaten zu versorgen. Nach der Schlacht von Rema und dem Ende des Krieges blieb sie jedoch in den Lazaretten, versorgte die Verwundeten aus den letzten Gefechten dieses erbitterten Krieges. Auf beiden Seiten.

Aline war Ärztin und Medizinerin. Ihre Aufgabe war es, Leiden zu lindern und Leben zu retten, egal wann, wo und auf welcher Seite. Sie gehörte zu keiner der beiden Seiten. Sie half dort, wo Hilfe erforderlich war, sie versorgte diejenigen, die ihre Hilfe brauchten, vollkommen irrelevant welcher Obrigkeit sie angehörten.

Aline war vor Ort geblieben, um hier zu helfen, wo sie gebraucht wurde, machte auch keine Anstalten, nach Mendor zurückkehren zu wollen.

Als sie jedoch auf den verletzten Larus traf, einen jungen Mann in ihrem Alter, der mit zahlreichen Blessuren und einem vollkommen deformierten Bein in ihrem Lazarett gelandet war, schenkte sie diesem besondere Aufmerksamkeit. Sie widersetzte sich den Oberfeldärzten, die in der Eile der Situation – schließlich waren da noch zahllose andere Verwundete zu versorgen – eine Amputation durchführen wollten. Allerdings oblag Aline damit die alleinige Verantwortung für diesen Verwundeten – die anderen Ärzte wandten sich weiteren Versehrten zu. Doch die Beste ihres Jahrganges im Lehrstuhl der Medizin an der Universität Thaigirs nutzte all ihr anatomischen Wissen und ihre Kenntnisse des menschlichen Knochenbaus, um zu retten, was fast nicht mehr zu retten war. Sie rettete Larus' Bein.

Als es ein paar Tage später ruhiger im Lazarett geworden war und die Heilerinnen, Sanitäter, Ärztinnen und Ärzte nahezu nur noch ihren Routineuntersuchungen nachgingen, widmete sich Aline Insonderheit diesem einen Jungen mit dem zurechtgerückten Bein, war sehr oft an seinem Feldbett, sorgte für ihn und blieb in seiner Nähe. Aline saß sogar meistens noch lange am Abend bei ihm, außerhalb ihrer Schicht, unterhielt sich mit ihm. Zum einen, um ihn von seinen Schmerzen abzulenken. Zum anderen, weil sie sich zu ihm hingezogen fühlte.

Das beruhte übrigens auf Gegenseitigkeit. Larus spürte mit jedem Tag mehr, wie es in seiner Brust immerzu angenehm pulsierte, wenn sie bei ihm war. Er spürte die mit jedem Tag größer werdende Freude und Erleichterung, wenn Aline wiedermal ihm die meiste Zeit ihres Medizineralltages schenkte.

So vergingen die letzten zwei Wochen. So schön die Zeit mit Aline war, so schrecklich war für Larus die Zeit dazwischen. Zeitlich passend zu den heute stattfindenden Ankündigungen der Anführer fasste der Knabe den Entschluss, sich diese Ankündigungen anzuhören. Wenn er ehrlich war, ging es aber nur darum, mal aus diesem Zelt herauszukommen.

Jetzt aber, hier auf dem Marktplatz, da er schon genug von den Reden der Vorsteher der Rebellion gehört hatte, humpelte er zurück zu den Lazaretten und Unterkünften der Verwundeten. Ihm war klar, dass er wahrscheinlich von Aline einen gehörigen Einlauf verpasst bekommen würde, da sie ihm streng aufgetragen hatte, liegen zu bleiben und das Bein zu schonen, ihm aufzustehen verbot, geschweige denn zu gehen erlaubte. Larus war aber dennoch aufgestanden und mit Krücke durch die Stadt gehinkt. Er hatte es einfach nicht mehr ausgehalten. Er musste sich endlich mal wieder bewegen, etwas anderes sehen als die Plane des Lazarettzeltes. Er musste andere Gesichter sehen als die der Versehrten im Zelt, andere Leute als die ganzen Krüppel und Kranken mit ihren Verbänden. Er musste an die frische Luft, konnte den Geruch von Leinen, Verbänden, Anis, Blut, Schweiß und den Inhalten der Nachttöpfe nicht mehr ertragen. Die Hauptsache war es, herauszukommen, an die Luft, unter Leute, und vor allem, sich irgendwie zu bewegen. Auch wenn dieses Bewegen wie eine Mischung aus dem eines Greises und eines Krüppels vonstattenging, unterstützt von einer Krücke, die der Bursche sich von seinem Bettnachbarn stibitzt hatte, während dieser schlief – wie der es häufig tat.

Wieder in der Unterkunft angekommen, lief er Aline fast wortwörtlich in die Arme.

„Larus!", rief sie empört, die gerade einige zusammengelegte Verbände in den Armbeugen trug. „Bei der Alten Magie, wo kommst du denn her?!"

„Vom Marktplatz", antwortete er, der anscheinend nicht ganz begriffen hatte, dass Alines Frage rhetorischer Natur war. Es interessierte sie nicht, wo er herkam. Es beschäftigte sie nur, dass er alleine unterwegs war.

„Verdammt!", schimpfte die Ärztin, einerseits wütend, andererseits besorgt. Sie legte die Verbände rasch auf einen nahebeistehenden Tisch ab, lief auf Larus zu, dass ihre dunklen Haare unter der Haube wehten. „Ich habe doch gesagt, du sollst liegen bleiben!"

„Tut mir leid, doch ich musste hier mal raus. Seit zwei Wochen sehe ich nur dieses Lazarett. Ich dreh hier noch durch."

„Hast du dein Bein vergessen?" Sie fasste ihn beim Arm und stützte ihn.

Normalerweise hätte Larus gesagt, sie solle ihn loslassen. Es konnte schließlich nicht sein, dass ein Mädchen ihn stützt – *ihn*, einen der Anführer und Helden der Rebellion und starken Krieger. Doch tatsächlich war ihm das in diesem Augenblick egal. Er genoss Alines Berührung, genoss es, die Wärme ihres Körpers zu spüren, den Geruch ihrer Haare aufzunehmen. Obwohl dieser Geruch wenig mit einem betörenden Aphrodisiakum zu tun hatte, da er sich aus verschiedenen Gerüchen von medizinischen Arzneien, Anis, Verbänden und diversen Heilkräutern zusammensetzte, wirkte er dennoch ungemein anregend auf den jungen Mann.

„Du hast's doch gesehen, oder?", grinste er stolz. „Ich bin allein gegangen."

„Das nennst du ‚gehen'?" Aline schnaubte. „Wo hast du eigentlich diese Krücke her?!"

„Hab ich ... ähm ... gefunden."

„Gefunden?" Sie hob die Brauen.

„Ja. Am Bett links von meinem. Ach, der Kerl pennt sowieso nur, braucht sie also nicht."

„Herrje, Larus ... Ich verstehe ja, dass du es in diesem Zelt nicht mehr aushältst, aber hier geht es um deine Fähigkeit, irgendwann wieder richtig gehen zu können. Deshalb musst du das Bein absoluter Ruhe aussetzen, es so gut wie gar nicht bewegen, schon gar keiner Belastung aussetzen. Mindestens noch für vier Wochen."

„Noch vier Wochen?!", entrüstete sich der Bursche und ächzte schwer und klagend. „Na toll. Wäre ich besser bei dem Sturz aus diesem blöden Turm verreckt."

„Sag so etwas nicht. Du weißt, dass ich solche Sprüche nicht mag."

Die eindringliche, sorgsame Stimme der jungen Frau brachte Larus sofort zum Einsehen ob der Dummheit seiner Aussage. „Tut mir leid, ist mir so rausgerutscht. Hab's nicht so gemeint."

„Das hoffe ich doch."

Aline half ihm, zu seinem Platz zurückzukommen und sich auf seine Matratze zu legen. Sein Bettnachbar war tatsächlich mal erwacht und fragte sich gerade augenscheinlich, wo seine Krücke war. Denn er saß in seinem Bett, drehte sich mit großen, untersuchenden Augen zu allen Seiten hin, schaute auch unter seine Liegestatt. Aline und Larus taten ihm jedoch – noch – nicht den Gefallen, zu verraten, wo das medizinische bewegungsunterstützende Utensil abgeblieben war. Sie ließen es still und heimlich unter Larus' Feldbett verschwinden, während sie sich insgeheim ein wenig über das dämlich murmelnde Jammern des Mannes amüsierten, dessen ganzer Oberschenkel dick mit Leinen umwickelt war. In der schadenfrohen Hinsicht färbte Larus' Gesellschaft tatsächlich schon etwas auf die Medizinerin ab. Sie würde dem Mann die Krücke zweifellos zurückgeben, aber für den Moment war es tatsächlich lustig.

Als dann betastete Aline sofort wieder Larus' Bein, kontrollierte, dass die Schienen nicht verrutscht und weiterhin an ihrem Platz waren, um die demolierten Knochen in ihrer Position zu halten.

„Und?", fragte sie plötzlich. „Was haben sie gesagt?"

„Wer?"

„Die alten Magier." Sie blickte kurz entnervt zu ihm auf. „Was glaubst du? Natürlich die Anführer der Rebellion. Was verkündeten sie?"

„Nichts, was nicht zu erwarten war. Sigmund wird alle verbliebenen Truppen und Gefolgsleute aus Isterien abziehen. Die dürfen, ohne Waffengewalt unsererseits zu befürchten, Isterien verlassen und haben keine Verfolgung oder Vergeltungen zu erwarten. Vorausgesetzt, sie benehmen sich auf ihrem Weg.

Den inhaftierten Landesverrätern werden nun die Prozesse gemacht. Und Isterien ist wieder ein unabhängiges Königreich. Nach dem Wunsch von Mia ... ähem ... das heißt natürlich, der verstorbenen Königin Maria, soll wieder die Volksherrschaft eingeführt werden." Für einen Augenblick hielt Larus inne, schluckte den traurigen Klos herunter, der sich in seinem Hals gebildet hatte. „General Golbert ist jetzt Gouverneur ... Und er will, genau wie es sich die Königin vorgestellt hat, die Demokratie wieder einführen, wie sie in Isterien schon zu Zeiten Friedberts war. Sogar besser noch. Nicht nur gewählte Vertreter aus dem Volk unter einem König, sondern Volksabstimmungen und direkte Volksentscheide. Und noch irgendwelchen anderen politischen Kram. Ich habe da aufgehört zuzuhören."

„Die Demokratie ist eine gute Sache, wenn man es richtig macht", sagte Aline. „In Mendor gibt es zahlreiche Gruppierungen, die sich ebenfalls für die Demokratie aussprechen. Auch unter Professoren und Gelehrten, aus der Aristokratie und aus den ältesten Geschlechtern heraus, machen sich immer mehr Stimmen laut, dass man eine Veränderung anstrebt. Insbesondere inspiriert von den Geschehnissen hier in Isterien. Man will in Mendor über eine konstitutionelle Monarchie hin zur Volksherrschaft."

„Du weißt gut über Mendor Bescheid, obwohl du nicht mehr dort warst, seit du dein Auslandsemester begonnen hast. Wie kommt's?"

„Ich schreibe mit einigen meiner Kommilitonen."

„Hast du eigentlich nie darüber nachgedacht, zurückzukehren? Immerhin steckst du mitten in deinem Studium."

„Ich kann es jederzeit noch abschließen, das ist kein Problem. Irgendwann werde ich das auch. Aber ich habe hier ausreichend zu tun. Und es macht mir Spaß, es verschafft mir Freude, die Kranken zu heilen und den Gebrechlichen zu helfen. Genau deswegen studiere ich ja Medizin. Ich habe deshalb zurzeit keine Lust, Vorlesungen zu besuchen."

„Tja jedenfalls, was auch immer die hohen Herrschaften da noch so entscheiden, mir ist's egal. Sie mögen es Demokratie nennen, mögen sagen, ‚alle Macht geht vom Volk aus'. Aber wenn am Ende wieder nur irgendwelche Staatsvorsteher regieren, die zwar gewählt sind, aber dann doch nur das tun was sie wollen, sind wir nicht besser dran, als unter einem König, der alles allein entscheidet. Demokratie hin, Demokratie her. Und mal davon abgesehen: Politik bleibt Politik, also Leute in repräsentativen Positionen, die reden, aber nichts tun. Die letztendlich alles nur nach ihrem Willen lenken. Es hat kaum Unterschiede zu den Konstrukten vorher. Es wird nur netter verkauft."

„Erstens solltest du nicht sie alle über einen Kamm scheren. Und zweitens, wenn du so eine spezifische – und negative – Ansicht dazu hast, wieso beteiligst du dich nicht daran, um etwas zu verändern und es eben nicht zu deinen Befürchtungen kommen zu lassen. Bewege selbst etwas. Du kennst Herrn Golbert und die anderen Mitglieder der Rebellionsführung. Du kannst zu ihnen stoßen, selbst zu einem der neuen Staatsführer werden. Du kannst es besser machen."

„Und selber zu so einem Quasselkopf werden? Nein, danke. Ist ja nicht so, dass ich nicht quasseln kann, aber nein, bloß nicht."

„Stimmt." Aline lächelte amüsiert. „Wenn du eines kannst, dann ist es quasseln."

„Ja, ich hörte davon. Ich bin halt so, ich rede gern, ich geb's ja zu. Ich rede gern und viel. Sehr viel. Und ja, es ist nicht immer Kraut und Rüben, was ich sage ... ähm, Moment ... Kraut und Rüben? War das jetzt die Redewendung für was Positives oder was Negatives?"

„Eigentlich", antwortete das Mädchen mit einem Grinsen, „wird diese Redewendung eher bei abwertenden Inhalten verwendet, hihi. Aber rede ruhig weiter."

Larus schaute beschämt weg. „Entschuldige, Aline."

„Du brauchst dich doch nicht zu entschuldigen. Mir gefällt das. Ich finde es süß, wie du redest. Diese Mischung aus durchaus sinnreichen Aussagen und niedlichen Versprechern. Ich mag es, deine Stimme zu hören. Ich mag es, dir zuzuhören. Ich mag es, wie du redest, Larus." Aline lächelte noch immer. Doch diesmal war es kein amüsiertes Lächeln mehr, sondern ein herzlich warmes, ein tiefgründiges, nahezu ein verführerisches.

Und dieses Lächeln vermochte es, dass Larus tatsächlich mal nichts zu sagen hatte und auch gar nichts sagen wollte und konnte. Er verlor sich in Alines braunen Augen und ihrem schönen, lieben Gesicht.

Er erwiderte das Lächeln und sprach dadurch mit ihr. Er sprach mit ihr, ohne Worte zu gebrauchen. Er nahm ihre Hand, ihre weiche kleine Hand mit den geschickten Medizinerfingern, strich mit dem Daumen über ihre Handfläche.

Larus sprach mit ihr, ohne Worte zu gebrauchen. Aline sprach mit ihm, ohne Worte zu gebrauchen.

Aber dennoch verstanden beide einander.

Wenn Tanmir das gehört hätte, dachte Larus, der zu der Menge auf dem Marktplatz schaute, ohne sie wirklich wahrzunehmen, ähnlich wie bei den Ankündigungen der hohen Damen und Herren Isteriens vor einem Jahr – den Ankündigungen von Südreichs endgültigem Abzug und der Ernennung des Gouverneurs Franck Golbert. Wenn Tanmir gehört hätte, dass mal ein Mädchen meiner Plapperei zuhören will, sie sogar süß findet ... Der wäre von jedem Glauben abgefallen, hehe.

Nachdem ein kurzes Lachen über seinen Mund huschte, schloss sich dem jedoch ein düsterer Blick an. Er seufzte. Er vermisste seine Freunde, vermisste Mia und Tanmir.

Larus schüttelte den Kopf, blinzelte, atmete tief durch, und machte sich auf den Weg zu Amadeus, der eine Seitenstraße weiter an einem Pferdepfosten angebunden war. Larus hatte schon Übung darin, vorsichtig und ohne Gefährdung für sein Bein auf seinem schwarzbraunen Hengst aufzusitzen und zu reiten. In der Zeit vor einem Jahr hatte Aline ihm das in aller Strenge verboten, überhaupt große Bewegungen.

Doch sobald er damals nach ein paar Wochen endlich wieder gehen, noch eine Zeit später auch wieder reiten konnte und durfte, hatte er sich auf den Weg zum niedergebrannten Löwenpalast gemacht, der nur einen halben Tagesritt von der Hauptstadt entfernt war.

Dies war auch heute sein Ziel. Er begab sich seit dem ersten Mal im vergangenen Jahr immer wieder dorthin.

Das Areal um die beiden ehemaligen Königshäuser hatte sich nicht verändert. Beide Gebäude lagen noch heute in Schutt und Asche. Der Löwenpalst war immer noch die niedergebrannte Ruine; das Alte Schloss aufgrund des Erdbebens ein vollkommen zusammengestürztes Stein-, Holz- und Ziegelchaos, umringt von zahlreichen Erdrissen und Bodenverschiebungen. Ringsum beide Grundstücke herum wucherten Sträucher, hohe Gräser und Unkraut. Es lag eine bedrückende Stimmung auf dem ganzen Gebiet. Es war unmöglich für Larus, hier hindurch zu reiten, ohne die ganze Zeit eine Gänsehaut zu verspüren.

Auf dem Weg erkannte er ein gutes Stück entfernt vom ausgebrannten Löwenpalast und den Trümmern des Alten Schlosses, jenseits der einstigen Palastgärten, Turnier- und Übungsgeländen, wo wie er wusste einst Mia selbst den Schwertkampf erlernte, den königlichen Friedhof. Es war ein von einem Mäuerchen umgebener Bereich, der aufgrund seiner Entfernung zum Löwenpalast das blutige Massaker von einst sogar halbwegs heil überstanden hatte – halbwegs.

Die meisten Königshäuser des Kontinents brachten ihre Toten in prächtigen Grüften unter. In Isteriens war es seit je her ein großer, von einer Mauer umgebener Friedhof. Man wollte die Dahingeschiedenen unter freiem Himmel zur ewigen Ruhe betten, wo die Sonne über ihre Gräber scheinen konnte, nicht in immerzu dunklen, einengenden Nekropolen. Die Mauer wies ein paar seltene Brüche aus, wo sie eingerissen wurde und die Steine wild um die Lücke verstreut lagen. Die schlichten Grabsteine waren überwiegend intakt, nur wenige waren umgestoßen, die Erde nur an wenigen Stellen aufgewühlt oder versenkt. Man hatte den Friedhof aus dem Grunde nicht wiederhergerichtet, um ihn mit seiner Verwüstung als ein Mahnmal an den damaligen Staatsstreich zu erhalten.

Larus ritt ruhig weiter, jedoch nicht in Richtung des Friedhofes, wo sich wie fast jeden Tag verschiedene Leute einfanden, um das Grab der größten Heldin Isteriens zu besuchen – möglicherweise das letzte, das jemals hier angelegt werden würde. Denn dort ruhte die letzte rechtmäßige Thronerbin Isteriens. Die heldenhafte Königin Maria I. von Shrebour, die wie von den Toten auferstanden aus dem Exil zurückgekehrt war und die Rebellion mit ihrer Autorität und ihrer Stärke zum Sieg über den Besatzer aus Südreich geführt hatte. Die das Volk Isteriens von Unterjochung und Tyrannei befreit und mit ihren Landsleuten Seite an Seite in der Kampfformation gestanden hatte. Die in diesem Kampf für das Leben und die Freiheit selbstlos ihr Leben für das ihres Volkes opferte. Auf ewig, auch in anderen Königreichen des Kontinents, würde man sich an diese Königin erinnern. Wie jeder Grabstein dieses Friedhofs übermittelte auch jener der königlichen Majestät mit seiner Inschrift nur die wichtigste Information: Der Name und die Lebenspanne. Eine zu kurze Lebenspanne. Denn ähnlich wie auch ihren Bruder Frederick hatte der Tod Maria Anastasia Bellegard d'Autrie viel zu früh geholt.

Doch das Grab der jungen Königin hatte nur symbolischen Charakter. Denn im Gegensatz zu den drei Nachbargräbern von Friedbert IV., Elena Amara und Frederick war dieses leer. Denn in den Trümmern des Alten Schlosses hatte man ihre Leiche nicht gefunden, obwohl lange und mühevoll nach ihr gesucht wurde. Viele der Trümmer waren jedoch unter keinen Umständen überhaupt zu bewegen gewesen, als seien sie förmlich mit der Erde verschmolzen. Das Erdbeben hatte ein entsetzliches Chaos geschaffen. Überall zerfallenes Mauerwerk und Geröll, unbewegliche Gesteinstrümmer, Krater und Bodenspalten, deren Grund mit dem Auge nicht auszumachen war.

Bei der Planung der prächtigen Beerdigung der Heldin, bei der tausende Isterier ihrer Herrin die letzte Ehre erwiesen, gab es gewiss die Überlegung, das Grab Marias I. nahe eben dieser Trümmer einzurichten. Schließlich lag dort irgendwo ihr Leichnam. Doch entschied man sich dagegen, weil man die Königsfamilie, die auf so schreckliche Weise voneinander getrennt wurde, wenigstens im Tode wiedervereinen wollte und Maria I. symbolisch dort ruhen sollte, wo es auch ihre Vorfahren taten.

Larus steuerte nicht den Friedhof an, sondern die Trümmer des Bergfrieds. Denn er selbst hatte sich seinerzeit dafür entschieden, hier ein kleines Grab und Denkmal für die Königin anzulegen. Und zwar eines, das nicht nur seiner Freundin Mia gewidmet war, sondern auch demjenigen, der niemals von Mias Seite wich, demjenigen, der alles für sie getan hätte, demjenigen, der sie über alles geliebt hatte. Demjenigen, der Larus' bester Freund war.

Auch diese bescheidene, aber liebevoll von Larus angelegte Grabstätte war leer. Auf dem Grabstein stand kein Name, weder der Mias noch der Tanmirs. Dort waren nur zwei Lebenspannen eingraviert. Zweimal die identischen Lebenspannen, da Larus wusste, dass Mia und Tanmir gleich alt waren.

In der Zeit, zu der Larus hier die ersten Male vorbeigekommen war – sobald er wieder selbstständig laufen konnte –, besuchte er das Denkmal fast täglich, betrachtete die Ruhestätte und kämpfte mit den Tränen aufgrund des Verlustes seiner beiden besten Freunde.

Heutzutage indes war es anders. Heutzutage erfüllten ihn nicht mehr der Drang zu Tränen oder die Trauer. Oh nein. Heutzutage war es anders.

Ganz anders.

„Und?" Aline sparte sich die wörtliche Begrüßung. Das tat sie oft. Sie war niemand, der um den heißen Brei redete, niemand, der etwas aufschob. Sie war jemand, der stets handelte und augenblicklich zur Sache kam. Das war wohl die rabiate Medizinerin in ihr. Ihr Beruf verlangte sofortiges Handeln und kein Zögern. Das Studium hatte ihr das schnell eingeimpft. Sie begrüßte Larus stets mit einem Kuss auf die Wange oder den Mund und einer Umarmung, was sie jedoch beides mit einer Aussage oder einer Frage nach seinem Tag oder seinen Angelegenheiten verknüpfte. Manchmal, wenn es die Umstände hergaben, aber auch mit Fragen nach konkreten Ereignissen und Dingen.

Larus legte die Stiefel ab, stellte sie in das kleine Regal zu den anderen Schuhen, schlüpfte in die Pantoffeln und schritt durch die offene Wand ins Wohnzimmer ihres kleinen Anwesens. Es war ein hübsches Häuschen in einer ruhigen Wohngegend am Ostrand von Rema. Ein Häuschen für aktuell zwei Personen, das aber auch durchaus Platz für Nachwuchs vorhielt. Ihm, als einem der Helden der Rebellion und engem Freund der Königin, sowie seiner Lebensgefährtin, die als herausragende Ärztin und Heilerin in ganz Rema und der Umgegend bekannt war, hatte man das Haus zur Dankesbekundung und Ehrung vor etwa einem dreiviertel Jahr geschenkt und überschrieben.

„Und?", fragte Aline. „Wie war es bei den Kundgebungen?"

„Wie erwartet", sagte Larus. „Isterien ist auf dem richtigen Wege. Man ist wohl zufrieden mit dem vergangenen Jahr. Die Volksherrschaft und Volksversammlungen, in denen anhand von Abstimmungen durch uns Einwohner konkrete Entscheidungen getroffen werden, sollen bleiben und noch tiefer in den Staatsstrukturen verankert werden. Sie nennen das: ‚Verfassung'. Ansonsten viel politischer Kram, nichts Interessantes. Ich hörte auch Gerüchte, Gouverneur Golbert will sich allmählich aus der Politik zurückziehen. Guter Mann."

„Ich verstehe. Aber eigentlich habe ich etwas anderes gemeint."

Larus verzog den Mund. „Sie haben eine Schweigeminute auf Mia ... ich meine, die Königin gehalten. Haben die Gefallenen kurz lobend erwähnt, ehe sie zu ihrem Geschwätz kamen. Ach, und Tanmir haben sie natürlich gar nicht erwähnt."

„Regst du dich immer noch darüber auf?"

„Ja, natürlich. Ich fand es damals schon ein Unding und ich finde es auch heute noch beschissen, dass sie dem größten Helden der Rebellion nicht mal eine Fußnote widmen, oder gar eine eigene Grabstätte. Ja, Mia war die Königin und sie hat den Löwenanteil an dem Sieg. Aber das man Tanmir dabei so übergeht, das ist nicht richtig. Immerhin sind auch seine Verdienste zahlreich, und ohne ihn hätte es einen Sieg nicht gegeben. Hm. Aber es ist klar, woran es liegt. Man titulierte ihn damals zwar als Prinzgemahl, aber die beiden waren ja nicht verheiratet. Von daher bestand und besteht keinerlei rechtliche Verbindung zwischen ihnen. Den einfachen Tanmir kann man daher leichthin abtun."

„Aber wir kennen die Wahrheit, Larus. Und noch viele, viele andere kennen sie auch. Auch wenn Tanmir in den offiziellen Dokumenten keine Erwähnung findet, bleibt er im Gedächtnis des Volkes erhalten. In den Geschichten unter dem Volk bleiben er und seine Taten erhalten. Seine und Mias Liebe währt ewig. Dokumente und Papiere verblassen mit den Jahren. Aber Geschichten, die von Generation zu Generation weitergegeben werden, bleiben für alle Zeit in Erinnerung."

„Du hast wohl recht."

„Natürlich habe ich recht."

Larus lächelte.

Er fand es anfangs total faszinierend, dass Aline mit Tanmir gut bekannt war. Aline und er waren ganz zufällig auf diese Parallele gestoßen, als sie damals nach einiger Zeit ihrer Bekanntschaft über Larus' Rolle in der Rebellion gesprochen hatten.

„Du warst heute wieder an ihrem Grab, nicht wahr?" Aline kannte Larus gut.

„Ja."

„Und wie geht's dir?"

„Wie immer: Gut. Ich stelle mir vor, wenn ich bei dem Grab bin, dass ich ihnen irgendwie näher bin und mit ihnen sprechen kann."

„Das ist schön."

„Finde ich auch."

„Und interessant ist es ebenso", murmelte sie.

„Was?"

„Als du vergangenes Jahr am Anfang unserer Beziehung Mias und Tanmirs Grab besucht hast, hast du nie auch nur ein Wort gesprochen, den ganzen restlichen Tag lang. Du bist immer in eine kleine Depression verfallen. Aber nach kurzer Zeit, so ganz aus heiterem Himmel, wurde das anders."

Larus war klar, wovon sie sprach – Aline merkte dies nicht zum ersten Mal an. „Hehe, wundert dich das jetzt auch noch? Sei doch froh. Für mich sind das jetzt Besuche, um mit den Zweien in Verbindung zu treten. So spirituell, weist du? Es hilft mir, damit zurechtzukommen, dass sie nicht mehr da sind. Ich habe mir einfach gesagt: So wie es jetzt ist, ist es genauso, wie es die beiden immer wollten. Sie haben ihre Ruhe und ihren Frieden gefunden. Sie sind zusammen und glücklich. Und ich weiß, dass sie das sind."

„Ich glaube dir, dass du das weißt. Aber ... möglicherweise weißt du auch etwas, dass ich nicht weiß?"

„Nein. Ich bin einfach nur mit mir im Reinen. Das ist alles."

Aline schaute ihn kritisch an. Doch Larus verzog keine Miene, blickte zufrieden und glücklich zu ihr zurück, sodass selbst das misstrauischste Individuum in seinem Ausdruck nicht das kleinste bisschen Schwindel hätte erkennen können.

Was das anging hatte sich Larus tatsächlich etwas von Tanmir abgeschaut. Obwohl der junge Bursche eigentlich zu durchschauen war wie ein Fenster, ließ er sich in dieser einen Situation nicht aus der Reserve locken. In dieser einen Situation war sein Gemüt undurchdringlich wie ein Fels, unerreichbar wie der Unsichtbare Berg im Grorutgebirge. Selbst seiner Aline gegenüber.

Denn tatsächlich wusste Larus doch etwas, das weder Aline – in ferner Zukunft würde er es ihr aber gewiss erzählen – noch irgendjemand sonst wusste.

Ein Geheimnis, das nur er kannte.

Er allein.

Larus erwachte. Langsam schlug er die Augen auf, bewegte schwerfällig den verschlafenen, schlaffen Körper. Wie üblich lag er krumm und schief auf der Matratze, anatomisch in höchstem Maße ungesund. Er war ein Bauchschläfer mit ein wenig Hauch von Teilzeit-Seitenschläfer. Ein Kissen hatte er in der rechten Armbeuge eingeklemmt, ein anderes lag bei seiner rechten Wade, die ihren Weg unter der Decke hervor gefunden hatte. Die linke Wade samt Fuß baumelte aus dem Bett heraus. Die Decke war in etwa sichelförmig über ihn geschlungen, manchmal über und unter ihm wie verknotet.

Der junge Mann tastete mit dem freien Arm um sich, fuhr mit der Handfläche über die leere Gegenseite der Matratze. Da fiel ihm wieder ein, dass Aline heute Nachtschicht im Hospital hatte. Kein Wunder, dass er nicht schlafen konnte, beziehungsweise so unruhig war. Er schlief einfach nicht so gut, wenn seine Partnerin nicht neben ihm lag.

Noch einige Minuten lang versuchte er, wieder in den Schlaf zu finden. Ohne Erfolg. Er wechselte mehrmals die Schlafposition, presste die Augen zu. Ohne Erfolg. Als dann auch noch sein rechtes Bein wieder dumpf zu schmerzen anfing, war es mit dem Schlafen erstmal endgültig vorbei. Die Schmerzen, die ihn aufgrund der alten Verletzung immer mal wieder erfüllten, waren zwar schon seit Monaten nicht mehr schlimm, aber sie waren nervig und lenkten ab. Tagsüber war es weniger ein Problem, aber des Nachts konnte es manchmal zum an die Decke gehen sein.

Larus reichte es. Er lehnte sich im Bett auf, streckte die Arme, drehte Rücken und Schultern. Er atmete durch die Nase aus, in Erinnerung an den heutigen Besuch am Grab von Mia und Tanmir. Über ein Jahr war es nun her, als er sie zuletzt gesehen hatte. Über ein Jahr lagen die Kampfhandlungen vor Rema und beim Alten Schloss nun zurück. Vor über einem Jahr verloren Königin und Prinzgemahl Isteriens bei diesem letzten Gefecht während eines unvergleichlich heftigen und unerklärlichen Erdbebens ihr Leben.

Larus lehnte sich zum Nachttischchen herüber und zündete eine Kerze an. Dann griff er unters Bett, zog eine kleine Kiste hervor, legte sie vor sich auf die Decke und öffnete sie. In dem Behältnis befanden sich allerlei wichtige Dokumente. Zum Beispiel Alines Immatrikulation an der Universität von Thaigir, einige ihrer Studienunterlagen, offizielle staatliche Geschäftsschreiben oder die Besitzurkunde für ihr gemeinsames Haus. Doch die Kiste enthielt noch etwas, von dem nur Larus wusste, nicht aber Aline: Sie hatte einen doppelten Boden.

Der junge Mann holte diesen doppelten Boden aus der Kiste heraus. Darunter verborgen befanden sich lediglich zwei Gegenstände: Ein Stück beschriebenen Papiers und ein in ein dünnes Tüchlein sicher eingewickeltes Wurfmesser.

Das Wurfmesser hatte einst das beschriebene Stück Papier zwischen zwei Gesteinsbröckchen fixiert, die unweit zu dem von Larus angelegten Grab seiner beiden Freunde vor den zahllosen anderen Steinen lagen. Larus, der damals fast täglich bei der Gedenkstätte war, wurde darauf aufmerksam, als es vom einen auf den anderen Tag ganz plötzlich da zwischen den Steinen steckte. Das Wurfmesser war unschwer als eines von Tanmirs Waffen zu erkennen. Das

Papier, genauer der Brief, war an Larus adressiert.

Der junge Mann hatte diesen Brief schon zahlreiche Male gelesen, wenn er im Haus alleine war. Den Inhalt hatte er bis in die kleinste Einzelheit im Gedächtnis, jedes Wort, jeden Schnörkel der schönen Handschrift. Heute, über ein Jahr nach den Ereignissen um die endgültige Befreiung Isteriens und dem Tode der Königin, widmete er sich abermals dem Pergament.

Mit einem Lächeln im Gesicht.

Larus atmete tief durch, faltete den Brief auseinander und begann ihn aufmerksam zu lesen.

Larus, unser lieber Freund,

bitte entschuldige, dass wir uns so spät und nur auf diesem Wege bei Dir melden. Doch die Zeit ist nicht auf unserer Seite. Wir haben noch einen weiten Weg vor uns, um unser Ziel zu erreichen. Es hat länger gedauert, als wir dachten, doch nun werden wir es endlich vollbringen und uns durch nichts mehr aufhalten lassen. Wir werden endlich das tun, was wir schon seit so langer Zeit vorhaben: Aus dieser Welt fortgehen, alles hier hinter uns lassen und zu zweit ein neues Leben beginnen.

Das Durcheinander, das momentan im befreiten Isterien herrscht, ist die perfekte Gelegenheit für uns, eben das zu schaffen, zu verschwinden, ohne gesehen zu werden. Und unter den gegebenen Umständen ohne vermisst zu werden. Naja, abgesehen von Dir, da Du nun als einziger die Wahrheit kennst ...

Wir entschuldigen uns dafür, dass unser Abschied nur auf dem Wege dieses Briefes erfolgt, doch wir hoffen, dass Du es verstehst.

Es ist schwierig, die Gefühle, die uns jetzt erfüllen, da wir dies schreiben, zu Papier zu bringen. Und ein Abschied auf Papier ist ohnehin sehr unpersönlich, aber in Anbetracht der Situation leider nicht anders möglich. Deswegen halten wir es kurz.

Es ist nun wirklich an der Zeit, Abschied zu nehmen. Wir möchten Dir für alles danken, was Du für uns getan hast. Du hast einen immensen Anteil daran, dass wir uns wiedergefunden haben und jetzt endlich unseren Weg gehen können. Das werden wir Dir niemals vergessen.

Wir hoffen sehr, dass Du es in dem neuen Isterien schaffst, Dir ein zufriedenes Leben nach Deinen Vorstellungen aufzubauen, in dem es Dir an nichts mangelt. Doch sei so gut und versuche, nicht mehr so viele Leute gegen Dich aufzubringen. Denn, auch wenn es bei Deinem Glück recht unwahrscheinlich ist, kann es doch sein, dass irgendwann jemand dabei ist, der dem Ganzen ein abruptes Ende setzt. Und das wollen wir doch alle nicht.

Pass daher bitte gut auf Dich auf!

Wir danken Dir für alles und wünschen Dir nur das Beste, Gesundheit und Glück.

In tiefer Verbundenheit und ewiger Freundschaft.

Mia und Tanmir

PS.: Sei nicht traurig, Du wirst noch Gelegenheiten haben, Tanmir wieder auf die Nerven zu gehen. Denn das hier ist kein ‚Leb wohl'. Mia.

PS. zwei: Kümmere Dich gut um Aline. Tanmir.

Larus kicherte, ließ den Kopf sinken und schloss die Augen.
Er saß noch lange vor der Kiste, lehnte die Unterarme auf die angezogenen Oberschenkel, spürte dabei noch ein Zwicken in dem von Aline geheilten Bein. Doch an seinem Lächeln änderte es nichts.
Er saß noch lange da, den Brief seiner beiden besten Freunde in den Händen.
Und er lächelte.

Balthazaar seufzte. Das Seufzen war sowohl von einem Lächeln als auch von einem Staunen untermalt. „Das hatte ich so zwar nicht unbedingt erwartet", gestand der Älteste der Grabwächter, „aber die Prophezeiung hatte auch diesen Fall vorhergesehen."
Razard zitierte die angesprochenen letzten beiden Verse der fünften Strophe der Prophezeiung des *Kindes der Planeten*: „*Das Schicksal dieser Welt bis dahin aber ungewiss bleibt, es nur in den Händen des Kindes der Planeten fortan verbleibt.*"
„Die Prophezeiung verkündete die Wahrheit", sagte Walthar mit einem Schulterzucken. „Dem *Kind der Planeten* obliegt die Entscheidung, wie es seine Gabe der Magie in dieser Welt einsetzt. Ob zum Guten oder zum Bösen. Oder eben … überhaupt nicht."
Thomila, Razard und Ranyja konnten sich ein Kichern nicht verkneifen.
Balthazaar seufzte abermals, diesmal aber freudig und sehr zufrieden. „Unsere Arbeit um die Prophezeiung ist getan, meine Schwestern und Brüder. Das *Kind der Planeten* hat seine Bestimmung erfüllt und die Magie wiederentdeckt. Mit Hilfe der einen bedeutenden Person, die diese Wiederentdeckung überhaupt erst möglich machte. Genau wie es uns die Zwillingsmonde damals zeigten. Kaum zu glauben, aber … nach über eintausenddreihundert Jahren hat sich die Prophezeiung erfüllt. Wenn auch, wie Walthar gerade ansprach, ein wenig anders als erwartet."
„Ach wirklich?", fragte Thomila mit einem schelmischen Grinsen und schaute in die Runde. „Wir alle haben Mia doch kennengelernt. So eine derart besondere junge Frau wie sie ist, glaubtet ihr da etwa, dass Tanmir, der Mann an Mias Seite, von anderer Natur wäre? Ich denke, wir konnten uns alle schon denken, auf was das hinauslaufen würde. Wir konnten es zumindest vermuten, nicht wahr?"
Keiner der Grabwächter – nicht Balthazaar, nicht Razard, nicht Walthar, nicht Ranyja – gab auf diese Aussage hin eine Erklärung mit Worten. Sie erklärten es nur mit einem glücklichen Lächeln, dessen Bedeutung bei allen identisch war.
„Was nun aus der Magie in dieser Welt wird", schloss Balthazaar, „bleibt nur

zwei ganz besonderen Menschen überlassen. Einem ganz besonderen Paar. Zwei ganz besonderen Personen, die in diesem Moment irgendwo da draußen das tun, was sie möchten, und so leben, wie sie es möchten. Ich glaube, meine Schwestern und Brüder, dass genau dies der Gipfel und die wahre Bedeutung von Glück und Zufriedenheit ist. Freuen wir uns für die beiden."

Das junge Paar hielt sich in den Armen.
„Wer hätte das gedacht?"
„Also ich nicht."
„Was meinst du, Liebster?"
„Was meinst *du*, Liebste?"
„Ich meine, dass wir es wirklich hierherschaffen, ins Land der Elfen. Und dann noch hier an den Ozean."
„Ach so. Ich dachte, du meintest, dass wir nicht hier ins Elfland eingelassen werden, dass man uns den Zutritt und den Aufenthalt verweigert."
„Wie jetzt? Du hast doch immer getönt, mein Lieber, dass du sie überzeugst. Hattest du ernsthaft Zweifel daran?"
„Ähm … Natürlich nicht."
„Ja, ist klar, haha. Aber nichtsdestotrotz haben deine Überredungskünste bei den Elfen an der Grenze funktioniert."
„Mhm, das haben sie."
„Ich hatte allerdings den Eindruck, mein Liebster, dass dein Elfisch etwas eingerostet ist."
„Ich habe es seit Jahren nicht gesprochen. Aber es hat doch geklappt, oder? Wir sind schließlich hier. Sie dulden uns in ihrem Land."
„Ja. Es hat geklappt. Wir sind hier."
Mia und Tanmir standen barfuß im weichen Sand, auf dem Strand, blickten auf den Elfischen Ozean, am westlichen Rande des Elflandes, den sie nach langem Wege erreicht hatten. Das angenehme ruhige Rauschen der Wellen klang entspannend und berauschend in ihren Ohren. Die Luft war erfüllt vom Geruch leicht salziger Feuchtigkeit, von der heranwehenden Meeresbrise. Im Sand lagen Muscheln und Algen, die bei Flut hierher gespült wurden und bei Ebbe liegen geblieben sind. Vor dem jungen Paar, in westlicher Himmelsrichtung, lag der Ozean, doch zur nördlichen Seite hin erstreckte sich weiter das schier unendliche Festland der Welt der Elfen, bis über den sich dem Blick entziehenden Horizont hinaus. Hinter Mia und Tanmir lag vegetationsdichter tropischer Regenwald, erhob sich in einer Art Stockwerkbau, der in unterschiedlichen Ebenen verschiedenste Pflanzenarten beherbergte. Palmen ragten empor. Die zahllosen Bäume waren stark von Kletterpflanzen, Lianen oder Spreizklimmer bewachsen.

Arna und Dunkelheit – abgesattelt – hielten sich in den Schatten, die von den Laubbäumen des Urwaldes geworfen wurden. Aus dem Wald hinter ihnen erklangen die Rufe von Aras', Paradiesvögeln, Kolibris und natürlich Vögeln, die es in der Welt der Menschen nicht gab.

Mia berührte mit ihren Fingern den kleinen Stofflöwen, der an einer ihrer

Gürteltaschen festgeschnürt baumelte, schaute zu ihm herunter – das spontane süße Geschenk, dass Tanmir ihr in Rema gemacht hatte und das sie immer bei sich trug. Mit einem von Glück aus dem tiefsten Inneren durchhauchten Lächeln lehnte sie sich an Tanmirs Seite, umfasste seine Taille mit beiden Armen, schmiegte sich ganz eng an ihm, während sie ihren Kopf an seine Schulter lehnte. Tanmir schlang den einen Arm um sie, legte die Hand des anderen Arms auf ihre kleinen, feingliedrigen Hände, neigte leicht den Kopf, dass seine Wange ihre Haare berührte.

Zusammen schauten sie auf das Wasser. Auf den am Horizont verschwindenden, endlosen Strom des Elfischen Ozeans.

„Wir haben es geschafft", seufzte Mia.

Tanmir lächelte. „Ja."

„Wir sind angekommen. Ich meine, wir sind *wirklich* angekommen."

„Ich weiß, was du meinst."

Sie schauten sich tief in die Augen. Sie in seine blau-grünen, er in ihre saphirblauen.

„Ich liebe dich, Mia."

„Und ich liebe dich, Tanmir."

Sie küssten sich leidenschaftlich.

Ehe sie den Blick wieder auf den Horizont richteten, sich im Anblick der über den Sand fließenden Wellen und des sich wiegenden türkis-blauen Wassers verloren, während die hinter ihnen und dem Wald langsam emporsteigende Sonne die Rücken zu wärmen begann.

Es war noch lange nicht das Ende ihrer Reise. Dass wussten beide. Es war lediglich das Ende einer Etappe, das Ende eines Kapitels in ihrem gemeinsamen Leben.

Dieses Kapitel lag hinter ihnen.

Vor ihnen lag nun ein neues. Ein Kapitel, das noch viel für sie bereithalten sollte, wovon sie jedoch noch nichts wussten.

Sie konnten es auch nicht wissen.

Denn dieses Kapitel war noch nicht geschrieben. Für dieses Kapitel stand Mia und Tanmir noch alles offen.

Einfach alles …

Printed in Poland
by Amazon Fulfillment
Poland Sp. z o.o., Wrocław